打开疆界

刘小新　朱立立　著

九州出版社
JIUZHOUPRESS

图书在版编目（CIP）数据

打开疆界 / 刘小新，朱立立著 . -- 北京：九州出版社，2021. 9. -- ISBN 978-7-5225-3404-6

I. I0

中国国家版本馆 CIP 数据核字第 2024NS9840 号

打开疆界

作　　者	刘小新　朱立立　著
责任编辑	沧　桑
出版发行	九州出版社
地　　址	北京市西城区阜外大街甲 35 号（100037）
发行电话	（010）68992190/3/5/6
网　　址	www.jiuzhoupress.com
印　　刷	北京旺都印务有限公司
开　　本	787 毫米 ×1092 毫米　16 开
印　　张	24.25
字　　数	545 千字
版　　次	2024 年 11 月第 1 版
印　　次	2024 年 11 月第 1 次印刷
书　　号	ISBN 978-7-5225-3404-6
定　　价	98.00 元

前　言

这本集子是我们参与文艺学与世界华文文学讨论部分文章的选集。依据内容，概略地分为以下五个小辑：理论思考、文化批评、华语文学研究、文学史探微和闽派批评。

第一辑力图以历史化和脉络化为方法重新阐释当代文艺理论的几个问题和概念。内容涉及：全球化语境下第三世界文学与全球南方论述的兴起、朗西埃范式对哲学社会科学研究的影响及其局限、空间转向对文学地理学构建的启迪、本质主义文艺学的批判及其替代方案、多元文化主义以及后殖民文论的意义与局限等。第二辑关心的中心问题是文化研究在汉语学界的兴起，认为文化研究与政治经济学批判之间存在的关系应该引起充分的重视，并力图揭示海外汉语学界的现代文学研究的偏执与局限，本辑内容还包括文论"失语"及旅行文学等。第三辑聚焦世界华文文学的理论建构与批评实践。我们试图表达以下看法：1. 世界华文文学无疑是复杂多元的，任何单一的理论视域和学术路径都难以涵盖其丰富性。不同的理论与方法之间不存在所谓的对立和对抗关系，而是可以共存互补的，它们共同构成华文文学研究的多维视野。2. 建构以"华人性"为研究核心，以"形式诗学"与"意识形态批评"统合为基本研究方法的"华人文化诗学"，在更加开放的社会科学视域中审视与诠释华人文学书写的族裔属性建构意义及其美学呈现形式，应是我们拓展华文文学批评空间的一个根本路径。3. 全球华人的"共同诗学"/"大同诗学"的理论想象或"一体化"的想象必须建立在由多元"地方知识"的辩证对话所形成的交互普遍性的基础上。4. "文化属性"是华文文学领域的一个重要问题，关于这个问题的讨论存在原生主义与建构主义的重大分歧。对此笔者倾向于非本质主义的立场，认为：文化属性不是单纯的文学问题；文化属性具有多重性和复杂性；文化属性建构是充满矛盾张力的漫长历程，由文化情感和生存策略交织而成；由差异所带来的文化张力或许正是华文文学的丰富性和魅力所在；文化属性建构没有终点，文化属性建构就是对文化属性的恒久追问。与此相关，后殖民批评在处理文化属性问题时的理论与策略被广泛引入到华文文学研究领域，成为华文文学批评的重要思想资源之一。后殖民批评深刻地触及了华文文学研究面临的一系列重要理论与现实命题，但同时也产生了一系列思想的盲点与批评的偏至。第四辑涉及汉语现代文学史的一些细节，包括语境化鲁迅的"不宽容"问题、20世纪初留美文学的文化守成主义以及旅美华人作家白先勇、刘大任等的认同问题等。第五辑关注的是"闽派批评"的历史脉络、现状以及个案分析。

书稿中的文字写作时间跨度较大，一些看法还远远不够成熟、深入和系统。不当与疏漏之处，敬请批评指正。

目　录

第一辑

全球化、第三世界文学与南方理论的兴起

一

全球化是现今时代最重要的特征之一。20 世纪 90 年代以来，关于全球化问题的讨论已经成为人们普遍关注的热点话题。毫无疑问，文学写作和研究也置身其中。在文学批评和理论研究领域，"全球化"同样是一个十分流行的语词。许多作家和批评家都认为全球化已经成为文学面临的一个客观事实，无论文学写作还是文学谈论都不能回避这一现实语境。追溯"全球化"概念的前史，人们一般都回溯到马克思的《共产党宣言》和《德意志意识形态》中的"世界市场"思想。而全球化对文学的影响的最早表述则是歌德的"世界文学"概念。但真正使用"全球"术语的是"依附理论"学派。1957 年，埃及学者萨米尔·阿明提出世界资本积累和发展的全球分工模式。20 世纪 60 年代初，韦氏词典和牛津英语词典正式收入"global"即"全球的"一词。而"全球化"概念则正式出现在 1985 年 R.Roberson 和 Frank Lechner 发表的《现代化、全球化和世界体系理论中的文化问题》中。20 世纪 90 年代以后，这个概念已经广泛传播并被人们普遍接受。概括而言，"全球化"概念有四种基本阐释或话语：①全球化是通过资本、信息和市场而形成另一种形态的帝国体制，文化全球化则是一种新型的文化帝国主义；②全球化只是一个"神话"，经济全球化不是什么新玩意，19 世纪末就出现过。而所谓民族国家弱化和消亡论则完全是耸人听闻；③全球经济和市场的一体化，促使世界资源的优化组合和信息共享，是人类进步的历史进程；④全球化是推动社会、政治和经济转型的主要动力，并正在重组现代社会和世界秩序。

中国文论界最初对全球化这一说法并不热情，人们有些固执地认为全球化是经济领域的问题，与文学并无多大关系，因为文化是不能全球化的。然而文化与经济却难以井水不犯河水，经济的全球化发展必然对文化的发展产生深刻的影响。不久人们就意识到全球化已经对文学创作和研究产生了作用。1997 年，《文学评论》发表 J. 希利斯·米勒的《全球化对文学研究的影响》。米勒谈到全球化过程的三个特征：新的快速旅行和运输方式，这种方式形成了"跨国学者群体"；跨国公司的不断增加使民族国家的边界日益消失，而且改变了大学研究的性质和作用；新的交流技术的迅速发展，它们在全球人类的生活中构成

了一种重要的范式转变。"新的电子群体或电脑空间群体的发展，新的人类感性的出现或导致感知经验变异并产生新的电脑空间个人的发展——这些都是全球化的两种影响。"米勒认为这些变化将对文学研究产生四个方面的影响："①在新的全球化的文化中，文学在旧式意义上的作用越来越小，多媒体运作的传播文化逐渐淹没了书本文化；②新的电子设备改变了文学生产和研究方式和历史感；③以往的文学研究主要按照独立的民族国家文学来组织的，现在这种研究被看作一种帝国主义特征；④文化研究的迅速崛起。"[①] 今天可以看出米勒的分析是很初步的，但就是这种感想式的分析已经足以引起中国批评界的兴趣。之后，越来越多的文学学者开始谈论全球化。而西方各种全球化理论的大规模引入，也为人们深入讨论全球化与文学的关系提供了足够丰富的话语资源。在晚近几年的文学批评中，"全球化"已经成为出场频率最高的概念之一。有人甚至认为它已经取代了"后现代"和"现代"等词语的中心位置，而成为人们关注的热门话题。

许多理论家不约而同地关注全球化对文化认同的影响。王逢振《全球化、文化认同与民族主义》一文的分析建立在詹姆逊的跨国资本主义论述的基础上，他对全球化将产生的"同质性"表示忧虑："在这样一个'同质性'的世界上，几乎一切都可以为资本生产剩余价值。"跨国公司"利用资本渗透到最偏远的地区，传播一种影响个人主体构成的消费意识形态，将每个个人都纳入他们的消费世界……一旦人们变成消费的主体，就会无意识地进入跨国公司的意识形态范畴，接受'全球资本主义制度'的观念和影响，失去原有的文化认同或文化身份"。王逢振把詹姆逊的"地缘政治美学"和"民族寓言"理论理解成一种新型的文化民族主义，一种以媒体和政治为基础的反抗美学，并以反体制的民族主义幻象发生作用[②]。王宁的《全球化语境下的后现代和后殖民研究》和陶东风的《全球化、后殖民批评与文化认同》则表达了另一种看法。前者认为全球化是一种多元文化主义的语境，各种文化形态都有自己存在的理由和活动空间，它们之间的关系不是非此即彼而是共存互补，因此必须超越全球化/本土化的二元对立[③]。后者明确反对文化认同上的本质主义，张法等人提出的"中华性"概念就被他看作一种本质主义的文化认同观念。陶东风说：今天，人们已经很难想象审美纯粹的、绝对的、本真的族性或认同。构成一个民族的一些基本要素，如语言、习俗等已经全球化与他者文化混合杂交化了。因此必须建立一种流动的灵活的文化身份概念。南帆的《全球化与想象的可能》也认为："如果一个民族制造'民族本质'的神话掩护自己悄悄地撤出历史的脉络，那么，这个民族肯定无法成为立足于全球化之中的民族。"但他同时也认为各民族在这个世界性的文化拼盘中所占的份额十分悬殊，全球化隐含着一种权力关系。而弱小民族的地域文化在抗拒同质性中已经具有了全球的意义[④]。

---

① J.希利斯·米勒：《全球化对文学研究的影响》，《文学评论》1997年第4期，第72—78页。

② 王逢振：《全球化、文化认同与民族主义》，见《全球化与后殖民批评》，中央编译出版社1998年版，第94、104页。

③ 王宁：《全球化语境下的后现代和后殖民研究》，见《全球化与后殖民批评》，中央编译出版社1998年版，第116页。

④ 南帆：《全球化与想象的可能》，《文学评论》2000年第2期，第99页。

人们更加关心全球化语境中文学的遭遇问题。按米勒的看法，文学在旧式意义上的作用越来越小，多媒体运作的传播文化逐渐淹没了书本文化。文学的危机是显然的。童庆炳不同意这种悲观的看法。他认为，文学依赖于人类情感的表现，而不取决于媒体的改革。无论从作者和读者角度上看，文学都有它存在的理由。"全球化"和高科技媒体无法使文学消亡，在"全球化"时代，文学可能改变自己的存在方式或扩大自己的疆界，从而迎来又一届青春①。格非从经验、想象力和真实三个与文学写作最为密切的概念出发讨论全球化对文学的深刻影响。他认为在全球化语境下，经验越来越公共化，个体经验对写作的重要性已经逐渐衰退；全球化的时间和空间压缩已经改变了人们的想象方式和真实性观念。这一切必然对文学产生深远的影响。②王一川把"全球化"概念限制在经济领域，主张用"全球性"来描述文化状况。他认为中国文学的全球性境遇是在鸦片战争开始的，全球性境遇中心的时空模式、道器关系和印刷媒介等要素的合力，导致中国现代文学的产生。今天，在新的全球性境遇中，文学如何突围？王一川提出一些策略："触电"、由雅向俗、雅俗分赏和跨体文学等。人们对全球化语境中文学理论的命运同样给予了充分的关注，如全球化进程中中国文学理论的国际化，全球化问题与中国文论的输出，中西文论的跨文化间的交流和融汇，古代文论的现代转换，文化全球化中的民族话语权等等彼此相关的问题都有了进一步的阐释。有人甚至把文论中的全球化话语概括为"全球化情结与焦虑"③。有趣的是，关于全球化的讨论，中国台湾地区的人文学界聚焦于全球化时代世界文化生产体系中的角色分工问题，更关注新自由主义全球化对第三世界人文学术生产的深刻影响，尝试以亚洲批判知识连带或亚洲批判知识圈的建构来积极应对新自由主义全球化对人文领域的全面入侵。现今，这一项目正在"亚际"文化研究圈有计划地实施，构成第三世界知识生产摆脱依附性发展困境和"学术代工"生产模式的重要实践之一。台湾人文知识界另一种应对与抵抗新自由主义全球化的策略是本土主义，开放的本土主义有其积极的意义，有助于形成德里克式的"全球—本土"的辩证框架。可惜的是台湾的本土主义往往发展成为一种封闭的和排外的意识形态，演变成为一种以左翼为修辞的民粹主义美学。

全球化与大众文化、文化工业的关系也是人们讨论的话题。许多人反对文化的全球化，但却无法否定大众文化的全球化事实。大众文化或文化工业的全球化显然是经济全球化的重要构成部分。人们对这种全球化意见显然不可能一致。王宁认为：①在电影和电视领域，全球化的进程体现在美国好莱坞大片的长驱直入和国产影片的节节溃败，电视业也面临着入世之后西方媒体的冲击；②全球化已经对中国当代文化和文学艺术产生了强烈的影响，其中一个重要标志就是大众文化对精英文化艺术的挑战。大众文化的扩张以及对精英文化和文学的冲击并非中国语境下发生的独特事件，而是一个具有全球化特征的时代的

---

① 童庆炳：《全球化时代的文学与文学批评会消失吗？》，《文艺报》2001年9月25日。

② 格非：《经验、想象力和真实——全球化背景中的文学写作》，见《视界》第七辑，李陀、陈燕谷主编，河北教育出版社2002年7月。

③ 张利群：《中国文学批评的"全球化情结与焦虑"》，《社会科学辑刊》2002年第5期。

普遍现象。大众文化上的"全球化"常常被人们视为西方的文化霸权或文化上的"美国化"的典型例证。廖奔认为美国文化"因突出的商业化特色而急剧膨胀，因与媒体的紧密联姻而迅速推广，随着经济全球化的实现而迅速渗透到世界各个角落。而其他任何传统文化，即使是极其优秀、深厚，由于必须面对生产和生活方式现代化的强大趋势，都陷落在被裹卷下的分崩离析之中。美国文化在这种不可阻挡的全球趋势中取得了自己的话语霸权"①。何满子有相同意见："以美国主流文化为主的商业文化或曰市侩文化向第三世界发展中国家的殖民主义侵略且兵不血刃。""其不仅通过商业文化和文化商品按着自己的面貌改变世界，而且连兴趣、口味、生活方式也要世界改变成自己的模样。"②潘知常的看法不同，他认为大众文化与人类走向全球世界时所建构的关于全球世界的文化共识有关。其流行与所谓的西方文化入侵以及中国人的崇洋媚外关系不大。它是一种人类可以共享的文化审美成果，大众文化所体现的正是一种在全球化时代所形成的共同情绪、趣味和经验、一种全球化的想象。

的确，今天全球化概念已经成为一个炙手可热的批评术语。但在文学批评界一种多极化发展的辩证的全球化理念还远未形成。而过度滥用和空泛的谈论也有可能使"全球化"概念快速蜕变成人们厌弃的陈词滥调。

二

"第三世界"原是国际政治关系领域的词语，这个术语进入中国文学与文化批评领域并形成"第三世界文学"或"第三世界文化"概念是在20世纪的80年代。1974年，毛泽东在会见卡翁达时首次提出"三个世界理论"，即美国、苏联是第一世界。中间派日本、欧洲、加拿大是第二世界。除日本外，亚非拉都是第三世界。毛泽东指出：在当今，广大第三世界面临的共同任务是，维护民族独立，争取社会进步，发展民族经济，巩固民族独立实现民族的彻底解放。在上述两者之间的发达国家是第二世界，它们既对被压迫民族进行剥削压迫，又受超级大国的控制、欺负，是第一世界和第三世界在反霸斗争中可以争取或联合的力量③。

中国当代文论界较早使用"第三世界文学"术语的是陈映真和吕正惠。陈映真从左翼文学立场出发并受拉美地区"依赖理论"的启发，发表《台湾文学和第三世界文学之比较》（1983）、《"鬼影子知识分子"和"转向症候群"》（1984）、《美国统治下的台湾》（1984）、《台湾第一部"第三世界电影"》（1986）等论文。他认为：台湾地区虽然和其他第三世界地区之间存在差异，但也具有一种共同点："从世界范围的生产诸关系去看，台

---

① 廖奔：《全球化与美国文化渗透》，《文艺报》2001年9月15日。
② 何满子：《议论一篇短篇小说》，《文学自由谈》2001年第5期。
③ 毛泽东：《建国以来毛泽东文稿》第十三册，中央文献出版社1989年版，第379页。

湾，同其他第三世界国家和地区一样，完全处于相同的被支配、榨取和控制的地位。"① 因此，台湾文学和其他第三世界文学存在着十分令人惊异的共同点：都是作为反抗帝国主义、殖民主义的文化启蒙运动之一环节而产生的。陈映真"第三世界文学"观的深刻之处在于，揭示了第三世界文化的复杂性："在第三世界，存在着两个标准，一个是西方的标准，一个是自己民族的标准。用前一个标准看，第三世界是落后的，没有文明、没有艺术、没有哲学也没有文学的，用后一个标准，可以发现每一个'落后'民族自身，俨然存在着丰富、绚烂而又动人的文学、艺术和文化。"② "在充满着革命与反革命、侵略与反侵略、殖民主义和反殖民主义复杂斗争的近代、现代第三世界历史运动中，第三世界知识分子之间发生着相应的、复杂的分化。有一部分人投入祖国的独立和解放斗争，有一部分人成为外来势力的傀儡，而另一部分人从反抗者转向，成为买办和鬼影子知识分子。"③ 陈映真的论述强调第三世界文学的民族性、人道主义以及反帝反封建的启蒙精神和后殖民主义的文化批判意识，这肯定是有意义的。但他认为第三世界的现代主义文学"先天的就是末期消费文明的亚流的恶遗传"，其亚流性"表现在它的移植底、输入底、被倾销底诸性格上"则多少有些偏狭。而吕正惠提出应该发展出全面的第三世界的现代主义的社会学来探讨第三世界的现代派文学，是有建设性意义的④。然而，他仅仅提出了建议，第三世界的现代主义的社会学是怎样的？它与西方现代派理论有何区别？可惜在吕氏的论述里语焉不详。陈映真、吕正惠、陈光兴、钟乔、赵刚等对第三世界文学理论建设的重要贡献在于：将第三世界文学放置在"冷战—后冷战"的结构性处境中予以讨论，"第三世界文学"的意涵因而获得了历史的具体性和结构性的阐释，这个思想传统延续至今，在《亚际文化研究》《人间思想》杂志以及重访"万隆"进而重构以"亚、非、拉"为方法的新论述中都有着具体的表征。

在20世纪80年代台湾文论中，"第三世界"概念还在电影批评领域中出没，成为新左翼电影论述的核心理念。具有左翼倾向的《南方》杂志创刊第一期就策划了"第三电影在台湾"的专辑，推出左翼学者王菲林的《为什么要谈第三电影》、吴弗林的《在台湾谈第三电影》、林默的《第三电影与战斗电影》、蓝波的《第三电影与日据以来台湾的电影经验》和李尚仁的《风格与意识形态：从两部南非电影谈起》，第二期则发表了伊问伊的《第三电影的理论架构》和拉非亚的《真正的第三世界文学作家——南非亚历克·拉·古马》，第十期又刊出张怀文的《是现代主义？还是现实主义？——第三世界的"前卫"电影：第三电影》……这多少可以表明《南方》杂志对第三世界文学艺术的持续兴趣。

什么是"第三电影"？王菲林从何谓"第三世界"谈起："'第三世界'一辞是指亚、非、拉丁美洲的一些所谓'不结盟国家'，这些国家主张既不倒向东风（共产主义国家）

---

①　陈映真：《陈映真文集》杂文卷，中国友谊出版公司1998年版，第49页。
②　陈映真：《陈映真文集》杂文卷，中国友谊出版公司1998年版，第62页。
③　陈映真：《陈映真文集》杂文卷，中国友谊出版公司1998年版，第288页。
④　吕正惠：《战后台湾文学经验》，新地文学出版社1992年版，第35页。

也不倒向西风（资本主义国家），所以，不结盟一辞中，包含了明显的政治、经济信念与目的。他们的意识形态要比资本主义国家更倾向于社会主义，同时又比社会主义国家更要求民主。而反抗帝国主义和殖民主义又是此意识形态下的一个特点。"① 这一界定显然带有 20 世纪 80 年代台湾民主左翼知识分子的观念色彩。王菲林援引 Third in Third World（1982）作者 T. H. Gabrid 的论述——第三电影具有环环相扣的五个主题：阶级、文化、宗教、性别平等、武装斗争——来界定"第三电影"：第三电影是指第三世界国家和地区电影工作者创作出来并且在主题上明显具有不结盟国家意识形态的电影。王菲林从四大方面阐释"第三电影"的基本特征，"第三电影不是逃避现实的电影""第三电影不是宣扬官方教条的电影""第三电影是第一电影与第二电影的后设电影""第三电影是体制的反抗者"。简而言之，"第三电影"应具有关怀现实的思想倾向，是对历史和社会的"开放呈现"，是对官方教条电影、好莱坞电影和"第二电影"（体制内批评者电影）的反动，更是对殖民主义意识形态和极权主义意识形态的反抗。这里，王菲林显然赋予了"第三电影"一种理想色彩：它是"体制的反抗者"，"在美学上完全不遵从传统的电影方式，它在形式上主张完全的自由，在意识形态上则要求人的解放（包括宗教、性别、经济、种族、政治）。所以，它超出了体制的包容度，而成为体制的反击者"②。"第三电影"即是"解放电影"，"第三电影"论本质上即是一种"解放论述"，透过对"第三电影"界定和阐释，王菲林其实表述出了 20 世纪 80 年代台湾左翼进步知识分子理想主义的精神追求：独立、自由、民主和人的全面解放。

20 世纪 80 年代的《南方》杂志对"第三电影"情有独钟，其原因包括两个方面：其一，在理论立场上，"第三电影"概念的提出是出于反叛威权文化体制和建构"反对运动"文化论述的需要；其二，在电影美学上，"第三电影"概念的提出，表达了具有左翼倾向的电影理论工作者对"新电影运动"的不满。他们认为以《光阴的故事》《风柜来的人》《童年往事》等为代表的"新电影"以"回忆往事"复制了既有的意识形态，已经被纳入固有的体制之中，成为体制文化的一部分。在他们看来，1988 至 1989 年，"新电影"的主要成员陈国富、吴念真、小野、侯孝贤等人拍摄军教宣传片《一切为明天》事件直接暴露出"新电影"的体制化美学性格。"第三电影"概念的提出显然隐含着左翼知识分子对"新电影"的批判和反动。陈映真和吴弗林等人找到了"第三电影"在台湾萌芽的重要例证，那即是根据黄春明小说《莎哟娜啦·再见》改编的电影。前者认为《莎哟娜啦·再见》是"台湾第一部第三世界电影"，后者指出《莎哟娜啦·再见》具有第三世界意识的批判性。但在吴弗林看来，这种批判性是黄春明小说本身具有的，而电影则遗留着好莱坞的语言和叙事风格，反而丧失小说原本具有的建立在知性分析和反讽基础上对新殖民主义的洞察力和批判力度③。对于《南方》作者群而言，"第三电影"在台湾究竟是否可能又如

---

① 王菲林：《为什么要谈第三电影》，《南方》1986 年 10 月创刊号，第 16 页。
② 王菲林：《为什么要谈第三电影》，《南方》1986 年 10 月创刊号，第 17 页。
③ 吴弗林：《在台湾谈第三电影》，《南方》1986 年 10 月创刊号，第 22 页。

何可能，这显然还是一个问题。但无论如何，"第三电影论"作为一种论述实践，已经深刻而微妙地介入 20 世纪 80 年代"台湾"文化场域之中，成为知识左翼运动的一个重要症候，逐渐开启了《岛屿边缘》后现代左翼的批判路线。

有趣的是，1989 年，大陆的《当代电影》刊登了张京媛翻译的詹姆逊的重要论文《处于跨国资本主义时代中的第三世界文学》，"第三世界文学"概念也开始在大陆文学批评中产生影响。在詹姆逊那里，第三世界指的是受到殖民主义和帝国主义侵略的弱小国家；相对于第三世界阵营的是资本主义的第一世界与社会主义集团的第二世界。这种划分与毛泽东的论述显然有些差异。据谢少波的看法，詹姆逊对第三世界的钟情是其对资本主义社会总体制度认知测绘的重要组成部分。全球化的现实已经产生了一种新型的权力关系。这种权力关系意味着资本、市场、生产、销售的重组和再分工。在全球化过程中，落后的经济决定了第三世界只能扮演出卖廉价劳动力的被压迫者的角色。第一世界和第三世界的关系犹如阶级斗争学说中资产阶级与无产阶级的关系。这样，詹姆逊就为晚期资本主义预设了一个激进的他者："在全球规模重新启用激进的他性或第三世界的政治，从而在总体制度的空隙内建构抵制的飞地。"① 詹姆逊指出：所有第三世界文化生产的相同之处和它们与第一世界类似的文化形式存在十分不同之处。"第三世界的文本均带有寓言性和特殊性：我们应该把这些文本当作民族寓言来阅读。""第三世界的文本，甚至那些看起来好像是关于个人和力比多驱力的文本，总是以民族寓言的形式投射一种政治：关于个人命运的故事包含着第三世界的大众文化和社会受到冲击的寓言。"② 詹姆逊还特别提醒西方文化研究者关注鲁迅，认为第三世界文学寓言化的最佳例子正是鲁迅的《狂人日记》。这些观点引起了当代中国文学批评界的热情反应。

中国"第三世界文化"理论的主要倡导者是被人们称为"后学"代表的张颐武。20世纪 90 年代初，他频繁使用"第三世界文化"概念，如《第三世界文化与中国文学》《第三世界文化中的叙事》等，并且把它看作文艺学的新视域、批评的新起点。他认为："二十世纪以来全球性批评话语的形成和新理论的高度成长往往并未产生活跃的、多元的批评，相反，却在西方话过程中使话语单一化了。"③ 而"第三世界理论的兴起，提供了一个使亚洲、非洲乃至拉丁美洲的学者获得超越西方中心主义去重新思考和阐释自己文学的机会"④。所谓第三世界理论就是"第三世界中的人们从自身的文化、语言和生存中引出的

————————

　① 谢少波：《抵抗的文化政治学》，中国社会科学出版社 1999 年版，第 123 页。

　② 杰姆逊：《晚期资本主义时代的文化逻辑》，张旭东译，生活·读书·新知三联书店 1997 年版，第 523 页。

　③ 张颐武：《在边缘处追索——第三世界文化与当代中国文学》，时代文艺出版社 1993 年版，第 3 页。

　④ 张颐武：《在边缘处追索——第三世界文化与当代中国文学》，时代文艺出版社 1993 年版，第 15 页。

理论，是以我为主，以新的立场重新审视和思考的理论"①。作为西方后现代主义理论热情鼓吹者的张颐武显然不会完全否定第一世界的理论；他发现，建立真正独立自主的第三世界论述的困境是：借用西方的话语，面临着忽视本土文化特征的指责；拒绝西方话语，却又找不到自己的话语来阐释第三世界的语言与生存现实。为了摆脱这种尴尬，他提出重构第三世界文化理论的策略。这个策略的实施分成两个步骤：第一步是质疑，即在借用西方话语过程中，通过对西方理论与本土本文间无法弥合的差异的识别和分析，找出它背后依凭的意识形态的死结；第二步是重构，即"在对第一世界的质疑的基础上，运用本土的新理论创造以理解文学文本"②。这里的逻辑问题十分明显，"本土的新理论"既然已经存在了，又何必谈"重构"呢？"本土的新理论"如何突然从天而降，让人费解。

当然，如同程文超所言，呼吁"第三世界"的觉醒还是有意义的。他认为"走向世界"是"文革"后文学批评的重要命题。在"走向世界"的急切心态影响下，新时期文论形成了一种"西方结"，有意无意地承认或支持了西方话语中心。第三世界理论的引入"也许是又一历史反讽：在第三世界引起反响的'第三世界'话语，仍然是第一世界白人的建构。然而，第三世界的人们毕竟走出了一大步，认清了'走向世界'的迷雾"③。王岳川的看法也极其相似，主张"把第三世界文化的历史经验置入整个世界文化格局的权力话语彼此起伏消长的过程中去，使'潜意识'的表达成为可能"。在他看来，第三世界文化与第一世界抗衡只有两种结果，要么是以"人妖"方式取悦他者或成为被他者观赏的文化景观，"甚至挖掘祖坟、张扬国丑、编造风情去附和东方主义神话，以此映衬和反证西方中心论的意识形态"。要么与西方主流话语对抗，"在世界范围内为霸权所分割的时空中重新自我定位，并在主流社会中获得一席之地"④。与西方文化激烈对抗的姿态似乎十分坚决，相比而言，张颐武在反抗西方话语方面倒有所保留。令人怀疑的是，王岳川却是一位熟练操弄西方理论的批评家。

徐贲在《第三世界批评在当今中国的处境》一文中，把张颐武的第三世界文化论称为"中国式的第三世界批评"。徐贲认为从 20 世纪 80 年代的文化热到 20 世纪 90 年代的"中国式的第三世界批评"的转向是一次倒退，原有的文化批判意识和启蒙精神被中西文化的对抗意识所取代，变成主流话语的一部分。国际政治关系问题代替了本土现实问题，"只有国际性，而没有国内性"⑤。徐贲还指出了张颐武用第三世界理论阐释"新写实主义"和"人民记忆"的不恰当性。在徐贲看来，"中国式的第三世界批评"是 20 世纪 80 年代启蒙思潮大规模退潮后的一种文化现象。徐贲的问题在于对直接影响了"中国式的第三世界批

---

① 张颐武：《在边缘处追索——第三世界文化与当代中国文学》，时代文艺出版社 1993 年版，第 12 页。

② 张颐武：《在边缘处追索——第三世界文化与当代中国文学》，时代文艺出版社 1993 年版，第 549 页。

③ 程文超：《创建自己的"新话语"》，《文艺理论研究》1993 年第 5 期，第 61 页。

④ 王岳川：《后现代主义文化与价值反思》，《文艺研究》1993 年第 1 期.

⑤ 徐贲：《文化批评往何处去》，香港天地图书有限公司 1998 年版，第 322 页。

评"的詹姆逊理论缺少必要的反省，张颐武等人的问题很大部分源于詹姆逊的总体化论述。正如南帆在《全球化与想象的可能》一文中所说的："无论是德里克的地域还是詹姆逊的第三世界，这些设想旨在资本主义的总体制度之中建立某些异端的空间。然而，人们或许可以察觉，这些革命故事的叙事人背后仍然不自觉地隐藏了一个西方的立场。更为重要的是，革命故事之中的主人公形象——'地域'或者'第三世界'——过于单纯了。如果观察者的目光来自遥远的西方，如果这种观察更多的是为庞大而骄傲的西方文化找到一个迥异的他者，那么，地域或者第三世界就会被理所当然地视为一个整体。可是，如果进入地域或者第三世界内部，问题就会骤然复杂起来。民族、国家、资本、市场、文化、本土、公与私、诗学与政治，这些因素并非时时刻刻温顺地臣服于某一统一的结构。事实上，许多左翼理论家所共同关注的中国即是一个不可化约的个案。"① 这一论述提醒我们，现今重启"第三世界"概念，既要建构世界体系的整体性阐释视野，同时也要对第三世界内部结构的复杂性和多元性给予充分的重视，"第三世界"并不单纯，事实上，不少"第一世界"的文化元素早已渗透其中，不能把"第三世界"理想化和抽象化。

21 世纪以来，中国文论界对"第三世界文学"的讨论与阐释围绕四个方面展开。一是继续围绕詹姆逊的"第三世界民族寓言"理论展开争鸣。20 世纪 80 年代中后期至 20 世纪 90 年代初的汉语文论界一般以纯文学观和审美主义为遵循，詹姆逊的"第三世界民族寓言"说因其非文学的取向而不被普遍认同，对"民族寓言"说的评价分歧十分明显。进入 21 世纪后，汉语文论界关于"第三世界文学"的讨论仍然聚焦于詹姆逊"民族寓言"论。主要文章列举如下：《弗·杰姆逊的第三世界文学观》（程开成、潘志存）、《寓言的力量和困境——詹姆逊的第三世界文学观》（孔令斌）、《进入中国文艺批评理论的詹姆逊民族寓言思想》（李元乔）、《晚期资本主义时期的"民族寓言"——詹姆逊的第三世界文学观评析》（张荣兴、夏凤军、姜深洁）、《理论的乌托邦——评詹姆逊的第三世界文学思想》（杜明业）、《"第三世界文学"："寓言"抑或"讽喻"——杰姆逊"第三世界文学理论"的中国错译及其影响》（姚新勇）、《詹姆逊的民族寓言理论及意义》（陈春莉）、《"政治无意识"视野中的"第三世界民族寓言"》（姜深洁）、《不可避免的他者逻辑——关于对詹姆逊"民族寓言"的批判》（陈广兴）、《杰姆逊的"民族寓言"：一个辩护》（王钦）、《詹姆逊"民族寓言"说之再检讨——以"近代的超克"为参照兼及"政治知识分子"》（吴娱玉）、《詹姆逊的第三世界文学理论及其反思》（黄宗喜、占凯）、《詹姆逊眼中第三世界文学的本质》（刘阳）、《詹姆逊的"国族讽寓"论在中国的错译及影响》（王希腾）、《"民族寓言说"之谬及鲁迅作品在美接受的现代性问题》（易春芳），等等，大体可以分为三种类型：第一种持反思与批判的立场，指陈詹姆逊的"民族寓言说"存在内在文化逻辑上的错谬和本质主义化约主义倾向，并与第三世界文学的事实并不吻合。詹姆逊的"民族寓言说"代表的仍然是第一世界的眼光，带有明显的"他者逻辑"。"詹姆逊的第三世界文学理

---

① 南帆：《问题的挑战》，海峡文艺出版社 2002 年版，第 238 页。

论能激发亚非拉国家的民族自觉，同时又带有鲜明的西方中心论立场。"① 第二种则持辩护立场，认为学界对詹姆逊的"民族寓言说"的拒绝与批判源于某种误译和误读，其中最为关键的误读是将"民族寓言"从形式层面转换到内容或主题层面。如果"从形式出发理解'民族寓言'可以使人们在当今的文学和政治语境下重新讨论第三世界文学与跨国资本主义之间的关系，从而重新激发'民族寓言'这一批判性概念的批判潜能及其美学政治上的激进性"②。第三种是从理论体系层面展开阐释，如从詹姆逊的总体性观念和"政治无意识"框架出发阐释"民族寓言说"的完整内涵。

二是在后殖民批评视域中阐发"第三世界文学"的内涵与意义。主要文章列举如下：《后殖民理论中的"中国"如何被表达？——从"第三世界民族寓言"到"属下可以说话吗"》（吴娱玉）、《后殖民女性主义文学批评的理论视域：以斯皮瓦克的语境化性别理论为例》（刘岩）、《"华语语系文学"的文化逻辑》（张重岗）、《西方后殖民批评中的多重"他者"》（肖祥）、《性别、民族与权力：后殖民女性主义文学批评中的"国/族"论》（肖丽华）、《德里克后殖民主义意识形态批判理论探析》（朱彦振）、《中国本土文化身份的反思与重构——基于后殖民理论的考察》（卢兴、郑飞）、《后殖民视野下的民族认同问题——一种后民族主义话语》（周计武）、《后殖民理论的反思与期待——罗伯特·杨教授访谈录》（生安锋）、《后殖民理论与抵抗政治》（王旭峰）、《斯皮瓦克后殖民框架下的女性主义理论》（李权文）、《第三世界国家生存状态的另一种解析——兼论后殖民主义的政治内涵》（胡黎霞）、《知识权力与后殖民主义文化霸权》（张科荣）、《"女性主义""第三世界女性"与"后殖民主义"》（雷颐）、《解构双重话语霸权：第三世界女性主义理论》（于文秀、郑百灵），等等。一方面，"第三世界"的历史与现实和"第三世界"文学文本业已成为后殖民批评操练的田野；另一方面后殖民理论的导入揭示了"第三世界文学"的丰富内涵和复杂面貌，进一步凸显出"第三世界文学"在资本主义全球化时代所具有的抵抗潜能和批判意义。后殖民论述、民族主义、女性主义和"第三世界文学"四个概念的深度接合为解放叙述的重构或更新提供了理论契机。

三是从具体作家作品入手理解与阐释"第三世界文学"理念，或以"第三世界文学"为视域和方法进行文本分析与意义解读。鲁迅、陈映真、黄春明、V.S.奈保尔、阿兰达蒂·洛伊、桑吉夫·萨霍塔、萨尔曼·拉什迪等作家的作品深受重视，成为阐释"第三世界文学"观念的重要文本。在"第三世界文学"的框架下，文学史和理论批评界不断发掘与阐发这些作家创作的独特历史意义。

四是重返马克思恩格斯的经典论述重构当代马克思主义的"第三世界文学"论。以詹姆逊等为代表的西方马克思主义文论对"第三世界文学"论述构建的积极作用是毋庸置疑的，但阿赫默德、德里克、拉扎鲁斯、帕里等主张重启传统马克思主义的思想资源。在汉

---

① 黄宗喜、占凯：《詹姆逊的第三世界文学理论及其反思》，《湘潭大学学报（哲学社会科学版）》2016年第5期。

② 王钦：《杰姆逊的"民族寓言"：一个辩护》，《文艺理论研究》2014年第4期。

语学界也有不少学者主张重返马克思和恩格斯的经典论述重构"第三世界文学"理论。如周兴杰和童彩华的《"第三世界文学"与"世界文学"——后殖民批评中的马克思主义话语》就认为今天讨论"第三世界文学"应该重启马克思恩格斯的"世界文学"概念与解放论述。在《马克思恩格斯民族论述与中国当代文学批评》一文中,胡俊飞则提出:"马克思对民族与人类解放关系的科学揭示,对于洞彻后殖民批评的悖论与危险,透视西方马克思主义批评对第三世界文学暗含着的黑格尔主—奴关系的隐喻结构,具有重要学理价值。"[①] 这些观点对深入理解与阐发"第三世界文学"的内涵与意义都颇具启发意义。

三

在经济与文化全球化愈演愈烈的今天,第三世界的"第三世界文学或文化"话语可能越来越流行,其抵抗西方话语统治的功能也将被人们所认识。然而人们在反抗西方的文化政治对第三世界的化约主义阐释时,也应该警惕第三世界人文知识分子对西方文化的化约主义倾向。更为重要的是第三世界的人文知识分子需要不断发掘与丰富"第三世界"概念的内涵,在新的历史语境下发展乃至重构"第三世界"论述。2015 年是万隆会议召开 60 周年,在印度尼西亚参加亚非领导人会议的各国领导人来到万隆,纪念万隆会议召开 60 周年,共同签署《2015 万隆公报》。以此为契机,人文知识界重新思考万隆会议的当代意义,提出"重返万隆会议"的命题。2015 至 2016 年,《亚际文化研究》(Inter-Asia Cultural Studies)、《万隆:全球南方杂志》(Bandung: Journal of the Global South)、《澳大利亚国际事务杂志》(Australian Journal of International Affairs)、《批判亚洲研究》(Critical Asian Studies)等重要刊物发表了一批讨论万隆精神及其当代意义的文章。2015 年 12 月出版的《亚际文化研究》第 4 期发表了阿里夫·德里克的长文《世界现代性视野下的万隆遗产与中华人民共和国》,认为"万隆/第三世界 60 年"纪念活动将打开新的政治空间[②]。2016 年由陈光兴策划又推出了"万隆/第三世界 60 年"专辑,包括《没有万隆的世界,或者为了一个没有霸权的多中心体系》(Samir Amin)、《重新思考万隆遗产》(Hilmar Farid)、《拉丁美洲的万隆:另一个世界的希望》(Roberto Bissio)、《万隆,历史上的不平等和发展目标》(Jomo Kwame Sundaram)、《亚非团结与"资本"问题:超越最后的边界》(Aditya Nigam)、《近代中国思想中"第三世界"的轨迹》(Wang Xiaoming),等,意图在于"探讨将第三世界的概念作为一个未完成的知识工程的可能性,这个知识工程将非洲、亚洲、加勒比和拉丁美洲第三世界的思想界和知识生产联系起来"。"万隆精神

---

① 胡俊飞:《马克思恩格斯民族论述与中国当代文学批评》,《中央民族大学学报(哲学社会科学版)》2012 年第 4 期。

② Arif Dirlik (2015). "The Bandung legacy and the People's Republic of China in the perspective of global modernity". *Inter-Asia Cultural Studies*. 16(4): 615-630.

可以动员起来，为一个更美好的世界设想新的团结形式。"①《澳大利亚国际事务杂志》2016年6月出版的第70卷也推出纪念万隆会议专辑，包括《1955年亚非会议及其对国际秩序的影响》（*Andrew Phillips*）、《从全球视角研究万隆会议》（*Amitav Acharya*）、《万隆六十年：国际社会的反抗与复原》（*Richard Devetak, Tim Dunne & Ririn Tri Nurhayati*）、《亚非会议（万隆）与泛非主义：调和大陆团结与国家主权的挑战》（*Joseph Hongoh*）、《"万隆精神"和团结的国际主义》（*Heloise Weber & Poppy Winanti*）、《超越"万隆分水岭"？评估澳大利亚—印度尼西亚安全合作的范围和限制》（*Andrew Phillips & Eric Hiariej*）等文章，基于国际关系和国际政治的视角重新思考万隆会议的遗产和重构团结的国际主义的可能性。直至2019年，《批判亚洲研究》还推出万隆会议与第三世界专辑，文章包括《万隆人文主义与全球南方的新认识：导论》（*Hong Liu & Taomo Zhou*）、《"一个必胜的世界"：中国、亚非文联、世界文学的再创造》（*Pieter Vanhove*）、《第三世界的全球报道：亚非记者协会1963—1974年》（*Taomo Zhou*）、《重建万隆国际主义：缅甸的去殖民化和后殖民未来主义》（*Geoffrey Aung*），等，从全球南方认识论的构建和世界文学的重构等层面思考万隆会议的当代意义。2015至2016年间，汉语学界的重要左翼杂志《人间思想》也发表了一系列纪念性文章，如帕斯卡尔拉·T. 瓦达亚（Baskara T. Wardaya）的《全球团结对抗单边主义》、贺米·叶荷哈（Rémy Herrera）的《万隆会议五十年后："南方"人民重新团结——访谈萨米尔·阿敏》、妮拉·雅尤·乌塔米（Nila Ayu UTAMI）的《重访万隆会议：Berbeda Sejak dalam Pikiran》、郭佳的《万隆会议的今昔世界与人民运动的网络编织：从"亚洲的国际歌"切入》，等等，提出："冷战时期及其后续发展再再显示万隆精神正在衰退。同时，试图单方面破坏万隆会议的美国仍持续进行各种单边（unilateral）行动，以获取其霸权利益。美国和其他强势国家甚至往往绕过联合国来进行种种单边行动。为了回应这样的情势，我们更需要重新活化万隆精神，促进国际关系的民主化。"②2016年，Quỳnh N. Phạm和Robbie Shilliam合作主编出版了《万隆的意义：后殖民秩序与去殖民愿景》一书，引入后殖民理论，从去殖民层面深入讨论万隆会议的历史与当下意义，认为万隆会议是构想和打开二十世纪去殖民化全球秩序前景的开创性事件，它不仅构建了一个政治、制度和话语的平台，而且意味着一个"文化和精神的时刻"的到来。在他们看来，万隆会议具有去殖民的情感政治意义，"不了解万隆集体情感政治的构成深度，就很难把握万隆的意义……万隆的一系列情感，从灼热的伤痛到感受到的团结，必须被视为一种政治情感，这种情感打破了欧洲'理性'的自我参照演算，而这种自我参照演算对帝国扩张和殖民统治是至关重要的"③。该著聚焦于去殖民的情感政治，深刻地阐述了万隆会议所代表

---

① Chen Kuan-Hsing (2016). "Introduction: 'Bandung/Third World 60 Years' — inmemory of Professor Sam Moyo". *Inter-Asia Cultural Studies*. 17(1): 1-3.

② 帕斯卡尔拉·T. 瓦达亚：《全球团结对抗单边主义》，《人间思想》第10期，2015年8月，第131—146页。

③ Quỳnh N. Phạm, Robbie Shilliam. *Meanings of Bandung: Postcolonial Orders and Decolonial Visions*. London: Rowman & Littlefield International, 2016. p.10.

的对于第三世界抵抗殖民运动至关重要的"文化和精神的时刻"。今天复兴万隆会议精神，首先即是要重建全球反抗资本主义殖民压迫体系的情感与文化的共同体，在此基础上，构建一种去殖民的共同愿景。中国知识界也发表一系列纪念万隆会议 60 周年的文章，举办"万隆精神与国际秩序——纪念万隆会议 60 周年学术研讨会"和"纪念万隆会议 60 周年高端研讨会"等活动，同样聚焦"共情"理论，以"一带一路"倡议和"人类命运共同体"意识阐释"万隆精神的当代弘扬"与当代实践问题[①]。借纪念万隆会议 60 周年这个重要的时间之窗和历史契机，"第三世界"概念和"第三世界文学"话语在理论批评场域再一次受到关注，重新活跃了起来。

今天，批判知识界提出"重返万隆会议"命题的意义委实深远，为何"重返"？如何"重返"？第三世界处境为何？今日第三世界知识分子何为？在新自由主义全球化语境下如何重构"第三世界"的认识论和历史辩证法？在逆全球化与民粹主义兴起的语境下全球进步知识界如何重新形成团结的力量？迄今全球关系及其论述生产仍然深刻地嵌入在"冷战—后冷战"结构之中，如何有效突破这一潜在结构？在新的历史条件下，"第三世界"文学艺术如何有效发挥介入全球文化政治的积极作用？这一系列问题至关重要，全球的进步知识分子都需要重新予以深入思考。

今天，我们在"重返万隆会议"语境下重提"第三世界"还必须关注和思考"全球南方"概念的崛起，"这个词在 21 世纪的头十年里呈指数级增长，在很大程度上取代了它的前身'第三世界'，需要仔细审视"[②]。"'全球南方'从日益死亡的'第三世界'隐喻中接过了担子。""'全球南方'与'第三世界'拥有同样的语义场，并继续发挥着某些（但绝不是全部）修辞功能。"[③]"全球南方"与"第三世界"的关系究竟为何？"全球南方"论述的崛起是意味着"第三世界"的死亡抑或意味着"第三世界"理论在新历史条件下的再生乃至复兴？在新的历史条件下，"全球南方"批判知识分子如何继承与发展"第三世界"的思想遗产？这无疑是一个既重要又饶有趣味的时代课题。我们认为，全球南方理论和运动的核心要义在于反帝国主义、反资本主义和反抗新自由主义的全球化，既与"万隆会议"所代表的"第三世界"精神一脉相承高度一致，又具有我们这个时代批判和抵抗新自由主义全球化的鲜明特征。因此，"全球南方"的兴起不是对"第三世界"思想的取而代之，而是在新的历史条件下继承和发展"第三世界"思想，"万隆精神"构成了"全球南方"论述和运动至关重要的思想资源，从起源看，全球南方历史的可能性无疑与第三世界思想史密切相关[④]。换句话说，今日"全球南方"论述与运动起源于第三世界思想与运动。尤其

---

① 夏雪：《万隆精神反思及其对当前政策的借鉴意义——"万隆精神与国际秩序——纪念万隆会议 60 周年学术研讨会"综述》，《太原理工大学学报（社会科学版）》2015 年第 4 期。

② Russell West-Pavlov (ed.). *The Global South and Literature*. Cambridge: Cambridge University Press, 2018. p.3.

③ Russell West-Pavlov (ed.). *The Global South and Literature*. Cambridge: Cambridge University Press, 2018. p.4.

④ Vijay Prashad. *The poorer nations: a possible history of the Global South*. London: Verso. 2012.

值得关注的是，在争取全球政治经济社会和文化正义的同时，改造社会科学全球秩序的呼声逐渐高涨，为此"南方"知识分子提出了建构"南方认识论"的当代使命与任务，直接挑战和反抗西方中心主义的社会科学和西方普遍主义认识论。启蒙运动以来的西方现代性思想范式受到了进一步的质疑与批判，经典马克思主义的批判意义被重新阐释和发扬，后殖民理论与马克思主义的政治经济学批判的辩证综合也获得了重新出发的崭新历史契机。正如 Lucia Pradella 所观察与阐明的[①]，不少"南方"知识分子已经认识到马克思主义的政治经济学批判和历史唯物主义对于"南方认识论"的生产和批判社会学思想的重构至关重要，许多事实足以表明这一思想的发展趋势将日益重要且显明。

---

① Lucia Pradella (2017). "Marx and the Global South:Connecting History and Value Theory". *Sociology*. 51(1): 146-161.

"朗西埃范式"与人文社会科学研究[①]

当代法国哲学家雅克·朗西埃因其独具特色的审美政治理论和对平等问题的激进反思闻名于世。自 20 世纪 60 年代以来，朗西埃笔耕不辍，已出版三十余部著作，涉及历史、政治、文学、美学、教育学、当代艺术和电影等不同领域。朗西埃的写作极具挑衅性，他在作品中对主流的政治哲学和美学话语进行了激进的批判，质疑了传统的学科界限，同时也在其所涉及的广泛主题的讨论中推动了"平等""共识""民主"和"现代主义"等重要观念和语汇的重塑。他自诩"逆流而上""无法归类"[②]，安然地栖居于主流边缘，却又能够在他工作过的所有领域都留下独特的印记。

一、英语学界的朗西埃研究状况

从朗西埃主要著作的英文翻译情况来看，英美学界对朗西埃的接受史大致分为三个阶段。20 世纪 80 年代末到 21 世纪初是第一个阶段，这个时期朗西埃作品已经有零星的翻译，但往往比法文版本延迟很久，《阿尔都塞的教诲》1974 年在法国出版，英译本在 37 年之后的 2011 年才出现；《哲学家及其穷人》1983 年出版法文版，英译本 2004 年出版，晚了 21 年。可想而知，这个阶段英语学界对朗西埃的研究和讨论也不多，直至 2004 年，加布里埃尔·洛克希尔仍然指出，由于"缺乏可用的翻译和充足的二手文献"，"朗西埃的声音在英语世界还没有得到全面的倾听"[③]。从 2003 年开始到 2016 年是第二个阶段，这个时期朗西埃的主要著作得到频繁且及时的翻译和推荐，基本在法语原版出版后的几年内就会以英语出版，并且，随着时间的推进，法语原版和英语译本之间的间隔时间越来越短，许多此前没有翻译的早期著作也在这个时期被翻译介绍给英语读者。《无声的言语》法文版出版于 1998 年，英文版出版于 2011 年；《美学的政治》法文版出版于 2000 年，英文版出版于 2004 年；《解放的观众》法文版出版于 2008 年，英文版出版于 2009 年。朗西埃从

---

① 本文与郑海婷博士合作完成。

② Jacques Rancière. "Preface to the New English Edition." *Proletarian Nights: The Works' Dream in Nineteenth-Century France*. trans. John Drury. London and New York: Verso, 2012.

③ Gabriel Rockhill. "Jacques Rancière's Politics of Perception." in Jacques Rancière. *The Politics of Aesthetics: The Distribution of the Sensible*. Trans. Gabriel Rockhill. London and New York: Continuum, 2004. p.1.

一名小众的左翼思想家迅速跃升成为学术明星，他著作的英语译本广为流传，影响日隆，其本人被频繁邀请到世界各地讲学，朗西埃学术思想的专场研讨会也多次举办，国际重点刊物《实质》《小说》等都组织了朗西埃专题，一批关于朗西埃的导论性和阐释性著作也相继出版。2017 年至今是第三个阶段，朗西埃作品的英文翻译已经能够及时跟进法语原版，在法语版本出版之后的一两年内就会出现，甚至他的一些新著是直接用英文创作的，比如 2017 年出版的《摩登时代》以英文版首发；朗西埃的访谈录《异议的言辞》2017 年首先以英语结集成册出版（其中的各个访谈在此前多年间以法语和英语陆续发表过），这些都说明了英美学界迫切的理论需求。朗西埃接受采访的情况能够佐证这个趋势，据他回忆，他本人在很长一段时间里都没有接受采访，仅在 1976、1981、1985 年分别有过三次采访，主题是关于电影和《无产者之夜》，直至 1999 年，在当年一年内就接受了数次采访，这之后，对朗西埃的采访就日渐增多，"偶尔的涓涓细流变成了洪流，从那以后，就再也没有失去过势头"[1]。

出生于 1940 年的朗西埃，一直辛勤工作、学术出版不断，却直到 21 世纪初临近退休之际，才受到广泛关注和讨论，相比于同辈的阿兰·巴迪欧和让-吕克·南希等人，朗西埃无疑是"大器晚成"了。这一状况的发生至少有三个方面的原因。第一，朗西埃晦涩模糊的理论写作风格，虽然也不乏直白辛辣的书写，但是在陈述其理论的建构性部分时，朗西埃往往选择晦涩模糊的语言，展开复杂化的思考，他的理论写作显然缺少福柯式的新鲜诗意和明晰性，其本人甚至以自己"神巫式的风格"[2]为傲。第二，朗西埃的理论成熟得较晚，朗西埃学术思想的原创性不如巴迪欧等人，他是站在福柯、德勒兹这些理论巨匠的肩膀上开始他的学术论述的，他关于艺术体制的划分，对于微观政治的理解，以及"分子式的平等""歧义的共同体"等概念，都在不同程度上受惠于福柯和德勒兹，同样的，他的柏拉图、亚里士多德、康德、席勒都是经由法国理论洗礼之后的版本，因此，对朗西埃理论的接受和理解也需要建立在对法国理论充分理解的基础上，这需要有一个理论沉淀的过程。第三，更直接的是，朗西埃所秉持的激进的跨学科方法，产生了与主流思想格格不入的批判性思考，使他长期以来难以被接纳，比如他对年鉴学派的批评，对劳工史的梳理，在正统学者看来，都不过是来自圈外人的挑衅，毫无疑问，这种激进的挑战方式也为朗西埃理论的接受设置了障碍。同时，从另一角度来看，又恰恰是因为朗西埃数十年一以贯之的写作形成了独特的审美政治理论范式，使他在 21 世纪初反全球化运动兴起、左翼思想回潮的背景下，能够迅速引起关注，进入国际主流学术界的视野中。2013 年，伊恩·巴尔弗在为朗西埃《美感论》英文版所写的书评中表示："在 20 世纪下半叶伟大的思想大师们逝世之后，朗西埃已经崛起成为最优秀的人物，在从事哲学、政治和艺术结合研究的欧

---

① Emiliano Battista. "Editor's Preface". in *Dissenting Words: Interviews with Jacques Rancière*. ed. & trans. Emiliano Battista. London and New York: Bloomsbury Academic, 2017. Ⅰ.

② Gabriel Rockhill (2011). "Rancière's productive contradictions: From the politics of aesthetics to the social politicity of artistic practice." *Symposium Canadian Journal of Continental Philosophy*, 15(2): 30.

陆左翼理论家中，他处于最常被人阅读和引用的头部阶层。"①

毫无疑问，过去十多年间，世界范围内的朗西埃热正在持续发展中。2015 年，朗西埃谈到他在学界的接受时就说到，他本人最感欣慰的就是目前国际上已经有不少学者、学生尝试用他的方法来介入不同领域的研究，激活新文本的政治潜能："也许现在有几代人更直接地进入我所写的情感内容中。"②梳理考察欧美学界近十年来的相关研究，可以发现，朗西埃的工作受到越来越广泛的关注，也引起越来越多的讨论，相关的研究在广度和深度上都在不断往前推进。研究者们提出了"朗西埃范式（Rancièrean paradigm）"，用朗西埃的理论在朗西埃工作过的领域乃至他没有讨论过的领域进一步开展研究，这些研究反映出朗西埃对人文社会科学更广泛的影响，也显示出国际学术界对朗西埃的接受已经从翻译、解读和文本批判进入了"以朗西埃为方法"的新阶段，朗西埃及其范式对当前人文社会科学研究的普遍性影响正在发生。

二、"以朗西埃为方法"的人文社会科学研究

近期出版的几本以"朗西埃与 XX"为名的著作是"以朗西埃为方法"的学术研究成果的集中展现。爱丁堡大学出版社"批判连接（Critical Connections）"系列丛书意图在当代批判理论家与广泛的研究领域之间建立起新的联系，比如批判理论与文化理论、性别研究、电影、文学、音乐、哲学和政治研究等；该系列丛书自 2012 年推出以来，至 2021 年底已出版 16 册，包括《阿甘本与后殖民主义》《维利里奥与视觉文化》《西蒙东与数字文化》等，其中有 3 册与朗西埃相关：《朗西埃与电影》（2013）、《朗西埃与文学》（2016）、《朗西埃与音乐》（2020）。劳特里奇出版社推出的"律法师：批判性法律思想家（Nomikoi: Critical Legal Thinkers）"系列呈现了德勒兹和加塔利、拉图尔、齐泽克、埃波斯托、德里达、阿伦特、朗西埃等主要批判思想家关于法律的思考，这些思考为跨学科的法律研究做出了重大贡献，带来法学和社会科学、人文科学更加紧密的对话，该系列中的《朗西埃与法律》一书出版于 2018 年。罗曼和利特菲尔德出版社的"表演哲学（Performance Philosophy）"系列丛书，聚焦考察观众和艺术作品之间的关系，关注表演如何被思考以及思想如何被展演；丛书收入《倾听实验》《20 世纪表演哲学家萨洛莫·弗里德兰德 - 姆尼亚：批判性导论》《生态危机时代的表演》等，其中《朗西埃与表演》出版于 2021 年。从 2013 年的《朗西埃与电影》、2016 年的《朗西埃与文学》，到 2018 年《朗西埃与法律》、2020 年《朗西埃与音乐》、2021 年《朗西埃与表演》，相关的论域与朗西埃

① Ian Balfour (2014). "Aesthetic Regime Change. A review of Jacques Rancière, *Aisthesis*." *Postmodern Culture*, 24(3).

② Patrick M. Bray and Jacques Rancière: "Understanding Modernism, Reconfiguring Disciplinarity: Interview with Jacques Rancière on May 11, 2015." in *Understanding Rancière, Understanding Modernism*. eds. Patrick M. Bray. London and New York: Bloomsbury Academic, 2018. p.289.

本人的学术关注渐行渐远，如果说文学、电影都是朗西埃深度介入的论域，关于它们朗西埃说了许多；那么，相形之下，朗西埃对法律、音乐却谈得很少，更遑论表演哲学这样的新兴领域了。这种状况恰恰说明朗西埃学术影响力的逐步扩大，他的方法不仅吸引到相关领域学者的关注和讨论，也对其他不相关领域的学者产生了巨大的吸引力。当然，对"朗西埃与XX"的编者和作者们来说，一个相当直接的问题是，在这些论题之下，讨论要怎样展开？

一种情况是，经过了前期对朗西埃理论的翻译介绍和基础阐释阶段之后，在现阶段要有新意地讨论与朗西埃本人的研究密切相关的选题已经变得不那么容易了。电影是朗西埃十分感兴趣的领域，他自称为迷影人，也不时发表一些对新老电影的影评和对图像、电影的理论思考。在《朗西埃与电影》中，作者们试图厘清朗西埃的电影论述，将其置于电影理论史中予以考察，或在文化研究的整体视域中定位朗西埃，基本做的是阐释与定位的工作。而文学更是朗西埃的着重面。《朗西埃与文学》的工作更加深入一些，展现了出入朗西埃理论文本的张力，既有对朗西埃文学理论的归纳和深度解读（《符号森林中的朗西埃》），也有对朗西埃的挪用（《为什么要杀死玛姬·杜黎弗》），或者将朗西埃文学理论放在更大的视野中予以比较分析和批判性考察（《细节中的意义：朗西埃与本雅明笔下19世纪的文学与碎石》）。本卷文集编者在导言中没有多费笔墨去说明朗西埃与文学的联系，而是将重点放在提炼朗西埃的文学思想及其独特性上，他们尝试处理的问题包括：文学在朗西埃整个理论项目中的核心位置，朗西埃对"文学性"的创新性理解，朗西埃对文学文本的解读如何带入政治的思考，朗西埃的文学政治理论所面对的难题及可能性。这些讨论都具备了相当的理论难度和深度。

另一种情况是，面对朗西埃本人讨论较少的主题，编者和作者们借用朗西埃的方法进行研究。相关的问题包括：朗西埃本人对该领域的陈述，朗西埃对相关理论的观点，朗西埃对该领域研究的影响；更进一步的，借助朗西埃的方法，能够为该领域研究带来什么；以及，该领域的研究能够为朗西埃的方法带来什么？正如《朗西埃与音乐》的编者所说："朗西埃对美学与政治关系的多方面探索，为音乐的洞察、研究和实践开辟了许多新的前景……反过来，音乐为朗西埃的政治/美学思想的继续发展提供了一个丰富的地形，一个丰富多彩的透视场域。音乐与时间相关的本质、关系状态、其表达和产生意义的模式（通常是非语言或准语言的）、它在哲学表达和政治（传统用法）表达之间划出的界限、它不断提出的本体论和认识论问题：所有这些既是用朗西埃的概念装置进行介入的肥沃土壤，也是开发、改进和改造其概念装置的肥沃土壤。"[1] 学者们不再局限于朗西埃本人研究所涉及的有限领域，从朗西埃的语料库中挖掘与各自研究相关的表述；也不再局限于对朗西埃观念的提炼和总结，而是颠覆了这种方法，提出了这样一个问题：一个受朗西埃启发的本学科理论会是什么样的？以《朗西埃与法律》为例，朗西埃的思考支持的是偶然的异议行

---

① João Pedro Cachopo, Patrick Nickleson, Chris Stover: "Introduction." in *Rancière and Music*. eds. João Pedro Cachopo, Patrick Nickleson, Chris Stover. Edinburgh: Edinburgh University Press, 2020. p.1.

动、短暂的政治，而法律却需要深思熟虑才能实践，二者之间似乎难有关联。但是，将视角稍加转换，一些有趣的问题就浮现出来了："朗西埃能否以不同的方式帮助我们质疑几乎每次讨论法律时都武断地重申的持久性和确定性的概念？""法律可以被认为是一种可见性的制度，一种合理的、激进的平等、民主和解放的分配制度吗？""我们如何从地点、角色和主体的安排来看待法律呢？"……基于此，《朗西埃与法律》的编者陈述了他们的意图："这本书的目的既不是解释朗西埃关于法律的思想，也不是将其应用于一个预先确定的领域或法律概念，而是通过朗西埃的帮助来重新思考法律。也就是说，我们所探究的不仅是构成其思想基础的法律观点（朗西埃思想中的法律 law in Rancière），而且是他的思想可能开启的观点（经由朗西埃的法律 law through Rancière）。因为，虽然朗西埃的思想肯定可以动员起来批判法律、法律机构和日常实践的弊端，但他的工作也可能富有成效地用于探索法律的可能性，而这些可能性迄今仍然是隐藏的。"① 如同朗西埃对"孤儿信件"的"文学性"的肯定和期许，这些思考和探索使源出自朗西埃的理论方法脱离朗西埃本人，获得了更加长久的学术生命力。

三、存在一种"朗西埃范式"吗？

近年来，朗西埃范式不仅在电影研究中兴起，而且在文化研究及其周边也兴起了……可以这么说，最近在文化研究中广泛使用的朗西埃视角（因为他的作品已经被翻译成英语），已经促成了一些重要的对政治、美学、电影、主体性、观众、教育学和权力的重新概念化。然而，在托马斯·库恩的意义上，这还没有达到范式转变或范式革命的程度。文化研究一如既往地关注政治、美学、电影、主体性观看、教育学和权力等问题。电影研究亦然。因此，套用库恩的术语，可以说，朗西埃最近的崭露头角并不等同于一种革命性的科学。它更像是对规范科学持续关注的一种创新。

——保罗·鲍曼，2013②

保罗·鲍曼所追问的是："在文化研究中朗西埃范式出现的意义和影响是什么？""当朗西埃范式发生时，发生了什么？"③然而，在这些问题之前，更为根本的问题是：存在一种朗西埃方法或朗西埃范式吗？这是一种什么样的方法？进而，为什么朗西埃范式能够在

---

① Mónica López Lerma and Julen Etxabe: "Introduction: Rancière and the possibility of law." in *Rancière and Law*. eds. Mónica López Lerma and Julen Etxabe. London and New York: Routledge, 2018. p.2. 引文中的着重号为引者所加。

② Paul Bowman. "Rancière and the Disciplines: An Introduction to Rancière before Film Studies." in *Rancière and Film*. eds. Paul Bowman. Edinburgh: Edinburgh University Press, 2013. pp.3-4.

③ Paul Bowman. "Rancière and the Disciplines: An Introduction to Rancière before Film Studies." in *Rancière and Film*. eds. Paul Bowman. Edinburgh: Edinburgh University Press, 2013. p.4.

不同研究领域中产生影响？之后才有更进一步的：朗西埃范式为人文社会科学研究带来了什么？

　　事实上，面对各类致力于从其作品中提炼出一种新的或独特的政治/电影/文学/历史理论的尝试，朗西埃的回应是，这些尝试只能是徒劳的，他本人没有任何"理论"①。我们认为，正如前文的接受史所梳理的，这样的回应并不足以否定"朗西埃范式"的存在：一方面，朗西埃表达的重点是他的方法与所有的流行理论都不相同，不能被归类进既有的理论体系中，他说："就我个人而言，我并不代表哲学家。我不代表任何特定团体或学科的成员。我写作恰恰是为了打破那些分隔开哲学、艺术、社会科学等各类专家的界线。本质上，我为那些努力摧毁专业与能力之间围墙的人而写作。"② 不划归入任何一个学术团体或类别，而是在不同类别之间的分界线上，就这些区隔本身进行思考，这是朗西埃的理论出发点和重心，这也使得朗西埃本人拒绝被归类。另一方面，朗西埃在数十年的学术研究中确实保持了一贯的关注和批判思考，一种激进的平等主义批判，因此，可以说朗西埃的思想是在发展的，但他从未否认自己前期的论点，其核心概念"感性分配"（*le partage du sensible*）就经历了酝酿、提出、成熟和应用的几个阶段，成为贯穿其跨学科论述的、串联起美学与政治的重要方法。他的作品为思考艺术与政治之间的历史关系提出了一种全新范式。他没有把艺术和政治理解为两个截然分隔的领域；也没有去设想一条连结二者的专门通道或特权式的交汇点，从而将艺术与政治理解为有着单一关系的固定实体；在朗西埃看来，"艺术和政治并不是两个永恒不变的、相互独立的现实，人们可能会问，它们是否必须相互联系起来。它们是感性分配的两种形式，二者都取决于特定的识别体制"③。艺术与政治是边界不断变化的"论争性概念"，是"感性分配"的不同形式，通过说明分配、分享与感性领域之间的深层联系，朗西埃对美学实践进行了彻底的历史主义分析，发展出以"感性分配"为基础的审美政治理论。

　　艺术作品的政治并不是美学与政治本身的融合，而是通过审美歧义重新分配感性秩序。用"感性分配"的视角来分析专门的对象，要把对象想象成为非自然的"虚构"，辩证审视对象所反映出的"合理性的结构"（*structure of rationality*），亦即一种呈现和关联事物、情境或事件，以使其可被感知和理解的方式。学术研究即是去质疑这种不证自明的"自然性"，展开批判性探讨。

　　具体来看，朗西埃范式具备了新颖且彻底的批判性、反规训的普遍性，以及分析的可参照性，这些特质是其广泛影响力的重要支撑。

---

① Samuel A. Chambers. "Reviewed by Samuel A. Chambers." in *Rancière Now: Current Perspectives on Jacques Rancière*. eds. Oliver Davis. Cambridge: Polity Press, 2013.

② Jacques Rancière. *Dissenting Words: Interviews with Jacques Rancière*. ed. & trans. Emiliano Battista. London and New York: Bloomsbury Academic, 2017. p. 230.

③ Jacques Rancière. *Aesthetics and Its Discontents*. trans. Steven Corcoran. Cambridge: Polity Press, 2009. pp.25-26.

（一）新颖且彻底的批判性

在反哲学的传统中，朗西埃通过说明他的立场意味着那些再现式的表达都是极其荒谬的，借此，他反过来质疑所有的大师。而正是借助被统治者的非—大师（non-maître）——这种非大师的表达在任何时候都与大师的存在依据相矛盾——的具体表达，朗西埃揭露了大师的荒谬性。

——阿兰·巴迪欧 [1]

朗西埃从感性分配视角出发遵循的激进平等主义批判方法，提供了重新审视经典和主流理论的新颖且具有启发性的概念范式。无论是西方学术的奠基性巨匠柏拉图、亚里士多德，还是他从中受教良多的福柯、德勒兹，或者他自己的老师阿尔都塞，他青年时期的导师萨特，在法国学界执牛耳的布迪厄，或者声名显赫的利奥塔、阿伦特……一大批煊赫的名字都没有逃脱朗西埃的批评利剑。这种大刀阔斧的批判中所蕴含的犀利洞察和饱满激情，在学术界激起了巨大的水花，异见思想家雅克·朗西埃叛逆者的形象深入人心。

作为《读〈资本论〉》曾经的参与者，朗西埃与导师阿尔都塞的分道扬镳已经成为广为人知的事件。朗西埃认为阿尔都塞以导师自居，保持着高高在上的"哲学王"姿态。在阿尔都塞的理论中，把解放者和被解放者区分开来，把工人阶级看成是需要被知识分子启蒙和教育的群体，在朗西埃看来这实际上抑制了被压迫者的创造性和反抗性，把他们塑造成被动等待解放的一群人。这样，工人阶级自发的表达和行动的价值也不被认可，他们需要被启蒙、需要被引导，他们自己的东西则是不可靠的。因此，阿尔都塞事实上在解放理论中也引入了像社会结构一样的劳动分工机制。与之相反，朗西埃坚定地认为社会所有成员的绝对平等才是解放的起点。他同样是从平等的立场出发批评了布迪厄的理论。布迪厄主张品味的形塑与社会的构成有高度关系；而朗西埃看来，布迪厄的理论"将主体的品味与自主性限缩在社会框架里，忽视了人在事物前得以'悬置'，在'警治'内得以'政治'的'自由游玩'的美学可能性" [2]。这些自诩"祛魅"（demystification）的理论话语，维护了知识分子的权力，"预设了那些观众不能依靠自身的力量看见真理"，"'充满善意的灵魂'想要把我们保护起来，避免图像的力量和语言的泛滥所带来的危害"，其结果却是"使人麻木"和"变得愚昧"——不过都是"高尚的"柏拉图式谎言及其变体。朗西埃以平等作为根本预设，坚定支持个体发言和被倾听的权力，"想要将个体恢复为完全清醒地参与到自身历史当中的主动参与者"，对这些正以强大的方式贯穿于主流学术论述中的理论话语保持着充分警惕和犀利审视 [3]。

事实上，朗西埃的这种观念未必是全新的、开创性的，但是他的关键主题"权力、政

① 阿兰·巴迪欧：《元政治学概述》，蓝江译，复旦大学出版社 2015 年版，第 97 页。

② 廖育正（2019）：《"幻化游戏"与"悬置游玩"：论洪席耶对布尔迪厄的批评》，台北：《中外文学》48（1），第 127 页。

③ 菲利普·瓦茨：《异端的历史与知识的诗学》，见让 - 菲利普·德兰蒂编：《朗西埃：关键概念》，李三达译，重庆大学出版社 2018 年版，第 139、141 页。

治、平等、共识、民主、教育"等无疑都应和了文化研究、后殖民研究、女性主义研究、庶民研究等当代重要学术思潮的主导关注，"朗西埃写作的真正力量在于他与法国之外像他一样思考知识生产和平等实践的学者以及艺术家们之间达成的一致"[1]。而与同主题的其他思考不同，朗西埃秉持了激进平等的理念，在他看来，平等是解放理论的起点，是需要不断去验证的预设，而不是目标和终点。以平等作为出发点，朗西埃追踪的不是进步和解放的宏大叙事，而是个体在不同环境下经验的细微差异。朗西埃将他的激进民主思想"根植于词语使用（或者说就是文学）所具有的激进平等主义潜能"[2]。朗西埃关注范围很小的一些特定的文本和个人，经常被认为其方法不具有普遍性，只是一个例，"不堪一击而且太文学化"[3]。但是，必须认识到，这些"尝试着打破阶级范畴的钢铁桎梏"的"另类个体的声音"，"这些超越阶级的个体努力"[4]，提供了一些解放的案例，"每个例子都是让意义从参与者自己的言语和行为中浮现出来"[5]，朗西埃提供的是一个个实验性的场景；反过来说，另一种追求普遍性的方法，一种"用特定表达形式代表整个阶级的方法"[6]难道就没有问题，就更加可靠吗？朗西埃无疑更相信那些与具体事实相连接的个案。在朗西埃看来，工人与思想家不同，思想家经常处于剥削之外，他们只需要纸上谈兵；工人身处直观的剥削之中，对剥削有更深刻的体认，所以他们的书写、他们的话语和行动经常会遇到悖论和矛盾，这恰恰是所有的解放理论都需要面对的问题。也因此，在这种情境之中萌生出的解放话语更值得被关注，更具有实践的意义。他认为工人的解放始于工人自身，始于工人对自己需求和热望的表达，这是工人逃脱给予他们的社会分配的努力。因此，朗西埃关注更多的是处于犹疑和矛盾中的工人话语的积极方面，通过对积极方面的重点关注，把"原本是怀疑论的、悲观的内容"，"变成了政治层面的希望"[7]。这样的论述摆脱了本体论和目的论的诱惑，与"'猜想和反驳'的负面模型"不同，"朗西埃提供了一个积极的、而非累积性的'假设和验证'模型，来描述平等主义斗争的现象学"[8]。正是在这样的背景下，面对共同关注的议题，朗西埃激动人心的、启发性的批判范式受到了热烈的欢迎。

（二）反规训的普遍性

> 一个秩序井然的社会希望其成员都有与自己的身体相对应的知觉、感觉和思想。现在，这种对应永远被扰乱了……为了建立身体的状态和感知方式以及与其

---

① 菲利普·瓦茨：《异端的历史与知识的诗学》，见《朗西埃：关键概念》，第 143 页。

② 让-菲利普·德兰蒂：《导言：平等之旅》，见《朗西埃：关键概念》，第 9 页。

③ 依夫·希顿：《无知的教师》：知识和权威，见《朗西埃：关键概念》，第 32 页。

④ 让-菲利普·德兰蒂：《导言：平等之旅》，见《朗西埃：关键概念》，第 9 页。

⑤ 让-菲利普·德兰蒂：《逻辑暴动》，见《朗西埃：关键概念》，第 25 页。

⑥ 让-菲利普·德兰蒂：《导言：平等之旅》，见《朗西埃：关键概念》，第 9 页。

⑦ 让-菲利普·德兰蒂：《逻辑暴动》，见《朗西埃：关键概念》，第 28 页。

⑧ Dilip Gaonkar. "A Preface to Rancière." In *Distributions of the Sensible: Rancière, between Aesthetics and Politics*. eds. Scott Durham & Dilip Gaonkar. Evanston: Northwestern University Press, 2019. viii.

相对应的意义之间的稳定关系，规训思想必须不断地阻止这种大失血。

——雅克·朗西埃①

对平等和不平等的持续关注被公认为是朗西埃工作的重心，这个重心的演化版本之一是对规训/学科（disciplines）亦即各类界限的关注。规训是权力用以保持社会稳定的重要方式，制造了最稳固的感性分配，关联着各种各样的区隔与界限、吸纳与排除。这很容易让人联想到福柯，福柯的根本教谕之一就是规训中暗含着权力关系。朗西埃的理论工作也是在这种认识的基础上展开的，他直陈自己的工作是"反规训的（indisciplinary）"，"不仅是去除规训，而且要破坏它们"②。对各种分类和区隔的分界线的重新测绘是朗西埃学术工作的主要内容，正是在这个意义上，"现代主义文学"和"当代艺术"引起了朗西埃的巨大兴趣。前者打破了美文规范，使小人物的悲欢离合和日常生活的细枝末节都成为小说叙事的主角；后者直接模糊了艺术与非艺术的界限，各类素材都可以被操作成为艺术。在这些文学和艺术实践中，界限的模糊和挪移显示出感知和言语机制的可变动性。19 世纪的工人写作也是如此。《无产者之夜》中工人借助资产阶级的或者诗人的语言来写作，使他人的语言成为自己的语言，质疑了社会秩序的分配——工人阶级的身份只能使用工人阶级的话语；朗西埃在这里思考的是话语分布和社会分布之间的关系。如朗西埃所言："政治是在认同和分隔的分界线上上演的。"③

界限和分隔无处不在，这也使得朗西埃"反规训"的视角和方法可以在许多地方得到普遍性的应用。需要指出的是，朗西埃在这里并不是在引入非此即彼或者一分为二的简单对立，而是通过重新审视"界限"，"使这些关系复杂化"，"重建艺术生产与政治主体化关系中的不确定性元素"④，这种复杂化的辩证思考在打破界限之后，为下一步研究打开了巨大的空间。

规训/反规训并不是二元对立的关系，如同警察/政治，它们带来的是永恒的课题。我们试以"警察/政治"带入分析。首先，"警察"（la police）在朗西埃这里是中性词，不是贬义词。警察并不是国家机器或暴力规训，它是社会规范的建制，包括一整套的社会规范和共识；当然，我们在生活中碰到的具现化的治安机构是国家、政府、军队、警局，等等。朗西埃针对的并不是警察本身，而是将偶然的警察秩序当作必然，由此产生了警察的排他性扩大及其制造的种种不公。其次，"政治"（la politique）不是独立于警察秩序之外的，不是和警察秩序界限分明的两个领域，在朗西埃的理解中，政治是对警察秩序的破

① Jacques Rancière (2006). "Thinking Between Disciplines: An Aesthetics of Knowledge." trans. Jon Roffe. *Parrhesia*, I: 9.

② Jacques Rancière (2008). "Jacques Rancière and Indisciplinarity: An Interview." *Art and Research*, 2 (1): 1-10.

③ Jacques Rancière. *Dissenting Words: Interviews with Jacques Rancière*. ed. & trans. Emiliano Battista. New York and London: Bloomsbury Academic, 2017. p. 147.

④ Jacques Rancière. *Dissenting Words: Interviews with Jacques Rancière*. ed. & trans. Emiliano Battista. New York and London: Bloomsbury Academic, 2017. p. 231.

坏，同时也是警察秩序的一部分。因此，朗西埃多次强调：政治和警察的相遇和碰撞，就发生在警察秩序的范围之内。政治恰恰是就警察秩序的"错误"进行思考，围绕警察秩序展开商议和谈判，从而将其重新定位、重塑或倍增。因此，朗西埃的方法带来了一个永恒的课题——对平等的验证。平等是"一个只能被验证的、永远不会变成现实的原则"，"面对警察的持续统治，我们正处在也必须生活在这样的统治下"①。这样，朗西埃的"反规训"应该被理解为是"对规训性生产的关注"，旨在"从观念上颠覆和改变不平等的规训性，改变规训内的实践"②。揭示不平等，从而改变现有的导向，阻止其继续滑向不平等，这就是朗西埃"反规训"的工作及其普遍的示范意义。

（三）分析的可参照性

在朗西埃看来，每个时代的艺术实践和政治实践都共享着同一套感性分配的逻辑。他所谓的"感性分配"指的是"一套统治感知秩序的隐性法则，在一个共同体中，通过预先建立内在的感知方式来分配参与的位置和形式。因此，感性的分配产生了一个基于固定视野的不证自明的感知体制，这一体制形塑了什么是可见、不可见，可说、不可说，可思、不可思，可做、不可做"③。可见、可说、可思与可做在"感性分配"的视角下受到同样的观照，它们所关联的界限与界限的变动成为考察审视的中心。朗西埃认为，要打破社会对身体—位置—功能的固定联系，从可见、可说、可思、可做的任意角度重组经验形式，必然带动整个关系结构的变动，亦即对感知的共同结构进行重新确认。这使得朗西埃对其中某一方面的思考具有了外溢的可参照性。

"文学性（literarity）"就是一个可及和可用的范例。朗西埃对"文学性"概念的重新改造是其审美政治理论的重要贡献。不同于在现代主义和结构主义理论中不及物的"文学性"，朗西埃将文学性与词语的过度相联系，定义为流浪文字的可用性，文字的民主式漫游使其有可能破坏既定的书写、感受和思维模式，破坏话语秩序与社会功能之间的再现式对应，从而使文学写作成为平等的政治实践。一方面，这样的方法支持了朗西埃跨学科的理论探索，他在自己的写作中进行了许多不可思议的串联。比如马克思、教育家雅科托和激进工人，比如马拉美的散文诗、爱玛·包法利和工人甘尼，朗西埃发现了它们之间的关联，它们之间存在着共鸣，浮现出共同的经验结构。而文字正是其媒介。这种流动、共鸣和共同经验纹理，其实就是词语的过度及其影响。词语的过度让我们可以把一些本不相关的事物关联起来，这个关联在共识性关联之外浮现出另外的关联线索。另一方面，文学性所指称的流浪文字可以有许多其他版本，比如流浪的声音、流浪的表演、流浪的图像。

---

① Samuel Chambers (2011). "Jacques Rancière and the Problem of Pure Politics." *European Journal of Political Theory*, 10: 319.

② Paul Bowman. "Rancière and the Disciplines: An Introduction to Rancière before Film Studies." in *Rancière and Film*. eds. Paul Bowman. Edinburgh: Edinburgh University Press, 2013. p.8.

③ Gabriel Rockhill. "Glossary of Technical Terms." in Jacques Rancière. *The Politics of Aesthetics: The Distribution of the Sensible*. Trans. Gabriel Rockhill. London and New York: Continuum, 2004. p.85.

《朗西埃与音乐》的编者们就对照朗西埃的"文学性"思想，提出了朗西埃写作中固有的"音乐性（musicality）"，并在此基础上挖掘音乐的政治和美学含义——音乐"有可能破坏沉淀下来的听觉和思维模式"[①]。同时，朗西埃对文学与文学性、政治与警察的辩证思考，也帮助音乐学者们更全面地反思音乐性的结构秩序，警惕新的警察秩序的沉淀，恢复被掩盖的各种平等表达的条件。在这里，"文学性"与"音乐性"的相互生发，为音乐理论研究打开了新的思路。

朗西埃倾向于将理论思考与文本分析相结合，他在经年的写作中建立了丰富的文本库，《感知论：艺术美学体制的场景》提供了 14 个场景的详尽解读；此外，他对巴尔扎克、福楼拜、马拉美、康拉德、伍尔夫等作家的兴趣也经久不衰，对他们作品中的著名段落屡屡献出精彩分析；电影研究中还有戈达尔、佩德罗·科斯塔等；当然还包括先锋艺术和当代艺术的不少案例。这些在理论表述之外的细致文本解读提供了将艺术的政治加以语境化的多种方式，也为朗西埃理论的追随者们提供了具体示范。他的分析没有提供一个将艺术与政治简单关联的因果模型，而是主张关系的增殖，通过水平线与对角线的交织建构一个三维空间。水平线指向"作品与某一特定时刻的权力关系和意识形态之间的特定关系"[②]，对角线则是沉默的言语与表面声音的共鸣所制造的情动的感觉区块。他最常提及福楼拜小说《爱玛·包法利》，爱玛在既定感性分配体系中做出了违规行为：一个乡下女性本不该读那些引人遐想的罗曼蒂克故事，也不该在结婚之后妄想过上浪漫小说女主人公的生活，在金钱和爱情上都不知节制。朗西埃感兴趣的是，福楼拜对这个出轨故事的描述区分出了作者与人物的两种不同态度：爱玛分不清想象与现实的差距；福楼拜则让人物的所见所思与现实世界联动——在爱玛爱上莱昂和爱玛爱上罗多尔夫的场景中，一系列的感觉事件、环境描写，完全代替了人物的行动，沉默之物的表演中断了叙事的进程，感受性的强度、生命的强度在这个爱情场景中迸发出来。朗西埃认为，正是出于这样的分歧，福楼拜才要杀死爱玛·包法利。朗西埃的分析已经引来了许多效仿，不时出现的一些"为什么要杀死 XX"的论文就是朗西埃方法的应用。

结语

综合来看，朗西埃范式所提供的激进平等主义的批判方法，相比起文化研究对规训和霸权的复杂批判，要更为简单和容易；而朗西埃深入细节的旨趣，对文本结构中感知和情动组合的变动性的捕捉，也可以成为文化研究宏大视角的补充。朗西埃范式被认为是"便

[①] João Pedro Cachopo, Patrick Nickleson, Chris Stover: "Introduction." in *Rancière and Music*. eds. João Pedro Cachopo, Patrick Nickleson, Chris Stover. Edinburgh: Edinburgh University Press, 2020. p.2.

[②] Jacques Rancière. *Dissenting Words: Interviews with Jacques Rancière*. ed. & trans. Emiliano Battista. London and New York: Bloomsbury Academic, 2017. p. 197.

携的"（protable），甚至是"简单的"，也因此反而是"更有成效的"："因为朗西埃是一个便携的范式，可以被人文学科中任何想要战斗的人作为工具或武器拿起，以确保后人文学科（posthumanities）不会简单地以这样的方式'展开'而成为非人文（inhumanities）的。"① 当然，不应该因此认为朗西埃范式可以放之四海而皆准，无往不利，正如朗西埃本人所言：

> 没有一个电影的整体概念可以分析它的特定形式。有一些奇点呈现出一定数量的特征，通过这些特征，我们可以把握艺术的力量，只要我们把握的不是产生（一致或区别的）效果的手段集合，而是某种东西：一种描述共享的感性宇宙轮廓的方式，一种特定共同体的形式，简而言之，一种可感性的特定分配。

——雅克·朗西埃②

朗西埃认为，艺术或文学可能不会产生直接的政治影响，但它可以提供一种替代的地景和公共空间的感觉，从而破坏给定的警察秩序的感觉和认知基础。他对自己的论述也并不指定任何效果。只是，当文字行诸笔端，当它们传播扩散开来，就是离开父亲的孤儿信件，或许在流浪的旅途中会引发某些共鸣，启动更多的思考，去质疑各类不证自明的自然性。由此，它们才可能创造新的感知模式，引发新的政治主体化形式。当然，只是可能。它们的后续发展，有可能构成某一政治时刻的有效形式，也有可能始终是个人史的一种形式。

如果说共构的权力网络制造了西方今日的困境，那么，朗西埃感性分配的介入理论所形塑的审美政治方案是否能超越文化主义的局限以及与现实政治的矛盾？在今天，朗西埃的思考何以具有力量？如何启动这种力量？如何探究朗西埃范式与当代问题的持久相关性？以"朗西埃范式"所展开的跨学科研究正在进行着这样的探索。这种探索的有效性既取决于理论界能否从朗西埃思想当代的特殊入口中发掘出更丰富的元素，扩大其影响的波幅，从而延伸出"朗西埃之后"的多种可能性，更取决于理论界把"朗西埃范式"转变为"朗西埃问题"的思想能力。

将朗西埃的美学政治论述放在 20 世纪下半叶以来战后法国哲学的整体语境中予以审视和考辨，有一些知识倾向是朗西埃并未言明的（或者在他看来对法国读者来说是不言自明的），但作为中国读者，我们需要手动地去带入这个知识背景：朗西埃属于一个"深刻思考与问题化差异的世代"，"激进涉入差异与重复的思想风暴"，投注于"不可能的思想实验"③ 之中。在今天，成为一名朗西埃主义者意味着激活朗西埃的概念。不仅仅是用朗西埃的方法进行研究，更需要将朗西埃的方法与不再属于朗西埃的问题进行嫁接，在此基础上进行概念的创造和理论的生产。

---

① Paul Bowman. "Rancière and the Disciplines: An Introduction to Rancière before Film Studies." in *Rancière and Film*. eds. Paul Bowman. Edinburgh: Edinburgh University Press, 2013. p.16.

② Jacques Rancière. "Remarks by Way of a Postface." in *Rancière and Film*. eds. Paul Bowman. Edinburgh: Edinburgh University Press, 2013. pp.192-3.

③ 杨凯麟：《译序》，见阿兰·巴迪欧：《德勒兹：存在的喧嚣》，杨凯麟译，南京大学出版社 2018年版，第 7 页。

后殖民理论的意义与局限

后殖民理论在汉语学界有着广泛而深刻的影响，它已经成为当代文学批评与文化研究至关重要的理论工具，这个现象值得人们深入分析与思考。在反思后殖民理论在汉语世界的"旅行"与兴盛之前，我们首先需要回顾它在西方的缘起和发展脉络及其演变状况，认识其理论意义与思想局限。

顾名思义，"后殖民"是一个与"殖民"相对的历史性概念，"后殖民"这个语词的前缀"后"首先标识出一种时间意识。它意指西方帝国列强凭借军事和经济力量对亚非拉广大第三世界国家和地区进行直接的殖民侵略和统治结束后人类历史所开启的新时期。具体地说，第二次世界大战之后，波澜壮阔的民族解放斗争和民族独立运动从亚洲向非洲发展，席卷整个亚、非、拉地区，在政治上彻底瓦解了既有的全球殖民统治体系，世界历史进入了"后殖民时期"。但全球殖民政治体系的终结并不意味着第三世界国家和地区已经彻底摆脱了帝国长期殖民统治在文化、经济乃至政治观念等诸多层面所产生的深远影响。从 20 世纪 50 年代至今，一些第三世界的知识分子延续了战前民族解放运动的反抗殖民统治的精神传统和思想脉络，并进一步展开批判殖民主义的思想运动。他们提出了一系列的理论范畴和思想框架，揭示和批判历史上殖民与被殖民的权力关系，阐释"后殖民时期"世界政治、经济和文化思想的状况与结构。其中最具影响的当是在思想谱系上关系密切并相互阐发的"依附理论""世界体系理论"和"后殖民理论"。

"依附理论"产生于 20 世纪 60 年代，以弗兰克（Adre Gunder Frank）、阿明（Samir Amin）、桑克尔（Osvaldo Sunkel）、桑托斯（M. Santos）和伊曼纽尔（A. Emmanuel）等人为代表，认为不发达的第三世界和发达的资本主义之间存在一种"支配—依附"的不平等结构。无论是政治、经济还是文化尤其是经济方面，不发达国家与地区都是没有获得真正的独立，相反，都受到发达国家的剥削与压迫。"世界体系"理论，作为一种理论和方法主要兴起于 20 世纪 70 年代，它发展了"依附理论"的基本观点和方法，美国纽约州立大学伊曼纽尔·沃勒斯坦于 1974 年出版《现代世界体系：16 世纪资本主义农业和欧洲世界欧洲的起源》，提出阐释世界历史发展的结构性框架："世界体系"由中心—半边缘—边缘三层结构组成，其基本动力即是"不平等交换"。"依附理论"和"世界体系理论"的思想基础都是马克思主义对资本主义世界体系阐释和帝国主义理论，其思想核心即是沃勒斯坦所提出的中心与边缘在政治、经济和文化上的不平等关系。

如果说"依附理论"和"世界体系理论"偏重于阐释和揭示战后发达资本主义和第三世界在政治和经济领域的"支配—依附"性结构，那么，80 年代兴起的"后殖民理论"

则致力于揭示和批判文化领域的殖民与被殖民的历史与结构及其在当代的表现形态。与"依附理论"和"世界体系理论"所建立的宏观阐释框架以及对政治经济层面的偏重以及民族国家的分析单位相比，"后殖民理论"则侧重于种族、阶级、性别、文化、语言与认同等等问题的批判性阐释，注重心理层面和文化文本的具体微观的权力分析。迄今，理论界一般认为，"后殖民理论"最初的发明与阐述归功于一些客寓西方的非洲知识分子的持续努力，他们包括艾梅·赛萨尔、齐努瓦·阿切比和弗兰茨·法侬，等等。在巴特·穆尔-吉尔伯特等编撰的《后殖民批评》一书中，称赛萨尔写于1950年代的重要文章《关于殖民主义的话语》为"后殖民批评的奠基之作"[①]。《关于殖民主义的话语》揭示出殖民统治的意识形态运作方式——殖民统治者划分出文明与野蛮的文化等级并且把被殖民者物化，"文明"成为残酷的殖民统治的合法化工具和假面具，殖民者在"文明"的掩护下对殖民地人民实施了纳粹主义的统治。赛萨尔的批判开启了后殖民理论解构殖民统治意识形态的思想传统。出生于尼日利亚的小说家齐努瓦·阿切比在其著名论文《非洲的一种形象：论康拉德〈黑暗的心灵〉中的种族主义》中指出：西方人常常"把非洲看成是欧洲的陪衬物，一个遥远而又似曾相识的对立面。在非洲的映衬下，欧洲本身的优点才能显现出来"[②]。在西方的"非洲学"中隐藏着彻头彻尾的白人种族主义。阿切比的批判的确可视为日后赛义德的《东方主义》的先导或雏形。

在艾梅·赛萨尔、齐努瓦·阿切比和弗兰茨·法侬三人中，法侬对后殖民理论的影响最为深远，迄今的后殖民论述还常常上溯到法侬两部开创性的重要著作《黑皮肤，白面具》（1952）和《地球上不幸的人们》（1961）。前者揭橥了关于殖民者与被殖民者之间相互建构的殖民心理学，引入马克思的阶级论、拉康的镜像理论、阿德勒的自卑心理学、赛萨尔的殖民批判以及存在主义等思想资源，对殖民者和被殖民者关系尤其是被殖民者的"从属情结"进行了深入的精神病理学阐释：被殖民者的文化心灵是殖民者建构起来的，透过殖民地的精神病理学分析，法侬有力地颠覆了种族主义的意识形态基础即"白"与"黑"、"优"与"劣"之间潜在的二元对立逻辑；后者则明确地指出：在后殖民时期，殖民者表面上已经退场，但原有的殖民关系结构还远未终结。法侬提醒人们注意，第三世界重建的权力关系和意识形态结构可能是殖民主义结构的某种复制。这在一些极端民族主义者的论述与实践中有着惊人的表现。法农曾经指出，为了抵抗西方文化的吞噬，土著知识分子迫切地回溯辉煌的民族文化，这是出于向殖民主义意识形态开战的需要——殖民主义者往往宣称，一旦他们离开，土著人立刻就会从文明跌回野蛮的境地。但法侬同时也指出："民族的存在不是通过民族文化来证明的，相反，人民反抗侵略者的战斗实实在在地

---

① 巴特·穆尔-吉尔伯特等编撰：《后殖民批评》，杨乃乔等译，北京大学出版社2001年版，第138—139页。

② 巴特·穆尔-吉尔伯特等编撰：《后殖民批评》，杨乃乔等译，北京大学出版社2001年版，第180页。

证明了民族的存在。"① 因此，法侬的重要著作《全世界受苦的人》一再提醒人们警惕"民族意识的陷阱"，提醒人们关注民族文化的批判与重建。在法侬看来，民族文化绝不是一个民间故事，也不是一种认为能够从中发现人民的真实本性的抽象民粹主义。它也不是由那些脱离当下现实、缺乏生气的残余物构成的。法侬反对把民族文化发展为某种文化的民族主义，他认为民族文化应该是民族解放行动的文化，是"描述和赞扬这种行动并为之辩护的思想领域中做出的全部努力"。法侬区分了真正的政治解放与本质化的民族主义，区分了作为解放行动精神的民族文化和本质主义的民族文化。这一区分深刻地影响了萨义德和所有其他当代重要的后殖民理论家。

1978 年，美国的阿拉伯裔学者萨义德出版《东方主义》一书，在西方人文学界引起强烈反响和论争。80 年代中期以来，由于女性主义者、左翼理论家、后结构主义批评家以及精神分析学界的广泛参与，关于"东方主义"的论争和影响持续扩大，形成了一股强劲的后殖民理论思潮，这一思潮甚至席卷了整个西方人文知识场域。与"依附理论"和"世界体系理论"的政治经济学分析不同，后殖民理论提出了西方与非西方之间的文化关系尤其是文化殖民或文化霸权问题，试图揭示出隐藏在其中的不平等权力关系以及使这种权力关系合法化的意识形态运作方式。某种意义上看，后殖民理论在西方的兴起可视为西方人文思想领域"文化转向"的重要表征之一。迄今，关于"后殖民"和"后殖民理论"概念的界定显得五花八门，其中史蒂芬·史利蒙在《现代主义的最后一个后》中的描述可谓准确精当："尽管后殖民的定义非常广泛，但是这个概念的最主要意涵和最有用的地方，并不在于用来描述殖民地国家独立后的某个历史阶段——后独立阶段——的同义字，而是它试图在文化领域建立一种'反叛'或'殖民之后'的论述支点（anti- / post-colonial discursive purchase inculture）。这个特殊的支点起源于殖民者将他的权力刻印于一个'他者'的身体与空间。这种现象使得'他者'始终作为一种神秘的、封闭性传统，进入新殖民主义的国际框架的现代剧场中。"② 的确，从法侬到萨义德，从斯皮瓦克到霍米·巴巴，所有的后殖民理论家或许具有不完全相同的理论背景、提问方式和关切的议题，但都拥有这个重要的论述支点和批判视域。

如同许多对后殖民理论产生兴趣或有所研究的学者所观察到的，因思想背景和学术脉络的不同或差异，西方后殖民理论内部存在着不同的流脉。其中最重要的流派包括如下四种：一是以萨义德、斯皮瓦克、霍米·巴巴为代表的后结构主义流派，是后殖民理论中势力最大的一派；二是以莫汉迪为代表的女性主义流派；三是以阿赫默德和德里克为代表的马克思主义流派；四是以詹穆罕默德（Abdul JanMohamed）、戴维·劳埃德（David Lloyd）为代表的"少数派话语"及"内部殖民主义"理论。当然，作为一种抵抗论述，后殖民理论无疑与后结构主义、马克思主义和女性主义等等思潮都有着或多或少的精神联

---

① 法侬：《论民族文化》，马海良、吴成年译，见《后殖民主义文化理论》，中国社会科学出版社 1999 年版，第 278、283 页。

② 参见宋国诚：《后殖民论述——从法侬到萨义德》，台湾擎松出版有限公司 2003 年版，第 53 页。

系。其中后结构主义的影响尤其深远。的确，萨义德的后殖民论述建立在后结构主义的基础上，尤其受到福柯思维方法的深刻影响。在被誉为后殖民批评奠基之作《东方主义》的绪论中，萨义德如是声称：

"我们可以将东方学描述为通过做出与东方有关的陈述，对有关东方的观点进行权威裁断，对东方进行描述、教授、殖民、统治等方式来处理东方的一种机制：简言之，将东方学视为西方用以控制、重建和君临东方的一种方式。我发现，米歇尔·福柯在其《知识考古学》和《规约与惩罚》中所描述的话语（discourse）观念对我们确认东方学的身份很有用。我的意思是，如果不将东方学作为一种话语来考察的话，我们就不可能很好地理解这一具有庞大体系的学科，而在后启蒙（post-Enlightenment）时期，欧洲文化正是通过这一学科以政治的、社会学的、军事的、意识形态的、科学的以及想象的方式来处理——甚至创造——东方的。"①

这里，"话语"或"论述"（discourse）显然是福柯的基本概念之一。萨义德明确地指出了自己后殖民论述与后结构主义之间的思想尤其是方法学上的渊源关系——"话语权力"理论与"话语分析"方法。"话语"本来是一个现代语言学的概念，指构成完整单位的、大于句子的语段。正如托多洛夫所言："话语概念是语言应用之功能概念的结构对应物……语言根据词汇和语法规则产生句子。但句子只是话语活动的起点：这些句子彼此配合，并在一定的社会文化语境里被陈述；它们因此变成言语事实，而语言则变成话语。"②结构主义和新批评学派最早把这个术语应用到文学批评之中，如新批评所谓"小说话语"和"诗歌话语"的区分。新批评派认为各种"话语"自身内部存在着可被发现、界定、理解的特性，因此"话语"确立了文类特征并标明了此一文类与另一文类的差异。这种观念显然具有浓厚的形式主义色彩。而在法国著名的后结构主义者福柯那里，"话语"就不是一个纯粹语言学的概念，而是一个具有政治性维度的历史文化概念。福柯把以往那种话语的形式分析转移到话语与权力关系的历史研究上来，从而赋予了话语概念一种崭新的含义。

在福柯那里，话语是一种实践活动，在书写、阅读和交换中展开。在福柯看来，在任何社会中，话语的生产，都会按照一定的程序而被控制、选择、组织和再传播。其中隐藏着复杂的权力关系。任何话语都是权力关系运作的产物，性话语、法律话语、人文知识乃至医学和其他自然科学都是如此。今天，人们一般认为，福柯是把"权力"引入话语分析的第一人。但福柯自己却把话语权力概念的发明上溯到尼采，认为正是尼采首次把权力关系视作哲学话语的一般焦点。的确，尼采在《权力意志论》中曾经宣称：知识是作为一种权力的工具而起作用的。尼采这种知识观念以及谱系学的研究方法深刻地影响了福柯的话语权力分析，这正是福柯把自己称作"尼采主义者"的根本原因。福柯拓展了尼采的思

---

① 爱德华·W.萨义德：《东方学》，王宇根译，生活·读书·新知三联书店1999年版，第4—5页。
② 托多洛夫：《巴赫金、对话理论及其他》，蒋子华、张萍译，百花文艺出版社2001年版，第17页。

想，正如周宪所说福柯的工作包括两个方面："一是认识论的批判，即通过对话语与权力关系的分析，揭示构成特定时代话语规则的内在结构，以及这个结构与权力的关系；二是把这种分析系统用于历史的批判，通过对不同时期话语不连续性的断裂分析，来揭示知识的结构和实践的策略。"①尼采、福柯的"知识／权力"或"话语与权力"论述颠覆了西方传统的知识论和真理观。以往所谓的"客观知识"变得十分可疑，甚至连"真理"也只是某种话语陈述。福柯深刻地阐释了知识与权力的共生共谋关系："权力和知识是直接相互连带的；不相应地建构一种知识领域就不可能有权力关系，不同时预设和建构权力关系就不会有任何知识。"②福柯的这种观念已经有效地改变了人们对人类语言，对语言与社会环境、权力系统、社会理性运转之间的关系的思考方式，也深刻地改变了人们对人文知识和真理的根本看法。越来越多的人文知识分子开始认同福柯的话语权力论述：一方面，知识是权力生产出来并加以传播的，其功能在于为权力运转提供某种形式的"正确"规范；另一方面，知识的生产与传播又再生产着权力。人文科学领域的所有知识分子——甚至包括自然科学领域的知识分子——包括学者、教师和学生都参与了这种话语权力体系的建构，他们都利用知识的生产与传播来掌握某种话语权力。所以，所谓普遍真理和言说普遍真理的普遍的知识分子都是不存在的。从这个意义看，在漫长的殖民扩张历史中形成的西方关于东方的种种知识与想象，并不是所谓纯粹的普遍的知识或学术，而是一种与殖民统治意识形态有着千丝万缕联系的"政治知识"。

萨义德、斯皮瓦克和霍米·巴巴引入福柯式的"话语"和"话语分析"，接合葛兰西的"文化霸权"理论，发展出"后殖民"的批判理论和分析方法。阿希克洛夫特等著的《逆写帝国：后殖民文学的理论与实践》一书，曾经指出了后殖民理论与后结构主义的这一渊源关系："话语的概念（the concept of discourse）在定位决定后殖民性的连串'规则'上，十分有用。以福柯或萨义德的意思谈及后殖民话语，便是要唤起有关语言、真理、权力及三者之关系的某些思想方法，真理在为了特定话语而设的规则系统中被当作真的，权力则合并、决定及证实真理；真理永不位于权力之外，或被剥掉权力，真理的产生是权力的作用。"③在萨义德看来，"东方主义"就是一种殖民话语，是殖民者为了"控制、重建和君临东方"而建构起来的话语体系。在纯粹知识和学术的背后隐藏的则是一种殖民与被殖民、支配与被支配或操纵与被操纵的权力关系："它是地域政治意识向美学、经济学、社会学、历史学和哲学文本的一种分配；它不仅是对基本的地域划分，而且是以整个利益体系的一种精心谋划——它通过学术发现、语言重构、心理分析、自然描述或社会描述将这些利益体系创造出来，并且使其得以维持下去。"④1993 年出版的《文化与帝国主义》发展

① 周宪：《20 世纪西方美学》，南京大学出版社 1997 年版，第 384 页。

② 米歇尔·福柯：《规训与惩罚》，刘北成、杨远婴译，生活·读书·新知三联书店 1999 年版，第 29 页。

③ Bill Ashcroft, Gareth Griffiths, and Helen Tiffin：《逆写帝国：后殖民文学的理论与实践》，刘自荃译，台湾骆驼出版社 1998 年版，第 182 页。

④ 爱德华·萨义德：《东方学》，王宇根译，生活·读书·新知三联书店 1999 年版，第 16 页。

了《东方学》的基本思想，"对现代西方宗主国与它在海外的领地的关系作出了更具普遍性的描述"①。萨义德进一步强调了"文化"（包括现代西方的高级文化）在帝国主义殖民历史中的重要作用，它是"帝国主义物质基础中与经济、政治同等重要的决定性的活跃因素"。对于后殖民理论建设而言，《文化与帝国主义》更为重要之处在于提出政治反抗和文化抵抗思想或"抵抗文化的主题"，也在于其对现代历史中曾经出现而当下仍然活跃的各种抵抗文化形式——包括民族主义、本土主义、自由主义等——所做的深刻反思，对后殖民主义和民族主义关系的思考与辩证尤其意味深长。在萨义德看来，长期以来，民族主义无疑是抵抗帝国主义的积极力量，但民族主义和本土主义意识却存在一种法侬曾经指出过的"陷阱"，在旧的殖民统治结束之后，它可能演变为一种使新的压迫和控制结构合法化的意识形态，可能转变为殖民统治权力结构的某种复制。作为一种抵抗政治的文化论述，后殖民理论必须超越"民族主义"的历史限制，它是一种"后民族主义"的理论。后殖民理论必须永远保持"对权力说真话"的独立的批判的知识分子立场，而促使"民族主义"朝社会和政治的总体解放方向的升华与转换构成了后殖民理论的一项重要使命。这无疑是一种理想和愿望的表达，也是包括艾梅·赛萨尔、法侬和萨义德在内的许多重要的后殖民理论家的共同追求的思想旨趣和学术志业。但在复杂的"理论旅行"或"文化翻译"过程中，后殖民理论常常遭到有意或无意的"在地化""误读"而有所变形、扭曲与异化。有时甚至走向其反面，变成了某种极端的"民族主义"和偏狭的"本土主义"意识形态重构的理论基础和论述工具。

后殖民理论家大多具有第三世界和西方的双重交叠的成长背景以及后结构主义的学术思想背景，他们对帝国主义与第三世界文化之间长期存在的压迫与反抗关系的感受与认知尤其敏感和尖锐。从法侬到萨义德、斯皮瓦克和霍米·巴巴等都一再显示出这种敏锐性。斯皮瓦克是萨义德之后出生于第三世界的最重要的美国后殖民理论家之一。其重要性主要表现在如下方面：第一，在"种族"维度之外，斯皮瓦克将"阶层"和"性别"等重要维度引入后殖民论述之中。如同在著名的《属下能够说话吗？》一文中所做的，斯皮瓦克在后殖民的理论框架中更多地关注阶级与性别的历史命运，认为无论是殖民统治时期的殖民话语还是民族独立后的封闭的民族主义话语都是造成"属下不能说的"压迫性因素。第二，揭示出西方殖民话语的认识论基础和知识域暴力。斯皮瓦克最厚重的著作当属《后殖民理性批判》，它对西方哲学传统进行了解构式阅读和后殖民的理性批判，认为在欧洲现代哲学论述和帝国主义公理之间存在某种共谋关系。康德的哲学体系排除了火地岛居民和澳洲原住民，黑格尔"在阅读印度的史诗经典《博迦梵歌》时，又是如何将一个欧洲的'他者'设定成为一种规范性的偏差"②。第三，有限地引入政治经济学批判之维度以弥补

---

① 爱德华·W.萨义德：《文化与帝国主义》，李琨译，生活·读书·新知三联书店 2003 年版，前言，第 1 页。

② 斯皮瓦克：《后殖民理性批判：迈向消逝当下的历史》，张君玫译，台湾群学出版有限公司 2006 年版，第 1 章摘要，第 1 页。

后殖民理论过度倾向于文化批判之不足。第四，提出抵抗政治和反抗文化的"策略的本质主义"（strategic essentialism）理论，藉此获得在解构与建构、现代与后现代之间的平衡。

萨义德对"东方主义"的批判遗留了一个疑问和难题：在帝国话语体系中，"东方"是殖民者的利益体系创造出来的，"东方"是被遮蔽的——典型如"被遮蔽的伊斯兰"——那么是否存在某种真实的伊斯兰或真实的东方？或者说什么样的伊斯兰才是没有被遮蔽的？反本质主义的萨义德自身是否也被隐藏着的本质主义所纠缠？斯皮瓦克的疑问则在于如果"属下"能够表述"自我"，那么他或她们的"自我"又是什么？霍米·巴巴引入精神分析学尤其是拉康的镜像理论，试图重新思考这些问题并提出自己的回答，进而将后殖民理论往前推进重要的一步，霍米·巴巴的意义或许在于将后殖民理论从批判转向建设。这种建设性体现在如下几个方面：第一，霍米·巴巴从早期对殖民话语的含混性分析转向后期对后殖民文化身份建构的杂糅策略之阐释。在发表于1983年的重要论文《差异、歧视与殖民话语》和《他者问题》中，巴巴揭示出殖民话语隐含的内在矛盾和含混特征。之后，霍米·巴巴转向关注和探讨第三世界知识分子的抵抗殖民策略问题。他提出了文化杂糅（hybridities）或杂种文化（cultural hybrid）概念以及"第三空间"理论，认为现今不同民族文化无论优劣大小总是呈现出一种"杂种"形态，种族的纯净性与民族文化的原教旨主义究其实质都是虚妄的。在他看来，第三世界对西方理论的挪用与翻转是一种文化抵抗策略，即以一种"殖民学舌"（colonial mimicry）的方式将殖民者的语言文字或观念转化为"杂种文本"，从而颠覆西方理论的霸权；第二，在质疑"民族""种族""传统"和"本土"等神话主义的整合框架以及东西方二元对立逻辑的同时，巴巴提出了另一个重要问题，即全球化语境下离散族裔如何建构"后殖民主体"？"怎样从那些没有'整体'历史和'阶级'话语意识的群体中发掘出群体的（主体）力量？"[1]

如同萨义德所言，后殖民理论最为关心的是"如何能够生产出非支配性与非压迫性的知识"，试图寻找出建构"非支配性与非压迫性"的和"非本质主义"的知识的途径，进而重构人文世界的崭新图景。但后殖民理论从其诞生伊始就遭遇了多种质疑，如同较早研究和译介后殖民理论的学者张宽的观察和概括，这些质疑来自传统自由主义、第三世界知识分子以及马克思主义者等[2]。在传统自由主义者看来，萨义德的后殖民论存在明显的自相矛盾性，一方面以后结构主义为立论基础，另一方面又以人道主义和启蒙主义为价值立场，而后者恰恰是后结构主义解构的对象；在第三世界本土知识分子的视域中，旅居西方的后殖民理论家早已脱离了第三世界具体的生存经验，其对第三世界文化的阐释的真实性和有效性多少有些令人起疑。有人甚至认为后殖民理论在西方的兴盛可能压抑了第三世界本土知识分子原本就很微弱的声音；而在马克思主义者看来，后殖民理论存在两个重大缺陷：其一，"在消减削弱民族性特征，混淆国家民族之间的界线，瓦解民族国家主体认同

---

① 参见陶家俊：《理论转变的征兆：论霍米·巴巴的后殖民主体建构》，《外国文学》2006年第5期，第84页。

② 张宽：《后殖民的吊诡》，《万象》2000年2月号，第112—117页。

等方面，后殖民批评的指向与当今跨国资本的运作逻辑惊人的一致。前者的论说实际上正在为后者作意识形态层面的准备，至少也有帮助于后者疆界的拓展"①。这样，作为帝国意识形态批判的后殖民理论就有可能走向其反面，成为帝国意识形态十分隐蔽的一部分。其二，后殖民理论偏重于文化批判，在经典马克思主义关注不够的文化领域开辟了批判的战场，着力揭示文化背后隐藏的殖民意识形态与权力关系，发展了马克思主义的意识形态批判理论，但同时却放弃了马克思的政治经济学批判、实践唯物主义与总体范畴。本质上，它仍然属于资产阶级启蒙主义的批判传统。这样，缺乏政治经济学批判的视域，后殖民理论对帝国主义和殖民主义的批判必然是软弱无力的，也不可能整体地认识帝国主义与第三世界历史与现实的复杂关系。许多事实已经表明，后殖民理论只是人文知识分子一种理想和愿望的表达。

综上所述，对于第三世界进步知识分子而言，作为抵抗政治的文化论述的后殖民理论无疑具有重要的思想意义，但全面而深刻地阐释帝国现代性与全球化的复杂关系，不能仅仅依靠后殖民理论。我们认为，偏重话语分析和意识形态批判的后殖民理论唯有与注重政治经济学批判的"世界体系理论"深度接合，才有可能重构批判性思想的总体视野。

① 张宽：《后殖民的吊诡》，《万象》2000年2月号，第112—117页。

本质主义文艺学的批判及其替代方案①

我们如何认知知识取决于我们产生知识的方式。很大程度上，理解事物的框架、范式决定了其知识生产的逻辑与走向，知识生产与知识形态都深受思维方式的深刻制约，文艺学亦不例外。21世纪以来的二十年间，文艺学界掀起了对本质主义理论范式与思维模式的大规模反思与批判，在这场本质主义与反本质主义的论争中产生了一系列富有启发意义的替代方案。这种思想模式的重大转变，深刻形塑了21世纪以来文艺学学科领域的整体面貌。认识与阐释反本质主义理论思潮的知识论依据与内在逻辑，并且详细考察分析新世纪出现的一系列替代本质主义方案与路径的长处与不足，有助于理解近20年来文艺理论与批评的变化与发展，有益于进一步推进文艺学的理论建构与学科建设。

一、本质主义文艺学的批判

透过现象看本质是人类认识世界的基本方式，从柏拉图的"型相本质"，亚里士多德的"四因说"，再到黑格尔的"绝对精神"或"理念"，海德格尔对艺术本质的存在之思，如此等等，都生动地证明本质论作为一种思维方法源远流长。相比之下，中国古代的形而上学强调的是与"器"相对的"道"，明显和西方探讨本质的形而上学有着很大差异。但近现代以降，西方的本质论也随着西学东渐的风潮逐渐在中国学界流布开来。所谓本质论或本质性思维，往往意味着一种认定或限定，认定事物的一种或几种性质，赖以与其他事物相互区分；意味着从限定的命题开始，以此为基础，然后展开讨论。换句话说，本质论首先是一次锚定或预设，通过锚定或预设来奠定后续的论证基点。从这个意义上而言，本质论代表了认识世界、把握世界的一条重要路径，可谓认识论与问题式的一次集中亮相。由此可知，本质论带有两面性，它既可以帮助人们在复杂的情状下迅速理清头绪，抓住问题的实质与关键，同时也可能把复杂的情状或多或少地简单化，甚至遗漏一些不可小觑的面向。许多时候，极端的本质主义思维不仅是僵化的，而且有可能隐蔽地导致某种认识论的暴力，产生去历史化乃至排外主义的倾向，牺牲事物的丰富性、存在的具体性与差异，排斥与否定或压抑异质性元素。这种认识论的暴力在各形各色的法西斯主义美学、种族主义美学和极权主义美学中表现得尤为突出。

---

① 本文系与王伟博士合作完成。

　　传统上，美学哲学一直寻求为文学艺术与美的定义提供普遍的标准，倾向于本质论思维。在文艺学领域，不论是文学的定义、文类的划定还是中外诗学的比较等，都或现或隐地带有本质论的思维印痕——预先设定文学具有某种一成不变的本质规定性，然后给出哪些是文学哪些不是文学的分类判断，这个逻辑构成了本质主义文艺学知识的基本框架。同样，本质主义的文学理论思维也是预先设定小说、散文等文类的本质规定性，然后给出哪些文本是散文哪些不是、哪些文本是小说哪些不是的分类判断。应该说，如果具备一些自我反思的意识，那么，本质论本身自然不失其存在价值。问题的关键在于，本质论文艺学每每因政治气候、文艺学教材等各种因素的加持而本质主义化，趋于僵化、封闭，缺乏足够的包容性，因而罔顾、排斥那些无法与本质预设相吻合的现象或问题。回首现当代文艺学的发展历程，不难发现，当文学性与阶级性密切相连时，审美被截然分作无产阶级与资产阶级两大阵营，前者的先进与正确在政治上与审美上合二为一，后者则成了落后与谬误的参照；当庸俗社会论式的文艺学在思想解放运动中被否定之后，随之而来的是审美本质论高扬文艺自律的大旗，以内在本质的名义把凡是功利性的内容一概拒之门外，吊诡地走上了另一个极端；当基础文学理论在确定文学类型并列举特征时，常常并未注意到这些特征早已被生龙活虎的文艺现实冲得七零八落；当涉及中外文论比较的一些话题时，譬如悲剧与史诗，中国文艺经常被不少学者自认为缺这少那，自我的特色被抛在一旁，西方的本质不知不觉中成了臧否、裁剪中国文艺的高标。凡此等等，无不显示出本质主义文艺观念的缺陷与弊端。特别需要指出的是，基础文学理论的大学教育、教材机制、学科体系，有力推动着本质主义文艺学知识的持续再生产，影响广泛而且深远。

　　21世纪以来，反思本质主义文艺学渐成风气，这种反思是在后现代主义和后结构主义的大背景下进行的。后现代主义与后结构主义致力于拆解结构主义对形而上学传统的依赖，解构其作品具有内在中心或结构、其意义决定于绝对真理的观念。后现代主义和后结构主义思想由德里达的《书写与差异》、罗蒂的《哲学与自然之镜》、詹姆逊《后现代主义，或晚期资本主义的文化逻辑》与伊格尔顿《二十世纪西方文学理论》等论著以及乔纳森·卡勒的普及性读本《文学理论入门》在中国文艺理论与批评界快速传布，构成了审视与批判本质主义文艺学的思想资源。德里达断言："文学是一种允许人们以任何方式讲述任何事情的建制。"[①]乔纳森·卡勒所说的"文学也许就像杂草一样"[②]以及维特根斯坦的"家族相似"论传播甚广，文论界对这些说法可谓耳熟能详，深受启迪。其中，德里达解构主义的影响尤其深刻久远，其对文艺学与文化研究的主要影响正是其彻底的反本质主义思想。在他看来，词语不指代具有本质特质的对象。德里达推翻了语言稳定的二元结构的结构主义比喻，他认为意义是沿着能指链向下滑动，因此不断地被延迟和补充。这种思考明显具有釜底抽薪的效果，对西方传统哲学尤其是形而上学的认识论基础构成了直接而有力的挑战，挑战了源远流长的真理符合论，也深刻地影响了新世纪初期中国反本质主义文

---

① 雅克·德里达：《文学行动》，赵兴国等译，中国社会科学出版社1998年版，第3页。
② 乔纳森·卡勒：《当代学术入门：文学理论》，李平译，辽宁教育出版社1998年版，第23页。

艺学知识生产。陶东风主编的《文学理论基本问题》被文论界视为新世纪文艺理论创新性成果之一，就是从对真理符合论的批判与解构展开："这种真理观认为有一种知识因其与对象的本质完全符合因而是不可置疑的真理。"①对真理符合论的质疑与批判业已成为构建反本质主义文艺学的思维起点。当然，文论界这种审视绝非是对西方理论的照单全收或生搬硬套，而是借鉴他山之石以攻玉——紧密结合当代中国文艺学的现状与问题，在深入推进马克思主义中国化的思想场域中展开学术对话，在全球性历史唯物主义与实践唯物主义大复兴的时代语境下进行学术探索，描画出新的文艺理论知识图景。

二、本质主义文艺学的替代方案

在本质主义文艺学多维的批判过程中，并非完全只有解构而没有任何建构。理论的重构不仅同时进行，还涌现出一批新的替代方案。其中，比较有代表性的大致有策略性本质主义的、建构主义的、存在论的、关系主义的、实践论与辩证法的等五种类型，以下分而论之。

（一）策略性本质主义

"策略性本质主义的思想包括在哲学上接受反本质主义的论点，即原则上不存在本质认同，但同时表明，在实践中，人们采取行动，并且需要采取行动，就好像存在本质认同一样。因此，策略性本质主义意味着，由于特定的政治原因，表现得好像身份是稳定的。"②策略性本质主义在女性主义、身份政治、酷儿理论、后殖民批评、民族主义与批判种族主义等领域使用最多。策略性本质主义经常出现在女性主义批评中，这与后殖民女性主义理论家斯皮瓦克的提倡分不开，在斯皮瓦克看来，女性主体性建构与女性主义运动的展开需一种对女性自我的本质性论述，作为一种运动动员与认同建构的策略，需要某种意义的闭合与认同上的排他性。一方面，女性主义立志与父权制的压迫不懈抗争，从而解构男性本质主义的霸权地位，为女性争得一席之地。另一方面，它又需要召唤女性群体的口号，团结她们起来斗争。因此，在承认女性千姿百态的前提下，统一的女性在对外争取权利时依然现身。这种女性的确是反本质主义的，或者说，既反对存在超越历史的抽象的、本质主义的男性特征，也反对存在同样型号的女性特征。但它认可特定历史条件下的较为具体的女性本质，正是这种本质主义的特征构成了女性开展群体斗争的锐利武器。以本质主义的策略来反对本质主义，显示了"策略"的意义所在，也清楚地表明"策略"与"本质主义"两者之间的张力关系。另外，策略性本质主义在殖民地人民反抗外国殖民统治中发挥着重要作用。在《后现代主义的幻象》一书中，伊格尔顿对此赞扬有加，称其为

---

① 陶东风：《文学理论基本问题》，北京大学出版社 2007 年版，第 12 页。

② Chris Barker. *The SAGE Dictionary of Cultural Studies*. London: SAGE Publications Ltd, 2004. p.189.

"好的本质主义"。

策略性本质主义的问题或局限在于，策略终归是针对特定情境的权宜之计，它的持久性究竟有多长时间？何时终结？赢得斗争之后又将建构什么样理想的社会图景？工具性与非工具性的本质主义究竟如何区分？所谓"策略性的"划分界线在哪里？排外性与包容性的矛盾又如何处理？截至目前，这些问题的答案还不够清晰，未来也难以明晰。不过，上述策略性本质主义的理论视野与案例背景，已经为理解中国当代文论中的多元本质论提供了有效参考。

不少学者早已意识到反本质主义在认识论上存在的困境：人们往往在反对某种本质主义的同时又隐蔽地提出另一种本质主义的主张，策略性本质主义和多元本质论的出场为摆脱这种逻辑困难提供了可能。多元本质论或复数本质论主动加入了声势浩大的反本质主义潮流，明确否定了那种一成不变的文学本质，但肯定了这种本质的不断追求对文学理论发展的推动功效。多元本质论同样反对本质主义，但认为文学研究不能不要本质概念，如果没有本质我们将无法言说任何文学问题，多元本质论者因此试图继续探寻文学的本质问题，同时又小心翼翼地避免滑入本质主义的泥潭。因此，多元本质论特别强调建构，强调不能简单地回避本质、武断地丢弃本质。主张"只有站在多元主义思想立场上不断进行'本质化'，中国文艺学知识生产才能真正获得生机与活力，才能出现非本质主义的'百花齐放'与'百家争鸣'"。为了建立有效的本质言说，它"提倡一种多元的本质主义"①。这种本质论建立在整合此前对文学本质多种多样的理解基础之上，这些不同方向的本质界定尽管各自以真理自许，但实际上与其他路径一样片面的深刻。因此，它们可以百花齐放、多元共存，集中各自优势，认识并避免各自的不足。这当然是一种颇为理想的状态，棘手的问题是如此之多的本质构想如何相互协调。有学者提出了"系统本质"的观点，认为文学本质包涵"自然主义的""历史主义的""人本主义的""审美主义的""文化主义的""文本主义的"六大文论学理系统②。换句话说，众多不同的本质想象被划分为六大阵营，相比多元共生的理念，系统本质论显得更为具体、规整。与其说这是一个完备无缺的本质图谱，毋宁说这是论者对本质观念系统的历史梳理。问题的关键还是要面对当下的文学实践，充分利用这些理论资源进行综合创新。沿着多元共生的逻辑，有研究者进一步指出，这种多元主义应是"实质多元主义"。也即是说，"构成多元中的每个元也必须恪守多元主义立场，多元共生中的元不能排斥'多'"③。唯其如此，这些多元才有可能慢慢磨合，形成一个契合当下语境的文学本质论。但所谓"多元共生"也只是一个理想的预设或想象的状态，并没有系统图绘出"共生"的知识条件与结构形态——是众声喧哗，还是对话协商，乃至冲突博弈？"多元共生"论还没能有效解决"多元"如何"共生"这个关键性问题。

---

① 支宇：《"反本质主义"文艺学是否可能》，《文艺理论研究》2006年第6期。
② 陆贵山：《试论文学的系统本质》，《文学评论》2005年第5期。
③ 王晓华：《走向实质多元主义的理论建构》，《文艺争鸣》2009年第5期。

（二）建构主义

建构主义和本质主义常常是相互定义的，建构主义可谓是反本质主义思潮的最强音，在整个人文社会科学领域中都有着广泛而深入的影响。所谓建构主义，顾名思义，强调知识的建构性、生成性，以此反对那些亘古不变的本质迷思。就程度而言，它可以分为基于主观的强建构主义与基于历史的弱建构主义两类。前者又称为激进建构主义，强调知识是主观经验的建构，反对客观知识的存在，带有挥之不去的唯心主义嫌疑。后者则是通常所言的建构主义，作为一股思想潮流，它来源丰富，既有哲学上的反实证主义、相对主义认识论等渊源，知识社会学方面的曼海姆、布尔迪厄等人的理论作品，也有利奥塔、鲍德里亚、福柯等后现代主义社会理论的诸多著作。不妨说，建构主义的兴起是哲学、知识社会学与后现代主义社会理论三种思潮相互交汇的结果①。

建构主义文艺学是建构主义思想在文艺学领域的贯彻或运用。其主要代表人物是陶东风，代表成果是《文学理论基本问题》一著。该著以叶以群主编的《文学基本原理》、十四院校编写的《文学理论基础》、童庆炳主编的《文学理论教程》等为例，集中考察了几十年间文艺学教材中的本质主义思维，指出它们从"庸俗社会学的本质主义"到"审美的本质主义"的变化。为了纠正这类本质主义倾向，建构主义提出重建文艺理论的知识论基础。具体而言，即是以当代西方知识社会学为理论坐标进行建构式解构，突出文学理论赖以生成的社会历史语境，突出文学理论的"历史化"与"地方化"②。在此过程中，福柯的事件化与布尔迪厄的反思性是重点被借鉴的两种方法。接下来，该书详细梳理了"什么是文学"——文学理论的起点性问题——的历史：从中外文学概念的形成到成熟，再到世界文学观念的汇通与转化。历史的回顾说明两点：一是文学的本质界定如此纷繁复杂，充分证明一成不变的本质或普遍的文学真理并不存在。二是文学的言说中仍有一些延续性因素，符号、情感、形象与虚构仍然构成了文学性的基本共识。

建构主义思潮毁誉参半，建构主义文艺学同样如此。它广受好评的是思维转向，从非历史性的、实体性的本质主义转向历史性的、生成性的反本质主义，从而打破了之前纯粹文学理论与纯粹文学研究的幻象。它被严词批评的是解构有余而建构不足，只是让人们意识到诸种文学本质论其实都是社会历史的产物，结果是一堆知识的集合，对当下的文学理论建构却无能为力，无助于理解文学本身③。更直接的批评是，建构主义文艺学不过是文学的知识社会学，而不是文学本身的研究④。与此紧密相连的是，它还被指责缺少价值论之维或者陷入价值相对论的误区之中⑤。的确，建构主义文艺学存在由于过度主观化而陷

① 李三虎：《当代西方建构主义研究述评》，《国外社会科学》1997年第5期。
② 陶东风主编：《文学理论基本问题》（第三版），北京大学出版社2007年版，第20页。
③ 曹顺庆、文彬彬：《多元的文学本质——对本质主义和建构主义论争的几点思考》，《文艺争鸣》2010年第1期。
④ 范永康、刘锋杰：《建构主义文论再反思》，《河北学刊》2011年第5期。
⑤ 孙秀昌：《"建构主义"文艺学知识生产之反思》，《河北学刊》2020年第2期。

入相对主义的风险，"历史化"为防控这一风险提供了可能。按照建构主义的逻辑，所谓"文学本身"也是具体历史环境的产物，不能将其本质主义化。建构主义不是抛弃文学本身或内部研究，而是在这种研究之后还要继续追问何人因为何种需要构建了这种理论，追问其生成与演变的历史条件是什么。价值论的问题，也可作如是观。

（三）存在论

存在论是关于存在的理论，是关于存在是什么、存在如何存在的理论，而存在论文艺学借镜海德格尔的存在论、现象学、阐释学、接受美学等理论资源，探讨的是文学如何是、如何存在的问题。根据对本质论的不同态度，它可以分为几种不同的路向：一是以存在论完全替代本质论；二是把这种存在论当作思考本质的一种新方式，或者强调传统的本质主义文艺学必须与其相互结合。王嘉军认为："文学如何是"和"文学是什么"二者不可偏废，而是应当映照配合，而对于二者的追问最终又应当过渡到对于"是/存在"本身的追问。他提出要从存在论维度重新思考本质主义和反本质主义之争，将文学本质的研究范式，"从属性转化为事件，以行动、功效、体验、解释等视角来取代以往的种种定性之争"①。这一替代具有范式转换的重要意义，也为文学伦理学建构打开了空间。

就第一种路径而言，既然文学被认为是一种存在，那么，本质的探讨既没有必要，也没有可能。因为那些试图从观念视角进行抽取本质的做法，都并非文学的态度，也在实际过程中左支右绌。即便是能勉强从中抽取出来某些东西，它们也称不上文学的本质，更无法替代文学本身的存在。"我们需要的是理解文学本身作为人的精神活动、精神现象的存在，理解它作为感性、作为流态的存在，观念内涵只是这种存在带来的效果和意义。"②与此类似的是，存在论范式不再如本质论那般追问存在者"是什么"的问题，而转向追问存在者"如何是"的问题，它"主张立足文学活动整体、文学文本全貌对文学进行综合性和总体性研究"③。随之而来的质疑④是，本质论与存在论能否被看作两种根本不同的研究范式？两者之间难道没有任何联系？存在论的新主张难道不适用于本质论吗？两者之间到底有没有优劣之分？它们难容彼此、非此即彼吗？在质疑者眼里，本质论不仅不应被无情淘汰，而且与存在论的研究方法一样，都前程似锦。

就第二种路径来说，它认为抛弃本质之思的极端反本质主义易于掉进虚无主义的陷阱，有鉴于此，它提出通过考察"文学任何可能"来重塑文学本质："将文学与人的存在问题联系起来，建构以'文学活动'为基本范式的文学本质观，恢复文学的人学地位，将人们在文学活动中所体验到的这种人类生存的本性确立为文学的本体，在此基础上探究文

① 王嘉军：《超逾本质主义与反本质主义：文学伦理学与为他者的人道主义》，《中国比较文学》2021 年第 4 期。

② 王毅：《文学本质：从本质论回到存在论的思考》，《学术月刊》1999 年第 11 期。

③ 单小曦：《从"反本质主义"到"强制阐释论"——中国当代文艺学的"本质论"迷失及其理论突围》，《山东大学学报（哲学社会科学版）》2016 年第 5 期。

④ 赖大仁：《当代文艺学研究：在本质论与存在论之间》，《学术月刊》2018 年第 6 期。

学活动的发生与发展，建构起一个开放的文学本体论。"① 这种本体论同样不能撇下文学是什么而单独行动，进一步的问题是，文学的本体是否只限于人类生存本性的体验？文学本体与文学本质能否等同？这种体验可否直接成为文学本质② ？另外需要注意的问题是存在论所借用的理论资源本身。也即是说，存在论意在克服本质主义，超越传统的形而上学，但海德格尔式的存在论"最终走向的是'存在'的形而上学和'此在'的绝对主体性"③。照此说来，存在论超越本质主义的限度自然就会大打折扣。

第三种路径可以说是本质论与存在论的调和与融汇。不单文学本质论仍然被作为文艺学的元理论，就连反本质论也被作为对文学本质的一种阐释或一种文学本质论。在存在论的层面，文学本质的三个区间——"文学是什么""文学如何是"和"文学是"——既相互区别又相互统一④。

（四）关系主义

关系主义是一种方法论，它反对某种固定不变的本质想象，主张在多重关系网络中去定位、认识事物。一大批理论家都在他们的著作中实践了这种思维模式，譬如，尼采、德里达、福柯、利奥塔、罗蒂、布迪厄等。在他们的思想启示下，结合自己多年的研究经验，南帆发表《文学研究：本质主义，抑或关系主义》一文参与本质主义与反本质主义的论争，明确提出了关系主义的理论模式，强调应更多地关注多元因素之间形成的关系网络。

关系主义有限度地承认"本质主义"的合理性，但认为它仅仅是一种理论预设，是一种描述、阐释和分析问题的思想模式。关系主义之所以放弃本质主义研究模式，是因为如下几个方面的原因⑤。一是文学生生不息，以概念或命题来论证文学本质的做法有着难以克服的逻辑矛盾，文学的本质主义研究事实上难免以偏概全。二是即便没有文学定义，文学与文学研究的发展也不受影响，本质并非总是文学研究的必要前提。三是文学的概念演变清楚地表明，历史上文学的所指并非安若磐石，而是在不断变化。抛开本质主义的文学定义之后，南帆建议在多重的他者参照、循环的比较之中辨认文学："对于关系主义说来，考察文学隐藏的多重关系也就是考察文学周围的种种坐标。一般地说，文学周围发现愈多的关系，设立愈多的坐标，文学的定位也就愈加精确。从社会、政治、地域文化到语言、作家恋爱史、版税制度，文学处于众多脉络的环绕之中。每一重关系都可能或多或少地改变、修正文学的性质。理论描述的关系网络愈密集，文学呈现的分辨率愈高。"⑥ 关系主

---

① 胡友峰：《反本质主义与文学理论知识空间的重组》，《文学评论》2010 年第 5 期。
② 边平恕：《科学的文学本质观与文艺领域的反本质主义思潮》，《河北学刊》2017 年第 1 期。
③ 董学文、陈诚：《超越"二元对立"与"存在论"思维模式》，《杭州师范大学学报（社会科学版）》2009 年第 3 期。
④ 王中原：《文学本质论的存在论探究》，《文艺理论研究》2018 年第 3 期。
⑤ 南帆：《文学理论十讲》，福建教育出版社 2018 年版，第 2—4 页。
⑥ 南帆：《文学研究：本质主义，抑或关系主义》，《文艺研究》2007 年第 8 期。

明确宣称：文化没有所谓的本质，文学也没有某种预先设定的本质，文学毋宁说是各种文化关系的产物。

关系主义批判本质主义思想僵化、知识陈旧、形而上学猖獗，受到文论界的广泛认可。对关系主义的批评意见主要有四类：一是认为它取消了本质研究而可能陷入相对主义；二是认为关系主义虽然坚定地反本质主义，但寻求的多重区别性仍然是"非本质主义本质论"[①]；三是认为它"并没有被运用于文学内部多元因素的网络，或虽有所运用却在力度与广度上都不及它在文化网络分析时的作用"[②]；四是认为关系主义在通过文化相对物定位自我时，"没有认识到，文学也需要在不偏离自身传统的前提下整合这些文化资源"[③]。其实，关系主义特别注重"结构"与"历史"的紧密结合，方法论上突出历史化与结构化的综合。"历史"是"结构"的历史，与此同时，"结构"是"历史"的结构，可以解释这些不无冲突的意见。一方面，作为一种解释学的重要方法，关系主义的底色是结构主义，在关系与结构中阐释文学问题。因此，没有本质、回到历史语境，并不意味着文学的性质瞬息万变，"结构的内聚力有效地保证了内部诸多元素之间的关系固定不变"[④]。另一方面，关系主义重新回到了马克思主义的社会历史概念，解决了结构变迁的动力学问题。这使得关系主义既突破了静态的结构主义，又突破了线性的历史观。

（五）实践论与辩证法

实践论文艺学中的"实践"指的不是传统哲学所理解的个体精神活动，而是马克思主义哲学的人类实践、人类物质生产活动。实践论文艺学兴起于二十世纪五六十年代，目的是为了纠正之前反映论尤其是机械反映论文艺学的偏颇，张扬人的主体性与创造性。其后，经过后期朱光潜的"美是主客观统一"、蒋孔阳的"实践创造论美学"、朱立元的"实践存在论美学"、张玉能的"新实践美学"等表现形式，实践论文艺学不断得以继承与拓展[⑤]。整体而言，已有的实践论文艺学、美学存在的不足是，实践论的大门刚打开不久，很快就被后实践论拦截甚至关闭了，发展还不够充分；它在整合现代西方理论资源与马克思主义实践观的时候，未能很好地克服形而上学。因此，有必要继续回到马克思的历史唯物论与辩证法，并结合当今的时代变化与现实要求再出发，建构实践论与辩证法的文艺学，以丰富马克思主义文学理论对文学的认识。

实践论昭示着文艺学未来的发展方向，实践论文艺学主要包括主体观、创作观、文本观与批评观等内容。

具体而言，实践的主体是指人类通过实践活动对人与自然、人与人之间的物质能量

---

① 单小曦：《"反本质主义"之后的文学本质论反思——文学存在论研究（一）》，《社会科学研究》2010 年第 4 期。

② 方克强：《文艺学：反本质主义之后》，《华东师范大学学报（哲学社会科学版）》2008 年第 3 期。

③ 刘连杰：《文艺学反本质主义的限度与出路》，《理论月刊》2018 年第 4 期。

④ 南帆：《文学理论十讲》，福建教育出版社 2018 年版，第 20 页。

⑤ 朱志荣：《实践论美学的发展历程》，《安徽师范大学学报（人文社会科学版）》2005 年第 3 期。

交换进行调节，在这种进程中既区分了主体与客体，又在改造客体过程中确证了主体的特性。人作为社会实践的主体，既有社会性又有历史性。从实践的主体视角来看待文学实践，有益于克制那种构建抽象本质的冲动，揭破其跨越历史时空的虚幻；有益于深入地讨论文学的实际问题，避开凌空蹈虚的无谓论争。实践的创作是说文艺不能止于空想、流于胡编乱造，必须源于生活、深入生活、植根生活。唯有走进生活深处，吃透生活底蕴，才能让作品形象动人、情节深刻、激荡人心。在操作层面上，实践的创作不能搞"席勒式"，以主观思想替代对社会现实的描写、展现与思考；而应力求"莎士比亚化"，真正沉入社会生活，展示社会实践、社会环境对事件与人物的复杂形塑。实践的文本是说文学文本的理解不能自我封闭，甚至不惜与社会历史绝缘或割裂，而应注意其空间生成性，明了它仅是特定历史语境下人们各种意义体验的暂时组装或凝固。强调社会历史对意义生成的决定作用，并不意味着否定意义生产的接续与传承。相反，这种社会历史的共时结构中已经投射进历时的斑驳光影，是共时与历时的有机融汇。实践的批评一方面是指增强文艺批评的实践性，不以先行的理论框架生搬硬套或隔靴搔痒，积极发挥批评引导创作、提高审美、引领风尚的作用，褒优贬劣、激浊扬清，推动文艺健康发展；另一方面是说批评应对标"历史的"观点和"美学的"观点这一马克思主义文艺批评的最高标准，使两者有机融合，并以此为基础与核心，吸纳其他文艺批评方法的合理之处，共同建构较为完整、有效的批评方法体系。

结语

文艺理论界的反本质主义讨论已经持续数年，在反对那种僵化、封闭的不变本质构想以及绝对化的思维模式等方面，基本达成一致意见。但就如何重塑新的文学观念问题，则出现了多重不同的路径。这些方案相互辩论、相互博弈，相互吸收、相互融合，共同促进文艺学学科的反思与重建，为当代文艺学的重新历史化建立了基础，打开了构建当代文艺学自主性知识体系的思维空间。21 世纪以来的二十年间，本质主义文艺学受到大规模批判并趋于瓦解，这是整个中国文艺学学科重大的观念变革与方法论革新之一。新的替代方案大致包括策略性本质主义的、建构主义的、存在论的、关系主义的、实践论与辩证法的等五种类型。今天具体考察这些替代方案与路径的所长与所短，深入分析诸种替代方案之间的对话与潜在对话关系，是当代文艺学学术史工作一项不可忽视的任务，有益于进一步推进文艺学的理论建构与学科建设。

多元文化主义与 "少数话语"

在谈到 20 世纪 80 年代两岸文学的变迁时，文学史一般都会把这一阶段的文学称为多元化和宽容的发展时期。所谓的 "文学多元化" 指的是文学风格、流派、思想和美学观念的 "多元化"。这里的多元化已经含有了 "多元论（pluralism）" 的一般意义，即对差异和繁多的接纳和包容。但 "多元文化主义（multiculturalism）" 则是一个有着特殊含义的概念，直接应对的是多元种族国家的族群问题和全球化时代的国际移民问题，其主旨在于探究和处理一个社会中存在数个歧异甚大的文化群体（例如族群、语言、宗教信仰乃至社会习俗等）时，如何建立多元群体之间的平等宽容关系的论述。"多元文化主义" 不仅强调存在多元社群文化的社会现象；更重要的是，"多元文化主义" 还强烈主张制定、发展和执行 "多元文化政策"，以有效维护多元社群的文化和政治权力。

与许多文化理论的常用术语一样，"多元文化主义" 也是一个内涵不易确定的概念。加拿大著名的政治哲学家威尔·金里卡（Will Kymlicka）曾经如是而言：无论是 "多元" 还是 "文化" 都是含意丰富复杂的词语，因此人们在理解和界定其内涵上都存在许多困难。如 "多元" 指的是 "多元民族（multination）" 还是 "多种族群（ethnic groups）"？而 "文化" 指的是一种 "习俗（customs）" 抑或是一种 "文明（civilization）"？如果是指一种集体习俗，那么不同的社群会有自己的文化形态，如果是指文明，西方社会则享有一种共同的文化，如民主制度和现代化的生活形态等等[①]。这些分歧和混淆造成了人们理解 "多元文化主义" 的一系列困难。

在形形色色的 "多元文化主义" 论述中，我们以为，斯图亚特·霍尔和威尔·金里卡的阐释尤其具有启发意义。霍尔从文化研究的接合理论和意识形态分析出发，认为 "多元文化主义" 是在全球跨国时代社会的一种政治意识形态，"多元文化主义" 是不稳定的，常常与不同的意识形态接合产生这种 "主义" 的多种变种，而且在不同的多元文化社会也会出现不同的 "多元文化主义"。所以理解 "多元文化主义" 必须回到其产生的具体历史场景之中，尤其要警惕任何本质主义化的阐释。霍尔如是指出："'多元文化主义' 是一种大范围的社会勾连、理想与实践。作为一种主义或话语，如果将 '多元文化主义' 理解为某种固定的政治教条，而变成接合于某种特定情况的单一论述，这将导致 '多元文化主义' 的异质性格被降低为教条性的东西。但是，多元文化主义事实上不是单一的教条，也

---

① Will Kymlicka. *Multicultural Citizenship: A Liberal Theory of Minority Rights*. Oxford: Oxford University Press, 1995. pp.14-17.

不只是一种政治策略或者政治事务的处理方法；它包含了政治策略的多重性，及其过程的不完整性。因此，每个不同的多元文化社会都有可能产生不同的'多元文化主义'。"①

那么，当代思想史中曾经出现了哪些不同的"多元文化主义"呢？对这一问题，威尔·金里卡提供了很有参考价值的回答。在著名的《当代政治哲学》一书中，金里卡把"多元文化主义"视为当代八种重要政治哲学理论之一："功利主义""自由主义的平等""自由至上主义""马克思主义""社群主义""公民资格理论""文化多元主义"和"女权主义"。金里卡系统而清晰地阐述了"多元文化主义"的历史变迁、重要类型和主要研究领域，概要性地描绘了"多元文化主义"的思想地图和可能的知识领域。

第一，从思想脉络看，"多元文化主义"经历了三个发展阶段：作为社群主义的文化多元主义；自由主义框架内的文化多元主义；对民族建构进行回应的文化多元主义。第一阶段产生于20世纪的70—80年代，这一时期的"多元文化主义"是在"个人主义"和"集体主义"的论争中形成的，"旨在通过发现和承认某些形式的'群体权力'以保护自己的共同体"，因而具有明显的"社群主义"倾向。1989年以后进入第二阶段，人们的思考从"自由主义"和"社群主义"的分歧之争转入另一层面，即多元文化主义在自由主义理论之内可能存在多大的空间？其共识在于"一些（而不是）少数群体的权力要求会增进自由主义的价值"。第三阶段的讨论还在展开，它涉及的问题是现代自由主义民主国家的"民族建构模式"与"多元文化主义"诉求之间的冲突与回应。按照金里卡的提问，即是：大多数人所致力于的民族建构是否会对少数群体产生不正义？"少数群体权力"的提出是否有助于针对这些不正义而对少数群体实施有效的保护②？

第二，关于多元文化主义的类型。威尔·金里卡以"多元文化主义"的不同诉求主体为划分标准，把"多元文化主义"分为五种类型："少数民族"（包括"亚国家民族"和"土著人"）；"移民群体"；"持孤立主义立场的种族宗教群体"；"非公民定居者"和"非洲裔美国人"。在威尔·金里卡看来，这五种身份和处境有所不同的社群对自由主义国家的"民族建构模式"的回应也有所差异，形成不同的"多元文化主义"诉求。这一分类初步回答了霍尔提出的多种"多元文化主义"的问题。

第三，关于"多元文化主义"论争的议题。"多元文化主义"事实上包含了许多不同的论题，金里卡开列了一份很有参考价值的论题清单：①移民领域，"国家应该有哪些约束移民的权利以及移民应该在什么条件下成为公民"。②少数群体的民族主义的正当性；③种族主义问题；④土著人问题；⑤群体代表权问题；⑥宗教团体问题；⑦涉及多元文化主义和性别平等的关系。

看来，"多元文化主义"的确十分复杂，每个不同的多元文化社会都有可能产生不同的"多元文化主义"，每个不同的社群有可能提出不同的"多元文化主义"，不同的学者

---

① Hall Stuart. "The multicultural question," in Barnor Hesse (Ed.). *Un/Settled Multiculturalism: Diasporas, Entanglements, Transruptions*. London and New York: Zen Books, 2000. p.210.

② 威尔·金里卡：《当代政治哲学》，刘莘译，上海三联书店2006年版，第601—622页。

对"多元文化主义"也有不同认识和分类方法。从自由主义者对多元文化的态度出发，斯坦利·费什认为：多元文化论至少以两种形式出现："弱势多元文化论"和"强势多元文化论"。"弱势多元文化论是少数民族餐厅和周末庆典式的多元文化论。"自由主义的弱势多元文化论者可以容忍或宽容异文化，并且可能与异文化进行"大暴露式的调情"，但不可能真正接受其所容忍的文化的核心价值。而"差异政治"则是强势多元文化论，"之所以说是强势，是因为它在差异政治内部为了差异而给予差异以价值，而不将差异看作某种更具根本构成性事务的显现。"其首要原则是"宽容"，但困难在于如何宽容某些异文化所固有的"不宽容"。所以，斯坦利·费什认为对于自由主义者而言，真正彻底的多元文化论并不存在①。而美国批判教育学者 J·L. 金柴罗（Joe L. Kincheloe）与舍利·R. 斯泰因伯格（Shirley R. Steinberg）则接合批判理论提出了"批判理论的多元文化主义"新观点。在《变动中的多元文化主义》（"Changing Multiculturalism"）中，他们把"多元文化主义"划分为五种：①"保守型的多元文化主义（conservative multiculturalism）"。他们坚持白人文化的优势立场，认为弱势文化只有经过强势文化的同化才能融入主流文化。事实上，这种观点不是多元文化主义的，而是"单一文化主义"。②"自由主义的多元文化主义（liberal multiculturalism）"，主张不同价值间的宽容和公民的普遍平等，但不承认差异。③"多元论的文化多元主义（pluralist multiculturalism）"，在主张公民平等的同时，强调社群之间的差异。④"左派本质主义的多元文化主义（Left-essentialist multiculturalism）"，把社群、种族和性别的差异视为某种不可改变的本质，这种"多元文化主义"常常走向其反面即排斥他者的种族主义。⑤"批判的多元文化主义"。他们承认社群之间人与人之间存在真实的文化差异，但文化差异的背后还是阶级和经济因素在起作用。批判的多元文化主义力图回到文化差异的具体历史脉络，主张在历史、政治、经济和意识形态的具体语境中理解各种"多元文化主义"的诉求②。

作为一种文化思潮，"多元文化主义"有其历史的必然性和意义。"多元文化主义"，一方面反映出在多种族国家和地区以及移民社会中，少数或弱势族群对平等和宽容的基本诉求；另一方面也体现出西方一些多民族和移民国家在族群和移民政策方面的良性调整——从早期的歧视和强迫同化政策逐渐向宽容多元文化和"承认的政治"的转变。"多元文化主义"，一方面呈现出传统自由主义在维护个人权力和自由的同时，开始把族群的权力问题纳入自由主义的思想框架；另一方面也是对全球化所产生的全球文化高度同质化一体化的一种抗拒或补充。从积极的层面看，正如李明欢在《"多元文化"论争世纪回眸》一文中所做的概括："多元文化主义"具有三个方面的积极意义：首先，支持者普遍认为，在实施多元文化政策的国家，反映不同民族特色的文化活动丰富多彩，展示了该政策最普

---

① 斯坦利·费什：《弱势多元文化论，或为何自由主义者不考虑泄愤言论》，见《国际理论空间》第一辑，清华大学出版社 2003 年版，第 118—132 页。

② Joe L Kincheloe and Shirley R Steinberg. *Changing multiculturalism*. Buckingham: Open University Press, 1997.

遍、最显著的社会效果。其次,推行"多元文化政策"有助于形成宽容、理解"异"文化的社会氛围,有利于不同民族或种族和睦相处。第三,推行"多元文化政策"有利于缓和当今世界上错综复杂的宗教矛盾①。的确,许多历史事实表明,"多元文化主义"的历史进步性和积极意义是不容否认的。

但这并不是说"多元文化主义"就是不容置疑的理论思潮和文化政策。同样也有许多事实和迹象可以表明,"多元文化主义"也存在一系列的问题需要知识界的深入反思和批判。我们首先要追问的是,提出"多元文化主义"的主体是什么?是谁的"多元文化主义"?因为不同的发言主体会产生不同的问题。正如台湾学者孙瑞穗所言:"多元文化主义总是牵涉到从哪一主体位置来发言和介入的问题,也会因此产生迥然不同的政治效果。"②如果发言主体是弱势/少数族群或后发展的国家和地区,那么,"多元文化主义"诉求首先具有抵抗强势文化霸权的意义,"多元文化主义"论述本身就构成了抵抗的文化政治实践。但这样的论述实践也可能产生一些盲点,这就是退回到本质主义化的族群文化或民族文化的单一视域之中,陷入本土主义和世界主义的二元对立或特殊主义和普遍主义的二元对抗之中,在反抗白人种族文化霸权的同时却陷入另一种种族文化中心主义的危险,在抗拒西方中心主义霸权时却陷入那种狭隘排外和本质化的文化民族主义。

在《多元文化问题》一文中,斯图亚特·霍尔曾经提醒我们警惕这样的危险:在现代性的中心地带走向更大的文化差异性,我们必须当心,避免我们只是简单地颠倒一下种族隔绝的形式,而仍然又以另一种方式重新进入这种形式中。我们在非裔美国文化论述的"非洲中心主义"倾向中可以看到这样颠倒的一些迹象。作为非裔美国文化论述的一个重要流派,"非洲中心主义"口号的直接提出者是美国费城坦普大学(Temple University)非裔美国研究系主任莫勒菲·凯特·阿散狄(Molifi Kete Aante),他的一系列著作如《非洲中心性》("Afrocentricity")、《非洲中心理念》("The Afrocentric Idea")和《基美特、非洲中心性与知识》("Kemet, Afrocentricity and Knowledge")等,认为欧美思想被欧洲中心主义所垄断,形成一种普遍主义的文化理念、标准和典范。任何不被这一标准所认可的文化与文学都遭到排斥、排除或歧视,甚至被视为未开化的原始性的野蛮的东西。非裔美国学者提出"非洲中心主义"旨在颠覆这种文化霸权,并且建立非裔自己的文化历史观念。"非洲中心主义"的基本诉求包括:世界文化是多元的和多样的,必须予以承认;世界史是多中心的,而不是只有一个中心;确立非裔美国研究中黑人的主体性和中心性,即以非洲中心性来解读非裔历史和黑人文化文本;黑人创造了古埃及历史,这同样是欧洲文化的源头;强调黑人的文化权力和身份认同意识;追求文学的黑人性和黑人美学主义……对黑人文化主体性的追求最初可以上溯到20世纪20年代哈林文艺复兴时期,1925年,黑人哲学家罗克主编并出版了《新黑人》,"旨在展示黑人传统的存在,作为种族自我的政治性

---

① 李明欢:《"多元文化"论争世纪回眸》,《社会学研究》2001年第3期。
② 孙瑞穗:《在多元文化的和平炊烟中反思:寻找多元治理的空间》,网址:http://blog.roodo.com/sabinasun/archives/2501033.html

辩护，以便对抗种族主义"①。这一时期刚开始萌芽的黑人文化民族主义到20世纪60年代黑权运动时期达到高潮，成为黑权运动的一个重要部分。

但到20世纪80年代至90年代，黑人文化民族主义逐渐形成非洲中心主义的倾向。非洲中心主义者认为欧洲文明史是黑人创造的，是非洲黑人文化向欧洲大陆的延伸和扩展，欧洲的所有科学、政治学、伦理学和法律的起源都可以追溯到古老的非洲黑人文化。纽约城市学院非裔研究系主任黑人教授杰弗里斯（Leonard Jeffries）甚至发明了耸人听闻的的"冰人"与"太阳人"理论，这一理论把人类划分为"冰人"和"太阳人"两大类型，欧洲白人属于前者，生长于寒冷的洞穴，给世界带来统治、破坏和死亡；黑人是后者，生长在阳光充足的地方，黑皮肤里充满了黑色素，他们具有天生的善良、合群和更丰富的人性。所以从人种学和生物学的角度看，黑人比白人更高贵更优秀。杰弗里斯甚至还直接发表歧视犹太人的言论。在非洲中心主义者的文化理论中，非洲文化代表了完整性的、有生命活力的走向精神健康的出口，而西方文化的堕落则是白人种族堕落的集中产物。这样，极端的黑人文化民族主义从反抗欧洲中心论跌入了另一种中心论，如同霍尔所言：只是简单地颠倒一下种族隔绝的形式，而仍然又以另一种方式重新进入这种形式中，演变成为一种新的种族主义，变成多元民族文化交流和宽容以待和公共性协商对话的壁垒。多元文化主义的极端化发展，一方面使其走向多元主义的反面，另一方面，极端化倾向仍然应视为弱势族群对强势文化霸权的一种反映形式。

少数族裔的"多元文化主义"还可能产生另一种盲点，即本质主义的化约倾向。如"非洲中心主义"就把非洲文化同质化了，在他们的视域中，无论是语言文化还是生活方式都极其复杂并且多元的真实的非洲不见了，非洲仅仅变成了某种意识形态的想象符码。在想象的另一端，又可能把复杂的族群同质化，忽视了族群内部在阶级、性别和意识形态路线、社会态度和生活方式方面，以及不同世代之间原本具有的高度的差异性。这也是从少数族裔发言位置提出的"多元文化主义"常常可能产生的问题。

现今，在欧美国家中，"多元文化主义"已经是一种"政治正确"的意识形态口号，被主流意识形态所收编。从主流文化位置发言的"多元文化主义"则常常变成一种"装饰性、象征性的操作概念"，一种统治的意识形态策略和修辞技术。正如台湾学者林深靖所指出的："'文化多元主义'于全球化的时代中，似乎已成为普世的价值，其'政治正确性'足以成为当权者'政权正当性'的来源。但是，我们也不能不警醒的是：一个进步观念的提出，一方面固然是弱势者、被压迫者长期艰辛抗争所积累的成果；另一方面，一旦新生观念被主流社会接受并进入政治决策者的思维，它也可能成为一种装饰性的、象征性的操作概念，用来纾解不满的声音，转移政治、经济、社会压迫的胶着状态，避免弱势者、被压迫者的力量因持续的压抑而凝聚成足以颠覆既定权力关系的巨潮。"②另一位台

---

① 参见李有成：《踰越：非裔美国文学与文化批评》，台湾允晨文化2007年版，第92页。

② 林深靖：《文化主义架构下的权力关系——再谈失窃的一代》，"主灵之邦网"，网址：http://www.abohome.org.tw/modules/news/article.php？storyid=492

湾学者孙瑞穗对收编的"多元文化主义"的批判也十分尖锐，在他看来，体制中的文化多元主义收编了许多少数族群的精英。"结果就是，（在北美洲的情况）官方建立了'模范少数（model minority）'的论述并导致结构上更弱势的族群冠上了'自己不够努力'的恶名（比如说：亚裔移民因为比较努力就可以社会流动，而黑人就是因为太懒？！云云）。渐渐地，文化多元主义这个本来充满战斗力的政治机制慢慢变成广大弱势族群祈求国家施恩的一种'战地春梦'，一种统治者无力面对种族与族群冲突之后的白日梦呓。"① 林深靖和孙瑞穗的批判性阐释来自对当代台湾文化政治状况直接感受和反思。的确，一旦进入具体的历史语境，"多元文化主义"将被各种政治力量和意识形态所击穿，其含义也在被不断地修改、置换、移动、偷空，被接合进某种固定的情境中，变成一种僵硬的"政治正确"信条，一面到处挥舞的政治旗子，直至把"多元文化主义"原本具有的追求平等的反抗意义消耗殆尽。难怪霍尔要把"多元文化主义"命题转换为"多元文化问题"，在他看来，"多元文化主义"中的"主义"已经将它转变为一个单一的政治信条，使之简单化，并把它固定到一个接合的情境中。由此，它把多元文化情境的异质性特征简化为一条枯燥无味的信条。而"多元文化问题是我们如何去正视许多不同社会的未来问题——而这些社会是由在这个世界等级秩序中具有不同历史、背景、文化、语境、经验和地位的人们所构成的。"② 这种从"主义"向"问题"的回返，的确有助于摆脱本质主义思维，使我们对"多元文化问题"的认识重新回到具体的历史语境中。在霍尔看来，这样的返回还有更重要的意义，即把对少数族群平等的关注和对社会普遍正义的追求重新接合起来，既发掘出"多元文化问题"中隐含的普遍正义和普世价值的蕴涵，又维护各种独特社群的差异性存在及其各种"潜在要求"。

在全球化时代，"多元文化问题"的重要性变得越来越突出。在文化上，全球化存在两种趋势，一种是文化的同质化发展日趋明显，但另一种相反的趋势也潮流汹涌，这就是霍尔所说的"差异性的次增值（subaltern proliferation of difference）"。在全球化语境中，"多元文化问题"正在以这种文化的高度同质化发展和文化差异性的不断繁殖的时代性巨大悖论集中地表现出来。其实"多元文化主义"恰恰是"多元文化问题"的复杂症候，在全球化过程中，形形色色的"多元文化主义"一方面是对霍尔所说的文化悖论的反映与应对，另一方面，"多元文化主义"有意无意地和资本主义的全球化产生了某种"共谋"关系，成为跨国资本的全球扩张的掩护和工具。"多元文化主义"有时甚至被跨国资本所使用，变成一种占领全球文化市场的文化商品。跨国资本在对待异文化上似乎变得越来越具有包容性了，对"异文化"也越来越宽容了，似乎承认了多元"他者"的存在。但跨国资本对异文化的承认和宽容只是其全球扩张和流动的一种策略，无远弗届的资本试图将"多元文化主义"转换为真实的权力关系的隐蔽性修辞。资本主义的文化工业尤其强调"多元

① 孙瑞穗：《与狼共舞：多元文化主义中的战争与和平》，网址：blog.roodo.com/sabinasun/archives/2501033.html - 32k

② 斯图亚特·霍尔：《多元文化问题》，网址：http://www.open.ac.ul/socialscience/sociology

文化主义"，一方面使文化差异性的增值成为资本增值的手段，另一方面又以看起来无比宽容的美学化的多元文化主义掩盖全球政治经济权力重组中的实质性不平等，正如台湾赵刚所言："这种多元文化论强调各个不同的文化孤岛的美学特色，而没有去谈论这些不同的人群在这个社会里所受到的不公平的待遇，以及不公平和差异之间的复杂相互构成关系。不平等（包括剥削和宰制关系）被悬置了，把精神集中在美学化文化差异。"① 看来，人们对"多元文化主义"质疑的声音越来越多，也越来越尖锐。但这并不意味着人们开始放弃"多元文化主义"，而毋宁说是批判的知识界试图透过对"多元文化主义"的意识形态批判重新恢复其激进反抗的功能，重新赋予其政治意义，即重建一种批判的"多元文化主义"。

在查尔斯·泰勒那里，"多元文化主义"的核心思想被直接表述为"承认的政治（politics of recognition）"命题。泰勒认为当代政治的主要趋势转向对于"承认"的需求和要求，这是当代形形色色的民族主义运动背后的动力，也代表了少数族群、女性主义和属下阶层的要求，已经成为多元文化主义政治的核心主题，"承认"的重要性现在已经以这样那样的形式得到普遍的认可。从"自我认同的根源"的探讨到认同建构与"承认的政治"的勾连，泰勒建构了多元文化主义的认同政治理论。这个理论试图阐明身份认同是如何通过在与有意义的他者（significant others）交往的过程中形成和变化的，他者的"承认"在独特的认同形成中扮演了至关重要的角色。泰勒指出："在社会层面上，认同是在公开的对话中构成而非由社会预先制定的条款所确定，这种对身份认同的理解使平等承认的政治日益成为重要的中心议题。"人们多么需要建构独特的自我认同，但这个建构过程又极其容易受制于"他者"，对这种认同之需要，"他者"以至社会可以给予承认或拒绝给予承认。如果一个社会不能公正地提供对不同群体和个体身份认同的"承认"，或者只是得到他者某种扭曲的"承认"，那么这将对被否定的人造成严重的伤害。对于要求承认的少数族群、弱势群体和属下阶层而言，这种拒绝和扭曲就变成了一种压迫形式②。

查尔斯·泰勒把这种"平等的承认"视为一个健康的民主社会的一个基本模式和普遍性价值，他把现代认同观念的发展所产生的"承认的政治"与传统自由主义的普遍主义的政治作了分别，称之为"差异政治（politics of difference）"。泰勒发现了普遍主义政治（politics of universal）和差异政治之间的分歧，即自由主义和多元文化主义之间的矛盾。"自由主义把无视差异的普遍主义原则看作是非歧视性的，而差异政治则认为'无视差异'的自由主义本身仅仅是某种特殊的文化的反映，因而它不过是一种冒充普遍主义的特殊主义。"在泰勒看来，在这种分歧和冲突中可以找到某种中间道路和接合的可能性，找到这种可能性则需要人们放弃对异文化的先验性拒绝的傲慢，而走向对比较文化研究的开放的态度，建构一种真正开放的文化和政治空间。承认并包容差异，承认并包容不同民族和社

---

① 赵刚：《"多元文化"的修辞、政治和理论》，《社会学研究》2006 年第 3 期。

② 查尔斯·泰勒：《承认的政治》，见《身份认同与公共文化》，董之林、陈燕谷译，陈清侨编，香港牛津大学出版社 1997 年版，第 13 页。

群的自我认同的正当权利，促成不同的认同的平等地位并且拥有合理的生存空间，这构成了"承认的政治"的重要内涵。

在《陌生的多样性：歧异性时代的宪政主义》中，詹姆斯·杜利（James Tully）对"承认的政治"也做了深刻的阐发。他认为"多元文化主义"体现了各种种族文化团体对建构自身独特身份并获得他人和社会之承认的要求。杜利因此把"多元文化主义"运动称之为"文化承认之政治（the politics of cultural recognition）"思潮。这个运动包括民族主义运动、带有文化意涵的跨民族体制、长期居于弱势地位的少数族群、移民和难民及 流亡人士所形成的多元文化呼吁、女性主义运动、世界各地的原住民族及土著民族运动等等，其共同诉求就是"寻求文化承认"，"所谓承认，指的是以 对方本身的词汇与传统去认识对方，承认对方为它自身所想望的存在形式，承认对方为正与我们对话的真实存在"。詹姆斯·杜利认为对诸种异质文化的是否承认与宽容应该成为判断一个政治社会是否正义的一个重要标准。杜利"文化承认之政治"论述建立在对西方宪政主义传统美洲原住民受压迫历史进行了批判性的审视之基础上，并把解决文化间的冲突和对异文化之承认问题寄托在宪政体制及其思想的改革上。他为此构想了一种正义的理想的"宪政主义"，这种"宪政主义"不会去预设任何一种文化立场，也不会以某种单一的"宪政体制"去承认所有的文化，而是保留了各式各样不同的族群叙事，并且在法律、政治与文化领域里都努力保有其多元的性格，更为重要的是，这种"宪政体制"正是由一连串跨越文化界线的持续民主协商或协议来达成。

无论是查尔斯·泰勒的"承认的政治"，还是詹姆斯·杜利的"文化承认之政治"，抑或是其他"多元文化主义"者，都已经深刻地揭示出了不同的政治、价值和文化共同体之间的既相互包容、又互相排斥的竞争与合作关系，并且试图寻找出在多元价值之间某种良性的对话和协商的文化民主形式。在我们看来，这样的思考和探索深刻地并且富有价值地拓展了常识意义上的"宽容"概念的文化政治内涵。宽容除了尊重他人的选择和意见外，还必须进一步接受和承认他人的观点也有可能成为真理，"宽容的结果必须是承认"①。今天，我们如果还在进行有关文化与文学"宽容"命题的讨论，他们的思想成果应该成为不可或缺的理论基础之一。

在当代文学理论和文化研究领域，美国文学批评界已经出现了一种旨在恢复被主流社会压制或驱逐到边缘社群的"边缘文本"的社会文化位置的"少数话语"理论，这种理论的产生及其实践意味着，从事种族研究和女性主义批评的知识分子"已经使对种种少数声音的考察成为可能"。"少数话语"理论把争取少数族裔的文化权力和文化承认作为其与统治体制进行斗争的目的。与温和的"多元文化主义"相比，"少数话语"理论则显得激进得多。在我们看来，一定意义上，"少数话语"理论可以视为接合了后结构主义和后现代主义的激进的革命的"多元文化主义"。

首先，"少数话语"理论对自由主义尤其是保守主义的多元论持着警惕的态度和批判

---

① Arthur Kaufmann：《法律哲学》，刘幸义等译，台湾五南书局 2000 年版，第 328 页。

的立场，认为自由主义和保守主义的多元论和同化论一样，仍然是"伟大的白人的希望"，"多元论的外表掩盖了排斥的长期存在，因为多元论只能由那些已经吸收了统治文化价值的人享有。对于这种多元论，少数民族或文化的差异只是一种异国情调，一种可以实现而又不真正改变个人的嗜好，因为个人被安全地植于支配性的意识形态的保护机体"①。"少数话语"理论拒绝成为一种"异国情调"，拒绝被西方资产阶级统治意识形态收编，拒绝成为虚假多元论的美学装饰。

其次，"少数话语"理论接合了后现代主义和后结构主义的"去中心"和"解构"思想。在《走向一种少数话语的理论》中，阿布杜勒·贝·詹穆哈默德曾经把"少数话语"理论勾连到德勒兹和瓜塔里的"少数文学"概念，认为他们的"少数文学必然是集体性"的论述在"少数话语"理论中仍然行之有效。这透露出"少数话语"已经视德勒兹和瓜塔里的后现代思想为其批评建构的重要资源。德勒兹和瓜塔里的"少数文学"概念最初的灵感来自卡夫卡在1911年12月25日一篇日记的标题，这则日记记载了卡夫卡对"少数文学"在公共生活中的意义及其特征的复杂思考。在卡夫卡看来，"少数文学"对于公共生活的意义在于"吸纳不满的元素"，使"'解放与宽容'地表达国家缺失成为可能"。这样，"少数文学"中个人与政治就相互穿透，"少数文学"是集体性的，是全然政治的，"使个人的冲突变成社群的'生死攸关之事'"。德勒兹和瓜塔里正是从这里出发建构其"少数文学"概念的，他们把卡夫卡的文学称之为"迈向少数文学"，在《卡夫卡》一书中开列了构成"少数文学"的若干要素，并且在《千座高原》中深入阐述"少数文学"理念。在他们看来，"少数文学""立即是政治的"，其最突出的政治性表现在语言被"高度脱离疆域之系数所影响"以及作家透过"发声的集体装配"操作②。卡夫卡写作的"少数文学"性，不在于它是某种特定族群的文学，甚至也不在于它是少数族裔的文学，而在于其语言的"少数"用法——"卡夫卡遵循布拉格德文的脱离疆域路线，创造独特而孤独的书写"，这一"少数用法"破坏了既定的语言结构，颠覆了由这种既定语言结构所代表的社会支配秩序。所以，语言的"少数用法"立即就是一种政治的行动的方式。

詹穆哈默德对德勒兹和瓜塔里的"少数文学"概念最感兴趣的部分在于："少数文学"是集体性的，是全然政治的，它使个人的冲突变成社群的"生死攸关之事"。詹穆哈默德认为：少数民族个人总是被作为集体对待，他们被迫作为整体来体验自己。由于被迫形成一种否定的、整体性的主体——地位，所以被压迫的个人便通过把那种地位转变为一种肯定的、集体的主体——地位来作出回答。在他看来，这里可以发现存在巨大差异的少数族群联合的基础③。

最后，"少数话语"理论坚持一种斗争哲学，坚持承担批判和解构西方统治意识形态

---

① 阿布杜勒·贝·詹穆哈默德：《走向一种少数话语的理论：应该做什么？》，王逢振译，《外国文学》1994年第4期。

② 参见雷诺·博格：《德勒兹论文学》，李育霖译，台北麦田出版社2006年版，第172—177页。

③ 阿布杜勒·贝·詹穆哈默德：《走向一种少数话语的理论：应该做什么？》，王逢振译，《外国文学》1994年第4期。

的使命。詹穆哈默德认为，统治文化和少数族群之间的斗争的一个重要方面，即是"对仍然屈从于'体制的忘却'的文化实践的恢复和调停；而'体制的忘却'作为控制人们记忆和历史的一种形式，是对少数文化最严重的破坏形式之一"。在他看来，"体制的忘却"是占支配位置的意识形态的功能之一，它以普遍性的人文主义计划的名义压抑排斥充满异质性的少数文化，并且使这种压抑和排斥变得合法化。"少数话语"理论的使命就在于揭示出这种意识形态生产机制，不断地揭示出"体制的历史条件和形式特征"，持久地批判这种支配意识形态，并且发掘出少数文学文本中所隐含的任何反抗性元素[①]。

难能可贵的是，詹穆哈默德并没有把这种斗争局限在纯粹文化和美学的领域，他认为，对少数文化的研究，如果没有社会学、政治学和经济学以及历史学以至教育领域的知识，就不可能真正展开。没有跨学科的视域尤其是政治经济学的批判视域，要发现当代文化复杂形式背后的意识形态机制几乎是不可能的。这样，"少数话语"理论就比后现代主义局限于语言和话语场域要显得更具开放性，也可能更富有批判和解放的力量。

综上所述，在争取弱势族群的文化权力和政治经济权力上，"承认的政治"和"少数话语"采取了两种有所区别的路线。前者坚持对话和协商，试图在民主宪政的框架中争取建立一种宽容多元的现代文化格局，使多元价值多元文化获得社会的承认；而后者则坚持走一种激进的斗争路线。但两者对宽容差异的诉求和平等的文化政治追求则是相通的，批判的少数话语极力追求的也是一种真正能够"容许差异的社会和文化构成"，批判与否定的是那种倾向于将复杂丰富的人化约为单向度的普遍主义的统治结构[②]。所以，"承认的政治"和"少数话语"或许在这一点上可以找到接合的可能，在为少数或弱势群体争取文化和政治权力的斗争中，在构建一种更加宽容多元的文化结构中，两种理论立场和论述策略存在对话、互补和辩证的空间。

---

① 阿布杜勒·贝·詹穆哈默德：《走向一种少数话语的理论：应该做什么？》，王逢振译，《外国文学》1994年第4期。

② 阿布杜勒·贝·詹穆哈默德：《走向一种少数话语的理论：应该做什么？》，王逢振译，《外国文学》1994年第4期。

空间理论兴起与文学地理学重构[①]

一

全球化进程与理论大转型的文化背景撬动了许多原先稳固的知识理念，文学与地理之间的关系也从地理环境决定论的倾向中跳出，置身于更加广阔而灵活的知识生产场域中。传统文学地理学认为，时代、种族、宗教、语言、民俗等文化主题对文学施加近乎决定性的影响，从中国古代的文学地域理论到西方赫尔德、斯达尔夫人和泰纳的文学社会学都莫不如此[②]，这一研究思路在当下的中国古典文学研究中仍得到继承[③]。然而随着当代理论语境的后结构主义转型与文化研究的兴起，"地理"的概念从环境的物理属性演变为权力关系生产的场域，亦即发生了从"地理"向"空间"的理论转变。"现代人类生存的最重要的事实，是社会的空间差异，而不再是自然界的空间差异。"[④] "在日常生活里，我们的心理经验及文化语言都已经让空间的范畴、而非时间的范畴支配着。盛行于昔日现代主义高峰时期的典范性批评概念，能否继续沿用于今天的社会，确是值得怀疑的事。"[⑤] "空间"的介入打开了当代文学生产的层次与维度，意味着知识经验范式的重构。

"空间既包含事物，又包含着事物间的一系列关系。空间生产不仅体现在空间的生产上，也体现在空间所包含的社会关系的生产。"[⑥] 空间及其包含社会关系的生产过程，就是文化权力差异与斗争的过程，因此空间"不仅是政治、冲突和斗争的场所，也是被争夺的

---

① 本文系与陈舒劼博士合作完成。

② 刘小新：《文学地理学从决定论到批判的地域主义》，《福建论坛（人文社会科学版）》2010 年第10 期。

③ 如周晓琳等著的《空间与审美：文化地理视域中的中国古代文学》（人民出版社 2009 年版），梅新林的《中国古代文学地理形态与演变》（复旦大学出版社 2006 年版），胡阿祥的《魏晋本土文学地理研究》（南京大学出版社 2001 年版）等。

④ R.J. 约翰斯顿：《地理学与地理学家》，唐晓峰等译，商务印书馆 1999 年版，第 127 页。

⑤ 詹明信：《晚期资本主义文化的逻辑：詹明信批评理论文选》，陈清侨等译，生活·读书·新知三联书店 1997 年版，第 450 页。

⑥ 童强：《空间哲学》，北京大学出版社 2011 年版，第 35 页。

事物"①。"空间和地方／场所总是与阶级、性别、种族等社会关系有关，也就是说权力的地方／场所，标记着有关这个地方／场所的意义的争辩。城市从来都不是一个东西，而应被视为是一连串竞争的空间和再现。"②文学或文化叙事与空间意识的结合，即强调在保持理论的开放性与关联性的前提下，追问意义表征及其权力生产机制，这显然是对文化研究精神的承继与发扬。叙事与意识形态不可分离，权力关系的斗争无处不在，在统治之外还表现为引诱、影响、说服、能量、能力、操纵、赞同、妥协、颠覆、控制等诸多形式的权力，只有在开放性的空间场域内才能得到揭示。"文化地理学家对于权力分析和批评保持某种持续兴趣，因为空间是在不公正、不平等和压迫的构成中被划定的。特别是，地理学家指出了压迫和反抗的地点，关注权力如何通过这些不同尺度的场所来运作，空间是如何被权势和弱势所掌控的……文化地理学认为，如何识别和理解空间、地方和自然相互隐含的方式，以及不公正、不平等和不均衡的权力关系的构成方式，如何建立分析并重新说明这些关系方式等，都是值得研究的问题。"③空间如何成为资本主义本质及其表达两方面的变化引擎、认同的空间问题、如何理解空间表象、地方体验中"自然"或"文化"的真实性问题、实验性的思考世界的新方式、批判的地域主义话语及其再批判等等，都随着"空间"的敞开蜂拥而至。某种意义上，空间即是无穷的问题意识、深度的权力解析、自觉的理论关联的合集。文学地理学空间性重构的表征纷繁复杂，性别、阶级、种族是三个无法绕过的支点，通过它们，文学空间理论的理论特质、精神风貌与价值取向都得到淋漓尽致的体现。

二

考古学、政治学、史学等学科的知识可以证明，"男主外，女主内"代表了相当长一段时间内人类文明对于性别社会分工的定位。在"空间"被视为一种"权力关系及其运作"之前的漫长文明史中，传统文学的性别表述已经与物理意义上的"空间"相结合。"当窗理云鬓，对镜帖花黄"（北朝民歌《木兰诗》），"闺中少妇不知愁，春日凝妆上翠楼"（王昌龄《闺怨》），"倚门回首，却把青梅嗅"（李清照《点绛唇·蹴罢秋千》），中国古典文学中的女性表述频繁地与"窗""楼""门"式固定、封闭的地理环境相挂钩。肖沃尔特的考察也表明，直到维多利亚时期的最后一代女作家，女性的文学表述都习惯以封闭的姿态出现，女作家们笔下隐藏的阁楼、密室、地窖都是"竭力寻求离开严酷现实和邪恶的男

---

① 菲利普·E·魏格纳：《空间批评：地理、空间、地点和文本性批评》，见朱利安·沃尔弗雷斯《21世纪批评述介》，张琼、张冲译，南京大学出版社2009年版，第249页。

② ChrisBarker：《文化研究——理论与实践》，罗世宏等译，台北五南图书出版股份有限公司2004年版，第391页。

③ 凯·安德森等主编：《文化地理学手册》，李蕾蕾、张景秋译，商务印书馆2009年版，"全书导读"第7—10页。

性世界的避难所"①。十九世纪晚期，以争取平等的社会政治权力为诉求的女权主义运动在西方兴起，并逐步扩大为内容繁复、指向各异的社会文化政治运动而绵延至今。围绕着性别平等与差异的中心问题，女性主义出现了自由主义的女性主义、激进的女性主义、马克思主义的女性主义、后现代主义的女性主义、黑人女性主义等等类别，这些类别共同的理论基础是女性被压迫的地位。封闭的物理空间既是女性传统的性别隐喻，也是早期女性独立意识的象征——伍尔夫宣称一间自己的房间和一年500英镑的收入是女性成为作家起码的条件。在众多女性主义建构的性别反抗途径中，"女性主义文学批评把我们对妇女在文学上的从属地位、不公平待遇及受排斥的关注转向了在文学领域中对于妇女写作的研究，转向了文学话语中性别建构和再现的分析"②。性别脱离了原先的自然属性而成为权力生产与文化叙述的产物，此时"'女性'的普遍概念是一个能指，它已经从人文主义的主体性观念中脱离出来，因此'不再被理解为是一个稳定或恒久的概念'，而是'一个棘手的概念，一处竞争的场所，一个焦虑的诱因'……要将社会性别视为一种表征，'一种象征体系或是意义体系，它根据社会价值和阶层性，将生理性别和文化内容联系了起来'，并要研究有关性别的主题是如何通过多种话语和技术得以产生的"③。作为权力运作场域、工具与生成物的"空间"由此而成为性别表述的新贵，性别文化中掩藏的意识形态话语在更为深广的意义层次中得以展示。

空间参与了当代妇女不平等地位的塑形，这样的观点已得到许多女性主义学者的认同。达夫妮·斯佩恩强调，空间对于性别等级化的影响并没有随着农业文明时代的结束而消亡，它反而以更为隐蔽的姿态进入当下的日常生活之中。当今的性别批评已经不能忽略空间的作用："女子和男子的定义是在特定的场所建构出来的——最为显著者是家庭、职场和社区；在分析两性间的地位差异时，应该将这些发生影响的场域间的相互作用考虑进来。"④空间设置怎样表述性别等级？空间设置怎样塑造性别观念？性别空间的设置与区隔隐藏着怎样权力的规训？空间之于性别隐含着何种解放的可能？性别与空间如何相互生产？这些问题将矛头对准既有的知识压迫，试图从文明史中重新恢复被男性别元叙事删除的可能性，"这种想法，基本上是把诸支配性叙事本身的'非知识'再度编纳进来，并予以重新概念化，这些非知识曾经逃离或吞噬了这些支配故事。这种它们自身之外的东西，几乎总是某种'空间'性的，而这个空间则被编码为具女性气质的、女人的"⑤。这里

---

① 拉曼·塞尔登编：《文学批评理论：从柏拉图到现在》，刘象愚、陈永国等译，北京大学出版社2003年版，第552页。

② 肖瓦尔特：《女性主义与文学》，见《2000年度新译西方文论选》，王逢振主编，漓江出版社2001年版，第251页。

③ 萨拉·甘布尔：《性别与跨性别批评》，见朱利安·沃尔弗雷斯《21世纪批评述介》，张琼、张冲译，南京大学出版社2009年版，第48—49页。

④ 达夫妮·斯佩恩：《空间与地位》，雷月梅译，见《城市文化读本》，汪民安、陈永国、马海良主编，北京大学出版社2008年版，第297页。

⑤ 里兹·庞蒂：《女性主义、后现代主义和地理学——女性的空间？》，王志弘译，见《后现代性与地理学的政治》，包亚明主编，上海教育出版社2001年版，第322页。

的"女性的空间"显然意味着对当下文明体制的反叛与挑战，与此同时，"空间"也成为开放性抗争策略的隐喻。

女性主义"可以通过质疑其基本假设，变成一种无起点、无终点、不断修正的政治过程"，巴特勒在强调必须保持女性主义开放和更新的理论姿态的同时继续追问说："女性主义排他性的活动是什么，它为了实现其行为准则而必须具有的权力是什么？"[①]即便暂且搁置这种权力的具体内容，更加突兀的问题也将浮现：作为权力主体的"女性"存在吗？如果说女性被压迫的地位来自男性性别话语的规训与诱惑，那么吊诡的是对抗支配性话语的"女性"主体同样也来自某种想象性的建构。为了能够代表一种性别的统一意愿，女性主义必须首先确定所有的妇女结为一利益共同体，并且共同拥有清晰稳定的身份特征。"致力于消除妇女的从属地位把女权主义理论中的各不相同的分支团结在了一起。但是，由于对妇女从属地位的理解大相径庭，并且，就采取什么措施去消除这种从属地位的意见也极不相同，那种一致性很快就消失得无影无踪。"[②]同一性的女性主体构建过程时常是被掩盖或遮蔽的——许多女性主义者自然地宣称能够代表全体女性，丝毫不考虑美国前国务卿赖斯、欧洲中产阶级白领女性、中国小企业普通女性员工、非洲饥荒中的坐以待毙的黑人妇女之间的无法跨越的鸿沟。这样，女性主义在对抗男性话语的同时自身也演变为一种霸权话语："女性主义政治要求所隐含的等级制，其本身就是一种权力策略，是少数人以多数，甚至世界上所有妇女的名义所实施的表征。女性主义政治学的构建过程浸透着权力，所以就更有必要来抗拒这种女性主义霸权。"[③]在当代女性书写中频繁出现的"我们"或"她们"，都隐藏着不同程度的置换、遮蔽与代言。

因此，强调女性主义的"空间"感，即是强调置于话语关系网络之中的开放意识与问题意识，理论的紧张必须保持对内与对外的双重向度。将世界上不同国度、不同阶层、不同种族、不同职业、不同文化教育背景的女性视为铁板一块，就必然极大程度上削弱理论的有效性。在谢丽尔·麦克尤恩看来，黑人女性在黑人男性和白人女性之间，往往更愿意选择前者作为政治或文化的结盟对象，而不愿意与后者共同组建一个"我们女性"的性别联盟，这种文化认同无疑与其置身空间场域的殖民历史息息相关。"许多黑人和'第三世界'女性反对西方女性主义者把男人看作是压迫的主要来源。处于白人西方女性主义中心的那些假设并没有反映黑人女性的体验。这是因为，对于那里的黑人女性来说，不存在单一的压迫来源；性别压迫与'种族'和阶级有着解不开的关系。而且，在很多文化里面，黑人女性常常觉得要与黑人男性团结在一起，并不提倡分离主义；她们与黑人男性一起为反对种族歧视、反对黑人男性对女性的蔑视而斗争。这样的争论产生了试图解释各种不同的有关黑人女性压迫形式——例如种族、阶级、帝国主义和性别等压迫形式——之间相互

---

① 安吉拉·麦克罗比：《文化研究的用途》，李庆本译，北京大学出版社 2007 年版，第 92 页。

② 威尔·金里卡：《当代政治哲学》，刘莘译，上海三联书店 2004 年版，第 669 页。

③ 安吉拉·麦克罗比：《文化研究的用途》，李庆本译，北京大学出版社 2007 年版，第 93 页。

关系的理论，并不认为所有的压迫本质上都来源于男人对女人的压迫。"① 处于不同阶层、种族、地域、教育背景、社会制度的女性，其文化政治诉求的形成与表达的影响因素各不相同。性别和地方的"遭遇"横跨各种空间尺度，兼具阶级、种族、性向和历史的多种特殊性，是一系列的差序、位移和变异，各种复杂关系和位置的交错。在此情形之下，分析性别诉求时更重要的是理解社会权力和压迫的所有轴向之间的交错关系，并且了解性别差异和性别关系与其他社会权力轴向的相互关联②。随着性别认同错位以及机器人等现象在当下生活中的露面，未来的性别叙事不可避免地将遭遇到更多的挑战。

三

"社会学家用来描述和解释社会关系的所有概念中，社会阶级可能是最模糊、最不确切的。"③ 然而在现代中国历史上，"阶级"却是使用频率最高的概念之一。它为"革命"提供了强劲而持久的动力，深入到中国现代革命历程和社会主义建设实践的肌理之中。阶级压迫与反抗的主题周边汇集了大批文学作品与理论著作，尽管如此，现代中国文学通常不强调阶级斗争与空间地理因素之间的理论关联，或者说，阶级叙述更加强调了革命的普世性与必然性。既然阶级斗争无远弗届、无所不在，那么强调空间地理因素就是多余的。王统照《山雨》开篇时的地窖完全可以由其他秘密空间代替，梁斌《红旗谱》中反映的阶级斗争也不仅仅是冀中平原的特产，空间没有主动参与到这些文本中的阶级斗争关系网络之中，只作为静态的背景存在。空间视角的介入将激活某些经典文学表述中隐蔽的阶级意味：某种程度上，阶级冲突的表述正是经由空间的镜像得以呈现，例如杜甫的名句"朱门酒肉臭，路有冻死骨"。相比较于传统文学地理学注重在文学表征与地域风貌之间寻找某种社会实证的思路，空间叙述更加在意如何揭示权力关系的网状关联与差异运作。阶级与空间既相互生产又相互表征的复杂关系、阶级差异如何左右当代的资本生产与文化生产、空间成为新阶级统治工具的可能性等等问题，已经成为当代理论与文学叙述新的关注点。

哈维在其著作《巴黎城记：现代性之都的诞生》里详细描述了巴黎重构过程中城区空间划分与阶级生成的相互建构。现代巴黎漫长的建城史上，巴尔扎克的文学作品"穿透了这层混乱的表象世界，将对巴黎的理解建构成阶级力量横陈与撞击下的产物"④。巴尔扎克的理解在奥斯曼领导的巴黎重建中得到印证："巴黎的社会空间一直存在区别。长久以来，

① 谢丽尔·麦克尤恩：《西方女性主义和其他女性主义》，见《文化地理学手册》，凯·安德森等主编，李蕾蕾、张景秋译，北京商务印书馆 2009 年版，第 624 页。

② 陈惠芬：《当性别遭遇空间：女性主义地理学的洞见和吊诡》，《中国比较文学》2009 年第 3 期，第 144 页。

③ 理查德·斯凯思：《阶级》，雷玉琼译，吉林人民出版社 2005 年版，第 1 页。

④ 大卫·哈维：《巴黎城记：现代性之都的诞生》，黄煜文译，广西师范大学出版社 2010 年版，第 42 页。

市中心的纸醉金迷一直与市郊的一贫如洗形成强烈的对比；资产阶级的西区与工人阶级的东区；进步的右岸与传统而满布大学生的左岸。整体模式中存在许多空间交错……虽然奥斯曼并未刻意在巴黎进行空间区隔，但他所进行的工程以及房地产市场变动后所产生的土地运用与地租效果，却造成相当程度的空间区隔，其中绝大多数反映出阶级区分。"① 新空间的建构与区隔从根本上影响了不同阶级的生活方式与道德秩序，在此基础上又将形成新的阶级意识形态与认同表述。这个过程将见证空间变化所造成的阶级巩固、瓦解、混合的历史，以及历史演变中新阶级的逐步成形。尽管某些城市空间被打上鲜明的阶级或职业色彩，然而"阶级—空间"难以存在超稳定关系，城市空间的局部调整总会对原有的"阶级—空间"认同产生潜移默化的改造，而新文化观念诉求也可能决定某些城市空间的生产与塑形。在空间与阶级相互生产的循环过程中，不断散发出新鲜的阶级内容及其建构的可能性。因此，在现代性持续深化以及职业分工日趋细化的当下，僵硬的阶级内容遭遇重大的概念危机，一个稳定不变且界线清晰的阶级概念正面临着社会流动性的多重挑战。政治经济学仍是阶级关系生产的理论基础，但文化有权力且已然介入了当下的阶级生产，此时，阶级必然成为空间内诸种关系差异性比较的建构之物。

"诸社会阶级并不存在……存在的只是社会空间，即诸多差异的空间，诸阶级以某种可能态的方式存在于其中，它们并非某种给定之物，而是有待变成的事物……社会空间实际上就是具有若干权力关系的空间。"② 布迪厄将空间及空间中的关系变化视为他阶级理论的基础，在阶级空间化的基础上展开其多维度的阶级分析与权力演示。在布迪厄看来，对"阶级"的理解离不开社会空间的语境。社会空间"是一个包含由不同资本总量和资本结构所决定的各种位置的多元空间。'阶级'则指社会空间内各行动者之间的位置差异。在此，'阶级'显然已成为一个表示社会空间内各行动者相对位置之差异，反映等级秩序的概念"③。行动者在社会空间内的位置差异，源于其所拥有的资本总量、资本整体内经济资本和文化资本的构成比例、以及资本整体的历史流动，随着个体资本总量与质量的整体变化，当今的阶级在相对稳定的状态中始终保持流动。布迪厄为了在阶级分析中化解主观与客观、结构与建构的二元对立，既重视阶级的现实存在，又看到其历史积累；既重视其客观存在，又重视其主观建构；既看到物质性关系对阶级地位的重要性，又看到了象征性资源在人的阶级定位中的作用。在其理论逻辑的驱动之下，阶级是"在社会空间中，一群有着相似位置，被置于相似条件，并受到相似约束的行动者主体的组合"，阶级及其区分成为实践中的关系体系④。布迪厄所强调的文化符号因素在空间场域内对阶级建构与认同的

① 大卫·哈维：《巴黎城记：现代性之都的诞生》，黄煜文译，广西师范大学出版社 2010 年版，第 253—254 页。

② 朱国华：《社会空间与社会阶级：布迪厄阶级理论评析》，《江海学刊》2004 年第 2 期，第 81—82 页。

③ 朱伟珏：《文化视域中的阶级与阶层——布迪厄的阶级理论》，《社会科学辑刊》2006 年第 6 期，第 84 页。

④ 刘欣：《阶级惯习与品味：布迪厄的阶级理论》，《社会学研究》2003 年第 6 期，第 35—37 页。

影响，更多地凸显了阶级的流动性与建构性。当然，这并不意味着马克思政治经济学意义上的阶级冲突的消失。全球化时代的生产力发展已经将空间收纳为生产关系的一环，面对包括空间区隔在内的多重隐蔽压迫，劳工阶级的生活苦难与认同迷惘可能比马克思的时代有过之而无不及。

勒菲弗断言，当代资本主义是通过对空间的征服和整合而得以维持，"资本主义中的社会关系，也就是剥削和统治的关系，是通过整个的空间并在整个的空间中，通过工具性的空间并在工具性的空间中得到维持的……今天，统治阶级把空间当成了一种工具来使用，一种用来实现多个目标的工具：分散工人阶级，把他们重新分配到指定的地点；组织各种各样的流动，让这些流动服从制度规章；让空间服从权力；控制空间，并且通过技术官僚，管理整个社会，使其容纳资本主义生产关系"①。伴随着生产力的发展和现代城市布局的重构，往日工人阶级同吃同住同劳的场面日趋消失，蓝领也逐渐向白领过渡，但就此断言阶级差异与冲突的消失显然过于天真。如果说布迪厄在阶级空间化的基础上补充阐释了马克思时代尚未充分发育的文化资本因素在阶级建构中的作用，那么哈维则是在空间转移的现实与理论的基础上继续探索马克思《共产党宣言》中尚未充分意识到的阶级矛盾新问题。在空间成为新式统治工具的论点上，哈维显然与勒菲弗极为接近。哈维认为，《共产党宣言》面临着空间转移理论的七大挑战，空间地理因素在很大程度上改变了资本主义统治与剥削的方式。"首先，我们必须认识到，不管是从历史的角度看还是从当前的视角看，地理的调整和重组、空间策略和地缘政治要素、非均衡地理发展等等，是资本积累和阶级斗争动力学的关键特征。我们同样必须认识到，阶级斗争在不同的地区有不同的表现形式，并且社会主义的动力必须考虑地理现实和地缘政治的可能性。其次，我们必须……对如下问题提出一个更实际、更准确、政治上更有用的理解：资本积累和阶级斗争的地理维度如何在维护资产阶级力量和抑制工人权益和抱负方面发挥并将继续发挥根本性的作用？"②他指出，资产阶级可以采取分散的、分而治之的空间策略在地理上瓦解直接威胁其生存的阶级力量的上升，而工人阶级对这种新的统治手段并没有十分有效的应对策略。"我们可以公正地说，工人运动更加擅长控制地方性的和地域性的力量，而不是空间状态，其结果是，资本主义已经使用自身先进的空间策略击败了地方性的无产阶级／社会主义革命。最近，资产阶级通过'全球化'从地理上和意识形态上对工人阶级力量的威胁，就证明了这一论点。"③哈维的悲观显而易见。

借助于几乎无坚不摧的资本力量和空间策略，工人阶级面临的巨大困难就是他将发现来自自身内部的分裂。"资本主义同时将会导致工人的分化：一是通过发展资产阶级明确的分而治之的策略，二是借助把市场选择原则转化为团体分化的机制……阶级斗争很容易

① 勒菲弗：《空间与政治》，李春译，上海人民出版社2008年版，第133—139页。
② 戴维·哈维：《马克思的空间转移理论——〈共产党宣言〉的地理学》，郇建立编译，《马克思主义与现实》2005年第4期，第28页。
③ 戴维·哈维：《马克思的空间转移理论——〈共产党宣言〉的地理学》，郇建立编译，《马克思主义与现实》2005年第4期，第31页。

在地理上转化成一系列零碎的共产主义利益，很容易被资产阶级力量所同化，很容易被新自由主义的市场渗透机制所利用。"① 这种分裂不仅仅是物质利益上的分化，还来自于文化认同上的差异。在城市中打工的底层劳工阶级，时常在标志性的城市建筑景观面前合影留念，这个场景既表达出特定空间里的阶级差异，也凸显出一种建立在被拒绝之上的向往与认同。革命时代团结而凝聚的无产阶级形象需要在当下不同的空间关系中重新描绘，将阶级形象简化为某种符号的文化诉求或抵抗姿态，正如同忽视全球化时代阶级的差异与冲突一般需要警惕。

四

种族往往被认为是人类天然的属性，根据自然体质特征的不同，人种通常被区分为黄、白、黑、棕四色，分别对应于蒙古、高加索、尼格罗、澳大利亚四种人种类型。然而，随着海上新航路开辟带来的空间发现，欧洲的殖民扩张进程将亚非拉美等地的资源吸纳入资本主义的生产体系之中，种族也随之被划分为以欧洲白人为顶层的不同的文明等次，肤色成为这种等级制度最明显的标志。种族问题的诞生很大程度上必须归因于空间观念的改变：先是作为资本市场的地理空间，后是作为诸种权力关系斗争的空间。正是后者将种族问题从具体的区域中拯救出来，转化为一种在文化的差异、压迫、抵抗、分裂中寻求平等身份的伟大理论实践。在现代欧洲文学史上，对"西方"之外的"东方"的想象几乎弥漫在不可遏止的优越感中，这种空间对立的隐喻及其文学叙述显然得到了资本体系与文明体系的强有力支撑。法农终其一生对殖民主义和西方中心主义展开猛烈的批判，他强调殖民者不仅在物质与肉体上压迫被殖民者，并且用善恶二元对立的理念使被殖民者接受来自白色人种的压迫与驯服。"有时候，这善恶二元论竟达到其逻辑的极端并使被殖民者变得失去人性。确切地说，它使被殖民者兽性化。因此，殖民者在谈到被殖民者时，他的语言是一种动物学的语言。他影射黄色的爬行动作、土著城里的散发物、游牧部落、臭气、麇集、乱攒乱动、指手画脚。殖民者在想很好地描绘并找到恰当的字眼时，经常参考动物寓言集。"② 意识形态的驯服将使种族优劣论成为客观真理而在被殖民者中散播流传，进入文明体系的"种族"已经不单纯地指向其生物学含义，它已经成为话语"赋魅"与"祛魅"的意识形态战场。

种族再现的政治不是无意识的表露，而是某种意识形态规训与具体对象相衔接的产物。对具体对象的种族属性及其在文明中所处的层级的判断，完全是诸种文化因素权衡与取舍的结果——必然有遮蔽与凸显、扭曲与塑造等等修辞行为的产生，作为文明低层级象

① 戴维·哈维：《马克思的空间转移理论——〈共产党宣言〉的地理学》，郇建立编译，《马克思主义与现实》2005 年第 4 期，第 32 页。

② 弗朗兹·法农：《全世界受苦的人》，万冰译，译林出版社 2005 年版，第 8—9 页。

征的"黑"的是与否因人而异。法农坚持黑人是"比较而言"的,"只是偶然地是白人的"殖民主义本质上并非种族问题,它是语言的、语境化的和建构的。"当有些人被法国白人看作黑人,而被阿尔及利亚人视为有文化意义上的欧洲人(即白人)时,法农很清楚这种临时接合的、建构的本质,不仅仅是种族的类型化行为,而且是共同体的自我界定。"①斯图亚特·霍尔指出黑人民族和黑人经验是文化权利的批评实践和规范化的结果,吉洛伊、迈尔斯等学者也都认为种族是一种幻象,是想象的构造。种族的含义随着主体和空间语境的变换伸缩,而族裔的迁徙与流动同样给当下的种族界定设置了障碍:奥巴马究竟是"黑"还是"白"?时至今日,现代文明体系中已然没有内部单一、封闭、固定、无差别的种族存在,种族的象征空间被碎化或多样化了。某种意义上,对种族及其文明的低等级认定往往意味着话语的暴力,而话语暴力的背面总是潜伏着权力与恐惧。斯图亚特·霍尔声称,种族主义"就是对于差异一起生活的恐惧——极度的、内在的恐惧。这种恐惧作为差异和权力的致命结合的后果出现。"种族主义作为知识和表现的结构,则"是围绕那些拒绝被这个表现系统所驯服和包含的事物而建立的外垒、战壕和防御阵地"②。"外垒""战壕""防御阵地"这些词汇同时表明,针对种族主义的抵抗与瓦解始终未曾停息。

如何抵抗种族主义文化政治的侵蚀?种族主义理论有强大的资本力量、军事武装和文明体系作为支撑,而长期处于殖民阴影中的有色人种,其反抗面临的困境首先就是语言的丧失,他们无法在孵化种族主义的文明体系之外找到破解种族主义的话语。萨义德在其《东方学》的扉页上转引马克思《路易·波拿巴的雾月十八日》中的一句话:"他们无法表述自己;他们必须被别人表述。"这几乎是所有弱势群体的共同困境,罗伯特·史达姆将其称为"再现的重负",用以概括好莱坞电影叙事中有色人种话语权的丧失。"它意味着:你不值得自我表现;你的群体中也没有人能够表现你;作为电影生产者的我们也根本不在乎你愤恨的感觉,因为我们有力量,而且你对我们的做法没有任何办法。"③"再现的重负"显然绝不仅仅局限于已经颇有影响力的好莱坞叙事中,彻底走出困境似乎只能再造一种表意系统——即便另一种表意系统得以运用,又有什么能保障它不陷入新的种族主义逻辑生产中呢?反抗者最终形成另一种压迫,这无疑将是反种族主义文化最大的悲哀。除去考虑种族主义的话语策略,吉洛伊更担心"在寻找途径以抗争这种他们本身遭到排斥的强大力量和历史性境遇的过程中,黑人也陷入了建构他们自身的民族主义的危险之中"④。艾勒克·博埃默对后殖民文学的研究也同样指出了这一可能性:"'后殖民(的)'文学,它倒并不是仅仅指帝国'之后才来到'的文学,而是指对于殖民关系作批判性的考察的文

① 罗伯特·史达姆:《文化研究与种族》,郭霞译,见《文化研究精粹读本》,陶东风主编,中国人民大学出版社2006年版,第317页。

② 斯图亚特·霍尔:《种族、文化和传播:文化研究的回顾和展望》,张淳译,见《文化研究精粹读本》,陶东风主编,中国人民大学出版社2006年版,第313、315页。

③ 罗伯特·史达姆:《文化研究与种族》,郭霞译,见《文化研究精粹读本》,陶东风主编,中国人民大学出版社2006年版,第327页。

④ 安吉拉·麦克罗比:《文化研究的用途》,李庆本译,北京大学出版社2007年版,第52—53页。

学。它是以这样或那样的方式抵制殖民主义视角的文字。非殖民化的过程不仅是政权的变更，也是一种象征的改制，对各种主宰意义的重铸。后殖民文学正是这一改制重铸过程的一部分。后殖民作家作为表现殖民地一方对所受殖民统治的感受，便从主题到形式对所有支持殖民化的话语——关于权力的神话，种族的等级划分，关于服从的意象等统统来一个釜底抽薪。后殖民文学一个很突出的特征，就是它对帝国统治下文化分治和文化排斥的经验。尤其是在它的初级阶段，它也可以成为一种民族主义的文字。"[1]一劳永逸地确定某种抵抗种族主义的文化程式将注定虚幻，始终保持对既定空间及其关系诸元的权力质疑，是抵抗种族主义话语不可放弃的策略。

吉洛伊认为黑人音乐能包含当今族群散居状态下不同空间中黑人群体的经验与认同，从而在显现民族国家排外界限的多余性的基础上实现反种族主义的联合。某种特定的黑人音乐的表达形式"形成了一种离散美学，它包含着对资本主义的深入批判"。并且它"首先，超越民族国家的羁绊，由此创造一种关于肯定和否定的全球对话；其次，既不偏离作为现代性和启蒙运动遗产的科学，也不偏离作为现代性和启蒙运动遗产的哲学，并认同自那一时期以来所公认的'艺术'标准。离散是绝对主义的一种明显的替代，离散音乐能够将美国的黑人与牙买加及英国的其他黑人联合起来"[2]。吉洛伊将特定的黑人音乐表达理解为可以挣脱资本市场力量等等诸多权力关系羁绊的文化实践，并且能塑造出散居于不同空间内的族群的文化共同体，但缺少对这种抵抗逻辑的有效性或普世性的论证。黑人音乐同样无法摆脱前述的疑问：假使获得了白人种族主义之外的话语独立，它是否又将成为另一种相对"白"的话语？

散居族裔研究与白人属性研究在理论实践的角度上继续讨论抵抗种族主义话语的策略，此二者的共同点是将种族主义分解成与之相关的子课题——没有内部无差别的种族，也没有始终固守乡土的种族。白人属性研究努力将"白"非自然化为一种隐形的标准，揭露被不加反思地接受的特权，号召坚持一种混合关系的意识和社会团体相互暗指的意识，拒绝随意调和的流畅话语[3]。散居族裔在当下的学术或文化讨论中往往被用作几类人的隐喻：移居者、放逐者、外国居民或是少数族裔。"移民社群的身份是通过改造和差异不断生产和再生产以更新自身的身份"[4]，其美学经验与文化认同可能保留了复杂的话语交锋痕迹。研究者试图从"散居族裔社会形成的历史、即各种散居群体形成的历时性，以及它与社会结构、文化生产、起支撑作用的野蛮社会经济过程这三者所具有的共时关联之间"清理出清晰的理论线索，而"作为一种跨学科的、关注身份政治、移民主体性、文化认同、群体分类，以及双重意识的理论研究，散居族裔批评在研究下面各项的连续性和非连续性

① 艾勒克·博埃默：《殖民与后殖民文学》，盛宁、韩敏中译，辽宁教育出版社1998年版，第3页。

② 安吉拉·麦克罗比：《文化研究的用途》，李庆本译，北京大学出版社2007年版，第62—63页。

③ 罗伯特·史达姆：《文化研究与种族》，郭霞译，见《文化研究精粹读本》，陶东风主编，中国人民大学出版社2006年版，第333页。

④ 斯图亚特·霍尔：《文化身份与族裔散居》，见《文化研究读本》，罗钢、刘象愚主编，中国社会科学出版社2000年版，第222页。

方面是最有说服力的：在不同散居族裔结构内外；在它们不同的文化与美学产物内外；在一种社会结构和它的文化与美学效果之间"①。散居族裔对同一主体经由不同空间形成的文化认同的轨迹分析，是展示种族主义话语在新时代语境中变幻消长的难得的平台。

五

将空间理论对文学地理学的重构简要地划分为性别、阶级、种族三个区域，显然是出于论述的便捷。事实上，空间理论极为强调理论的关联与权力的关联，性别、阶级、种族等区域无论如何不是固定的或本质化的，在每一个具体的研究对象中，这些因素的表现形式和影响力也各不相同。"文化生产者与接受者并不仅仅是作为抽象的个体，他们属于一个特定的国籍、阶级、性和性别。许多文化研究工作已经开始关注这些社会身份及压迫轴线，关注在种族、性别、阶级及性的'冥想'中概括出的各种分层形式。正是这些提出了所有这些社会再现的明显轴线之间关系的问题。我们必须询问是否这些压迫轴的其中之一是发轫轴，是其余所有的根源？或者如经典马克思主义所说的那样阶级压迫是所有压迫的根本？或者是否如一些女性主义的观点所暗示的那样，父权制在导致社会压迫上最终要比阶级主义和种族主义更根本？抑或种族是更加中心的决定因素？是否有一种'相似的情感结构'导致一个受压迫群体与另外一个产生认同？反犹太主义、反黑人的种族主义、性别歧视及同性恋恐惧症（或厌恶症）之间的相似点是什么……更为重要的可能不是把这些再现轴孤立起来，而是发现被批评性的种族理论家称为'交叉性'的东西的运作机制，即阶级化的性别、种族化的性别、性别化的阶级，等等。"② 在这个意义上，踏入空间理论即意味着迎接不竭的挑战。

---

① 苏德什·米什拉：《散居族裔批评》，见朱利安·沃尔弗雷斯《21世纪批评述介》，张琼、张冲译，南京大学出版社 2009 年版，第 17、40 页。

② 罗伯特·史达姆：《文化研究与种族》，郭霞译，见《文化研究精粹读本》，陶东风主编，中国人民大学出版社 2006 年版，第 324—325 页。

第二辑

文化研究的激进与暧昧

20世纪90年代以来，文化研究的兴起成为中国人文学术领域引起广泛讨论的一个重要现象。文化研究在中国意味着什么？中国的文化研究做了什么？存在哪些问题、限制与困境？本文以李陀主编"大众文化批评丛书"为中心展开讨论，试图提供一份初步的观察与思考。迄今，这套丛书已经出版了十种：《隐形书写——90年代中国文化研究》（戴锦华著）、《双重视域——当代电子文化分析》（南帆著）、《在新的意识形态的笼罩下——90年代的文化与文学分析》（王晓明主编）、《书写文化英雄——世纪之交的文化研究》（戴锦华主编）、《上海酒吧——空间、消费与想象》（包亚明等著）、《倾斜的文学场——当代文学生产机制的市场化转型》（邵燕君著）、《崇高的暧昧——作为现代生活方式的休闲》（胡大平著）、《在角色与非角色之间——中国的青年文化》（陈映芳著）、《从娱乐行为到乌托邦冲动——金庸小说再解读》（宋伟杰著）、《救赎与消费——当代中国日常生活中的消费主义》（陈昕著）。从批评理念、研究框架及其涉及面看，这套丛书一定意义上可以视为文化研究的中国实践第一阶段成果的集中展示。

文化研究是什么？这或许得从文化研究的西方起源及其流变说起。但看起来丛书主编和作者的兴趣不在这里，这是另一些学者的工作。李陀们显然不愿把文化研究做成西方理论的又一次愉快旅行的注脚，而把它视为阐释"中国问题"的一种话语实践。文化研究在中国意味着人文知识界重新介入变化了的社会文化现实的一次努力和尝试。从"后学"的潮涨潮落到今天看来多少有些空乏的人文精神论争，从人文知识分子的边缘化焦虑到文学研究的高度体制化、专业化，人文学界似乎丧失了文化参与的现场感和阐释现实的能力。詹姆逊说：文化研究是一种愿望。的确，对于中国人文知识界而言，文化研究的兴起以及与之相关的对专业化纯文学研究的攻击，都是企图重新介入当代文化场域重获阐释现实能力的愿望表达。阅读李陀主编的这套丛书，我们强烈感受到了这种介入的愿望。借助"文化研究"，人文知识界有可能再次获得一种介入式的知识位置。在"文化研究"的名目下聚集起来的这些学者有着相同或相近的基本认识，即大众文化是90年代以来中国文化现实的重要构成。因而，大众文化批评就成为人文知识分子重新返回文化现场的一个重要入口。

但具有共同的问题意识，并不意味着丛书作者们对大众文化的功能与状况有着相同的认识与理论立场，他们的研究方法也有所差异，甚至产生了相互矛盾、抵触、解构的现象。这种理论立场上的巨大差异与矛盾一方面显示出丛书的丰富性，也意味着90年代以后大众文化的复杂性，不同的研究者或许观察到的只是复杂问题的某些面向。但另一方面消解了丛书的批判力量，也暴露出文化研究的内在困境与暧昧。概括而言，这套丛书在理论立场上大体可以分为四种：激进的批判立场；"双重视域"的复杂审视；相对客观的社会学描述；感性与理性的矛盾。

其一是以王晓明和戴锦华为代表的批判大众文化的立场。在他们看来，90年代大众文化的兴起是中国社会转型的构成部分，大众文化参与了作为社会转型观念基础的新意识形态的建构，而这种新意识形态无疑遮蔽了现实的复杂性与深刻的差异性。这是一种有些新左翼色彩的批判立场。王晓明以解剖现代作家的精神障碍的方式敏感地触及了当代现实的深处，他把"进步""现代化""发展""成功""市场""世俗化""自由主义""消费时代"等一系列话语混合而成的新"思想"称之为"新意识形态"："它事实上已经构成主导今日社会一般精神生活的一种新的意识形态了。"[1] 在社会转型中，这种新意识形态产生了新的压抑与遮蔽。文化研究要批判的正是这种"笼罩"人们一般精神生活并且不断塑造公共想象与欲望的新意识形态，尤其要反省知识界对这种新意识形态有意或无意识的参与与共谋。这里，王晓明显然把"自由主义"话语和人文科学的专业化倾向视为形塑新意识形态精神资源的构成部分。对他而言，这种新左翼社会批判立场表现出从未有过的鲜明。如果从另一个理论高度来看，王晓明对"新意识形态"的分析与描述可能有些印象化并过于简单了，没有揭示出新意识形态的复杂结构及其生产机制。所以，他大步从新意识形态批判迈向"新富人"/"成功人士"形象批判。这样批判的焦点缩小了明确了，但批判的力度与意义却也减弱了。以对"新富人"和"成功人士"想象的感性批判代替对复杂的中国问题的理性分析，这种视域的缩小很难产生真正深刻的思想。所谓的"新意识形态"是否是一个总体性概念？有没有化约主义的危险？"成功人士"想象在"新意识形态"中占有多大的分量？以"成功人士"想象为中心的"上海想象"在多大程度上可以视为中国性的问题？在"新意识形态"批判的视域中哪些问题反而又被遮蔽了？如何评价作为历史发展动力的"欲望"？等等一系列问题还有进一步思考的空间。从"中国问题"到"新意识形态"再到"成功想象"和"新富人"批判，如此缺乏中介、快速的话语转换，是否暗示了"文化研究"在阐释中国问题上的某种限度？许多时候文化研究者还是不得不回到自己原有的专业层面上展开文化研究。跨越学科界限的文化研究可能只是一种愿望。文化研究者的学科背景限制在多大程度了局限了文化研究事实上的跨学科性及其社会批判的力度？文化研究需要突破学科体制的限制，但文化研究者却深陷在学术体制之中。今天的文化研究对这种现实的制约性因素是否缺乏足够的反省？这或许是值得人们反省的问题。

在理论立场上，戴锦华与王晓明是比较相近的。都认为大众文化是对现实关系的"遮蔽"。在《隐形书写》中，戴锦华将20世纪90年代中国繁富的文化格局称之为一处"镜城"。"镜城"是一种结构，也是某种幻象，也可视为意识形态的隐喻。她的"镜城"或20世纪90年代的"文化地形图"是复杂的社会文化网络，是各种权力中心相互冲突、合作与共谋的"共用空间"。为揭示出这一文化地形图的形成机制及其结构，《隐形书写》更

---

[1] 王晓明：《在新的意识形态的笼罩下》，江苏人民出版社2000年版，第18—19页。

多地借助了福柯的知识谱系学与考古学的方法。她对 20 世纪 90 年代的文化研究有意识地引入了历史的分析维度：对今日文化现实的描述与思考，必须建立在 20 世纪 80 年代的思想文化史的思考与反省的基础上，也不能回避对近、现、当代中国文化史的再读与反思，这肯定是一个很有意义的见解。戴锦华对 20 世纪 80 年代至 90 年代几次话语转换的修辞分析细腻而富启发性。在她看来，知识分子参与的每一次话语实践与转换都是成功的意识形态实践，完成了一次次的"文化遮蔽"：20 世纪 80 年代的"现代化"宏大叙事和"现代性"话语完成了对"文革"历史的放逐与遮蔽，进而完成对百年中国历史的遮蔽；20 世纪 90 年代所谓的中国式后现代主义完成对横亘在 20 世纪 80 年代至 90 年代之间的创伤体验的遮蔽；而 20 世纪 90 年代的大众媒介文化则是对重组中的阶级现实的遮蔽。每一次遮蔽都有使其合法化的一套社会修辞与文化逻辑。文化研究的批判意义就在于揭示出在社会意识形态话语转换与重构过程中发生的遗忘、压抑与遮蔽，也揭开所谓精英知识分子参与这种话语转换从而获得话语 / 文化权力的隐蔽机制。所以，在戴锦华和王晓明看来，文化研究在中国还意味着人文知识分子对自我的反省与批判：20 世纪 90 年代知识分子通过对"制媒"过程的深入介入将文化资本转化为经济资本，完成经典权力向大众媒介权力的转换。

许多时候，戴锦华对"文化遮蔽"的揭示往往有所发现，也颇为尖锐、深刻。但也存在一些似是而非的疑点：历史的转折除了产生"遮蔽"外还发生了什么？"遮蔽"之外的问题会不会都被戴锦华的"遮蔽"论所"遮蔽"了？ 20 世纪 80 年代的"现代化"宏大叙事是对百年中国历史的遮蔽还是百年中国历史的构成部分？如果回到百年历史的戏剧场景中，"现代化"事实上是近代以来民族国家的一个巨大的历史冲动。或许应该追问的是现代化叙事遮蔽了百年历史中的什么问题？ 20 世纪 80 年代的"现代性"话语是对"文革"历史的放逐与遮蔽还是对"文革"意识形态的否定与颠覆？作为"现代性"话语核心的"主体性"论述以及"人性论""人道主义""自我""唯物主义实践论""感性解放""回到文学本身"等等一系列启蒙话语无疑具有反思"文革史"的意义。社会历史及其思想文化史的转型可能远要比所谓"遮蔽"复杂得多。在"遮蔽"的同时，是否也产生了"反遮蔽"？"反遮蔽"是否也可以借助文化修辞隐蔽地突破各种政治禁忌？ 20 世纪 90 年代大众文化生产的主要是"中产阶级"想象吗？这样的判断在多大程度上与大众文化的现实相吻合显然还需要更多的实证资料的支持，传统社会学的缺席或许是人文科学取向的文化研究一个令人遗憾的缺陷。

南帆总是想把问题看得更复杂一些。一个有趣的例子是戴锦华和南帆对女性的"看与被看"问题的不同解释，戴认为女性 / 女性文学长期被置于被看的位置上，意味着男权文化对女性的压迫，这是一种颇为流行的女性主义观点；而南帆则提出在大众传媒时代，女性的"被看"有可能形成一种特权阶层，这样在性别理论分析之外引入阶级理论以及种族范畴，"看与被看"问题就变得复杂起来。南帆认为文化研究在阐释中国问题时需要充分关注这种复杂性，无论是德里克的"地域"还是詹姆逊的"第三世界"都"过于单纯了"。"如果进入地域或者第三世界内部，问题就会骤然地复杂起来。民族、国家、资本、市场、文化、本土、公与私、诗学与政治，这些因素并非时时刻刻温顺地臣服于某一统一的结构。"① 在《双重视域——当代电子文化分析》中，南帆强调从"双重视域"具体考察大众文化的复杂性，在互相对话论辩中勘探电子媒介文化的价值坐标：一方面，电子传播媒介的崛起不仅为大众制造了巨大的欢乐，而且更为重要的是，新型传播媒介的问世往往与更进一步的民主与开放联系在一起；另一方面，电子传播媒介在民主的背面存在强大的控制，在解放之中掩藏着另一些新型的隐蔽枷锁。因为大众文化的快感政治具有启蒙与操纵、解放与控制、规训与反规训的双重特性，所以在南帆看来，今日的大众文化研究需要的不是立即作出否定或肯定的判断，而是具体的分析和展开，从而看到哪些方面呈现为一种解放，哪些方面又呈现为一种控制。南帆关注的重心是电子传播技术的变化对日常生活、文化形式乃至政治形式的深刻影响，他始终提醒人们注意这种影响的双重性。由于始终强调这种复杂性，南帆显然不属于戴锦华、王晓明式的带有激进色彩的文化批判学派。在理论立场上，很难把南帆编入"新左翼"或"自由主义"抑或其他什么阵营。当然，南帆的"双重视域"常常有些不平衡。在分析大众文化启蒙与操纵的两面时，其论述的分量往往向揭示"操纵"方面倾斜。这种倾斜显示出了南帆所处的批判性知识位置。

这套"大众文化批评丛书"在理论与方法上显然存在文化研究的社会学取向与人文科学取向的分野。陈昕《救赎与消费》、邵燕君的《倾斜的文学场》以及陈映芳的《在角色与非角色之间——中国的青年文化》都属于社会学取向的文化研究。黄平在陈昕著作《救赎与消费》的代序中说：社会学研究不一定要像法兰克福学派那样，总是处于批判的位置或采取批判的姿态。它的工作是通过大量的长期的观察研究，把问题显现出来，揭示出其中的制约性因素。但黄平同时认为批判的视野是必不可少的。《救赎与消费》在大量经验材料的分析与研究的基础上，得出了一个看起来有些分量的结论：消费主义在中国城乡的蔓延并不必然与经济因素相关联，而是更多地由"文化—意识形态"所主导。这里隐含了一种黄平所说的"批判的视野"——消费主义通过符号象征意义生产并控制了当代社会的"需要"与"满足"。陈昕的野心似乎太宏大，他所研究的课题是"当代中国日常生活中的消费主义"，但其实证研究所占的分量很难支撑如此宏大的企图。作者把消费主义在当代中国城乡的流行处理成一种普遍的文化现象，却多少忽视了地区、年龄、阶层、性别、教育背景以及收入状况的差异对消费所产生的不可忽视的影响。今天把经济因素与文化因素截然分开如何可能？"文化主义"倾向的消费研究的限度是否需要反省？陈映芳的《在角色与非角色之间——中国的青年文化》描述并分析了20世纪中国青年文化的几个世代的流变，有些"概论"的味道。如果选取某一时期的青年文化做更详尽深入系统的研究，或许更有参考价值。相比而言，邵燕君的《倾斜的文学场》在选材上要小一些，讨论的是20世纪90年代以后"文学生产机制的市场化转型"。作者对经验材料的描述多于分析与阐释，讨论的是"文学场"的倾斜，但却没有描述出"文学场"的结构。

如果说《倾斜的文学场》小心翼翼地回避理论，把文化研究做成了一种经验的描述，

---

① 南帆：《问题的挑战》，海峡文艺出版社2002年版，第238页。

那么宋伟杰的《从娱乐行为到乌托邦冲动》则动用了大量的理论资源分析金庸文本、解释"金庸现象",其中主要以詹姆逊和保罗·利科的意识形态与乌托邦论述为立论基础。詹姆逊和利科都认为大众文化具有意识形态与乌托邦的相互关联的两面,乌托邦的"超越性功能"构成了"对意识形态的批判"。宋伟杰的核心观点是金庸的"江湖"与"武林"想象建立了一种"乌托邦主义",而金庸所提供的江湖乌托邦以及阅读金庸所产生的乌托邦感受含有对现实批判与救赎的意义。有趣的是,一个十分欣赏、推崇金庸的学者如何做关于金庸武侠小说的文化研究?如果趣味销蚀了距离,文化研究以及文化批判如何可能?宋伟杰无疑是一位深度的"金庸迷",因为在这部有深度的金庸论中,处处可见作者对金庸的赞美:金庸"在镣铐的束缚下成为一个美妙绝伦的舞者"。"金庸及其小说似乎始终是个'例外'!""金庸小说有着巨大丰富性!""博大精深的金庸小说融武侠、言情、侦探、历险、政治以及广义的幻想小说于一身。""瑞士神学家卡尔·巴特在评价莫扎特的音乐时,有一句也许他自己也颇为得意的妙语:'凝重者轻盈地漂浮着,而轻盈者无限地凝重摇曳着'。金庸小说亦复如是。"……作者有时甚至用抒情代替分析,以表达自己阅读金庸时那种"神秘、抒情、略带苍凉而又不失欣悦"的"浪漫幻想"与"孤独体验"。在趣味的力量强大到左右理性时,作者把关于金庸的文化研究做成了金庸的赞美修辞学或辩护词,从而放大了大众文化乌托邦对现实的批判与救赎作用而遗忘了它对人的心智的麻醉功能。而在理性的力量超过趣味时,宋显然产生了更有价值的发现:"江湖世界所构成的是一面既压抑又强化主体意识的镜像。"金庸小说的"政治修辞倾向于淡化或者瓦解'华夷之辨',而文化修辞却暗中凸显了'夷不胜华'的内在旨归"①。

以"上海酒吧"为文本讨论现代都市的空间生产、消费与想象,在这套丛书中,包亚明等著的《上海酒吧》选材上显得十分独特,内容包装也有些新潮。导论提出了"上海酒吧"研究的四个维度:1.消费空间与公共领域;2.娱乐版图的扩展与地域性知识的重建;3.巨型城市、全球城市语境中的国家与资本;4.城市镜像与"上海精神"。以如此巨型的视域进入酒吧研究委实有些前所未有。这可能代表了文化研究朝时尚化、商品化方向迈进的一种趋势,反抗学术体制的文化研究被更加强大的市场体制收编不是不可能的。《上海酒吧》的作者们当然知道"批判性视野"对"文化研究"的重要性,所以书中出现了不少已经离开"上海酒吧"很远的看起来很"深刻"的理论阐释。而一些对谈与议论不是建立在严谨的社会学研究的基础上,显得晦涩、随意、暧昧,仿佛发生在酒吧里的哲学闲谈:如"酒吧文化所体现的官方政治权力与个人性、民间性的对立和血肉冲突方式也是特殊的……以个人性的话语抗衡社会性的欲望,可能会构成今后酒吧文化的内在冲突"②。这种对文本的过度阐释在时下的文化研究中并不少见。在《上海酒吧》里,我们常常可以发现小知情调或中产阶级趣味与知识分子批判理性之间游离的症候。作为"感觉与情调"的酒吧与作为文化批判文本的酒吧之间的游离与断裂,使关于"上海酒吧"的文化研究在立场

---

① 宋伟杰:《从娱乐行为到乌托邦冲动》,江苏人民出版社 1999 年版,第 142 页。

② 包亚明等:《上海酒吧》,江苏人民出版社 2001 年版,第 61 页。

上产生出某种有趣的暧昧和矛盾。

这种理论立场上的矛盾分歧与互相抵触还不是当前文化研究的主要问题。许多迹象表明，文化研究者对"文化研究"阐释复杂的中国问题的限度缺乏必要的反省。丛书的主编和作者们一再表明文化研究的核心工作是阐释"中国问题"，文化研究是基于中国现实问题的分析研究和理论追索，王晓明甚至认为必须从重建当代中国整体认识的高度来讨论进行文化研究的迫切性，"说文化研究在今天具有迫切的意义，并不仅仅是指一切经济、生态和政治的变化都必然会创造出自己的文化形式，而更是说，如果缺乏对（20世纪）90年代的文化状况的深入分析，你甚至都很难把握那些经济、生态或政治层面的复杂变化"。在这些学者看来，"跨越学科界限的文化研究"在阐释复杂的"中国问题"上似乎有着强大的能力。这显然是过度高估了文化研究的意义和作用。的确，"中国问题"是文化与政治、经济相交缠，前现代、现代与后现代并置的结构性问题，以大众文化批评为中心的文化研究可以成为一个阐释的维度，但经济与政治问题仍然是首要的问题，单纯的文化研究显然不可能达到对当代中国整体认识的高度。那种认为只有通过大众文化批判才能把握"经济、生态或政治层面的复杂变化"的看法，如果不是一厢情愿的学院知识分子的天真，那么就是一种避重就轻、避实就虚的批判姿态。从西方到中国，许多文化研究者都把揭示大众文化对社会现实的遮蔽视为首要问题，文化成为斗争与反抗的主战场，而回避或忽视了经济和政治资源分配与再分配的面向，因而在激进批判的背后隐藏着一种中产阶级的保守倾向。缺乏政治经济学批判视野的文化研究即便是激进的文化批判也是软弱无力的，甚至不可能有效地阐释大众文化的生产与传播，而只是学院内部的话语政治或走向其反面成为大众文化商品的一部分。

文化研究的软弱无力与其所依赖的批判的思想资源直接相关。李陀在丛书的总序中呼吁"逐渐建立适应现代中国情况的文化研究理论与方法"，以应对社会转型对人文科学所提出的挑战。但从丛书所提供的成果看，距离戴锦华所提出的"寻找并积蓄新的思想资源"的目标仍然十分遥远。从总体上看，他们进行文化批判的思想武器主要是西方马克思主义——法兰克福学派或者伯明翰学派，阿多诺、葛兰西或者列斐伏尔等等。而西方马克思主义在阐释中国问题上的能力是有很大限度的，因为他们的现代性批判所面对的是高度发达的资本主义现实。而前现代、现代与后现代交错的"中国问题"则要复杂得多，西方马克思主义在多大程度上能够有效阐释中国问题显然还是一个需要深入反省的课题。中国目前的文化研究对如此明显的问题却缺乏充分的反省。西马批判社会学的"文化转向"，在经典马克思主义关注不够的文化领域开辟了批判的战场，着力揭示大众文化背后隐藏的意识形态与权力关系，发展了马克思主义的意识形态批判理论，但同时却放弃了马克思的政治经济学批判、实践唯物主义与总体范畴。本质上它仍然属于资产阶级公共领域的批判传统。这样，西方马克思主义对资本主义的批判必然是软弱无力的，也不可能整体地认识当代社会现实。从李陀主编的这套大众文化批评丛书所援引的资料看，20世纪90年代初文化批评被西方理论所支配的状况在当前的文化研究中并没有得到根本的改变。不同的是，在20世纪90年代很长的一段时间里，法兰克福学派的大众文化理论／文化工业论述左右着中国学者的大众文化批评——如徐贲所言中国的大众文化批评甚至形成了一种流行甚广的"阿多诺模式"，丰富复杂的大众文化现象成为法兰克福学派理论旅行途中的中国风景；而20世纪90年代后期兴起的文化研究虽然突破了法兰克福学派"阿多诺模式"一统天下的格局，但还没有超出西方马克思主义的论述框架。因而表面上看文化研究似乎热热闹闹地回到了文化现场，但却没有真正返回到"中国问题"的脉络，很大程度上当前的文化研究热只是又一次"翻译的思潮"。受到思想资源方面的限制，丛书的中心观点即大众文化遮蔽了社会重组中的社会分化现实论其实并没有太多的思想含量，因为这种现实在日常生活中太容易被"发现"了。在"主旋律"电视剧或者春节联欢晚会中找到主流意识形态也并不困难，而在上海酒吧中发现个人话语与社会欲望之间的文化冲突则只是菁英论述与流行时尚的一种后现代式游戏拼贴。

今天的文化研究显然难以达到马克思那种政治经济学分析与意识形态批判的思想高度。由于后现代主义与解构思潮的隐蔽影响，文化研究普遍怀疑总体性思想并力图解构宏大叙事，因而也提不出更有效地阐释中国问题的新理论框架和更好的社会文化发展方案。王晓明认为文化研究要"为别样的前景想象贡献资源"，戴锦华也说文化研究意味着"寻找'另一个故事'的理论与实践之路"。但需要进一步追问的是所谓"别样的前景"和"另一个故事"到底指涉一种怎样的图景？文化研究在批判的背后试图捍卫的究竟是什么？王晓明把它确定为"不依赖效率"并"高居利益之上"的价值，即"诗意和美的感动"或者"真正的创造性、多样性、深度与美"。这些的确是具有普世意义的美好价值，也是一种浪漫主义色彩浓厚的抽象的文化观念。文化研究原来的意图是介入当代现实生活，但支撑文化研究的信念基础却是超越现实的"诗意与美"。在王晓明的正面阐释中，"文化研究"暴露出了德国浪漫派美学的底牌——"文化研究"变成了以诗意与美反抗异化的浪漫哲学的当代中国版。马克思与卢卡契曾经扬弃了的席勒那种审美主义幽灵又潜入了文化研究场域中，如同卢卡契所言：审美主义"意味着回避真正的问题……并把'行为'一笔勾销"[1]。当"介入"蜕变为"审美超越"，文化研究的政治意义也就自我消解了。早在1989年，梅铎就指出文化研究如果还要保持知识分子的活力，就应该介入公共事务的实践，与政策制定者对话、公开演说，因为公共空间正面临制度性的危机[2]。

在当代中国富有批判精神的文化研究中，我们很难找到真正具有建设性意义的知识图景与愿景想象。这或许是一个普遍性的人文难题。今日之文学、文学批评与文化研究都面临这一困境。南帆在评论韩少功20世纪90年代散文时曾经指出了这一现象："韩少功想肯定什么？这远不如他的否定对象明晰。当然，我指的是那种生存能够赖以支撑的肯定。这种肯定凝聚了人们的信仰和崇拜，并且以第一大前提的名义派生一系列信念。质言之，只有这种肯定才是抒情和诗意的最终根源。尽管否定同时也反衬出了肯定，但反衬出来的

---

① 卢卡契：《历史与阶级意识》，商务印书馆1992年版，第215页。

② 李政亮：《传播政治经济学与文化研究的批判与对话》，《文化研究月报》2003年6月15日

肯定往往闪烁不定，隐约其词，甚至彼此矛盾。它缺少一种正面的强烈之感。"①批判的文化研究同样缺乏"正面的强烈之感"，它如果要摆脱软弱无力状态，就必须寻找到其赖以支撑的肯定性力量和更丰富的思想资源。

附录

附录1：主持人南帆评语：李陀主编、江苏人民出版社出版的"大众文化批评丛书"可以视为文化研究本土实践的第一批标本。文化研究可能在中国走多远？文化研究的中国学派是否可能？这一套丛书从各个方面提供了回答的依据。可以看到，对于中国问题的兴趣是这一套丛书共有的特点，但是，这并不意味着众多作者拥有一致的理论立场。如何选择批判的入口，如何选择批判赖以展开的理论资源，如何考虑文化在历史结构之中的意义，这都是文化研究之中举足轻重的问题。这篇书评清晰地将上述问题提炼出来，并且提出了一系列颇为尖锐的质询。这些质询可能启发文化研究的反思，进而发现目前的文化研究还缺些什么。

附录2：本雅未明的网评：《文艺研究》2005年第7期上发表刘小新的文章《文化研究的激进与暧昧》。作者以李陀主编的"大众文化批评丛书"为中心展开讨论。他首先指出："对于中国人文知识界而言，文化研究的兴起以及与之相关的对专业化纯文学的攻击，都是企图重新介入当代文化场域以重获阐释现实能力的愿望表达。"作者进而将这套丛书从理论立场上分为"激进的批判的立场（王晓明主编《在新意识形态的笼罩下》、戴锦华《隐形书写》）、'双重视域'的复杂审视（南帆《双重视域》）、相对客观的社会学描述（胡大平《崇高的暧昧》等）以及感性与理性的矛盾（宋伟杰《从娱乐行为到乌托邦冲动：金庸小说再解读》）"等四类并逐一指出了它们的问题。但是作者认为，丛书所表现出来的"理论立场上的矛盾分歧与互相抵触"还不是最重要的，重要的是，"'中国问题'是文化与政治、经济相纠缠，前现代、现代与后现代并置的结构性问题。以大众文化批判为重要组成部分的文化研究可以成为一个阐释的维度，但经济与政治问题仍然是首要的问题，单纯的文化研究显然不可能达到对当代中国整体性认识的高度""从西方到中国，许多文化研究者都把揭示大众文化对社会现实的遮蔽视为首要问题，文化成为斗争和反抗的主战场，而回避或忽视了经济和政治资源的分配与再分配的面向。"作者指出，文化研究如此的"软弱无力"与其对西方马克思主义思想资源的依赖直接相关。作者认为，"在当代中国富有批判精神的文化研究中，我们很难找到真正具有建设性意义的知识图景与想象"。而如果"它要摆脱软弱无力状态，就必须寻找到其赖以支撑的肯定性的力量和更丰富的思想资源"。我觉得可以讨论的地方是：第一，当作者指出今日中国的"文化研究"因其在

---

① 南帆：《诗意之源——以韩少功20世纪90年代散文我中心》，《当代作家评论》2002年第5期，第66页。

理论上太过偏重"西马"传统而沉迷于"美学"分析中时，我却从蔡老师那里听到了对于今日"文化研究"太过"社会学"化的批评，以及影子兄的"泛政治化"的评价。第二，在今日中国，作为一个"左派"，我们究竟该怎样言说我们的"正面"价值立场而不是一味的"解构""批判"从而将"正面"的价值立场拱手相让与"自由主义者"？刘小新的文章在这一点上点出了今日"文化研究"的最大缺陷。

视觉现代性与第五代电影的民族志阐释

——以周蕾《原初的激情》为讨论对象

曾经辉煌的第五代电影早已落下帷幕，近年来第五代导演们早已改弦易辙，沉溺于好莱坞式商业大片的生产营销。如何面对 20 世纪 80—90 年代蔚为大观的第五代电影这一有意味的文化现象？与国内众多论者相比，海外华人学者周蕾的《原初的激情》提供了较为广阔的理论视野和另类的阐释途径，其论述中有关视觉现代性和民族志影像书写的角度相当富于启发性，当然，作者的发言位置、身份意识以及主观理论趣味也每每造成其洞见同时的偏见，近年来引发了华人学界和海外汉学界广泛的关注和不断争议，值得国内电影研究者借鉴与探讨。本文拟以之为对象进行辨析。

一

《原初的激情》（*Primitive Passion*，以下简称《原初》）是一部由美国华人学者周蕾（Rey Chow）撰述的有关中国当代电影的学术论著，1995 年由加利福尼亚大学出版印行，作者因此书获全美现代语文学会（Modern Language Association）的"James Russel Lowell"奖。2001 年台湾远流出版公司出版了该书中文版本，译者为孙绍谊。周蕾毕业于香港大学，后获斯坦福大学博士学位，现任布朗大学教授，被认为是美国华人文化研究界的重要人物，其著作和观点在台港和海外华人文化研究界颇具影响，擅长以精神分析、后殖民批评以及女性主义等理论方法，从事女性主义批评、文学与现代性反思、香港流行文化分析、中国电影阐释等跨界文化研究，中文著作包括《妇女与中国现代性》《写在家国以外》等。

《原初》一著有着周蕾著作一贯的强悍风格和敏锐感悟，笔者指的是其理论话语的跨界挪用、叙述姿态的高屋建瓴，以及立论的别出心裁和观点的尖锐犀利，每每给人以强烈的思辨冲击；但客观地说，周蕾的著作在富有启发性的论析过程中也存在不少难以说服人的立论和牵强附会的论证。不容忽略的是，《原初》与周蕾此前的两本中文著作存在着延续性和一致性，如后殖民批评路径，女性主义、精神分析、消费社会流行文化分析等理论方法的自由运用，对中国性、中国中心主义（民族主义）的高度敏感与关注，等等。中文译者对《原初》一书风格的评论是："理论色彩浓厚、行文艰涩但却睿智四射。"台湾远流版的封底广告语云："本书除了提供给读者以从未尝试过的对当代中国影片的分析之外，还对当代某些最紧迫争论有积极的响应，这些争论包括跨文化研究、性别关系、民族性、身份认同、真确性以及商品拜物主义等。理论性地徜徉在文学与视觉呈述之间、菁英与大众文化之间以及'第一'和'第三'世界之间，作者勾画、批判了目前文化政治中各种流行的阐释类型根深蒂固的偏见和歧视，以及它们的实际用途。"并积极推介了书中精彩看点：认为作者以视觉性为切入点，重新解读了 20 世纪中国的一些重要事件；当代中国导演们的作品组成了周蕾所称的"新民族志"，填补了本土与大都会市场之间的沟壑；周蕾将中国当代电影当作后殖民世界文化翻译这一普遍议题内的某一事件。作者将电影、文学、后殖民史、文化研究、女性研究以及民族志中的问题杂陈一体，超越单一学科的界限，提供了跨学科的视野，认为"本书不仅吸引对当代电影的理论问题感兴趣的人，而且能引起任何试图理解中国文化之复杂性的人的兴趣"①。远流版的介绍可以视为行文艰涩的《原初的激情》一书精华内涵的浓缩和导读。此外，在一些书评和视觉文化评论中，亦可见到不少推崇或欣赏性的看法，如朱耀伟称周蕾对中国电影的解读"是一种成功的'转化式阅读'"。同时，本书也引发了针锋相对的争论，如韩国全炯俊在两篇论文中专门针对此书的理论、方法和观点进行了尖锐批评与商榷②；而李欧梵、张君历等学者也对周蕾的视觉性论题发表过不同看法。

二

《原初》一书主要考察了 20 世纪 80 年代后期以来屡获国际盛誉的当代中国电影，其主要论析对象是以吴天明和以张艺谋、陈凯歌等为代表的第五代导演及其代表作品；以中国电影为论述契机和观察焦点，却涉及相当广阔的理论领域，而且对于当代中国知识分子文化心理和中国现代性等问题不乏尖锐的解剖，可以将之为理论旅行中的症候式分析。

该书分为三大部分。第一部分为"视觉性、现代性以及原初的激情"，从视觉性的角度追溯中国现代文学起源以及技术视觉的出现对于前者的重大意义，企图心甚大，朱耀伟称其试图"以视象性为重写现代中国文化史的轴心"③。一开篇，周蕾就对众所周知的鲁迅"幻灯片"事件作出了与众不同的解释，认为鲁迅对幻灯片的激烈反应，更重要的原因是对视觉性与权力关系感到震惊。正是视觉媒体将暴力行刑场景强加给看者，才得以达到"猛击"的效果，并构成威胁，而"这一威胁将促成鲁迅写作生涯的'开始'"。在此，周蕾从现代主义的"震惊"角度重述幻灯片寓言，企图揭示出后殖民第三世界里"自我意

---

① 参见台湾远流出版公司 2001 年版《原初的激情》一书的封底介绍。

② 参看全炯俊：《文字文化和视觉文化：文化研究的鲁迅观——考察》，《鲁迅研究月刊》2005 年第 4 期；全炯俊《文化间一小考》，《中外文学》第 34 卷，2006 年第 4 期。

③ 朱耀伟：《原始情欲：视象、性、人种志与当代中国电影》，香港浸会大学《人文中国学报》第 3 期。

识"的诞生不仅在于国族意识的觉醒，更在于视觉刺激带来的文字保卫意识和书写自觉，论述角度看上去颇有新意，用心良苦，得出以下结论："只有通过对电影的召唤鲁迅才得以讨论其文学写作的'起源'，因此，文学写作的自足性和有效性被现代性中初现的姿态所否决——这正是鲁迅故事的基本矛盾……鲁迅故事的另一种转变是重新归依传统，重新确认文化是以书写和阅读为中心的文学文化，而非包括电影及医学的技术。"在周蕾眼里，鲁迅等现代作家的文学成了"躲避视觉震惊的一种方式"，现代文学成为"精英阶级在技术化视知觉出现时试图回到文学文化作为拯救方式的一种运动"，而代表现代化的技术视觉性则被压制了，却重新浮现并从内部改变关于写作和阅读的观念。周蕾试图以视觉性为脉络书写中国现代文化人类学，刻意强调视觉性视野对于解读现代中国历史与文化的重要性和优越性，为此她指责中国现代文学以精英主义贬抑技术性视觉（包括电影）。不免有视觉优越论和过渡阐释的嫌疑，在张扬视觉性的同时对于现代文学并不公平。公平地说，技术视觉作为一种传播媒介在现代文学发生之初尚未表现出如此巨大的挑战性，而经过清末民初乃至五四新文化运动，小说等文字书写方从街谈巷议之流得以上升至承载新民新国的现代民族国家建构功能，电影等视觉文化形式对文字书写产生了越来越不可低估的影响是事实，但五四时期的写作不一定意味着视觉性出现之际的退守文学。此外，文学写作并不一定意味着精英主义，电影文化也不绝对地体现为大众化，两种载体同样可以用于对原初的探索以及现代性的追寻。韩国学者全炯俊就曾撰文指出周蕾对"幻灯片事件"以及视觉冲击的解读有些"言过其实"，认为对于鲁迅而言，"视觉科技的冲击是如何融入其文学内部的而又如何表现的等问题，要比周蕾所立足的视觉文化优越论并在此基础上非难鲁迅文学选择问题更具建设性"①。

对鲁迅典故含义的另类解读是全书以视觉性为中心的跨界论述得以展开的引子。随之，周蕾提出本书的核心概念"原初激情"，这是此书关键词之一，值得关注。实际上，原始主义是浪漫主义和现代主义思潮中早已出现过的思想和感觉方式，体现于文学、绘画、音乐等先锋艺术领域。而周蕾认为自己与之有别，她关注的是电影这种视觉性大众文化中的原初性；再者，早先的原始主义大多是第一世界将第三世界视为原初性的想象场所，而在周蕾那里，原初性则主要指非西方人对自身文化根源的想象。所谓的原初激情，意味着在文化危机状况下传统文化面临失落时的一种有关起源的幻想，它经常与动物、野性、乡村、本土、女性等相对原始或弱势的意象相关，在本书中具体指涉中国知识分子对于自身文化根基的一种想象、迷恋和确信。周蕾同时认为：视中国为受害者同时又是帝国的原初主义悖论正是中国知识分子迷恋中国的原因。通过这一"感觉结构"，作者将 20 世纪 30 年代无声电影《神女》、20 世纪 60 年代疯狂激进的领袖崇拜场景和 20 世纪 80—90 年代之交的中国电影有些粗陋但意味深长地串联为一体，并主张将中国电影视为非西方国家自我呈述的民族志。周蕾质疑了反东方主义批评将"看"视为权力形式、"被看"视为

---

① 全炯俊：《文字文化和视觉文化：文化研究的鲁迅观——考察》，《鲁迅研究月刊》2005 年第 4 期。

无力的看法，认为这种二元论简化了原来复杂的问题，应将非西方人同时视为"看者"与"被看者"，而作为西方人的"我们"，需要考察非西方文化如何运作视觉性，以因应非西方人同样是注视者、窥视者以及观看者。这里自然流露出一个西方学者自觉的身份意识和学术立场。纵观全书则不难看出，通过对视觉文化（在此主要指电影也兼指涉某些现实视觉图景）的考察将现代中国文化史读解为一种自我呈述的民族志或文化人类学，阐释并解构全球流动性商业化语境下这种非西方民族志自我"呈述"的形态和奥秘，以利于西方人进行因应非西方人跨界文化运作的理论探索，正是本书的重要目的。

该书的第二部分是"几部当代中国电影"，周蕾自如穿行在弗洛伊德、詹明信、齐泽克、斯皮瓦克、丘静美、阿达利、本雅明、凯普兰、海德格尔、李浩昌、王跃进、波德里亚等不同族裔不同类型学者们的论述之间，在一种开放的论述空间里对陈凯歌、张艺谋等人的代表性电影文本展开了充满张力的美学与意识形态解读。周蕾认为在 20 世纪 80—90 年代的中国电影中，中国知识分子在抗拒西方的同时更凸现其对原初中国的迷恋，形成自恋性文化生产结构，这种自恋性价值－写作结构通过国际电影机制和跨文化阐释机制被（误）译成了"中国作为抗争西方的变体"的范型。实际上中国电影试图回到原初"中国"的意愿正是民族主义叙述的"内倾化"，暴露出"中国"乃是"非自身（other than itself）"，其抗争性导向"中国""中国遗产""中国传统""中国政府"或它们的变体。在自恋主义的景观中，中国电影进行着原初的再建、"力比多经济"的缩减以及想象的再投入，这是"第三世界"文化在"第一"和"第三"世界之间所进行的一种"劳动"。在这里，周蕾将中国电影中的原初激情视为一种文化危机之后民族价值的焦虑和自我意识的追寻，而"原初"意味着自我中心的内在需要但同时又具有虚幻性。这正是中国这个"第三世界"面向"第一世界"时文化生产的基本特征。周蕾这一症候式解读有其精神分析以及后殖民批评的理论依据，但她的表述存在一些模棱两可或晦涩玄奥之处。从周蕾论述可以得出这样的思考：中国电影里的原初自我亦真亦幻，它发自"文革"结束后文化空洞中的内在根源渴求，是民族复兴的真实精神需要。但原初的激情兼具乌托邦和反乌托邦的暧昧特征，既寄托了中国知识分子有关民族力量与自尊的理想主义溯源意识，同时是民族国家现代性过程需要超克的愚昧落后的历史暗影。在这一意义上，周蕾的观点与 20 世纪 80—90 年代不少学者对文化寻根思潮的反思有些相近。实际上，《老井》《红高粱》《黄土地》《菊豆》等影片及其小说原作本身就构成了 20 世纪 80 年代文化寻根思潮的组成部分。而第五代影片里的"原初激情"即"中国性"的负面性体现在《老井》中社群幸福与个体爱情的冲突里，作者认为"除非我们了解最大规模上的集体幻想的巨大性——'文化大革命'——以及它的崩溃"，才能理解《老井》这部"歌颂和奖励社群、集体努力的影片具有如此强烈的吸引力"，提示了一种中国当代政治文化史反省意义上的潜文本解读方式，也一定程度上道出西方社会对"文革"后中国电影的某种期待视野。在《黄土地》里，"原初激情"的暧昧性，还表现在现实批判的意图与民族情感维护的矛盾之中。静默空寂的高原所隐喻的"道家"美学，老汉与求雨村民的愚昧奇观，翠巧哀婉无助的优美歌声……都是原初激情的构成。虚假和谐而盲目无知的社群戕害了翠巧幸福的可能，社群既是受害者也扮演施害者角色。周蕾认为《黄土地》里翠巧难以琢磨的歌声值得回味，表明乡村女性不可能融入新国家的幸福叙述中，在蛮荒寂寥的黄土高坡，"公家人"顾青是远水解不了近渴的启蒙者，没能拯救乡村姑娘翠巧的命运，腰鼓队和求雨队伍震撼视听的狂欢和拜天仪式既是有意味的对照也是一种讽刺，在我看来这一解读固然犀利但显得有些阐释过度。

　　周蕾另一个有意思的发现是：当代中国电影普遍拥有沉重的主题，即那些"压迫、污染、乡村落后以及封建价值的顽固"等，另一方面则有着富于诱惑力的视觉形式。第五代导演们总是能够将沉重的主题与华丽宜人的视觉感性巧妙地结合，这种内涵与形式的组合正是这些中国电影的引人入胜之处。她对那些指责中国电影以流行技艺包装关于压迫的故事的说法不以为然，认为最可憎的故事也需要被最精美地摄制，这正是全球化社会第三世界文化生产必要的内在部分。像《菊豆》这样的影片转化了"我们"关于"第三世界"文化生产的观念，刘恒小说中没有的染坊背景得到了浓墨重彩的渲染，就是众所周知的个案。一些人将《菊豆》中浓烈的视觉性（图画性）视为民族传统的回归和民族身份认同的一部分，即通过画面建立"第三世界差异"。而周蕾不愿意重复这种国族寓言或异国情调式的他者化解读，在她看来，《菊豆》《黄土地》《红高粱》等影片的图画层面显示了第三世界文化生产真实的历史条件，而人们热衷于谈论的张艺谋影片中的"民族性""中国性"，其实已经成为跨文化商品拜物主义的符号。这样的讨论看上去与一般东方主义式批判似乎并无本质差异，同样显示了一个西方学者观照中国文化的人类学眼光；只是她更侧重强调了后现代社会里跨界文化生产与市场营销的问题层面。银幕上是有关"中国"的故事，背后则是这些故事寻找西方市场的现实。在这一情势下中国电影扮演了"第三世界"文化生产的"异化"角色，所谓"异化"的第一症候表现在对民族本质如"中国本质"的情感坚持，它意味着一种自觉的跨国劳动，在文化劳动中生产出美学的和经济的价值。20世纪90年代前后张艺谋影片曾遭受"本土主义者"的种种质疑和批评，这些批评主要指责张艺谋影片制造出虚假丑陋的中国习俗以及表层化的形式主义来取悦于"洋鬼子的眼睛"，言重者更指斥其是一种奴化行径。周蕾则猛烈批驳了"本土主义"话语，认为张艺谋电影精明地以女性特质为"新土著性"的关注中心，其影片构成了一种新的民族志，是一种壮观且可接近的想象性写作。

　　第三部分即"作为民族志的电影，或，后殖民世界中的文化互译"，采用本雅明等人的翻译理论，提出可从文化翻译的层面看待中国电影。这部分在一些评者看来颇富新意，由于"翻译"这一语汇内涵的被泛化和被抽象化，让我觉得除却时尚理论概念的游戏玩弄意味以外，并无太多实质性意义，尽管其间也有作者值得尊重的力图跨界而不辞辛苦的文化"劳作"。

三

　　从全书三大部分综合考察，不难看出，周蕾致力于探讨西方人应该如何看视非西方文化自我呈述的运作策略、商业效果及其对原初性迷恋的本质。书中布满艰涩驳杂的前沿理论话语以及浓厚的文化政治色彩。在丰富得令人眼花缭乱的理论观点和晦涩缠绕的字里行间，呈述了她对20世纪80—90年代初享誉国际影坛的中国大陆当代电影的文化人类学或民族志式的宏观解读。实际上，这不仅是一本有关电影的纯理论和专业批评著作，在对当代中国电影文化发表种种富于想象力的洞察和批判性意见的同时，作者力图传达的思想已超越了电影论述本身。虽然作者的观点和论证绝非无可非议，实际上也不乏争议；如全炯俊针对周蕾书中第三部分涉及文化翻译的有关论述，逐个指出其中存在的概念误用、滥用以及隐含着变形的西方主义等问题。对于一些愿意更多维看问题的读者而言，将全炯俊等人的商榷文章与周蕾著述一起阅读也许会有更有趣的收获。不过，抛开因意识形态认同、视觉文化优越论等因素导致的夸大其词和不着边际的敷衍发挥不提，仅从这本书纵横捭阖的理论视野和开阔灵活的论述空间等方面看，我以为，它仍称得上是中国当代电影研究者值得借鉴的一块他山之石。

意识形态与文化研究的偏执

——评周蕾的《写在家国以外》

一

生长于香港、现任教于美国学院的周蕾，主要从事中国现代文学、电影、女性主义和后殖民批评等研究，她的《妇女与中国现代性》《写在家国以外》等论著对两岸三地的文化研究产生了瞩目的影响，其论述观点和分析视角常被人们征引参照。周蕾还被视为"在西方学院最为人熟悉的'香港'批评家"以及"香港文化在北美学院的代言人"[①]。这里将要讨论的就是周蕾论述香港文化的一本代表性著作：《写在家国以外》（以下简称《家国》）。该书试图从后殖民视角解析当代香港文化，从香港电影、流行音乐和文学创作中抽取具体个案，召唤一种颠覆主导文化的崛起文化，来想象、自创[②]一个边缘另类的"第三空间"。本书锋芒毕露的问题意识和理论锐气确实耀人眼目，文本解读也常常大胆而富有想象力，尤其书中的香港夹缝想象论述和对殖民者与被殖民者关系的阐释，在香港文化研究领域引起了较大反响。

但遗憾的是，周蕾的《家国》并非一部阐释当代香港文化的最佳读本。相反，它虽有着先锋时尚的理论表象和尖锐强硬的批判姿态，提供的却多是片面偏激的观点和陈旧过时的思路，滑动枝蔓的叙述策略不能掩盖其先入为主的主观偏见。该书的问题还在于：其香港文化想象局限于线形现代化迷思，忽略了对香港文化内部复杂结构的把握，对中华性的分析批判缺乏学理性，主观情绪时而妨碍理性思考。因此，本文旨在针对书中存在的主要问题提出商榷。

[①] 参看香港学者朱耀伟的《阐释中国性：九十年代，两岸三地的后殖民研究》一文。

[②] "自创"，是周蕾原英文著述中一个词语的汉译，英文是 self-writing。

二

《家国》收入五篇论文：《写在家国以外》《爱情信物》《另类聆听·迷你音乐——关于革命的另一种问题》（以下简称《另类》）以及《殖民者与殖民者之间——九十年代香港的后殖民自创》（以下简称《自创》）和《香港及香港作家梁秉钧》。五篇文章涉及的知识领域和理论背景复杂，大致有精神分析学、女性主义、后殖民理论、西方汉学等，取样的香港文化个案却并不多，主要是一部影片、一名歌手和一位作家。书中比较关键而具冲击性的观点大致如下：1. 香港文化自创的主要症结在于"中国性"与"香港性"的矛盾对立，前者对后者构成了"殖民"压迫，必须解构"中国性"以及民族主义，才能建构自主的香港身份认同；2. 香港文化身份的"自创"存在于中英夹缝之中的"第三空间"，而这一身份建构必须依靠香港文化工作者创造出对主导文化具有颠覆批判功能的文化产品。问题也主要集中于此。

具体讨论问题之前，有必要先了解周蕾本人身份认同的有关信息，以及作者的叙述动机和目的，利于对书中存在的问题进行更准确的辨析。

（一）"不懂中文"和周蕾的身份认同

从序言说起。冠名为"不懂中文"的序文读来饶有意味，可以看成周蕾本人身份认同变迁的自述。殖民地社会总会在暧昧之中改写着人们的身份认同。作者认为，父祖对祖国"不忘本"的认同，"到了我这一代，文化身份问题会变得如此复杂甚至残酷，再不是靠认同某一种文化价值可以稳定下去"（序）。周蕾对自己身份认同的描述犹疑滑动也不乏矛盾，她自称"始终是中国人"却又自嘲"有点阿Q精神"（序），因为"活在'祖国'与'大英帝国'的政治矛盾之间，一直犹豫在'回归'及'西化'的尴尬身份之中"（序）。对身份的民族根源产生了质疑和摇摆："对于香港人来说，语言，特别是'中文'，包含着意味深长的文化身份意义和价值意义。但是对于在香港生长的人，'本'究竟是什么？是大不列颠的帝国主义文化吗？是黄土高坡的中原文化吗？"（代序）可见，殖民地社会的文化身份改写已经使周蕾对民族之根不再有明确的认同。而今，侨居美国的周蕾更有理由拒绝当"如假包换的中国人"而自认为"文化杂种"（38 页）。西化已成为她真正的身份归属，但她同时并不愿放弃香港身份，而是以侨居者的身份焦虑地关心着香港文化的自我建构。

执着于香港身份的周蕾对语言非常敏感，这并不奇怪。但有趣的是，她的敏感是有选择性和针对性的。比如面对殖民地现实生存秩序造成中文劣势的命题，她就不太敏感，根本无意深究更缺乏深入反省，只是一笔带过。对于同样的语言命题，海外华人学者叶维廉的后殖民批评倒是显示了比周蕾敏感的批判态度："英语所代表的强势，除了实际上给予使用者一种社会上生存的优势之外，也造成了原住民对本源文化和语言的自卑，而知识分子在这种强势的感染下无意中与殖民者的文化认同，亦即是在求存中把殖民思想内在化，用康士坦丁奴（Renato Constahtino）的话来说，便是'文化原质的失真'。"① 与对香港中文的弱势状态的无动于衷相比，周蕾对语言问题的敏感似乎更集中地体现在不愉快的个人经验中，本书不止一次提及她被大陆学者批评为"不懂中文"而深受刺激的经历，对"她是香港人"这句话她似乎表现出了异乎寻常的敏感和愤怒，推断被批评的主要原因就是自己来自香港的西化女性的身份，因而猛烈批评对方是"固执而恶性的中心主义"，是"文化暴力"（参见代序"不懂中文"，以及第 37—38 页相关内容），并顺带指责那种将香港文化归为"殖民地遗产"的"定型意识"是一种"歧视和藐视"。其实她也承认自己论文的汉译英版本确实出现了一个错误，这自然不是什么大事，但来自大陆学者的指责显然损害了她的自尊心，同时又刺激了她对于中原意识的联想和反感。从她堪称愤怒的反映看，可以感受到一个游走于中英文之间的双语精英内心脆弱游移的一面。对于至今仍存在于某些人身上的"中原意识"，批判和解构肯定是必要的，但中原意识在当今社会并没有周蕾想象的那么强大，在西方现代性和全球化进程中，第三世界的边缘性和弱势一目了然，在这种世界格局中把所谓中原意识想象得过于强大显然不够真实。由于周蕾序言里的个人情绪也不时出现在其他章节，让人不得不意识到这种夹杂着怨艾和愤懑的情绪对于本书写作的特殊意义。周蕾是否将私人事件普泛化了，升级为一种过敏而且戏剧化的霸权反抗？或者说周蕾所宣称的"公道"的香港论述是否会因此而打些折扣？而周蕾面对与香港身份意识有关的两种语言现象／事件截然不同的反映，是否也提示人们，阅读周蕾不能不考量她本人的身份认同意识和发言位置？

（二）周蕾对中国性或中华性认识的偏执

周蕾认为香港是后殖民的反常体，"处于英国与中国之间，香港的后殖民境况具有双重的不可能性——香港将不可能屈服于中国民族主义／本土主义的再度均临，正如它过去不可能屈服于英国殖民主义一样"（94 页）。她引用 Chakrabarty 在拆解欧洲的同时也应质疑印度这个概念的看法，说明香港"于拆解'英国'的同时，也要质询'中国'这个观念。尽管香港与印度同是面对英国统治的困局，但香港却不能光透过中国民族／中国本土文化去维护本身的自主性，而不损害或放弃香港特有的历史。同时，香港文化一直以来被中国大陆贬为过分西化，以至不是真正的中国文化。香港要自我建构身份，要书写本身的历史，除了必须要摆脱英国外，也要摆脱中国历史观的成规，超越'本土人士对抗外国殖民者'这个过分简化的对立典范"（98 页）。书中多处论述表明，周蕾在后殖民解构过程中将英国与中国看成同样的殖民者，这显然是后殖民的滥用误读，香港的所谓特殊性并不能用来掩盖它的后殖民普遍性境况，解构宗主国殖民性的问题与中国内部的地区自治问题

---

① 叶维廉：《殖民主义·文化工业与消费欲望》，见《后殖民理论与文化批评》，张京媛主编，北京大学出版社 1999 年，第 365 页。

性质不同，二者不能同日而语；周蕾在引用查格帕蒂的说法阐释香港处境时还出现了不对称的挪用比较，按照后者的思路，正确的推理应该是：拆解英国的同时也要质询"香港"这个概念，而非中国。事实上，周蕾虽然提及拆解英国，但书中并未真正讨论这个后殖民解构最应该正视的命题，令人困惑她如何能让自己的香港论述做到"公道"。

周蕾坚持认为，"中华性"是后殖民香港论述最迫切需要解构的对象，她将中国性或中华性看成香港文化建构必须反抗的他者。这就牵涉到对"中国性"或"中华性（chineseness）"的理解。"中华性"的内涵相当丰富，是一个以传统为根基、以现代性为指归，中华多民族文化融合的大文化概念。它既是漫长历史的文化积淀，也是朝向未来的不断变化发展的精神建构。因此，它并非一个本质主义的单一固化概念，而是包含多重文化要素的历史的概念，兼有本土性（或德里克所说的地域性）和开放性。在全球化语境中，中华性为西方现代性的反思提供了另类思想空间。而周蕾对中华性概念的复杂性显然缺乏认识，一意偏执地将中华性化约处理成一个面目可憎的他者。

> 不论香港人怎样牺牲一切去热爱"祖国"，在必要时，他们仍然可以被批为"不爱国"，不是"十足"的"中国人"……"中华性"的泉源，正是一种根深蒂固的"血盟（bonding）"情感造成的暴力。这是一种即使冒着被社会疏离的风险，漂泊离散的知识分子仍必须集体抵制的暴力。因而，《写在家国以外》其中的目的，就是放弃（unlearn）那种作为终极所指的，对诸如"中华性"这种种族性的绝对服从。（36 页）

在此，周蕾显然不是在批评中原意识，而是对中华性进行了全盘否定，中国性 / 中华性在周蕾的论述中完全被同质化、化约化、污名化了，民族认同意识一律被视为"血盟"。这种本质主义的思维路线出自一向操控后殖民话语自如的周蕾笔下着实让人疑惑，她实际上是把中华性视为一种僵化顽固却具有霸权性的可怕他者，而且这个他者永远不具有变化和流动的可能性，她的视野中，中国 / 西方、香港 / 西方殖民者这样的问题域完全成了静默的盲区。在把中华性叙述成傲慢霸权的"他者"和"暴力"的同时，作者又刻意把香港扮成弱小的受害者，痴情重义却屡遭嫌弃，以反衬中华性的可憎。书中另外章节更用"杂种"和"孤儿"来强化香港的弱者描述，好像完全忘记了这杂化边缘其实也具有众多优势。她偏激地断定：

> 香港的现代史从一开始，就被写成为一部对中国身份追寻的不可能的历史。尤其因为香港本身不可抹掉的殖民地污点，这种追寻注定胎死腹中。香港对中国的追寻，只会是徒劳的；香港愈努力去尝试，就愈显出本身"中国特性"的缺乏，亦愈偏离中国民族的常规。这段历史紧随着香港，像一道挥之不去的咒语，令香港无法摆脱"自卑感"。（109 页）

"一部对中国身份追寻的不可能的历史。"这与其说是尊重事实的客观描述，不如说是一种动机可疑的宿命论。而她言之凿凿的所谓"不可能"在一九九七年之后其实已经变成现实，证明了其论述的破产。即使仅仅作为历史描述，这判断也与事实相距甚远。周蕾的论述常常出现斩钉截铁的论断，充斥着"注定""只会是""咒语"之类没有商量和解释余地的判定，其实这种叙述倒是有点像是耸人听闻的警告和"咒语"。她对中华性的不公平抨击，让人置疑她的言说方式是否更带有她本人表示深恶痛绝的话语暴力倾向？

关于香港的"自卑"，我们还可以参照周蕾的另一个断言：

> 作为一个殖民地，香港不就是中国的未来都市生活的范例吗……香港在过去一百五十年间，其实已经走在"中国"意识里的"中国"现代化最前线了……香港一直扮演着后殖民意识醒觉及其暧昧性的模范。（102 页）

周蕾笔下的香港，转眼由一个边缘的"自卑者"变成了傲视大陆的自傲者。这表明，周蕾并非不懂香港的边缘其实也是优势；得意于香港现代化优势，是为了强调香港"独立社会观念"的重要性。而她时而把香港刻意描写成可怜的被弃孤儿，只能反映她本人强烈意识形态操纵下的抵抗中华性的主观意愿，却并不能看成关于香港后殖民境况的学理性论述。

此外，对于香港而言，与民族国家认同相关的种种情感十分复杂，周蕾的理解至少简单化了。那种根深蒂固的民族国家认同和情感果真都来源于强权的压迫？周蕾一面说自己不会为香港人代言，但她又怎能一概将港人的民族意识理解为霸权下对"血盟"的盲目服从？如果说中原意识有贬抑香港的因素应该解构，那么周蕾的看法岂不是对香港更大的贬抑。因为她自己完全缺乏民族意识，就贬损港人的民族意识。才会感慨：香港的"'中华性'的力量却令人不可置信的强大"（35 页）。这感慨充分说明周蕾并不理解香港，又谈何公道地叙述香港文化？

对香港性与中国性二者的关系，周蕾借用斯皮瓦克的一句话：要想寻根还不如种树。我们可以反问周蕾：种树是否需要土壤？周蕾试图为香港文化发声无可厚非，但如此执念于否定中华性，却令人遗憾。细究，一方面反映了作者个人缺乏民族认同、对历史理解片面，另一面也可看出周蕾对于香港话语权急切焦虑的争夺意识。

> 香港所呈现的其实是一个非常要紧的问题，这就是在一个所谓"本土"文化之中出现的主导与次主导之间的斗争……在香港问题上，于拆解"英国"的同时，也要质询"中国"这个观念……香港文化一直以来被中国大陆贬为过分西化，以至不是真正的中国文化。香港要自我建构身份，要书写本身的历史除了必须摆脱中国历史观的成规，超越"本土人士对抗外国殖民者"这个过分简化的对立典范。香港第一要从"本土文化"内部对抗的，是绝对全面化的中国民族主义观点。（99 页）

> 从香港的观点来看，中国的自创却肯定不是香港的自创；中国重获拥有香港的权利，并不等于香港重获本身的文化自主权。（97 页）

事实上，殖民地社会并不一定会完全消解民族根源意识，殖民者为了更好地统治，允许殖民地人保存一定的民族文化意识，这已是后殖民研究的共识。香港地区同样如此。殖民历史即将结束之时，周蕾这个殖民地双语精英比殖民者更强烈地要拒斥祖国的文化根源，让人不能不提出质疑：周蕾也许正是一个殖民性内化的"模范"？而对自身的殖民意识缺乏反省的主体又怎能写出"公道"的香港形象？

以周蕾的学识，她不会不知道，民族国家仍是当今世界最为普遍有效的共同体形式，民族意识在任何国家都不可或缺，如安东尼·吉登斯所言："现代'社会'是立存于民族—国家体系之中的民族—国家（nation-states）。"今天的社会"是与民族—国家相伴随的独特社会整合形式的产物"①。而她关于香港身份建构须先解构中华性的观点却违背了现代社会学关于民族国家的基本常识。可以想象，周蕾提供的民族本土意识虚无化主张带给香港文化的绝不可能是什么福音。

从《家国》的多处相关论述和整个批判思路看，周蕾把解决香港文化身份问题的主要症结归为"中国性"与"香港性"的殖民与被殖民的关系，急切呼吁建构香港身份必须首先否定"中国性"。因此，周蕾的香港后殖民论述从头开始就陷入了消极、僵硬的香港性与中国性的本质主义二元论。原本可以更多维度更灵活有力的后殖民反省，受激烈的主观情绪和偏颇单一的针对性影响而丧失了建设性的思考空间。无法否定香港与中国之间的政治关系，却执意建构去除中华性的香港本土性，这是作为后殖民症候的周蕾所难以解决的逻辑悖论。

（三）质疑周蕾的香港本土主义及其第三空间叙事

后殖民"混杂说（hybridity）"认为文化是杂质的累积，文化发展史本身就是一部杂质吸纳史。香港在 150 年的殖民历史中逐渐成为一个国际型现代都市，同时也塑造出中西混杂的香港意识。关于香港的身份认同问题，香港作家也斯（梁秉钧）曾有一段常被引用的表述："香港的身份比其他地方的身份都要复杂……香港人相对于外国人当然是中国人，但相对于来自内地或台湾的中国人，又好像带一点外国的影响。"②叶维廉也曾这样分析："香港经验是中国文化的一部分吗？是又不是。是，因为是中国人的城市；不是，因为文化的方式不尽是，香港人的历史意识、历史参与感不尽是。"③ 其实，引发争议之处并不在于意识到香港文化的杂化特征，而在于如何阐释这种特性。

周蕾这样阐释："香港最独特的，正是一种处于夹缝的特性，以及对不纯粹的根源或对根源本身不纯粹性的一种自觉……这个后殖民城市知道自己是个杂种和孤儿。"（101页）这种"夹缝想象论"将香港定位成"杂种和孤儿"，强调香港受两个"殖民者"挤压的尴尬境况，认为唯有拆解英帝国殖民性的同时也要质询中国性，周蕾在具体叙述中更是提示要根除民族意识，才可能建构出香港自我的边缘另类空间，即"第三空间"。从上文分析可知，周蕾的论述暗示或明示了两个时而重叠时而矛盾甚至对立的范畴：香港地域本土和中国国家本土，她执着维护的本土是香港本土，与中国民族国家叙事中的本土则区隔

---

① 安东尼·吉登斯：《民族—国家—暴力》，胡宗泽、赵力涛译，生活·读书·新知三联书店 1998年版，第 2 页。

② 梁秉钧：《都市文化与香港文学》，见《后殖民理论与文化认同》，张京媛编，台北麦田出版有限公司 1995 年版，第 157 页。

③ 叶维廉：《殖民主义·文化工业与消费欲望》，见《后殖民理论与文化批评》，张京媛主编，北京大学出版社 1999 年版，第 362 页。

分明甚至相互抵触；同时，周蕾的叙述还常把中国和英国作为同等的殖民者看待，显示了和意识形态主导下的后殖民误读偏见。对香港历史独特性的狭隘理解，成为周蕾建构"独特的"香港后殖民论述的基本理由。而这种"夹缝想象论"忽略了真正的殖民历史而去虚构或夸张中国性他者。夹缝想象论把香港文化本土性看成身处挤压中的弱者，对西方殖民者和中华性都表示拒绝，香港的独特性被抽空内涵而成为苍白虚幻的构想。周蕾过于执着于香港本土性，排拒文化交融过程对身份的影响，也忽略了身份是流动的建构这一后殖民批评常识，斯徒亚特·霍尔在《文化身份与族裔散居》中指出，文化身份"绝不是永恒地固定在某一本质化的过去，而是屈从于历史、文化和权力的不断'嬉戏'"①。周蕾盲视香港在中西文化之间左右逢源的优越性，将香港本土性本质主义化，香港文化在她这里似乎被想象成了一块能够抵御双面侵袭的非英非中的文化飞地。这就难免将香港本土文化这个本可以兼"混杂性""边缘性（marginality）"和"中间性（in-betweeness）"为一体的丰富内涵本质化抽空化了，反倒失去了腾挪翻转的发挥空间。

叶荫聪的研究表明，"在五六十年代之际，民族主义及殖民主义的转变，刺激起有关香港身份及社群的论述，除此以外，社群想象亦要从民族主义、殖民主义中借取叙事技巧、措辞技巧来炮制。本土意识并没有完全被中国民族主义贬抑，或受到殖民主义的压制，相反，本土意识在民族及殖民论述本身及相关的框架中运作，形成一个文化的混杂化过程（cultural hybridization）"②。香港性作为"想象的社群"，本身也是历史的建构和诸种力量辩证的场域，这种本土意识并非独立生成，更不可能是既摒除民族文化和又拒绝外来文化的文化飞地。随着香港回归祖国成为现实，香港性与中国性的关系只会越来越紧密相连，周蕾香港本土想象即所谓另类香港本土行的虚幻也愈加明显。

周蕾提供的为数不多的个案，也难以支撑起她的第三空间构想。"爱情信物"一文以电影《胭脂扣》为个案，讨论了香港八九十年代的怀旧潮。周蕾认为如花的痴情构造了一种社会"民俗"，成为稀世的文物。电影将这种"民俗"细节化具体化，"在构筑另一个时代的过程中，这些细节成了本土文化的有力佐证，令今日的观众目为之眩，也令他们深信这种本土民俗文化的存在"（51页）。周蕾还从港片集体性的怀旧，解读出其意义在于"提供了一种另类时间，来虚构幻想一个'新社会'，以解决今日香港的身份危机"（41页）。这些分析有其合理性一面，但同时《胭脂扣》里的怀旧也是一种普遍性的后现代情绪，而如花的重情重义也是中国文化传统中最受推崇的品质，妓女从良以及与恩客的爱情故事是中国古代文学以及晚清文学的常见素材。而李碧华的通俗小说最擅长于从中国文化传统中撷取资源，只是她并不泥古而时见翻新，让古旧文物在香港都市文化中别开生面。这一个案显然与内在中国性关系深远。周蕾对这部言情影片的过度阐释，在于企图让它承担构想某种团体和社会的使命。其实作者也意识到："假如在后殖民时代的无数破碎中，

---

① 见罗钢、刘象愚主编：《文化研究读本》，中国社会科学出版社 2000 年版，第 211 页。

② 叶荫聪：《"本地人"从哪里来》，见《谁的城市：战后香港的公民文化与政治论述》，罗永生编，香港牛津大学出版社 1997 版，第 14 页。

怀旧可以被视为另一种构想'团体'与'社会'的方法，那么这个被构想的团体与社会也是神话式的。"（60页）影片确乎传达了特定历史时期港人的矛盾观望心态，但这怀旧的意涵却并不至于导引出颠覆未来的社会力量。

霍米·芭芭曾有"第三空间"之说[1]，周蕾的"第三空间"究竟指涉什么？从本书看主要指香港文化工作者对香港独特经验的自创，但又非一般意义的表现。她呼吁的香港后殖民本土自创应"建基在文化工作与社会责任之上，而不是一味依靠血脉、种族、土地这些强权政治的逼压"（115页）。其实主要是倡导一种抵抗民族精神和主导文化的香港自我叙述。"我以香港作为讨论后殖民城市的目的，是要说明在殖民者与主导的民族文化之间，存在着一个第三空间。尽管对抗殖民者仍然是当务之急，这个空间也不会沦为纯粹民族主义的基地。"（102页）带着这种单向度的批判动机，她所诠释的罗大佑音乐和理念也仅突出其激进反叛的一面，对于罗大佑在两岸三地华人社会的整体音乐形象并未做辩证分析，因而在有色眼镜的观照下，周蕾把"东方之珠"这首具有明确中华性认同的歌曲解释成了她的香港另类叙事标本，在"请别忘记我永远不变的黄色的脸"的深情表述里解读出了民族意识虚无的所谓香港另类空间特征，这不仅是误读，而且还很荒诞。

本书的另一个案是也斯的文学创作。周蕾一再强调也斯诗歌中的物质性、都市性，并将这些当作香港的一种另类建构。其实后现代都市的自我叙述具有相通的特性，物质主义和都市性正是现代乃至后现代过程中必然的现象，并不能证明香港身份的排他性。周蕾最感兴趣的或许是也斯的一些说法。也斯曾说，"很讽刺地，作为一个殖民地，香港给予了中国人和中国文化一个存在的另类空间，一个让人反思'纯正'和'原本'状态的问题的混合体"（144页）。这里涉及对殖民性和殖民现代性问题的理解。也斯肯定香港对于中国大陆的现代性优越位置和参照价值，但他并非对殖民性和香港身份没有反省，他提醒，"我们不应该把自己视为受害者，顾影自怜，而应该留意受害者成为暴君的可能，就像某些香港人对待越南船民、菲律宾女佣或是大陆新移民的态度"（146页）。周蕾在香港问题上却没有反省地认同殖民性，"殖民性并不是世界上强势对弱势所作的历史性暴力，它亦是一个基本的经济状况，一个对很多人而言是唯一的价值状况，唯一的生活、思想、寻求变更的空间"（144页）。这对于一个后殖民批家而言有点反讽。身份是流动与开放的建构过程，自我封闭或执念于往昔的殖民性并不是香港的出路。香港无论是与西方文化、与非西方的其他文化，还是与中国大陆各地区文化之间，需要的都是开放、对话、互动与博弈，而非简单拒斥。也斯的另一种论述就显示了这种流动的观照方式："从岛眺望大陆，又从大陆眺望岛。换了一个角度，至少会看到站在原地看不到的东西，会想到去体会别人为什么那样看事情……当我们不断移换观察的角度，我们就会发觉：其实是有许多许多的岛，也有许多许多的大陆，大陆里面有岛的属性，岛里面也有大陆的属性，也许正是那些复杂变幻的属性，令我们想从不同的角度去了解人，令我们继续想通过写小说去了解人

---

[1] 阿里夫·德里克：《后殖民还是后革命？——后殖民批评中历史的回顾》，参见阿里夫·德里克《后革命氛围》第92页的有关论述，中国社会科学出版社1999年版。

的。"① 也斯的都市言说与对香港身份的矛盾反省显然不同于周蕾缺乏沟通意愿的封闭的香港身份观。

三

周蕾开篇自陈写作《家国》一书的目的是"希望为香港文化作出一些较公道的分析"（序言），从上文分析看来，她并没有做到这一点。

笔者以为，周蕾香港后殖民叙事的误区首先在于对霸权的目标定位偏颇，如朱耀伟所言，"以后殖民的反霸权向度而言，香港的身份一直显得相当尴尬。香港一方面享受全球（西方）资本主义所带来的经济利益，另一方面又抗拒西方殖民，所以一方面急切认同自己的中国人身份，另一方面又担心一九九七年之后失去自主。职是之故，香港的后殖民反霸权矛头一直无法认清目标"②。周蕾的论述就有代表性地反映了这种香港后殖民批评的盲目性，对霸权的误认和冷战式恐左想象。不可否认，后殖民时期民族国家内部权力结构的反省也很必要，但对于香港后殖民批判而言，毕竟对帝国殖民历史中的不公义性、权力秩序构成运作等问题的揭示才是题中应有之义，也更为迫切。我们没有看到周蕾对殖民时期香港社会体制运作的任何反思。这与海外华人学者叶维廉的对香港殖民主义、文化工业和消费欲望以及香港文化情结的深刻剖析形成了对比。殖民主义对殖民地民族意识的消解、殖民者如何让殖民文化内化于殖民地、殖民和后殖民时期社会结构中的不平等、香港底层民众的境遇和声音等等，都被周蕾忽略不计。即便是在香港性／中国性、香港本土／中国民族主义二元关系的思辨中，她也只注意到中国性的"侵占压逼"（102 页），而完全漠视了香港与大陆之间的复杂互动。20 世纪 80 年代以来香港经济文化对大陆的冲击和影响巨大，以文化而言，从金庸到周星驰，从成龙电影到达明、Beyond，从亦舒、梁凤仪到李碧华……香港流行文化对大陆年轻受众的影响力之大人所共知。在北进想象小组成员眼里，香港经济文化的北进殖民性已构成一种事实③，而这也完全不在周蕾的视野中。再者，对民族文化的反省不能取代和转移对香港社会内部复杂权力结构关系的观察。20 世纪 90 年代以来香港的不少文化研究者从阶级、弱势人群等层面揭示香港社会结构和文化结构的复杂性，并解构残留的殖民性；与周蕾的理论想象相比，他们的香港文化勘探更贴近香港本土，也更关注香港文化的历史形构过程。

周蕾的论调还暴露了殖民文化内化的自内殖民性，即一种高高在上自以为是的优越

---

① 也斯：《古怪的大榕树：〈岛与大陆〉代序》，见也斯《寻找空间》，中国人民大学出版社 1994 年版，第 300 页。

② 参见朱耀伟：《阐释"中国性"：九十年代两岸三地的后殖民研究》，见"九十年代两岸三地文学现象国际学术研讨会"会议论文，2000 年 6 月 1—2 日。

③ 叶荫聪：《边缘与混杂的幽灵 - 谈文化评论中的香港身份》，《香港文化研究》第 3 期，1995 年 8 月，第 16—26 页。

感。作者表现出对香港社会殖民现代性毫无反省和批判的自傲，以及对大陆被乡土和民族压抑的刻板印象，完全无视 20 世纪 80 年代以来中国的发展与变化（参见第 102 页）。其实，无论是民族国家理论还是殖民现代性问题，都远比周蕾的描述要复杂。

一种建设性的香港后殖民叙事更应注重民族意识与现代精神的统一和协调，警醒和批判一切殖民霸权话语（包括自身），在对中国本土文化和外来文化多元灵活吸纳的基础上形成开放而包容的地方性身份建构。反讽的是，致力于解构殖民霸权话语的周蕾，她本身的话语方式就构成了另一种殖民话语霸权：即殖民现代性和后殖民现代性的话语霸权，这是否与她来自当今知识生产中心的美国学院有关呢？

改革开放四十年文艺美学的回顾与前瞻

　　学界一般认为文艺美学的开山之作是王梦鸥的《文艺美学》，该著出版于 20 世纪 70 年代初，聚焦于文艺的"审美目的"和审美特性。20 世纪 80 年代，伴随着思想解放运动的展开与改革开放的历史进程，作为一个学科的文艺美学才真正兴起并获得了长足的发展，构成 20 世纪 80 年代美学热的重要表征之一。学界有不少学者认为文艺美学属于中国学界的独创，这个说法或许有些言过其实。但文艺文学在当代中国的兴起与兴盛确实有其自身的发展脉络与理论逻辑。20 世纪 80 年代的美学是思想解放运动的重要构成部分，它在审美主体论和文艺心理学两个互相关联的层面展开。文艺研究的历史钟摆又从工具论朝自律论回摆，从反映论到主体论，从客观到主观，从现实到心理……20 世纪 80 年代的中国美学又发生了一次重大转折。与 20 世纪 20 年代的状况相似，审美概念同样扮演着解放人的感性进而重建审美现代性的重要角色。文艺美学的兴起与发展意味着对文艺审美特性的重新确认，意味着对感性生命的重新确认，也意味着对独断论理性思维魔障和工具主义以及庸俗社会学的突破与消解。文艺美学扛起了感性解放的大旗，高扬审美独立性、文艺主体性与感性学的旗帜，成为思想解放运动的重要一翼。今天，我们已经很难想象 20 世纪 80 年代人们对文艺美学、文艺心理学不断高涨的特殊热情。

　　回顾当代中国文艺美学的发展历程，20 世纪 80 年代至今大略可以分为以下三个阶段。

　　1980 年代为开创期。这个时期主要工作是提出"文艺美学"概念并初步勾画出知识地图。胡经之、金开诚、周来祥、卢善庆、皮朝纲、王世德、杜书瀛等学者的开拓居功厥伟。第一，完成了文艺美学学科的初步建制化。1980 年，胡经之在北京大学首次开设文艺美学课程，1981 年开始招收文艺美学方向的硕士研究生，为文艺美学的学科建制化文艺美学研究人才的培养做出了重要贡献。第二，召开学术研讨会，聚焦文艺美学建设。1984 年，福建省美学研究会举办学术年会，集中探讨艺术观察、艺术思维、艺术鉴赏的美学问题以及各门艺术的美学，并将文艺美学确定为美学研究的重点方向。1986 年，中华全国美学学会和山东大学美学研究所联合举办"全国首届文艺美学讨论会"，围绕周来祥的《文艺美学原理》展开讨论，涉及文艺美学的研究对象与任务、文艺美学的体系框架、文艺美学与文学批评的关系以及文艺美学与美育的关系等重要问题。同年，安徽青年美学研究会也召开当代文艺美学研讨会，聚焦文艺美学研究的方法论问题。第三，出版文艺美学丛书。北京大学出版社分别于 1984 年和 1988 年推出了两批文艺美学丛书，集中展示 1980 年代文艺美学研究的精品成果。第一批包括金开诚的《文艺心理学论稿》、谭沛生的《论戏剧性》、叶朗的《中国小说美学》、伍蠡甫的《中国画论研究》和龙协涛的《艺苑趣谈录》等。第二批包括宗白华的《艺境》、肖驰的《中国诗歌美学》、王鲁湘等编译的《西方学者眼中的西方现代美学》、叶纯之和蒋一民的《音乐美学导论》、佛雏的《王国维诗学研究》等，对当代中国文艺美学研究产生了深远的影响。20世纪80年代末，人民文学出版社推出"文艺新学科建设丛书"，包括杨春时的《艺术符号与解释》和杨健民的《艺术感觉论——对于作家感觉世界的考察》等，从符号学和感觉论等层面推进了文艺美学研究。此外，江苏文艺出版社也推出东方文艺美学丛书。

　　1990年代为第二阶段。胡经之的《文艺美学》和王朝闻主编的"艺术美学丛书"（包括王朝闻的《雕塑雕塑》、于民的《气化谐和——中国古典审美意识的独特发展》、卢善庆的《台湾文艺美学研究》）以及戴冠青的《文艺美学构想论》等的出版，延续了20世纪80年代文艺美学开放研究的多元化格局。同时，20世纪90年代的文艺美学发展也呈现出新的时代特点。一是马克思主义文艺美学成为研究的重点之一，重新确立马克思主义在文艺美学领域的主导地位。20世纪90年代初，理论界产生了一场关于马克思主义文艺美学本质问题的小规模论争，论争由陆梅林的《何谓意识形态》和《观念形态的艺术》两篇文章引发。邵建发表《马克思主义文艺美学本质辩识——兼与陆梅林先生商榷》和《从人类学本体论角度论马克思主义文艺美学的建设问题》，李心峰发表《再论从马克思艺术生产理论看艺术的本质——兼与邵建同志商榷》，朱日复发表《关于马克思主义文艺美学本质的再辨析：与邵建先生商榷》，刘珙发表《"超越"还是否定——用波普尔的科学方法论否定马克思主义文艺思想的谬误》等参与讨论，陆梅林以《马克思主义美学探微——从逻辑起点谈开去》予以回应，围绕着马克思主义美学实现的根本性变革，该文论及以下重要问题：马克思主义美学的逻辑起点、研究对象、学科性质和生产劳动美学、文艺美学、生活美学三大分支。论争进一步扩大了马克思主义在文艺美学建设领域的影响，发挥了马克思主义美学在20世纪90年代文艺美学研究中的引领作用。嵇山的论文《逻辑·历史·"自己运动"——关于马克思主义文艺美学当代建设的一点探讨》触及了文艺美学与审美实践以及马克思主义文艺美学的当代性问题。赵宪章和侴荣本主编的《马克思主义文艺美学基础》和刘文斌的专著《马克思主义文艺美学研究》等对马克思主义文艺美学做出了较为系统化的阐释。二是马克思主义文艺美学的中国化成果尤其是毛泽东和邓小平的文艺美学思想成为研究的焦点。相关论文包括：黄南珊的《典型美 崇高美 理想美——毛泽东美学思想研究之一》、张松泉的《颠扑不破 弥久常新——论〈讲话〉对马克思主义文艺美学的贡献》、任范松的《〈讲话〉与文艺美学——重读〈在延安文艺座谈会上的讲话〉》、刘志洪和贺凤阳的《略论毛泽东文艺美学思想的伟大贡献》、孙国林的《毛泽东的诗论——毛泽东文艺美学思想研究之一》、于莆的《第三世界文化背景中的毛泽东文艺美学思想》、张居华的《毛泽东的文艺美学观》《艺术美——艺术审美创造的追求——毛泽东文艺美学思想探略》和《典型美——艺术审美创造的理想境界——毛泽东文艺美学思想探略》、秦忠翼的《毛泽东文艺美学思想生命力源泉试探》、韩福奎的《毛泽东文艺美学思想的时空透视》、郭德强的《论毛泽东文艺美学思想确立的理论基础》、薄刚的《毛泽东文艺美学的最高原则：人民性和共产主义实践》、林宝全的《建设有中国特色社会主义文艺的理论纲领——邓小平文艺理论研究》《简论邓小平的文艺审美观》以及牟豪戎、梁天相、黄应寿主编的《甘肃毛泽东文艺美学思想研究专集》等等，都聚焦于马克思主义文艺美学中国化的历程、内涵、创新境界与生命力及其当代意义，人民美学及其与社会主义审美文化实践的紧密关系得到了阐释与张扬。三是开始关注当代文艺美学建设的中国传统理论资源。学界已经意识到孔子、庄子、荀子、墨子、司空图、刘勰、严羽、钟嵘、刘熙载等中国古代文艺美学资源对当代文艺美学建设的至关重要性，唯有不忘本来才能开创未来。当然，这个时期的文艺美学对中国传统资源的启用还处于初步阶段。四是积极回应后现代主义美学的挑战。20 世纪 90 年代，后现代主义在审美文化领域产生了隐蔽而深刻的影响，对文艺美学范式变革也带来了不可忽视的影响。"后现代主义文化与美学"或"后现代文化策略与审美逻辑"问题被提了出来，成为 20 世纪 90 年代文艺美学研究的重要课题。"后现代主义是六十年代在西方兴起的一股文化思潮。它首先在艺术领域产生了根本性影响，继而导致文化理论、哲学观念的转向。后现代主义在文化哲学和文艺美学领域一直交织着各种不同观点之间的争论……这一讨论已对世界各国不同程度地引起弥漫性影响，成为一种新思潮。"[1] 后现代主义的文艺美学特征引起了学界的广泛关注与讨论，人们也意识到后现代主义对文艺美学的哲学基础、价值取向以及方法论都带来了不可避免的影响，这种影响或积极或消极。文艺美学如何应对后现代主义的挑战？如何在后现代主义文艺思潮中坚守审美价值理念？如何发挥文艺美学在审美文化重建中的积极作用？20 世纪 90 年代的文艺美学逐渐开始关注与思考这一系列新问题，正是在应对后现代主义挑战的过程中文艺美学研究范式发生了隐蔽的转变，打开了审美现代性与启蒙现代性问题的反思与批判空间，许多研究成果深刻地触及了文艺美学的思想功能与认识论意义。文艺的纯审美论和精英主义启蒙倾向受到了一定程度的怀疑。

新世纪近二十年为第三阶段。这一阶段是文艺美学研究的深化期，表现在以下方面：一是文艺美学学科意识的构建。"随着文艺美学研究的深化，文艺美学的学科性质、学科定位、学科发展等问题越来越引起学界关注。"[2] 文艺美学的定位、学科属性乃至学科的合法性问题引起了广泛的讨论，究竟是属于文艺理论还是哲学美学？社会开在美学丰沃土壤上的文艺花朵？还是生长在文艺理论悠久传统中的美学之花？分歧将长期存在。王德胜的《文艺美学：定位的困难及其问题》、谭好哲的《论文艺美学的学科交叉性与综合性》、姚文放的《关于文艺美学的学科定位问题》、王元骧的《"文艺美学"之我见》、曾繁仁的《中国文艺美学学科的产生及其发展》、陈炎的《文艺美学、文艺社会学、文艺心理学的学科分野》、王岳川的《当代中国文艺美学的学术拓展》、赵奎英的《论文艺美学的规范化与开放性》、胡经之的《发展文艺美学》、陈定家的《中国当代学者对世界学术的贡献：关于文艺美学研究状况的一种描述》、骆贞辉的《文艺美学学科地位的论争与建构》、张晶和杨

---

① 王岳川：《后现代文化策略与审美逻辑》，《文艺研究》1991 年第 5 期。

② 李鲁宁：《"文艺美学学科建设与发展"研讨会综述》，《东方丛刊》2001 年第 4 辑，总第 38 辑。

杰的《中国文艺美学的学科特性与理论渊源》、李世葵《对文艺美学的"学科"误解及其科学定位》、杜吉刚的《试析中国文艺美学学科的历史起点问题》、时胜勋的《思想史视域下的中国文艺美学》、冯宪光的《对"文艺美学"学科的再认识》和《论文艺美学作为学科的事实性存在》、毕日生的《反思文艺美学的"合法性"问题》、马龙潜的《文艺美学与文艺研究诸相邻学科之间的互动关系》、高迎刚的《论文艺美学应有的学科属性》、王杰的《中国审美经验的理论阐释与文艺美学的发展》、张政文的《从文艺学、美学到文艺美学建构——论康德对近现代文艺美学的理论贡献》、李西建的《本体论创新与视界开放——对文艺美学学科问题的哲学思考》、张法的《中国语境中的文艺美学》、杜书瀛的《文艺美学产生的时代必然性》等等,文艺美学的学科定位与合法性问题引起了普遍关注和深入的讨论。文艺美学的学科合法性焦虑与学科自信并存,一方面人们意识到文艺美学是在20世纪80年代特殊的文化语境下生成与发展起来的,带有那个时代特殊的印记,并非人文学科自身演变而成;另一方面人们试图赋予文艺美学中国性的独特意义,认为文艺美学的发明是对世界美学的创造性贡献。21世纪以来,在学科焦虑与学术自信的矛盾之中,中国美学和文艺理论界努力探寻文艺美学重构的路径与方法。二是重视文艺美学的价值论建构。新世纪文艺美学研究的最大进步在于发掘与强化文艺美学的价值论意义与伦理学内涵,一些学者从人学、人文精神和启蒙思想等层面深入阐述文艺美学对于当代价值建构的特殊意义。某种意义上,文艺美学被视为抗衡与批判消费主义文化的一种审美力量,被视为人的全面发展的一种内在需求。三是探索文艺美学的新方向、新方法和新空间,生活实践论文艺美学、阐释论文艺美学、后现代文艺美学、间性文艺美学、新儒家文艺美学、文艺美学的解释学转向、中西文艺美学比较与对话等一系列新问题新命题都获得了一定程度的关注,进一步拓展了文艺美学的研究空间。

在对文艺美学学科建设问题的展开集中讨论之后,晚近几年,有关文艺美学研究的专题论文的数量明显有所下降。这一现象或许意味着产生于20世纪80年代的文艺美学的阶段性历史任务业已完成,以审美特性论为中心的文艺美学已经达成了对社会学美学有力反拨,彻底瓦解庸俗社会学倾向,进而重构了文艺美学的知识范式。但文艺研究的社会历史批评规范也随之逐渐被削弱。这个过程可视为以"去社会历史化"的方式达成另类介入社会历史的目的。但随着历史条件的巨幅变化,文艺美学的"去社会历史化"不断削弱了其有效介入社会历史的能力。文化研究的兴起与发展即是对这种"去社会历史化"的有力反拨,意味着文艺美学生成的历史条件和思想基础已经发生变化。以审美主义为鹄的和文艺自主性为中心的文艺美学显然与当代美学与文艺理论的再次政治转向的新趋势不相适应,文艺美学只有再次转型才能顺应当代文化实践的变化。审美主义转向之后,如何重建文学艺术与社会历史的关系这个至关重要的问题再次摆在了新时代文艺美学的面前。

新时代为文艺美学的再出发提出了新课题和新任务。党的十九大报告提出了"建设美丽中国"的现代化目标,在建设美丽中国的新征程中,文艺美学当有所作为。美丽中国建设的伟大实践为文艺美学的再出发提供了新动力,也提出了新要求。正如李咏吟教授所指出:"中国思想界,应该为美丽生活世界做出自己的贡献。文艺美学的思想任务,就是要整合政治经济法律等文化思想的视野，从审美创造意义上保证审美的自由，从政治经济法律意义上保证审美创造的权利，从而真正实现审美自由的目的与社会正义的目的，最终，构造自由美好的世界，享受自由美丽的生活幸福。"十九大报告指出，中国特色社会主义进入新时代，我国社会主要矛盾已经转化为人民日益增长的美好生活需要和不平衡不充分的发展之间的矛盾。这种矛盾在文化领域也有突出的表现，人们在审美文化领域的需求越来越多，为文艺美学的再出发创造了新的历史契机。2018 年，我们策划组织了"新时代文艺美学的使命与创新"为主题的学术论坛，主要意图就在于将新时代文艺美学与文化创新相联系，以习近平新时代中国特色社会主义思想和十九大精神为指引，共同探讨如何立足于当代中国的文化实践，不断开拓 21 世纪中国马克思主义文艺美学的新境界。议题分为四大方面：一是新时代文艺美学的新使命与新作为。包括四个子题：①十九大精神引领新时代文艺美学建设。②从新时期到新时代：文艺美学再出发。③新时代文艺美学的文化使命。④新时代文艺美学的新作为。二是文艺美学的传统重认与话语创新。包括四个子题：①重返中国传统美学与文艺美学的创造性转化。②新时代马克思主义美学的中国化。③中国文艺美学的价值重估与话语创新。④21 世纪闽派批评的创新性发展。三是文化自信与"中国故事"的美学表述。包括四个子题：①文化自信时代，文艺美学何为？②"中国故事"的美学表述新形态。③文艺美学视域中的中国经验。④以中华美学精神讲好新福建故事。四是文化与科技融合视野下的视觉传达美学再出发。包括三个子题：①文艺美学创新与视觉传达实践。②文化与科技融合与视觉传达美学再出发。③新时代视觉传达美学教育的变革。我们期望参与论坛的青年学者提出富有时代特色的新思考，以马克思主义美学为指导，始终坚持以人民为中心的学术导向，积极回应伟大实践提出的新课题，不断开拓新时代文艺美学研究的新境界。

新时代文艺美学再出发，一是始终要坚持马克思主义在文艺美学研究中的指导地位。习近平总书记在哲学社会科学工作会议上的讲话中明确指出："坚持以马克思主义为指导，是当代中国哲学社会科学区别于其他哲学社会科学的根本标志，必须旗帜鲜明加以坚持。"[①] 构建中国特色的文艺美学，必须坚持以马克思主义为指引，坚持学习与实践马克思主义，始终把马克思主义美学的立场、观点与方法贯穿到文艺美学研究、审美教育和文艺批评实践的全过程，贯穿到文艺美学学科体系、话语体系和学术体系建设的各个方面。马克思主义美学博大精深，常读常新。新时代文艺美学再出发，必须坚持"用经典涵养正气、淬炼思想、升华境界、指导实践"[②]。坚持读原典、悟原理，返本开新。与审美主义不同，马克思主义美学具有鲜明的政治维度和理想品格，为新时代文艺美学重构指明了方向。正如张盾所指出："马克思对资本主义现实性的批判性考察，不仅把'自由联合体中每个人的全面发展'当作改变现实世界的目标，同时更是作为对制度与人性的彻底理解和更高真理，以此将现代政治哲学重新带回到对最好制度与最美人性的创造与认知界面，从

① 习近平：《在哲学社会科学工作座谈会上的讲话》，《人民日报》2016 年 5 月 17 日。
② 习近平：《在纪念马克思诞辰 200 周年大会上的讲话》，《人民日报》2018 年 5 月 4 日。

而恢复并光大了古典政治美学的原初问题和理论传统。"① 为此，作者提出要推动从文艺美学转向政治美学。当然，是否要以"政治美学"取代"文艺美学"仍有讨论的空间，但新时代的文艺美学的确需要重建政治之维和伦理品格，在马克思主义美学的指引下，重新带回到对最好制度与最美人性的审美认识和创新创造之路，以服务于人民对美好生活向往的新期待，服务于人民实现美好向往的当代实践。今天坚持马克思主义在文艺美学研究中的指导地位就是要以习近平新时代中国特色社会主义思想为根本遵循，要深刻学习领会习近平总书记《在文艺工作座谈会上的讲话》《在哲学社会科学工作座谈会上的讲话》《在中国文联十大、中国作协九大开幕式上的讲话》《在纪念马克思诞辰200周年大会上的讲话》等系列重要讲话的精神，坚持以人民为中心，始终把满足人民精神文化需求作为文艺美学的出发点和落脚点，始终坚持"把人民作为文艺表现的主体，把人民作为文艺审美的鉴赏家和评判者"②。

二是要不断发掘、传承与弘扬中华美学精神，在重认传统中构建文艺美学的中国性与中华性。习近平总书记在文艺工作座谈会上的讲话中指出："我们要结合新的时代条件传承和弘扬中华优秀传统文化，传承和弘扬中华美学精神。中华美学讲求托物言志、寓理于情，讲求言简意赅、凝练节制，讲求形神兼备、意境深远，强调知、情、意、行相统一。"③ 这是对中华美学精神丰富内涵的科学概括与阐释，讲话引起了文艺美学界的热烈反响。2014至2015年，《美与时代》连续发表一系列文章，探讨中华美学精神历史内涵与现实意义，研讨新时代如何弘扬中华美学精神；2016年，《文学评论》第三期发表了五篇专题文章：陈望衡的《中国美学的国家意识》、刘成纪的《中华美学精神在中国文化中的位置》、朱志荣的《论中华美学的尚象精神》、张晶的《三个"讲求"：中华美学精神的精髓》、韩伟的《乐与中国美学的和谐精神》，深入阐述中华美学的精神内涵及其在"新的时代条件"下的丰富含义。《中国文学评论》2016年第4期起开设"中华美学精神"专栏，旨在"通过比较、对照、思考、吸收，积累对丰富而广博的中华美学精神的知识和见解，为建立中国美学的话语体系添砖加瓦"④。2017年，上海市美学学会与上海市哲学学会、上海市伦理学会联合主办"中华美学精神高层论坛"，围绕中华美学精神的当代价值研究、中国古代美学范畴与当代美学话语体系创新以及与文艺创作的关系展开讨论。同年，中华美学学会与中南民族大学联合主办的国际学术研讨会，学者一致认为，"中华美学的传承与创新"必须坚持追本溯源、中西会通、古今对话和面向未来的原则，唯有如此才能为新时代文艺美学的再出发寻找到新的历史契机……晚近几年，"中华美学精神"已经成为人文学界关注的一大焦点，成为文艺美学重构的重要理论资源。人们已经普遍认识到构建文艺美学的中国性必须不断发掘、总结、传承与弘扬中华美学精神。中华美学精神的丰富内

---

① 张盾：《马克思与政治美学》，《中国社会科学》，2017年第2期。
② 习近平：《在文艺工作座谈会上的讲话》，《人民日报》，2015年10月15日。
③ 习近平：《在文艺工作座谈会上的讲话》，《人民日报》，2015年10月15日。
④ 编者按：《中华美学精神》，《中国文学评论》2016年第4期。

涵及其世界性意义、中华美学与马克思主义美学在新语境下的融通以及中华美学精神的当代实践等一系列重大理论与现实问题还需文艺美学界开展系统全面的研究与具体深入的阐发。

三要不断深化开放的研究，吸收和借鉴世界美学一切有益成果，在比较、互鉴与融合中推动新时代文艺美学的新发展。回顾历史，20世纪80年代文艺美学的创生与发展，是在改革开放的语境下展开的，面向世界的开放研究形成了这一时期文艺美学的高潮。新时代文艺美学再出发要在坚定文化自信和中国立场的基础上继续深化开放的研究，以更加开放包容的文化心态更加广泛地学习借鉴国外美学与文艺理论的优秀成果，尤其要密切关注和研究国外马克思主义美学研究的新发展和新成果。马克思主义在21世纪的复兴是西方文化思想的大潮流。"历史唯物主义"丛书已经编辑出版了一百七十余种，"共产主义观念大会""世界马克思主义大会""世界社会论坛"不断引起全球进步知识分子的极大热情。万隆会议的精神遗产与第三世界论述的重启以及南方理论的崛起力图颠覆西方主义学术典范，瓦解学术资本主义和审美资本主义体制，重写批判思想。齐泽克主编的毛泽东的《实践论》和《矛盾论》，已经成为西方知识分子尤其是美国知识青年的必读书。巴迪欧、巴特勒、布迪厄、朗西埃、于伯尔曼、波斯迪尔斯等合著的《什么是人民》，对"人民"的概念进行了新的阐释。"人民"这个概念重新获得"革命主体""审美主体""行动主体"重构的重要思想资源。巴迪欧等人编著的《诗歌的时代》一书中专文讨论了"诗歌与共产主义"的议题。巴迪欧列举了一批诗人的诗篇，说明共产主义诗学的历史与当代意涵，这批诗人包括智利的聂鲁达、西班牙的拉法埃尔·阿尔维蒂、意大利的爱德华多·圣奎内蒂、巴勒斯坦的达维什、秘鲁的巴列霍尔和中国的艾青等，他们的作品都饱含着丰富的人民性含量，具有鲜明的人民美学取向。国外复兴"共产主义美学"的思想运动和"共产主义诗歌"的文学运动逐渐展开，共产主义美学重新成为文艺批评的关键概念。如2015年，Jon Clay发表"'A New Geography of Delight'：Communist Poetics and Politics in Sean Bonney's *The Commons*"阐述共产主义的诗歌美学[1]；2017年，Samir Gandesha 和 Johan Hartle 主编出版《美学的马克思》，在当代艺术辩论中重新阐释马克思美学的意义，表达了当今西方进步知识界对美学在解放政治叙述中的作用问题的浓厚兴趣；2018年，以"为我们这个时代创造马克思主义的研究和理论"为宗旨的《观点杂志 *VIEWPOINT MAGAZINE*》发表关于"共产主义诗学"的评论文章，引起了广泛的关注……在批判资本主义文化和抵抗新自由主义全球化的基础上，21世纪西方马克思主义美学重新提出和阐释了"共产主义诗学与政治"命题及其当代意义，共产主义诗学重新成为"审美资本主义"的替代方案，这对中国当代文艺美学的重构具有重要的启迪意义。习近平总书记在中央政治局第四十三次集体学习时强调指出："当代世界马克思主义思潮，一个很重要的特点就是他们中很多人对资本主义结构性矛盾以及生产方式矛盾、阶级矛盾、社会矛盾等进

---

[1] Jon Clay (2015). 'A New Geography of Delight': Communist Poetics and Politics in Sean Bonney's *The Commons. Journal of British and Irish Innovative Poetry*, 7(1): 1-26.

行了批判性揭示，对资本主义危机、资本主义演进过程、资本主义新形态及本质进行了深入分析。这些观点有助于我们正确认识资本主义发展趋势和命运，准确把握当代资本主义新变化新特征，加深对当代资本主义变化趋势的理解。对国外马克思主义研究新成果，我们要密切关注和研究，有分析、有鉴别，既不能采取一概排斥的态度，也不能搞全盘照搬。"① 这为新时代中国文艺美学的再出发提供了宝贵的方法论指导。

四要主动介入新时代审美文化实践，回应理论问题，聚焦现实关切。习近平总书记在十九大报告中明确指出："中国共产党从成立之日起，既是中国先进文化的积极引领者和践行者，又是中华优秀传统文化的忠实传承者和弘扬者。当代中国共产党人和中国人民应该而且一定能够担负起新的文化使命，在实践创造中进行文化创造，在历史进步中实现文化进步！"② 这也是新时代中国文艺美学的文化使命和思想任务。文艺美学要与新时代中国特色社会主义实践同频共振，与人民同呼吸共命运，积极介入当代审美文化实践，聚焦现实问题与人民关切，努力回应新时代在审美文化领域提出的理论挑战，在审美文化的实践创造中实现文艺美学的重构与创新，在历史进步中实现当代文艺美学的繁荣发展。新时代文艺美学要立足于社会主要矛盾的转换，自觉承担时代赋予的文化使命，不断提升人文学术的原创力、传播力和影响力，为筑就文艺高峰提供审美思想支撑与审美经验支持，做好美育工作，弘扬中华美育精神，促进人的全面发展，促进整个社会向美向上向善的健康发展，在"以美育人以文化人"中发挥理论引领作用，努力开辟新时代文艺美学的新境界。

五要积极应对科学技术新发展和文艺传播技术的巨幅变革带来的新问题与新挑战，提出文艺美学的新议题，开拓文艺美学的新论域，寻找文艺美学研究新的学术生长点。新媒体、人工智能、大数据、生命科学等新科技革命正在深刻地改变人类的生产生活方式与社会行为模式，正在重塑我们时代的政治、经济、文化活动的规则与运行模式，甚至隐蔽地影响和调整我们的感官系统和感觉方式，人类的审美感觉与美育活动也概莫能外。正如南帆所指出："事实上，科学技术已经开始改写审美的密码……科学技术造就的新型大众传媒同时形成了多种异于传统的语言符号、叙述语法和阅读方式……科学话语的坚硬存在与强势扩张已经不容忽视。"③ 文艺美学必须积极参与到与科学话语的广泛对话之中，关注技术对人文领域的深刻影响，关注新技术时代的审美文化嬗变趋势，聚焦技术时代的人文关怀命题。在这个意义上，近期一些学者提出的相关思考颇具启发意义，如，2018 年，何志钧、孙恒存发表《数字化潮流与文艺美学的范式变更》，认为："新型的文艺美学需要自觉强调'数字性'和'审美性'的化合；需要格外关注新兴的数字媒介，以新媒介为中心重新审查和审视文艺、审美实践；需要关注虚拟审美，拓展文艺美学研究的视野和思路；

① 习近平：《习近平在中共中央政治局第四十三次集体学习时强调深刻认识马克思主义时代意义和现实意义继续推进马克思主义中国化时代化大众化》，《人民日报》2017 年 9 月 30 日。

② 习近平：《决胜全面建成小康社会 夺取新时代中国特色社会主义伟大胜利——在中国共产党第十九次全国代表大会上的报告》，《人民日报》2017 年 10 月 28 日。

③ 南帆：《文学理论十讲》，福建教育出版社 2018 年版，第 7—8 页。

更需要关注全觉审美，立足全觉审美培植文艺美学研究新的生长点。"[①] 张进、姚富瑞发表《物的伦理性：后人类语境中文艺美学研究的新动向》和《后人类语境中媒介对人的感官系统的调解》，提出："在一定意义上，麦克卢汉、基特勒与斯蒂格勒等人的相关思考，启发并推动着我们在一种人与物、人性与物性的亲密纠缠、同志式平等、共生共成关系图景中，去重新勾勒新世纪文艺美学的媒介范式。"[②] 认为文艺美学在新技术语境下要高度重视"物的伦理性"问题，批判地借鉴当代技术哲学和后人本主义技术伦理学的思想成果，"推动文艺美学对语言论转向以来'文本主义'的反思批判，展露出新世纪文艺美学研究的新动向：关注物的伦理性，探求我与'非我'的伦理主体间性，基于人—技关系意向性而阐发文艺审美活动的道德内涵"[③]。这一系列思考虽然还不够系统、全面和深入，但对新技术语境下文艺美学空间的新拓展无疑有着十分积极的意义。

① 何志钧、孙恒存：《数字化潮流与文艺美学的范式变更》，《中州学刊》2018 年第 2 期。

② 张进、姚富瑞：《后人类语境中媒介对人的感官系统的调解》，《烟台大学学报（哲学社会科学版）》2018 年第 5 期。

③ 张进、姚富瑞：《物的伦理性：后人类语境中文艺美学研究的新动向》，《南京社会科学》2018 年第 7 期。

当代文学批评中的"失语"命题

一

"失语"原本指语言的功能性障碍，近年来逐渐移植到文化与文学领域。"文学失语症""当代文论失语""文化失语症"等语词在 20 世纪 90 年代以来的文论中频频出场，对当代文学、文论乃至文化失语现象的讨论似已成为一个重要的理论命题。早在 1927 年，鲁迅先生在香港青年会的演讲《无声的中国》中，就指出了现代中国人"不能说话的毛病"："中国虽然有文字，现在却已经和大家不相干，用的是难懂的古文，讲的是陈旧的古意思，所有的声音，都是过去的，都就是只等于零……人是有的，没有声音，寂寞得很——人会没有声音的么？没有……倘要说得客气一点，那就是：已经哑了。"①这大概是最早揭示文学与文化"失语"现象的文字了。鲁迅这里所说的"无声"和"哑"即今日文学批评界所谓的"失语"，但鲁迅的意识却显然与今日时尚的"文论失语"截然相反。中国社会已经从古代形态向现代/近代形态转变，但人们言说世界的语言还是陈旧的语言，所以无法真实地表述/表征人们置身其中的社会现实。鲁迅的《无声的中国》所要阐述的仍然是五四新文学的白话文运动的历史必然性和现实的必要性，新文化运动并非今日一些学者所说的"失语"，而是"得语"。

据黄曼君《中国 20 世纪文学理论批评史》的推断，第一次直接把"失语"移置到当代文论的是黄浩，1990 年，他在《文学评论》第 2 期发表了《文学失语症》，批评先锋小说的语言实验为一种"文学失语症"。

90 年代以来的文论中，"失语"概念的用法大约可分为四种。

第一种即是黄浩等人的用法，用以批评与分析 20 世纪 80 年代中后期先锋小说的"语言革命"。陈晓明在分析先锋派的"语言乌托邦"时，指出"失语症"的发生学语境："马原后的先锋派群体，面对主流意识形态，乃至整个社会的'卡理斯玛'解体，文学无法在建构或认同主流意识形态的水准上产生强烈的社会效应。"因此先锋小说无法与现实对话，无法讲述现实的故事。与知青一代相比，先锋作家没有历史，其个人历史与"新时期"的神话谱系相脱节。历史与现实的双重匮乏造成了先锋小说的"失语症"，在"过剩的语言

---

① 鲁迅：《鲁迅全集》第四卷，人民文学出版社 1998 年版，第 12 页。

表达"背后隐藏的是"无法进入的焦灼"①。张颐武和程文超同样从"后现代性"切入先锋文学的"失语"现象,"为什么我们进入了找不到词语的失语状态?这与我们被'抽干了'有关"。文学失语症显然是后现代主义东渐的结果,在"人"的概念"耗尽"和"零散化"之后,在意义被播散、语言变成了能指的游戏之后,"失语"就成了不可避免的文化症状②。"失语"即是后现代主义所说的"表征危机"。所谓表征危机是指人们怀疑人类的语言能否把握客观世界,现代主义文学尤其是所谓的后现代文学常常持有这样的观念——在语言与意义之间、语言与真实之间存在一种难以逾越的鸿沟,这些作品往往质疑语言媒介再现客观世界时的可靠性和真实性。而表征危机的深层原因是信仰危机、意义危机。20世纪80年代中期以降的先锋小说一方面表现出语言的聒噪、自恋,但另一方面却又对语言能否把握客观世界丧失了基本的信任,语言示义链断裂,能指和所指分离。因此先锋小说在语言聒噪的表象背后隐藏着严重的表征危机。当然,"失语"或"表征危机"并非后现代独有的文化症候,每当历史发生某种巨大的断裂或转折,当作为意义理合的核心价值奇理斯玛体系崩解时,这种"失语"都有可能出现。鲁迅所说的"无声"就出现在中国历史从古代到现代的一次剧烈转折时期。

第二种是所谓"失语的南方"说。王安忆在《大陆台湾小说语言比较》中指出了南方方言区的"失语"现象:"我们南方的作者,若要表现南方的生活及文化,在北方语为书面阅读的情况下,便失去了语言。"当南方作者用南方口语即"直接呈现的语言来造就环境与场面的气氛,然而结果是北方人看不懂,南方人看了也怀疑。因为这些话只是在口头说,从没见过它成为文字的模样,须在心中一一翻译,终究达不到身临其境的效果"③。王安忆的"南方失语"说在阐释乡土派写实小说时具有一定的真实性,但一旦越出写实主义美学的范围,这种"南方失语"论的可靠性就有些可疑。韩少功在《马桥词典》的后记里也谈到了南方这种语言表达的困难和障碍。"人是有语言能力的生物,但人说话其实很难。"海南渔民关于鱼的词语细致、准确,而且数量庞大,但绝大部分无法进入普通话。"他们嘟啾呕哑叽哩哇啦,很大程度上还隐匿在我无法进入的语言屏障之后,深藏在中文普通话无法照亮的暗夜里。"除了方言这种障碍,还有地域性、时代性维度的障碍,甚至还存在"个人词典"与"共同语言"之间的隔阂④。这种方言口语转换为普通话的困难,一方面使"南方写作"与"活的语言"相隔离而成为纯粹书面语言的实验,这是南方为什么不能出现王朔式"京油子"写作的一个重要因素;另一方面,处于"失语"边缘的幽暗的方言世界有可能为文学提供一种另类美学资源。如林斤澜《矮凳桥风情》系列小说对温州方言的使用,韩少功《马桥词典》对海南渔民语言的阐释等等,都一再显示了南方方言的奇特魅力。所以提出"南方的失语"命题是有意义的,它既提醒人们关注方言区在文学书

---

① 陈晓明:《无边的挑战》,时代文艺出版社1993年版,第151页。
② 程文超:《意义的诱惑》,时代文艺出版社1993年版,第111—112页。
③ 王安忆:《漂泊的语言》,作家出版社1996年版,第385—386页。
④ 韩少功:《马桥词典·后记》,作家出版社1996年版,第398—401页。

写中活语言应用的艺术难题，也是探讨不同地域尤其是中原与南方文学语言差异的一个重要路径。但过分夸大"南方的失语"现象却有些简单化了，而马来西亚旅台学者黄锦树把王安忆"失语"说推衍成中原与边陲的对立以及中原的语言霸权论述则显然是过于偏激的看法。

第三种用法是女权主义文学批评所谓的"女性失语症"。"女性失语症"一般有两重含义："1. 现有语言是男性语言，压迫着女性；2. 女性在男性语言里，要么沉默，要么鹦鹉学舌。"[①] 人们已经越来越清醒地认识到话语与权力之间的密切关系，语言问题本质上是权力与政治问题，当代女权主义批评正是从话语权力的层面阐释"女性失语症"的。在以男性为主导的社会，男性掌控着命名与言说的，女性则长期处于沉默与失语状态，甚至难以以真正女性角度和女性立场来表述、传达自己的经验。这就是"女性失语症"的本质。如果从话语与权力的角度看，这种失语症并非女性所独有。与女性文化处境相同的一切边缘群体、弱势族群可能都存在这种"失语症"。女权主义批评以及少数话语理论等都致力于揭示这一历史文化症状，提醒人们倾听这些来自边缘的声音。或者说，它们本身就是弱势族群的一种发声方式。

"失语"一词更普遍地用于批评与反思当代文论的西方化倾向，不少学者认定当代文论尤其是新潮文论患上了严重的"失语症"。当代文学经历了从封闭到开放的过程。在 20 世纪 80 年代，"走向世界的文学"成为理论界一个重要的话题。今天，人们已经很难想象《走向世界的 20 世纪中国文学》在读书界曾经引起的巨大反响。于是，比较文学的影响研究一时成为运用广泛的方法，人们开始搜索现代作家作品中隐藏的各种西方 / 世界性元素。20 世纪 80 年代中期文艺学方法论热兴起，西方术语和理论潮水般涌入。一些学者甚至因为最早使用某些概念或理论而在文论界一举成名、家喻户晓。20 世纪 90 年代以降，文论界对这种情况产生了必要的反省。从"影响的喜悦"到"影响的焦虑"的变化表明中国当代文论从全面开放到建构自我的深层转换。人们一方面一如既往而且越来越娴熟地大量使用西方术语和理论，另一方面也产生了另一种疑虑，那种建立在"异域新说"基础上的当代文论是我们自己的话语吗？一些人甚至断言当代文论已经失语，于是有了"重建中国文论话语"的急切呼吁，甚至从 21 世纪中国文化发展战略的高度来谈论"重建"的重要性和紧迫性。于是，20 世纪 90 年代中期至今，"当代文论失语"就成为文论界的一个热门话题或一个重要的理论命题。

二

何谓失语？早在 1996 年，曹顺庆就提出："中国当代文艺理论基本上是借用西方的一

---

① 胡全生：《女权主义批评与"失语症"》，《外国文学评论》1995 年第 2 期。

套话语，长期处于文论表达、沟通和解读的'失语'状态。"①陈洪、沈立岩的描述更为具体："'失语'是一种文化上的病态，主要表现为当代的中国文论完全没有自己的范畴、概念、原理和标准，没有自己的体系，也没有自己的话语，每当我们开口说话的时候，使用的全是别人也就是西方的词汇和语法；而且这一情形由来已久，溯其源头乃是'五四'新文化运动。因为在此之前，我们曾经拥有一个绵延数千年的完整而统一的传统，拥有自己的话题、术语和言说方式。遗憾的是，这个传统在'五四'的反传统浪潮中断裂了，失落了，而且溺而不返，从此我们就无可挽回地陷入了'失语'的状态，从而丧失了中西对话上的对等地位。"②可见，失语即是对传统话语的遗弃而大量借用西方的理论，这种文化上的病态肇始于"五四"新文化运动。这一看法代表了绝大部分"失语"论者的基本观点。这一看法并不新鲜，早在20世纪80年代文学寻根热时，以阿成为代表的寻根派作家就已经提出文学的断层说，认为"五四"新文化运动激烈的反传统主义导致了文化的断层。这种观点甚至可以追溯到近、现代的中西文化论战时期的文化保守主义。人们有足够的理由把"失语"论看作一种文化保守主义的历史余绪。因为，在"失语"论者看来，当代文学批评似乎只有重新回到古代文论的话语系统里，才能拥有自己的话题、术语和言说方式；而五四以降的现当代文论因与古代文论的断裂和对西方理论的全面开放而陷入失语状态。这种失语说显然与世纪初鲁迅先生的看法恰好相反。

在后殖民主义批评渐成为显学的语境中，"失语"论似乎真理在握、切中当代文论的要害。应该说隐藏在"失语"焦虑背后的文论自主性诉求是无可厚非的，它是中国文学批评乃至整个汉语学术自我意识主体性觉醒的一种表现。然而，"失语"论对20世纪中国文论的基本估计恐怕有些危言耸听。毋庸讳言，在中国文学理论从传统到现代的转换过程中，的确产生了大量食洋不化甚至挟洋自重的个案。从百年的历史经验看，西方的文论大师似乎一直扮演着文学理论的生产者角色，他们源源不断地生产出各种理论产品；而中国的文论则扮演了文学理论消费者的角色。马克思曾经预见了世界市场的出现也预见到"世界文学"的形成，在20世纪这一科学的预见成为一个不争的事实。在世界文学市场的整体格局中，中西文学理论的"贸易"是极其不平衡的，明显的巨大的逆差显然引起人们的注意与不满，当代文论"失语"命题表达的正是这种不满。然而与经济的发展有些类似，改革开放后的文论也经历了从引进到产品加工、从加工到国产化的历程。这是后发现代化地区文论的历史命运。理论是人们对社会转型的一种理解方式，其目的显然在于理解与阐述现实的嬗变，其本身也是社会转型的重要构成部分。人们似乎从来没有怀疑经济生活中大量外来语词的合法性，却对思想和理论领域大规模引入异域新说忧心忡忡。科技与经济界已经产生了创造"中国制造""中国品牌""中国专利"的意识和欲望，但这种创造意识并未排斥西方各种先进的技术和管理理论。文论界同样呼吁一种自我意识和创造性，以获得与世界对话的权利。今天，中国的文学理论的确到了结束学徒期、摆脱为西方理论大户

① 曹顺庆：《文论失语症与文化病态》，《文艺争鸣》1996年第2期。
② 陈洪、沈立岩：《也谈中国文论的"失语"与"话语重建"》，《文学评论》1997年第3期。

打工身份的时候了。隐藏在"失语"焦虑背后的是身份焦虑。人们对建立中国当代文论自主性创造性的诉求与热情是无可厚非的，当代文学批评也的确需要这种自主意识，当代文论不能仅仅扮演西方理论的消费者或注释者角色。只有在这个意义上，当代文论"失语"命题才是可以理解的。

然而，当代文论"失语"论却存在两个明显的误区。首先，它把当代文论乃至整个 20 世纪的中国文论从变化了的本土现实中割裂开来。自从近代以降，中国的政治、经济和文化已经发生了从传统到现代的历史性转折。所谓的本土现实已经不再是纯粹的了，中国与世界的关系越来越密切，就像人们说的：中国离不开世界，世界也离不开中国。这一历史性转折导致 20 世纪的中国本土现实问题本身必然具有一种世界性向度，理解与诠释这种本土现实问题的理论也需要与世界性思潮接轨。西方理论的涌入也就成为一种历史的必然，它甚至成为中国社会现代性转折的一个部分，中国文论自然不能例外；其次，"失语"说把文论和文学创作实践分裂开来。众所周知，"五四"新文化运动创造了一种崭新的现代文学。而 20 世纪中国文学从传统到现代的转折产生了一系列复杂的问题，这些问题远远超出了古代文论的阐释范围。人们不得不引入"现实主义""浪漫主义""意识形态""无意识"等新术语予以补充，甚至取而代之。这些源于西方文论的范畴、概念在诠释中国古典文学时，的确容易产生似是而非的情形和困惑。但却能恰切地言说五四以来的新文学。正如叶维廉所指出的，人们用浪漫主义范畴讨论屈原时，常常犯只知其一不知其二的错误，因为"屈原的作品中并无相当于西方的现象与本体之间飞跃的思索。"而李欧梵用维特和普罗米修斯典范讨论现代中国作家浪漫主义的一代，"确把五四文人的气质及形象勾画得非常清楚，给了我们相当完全的写照"[①]。五四以来的中国文学既然接受了外来的思想与形式，那么，现当代文论对于西方理论的全面开放便是无可非议的。经过百年的发展，那些外来的理论也已经汇入了 20 世纪中国文学批评的伟大传统。如果说现、当代文论长期处于文论表达、沟通和解读的"失语"状态，那么，"五四"以来的现实主义、浪漫主义、象征主义、意识流小说等等深受西方文学影响的文学也长期处于表达的"失语"状态。"五四"新文学革命的伟大意义岂不可疑？中国社会从传统向现代转折的历史意义又何在？"失语"论对"五四"以来的文学和文学理论的基本估计显然是错误的，委实难以让人接受。当代文论"失语"说与历史发展的基本事实相违背，因此，它必然是一个耸人听闻的假命题。可笑的是，一些"失语"论者一方面把当代文论的"失语"状态归因于西方文化霸权的结果，另一方面，其论述的依据却恰恰是以萨义德的《东方主义》为代表的西方的后殖民主义理论。这种自相矛盾意味深长，它也许可表明"失语"论本身是经不起认真推敲的。

---

① 叶维廉：《寻求跨中西文化的共同规律》，北京大学出版社 1987 年版，第 17 页。

三

当然，"失语"论这一文艺学的假命题可能隐含着一些真问题，但由于其观点的极端性而遮蔽了对真问题的深入研讨。其一是中国古代文论在当代文学批评中的功能与角色问题。"失语"论者往往认为：当代文学批评与古代文论的断裂是"失语"的重要原因和突出表现，在他们看来，现当代文学批评似乎只有重新回到古代文论的话语系统里，才能拥有自己的话题、术语和言说方式。在"失语"论提出之前，文论界已经出现了古代文论现代转化或创造性转化命题，这一命题应对的是古代文论在 20 世纪文学批评实践中大面积失效甚至死亡的现实处境。显现出理论界应对现实变迁的积极进取精神。而"失语"论所谓重回古代文论这一绵延数千年的完整而统一的传统则明显是一种文化保守主义的情绪，甚至有些削足适履的嫌疑，因为它企图使变化了现实去适应传统的理论。如同著名学者南帆所言："失语"论者往往把"本土的理论"替换成"传统的理论"，企图用民族性抗拒现代性。纯粹用古代文论的确难以完整地阐释一大批现代作家的文学实践。本土理论必须"根据本土现实的演变不断地丰富既有的阐释系统——这种丰富既包含了传统理论的承传，也包含了异域理论的移植。挪用民族风格拒绝后者是可笑的"①。"失语"论的认识上的偏至反而遮盖了古代文论的现代意义。南帆先生的见解值得人们关注：古代文论和西方理论或"异域新说"都可以成为当代文学批评的理论资源。这应该成为文论界的一个基本共识。今天，我们的确没有必要在两者的取舍上纠缠不清而浪费太多的精力。理论命题不能像时尚一样制造出来，流行一阵然后烟消云散，接着再制造再流行。学术理论话语的时尚化或许才真正是一种"文化上的病态"。

当代文学批评没有理由完全排斥古代文论的参与。尽管一些举足轻重的古代范畴不再拥有强大的理论阐释能力，纯粹的古代理论体系已经无法应对现今如此丰富复杂的文学，但古代文论仍然是当代文学批评宝贵的理论资源，它仍然具有阐释一些现实问题的潜力。这是五四以降中国文学传统与现代相互交织的生存现实所决定的。叶维廉援引的一个例子颇能说明问题："五四期间的浪漫主义者，只因袭了以情感主义为基础的浪漫主义，却完全没有一点由认识论出发作深度思索的痕迹……或许可以说和传统美学习惯上求具象，求即物即真的目击道存的宇宙观有关。"②的确，传统文化美感意识仍然对现当代文学产生着或隐或显的影响，因此古代文论参与当代文论的意义不言而喻。事实上自五四新文学革命以来，古代文论的参与从来就没有停止过，所谓"这个传统在'五四'的反传统浪潮中断裂了，失落了"只是极其表面的现象。鲁迅把"文的自觉和人的自觉"追溯到魏晋风度；林语堂从性灵派文论角度读解艺术直觉说，视文学为"一人独身的表现"，只有表现成功

---

① 南帆：《隐蔽的成规》，福建教育出版社 1999 版，第 68 页。

② 叶维廉：《寻求跨中西文化的共同规律》，北京大学出版社 1987 版，第 17 页。

与不成功之分别，而与道德功用美丑无涉，并且说袁子才《答施兰分书》中的观点若进一步"便是一篇纯粹的 Crooe 表现派的见解了"。朱光潜把克罗齐"形象直觉"与中国诗学综合为心物统一、意象情趣契合的主客观统一美学观。这种综合在《文艺心理学》的心物关系论已经初露端倪，而在稍后写成的《诗论》中完成。《诗论》回到由沧浪的"兴趣"、渔洋"神韵"、简斋的"性灵"和静安的"境界"所构成的诗学语境中，重读克罗齐的审美直觉，用"境界"诠释克罗齐那种"艺术把一种情趣寄托在一个意象里，情趣离意象，或是意象离情趣，都不能成立"的观念，从而把西方的"审美直觉"东方化；叶维廉用道家文论建构中西比较诗学，阐释中西山水诗歌美感意识的生成与差异……等等，都一再显示了古代文论在 20 世纪中国文论中已经产生了不可忽视的影响，古代文论的一些概念、范畴、命题、原理在阐释现代文学实践和中国文论现代性建构中已经扮演了一个重要的角色。然而，古代文论的原典阐释的是古代的文学现实，许多古代文论的理论观点无法和当代文学批评所关注的问题衔接起来。今天人们已经不可能回到古代文论的问题域中，企图使古代文论全面复活并扮演当代文学批评主角是不现实的。因此，"失语"论对五四以降新文论与传统文论的断裂的判断显然与 20 世纪文论发展的历史事实不符，而当代文论重回古代文论的系统的构想也只是一种不切实际的幻想，尽管它具有赢得中国当代文论民族尊严以及与西方文论平等对话权力的伟大理想。所以，与其提出一些空洞的命题或构想，不如做更具体的工作，将古代文论的一些概念、范畴、命题、原理投入当代文学的阐释实践。这种批评实践已经使古代文论的一些概念、范畴、命题重新回到当代批评的舞台，尤其是道家和禅宗美学的一些范畴、命题，在阐释现代诗歌时发挥着越来越重要的作用。这些宝贵的实践经验委实值得人们认真总结。

"失语"论遮蔽的第二个真问题是如何看待西方理论的移植与本土现实的关系。正像后发现代化国家必须学习西方的各种先进技术和管理经验一样，后发现代化国家的文论乃至整个人文知识的生产在短时间里也都难以完全摆脱西方的影响，毋庸讳言，从西方文论输入各种现代性观念、概念和文学研究方法是必经的阶段。人们没有必要为学习他人的长处而羞愧，西方文论同样是建构自主的中国当代文论的不可或缺的理论资源。"世界需要中国，中国也需要世界"是新世纪中国与世界关系的最佳表达与定位，它不仅概括了一种健康、平等与互惠的经济贸易关系，而且也概括了中国与异域文化学术交流对话的健康、平等与互惠原则。在中国文论现代性建构的历史语境中，在全球化的现实语境里，当代文论更加需要一种民族化和世界性并重的学术理性取向。过分夸大两者之间的对抗或对立性是与世界文化发展趋势相悖，对中国当代文论的现代性建构并不有利。

当代文论在引入西方文论资源时的确存在许多问题与弊端。但"失语"论者的兴趣似乎在于对 20 世纪中国文论提出一个总体化的判断，夸大其词以引起人们的关注，却不做具体问题的分析工作。当代文学批评的话题化、新闻事件化与文学创作的新闻事件化是同步的，这显然是大众传媒时代文学与文论的一种运作方式或生产形式。人们越来越热衷于提出与争论一些热门话题与一些引人注目的观点，诸如"为 20 世纪中国文学写悼词"等等，话越偏激越容易引起媒体的兴趣。冷静、客观的学术理性的缺失已经对当代文论造成了不可忽视的伤害。因此，"失语"论对具体问题的忽视不能不说是一种缺憾。人们有足够的理由发问：纷繁复杂的百年中国文论怎能用"失语"盖棺论定呢？人们也难以接受百年文论因大面积引入西方文论资源而成为西方文化一块隐蔽的殖民地的"洞见"。这一过于极端的看法不能视之为"片面的深刻"，而是文论界丧失耐心的浮躁心态的表征。其中隐藏着总体化西方文论的倾向，它把西方文论化约成一个无差别的统一的整体。凡是西方的文论进入第三世界便是一种文化殖民主义的入侵，这在逻辑上显然有问题的。西方的文论在价值取向和意识形态上事实上是多种多样的，正如程文超所言："我们至少面对'两个西方'：一个是体制内的政治经济运作的文化规范、价值观念；一个是对体制内的反思、反抗与反叛。"[1]一些西方文论中的确隐藏着某种文化殖民主义意识形态倾向，对此保持充分的警惕是必要的。当代文论在引入西方资源时应具有一种防火墙意识，某种意义上，这种意识的生成受到了同样来自西方的解构批评、后殖民批评和西方马克思主义的意识形态批评理论的启发。这些理论深刻地揭示了西方思想中隐藏着的资产阶级意识形态和文化殖民主义因素，具有对西方统治体制的反思、反抗与反叛的真理性内容。这种双重性的分辨十分重要，人们甚至要做更具体的考辨，具体到各种流派、思潮乃至人物。这项工作显然比那种把西方文论的概念、范畴、命题、原理的运用简单地指控为"失语"要有意义得多。

早在1905年，王国维作《论新学语之输入》就谈到西方新学语的引入及其话语的跨文化转化情形："十年以前，西洋学术之输入，限于形而下学之方面，故虽有新字新语，于文学上尚未有显著之影响也。数年以来，形上之学渐入于中国，而又有一日本焉，为之中间之驿骑，于是日本所造译西语之汉文，以混混之势，而侵入我国之文学界……虽然，余非谓日人之译语必皆精确者也。试以吾心之现象言之，如'Idea'为'观念'，'Intuition'之为'直观'，其一例也。夫'Intuition'者，谓吾心直觉五官之感觉，故听嗅尝触，苟于五官之作用外加以心之作用，皆谓之'Intuition'，不独目之所观而已……'Intuition'之语，源出于拉丁之'In'及'tuitus'二语。'tuitus'者，观之意味也，盖观之作用，于五官中为最要，故悉取由他官之知觉，而以其最要之名名之也。"[2]在文论界热衷于讨论当代失语命题时，旅美学者刘禾却独自探讨20世纪中西文学与文化交往中的"跨语际实践"及其蕴含其中的"翻译的现代性"问题："20世纪的中国人究竟如何命名他们的存在状态……究竟是什么样的修辞策略、话语组成、命名实践、喻说以及叙事模式冲击着中国人感受现代时的那些历史条件？"[3]于是返回话语史或理论术语引入的具体历史情境对阐释中国文学现代性的形成具有极其重要的意义。从世纪初的王国维到世纪末的刘禾，中国文学批评界一直有一批学者从不空泛地嚷叫"文化失语"，而是具体地历史地分

---

① 程文超：《"两个西方"与本土文学参照系》，《新华文摘》2002年第4期。
② 王国维：《王国维文集》第三卷，姚淦铭、王燕编，中国文史出版社1997年版，第41—42页。
③ 刘禾：《跨语际实践——文学，民族文化与被译介的现代性》，宋伟杰等译，生活·读书·新知三联书店2002年版，第39页。

析话语演变的轨迹，以求得对思想史的真切理解。这种努力委实比以"失语"这一大而无当的概念概括与批评 20 世纪中国文论要有价值得多。

当代文论乃至整个 20 世纪文论失语说是一种总体性命题，印象式的评论与概观性成分显然多于具体的辩证的分析。其否定性与批判性的冲击力有余而具体性、深入性的实证研究明显不足，而且总体性命题往往以牺牲个体性特殊性为代价。人们如果纠缠于文论失语或得语的论争，那么就很难把问题的分析转进一层，从而获得对 20 世纪中国文论史乃至思想史更真切的理解和更理性的阐释。中国现当代文学与文论的现代性与"翻译的现代性"有着难以割舍的关联，这是不能规避的历史事实，用"失语"一词给予盖棺论定则多少有些轻飘。所谓"文论失语"或"文化失语"并不能深刻地阐释 20 世纪中国"文学、民族文化与被译介的现代性"的复杂关系。

认识文学与宗教关系的多元维度

一

文学理论史上，关于文学起源的讨论由来已久，出现了形形色色的观点。种种文学起源的学说中，影响比较大的有模仿说、表现论、巫术宗教说、游戏说、劳动说等等，这些学说从不同的角度解释了人类最早的文学艺术是如何发生的，为什么会发生，什么因素导致了文学这种审美意识形态的产生等等一系列重要的文学理论问题。

在西方，文学起源于巫术是比较流行的一种说法，甚至被视为起源理论中最有势力的一种。这种学说的基本观点是：人类童年时期的一切创作都是原始宗教巫术的直接表现，因此，文学艺术来源于宗教巫术。这种说法也被称之为"宗教说"和"魔法说"。持这种学说的理论家指出，原始时代的文学艺术创作均为原始巫术仪式或者魔法的产物。原始人的雕塑、绘画、音乐、舞蹈等等都属宗教活动的一部分。这样就产生了自然崇拜、鬼魂崇拜、祖先崇拜、图腾崇拜等等原始宗教活动。原始人描绘的各种动物成了巫术宗教仪式上的崇拜物；原始人相信，跳舞时戴上动物的面具，就可以产生魔力招引或驱赶这些动物。于是与原始宗教浑然一体的原始艺术应运而生。巫术活动总包括着像舞蹈、歌唱、绘画或造型艺术等活动，诚如托马斯·芒罗在《艺术的发展及其文化史理论》中所说："在早期村落定居生活的阶段，巫术和宗教得到了发展并系统化了，我们现在称之为艺术的形式被作为一种巫术工具用之于视觉或听觉的动物形象，人的形象以及自然现象的再现，经常是用图画、偶像、假面和模仿性舞蹈来加以表现，这些都称之为交感巫术。祈求下雨就泼水，祈求打雷就击鼓，而符咒则经常被用之于雕刻和装饰，被认为能带来好运气和驱逐魔鬼……而礼仪的活动，说、唱、舞蹈都被用来保证巫术的成功。"[①] 弗雷泽和列维·布留尔进一步探讨巫术活动的原理和法则，从思维的层面揭示出原始宗教的发生和原始艺术的起源。在著名的《金枝》中，弗雷泽把巫术称为"不纯粹的艺术"或"非科学的艺术"，提出了巫术的两大思维原则："在分析巫术思想时，发现可以把它们归纳成两个原则——'相似律'和'接触律'。前者是指同类相生，即同果必同因……后者是指相互接触的物质

---

① 参见朱狄：《艺术的起源》，中国青年出版社 1999 年版，第 120 页。

实体，哪怕被分开，仍然可以跨越距离发生相互作用……此类巫术被称为'接触巫术'。"①弗雷泽的理论对艺术史家研究旧石器时代艺术的起源和原始宗教的关系产生了深刻的影响。许多人类学家都认为是史前人类从事文艺创作的基本动因主要不是审美愉悦，而是召唤或祈求神秘力量。布留尔则揭示了原始思维的"互渗"原理。在原始思维的集体表象中，一切客体、存在物或者人工制品都具有一种可被感觉到的神秘属性和力量，这种神秘的力量可以通过接触、传染、转移、远距离作用等等对其他客体和存在物产生不可思议的作用。布留尔把这种原始思维所特有的支配这些表象的关联和前关联的原则称为"互渗律"。为什么一张画像或肖像对原始人和对我们来说是完全不同的东西呢？原始人给这些画像或肖像添上了神秘属性，又作何解释呢？"显然，任何画像、任何再现都是与其原型的本性、属性、生命'互渗'的。"②"互渗律"已经深刻地触及了人类诗性思维的奥秘。原始思维具有互渗性、混沌性、神秘性和直觉性，想象和现实相互交织，物我交感，主体和客体相互渗透。很大程度上，原始思维也是文学思维的特征。

史前艺术的起源与原始宗教的关系，是人类学普遍关注的一个问题。包括戏剧、舞蹈、绘画、诗歌和雕刻等在内的原始艺术都被视为原始人类宗教巫术活动的一部分。在中国古代文学理论中，艺术的巫术起源说由来已久。讨论中国上古文学的发生时，许多学者都对《吕氏春秋》的《古乐篇》中的一则记载产生了浓厚的兴趣："昔葛天氏之乐，三人操牛尾，投足以歌八阕：一曰载民，二曰玄鸟，三曰遂草木，四曰奋五谷，五曰敬天常，六曰建帝功，七曰依地德，八曰总禽兽之极。"记述的是传说中的古代葛天氏部落的宗教娱乐活动，人们从中可以看到中国上古文艺的起源与原始宗教活动之间的密切关系：自然崇拜、祖先崇拜、图腾崇拜是上古文艺发生的根本动因，而载歌载舞的形式则包含着上古文学的最初样式——原始歌舞的雏形。明人杨慎在《升庵集》（卷四十四）中针对楚辞之《九歌》指出："女乐之兴，本由巫觋……观楚辞《九歌》所言巫以悦神，其衣被情态与今倡优何异！"王国维的《宋元戏曲考》在考察戏曲的起源时曾经谈到诗、歌、舞与古代敬神祭祀的关系："歌舞之兴，其始于古之巫乎？""巫之事神，必用歌舞。"古代的巫觋是戏剧的起源，"后世戏剧，当自巫、优二者出。"③

文艺的起源经历了从实用到审美的漫长演化，原始宗教活动无疑起着重要的作用。但作为人类实践活动的产物，文艺发生的动因是多元的，它既是人类生产实践的一项结果，劳动创造了文学艺术的创造者，创造了文学艺术赖以产生的物质条件；在文艺发生的漫长过程，也渗透着人类模仿的天性、需要和快感，渗透着人类表现的本能和游戏的冲动。文艺起源的动因是多元而复杂的，是这些因素合力推动的结果，宗教是文艺起源的一个重要动因，但不是唯一的决定性的因素。

---

① 弗雷泽：《金枝》，赵昀译，陕西师范大学出版社 2010 年版，第 16 页。
② 列维 - 布留尔《原始思维》丁由译，商务印书馆 1981 年版，第 72 页。
③ 王国维：《王国维戏曲论文集》，中国戏剧出版社 1984 年版，第 4—6 页。

二

　　文学与宗教之间存在复杂的内在关系，"宗教文学"和"艺术宗教"构成这一复杂关系的两极。所谓"宗教文学"是指以表现宗教观念，宣扬和传播宗教教理，与宗教仪式结合在一起或者以宗教崇拜为最终目的的文学，是宗教观念、情感、精神、仪式与艺术形式结合的产物。宗教文学具有浓厚的宗教色彩，其目的是为宗教服务。宗教文学包括宗教经典，如基督教的《圣经》与伊斯兰教的《古兰经》，婆罗门教经书的《吠陀》，佛教的《本生经》和《百喻经》，道教的《太平经》和《抱朴子·内篇》等等，这些原典一般都具有突出的文学性和极高的文学价值，在文学史上产生了深远的影响。宗教文学还包括借助各种文学形式通俗形象地传播宗教教义、激发宗教情感和强化宗教认同的作品，如西方中世纪的教会文学和中国唐代的变文。教会文学的代表作品《圣徒阿列克西斯行传》以宣传基督教教义和神学为中心内容；变文是佛教文学的一种形式，是唐代兴起的一种说唱文学，内容原为佛经故事，后来范围扩大，包括历史故事、民间传说等，《大目乾连冥间救母变文》《维摩诘经变文》等，以韵散结合的方式讲唱佛经故事。在宗教文学世界中，审美意识和宗教意识相互渗透，但宗教意识始终控制着审美意识，宗教观念对审美情感始终构成了强大的规训。

　　宗教文学和以宗教为题材的文学是有所分别的，以宗教为题材的文学不一定是宣传宗教教义为宗教服务的文学，在意识形态上有的甚至是反对宗教的，有的是借助宗教题材表达作家对人性和世界丰富性矛盾性的具体感受与认识。但丁的《神曲》，弥尔顿的《失乐园》《复乐园》《力士参孙》，拜伦的《该隐》，拉辛的《以斯帖记》《亚他利雅记》，托马斯·曼的《约瑟和他的弟兄们》以及福克纳的《押沙龙，押沙龙》，等等，虽然取材于《旧约》，但都具有文学的自主性和美学的独立性，具有独立存在的价值，显然不属于宗教文学。

　　宗教文学是宗教文化的重要组成部分。在《艺术与世界宗教》一书中，俄国美学家雅科伏列夫把宗教文艺这一特殊的宗教审美文化放在"世界宗教结构中的艺术体系"和"艺术—宗教的完整性"框架中予以阐释。他认为：在艺术和宗教的长期发展和相互影响过程中，在每一种世界宗教里都产生出一定的艺术体系，这个体系在宗教结构里起作用，当艺术贯穿到宗教意识的所有层次内时，整个宗教的机制结构也发生变化。于是，形成了"艺术—宗教体系"。这是一个艺术与宗教相互作用的体系。在其中宗教意识和艺术意识存在既统一又矛盾的两面。宗教通过艺术形象的"解答体系"和对人的审美作用达到巩固信仰机制，这种机制是宗教行为活动的固定的社会—心理的准则，宗教文学显然受到宗教教义的严格规训。但文学的感性和想象总是力图突破宗教教条的规训，即使是宗教文学的范围内，杰出的作家仍然有可能在符合宗教规范的范围内，创造出独一无二的文学作品[1]。

---

① 雅科伏列夫：《艺术与世界宗教》，任光宣、李冬晗译，文化艺术出版社 1989 年版，第 39、76 页。

文艺与宗教关系的另一极端是把文艺发展成为一种宗教，即把文艺"拔高为宗教或宗教替代物"——一种"艺术宗教"。当代艺术哲学家约翰·凯里和 N. 沃尔斯托夫都提到了"艺术宗教"这一文化现象。在《艺术有什么用？》一书中，约翰·凯里指出："把艺术转变成宗教往往附带着一个假设，即艺术与我们的常规道德不同，它具有更高的道德。"这样审美标准就具有了宗教真理般的权威性。在约翰·凯里看来，艺术的宗教地位是现代思想中一个强有力的因素。"如雅克·巴赞所说的，艺术家被普遍认为具有以前只属于宗教人物的那种神力。我们期望他们像古代的祭司一样'高明'而神秘，他们也总是像《圣经》中的先知一样'思想超前'。"①N. 沃尔斯托夫则援引马克斯·韦伯的看法——当艺术变成具有越来越自觉地被人所掌握的独立存在的价值世界时，艺术就接管了救世的任务——"艺术作品就成了神的代表，取代了上帝这个造物主的位置，审美沉思代替了自觉崇拜；而艺术家则成了这样一个人，他奋力创造对象而我们在专心致志的沉思这些对象时体验到了那在人的生活中具有根本意义的东西。艺术家成了神的创造者，我们则是神的崇拜者。"②究其实质，神秘主义的"艺术唯灵论"构成了艺术宗教理念的核心。

认为艺术家和诗人具有一种与常人迥异的特殊能力，能够与更深的实在或"不可说之神秘"保持着某种亲密的联系，这种观念显然由来已久，最初或可上溯到柏拉图，尽管他对荷马这样的诗人极其不满，扬言要把他们赶出他的"理想国"，但他还是赋予了迷狂诗人某种神灵附体的灵感，只有他们能够穿透美的表象看到美的本体。在德国浪漫派那里，这一观念都获得了强有力的表述。诺瓦利斯、施莱格尔、荷尔德林以及海德格尔等等都把诗意神秘化、超验化或宗教化。在他们看来，唯有通过诗，有限与无限的最紧密统一才能形成。法国象征主义同样对宗教神秘主义情有独钟，波德莱尔、马拉美、魏尔伦和兰波信仰"通感"和"通灵"，视诗人为"通灵者"，诗歌为"文字炼金术"。

从世纪初叶芝对神秘事物、通灵论和超自然的冥思的痴迷到世纪末海子诗歌的澄明和通灵，从西方超现实主义的迷狂和对超级现实信仰到当代中国小说中宗教信仰叙事的兴起……许多事实表明，二十世纪，"艺术宗教"在文学艺术和哲学美学领域仍然具有不可忽视的影响力。约翰·凯里指出：20 世纪早期抽象艺术的发展既是一场美学运动，也是一场宗教运动。许多人认为，就艺术具有宗教神秘性和权威性而言，这场运动迈出了决定性的一步③。据称，通过超越物质世界，艺术可以进入到一个由纯粹理念构成的世界。康定斯基和克莱夫·贝尔都是这种观念的坚定信奉者。前者的《论艺术中的精神》把艺术活动看作是纯粹精神领域的事情，认为抽象艺术能够超越物质的限制，获得一种改变世界的宗教力量。这种艺术理念建立在神智学和艺术唯灵论的基础上："灵魂与肉体密切相连，它通过各种感觉的媒介（感受）产生印象。被感受的东西能唤起和振奋感情。因而，感受到的东西是一座桥梁，是非物质的（艺术家的感情）和物质之间的物理联系，它最后导致了

---

① 约翰·凯里：《艺术有什么用？》，刘洪涛、谢江南译，译林出版社 2007 年版，第 124—125 页。
② N·沃尔斯托夫：《艺术与宗教》，沈建平等译，工人出版社 1988 年版，第 73 页。
③ 约翰·凯里：《艺术有什么用？》，刘洪涛、谢江南译，译林出版社 2007 年版，第 125—126 页。

一件艺术品的产生。另外，被感受到的东西只是物质（艺术家及其作品）通向非物质（观赏者心灵中的感情）的桥梁。"后者则提出了"纯形式"概念，认为艺术家的任务就是创造"有意味的形式"。这种创造完全依赖于艺术家特殊的禀赋，"某种奇特的心理上和感情上的力量"，他们能够发现"隐藏在事务表象后面的并赋予不同事务以不同意味的某种东西，这种东西就是终极实在本身"①。克莱夫·贝尔显然把艺术和宗教视为一对双胞胎："艺术和宗教是对同种东西的两个一模一样的宣言。"在他看来，艺术就是人类"宗教感的宣言"。

"艺术宗教"的产生，一方面出于人类对终极意义的本能需要和对神秘主义的强烈兴趣，另一方面也说明了审美情感审美思维与宗教情感宗教思维之间存在着深刻的内在关联。从启蒙运动之后"艺术宗教"现象的复苏或许可以看出现代性的复杂性和矛盾性，文学现代性在"解魅"和"复魅"之间存在着一种巨大的张力。

三

文学艺术与宗教产生联系的一个重要途径是象征的方式。这一联系应该包括相互关联的两个方面，一方面宗教借助文学象征的方式形象地显现其神圣的奥义，文学象征和隐喻往往成为人类接近超验世界和言说不可言说之事物的一种重要方式；另一方面人类长期的宗教活动形成了一套意味丰富的象征体系，正如帕斯卡尔所言：旧约是一套"象征性"符号，宗教象征是根据"真理"而造就的，而"真理"则是根据象征而为人所认知。而神话和宗教象征体系则是构成文学象征的原型体系之重要部分。从浪漫主义到象征主义再到现代主义，神话和宗教象征都对文学象征产生了深远而广泛的影响，它赋予了文学一种精神的超越性和信仰的深度。

在谈到"象征"的角色和意义时，心理学家荣格把"自然象征"和"文化象征"作了区别，认为前者出自心灵的潜意识，代表了基本原型意象的无数变体，这些原型可以追溯到原始时代的根源；后者"则是用来表示'永恒真理'的东西，并在许多宗教中被运用。它们经历了无数次转化，以及多少是有意识的长期发展过程，因此，它们成为集体意象，并被文明社会所接受"②。在荣格看来，宗教象征是一种文化象征，经过原始时期"自然象征"的长期积淀和无数次转化，逐渐演变为文明社会的集体意象、原型或集体无意识。宗教象征已经成为现代人精神构成的至关重要的部分，在人类文明漫长的发展过程中，宗教的象征意义与文学艺术的象征主义之间建立了越来越密切的联系。宗教原型在文学中被反复使用，并因此而具有了约定俗成意蕴丰富的文学象征或"象征群"，一种弗莱所谓的"伟大的代码"。西方宗教中的"光""洪水""火""死海""迦南福地"，亚当、夏娃、伊

---

① 克莱夫·贝尔：《艺术》，周金环、马仲元译，中国文艺联合出版社1984年版，第47页。
② 卡尔·荣格等：《人类及其象征》，张举文等译，辽宁教育出版社1988年版，第72页。

甸园与智慧树上的果子，"蛇"与"撒旦"，"十字架""玫瑰""面包"与"酒"，"愤怒的葡萄""亚伦的杖杆"……在西方文学作品中，早已是人们耳熟能详的原型意象。受难与复活，原罪与救赎，出埃及，失乐园与复乐园，预言与启示，世纪末大审判……等等则成为文学反复书写的基本母题，形成文学结构性的整体象征。

象征是人类极其重要的思维方式，世界通过象征而向人类经验和理解开放。人们在语言与事物、经验与超验、有限与无限、个别与普遍、现实与历史、事物与事物之间建立了一种暗示性的隐蔽关联。正是在这个意义上，许多理论家都十分强调神话和宗教原型对于文学的重要性，神话和宗教原型构成了文学象征世界的"伟大的代码"。在著名的《集体无意识的原型》一文中，心理学家荣格提出了一个饶有意味的问题：宗教象征体系在现代已经无可避免地衰退了，"繁星已经从天穹陨落了，我们最高的象征已经变得苍白"。在他看来，象征的衰退与以新教改革为开端的现代性转折以及人们的过度使用而导致象征意义的耗尽有关，其结果是产生了社会普遍的精神分裂症。因此，现代人需要一种"积极的想象"以达成"灵性再生"，也需要无意识心理学重建当下生活与原型的关系。荣格自己甚至走向了东方神秘主义和古代炼金术哲学。而在 20 世纪西方文学中，则产生了大规模的"再神话化"运动，神话和宗教象征的"复兴"可谓盛极一时。如同叶·莫·梅列金斯基所言："神话主义是二十世纪文学中引人注目的现象；它既是一种艺术手法，又是为这一手法所系的世界感知。无论是在戏剧、诗歌，还是在小说中，它均有清晰的反映。在小说中，现代神话主义的特征最为清晰，因为回溯上一世纪，小说不同于戏剧和抒情诗，几乎从未成为神话化赖以进入的场所。"[①]关于神话与宗教象征在二十世纪文学中的复兴，我们可以列出一份长长的作家和文本清单作为证据：艾略特的《荒原》，里尔克的《杜伊诺哀歌》，乔伊斯的《尤利西斯》和《芬尼根的守灵》，托马斯·曼的《魔山》和《约瑟和他的弟兄们》，卡夫卡的《审判》和《城堡》，劳伦斯的《虹》和《亚伦的杖杆》，福克纳的《喧哗与骚动》《寓言》《八月之光》《去吧，摩西》和《押沙龙，押沙龙》，奥尼尔的《送冰的人来了》，马尔克斯的《百年孤独》，卡彭铁尔的《这个世界的王国》……《荒原》中的"荒原"隐喻和"寻找圣杯"的象征框架，《杜伊诺哀歌》中的作为天使象征的"灵魂之鸟"，《尤利西斯》的"奥德修纪"象征结构，《芬尼根的守灵》中死而复生之原型，《约瑟和他的弟兄们》对《圣经》故事的"复现"与沿用，《虹》和《亚伦的杖杆》中的宗教意象"虹"和圣经人物亚伦以及他的杖杆，《喧哗与骚动》的受难与复活象征框架，《寓言》中的耶稣故事，《八月之光》中的"乔"（Joe）……20 世纪一系列重要的文学文本都使用了神话和宗教象征。这些神话与宗教原型与现代社会生活形成了互文性关系，这种互文性对于现代文学至少具有相互关联的两个方面的意义：一方面它为复杂多元甚至是混乱的叙事提供了较为清晰的结构框架，另一方面它也成为现代作家感受、理解和把握现代生活的一种方式。神话与宗教原型的复兴反映出现代生活意义的匮乏和现代人重建心灵构架的需要。

---

① 叶·莫·梅列金斯基：《神话的诗学》，魏庆征译，商务印书馆 1990 年版，第 334 页。

四

中国的禅宗思维对文学艺术的影响可谓深远，禅宗与中国古典诗歌的关系尤其密切。正如研究者所言："诗与禅本来属于两个完全不同的范畴，诗是一种精粹的文学作品，而禅是一种特殊的宗教哲理，但在中国文学史与禅学史上，正当唐宋诗学与禅学并盛的时代，两者却自然而巧妙地融合，形成以诗寓禅或以禅入诗的互济功用，于是诗使禅意美化，而禅使诗意深化，禅趣因诗而耐人寻味，诗境因禅而浑融超脱。"[①] 所谓中国的禅宗是在印度禅宗的基础上发展出来的一种独特的宗教流派，源于印度佛教的修行技艺，又融入种种佛学义理和老庄思想以及魏晋玄思，形成一种自性本心、梵我合一、以心传心的哲学观念和思维方式。概而言之，佛禅观念和思维的特点包括：

其一是"梵我合一""自心自性""即心即佛"。《六祖坛经》一再提道："自心自性真佛。""万法尽在自心，何不从自心中，顿见真如本性？""各自观心，自见本性。"其二是"识心见性""道由心悟""道需神悟"。禅宗追求的是"心悟""神悟""发慧""开悟"，追求一种非思量的直觉妙悟，而不取逻辑证明或概念演绎之路径。"禅本身是不变不易的，它不是用对于物的所谓常识的观察法所能穷极的。而且看来，我们未能彻底领悟真理，归根结底是由于过分执着于逻辑的解释。如果我们想彻底了解人生，就必须放弃至今郑重保持的推理法，获取能够从逻辑和偏颇的日常语法的压迫下逃脱出来的新观察法。"[②] 其三是"以心传心""不立文字""直指人心"。《楞伽经》言："第一义者是圣智内自证境，非语言分别智境。言语分别不能显示。"《坛经》也说："诸佛妙理，非关文字。"人类语言在表达"第一义者"和传达禅思方面有其根本的限制，禅宗以机锋、棒喝、话头、公案等独特方式突破语言的局限和困境。后期禅宗在语言问题上逐渐走向"不立文字"和"不离文字"的辩证，所谓"不着文字，不离文字"或"非离言语，非不离言语"。"以现代的观点看，就是通过文字来消解文字。"[③] 即是在语言的破解中不断重建自我与世界之间无障碍的、不凝滞的、自由和本真的内在关联。

金代诗人元好问的诗句："诗为禅客添花锦，禅是诗家切玉刀。"很准确地概括了文学史上诗与禅之间的亲密关系。禅宗独特的世界观和思维方式对古典诗人具有特殊的吸引力。一方面，"梵我合一"和"自心自性"思想直接上承道家思想和魏晋风度，成为传统知识人超越名教的限制和规训追求自然适意的哲学基础；另一方面，"从直觉体验、瞬

---

① 王熙元：《从"以禅喻诗"论严羽的妙悟说》，《佛教与中国文化国际学术会议论文集》上辑，中华文化复兴运动总会宗教研究委员会编 1995 年，第 198 页。

② 铃木大拙：《禅学入门》，谢思炜译，生活·读书·新知三联书店 1988 年版，第 51 页。

③ 陈仲义：《打通"古典"与"现代"的一个奇妙出入口：禅思诗学》，《文艺理论研究》1996 年第 2 期，第 33 页。

间顿悟、玄妙的表达到活参领悟，构成了禅宗独特的完整的思维方式"①。这种思维方式与艺术创作的思维活动息息相通，对诗歌的语言观念和表现方式都有着十分特殊的启发意义。因而禅宗对中国古典诗歌在思想内容、文体和表现方法以及诗学理论等诸多方面都产生了深刻的影响，以禅入诗和诗禅交融在南北朝、唐宋和明清时期的诗歌创作中都十分流行，在理论上则形成了"以禅喻诗"的诗学话语和论诗传统。据说，这一传统最初可以上溯到唐诗人孟浩然《来阇黎新亭作》"弃象玄应悟，忘言理必该。静中何所得，吟咏也徒哉"和齐己的《寄郑谷郎中》"诗心何以传？所证自同禅"。"以禅喻诗"的风气始于苏轼和黄庭坚等人，集大成于南宋的严羽。苏轼在《跋李端报诗卷》曾以"参禅"喻读李白诗歌的感受："暂借好诗消永夜，每逢佳处辄参禅。"《送参寥师》又以禅境喻诗境："欲令诗语妙，无厌空且静。静故了群动，空故纳万境。咸酸杂众好，中有至味永。诗法不相妨，此语当更请。"在《与李去言书》中，苏轼甚至直接提出了"说禅作诗本无差别"的观点。黄庭坚的"脱胎换骨"和"点铁成金"典出禅学经典《五登会元》，显然是把禅宗直接引入诗学理论中。"江西诗派"诸家都以禅宗之"悟"来解诗歌艺术的奥秘。

严羽虽然反对江西派那种"无一字无来处"的"工夫诗学"，但"论诗如论禅"的诗学路径却是一脉相承。他以"妙悟"和"无迹可求"取代了江西派的"工夫诗学"："大抵禅道惟在妙悟，诗道亦在妙悟。"在他看来，所谓"悟"也有深浅透彻不透彻之分："惟悟乃为当行，乃为本色。然悟有浅深，有分限，有透彻之悟，有但得一知半解之悟。汉魏尚矣，不假悟也。谢灵运至盛唐诸公，透彻之悟也；他虽有悟者，皆非第一义也。"显然，严羽推崇的是盛唐诗而抑以江西诗派为代表的宋诗："夫诗有别材，非关书也；诗有别趣，非关理也。然非多读书、多穷理，则不能极其至，所谓不涉理路、不落言筌者，上也。诗者，吟咏情性也。盛唐诸人惟在兴趣，羚羊挂角，无迹可求。故其妙处，透彻玲珑，不可凑泊，如空中之音，相中之色，水中之月，镜中之象，言有尽而意无穷。近代诸公，乃作奇特解会，遂以文字为诗，以才学为诗，以议论为诗。夫岂不工？终非古人之诗也。盖于一唱三叹之音，有所歉焉。"②严羽的"妙悟"是一种自由无碍的直觉体验，追求的是词理意兴、无迹可求的境界，它与人的心性情性有着更内在的关联。

许多当代理论家对佛禅思维与现代艺术思维的相通性产生了浓厚的兴趣。在《谈艺录》中，钱钟书曾经指出西方象征主义和新结构主义与佛禅思维存在着某种有趣的"潜合"关系："有径比马拉美及时流篇什于禅家'公案'或'文字瑜伽者'；有称里尔克晚作与禅宗文学宗旨可相拍合者；有谓法国新结构主义文评巨子潜合佛说，知文字为空相，破指事状物之轮回，得大解脱者。"③而一些当代诗人则对打通佛禅庄禅与超现实主义的思维通道情有独钟。他们发现，超现实主义的"自动写作"与禅宗的"拈花微笑"有着奇特的相通之处。法国超现实主义诗人米修心仪于庄禅的顿悟思维和悖谬语言，认为庄禅打开

---

① 葛兆光：《禅宗与中国文化》，上海人民出版社 1986 年版，第 148 页。
② 郭绍虞：《沧浪诗话校释》，北京人民出版社 1983 年版，第 24 页。
③ 周振甫编：《谈艺录读本》，上海教育出版社 1992 年版，第 339 页。

了人们习惯于二元化思维一直不能感觉到的一种新世界。在《超现实主义与中国现代诗》一文中，洛夫提出中国艺术精神与超现实主义存在某种吻合："中国诗人易受超现实主义艺术之感染的另一个因素……中国艺术传统中即隐含着那种飞翔的超越的暧昧而飘逸的气质。这种气质——也许就是中国文学中所谓的灵性——正与超现实主义精神相吻合。""中国的禅与超现实主义多有相通之处……这种不落言诠而能获致'言外之意'，或'韵外之致'，即是禅宗的悟，也就是超现实主义所讲求的'想象的真实'，和意象的'飞翔性'。超现实主义诗中有所谓的'联想的切断'，以求感通，这正与我国'言在此而意在彼'之旨相符。"[1] 米修和洛夫等人都试图找到佛禅与超现实主义的契合之处，进而建立一种现代的"禅思诗学"。

五

文学价值的构成包含着经验与超验、世俗性与超越性的双重向度，文学常常成为打通经验世界与超验世界的桥梁。许多理论家都认同超越性是构成文学价值不可或缺的重要维度。所谓文学的超越性或超验性涉及的即是人与超验世界的关系问题，即人的终极意义或终极关怀这一究极性命题。

按照宗教学家蒂里希的阐释，所谓"终极关怀"，即是对人的存在域意义的终极性关切和追问："人最终关切的，是自己存在及意义。'存在还是不存在'这个问题，在这个意义上是一个终极的、无条件的、整体的和无限的关切的问题。"[2] 这是由人这个存在物的二重性所决定的，一方面，人作为一种自然存在物，他是有限的；另一方面人作为精神存在物，他又具有一种超越性，人总是渴望超越有限性去探寻终极世界。这就是人的形而上学欲望或超越性冲动。在这个意义上，终极关怀是人类精神的基础，宗教就是其文化表现形态之一。蒂里希指出："宗教，就这个词的最广泛和最根本的意义而言，是指一种终极的关切。"[3] 宗白华说，在漫长的人类历史中，文学从宗教中获得了深厚热情的灌溉，"文学艺术和宗教携手了数千年，世界上最伟大的建筑雕塑多是宗教的。第一流的文学作品也基于伟大的宗教热情"[4]。从根本上看，所谓"伟大的宗教热情"其实就是"终极关怀"。它构成了文学超越性和理想性的价值基础，终极关怀使人们能够对自身的存在状况和现实行为进行价值判断，使人们有可能从混乱的秩序中找到存在的意义，从自然欲望的控制中超越出来。即从自在的存在物上升为自为的人。

"终极关怀"是构成文学价值的一个重要维度，它赋予了文学超越时空限制的灵魂深

① 洛夫：《超现实主义与中国现代诗》，见《诗的探险》，台北黎明文化 1979 年版，第 100—104 页。
② Paul Tillich. *Systematic Theology, vol. 1* .Chicago: University of Chicago Press, 1951. p.14.
③ 蒂里希：《蒂里希选集》上，何光沪主编，上海三联书店 1999 年版，第 382 页。
④ 宗白华：《宗白华全集》第二卷，安徽教育出版社 1994 年版，第 347 页。

度，文学也是人类表述"终极关怀"的自然而普适的语言之一。这就是许多理论家常常会认为伟大的作家都具有某种宗教感的根本原因。研究中国现代文学的夏志清如是而言：西方文学史上的重要作家索福克勒斯、莎士比亚、托尔斯泰、陀思妥耶夫斯基等人正视人生，都带有一种宗教感，也就是说，在他们看来人生之谜到头来还是一个谜，仅凭人的力量与智慧，谜底是猜不破的。事实上，基督教传统里的西方作家都具有这种宗教感的。比较而言，中国现代文学则缺乏这种宗教感，"现代中国文学之肤浅，归根究底说来，实由于其对'原罪'之说，或者阐释罪恶的其他宗教论说，不感兴趣，无意认识"[①]。尽管这一判断过于"欧洲中心主义"，是非历史性的，对现代中国文学中的宗教性因素也缺乏具体而深入的理解，但在普泛的意义上看，还是具有启发性的。中国现当代文学具有突出的世俗取向、人间情怀和近代人文主义色彩，而对超验意义的关切和追问则很不充分。这无疑影响了文学对世界和人生问题理解和表现的深度。

需要指出的是，文学不能只有"终极关怀"的精神向度，文学不是纯粹宗教的冥想和祈祷，也不是纯粹形而上学的玄思。在世俗关怀和终极关切之间，杰出的文学总是能够揭示出两者间存在的种种矛盾和丰富的张力。

---

① 夏志清：《中国现代小说史》，复旦大学出版社 2005 年版，第 12 页。

从图书出版看旅行文学研究

　　许多年前，我在一篇未完成的稿子中曾经这样描述：从过去的三毛热到晚近的"文化苦旅"现象，似乎都暗示着旅行文学时代的到来，但人们很少从旅行写作的脉络思考大众对三毛和余秋雨的热情。这种热情就像观看刚开播的"正大综艺"节目一样，人们透过他们的文字到世界各地去旅行——想象的旅行。或许，可以把三毛的作品看作疆域越界的启蒙教科书，而把余秋雨称作大众旅行的文化教师。就像在 18 世纪英国的"欧洲大陆之旅"热中，参加者大多为年轻人，他们大学刚毕业，一般都有一导师或牧师随行，起文化教育的作用。而随着旅游的大众化和普及化，以及文学的消费与休闲化，旅行文学的崛起是不难想象的。早在 1987 年，西方的诺顿出版公司推出了一套《诺顿版旅行读本》就极为畅销。一本名为《蓝色高速路》的旅行作品，自 1980 年代出版至今已经售出了一百多万册。西方许多著名的报纸副刊也大量刊登旅行作品和书评，一些小说家和诗人也热情地投入旅行文学的创作和探索。随着大众文化地位的上升，曾经被学人轻视的武侠小说等通俗文类已成为不少文学教授的研究课题，金庸的位置甚至可以和鲁迅等文学大师并排。这表明学人已经开始改变以往那种轻视娱乐消遣休闲文学的认知。而萨义德《东方主义》对西方殖民者"东方之旅"文本的深度阐释，进一步引发了学人研究旅行文学的理论兴趣。因此，可以预计不久的将来，旅行文学研究也将成为国内文学研究界的一大热点。

　　现今看来，旅行文学写作逐渐兴盛已经成为文艺生产和消费领域的大宗产品，并且带动了旅行文学研究的兴起。21 世纪以来，关于旅行文学的论述已成为西方文学研究领域令人瞩目的热点之一。

　　其实，在漫长的中国文学史中，旅游文学有着十分丰富的文化资源。且不说古代游记体文学的浩瀚，仅是近代以降中国知识分子的"西方之旅"所产生的大量旅行作品就已值得人们做系统的研讨。然而，旅游或游行文学一向不被严肃的文学研究者所重视，人们（包括大众和学者）一般把它视为一种休闲娱乐文本。由于这种文学成见的普遍存在，以及旅游文化研究与文学研究的专业区割，历史悠久、内容丰富的旅行文学未能得到严谨认真的理论研究。在我国，作为一种文类、题材或文学现象的旅行文学，长期未进入"文艺理论"的视野。现今，旅行文学仍然是未被认真而充分挖掘的领域，关于旅行文学的许多理论问题至今仍值得文学学者做深入广泛的研讨，本文对旅行文学若干问题的讨论仅为初步的尝试。

　　问题一：旅行文学概念的界定。一种比较容易的做法是以题材作为界定的依据。这种方式在文学研究界颇为普遍，诸如乡土文学、都市文学、言情文学都是根据所描写的题材来划分的。据此旅行文学就可以定义为一种描写旅行生活题材的文学。如此定义，关键处便落在什么是"旅行"上了。然而，关于"旅行"，人们的理解与说法各异，甚至迥然不同。粗略看来，至少有两种相反的观点：其一，旅行即观光，是休闲娱乐活动，是心情的舒解放松。因此，旅行文学被视为休闲文学。其二，旅行和观光有本质上区别，旅行是探险。从词源上看旅行（travel）有劳顿（travail）之意，旅行是一种艰难的探险与追寻，是毫不悠闲放松的紧张而强烈的体验。因此，旅行文学不是休闲文学，而是一种有深度的探险文学。

当代法国思想家德勒兹曾认为：一切关于旅行的思考不外乎四种看法。第一种看法认为只要带着《圣经》、童年的回忆并掌握通行的语言，即使到孤岛和天外也不会真正隔绝，菲茨杰拉德的作品就表达了这种见解；第二种是历史学家汤因比的看法，旅行追求的是一种流浪的理想，而这种理想有些可笑，因为流浪者恰好相反，他们不喜欢挪动、不想远离并且眷恋着其失掉的故土；第三种以贝克特为代表，他认为人们不会为旅行而旅行，旅行是为了证实某种事物，证实某种出自思想、幻想或噩梦的不可捉摸的事物；第四种是普鲁斯特的见解，他说真正的幻想者是那种前去证实某种事物的人 ①。其中荒诞派作家贝克特的见解最为深刻。其实，贝克特和普鲁斯特的看法颇为一致，都强调旅行是去证实某种事物，而且这种事物还是不可捉摸的、暧昧的。德勒兹凸显出了旅行本身的文学性，因为旅行具有文学相同的幻想性、直觉性和神秘性特质。或许，人们可以从中推衍出旅行文学的定义：它是一种描写旅行生活的文学，这种旅行是为了证实某种出自思想、幻想或噩梦的不可捉摸的事物。这种定义仍然只是一种尝试，给旅行下定义本身并不容易，因为定义意味着划定界线，而旅行是疆域越界，正像艾背理（Abbeele）所言它恰恰拒绝"定义"的羁绊和界线的限定。因此，虽然准确界定"旅行文学"不太容易，但把它视为一种疆域越界的书写，一种对异域地理空间的想象与论述，大体稳妥并能涵盖绝大多数的旅行文本。

问题二：旅行文学的文类特征。在旅行文学的文类定位上，通常有三种看法，一种认为它是休闲通俗文类，与言情、武侠文学相似，其功能不外是消遣、娱乐、怡情，至多是"寓教于乐"；另一种观点认为旅行文学属于严肃文类，属于深度写作。有人甚至认为旅行文学表现的是人类寻找生命真谛、超越时空限定、超越死亡的永恒主题，它可以跻身于一切伟大的文学之行列；第三种观点则拒绝将旅行文学视为一种次文类，拒绝把它归入如散文或随笔之类的特定文类。旅行文学是一种另类文学，它自成一格。事实上，旅行文学是一个大家族，它可以通俗休闲，也可以严肃深刻，更可以打通通俗与严肃的界线，它是丰富多样的。

关于旅行文学的文类特征，西方学界存在争议。一些人坚持认为旅行文本是纪实性的，它拒绝虚构与想象，严格遵循客观描述旅行见闻的原则。一般大众或许都会认同这种观点而且视之为必然。在他们看来，如果把旅行文学写成虚构的小说，那还是旅行文学吗？另一些则认为旅行文学也是一种想象的文学，它完全可以想象与虚构，评价旅行文学

---

① 吉尔·德勒兹：《哲学与权力的谈判》，刘汉全译，商务印书馆 2001 年版，第 91 页。

的标准仍然是想象力的丰富充沛程度。笔者以为：一方面，对旅行文学想象力的强调固然有助于提升其文学性或审美性，但如果想象过度或完全超出了旅行本身，这种作品能不能算旅行文学确实令人怀疑；另一方面如果完全拒绝想象，仅仅强调客观实录，那它的文学性审美性又难以获得保障。因此，旅行文学既应允许想象性因素的渗透，又应以纪实为基础，它总是或明或暗地指涉旅行所见异域之事实，其亲历的真实可靠程度要高于一般的虚构文学。

旅行文学的文类特征最突出的是它的自由性与混杂性。旅行书写文无定体，没有固定的书写模式，可以"袭取"或"盗用"各种文学类型的写作方式，甚至可以像"拼盘杂烩"式自由地拼贴混合各种文类，包括私人日记、回忆录、散文随笔、短篇故事或小说、散文诗、未经修饰的摘录、田野调查笔记，甚至可以把进餐时主人殷勤亲切的闲谈，甚至连旅行过程中的账单、菜单、票根、姓名与地址、日期与目的地等极其琐碎的材料也记录在案。它可以写成纯粹的游记、报道、回忆录以及小说形式等，也可以把各种迥然不同的文类混合成一体。或许，有人会认为这种混杂文类仅仅是一种芜杂不纯、思绪混乱的大杂烩，怀疑其研究价值。然而，这种混杂性、自由性与开放性恰恰与旅行具有的那种反抗各种限制羁绊的自由越界特性相吻合。用一种极其自由的文类书写一种极其自由的行旅，是恰当的。或者说，这是自由的行旅带来了书写旅行的自由。因此，因其文类的混杂性而怀疑其文学价值完全是一种误会，而且也不合时宜。所谓不合时宜，体现在两大方面：其一，多数作家喜欢这种自由开放的文类，它与文学的本性颇为一致，而且许多伟大的作家都写有杰出的旅行文本，忽视这些作品的存在对文学研究工作肯定是一种损害；其二，文类的拼贴杂糅是后现代写作的时尚或特征，正如著名的后现代理论家詹姆逊所指出："后现代主义目前最显著的特点或手法之一便是拼贴。"[①] 在后现代语境中，越界书写的旅行文学或许更能凸现其理论研究的价值与意义。

问题三：旅行文学与自我属性建构。文化身份或属性是晚近文学理论与文化研究的关键词。所谓自我属性或身份，即"我是什么"或"我是谁"。对此一提问的回答大体有两种答案：比较传统的看法是，属性是先天给定的，自我具有从血缘和历史传承中获至的稳定、静态、可靠的本质，它是"我"思想与行动的出发点，"因为我是我，所以我做了这样的事，并且要解释我的所做所言"[②]。亦即我是谁是个不太成问题的问题；另一种认识则是反本质主义的，认为自我属性绝非先天之物，而是在社会诸因素的合力作用下历史地形成的。这种认识偏于强调自我的不断建构特性，而对属性的建构性有各种不同的表述，弗洛伊德表述为个体对其父母的认同、模仿或自居过程。拉康说得更形象，属性的建构必须通过"镜像阶段"，自我是通过镜中的形象逐渐辨认出来的，这个镜子指的是家庭中的双亲或社会中的他者。而霍尔（Stuart Hall）则认为所有的属性都是经由差异建构的，也就是说文化身份是通过自我与他者、主我与客我、中心与边缘的辩证得以建构的。或许，旅

---

① 弗雷德里克·詹姆逊：《文化转向》，胡亚敏等译，中国社会科学出版社 2000 年版，第 3 页。

② 乔纳森·卡勒：《当代学术入门：文学理论》，李平译，辽宁教育出版社 1998 年版，第 114 页。

行正像拉康说的"照镜子"，从他者身上照出自我，经由差异建构身份。因此，旅行文学除了记录描述旅行的经验表象外，更重要的是建构旅行者的自我文化身份。旅行文学抒写了这种自我与他者的文化辩证与对话经验，其意义正在于旅行者透过他者和异域表达自我、发现自我并建构自我身份属性。或许，正是旅行文学这一功能引起了众多人文学者的普遍关注。

从人性层面看，对自我属性的追寻是恒久的欲望，人们渴望离开故土与渴望回归故土一样，都是主体欲望的表达，这种欲望永不满足。因此，人们需要不断地出门旅行，凭借与异域生活模式永久的辩证对话，达到探索他者建构自我的目的。某种意义上说，人们出门远游即是回家之行。旅行得愈远离自我愈近，游得越充分，自我的展现裸露也就越充分。旅行文学表面上描绘的是异域的人、事和风景，其内面表现的却是自我的追寻，异域的人、事和物都成了自我的镜像。这种出走与回归的悖谬、从他者到自我的逆转使旅行文学产生了一种有意味的戏剧性。随着空间的转换，作品的重心也逐渐从对地理的兴趣转向自我的表白、抒发、反省、辩解或顿悟。山之起伏，水之蜿蜒、道路之曲折以及都市迷宫之繁复遂成了旅行者追寻自我的节奏或自我表演的场域与符号。这就是多数旅行作品通常皆有大体相近的情感节奏形式的根本原因。这种情感节奏从轻松悠闲的笔调开始，然后进入客观平和的记录与描写，接着笔锋突转成一种想象，随后变成自传或回忆，最终演变为自我的宣泄、开释、反讽、自嘲或豁然开朗的彻悟。其间突转的契机便是，旅行者从他者这面镜子身上突然窥见被日常沉沦生活所遮蔽的自我之真实面影，从差异中显露自我之属性特征。旅行的初衷是观看世界、遭遇他者，却逆转为与自我狭路相逢。表面上，这是始料未及的事变。往深处看，这却恰是旅行的真义。因为人的心性只有在新鲜事物的不断触摸下才会敏感，而日常生活周而复始的重复使人的感受器变得迟钝了。旅行切断了这一日常生活的横断面，疆域越界敞开并照亮了原本晦暗不明的自我，或者说旅行者在陌生的地方发现了自我。旅行文学记录或描述了这场心灵戏剧的演出过程，既写给自己看，也写给读者看。仿照乔纳森·卡勒的说法，旅行文学不仅使属性成为一个重要主题，而且在建构读者的文化属性中也起到了很大的作用。文学史的不少事实表明，对于国族文化属性建构和文学的民族文化认同现代性塑造而言，旅行文学同样可以发挥积极的建设性作用。

问题四：旅行与文学之关系。广义地看，文学与旅行关系极为密切，"旅行"曾被广泛地用作文学的譬喻和作品的题目。迄今，人们还常常把文学视为一种"心灵的旅行"。如此众多的文学作品着重描写人生的历程，叙述了一次次生动传奇的生命之旅，旅途则成为展现人生之舞台和意义追寻的过程。从古代的行吟诗到近代的流浪汉小说，从笛福的《鲁宾逊漂流记》到歌德的《浮士德》，从夏多布里昂的《巴黎到耶路撒冷、耶路撒冷到巴黎巡游记》到福斯特的《印度之行》，从乔尹斯的《尤利西斯》到品钦的《V》……行吟、流浪、漂流、精神漫游都与旅行有着密切的关系。说没有旅行就没有文学也许有些夸张，而把一切文学都视为旅行文学肯定也不妥当。尽管确实有某些专业学人把乔尹斯的《尤利西斯》称作现代主义的旅行小说，也有人把品钦的《V》视为后现代主义的旅行文本。旅行文学概念的无限扩大甚至变成无所不包的巨大收容场，只能抽空旅行文学的内涵，它什么都是，亦即什么也不是。但从旅行这一特定的角度出发诠释一些文学文本还是可取的，这种方法或许能生出一些解读的趣味。从创作的角度看，旅行的文学意义更为突出。许多作家一生都在不断地旅行，在旅行中寻找灵感、追寻理想。酷爱旅行的劳伦斯曾说：旅行时，我们总是怀着荒诞的希望，企盼找到想象中的桃花源，这种奢望也总是破灭。然而在不停地追寻中，我们也就触到了幻想之岸，抵达了他样的世界。如果说创作是意义的追寻，那么旅行则是追寻意义的过程和发现意义的过程。

在古代甚至到近代，对普通百姓而言，旅行绝不是件容易的事。许多人终其一生也没有出过远门。但对大千世界的好奇是人类的普遍心理，人们渴望观看了解世界，于是文学便成了大众旅行欲望的一种替代品。人们通过阅读文学而到名山大川、世界各地去旅行，这是一种想象的行旅。或许，很少有人会从这个角度解释人们对文学的需要。文学史上许多事实都表明：想象的旅行确实是人们之所以需要文学的因素之一。20世纪80年代三毛热的出现，除了三毛的个性魅力外，一种替代亲身旅行的需要也是一个重要原因，阅读三毛使人们愉快而神奇地完成了想象的撒哈拉沙漠之旅。甚至连阅读金庸的乐趣或许部分也源于这种替代作用，就像人们热情观看刚开播的带点旅行节目意味的"正大综艺"那样。20世纪90年代以降（西方早十几年），旅游已大众化、普及化了，这种状况对旅行文学又有何影响呢？一种意见是旅游业的兴盛可能导致旅行文学的死亡，认为旅游的大众化、普及化给旅行文学敲响了丧钟。这个看法初看颇难理解。明明是旅游的人多了，写旅行文学的人也多了，读旅行作品的人也更多了，旅行文学怎么会因旅行的普及而死亡呢？原来他们有自己的旅行概念，它不同于观光、休闲或度假，而是蕴含着"追寻"与"探险"之深意。大众旅行使旅行蜕变为观光，自然会损害旅行文学的品质。在他们看来，旅行文学还必须忠实地描绘遥远民族的风俗习惯，真实具体地描写行旅的艰辛历程与细节。然而，如今遥远的事物已经不再遥远，世界的每一个角落都可能已被人们踩踏过、拍摄过、录影过，世界似乎已经"无险可探""无奇可惊"。或许，人们还可以这样理解这一见解：当人人都能旅行的时候，旅行对大众不再是困难的时候，人们还会那么热烈地需要旅行作品吗？就像文学史上的一条规律：严厉禁止爱情的时代产生最感人的爱情文学，而在人人都可以自由恋爱的时代，很难出现好的爱情作品。当人们都可以去旅行，都在大地上自由自在地书写的时候，当"旅行"变成为"观光"，人们确实有理由为旅行文学的消亡忧伤哀悼。然而，更多的人肯定不同意这种悲观的看法，因为每一次旅游的高潮都带来了旅行文学的繁荣。诸如18世纪欧洲旅行文学的兴盛，恰好与铁轨的铺设所带来的旅行的普及直接相关；20世纪80年代以降，台港地区旅行写作的兴盛，也与大陆改革开放所带来的旅游热息息相关。人们越来越渴望旅行，也越来越希望用文字记录和表达自己的旅行感受，或者通过他人的作品获得一种表达。这种表达与传达的需求，正是旅行文学发展的动力。如果超出以往的文学概念来看，人们在大地上留下的行踪或许也可以看作一部部的旅行作品，那么旅行的普及带来的肯定是旅行文学的崛起与兴盛。从文学主题旅行的兴起可以看出，旅游的大众化与旅行书写的兴盛两者间已经达成良性互动的局面，两者相互促进、相辅相成。

问题五：**打开旅行文学研究的理论视野**。在欧美，20 世纪 80 年代以前，"旅行文本主要附属于历史和区域研究，或用于支持基于作者的文学研究。尽管从欧洲探险时期开始的游记被大量出版，并且非常受欢迎。但它的诗学、形式和主题从未像小说、诗歌或戏剧那样引起学术界的兴趣"①。自从英国学者贝藤（Charles L. Batten ,Jr）1978 年出版《寓教于乐：十八世纪旅行文学的形式与成规》首开研究旅行文学风气之后，出现了大量旅行文学研究的理论著作，诸如丹尼斯·波特的《心灵之旅：欧洲旅行写作的欲望与超越》、波尔·法舍尔的《旅行或观光》、爱瑞克·里德的《旅行者的心灵》、科瓦鲁斯维的《感性的旅行》、约翰·巫里的《观光客的凝视：当代社会的休闲与旅游》、淮佛的《历史中的观光》、玛丽·普拉特的《帝国之眼：旅行书写与文化互化》、贝托的《旅行与写作》、巴尔尼斯和但肯合编《书写世界：风景再现的话语、文本和隐喻》、卡伦卡普兰的《旅行问题：后现代话语的流离失所》等等。21 世纪以来，欧美的旅行文学研究达到了一个高潮，并在文学与文化研究领域占据了重要的位置。黛比·莱尔《当代旅行写作中的全球政治》（2006）、Javed Majeed 的《自传、旅行和后国家身份：甘地，尼赫鲁和伊克巴尔》（2007）、Stephen Levin 的《当代英语旅游小说：全球化时代的自我塑造美学》（2008）、Julia Kuehn; Paul Smethurst 的《旅行写作、形式与帝国：流动的诗学与政治》（2009）、Robin Derosa 著的《塞勒姆的制造：历史、小说和旅游业中的女巫审判》（2009）、Justin D. Edwards 和 Rune Graulund 主编的《后殖民旅行写作：批判性探索》（2011）、Carl Thompson 的《旅行写作》（2011）、Aedin Li Loingsigh 的《后殖民视角：非洲法语文学中的跨洲旅行》（2012）、Robert Burden 的《旅行，现代主义和现代性》（2015）、Julia Kuehn 与 Paul Smethurst 合编的《旅行写作研究新方向》（2015）、Nina Gerassi-Navarro 的《19 世纪美国的妇女、旅游和科学：观察的政治》（2017）、Jakub Lipski 主编《旅行与身份：文学、文化与语言研究》（2018）、罗恩·斯卡普和布莱恩·塞茨合编《哲学、旅行和地方》（2018）等一系列成果的推出，表明旅行文学研究仍然充满学术活力和吸引力。现代性话语、后现代主义、后殖民批评、帝国概念、性别理论、身份政治、文化研究、全球化与跨国主义、生态批评、科幻理论、世界主义、边界理论、跨文类写作、空间论述以及人文地理学观念的全面引入，形成跨学科的学术视野与研究方法，进一步打开了旅行文学研究的阐释视野和理论空间，凸显出旅行文学研究丰富的可能性。

问题六：**旅行文学研究与文学史的重写**。旅行文学写作的兴盛带动了旅行文学研究的兴起，而旅行文学研究热的形成又对文学史书写产生了不可忽视的影响，成为影响文学史重写的一个重要因素，拓展了重写文学史的空间。一是催生了旅行文学史这一独特概念的形成，激发了《剑桥旅行写作指南》《游记文学史》《中国旅游文学新论》等一系列旅行文学史的书写和理论阐释实践。二是从旅行、疆域越界、认同建构与殖民现代性批判等的独特视野重读文学经典与重写文学史。旅行叙事分析构成西方文学经典批判性

---

① Julia Kuehn, Paul Smethurst. *New Directions in Travel Writing Studies*. London: Palgrave Macmillan, 2015. p. 1.

重读的重要学术工作，对殖民现代性的批判性阐释解构了西方经典文本中隐藏的帝国意识形态。从旅行文学角度重写文学史产生了一大批富有启发意义的学术成果，如 Kamal Abdel-Malek 主编《阿拉伯镜子中的美国：阿拉伯旅游文学中的美国形象：1895-1995 选集》（2000）、Lizabeth Paravisini-Gebert, Ivette Romero-Cesareo 合编的《海上女人：旅行写作与加勒比话语的边缘》（2001）、Jeffrey Melton 的《马克·吐温，旅游书籍和旅游：伟大的大众运动浪潮》（2002）、Laura E. Franey 的《维多利亚时代的旅行写作与帝国暴力：英国人书写非洲 1855—1902》（2003）、Neil Roberts 的《D.H. 劳伦斯、旅行与文化差异》（2004）、Glenn Hooper 的《旅行写作与爱尔兰 1760—1860：文化、历史与政治》（2005）、Derek Offord 的《墓地之旅：俄罗斯古典游记中的欧洲观》（2006）、Andrew Hadfield《英国文艺复兴时期的文学、旅行和殖民写作 1545—1625》（2007）、Christopher D'Addario 的《十七世纪文学中的流放与旅行》（2007）、Melanie Ord 的《早期现代英国文学的旅行和经历》（2008）、Stephen Levin 的《当代英语旅游小说：全球化时代的自我塑造美学》（2008）、Vassiliki Kolocotroni and Efterpi Mitsi 合编的《女性书写希腊：论希腊主义、东方主义和旅行》（2008）、Richard Hunter 和 Ian Rutherford 合编的《古希腊文化中的流浪诗人：旅行、乡土与泛希腊主义》（2009）、Nicola J. Watson 主编的《文学旅游与十九世纪文化》（2009）、Betty Hagglund 的《游客与旅行者：关于苏格兰的女性非虚构写作 1770—1830》（2010）、David G. Farley 的《现代主义旅行写作》（2010）、Michael Harrigan 的《隐晦的邂逅：17 世纪法国旅游文学中的东方》（2011）、Judy A. Hayden 主编的《旅行叙事，新科学，文学话语，1569—1750》（2012）、Aedin Li Loingsigh 的《后殖民视角：非洲法语文学中的跨洲旅行》（2012）、Paul Smethurst 的《旅行写作与自然世界 1768—1840》（2012）、Kim M. Phillips 的《东方主义之前：欧洲旅行写作中的亚洲人民与文化 1245—1510》（2013）、Kai Mikkonen 的《叙事路径：现代小说与非虚构作品中的非洲之旅》（2015）、Raphaël Ingelbien 的《爱尔兰旅行文化：在欧洲大陆写作 1829—1914》（2016）、Mary Henes, Brian H. Murray 合编的《旅行写作，视觉文化与形式，1760—1900》（2016）、Efterpi Mitsi 著的《早期英国旅行写作中的希腊 1596—1682》（2017）、David LeHardy Sweet 的《前卫的东方主义：二十世纪旅游叙事与诗歌中的东方"他者"》（2017）、Rosie Dias 和 Kate Smith 主编的《英国妇女与帝国的文化实践 1770—1940》（2018）、Heidi Liedke 的《维多利亚旅行文本中的闲散经验 1850—1901》（2018）等等，对文学史进行了饶富趣味且深具启发意义的重写，为文学研究的历史化开启一种可能性，发掘出被传统文学史书写遗忘的丰富细节，在社会历史的具体语境中发现文学史演变的独特脉络。

问题七：马克思主义与旅行文学研究。迄今，在中外学术界，全面运用马克思主义理论与方法构建旅行文学研究阐释体系的成果还很不多见。但近期一些敏锐的学者在旅游研究中开始尝试引入马克思主义理论，如 Raoul V.Bianchi 的论文《旅游研究的批判转向：一个激进批判的考察》和 Jan Mosedale 主编的专书《旅游政治经济学：批判性视野》等即是深具启发意义的研究实践。前者"运用马克思主义政治经济学和历史唯物主义的探究方法，既批判所谓的'批判性转向'，又反思当代全球秩序下旅游与经济政治权力关系"[1]。后者则通过马克思的政治经济学和历史唯物主义的概念、理论和视角来批判性研究全球化和新自由主义语境下国际旅游的政治经济学问题及复杂的劳动分工关系。[2] 对于旅行文学研究而言，马克思主义文艺理论同样具有强大的阐释能力。马克思和恩格斯在《共产党宣言》中提出的"世界文学"概念为我们理解与阐释全球化时代的旅行文学提供了宏观视野和科学的研究方法，马克思主义经典作家对帝国主义和殖民现代性的批判则为我们解构西方帝国旅行文本的意识形态性提供了科学的理论框架。在后殖民主义对帝国文本的批判性阐释中，马克思主义早已显示出强大的理论力量和批判能力。以当代马克思主义历史—地理唯物论为基础的文学地理学业已开始介入旅行文学研究领域，并且正在逐渐产生积极的影响。无疑，导入马克思主义经典文论将在建设与批判两个层面进一步打开当代旅行文学研究的广阔空间。

---

① Raoul V. Bianchi (2009). "The 'Critical Turn' in Tourism Studies: A Radical Critique". *Tourism Geographies* 11(4) : 484.

② Jan Mosedale. *Political Economy of Tourism: A Critical Perspective*. London and New York: Routledge, 2011.

第三辑

海外华文文学的后殖民批评实践

——以马来西亚、新加坡为中心的初步观察与思考

后殖民批评在 20 世纪 90 年代登陆以后，渐成文艺理论与批评界十分青睐的理论资源，甚至有演变为又一显学的趋势。在台湾地区似乎到了言必称"后殖民"的状况。对这一学术症候的分析显然是一个有趣的课题。但在海外华文文学批评界，"后殖民热"现象却迟迟没有出现。查询 1994 年至今的学术期刊有关海外华文文学研究的论文目录和关键词，涉及后殖民的理论、方法和概念的为数稀少。直接使用这一理论解读华文文学作家作品的是：许文荣的《挪用"他者"的言说策略——从殖民话语到后殖民话语的马华文学》、古添洪的《旅游：亚洲的后殖民记忆——评诗集〈我想像一头骆驼〉兼述陈慧桦诗中的几种基调》。前文的作者是马来西亚华人学者，后者是台湾地区学者的文本。在大陆地区的海外华文文学学者中，杨乃乔的《诗者与思者——一位在海外漂泊的华裔诗人及其现代汉诗书写》在讨论马华诗人林幸谦诗歌时使用了"后殖民文化"这个关键词；饶芃子的《"女儿国"里的文化精神——菲华女作家作品管窥》《海外华文文学与比较文学》大概是最早出现"他者研究"术语的论文，但她的概念更多地来自比较文学学科理论；钱超英《自我、他者与身份焦虑——论澳大利亚新华人文学及其文化意义》、王列耀《全球化背景中菲律宾华文文学的文化取向》、刘俊《"他者"的存在和"身份"的追寻——美国华文文学的一种解读》[①] 等等论文涉及"他者"与"身份"概念，处理的命题与后殖民论述有些类似。饶芃子、费勇《本土以外：论边缘的汉语文学》和黄万华的《文化转换中的世界华文文学》以及钱超英的《诗人之死——一个时代的隐喻》等华文文学论著对殖民心态造成失语和文化属性的建构等问题有所论述。

---

① 许文荣：《挪用"他者"的言说策略——从殖民话语到后殖民话语的马华文学》，《华文文学》2001 年第 2 期；古添洪：《旅游：亚洲的后殖民记忆——评诗集〈我想像一头骆驼〉兼述陈慧桦诗中的几种基调》，《华文文学》2003 年第 3 期；杨乃乔：《诗者与思者——一位在海外漂泊的华裔诗人及其现代汉诗书写》，《天津社会科学》2001 年第 2 期；饶芃子：《"女儿国"里的文化精神——菲华女作家作品管窥》，《暨南学报（哲学社会科学版）》1995 年第 3 期；饶芃子：《海外华文文学与比较文学》，《暨南学报（哲学社会科学版）》2000 年第 1 期；钱超英：《自我、他者与身份焦虑——论澳大利亚新华人文学及其文化意义》，《暨南学报（哲学社会科学版）》2000 年第 4 期；王列耀：《全球化背景中菲律宾华文文学的文化取向》，《海南师范学院学报（人文社会科学版）》2001 年第 5 期；刘俊：《"他者"的存在和"身份"的追寻——美国华文文学的一种解读》，《南京大学学报（哲学.人文科学.社会科学版）》2003 年第 5 期。

　　除了人们偏爱的文化身份研究外，多年以来，大陆的海外华文文学批评的确很少关注后殖民论述。大陆以外的情况似乎也基本相似。这令王德威有些困惑："后殖民论述谈得如火如荼，怎么会没有人谈马来西亚的华人？"南治国在评论王润华的新马华文文学研究的成就时，认为："新马华文文学研究中引入后殖民理论，一直都是众多学者多热切关注，却又难以拿捏，甚至不敢涉足的批评前线……后殖民论述似乎只是一种憧憬，而且还只是一个卡在'瓶颈'的憧憬。"① 但就我们有限的材料阅读来看，近年来，海外华文文学研究导入后殖民理论的趋势已逐渐显现。王润华的著作《新马华文后殖民文学》及其引起的议论可能正在产生某种示范性作用，马华新世代学者许文荣、张锦忠、黄锦树、林建国、张光达等的后殖民阐释实践也已经产生了一些有深度的研究成果。中国大陆一些批评家开始跃跃欲试，今年，清华大学比较文学与文化研究中心和中国比较文学学会后现代研究中心共同主办举办了"流散文学和流散现象学术研讨会"，人们普遍认为：虽然对流散写作或流散现象的研究始于 20 世纪 90 年代初的后殖民研究，但进入全球化时代以来，由于伴随流散现象而来的新的移民潮的日益加剧，流散研究以及对流散文学的研究已经成为全球化时代的后殖民和文化研究的另一个热门课题。比较文学学者王宁在《流散写作与中华文化的全球性特征》中应用霍米·巴巴的"少数人化"的后殖民论述讨论流散写作的抵抗策略与意义：将帝国主义的强势文化和文学话语的纯洁性破坏，使其变得混杂，进而最终失去其霸主的地位。晚近在山东召开的第十三届世界华文文学国际研讨会的四个主题发言中，刘登翰、叶维廉、张错、黎湘萍不约而同地以"离散"为主题谈论华文文学的生存状态与美学形态。这与大会论文集中马华旅台学者黄锦树等人的"离散现代性"以及早些时候龚鹏程的"散居中国及其文学"论述产生了某种有意味的呼应与对话。人们在"流散"/"离散"这个概念上找到了海外华文文学研究与后殖民批评之间的一个契合点。许多迹象表明海外华文文学研究全面导入后殖民理论已经为时不远了。

　　我们不想对可能出现的趋势的喜忧与好坏作预设判断（那种蜂拥而上的言必称"后殖民"无疑是令人厌恶的），这里我们只想从现有的批评实践做一些初步的观察与思考。讨论华文文学的后殖民批评的现状及问题显然不能不重视新马华人学者的批评实践。据王润华自己的说法，1973 年到新加坡南洋大学任教时他已经开始思考后殖民文学问题。直至 2001 年出版《华文后殖民文学》，王润华建构了其所谓的"华文后殖民文学"的批评模式与基本观点：本土的文学就是后殖民文学。从其书的"自序"对自己早期关于本土知识与中原文化二元处理的后殖民知识认定到终篇以本土传统为标准定位黎紫书小说为"最后的后殖民文学"，可以看出，在他的视域和阐释框架中，"本土"承担了反抗殖民文化的"后殖民"重大使命。新加坡国立大学中文系博士生南治国《新马华文文学的本土性建构——以王润华的相关论述为中心》对此有详尽的评述和高度评价，认为王先生在注重新马华文文学的历史书写、强调本土色彩的文学创作与批评以及建构新马文学典律三大方面"居

---

　　① 南治国：《全球视域下的多元思考——读王润华先生的〈新马华文后殖民文学〉》，见北京大学跨文化研究中心《对话丛刊》第 12 期，网址：http://www.pku.edu.cn/academic/ccs/duihua12.htm

功大焉"。应该说王润华的研究的确打开了海外华文文学研究的一个可能的空间。

但他的后殖民批评显然也存在许多明显的问题，这些问题的严重性足以使其后殖民批评开创华文文学研究空间的意义大打折扣：其一，王润华对新马华文文学文本的后殖民批评明显有过度阐释之嫌疑，比如他对吴岸《民都鲁二题》意蕴的阐发就显得过于微言大义。吴岸如是写道："Caterpillar/ 已啃去一片绿林 / 又将山 / 深深剖开 / 处女地 / 裸露着赤红的丰胰 / 在晴空下 / 一望无际 Hino/ 隆隆然把未来城市的钢筋 / 曳向地平的高点……"王润华从中发现了后殖民的深意：多国资本主义控制下的现代化城市，是另一种霸权建立的表征。吴岸的《民都鲁》揭示了全球资本主义在婆罗洲建立其基地的开始。"他告诉我们，英殖民者虽撤退了，多国霸权却建立在意识形态之上。"①（注：不知是否也是"后殖民"的原因，王润华的这段中文有好几处明显的语法错误）王先生说得没错，跨国资本对第三世界的大面积入侵的确是后殖民的突出状况。德里克在后殖民批评的前面加上"跨国资本时代"的定语其意便是突出这一时代的本质特征和后殖民批评的主要理论命题。但王先生还是过于明察秋毫了，"今天一部电视机、一座电影院、一间快餐厅，就代表霸权文化的展开"。这话则说得过于随意了，似乎到处都是霸权文化的地雷，只剩下一些本土自然风景植物"达邦树""榴莲""原始雨林"等等才是反抗殖民文化霸权的象征。这肯定是一种奇怪的后殖民文化叙事。王先生常常很随意，比如他随口说黎紫书小说为"最后的后殖民文学"，王先生的许多说法或许当不得真的。

其二，王先生把"本土"概念处理得过于理想化纯粹化了，因而有些简单化，也有些封闭。新马华文文学需要进一步的本土化，这无疑是正确的。但电视机、电影院、快餐厅、Caterpillar 不也是"本土"现实的一部分？英语不也是新加坡的本土现实？如果把阶级、族群、性别、资本以及国际政治等等社会关系所构成的权力结构考虑在内，"本土"将是一个充满张力和歧义的结构性、历史性概念。"本土性"本身就是斗争的场所一个开放的场域，所谓"本土"早已被各种力量爆破了，不可能像想象中的那么纯洁。这里我们十分赞同朱崇科的看法：在使用"本土"概念时需理性警觉，警惕肆意预支、过分迷恋本土性或者把本土性当作偏狭的抵抗工具②。朱崇科的看法应该不是直接对王先生的批评，但显然指出了王润华类型的后殖民华文文学批评的"本土性迷思"。王先生的"本土"扮演着抵抗帝国文化的游击队角色，被想象成找回并葆有"自性"的文化飞地或纯洁的文化处女地。在王润华那里，被化约处理过的单向度的"本土"概念可能揭示出某种压抑，却可能同时遮蔽了另一种压抑即本土内部的权力结构关系——族群、阶级、性别以及学院政治等等同样存在压抑与反抗压抑的权力关系。今天一些学者开始质疑本土与非本土的而言对立思维，西方的拉图尔、罗伯·威尔逊以及德里克等都指出：在全球 / 跨国资本主义时期，日渐明显的是全球和地方的最终难以区分，他们用"全球本土（glocal）"这个新造的术语来表述这种混杂与杂交状态。王先生处于文化十分混杂多元的新加坡，又是如何构想

---

① 王润华：《华文后殖民文学》，学林出版社 2001 年版，第 154 页。

② 朱崇科：《本土性的纠葛》，唐山出版社 2004 年版，第 12 页。

出其本土性"迷思"/神话的？人们完全有理由提出这个有趣的问题，并且期待王先生对此作出令人信服的回应。

其三，王先生的《橡胶园内被历史遗忘的人民记忆：反殖民主义的民族寓言解读》是一篇优秀的后殖民华文文学研究论文，我之所以如此认定是因为它对殖民历史的揭示。在30年代的作品《生活的锁链》《囚笼》和《橡林深处》中，王润华重新打捞出"被历史遗忘的人民记忆"——华人移民的痛苦经验、殖民地的历史伤痕和白人殖民者的残暴统治。但王先生在讨论新马华文文学与中国文学的历史关系时，这种历史理性和学术理性却令人遗憾地丧失殆尽。他把五四新文学为中心的文学观视为殖民文化的主导思潮，把反抗殖民的鲁迅视为"殖民霸权文化"的代表①。对新马华文文学自主身份和独立性的追寻与建构是无可厚非的，但他无视新文学作家在新马的华文文学拓荒与播种、反抗西方殖民统治以及推动新马文学本土化的历史，又把文学影响简单地等同于殖民文化霸权，一种"影响的焦虑"和"成长的烦恼"被无限放大成为虚拟的反抗殖民霸权的批判勇气，这无疑是对后殖民理论的误用和滥用。鲁迅何其无辜！中国新文学何其无辜！后殖民理论何其无辜！而王先生自己大量引入詹明信的有关第三世界文学的民族寓言说以及来自西方的后殖民理论却没有对可能被"西方后殖民"文学理论所文化殖民的后殖民警觉，对比前后之立场，岂不是有些反讽的意味？

近来我们读到新加坡《联合早报》有关"文化殖民"的小规模论争。南洋理工大学商学院研究院院长黄海博士认为："文化殖民地比军事殖民地更可怕。身为华人，我们必须以华族文化作为文化根基，建立和珍惜属于自己的文化系统。否则一切跟在西方背后，我们在语言和文化程度上将永远比不上他们。"这与王润华先生的看法恰恰相反。而学人王昌伟则提出了另一种质疑："新加坡文化的组成部分不仅仅是亚洲文化。从一开始，西方文化就已经是新加坡文化的一部分，自己又怎么会被自己的文化侵占？"②把这三种观点彼此参读是颇有意味的，他们的分歧与差异值得人们进一步思考。

尽管存在不少令人不满的问题，但王润华的后殖民华文文学批评在海外华文文学研究界还是产生了不大不小的反应。他的《华文后殖民文学》是这个领域迄今以"后殖民"为讨论中心并作为书名的唯一著作，这本书2001年同时在海峡两岸的出版多少表明学术出版与传播界对其研究课题及其成果的重视。南治国的《新马华文文学的本土性建构——以王润华的相关论述为中心》、朱崇科的《"新""新"视角与后殖民解读——试论王润华〈华文后殖民文学〉——本土多元文化的思考》和《"去中国性"：警醒、迷思及其他——以王润华和黄锦树的相关论述为中心》对王润华的后殖民研究有正面和负面的评述。朱崇科从"本土性的纠葛"到"中国性"作为当今华人文化论述的核心命题的阐发把思考向前推进了一大步。我们认为"后殖民王润华"个案不是一个单纯的文学问题，也不是仅仅属于有些新潮的王润华们的问题，而是涉及华人文化属性建构的诸多面向及其矛盾的课题。

---

① 王润华：《华文后殖民文学》，学林出版社2001年版，第70—71页。
② 王昌伟：《文化殖民？》，《联合早报》，2004年3月24日。

在后殖民与全球化的视域中，新马华文文学乃至各区域的华文文学都面临着如何建构独立的文学与文化身份的历史性课题，面临着处理本土化与中国性、世界性的结构关系的现实课题，面临着如何应对急剧变化的本土现实与国际政治文化关系的挑战问题，面临着如何阐释自己的历史如何建构自己的文化观点和文学立场的课题。归根结底，华文文学的后殖民关怀牵涉到的是华人现代性和新华人理念的形塑。这是我们尝试把王润华的"华文后殖民文学"转换成作为某种文化症候的"后殖民王润华"的重要原因。

谈论海外华文文学的后殖民批评实践不能不提到马华学界尤其是新生代学者提供的研究成果。黄锦树、林建国、张锦忠、许文荣、张光达、林春美等学院派和实力派学者的阐释实践和文化论述提升了马华文学乃至整个海外华文文学研究的学术性和思想性，也显示出华文文学的后殖民批评的可能性、关键问题及其阐释的限度。黄锦树、林建国、张锦忠都具有旅台的学术背景，马华背景、台湾经验与离开马华本土的发言位置深刻地影响了他们的马华文学论述[①]。张锦忠说过："在台大念博士班那几年，新历史主义、后殖民主义、少数族群论述等更当代的西方理论新浪潮开始登陆台湾。"的确，20世纪90年代初后殖民理论开始登陆台岛，而近年来后殖民批评在台湾则有愈演愈烈的趋势。置身其中的旅台马华青年知识分子不可能不受到这种文化思潮和学术时尚的浸染。许多时候，他们的马华文学论述难免染上台湾版后殖民理论的某些色彩。今天看来，这一影响自然存在正负两面性，对此华文文学批评界有必要认真辩明和深刻检讨。

黄锦树《马华文学：内在中国、语言与文学史》《马华文学与中国性》[②]林建国的《为什么马华文学》《方修论》以及张锦忠的《马华文学：离心与隐匿的书写人》处理的是相同或相近的命题：马华文学的边缘位置和文化身份建构的困境。他们的讨论深入触及"失语的南方"与边陲文学的语言表征之困境，经典缺席、文学史叙事的权力结构与文化政治，"国家文学"与"官方记忆"对马华文学的压抑，"中国文学本位意识"与马华文学"自性"建构的颉颃，官方语言与方言的二元对立结构，地方知识与西方文化霸权的对抗等一系列影响马华文学的生存与发展的重要问题。而"身份焦虑"或"自性"危机与追寻显然是这一系列问题的核心。与王润华相比，他们的阐述要更深地触及马来西亚华人华裔的政治文化处境。两者之间的差异是颇为明显的，这或许是新马两地政治与文化状况的不同所造成的吧。

马华本土学者张光达和许文荣在王润华和黄锦树等人的基础上做了进一步的讨论，但二者的观念有一些值得辩明的差异。张光达是马华本土最为新潮的理论家之一，他十分熟悉后殖民、后现代、新马克思主义如阿多诺的美学等等西方理论资源，也十分了解当代中国海峡两岸的学术文化思潮。这些资源在他的批评操作中应用得相当自然。他的《小说

---

① 朱崇科：《台湾经验与黄锦树的马华文学批评》，见《本土性的纠葛》，唐山出版社 2004 年版，第 205—224 页

② 黄锦树：《马华文学：内在中国、语言与文学史》，吉隆坡华社资料中心 1996 年版；黄锦树：《马华文学与中国性》，台北远流 1998 年版。

文体/男性政体/女性身体：书写/误写 vs 解读/误读——潘雨桐小说评论的评论》①是一篇颇有意味的论文，张光达比较了中国学者陈贤茂、旅台学者黄锦树和女学者林春美对潘雨桐小说的三种不同阐释方式：印象概括式、后殖民批评与女性主义诠释。在他看来，印象概括式批评停留在对小说文体的表层修辞的纯美学分析，文体形式和语言修辞与社会历史、政治意识形态完全隔离——这是存在于中国大陆多数华文文学批评者身上的共同问题，也是我们的华文文学批评常常无关痛痒的一个根本原因。而后殖民批评与女性主义则具有"政治性阅读的批评视野"。很明显张光达十分认同黄锦树的"后殖民流离族群解读"和林春美的"女性主义的批评视野"：后殖民和女性主义理论都以一种强力的方式重新引入了文学批评被新批评和纯美学批评所抛弃的政治维度，为揭示社会权力结构关系提供了一种可能。《文学体制与六〇年代马华现代主义：文化理论与重写马华文学史》是张光达另一篇分量很重的论文。其中"后殖民话语与马华现代主义"一节的分析是对王润华《走出殖民地的新马后殖民文学》和张锦忠《马华文学：离心与隐匿的书写人》议题的延伸思考与推进。他基本认同王所提出的新马后殖民文学的基本构想，但他解构了王润华对"本土主义"的信仰——本土主义掩盖了存在于本土体制内部的压迫与被压迫的权力结构。张光达并且试图建立文学置身其中的政治与文化场域的分析架构，认为马华文学/文化的历史现实与后殖民经验比塞伊德的《东方主义》单向式殖民/被殖民模式要复杂得多：西方现代主义文化思潮、官方主导强势文化和中国中心论的历史文化积淀同时构成了对20世纪60年代马华现代主义三大压抑与宰制。问题在于这一阐释框架中三者的关系如何？这个问题无论如何是不该存而不论的。另外，值得人们注意的是张光达与黄锦树之间存在着某些微妙的差异，比如他对中国台湾地区文学在马华的影响还是有所反省的，而且把西方现代主义也视为压抑马华现代主义文学的一种霸权势力。这与黄锦树对西方现代主义不加反省的信奉有所不同（在黄锦树的论述中，西方现代主义很少成为必须抵抗的文化霸权势力，他对西方知识的霸权地位明显缺乏批判性视野），而与林建国在《方修论》中所表达的对西方理论霸权的深刻质疑相一致。林建国发现了方修在马华文学史中建构的"地方知识"的现代性，一种第三世界文学的现代性。这种现代性拒绝做西方大国理论大户的"操盘手"，拒绝替他们打工做注解，而是"拿着最简陋的考古工具，走进那片贫瘠的田野，自己当起自己的人类学家。"②这种对西方理论殖民的批判性反省是必要的，但一种纯洁的地方知识是否可能？不同的是张光达强调的是对西方理论的挪用与翻转，以一种"殖民学舌（colonial mimicry）"的方式将殖民者的语言文字或观念转化为"杂种文本"来颠覆西方理论的霸权。这显然是对霍米·芭芭等人所提出的解殖策略的直接"学舌"/借用。

许文荣是另一位使用后殖民批评十分得心应手的马华本土学者，后殖民成为他反思马华历史与社会处境的批判性思想资源。王德威如是评价他的著作《南方喧哗：马华文学的政治抵抗诗学》："从对华族文化精髓的怀想，到对'他者'的命名挪用，到文本内外的

---

① 文载吉隆坡华社资料中心《人文杂志》第13期，2002年1月。
② 林建国：《方修论》，《中外文学》第29卷第4期，2000年9月，第65—98页。

指涉，到魔幻诡异风格的操作，以迄离散意识的形成，层层推演，颇能见他的用心之深。他借镜了不少当代理论，如民族主义论，众声喧哗论，后殖民论等，但如何将理论付诸他所关切的历史情境，是他念兹在兹的目的。"① 需要指出的是，许文荣的阐释与王润华、黄锦树、张光达在观念上有很大差异，提供了另一种后殖民的马华文学批评。许文荣与张光达都注意到马华文学"挪用'他者'的言说策略"，但他对汉语文化传统在马华的影响及其意义的认知与张光达、王润华和黄锦树等人完全不同。在许文荣看来，中华文化不仅不是一种压抑力量，反而是文化抵抗的资本。在《召唤民族文化与政治抵抗资本》一文中，许文荣明确指出：他"关注的是马华文学如何借用中华能指（语言、意象、意境、象征、神话等）作为文化抵抗的资本，并且在文本中如何表现这种抵抗形态。基本观点是，虽然召唤民族文化的声音蕴含有某种恋母情结，但是激起这个本能的因素并不只是我们一般所谓的'原生意识（primordial consciousness）'，其中更加起着主导催化作用的是对现实政治与社会的不满，特别是官方／主导文化压抑的苦闷，借着召唤民族文化来安慰愤懑的情感，因此中华文化微妙地成为华人的集体无意识，经常在书写中被引用与再现出来以中和族群内在的焦虑与不安"②。的确仅仅从始原情感的层面难以完全解释马华文学的文化乡愁，只有回到文化政治的场域才能真正认识乡愁书写的功能。在马华当代文化论述场域中，许文荣对"中国性"的阐释构成了与"去中国性"相对立的另一种文化取向、另一种思维。他的观点值得华文学界深思。许文荣与黄锦树们的差异在多大程度上可以视为马华本土知识社群与旅台知识社群之间的差异？这个问题或许存在某些值得深入分辨的有趣之处：不同的发声位置和学术背景在何种程度上影响了人们对马华政治文化处境的不同认知以及回应策略？哪一种更切近马华的历史与现实？

前述我们主要讨论了马来西亚与新加坡的华文文学后殖民论述实践的现状。现在我们要问的问题是：在华文文学领域引入后殖民理论意味着什么？它有什么意义？简而言之，后殖民批评开启了海外华文文学研究的新视域，为海外华文文学批评空间的开创提供了一种可能，使我们重新认识海外华文文学的文化意义和政治功能。而作为华人文化政治论述的华文文学观念的形成将深刻地改变传统研究模式和成规，尤其对长期那种流行的只触及华人文本美学表层的批评方式构成一种有力地挑战。华文文学的各种问题在这一视域中凝聚起来获得了整体关照，当代新马华人的后殖民论述深刻地触及了该区域华文文学发展面临的一系列重要理论与现实命题，诸如影响的焦虑与文学典律的自创，文学史叙事中的压抑与反抗压抑的权力结构，批评的话语权的争夺，美学与意识形态的关系，文学自性的迷思与追寻，社会资源的配置方式、文化场域与现实主义和现代主义的困境，中国性、马华性与本土性建构以及的关系等等，都有了更深入的阐释。更为重要的是，华文文学的后殖民批评已经成为华人华裔知识分子介入当代社会现实的一种方式，成为海外华人的文学批

---

① 王德威：《读〈南方喧哗：马华文学的政治抵抗诗学〉》，《南洋文艺》2004 年 8 月 28 日。

② 许文荣：《召唤民族文化与政治抵抗资本》，见世界华文文学研究网站，网址：http://www.fgu.edu.tw/~literary/wc-literature/drafts/Malaysia/xu-wen-rong/xu-wen-rong.htm

评重建政治关切、阐释历史和"公共论坛"功能的一个契机与思想资源。但是后殖民论述反抗肯定不是华裔知识分子政治关切的唯一入口，后殖民批评无疑有其限度。还需要指出的是新马华文文学的后殖民论述存在一些值得人们深思的问题：其一是"后殖民"理论运用的泛化倾向，这种倾向有可能削弱后殖民理论的批判性力量。如果到处都是殖民文化霸权或反抗文化霸权的符号，那么后殖民理论的使用也就随便得有些过度了，可能蜕变成为某种流行的学术时尚。其二是过度强调/强化压抑与反抗压抑、霸权与反抗霸权的对立关系，这样有可能把问题处理得过于僵硬而缺乏必要的辩证与弹性。其实无论文学内部的关系抑或族群政治关系都应是一种团结与斗争的统一。其三是新马华文文学的后殖民批评中存在一种错误的倾向即"去中国性"倾向，"中国性"被想象或放大成新马华文文学不能长大成人的一种最大障碍，一种替罪羔羊。华文文学研究领域所谓的"中原心态"（朱崇科）、所谓的"中国大陆主导的大叙述"（王德威）是否只是某种虚构？"中国性"的复杂性是不是被化约成单质/同质化的概念？其四是马华文学史的后殖民重写往往犯割断历史的弊病。文学史的延续与断裂的矛盾辩证运动被简单化成断裂。其五是作为少数族裔而言，大马华人族群可能会长期处于弱势文化的位置。解构霸权文化意识形态、反抗文化霸权的宰制是弱势族群知识分子的责任。后殖民理论无疑是十分有效的批判武器。但回到马华文学内部场域，后殖民批评有时也变成话语权力和文化资本争夺的工具。争夺的结果只是权力结构的翻转与颠倒，一种新的压抑与霸权代替了旧的压抑与霸权，解殖运动走向自己的反面演变成三十年河东三十年河西式的轮回。这里我们也许应该提出这样一个问题：当代马华文学经过内部解殖运动的洗礼之后，谁获得了话语权力？什么声音却同时被压抑了？20 世纪 90 年代马华文学批评经历了熟练掌握现代学术生产机制与操作技艺的"旅台学派"的强力冲击，一种新的话语秩序已经成形。但另一些声音逐渐变得微弱，这些声音的退隐又意味着什么？

接着我们要提出的问题是：除了后殖民论述反抗还有没有其他更具建设性的华人文化发展理念和论述策略？促进多元族群、多元文化和谐繁荣发展的国家建设应成为华人知识分子文化论述的根本目标与核心理念。在此基础上，对华人后殖民论述的意义与限度的肯定与反省才是合乎理性的，才有可能避免产生某种认知偏执。在本篇的结尾，我们还想引入新马地区以外的学者钟玲和谢平以及后殖民批评家德里克的相关阐述对这一问题做两点补充说明：

1. 如何看待其他族群/种族的文化、西方文化和中华文化？认识到强势文化对弱势文化的支配性影响，并且以"后殖民"批评的方式解构这种支配以及挪用"他者"的言说策略，是一种对抗性的策略。但人们也可以正面积极地把所谓的"他者"文化作为自我建构的理论资源。对于马华知识分子而言，全面地吸取其他族裔文化、中华文化以及西方文化的精华，把它们视为自己的文化资源并且转化为文化资本可能是发展马华文化的更为积极的一种策略。如同作家钟玲所说的："为什么一个好的作家作品中会吸收多元的文化传统，熔铸多元的文化传统呢？因为在现实中没有一种文化是完全单一的，因为任何人所处的社会不时都在进行多元文化的整合，有的是受外来的文化冲击，有的是社会中本土文化之各支脉产生相互影响而有消长。作家的作品必定反映这些多元文化之变化。另一方面，有思想的作家必然会对他当时社会的各文化传统作选择、作整合、作融合。"① 作为离散族裔文学之一的海外华文文学无疑具有其独特的文化优势，空间和时间以及文化的"离散"状态与视域赋予了海外华人作家瓦解本质主义文化概念的力量，而多元文化交汇的离散经验又为文化的"创造性融合"提供了可能。后殖民批评家斯皮瓦克曾经提出每一个人都有无数的根的看法，离散族裔尤其如此。这种复数原乡的概念原本是离散族裔的文化优势，这种文化优势不能由于后殖民的文化抵抗而丧失。如果能在移出国文化与居住国文化之间保持一种辩证的张力，使自己始终处于两种文化/多种文化之间复杂而富有弹性的位置"，并且从单一视域中跳出而达成双重视域乃至多重视域的创造性融合，那么海外华人文学与文化就可能获得更加宽阔开放的发展空间。因此，我们认为后殖民批评视野的建立不应成为华裔知识分子吸取各种文化资源并转化为华人文化资本的障碍，而应视作为建构开放多元的华人文化和居住国国家文化扫清各种文化霸权的一种批判性思想武器。因而今天深入思考华文文学后殖民批评的可能性及其限度是华文学界不能规避的一个重要的理论课题。

2. 阐释历史与记忆政治问题。在李陀和陈燕谷主编的《视界》杂志第 4 辑上曾经刊登谢平题为《华侨的两种普世主义与后殖民时代的民族记忆》的长文，对于我们理解东南亚华文文学的后殖民处境及其阐释历史的功能应有启发意义。谢平以 Roscad 的一部关于记忆的英语小说《战争状态》（"State of War"）为例说明积极的文学是再现东南亚反抗殖民主义的历史，这段华人广泛参与的历史往往被遮蔽："在现今的东南亚，许多后殖民国家通过教育手段和舆论控制，维持公共记忆的丧失，这是它们维持对经济和政治格局高压控制的手段之一。在这种语境中，文学成为恢复后殖民国家民族记忆和还原殖民时代新殖民主义和后殖民国家力图抹杀的民族革命历史的一种媒介。"② 作者的意思是文学书写必须承担恢复华侨华人与东南亚各族人民共同反抗西方殖民主义统治、共同建构现代多民族国家的历史记忆的责任。在华社内部这种历史书写显然具有维持族性记忆的功能。但关于华族与其他族群共同反抗殖民统治、共同创造东南亚国家历史的书写还应该获得跨语际多语种的传播，透过文学翻译使这一历史理念变成国家文化的共识。华文文学理应承担再现与铭刻历史的文化使命，这是华文文学摆脱软弱无力状态的一个重要途径。正如后殖民理论家德里克在《本土历史主义视角中的后殖民批评》一文中所言：殖民统治常常是通过否认人们的历史性，"夺去了压迫与抵抗压迫历史真实"。"对于受到压迫、被排斥到社会边缘、其历史被强权抹杀调的人而言，在他们努力使自己在历史上拥有一席之地时，重温过去或重修历史便显得尤为重要，因为只有拥有了历史身份，跻身于历史舞台的斗争才会有

---

① 钟玲：《落地生根与承继传统—华文作家的抉择与实践》，《华侨新闻报》文艺沙龙版 2002 年 3 月 16 日。

② 谢平：《华侨的两种普世主义与后殖民时代的民族记忆》，《视界》杂志第 4 辑，河北教育出版社 2001 年版，第 49 页。

用。"[1] 在这个意义上，方北方的《马来亚三部曲》、小黑的南洋反思小说等等的历史书写或许反而比那种晦涩阴暗个人化的现代主义以及后现代的播散游戏书写要具有更高的思想价值。

---

① 德里克：《跨国资本时代的后殖民批评》，王宁等译，北京大学出版社 2004 年版，第 41 页。

"形式诗学"与"意识形态批评"的统合 ^①

　　世界华文文学学界长期重视理论建设与方法论意识，逐渐形成一种共识。但学科的理论焦虑和方法论焦虑还将长期存在。如何有效改变状况？我们尝试提出构建"华人文化诗学"的设想，希望对推进世界华文文学的学科理论建设和方法论自觉有所助益。文化诗学是近年学界关注的理论焦点之一。把文化诗学引入华文文学批评，建构以"华人性"为研究核心，以"形式诗学"与"意识形态批评"统合为基本研究方法的"华人文化诗学"，在更加开放的社会科学视域中审视与诠释华人文学书写的族裔属性建构意义及其美学呈现形式，应是我们拓展华文文学批评空间的一个有效途径。

关于"华人"：一个概念的重新辨识

　　"华人文化诗学"是我们对世界华文文学研究的一种理论期待。我们在一篇讨论华文文学研究的文章中 ^② 曾经提出：世界华文文学要成为一门新的学科，当前必须解决两个问题：其一，要确立华文文学作为学科对象的自身独立性，也即是必须让华文文学从目前对于中国现当代文学依附性的学术状态中解脱出来，确立自己独立的学术价值和学科身份。其二，必须进行华文文学的理论建构，也即是要建构具有自洽性的华文文学理论诠释体系。这里所谓的"自洽性"，指的不仅是华文文学批评理论的完整性、系统性，更重要的是指这一理论必须和作为"理论对象"的华文文学自身相契合。批评是一种诠释，成功的批评要求能够提出周延的描述和充分的后设说明来阐释对象的本质、特征和规律。华文文学的理论建构，应当是从华文文学自身实践中提升出能够诠释自身特殊性问题的理论话语体系。那么，什么是华文文学自身的特殊性呢？这便又回到了对华文文学自身的认识上来。

　　华文文学是一个语种文学的概念。语言作为一种公器，任何民族、任何国家和地区都可以使用，因而华文文学的涵括范围是十分宽泛的。不过，华文作为华人的母语，华人应是华文文学的主体，这也是不容置疑的。只是对于"华人"这一概念，其语词的源起，词

---

　　① 本文系与刘登翰教授合作完成。
　　② 刘登翰、刘小新：《对象·理论·学术平台——关于华文文学研究"学术升级"的思考》，《广东社会科学》2004 年第 1 期。

义的演变，以及当下约定俗成的专指，则有必要做一番辨析和说明。

"华人"一词的出现，据《汉语大词典》"华人"条所引南朝宋谢灵运《辩宗论·问答附》云："良由华人悟理无渐而诬道无学，夷人悟理有学而诬道有渐，是故权实虽同，其用各异。"[1] 可见，在一千五百多年以前的南北朝时期就已使用。不过，这里所说的华、夷，指的是汉族和汉族周边的其他民族。因为，汉族构成的核心是古代居住于中原一带的华夏族，简称为"华"，"华人"便也是汉人的称谓。此后历朝，基本上延续这一用法。唐许浑《破北虏太和公主归宫阙》诗有云："恩沾残类从归去，莫使华人杂犬戎。"明沈德符《野获编·佞幸·滇南异产》亦称："夷人珍之，不令华人得售。"都是例证。直到晚清，华、夷并举才变为华、洋并举，指称亦有所变化。吴趼人《恨海》第七回有言："定睛看时，五个是洋人，两个是华人。"这里不称夷而称洋，一方面是在漫长历史的民族融合中，原来的夷、犬戎等少数民族或融入汉族或发展成为独立的民族，成为中华民族的一部分。这里的"华"，已不单指汉族，而有了中华民族的含义。另一方面则因为西方异族的入侵中国，矛盾尖锐。习惯用法上的华夷对举，已由汉族与境内兄弟民族的对应，转为与境外异族的对应。在这里"华人"实际上指的是"国人"。辛亥革命以后，具有现代意义的民族国家——"中华民国"建立。资料显示，此后"华人"的称谓，已更多为"中国人"的称谓取代。1883 年，郑观应在呈交李鸿章的《禀北洋通商大臣李傅相为招商局与怡和、太古订合同》一文中，首用"华侨"一词，系由"华人"脱颖而出，用以专指海外的中国侨民。由此，华侨和华人便成为这一与中国有着千丝万缕关系的特殊移民群体的指称了[2]。

从理论上讲，华人或华族，是一个民族性的概念。然而民族这个概念可以有多重的规定性。人类学从种族、血缘和文化来界定民族。华人或华族在古代指汉族，但在今天这个概念的外延则泛指包括诸多民族的多元一体的中华民族。不管你是居住在中国本土的中国人，还是居住在中国本土以外并加入了所在地国籍的非中国人，只要你是中华民族的子裔，你就是华人。国家认同可以改变，但种族、血缘不可更易。在这个意义上，华人或华族是跨越国家界限的。然而，政治学却从国家形态的政治属性来规范民族。这时候，民族和国族、国家是重叠的，其成员是国民。也就是说，尽管你在种族和血缘的关系上是华人或华族，但只要你在政治上认同和归属了这个国家，你便是这个国家的国民，你的华人或华族身份便是这个国家多元民族构成的一个部分。在这个意义上，华人或华族的种族身份，又是从属在国家政治身份之下的。这是一条"游戏规则"，无论你从事的是政经实务还是学术研究，都不容混淆。

中国有着漫长的海外移民史。随着时代的发展，移居海外的中国人，其身份也经历着不同的变化。华侨华人学的研究将这个变化概括为从华侨到华人的两个阶段。所谓"华

① 谢灵运：《谢灵运集》，岳麓书社 1999 年版，第 310 页。

② 参阅新加坡华人学者张从兴的文章《华人是谁？谁是华人？》，该文对"华人"一词的产生，词义演变做了详细、深入的考辨和论析，载华语桥网站，网址：huayuqiao.org/articles/shcheong/shcheong02.htm

侨",是指保留中国国籍的海外侨民。历史上中国都把侨居海外的中国人,视为自己的子民。无论 1909 年颁布的《大清国籍条例》,1914 年北洋军阀政府的《修正国籍法》,还是 1929 年国民政府的《国籍法》,都持同一政策,即使他们"数世不归",仍为他们保留中国国籍。而海外的侨民,也把中国视为他们应当首先效忠的母国。这就是华侨。这一状况到了二战以后发生变化。首先是战后民族独立运动的兴起,在中国移民最多的东南亚,纷纷摆脱殖民宗主国的控制,建立独立的民族国家。其所推行的本土化的民族政策,促使华侨必须从政治上作出是效忠于移居地的国家还是效忠于移出地的母国的选择。1955 年中国总理周恩来在印尼万隆会议宣布中国放弃"双重国籍"政策,尊重华侨关于国籍的政治选择。于是绝大多数长居海外的华侨改变了自己的国籍身份,不再是华侨,而成为分属于不同国家的华人。如新加坡华人、泰国华人、菲律宾华人等。这一词语组合的前半表明其国籍属性,后半则强调其民族属性。因此,所谓"华人"这一概念,在词义上发生了重要的变化,约定俗成地是指具有中国血缘并一定程度保留了中国文化,居住在中国本土以外并认同了所在地国家的非中国人。他们散居在世界各地,以血缘和文化为纽带形成的族群,便是华族,而他们的后裔,便称为华裔。

从本质上说,中国人是华人,这是从民族认同的意义上来说;但从政治上讲,华人并不都是中国人,这又是从国家认同的意义上来区别。在战后的语言应用实践中,"华人"一词已经逐渐脱离 对中国人的指称,约定俗成地成为散居世界各地葆有中华民族血统和文化的非中国人的专指。"华人"这一概念从古义到今义的演变,反映了历史的变化。在华侨华人学的研究中,已成为一种共识。

厘清华人与中国人、华族与中华民族这两组概念的联系与区别,对于明晰华文文学的对象、特征和规律,有着特别的意义。以语种命名的华文文学,实际上包含了两大序列:一是发生在中国本土(大陆、台湾、香港、澳门)的中国文学;二是发生在中国本土以外散居世界各地的华人(以及少数非华人)以华文创作的文学。二者在文化上有着密切的联系,但在国家属性上却有着根本的区别。将二者从语言形态上整合为一个想象的总体——世界华文文学,在当下全球化的语境中,有利于抗衡西方的语言和文化霸权,提升中文和中华文化参与全球化进程的地位与作用。它们之间的文化同质与文化差异以及文化互动,形成一个充满张力的整合与分析的巨大学术空间,是华文文学研究具有学术生长力的出发点之一。然而不必讳言,这是一个过于庞大的"总体",它也给我们的研究带来某些困难和缺失。其一,由于学科形成的特殊背景,号称华文文学研究的学者关注的重心,往往只在中国大陆以外的台、港、澳文学和海外华文文学,客观上造成了中国大陆文学的缺席,使华文文学预设的整合构想名实难副,许多重要的学术命题便也落空。其二,由于中国本土以外的华文文学,伴随着文学主体从华侨到华人的身份转变,也经历了从中国的侨民文学到非中国的华人文学的变化。在海外华文文学的早期发展中,曾经以华侨文学的身份纳入在中国文学的轨迹之中,接受中国文学传统的影响和五四新文学的推动,无论在文学的母题、形象、话语和范式上,都与中国文学有许多直接相承与相同之处。在这一时期,把华侨文学看作是中国文学的一个特殊部分,应无疑义。然而当战后半个多世纪来,海外华文文学跨过了华侨文学的阶段，完成自己的身份转换，获得了较为充分的"本土化"发展，逐渐成为华人所在国多元文学的一个构成成分时，再将这样的华文文学纳入在中国文学的发展范畴之中，无论从政治上还是学理上讲，都是错误和不当的。这也是我们为什么强烈呼吁将华文文学从对中国现当代文学研究的依附状态中解脱出来的原因。

有鉴于上述种种，在对"华人"这一概念有了重新的界定之后，我们倾向于将海外华文文学以华人文学重新命名。华人文学当然包括华人以华文创作的文学，这是大量的，主要的；但也应包括华人用华文以外的其他语种创作的文学，这是华人从其生存与文化处境出发必然出现的一种选择。目前虽然数量相对要少，但却更深刻地反映出当下华人特定文化处境和应对策略，预示着文学可能的前景。华文文学与华人文学这两个概念，既互相叠合又互相区别。前者以语言形态作为整合前提，包括了中国文学和非中国文学；后者以文学主体——华人作为想象的依据，则包括了华文创作和非华文创作，是世界华文文学中的非中国部分。但无论是以"语言"整合还是由"主体"认定，背后突显的都是文化，是中华文化或华族文化在不同历史条件和文化语境中的迁延发展、矛盾冲突、融和吸收和传通转化。这正是华文文学研究最具广阔空间和最需深入的课题。

华人在世界的生存状态是一种跨国性的散居。这是伴随着华人移民的血泪历史进程而形成的。一方面，华人在漂离自己母土以后，流散世界各地，分属于不同的国家和地区。这种跨国性，使华人和黑人、犹太人一样，成为世界上最大的散居的族群。另一方面，这种散居不是个人生命随意的单独游离，受自己文化传统的影响，华人在一个国家或地区，又常以血缘和文化为纽带，形成一种"离散的聚合"。经济、文化、信仰、习俗、家庭、社会等无形的网络，内化于一种精神的认同，外现为"唐人街"的聚居方式，不仅维系着族群生存的社会场景，而且在流动和再度迁徙中，形成跨国的社会场景。正是这种跨国性的社会网络的存在，使离散华人的想象总体，成为可能。

华人族群的离散和聚合，同时也形成了华族文化的"散存结构"，如刘洪一在讨论犹太文化时所说的："它不是聚合式地集中于某一文化空间，而是散离式地分布于各种异族邦文化的夹缝之中，这种文化散存首先意味着一种冲突性的文化氛围。"[①] 它既呈现出移民文化对传统固守的价值取向，也意味着对异质文化的交融，从而使对立与融和成为与散存共生的一种文化关系模式和文化属性。散存的华人族裔，作为一个少数、弱势的族群，面临着所居国的政治"归化"和文化"同化"。这一过程存在着十分复杂、微妙的政治与文化、文化与文化的多重关系。其一，政治认同与文化认同的不一致性，使华人族群在"归化"所居国之后，仍保留对自己故国母土的文化认同，并以之作为所在国多元民族和文化的一元，建构自己的族群。特别当自己作为次主体的"散居族裔"受到主体社会的排斥，在可能导致自己族裔文化的衰减时，还可能出现族裔文化的强烈反弹。正是在这种文化主体的社会包围和逼迫之下，产生了华人强烈的文化表现主义。其二，散居的华人族裔在无可避免的逐渐"本土化"过程中，会出现一种文化混合现象。杜波伊斯（W.E.B.Du.Bois）

---

① 刘洪一：《走向文化诗学——美国犹太小说研究》，北京大学出版社 2002 年版，第 53 页。

在分析美国的黑人文化时曾提出一个深具意味的"双重意识"概念，黑人族群有"一种奇特的感觉，一种双重意识，一种总是通过别人的眼睛来审视自己的感觉，一种用一根带子来丈量自己灵魂的感觉，而这个带子所丈量的是一个被嘲笑和怜悯的世界。一个人总能感到他的两面性，一方面是美国人，一方面是黑人；两个人，两种思想，两种不甘心的奋斗；两个敌对的理想同时存在于一个黑色的躯体之中，这个躯体的顽强力量努力阻止它被撕裂"[①]。他还指出："他们既将美国身份意识内化，又透过它来辨认自己的黑人身份，捕捉非洲的旧影残迹。"[②] 随着华人移居的民族国家的建立和成熟，"归化"后的华人透过本土身份来确认自己华人身份的意识，也越来越鲜明。它也说明来自中华母土的华人族裔文化，不可能长期保存自己文化的纯粹性，而成为混合着所居国本土文化的一种新的"华族文化"。这是"华族文化"既源自中华文化又迥异于中华文化的特殊性之所在。在这里，散居族裔的文化身份认同，是一种混合着本土的文化身份认同。

这一切构成了海外华文文学（或称华人文学）想象总体的背景，是我们分析这一文学特殊性的现实基础与认识起点。显然，散居族裔的文学具有离散美学的基本特征。它不仅表现在不同文化地理和生存际遇所形成的异质性上，表现在文化的混合性和艺术的杂交性上，还体现在与生俱来的传统与生存际遇所共同形塑的"情感结构"上。正如新加坡著名学者杜南发所曾经指出的：离散族群的特质，就是移民观念加上其他观念的融合。移民文学的发展经过"北望神州"的延续时期，经过辩论的挣扎，分离母体而自立。至于未来，则有分化和同化这两大冲击与影响。资讯时代的到来，则又冲淡了身份的认同，离散的定义不在地理位置上，而更多地托附于文学精神上[③]。

这是一个深具意味的广阔学术空间，有待我们深入去开发。

关于"文化诗学"：范式转移的必须

文化诗学是近年学界关注的理论焦点之一。把文化诗学引入中国现当代文学的批评，是一些学者追求的目标；同样，把文化诗学引入华文文学研究，也是我们的期待。作为一种理论资源，文化诗学将在何种程度和哪些方面给予华文文学的理论建构以启发和丰富，这是我们所关切的。为此，有必要对文化诗学也做一番理论上的考察。

文化诗学这一概念最早由美国加州大学柏克莱分校的斯蒂芬·格林布拉特教授在《通向一种文化诗学》的演讲中提出，其前身则是1982年格林布拉特在《文类》杂志一期专刊的前言中提出的新历史主义。新历史主义和文化诗学的提出并非偶然，它实际上是当代文学理论发展的逻辑产物。只有把它们放在文学理论发展的脉络中，才能理解其深刻

---

① W.E.B.Du.Bois. *The Souls of Black Folk*. Oxford: Oxford University Press, 2007. p.8.
② 参见陶家俊：《身份认同导论》，《外国文学》2004年第2期，第42页。
③ 庄永康：《离而不散的华文文学》，新加坡《联合早报》，2001年9月9日。

内涵。

文学理论的核心问题是文学和社会文化的关系。对此一问题的认识，构成了西方文论史的基本脉络。从近代到现代再到当代，西方文论大体经历了由外到内再到内外结合的几度范式转移。一般而言，最早从理论中较为系统地探讨文学与社会关系的，应推德国批评家 J·G·赫尔德。他的自然的历史主义的方法，把每部作品都看作是社会环境的组成部分。他常常论及气候、风景、种族、地理、习俗、历史事件乃至像雅典民主政体之类的政治条件对文学的深刻影响，主张文学的生产和繁荣有赖于这些社会生活条件的总和。从赫尔德、斯达尔夫人到泰纳，都十分重视社会因素对文学的决定性影响。这就是韦勒克和沃伦所说的文学的"外部研究"。这一学术典范是以所谓的"历史主义"为核心的。

但是，当以"历史主义"为核心的"外部研究"企图把某个思想家放回他自己的时代或把他的文本置放在过去时，这一"简单化的历史理解的抽象归类"（拉卡普勒语），受到了现代结构主义和新批评的嘲笑和挑战。这一挑战使现代文论的注意重心从文本外部转向文本内部。结构主义和新批评认为文学是独立自主的有机体，是一种语言结构，一个抽象的结构系统。这一研究典范一般被视为形式主义理论。极端的形式主义理论甚至企图把意识形态以及其他一切内容从文学艺术的领域驱逐出去。现代形式主义对文本内部语言结构的研究达到了前所未有的深入和细致，为形式诗学研究奠定了基础。但他们对文学性的极端强调以及完全割裂文学内部与外部之间的关联，又使文学理论变成某种贫血的纯形式美学。因此形式主义在当代受到西方马克思主义和后结构主义等各种理论的批评与颠覆，也就十分自然了。

西方马克思主义的文论重新建构了文学形式与社会意识形态的隐秘关联，打通了文学内部与外部的关系。著名的西马文论代表人物伊格尔顿和詹姆逊都用"形式的意识形态"的概念来解释文学与政治的关系。他们认为："审美只不过是政治无意识的代名词：它只不过是社会和谐在我们的感觉上记录自己、在我们的情感里留下印记的方式而已。"[①] "生产艺术品的物质历史几乎就刻写在作品的肌质和结构、句子的样式或叙事角度的作用、韵律的选择或修辞手法里。"[②] 后结构主义则打破了结构主义和新批评那种稳定而静态的文本结构，瓦解了二元对立原则所构成的稳定系统，封闭的文本被文本间性和意义的播放所取代。在福柯看来，任何社会话语的生产，都会按照一定的程序而被控制、选择、组织和再传播，其中隐藏着复杂的权力关系。因而任何话语都是权力运作的产物。

新历史主义和文化诗学事实上接受了西方马克思主义和后结构主义的理论遗产，既是对旧历史主义的超越，也是对形式主义的反抗。它一方面反对旧历史主义对历史确定性毫不怀疑和真实历史语境的盲目自信，反对那种忽视文本形式的纯粹的"外部研究"；另一方面又反对极端形式主义对社会政治意识形态等外部因素的敌视与放逐。但是当它在接受

---

① 特里·伊格尔顿：《美学意识形态》，王杰译，广西师范大学出版社 1997 年版，第 27 页。
② 特里·伊格尔顿：《历史中的政治、哲学、爱欲》，马海良译，中国社会科学出版社 1999 年版，第 114 页。

西马"意识形态美学"的遗产时，又将之建立在文本分析的形式诗学的基础之上，企图在历史与形式之间寻找某种结合的可能以协调二者的关系。在这一脉络上新历史主义或文化诗学的提出可以说是文学理论从外到内再走向内外结合的必然的逻辑发展。

作为一种理论范式，文化诗学对于华文文学研究尤具启发意义的是：

一、重新认识文学的文化政治功能。文学是文化的构成要素与记忆方式之一。在复杂的文化网络中，文学通过作者具体行为的体现，以文学自身对于构成行为规范的密码的表现，和对这些密码的观照与反省，发挥作用。文学承担着话语的传播、论辩与文化塑造的功能，这种塑造是双向的政治性的活动。文学是一种建构活动，即格林布拉所谓的"自我塑造"，而自我的建构是主体与社会文化网络之间的斗争与协商。一方面，文化网络以"整套摄控机制"对个体进行摄控；另一方面，文学以一种特殊的感性形式瓦解或巩固这一"摄空机制"，这就是文化话语的文化政治功能和意识形态性。

二、重新建立文学的历史维度。在文化诗学看来，本源的即过去发生的真实的历史，是不存在的。历史只是各种话语叙述，是今天与昨天的对话。历史是各种阐释，是主观建构起来的文本，是修辞与想象的产物。正如海登·怀特所指出：历史学的目的是"为历史事件序列提供一个情节结构"，并揭示出历史是一个"可被理解的过程的本质"[①]。这样，历史与文学便是相通的。文学与历史、诗学与史学、诗学与政治之间的桥梁建立起来，便也重新确立了文学的历史维度。

三、文化诗学的文学批评方法学。首先是文本的开放意识与文本互涉的研究方法。文化诗学的文本概念不再局限于纯文学范围，人类一切的表现文化都是文本。文化诗学的文本不是封闭自足的，而是朝向社会和历史开放。与文本开放意识相一致的是文本互涉，即"互文性"的研究方法。文化诗学用"互文性"取代形式主义的文本自律性，企图建立文学文本与非文学文本的互文关系。如同路易·孟酬士所言：文化诗学"力图重新确定互文性的重心，以一种文化系统中的共时性去替代那种自主的文学历史中的历史性文本"[②]。其次，文学阐释语境的重构。文化诗学认为历史语境是无法复原的。历史语境的重构，必须仰赖科林伍德所说"建构的想象力"。张京媛在其主编的《新历史主义与文学批评》一书的前言中，把文化诗学的阐释语境概括为创作语境、接受语境和批评语境。文学阐释是三重语境的融合。这种融和有可能使历史语境的建构，保持在客观与主观的张力之间。结合历史语境、作品分析与政治参与去解释文化文本与社会相互作用的过程，是文化诗学的重要方法[③]。再次，福柯的知识考古学、吉尔茨的文化阐释学与新马克思主义的意识形态学批评的结合。对看似奇怪而离题的材料的引用，对文本中幽暗深邃的历史底层，获得历史

① 海登·怀特：《历史主义、历史与修辞想象》，王建开译，见《新历史主义与文学批评》，张京媛主编，北京大学出版社 1993 年版，第 186 页。

② 海登·怀特：《评新历史主义》，陈跃红译，见《新历史主义与文学批评》，张京媛主编，北京大学出版社 1993 年版，第 95 页。

③ 张京媛：《前言》，见《新历史主义与文学批评》，张京媛主编，北京大学出版社 1993 年版，第 1—9 页。

话语中的"潜文本"，发现文学文本中隐藏的"政治无意识"等等，都一再表明文化诗学事实上大量吸收了福柯的知识考古学和吉尔茨的文化人类学以及西马的遗产。最后，文化诗学不是一种形而上的知识体系，而是一系列批评实践。在批评的理论与方法上，不是纯实证的，也不是纯演绎的。它不独尊某种理论，而主张打破学科的界限和理论的疆界。当代人文学术科际整合与视域融合的发展趋势，在文化诗学的阐释实践中得到了充分的体现。

文化诗学提供给华文文学思考的理论资源是十分丰富的。当我们对文化诗学做了如上的一些叙述，并尝试用它来观照华文文学时，我们发现，这正是我们期待的批评理论与方法。虽然不能说是唯一的，但文化诗学的一些重要观念与方法，确实为深入剖析华文文学的一些幽秘、深邃的命题，提供了相洽的理论话语和有效的批评方法，既开阔我们的学术视野，也深化我们的研究思路。

如果说文化诗学是文论发展上范式转移的一种必然，那么对于华文文学研究，这种范式的建立和转移，同样是必须和急切的。检视二十多年来的华文文学研究，我们基本上停留在历史主义的阶段上。只要翻阅一下自 1982 年在广州召开的第一届香港台湾文学研讨会以来至 2002 年在上海召开的第十二届世界华文文学国际学术研讨会出版的十二部论文集，洋洋大观的数百篇论文近千万言文字，便可以发现，在研究对象的扩展上，由台港而台港澳而台港澳暨海外，进而形成一个世界华文文学的学科概念，我们有了充足的发展；但在理论与方法上，却大多停滞不前。大量的文章基本上还沿袭着早期中国现当代文学研究的"历史与审美"的批评方法。甚至连严格意义的形式主义批评，也不多见。不能说这一在二十世纪五六十年代政治文化背景上形成的研究方法已经过时，但它确实带有太多过去时代的痕迹而难以适应当前文学实践和学术思潮发展的新局面。退一步说，即使这样的研究仍不失华文文学的一种范式，但真正能够达到历史和审美高度统一的有建树的文章，也属凤毛麟角。它反映了一个学科草创时期的粗疏与幼稚，本无可责备。作为圈里的一员，我们也存这样的弊端。但长期拒绝新的学术思潮和理论方法的介入，自我封闭和缺乏自觉，却是不能容忍。在文论发展的脉络上，这一领域的研究有着太多的欠缺。尽管近十年来，一批经过学院训练的硕士、博士研究生介入华文文学研究，他们对于各种批评理论和学术思潮的敏感，并努力实践，着实给这一领域带来新的风气，别开一个新生面。这是这一领域研究的希望之所在。但整体来说，尚未根本改变这一领域在理论敏感上的迟顿状态。缺乏理论和方法，是海内外学界对中国华文文学研究批评的一种通俗说法，也是窒碍华文文学研究登堂入室获得社会认可的一个关键。谁都意识到华文文学所将涉及的一些重要命题的新鲜、深刻、尖锐和具有普泛的世界意义与文化价值，但我们却仿佛踌躇在一座丰富宝藏面前而久久不得其门，这不能不使我们深感痛切。文化诗学当然不是华文文学研究的唯一的方法，但从文化诗学提出的理论观念和方法论命题，在深刻触及华文文学的深层意义与价值上，启示我们理论的必须！当然我们不必机械地去重复文论发展的各个阶段，但从当下文论发展的前沿，建构华文文学的理论却是十分迫切的。文化诗学是我们期待建构的一种批评范式，还有其他各种批评和研究的范式，诸如比较文学的范式，后殖民批评的范式，女性主义的范式，乃至形式主义的范式等等，它们从不同的侧面来形塑（或解剖）华文文学的多维形象。如果说"历史与审美相统一"的批评，也是一种范式，但从旧历史主义走向新历史主义的文化诗学，对于华文文学来说，既是一种范式的建立，也是一种范式的转移。正是在这样的知识背景和思考基础上，我们提出了一个"华人文化诗学"的概念，以期能对华文文学的自洽性理论建构，作出某一方面的回答。

华人文化诗学：突显华人主体的批评期待

华人文化诗学是由"文化诗学"派生的一个子概念。当我们尝试以文化诗学的观念和方法进入华人文学的批评实践时，我们首先遇到两个问题：一、华人文学何为？作为少数、弱势的华人族群，为何执着于自己母语或非母语的文学？二、华人文学书写如何迥异于其他"散居族裔"文学的"华人性"问题。对这两个问题答案的寻索，把我们导向华人文化诗学。在这个意义上，华人文化诗学不是论者随意的附加，而是内在于华人历史变迁和华人文学的发生与发展之中的。

环顾当今世界，华人、黑人和犹太人，都是影响最大的"散居族裔"。战后半个多世纪来，黑人学、犹太学和华人学的相继兴起，是后殖民时代重要的文化现象。它们各有自己族裔形成的特定历史和命运遭遇。在以白人为中心的权力话语结构中，后崛起的这些少数族裔，都以他们强烈的族性文化，为自己在这个多元和多极的世界中定位，为文化承认而斗争。因此，对他们历史的研究，也是对他们文化和文化行为的研究，是文化行动主义的一个重要环节。美国的非裔黑人文学研究者，曾经引入怀特、詹姆逊、福柯的理论，分析非裔美国黑人文学的叙述文本。在《蓝调、意识形态和非裔美国文学》《非裔美国文学》等著作中，成功地揭示出非裔美国文学中的"潜文本／潜文化"，从而以对"黑人性"和黑人文化行为的分析，把黑人文学批评提升到黑人文化诗学的境界。同样，犹太文学以其享誉世界的崇高成就日益获得学界的广泛关注。研究者从犹太族裔流散的历史，文化渊源、身份变移、母题转换以及文化融合和文化超越等方面，来揭示犹太文学中的文化政治行为和族性表现，从而走向犹太文化诗学。这些研究都启示我们，作为少数族裔的文学书写，不仅只是单纯的审美活动，而包含着更复杂的文化政治意蕴。在研究华人族裔文学时，分析和认识其表现文化中的"华人性"和文化行为的政治意义以及"华人性"的诗学呈现方式，是华人文化诗学研究不可回避的题中之义。

"华人文化诗学"的提出首先意味着华文文学批评重心的转移——从重视中国文化／文学对海外华文文学的影响研究到突出华人主体性、华文文学主体性的转移。我们认为华文文学是华人性的一种表征方式，对华文文学"华人性"的形成、变迁、结构形态及其美学呈现形式的研究构成"华人文化诗学"的核心命题。华人文化诗学是突显华人主体的诗学建构。华人在文学书写中的主体性地位，是"华人性"的首要含义。华人散居世界的历史波折，身份变移、文化迁易、生存呼求、冲突和融合等，构成了华人文学的主要内容。

华人既是这一文学书写的创造主体，又是这一文学的书写的描绘客体。它从文学创造的精神层面和文学表现的对象层面共同构成了华人文学的主体性内涵。其次，"华人性"是华人表现文化的一种族属性表征。它是在华人从原乡到异邦身份变移和文化迁易中形成的文化心理、性格和精神，以及表现文化和行为方式的特殊性之体现，成为区隔不同族裔之间族属性特征的标志。再次，"华人性"还是华人文学反映华人生命历程和精神历程的一系列特殊文学命题。诸如华人对文化原乡（文化中国）的审美想象问题；华人文学现代化建构中的中华性、本土性和世界性关系问题；华人原乡的文化传统与文化资源的继承、借用和转化问题；华人文学母题中的漂泊／寻根与中华文学游子／乡愁母题的联系与变化问题；华人家族母题中父子符号的文化冲突象征与母子符号的文化融合象征问题；华人文学意象系统（如东南亚华人文学的热带草木意象和欧美华人文学的都市意象）与华人族群生存的文化地理诗学的关系问题，等等。这些特殊命题所呈现的"华人性"特征，为华人文化诗学拓展了广阔的批评空间。对这些问题的充分诠释，不是单纯的审美分析所能完成，而必须打通文本内外，对文学文本世界中的社会存在和社会存在之于文学的影响进行双向勘查和症候式精神分析，将文本分析放诸具体历史语境的权力话语结构之中，即通过文化诗学的路径，才能抵达这些特殊命题诠释的深层。

与"华人性"密切相关的是华人身份建构问题。

研究新叙事理论的英国学者马克·柯里在《后现代叙事理论》中谈到"身份的制造"这一隐含着文化政治的命题时，对于身份的建构持有两个基本观点：一、身份由差异造成；二、身份存在于叙事之中。"我们解释自身的唯一方法，就是讲述我们自己的故事"，或者"从外部、从别的故事，尤其是通过与别的人物融为一体的过程进行自我叙述"[①]。华人文学尤其是华裔美国英语文学中存在着大量的家族史和自传书写文本。这一现象说明，家族母题的选择与偏爱有其内在的文化动力和生存论的现实基础——通过叙事实现族群建构的自我认同。

按照马克·柯里的理论，叙事建构身份，而身份由差异构成。在这个意义上，能够建构身份的叙事，应是一种"差异叙事"。对于不同的族群，"差异叙事"是族性的表现。华人文学正是通过差异的族性叙事，呈现出华人族裔迥异于其他族裔的"华人性"特征。这里所谓的"华人性"，首先是一个文化的概念。它深深植根于中华民族漫长历史的文化积淀之中，是溶解在民族共同生活、共同语言、信仰、习俗与行为之中的一种共同文化心理、文化性格与文化精神。同时，"华人性"又是华人离散的独特命运和生存现实所酿造，具有生存论的丰富内涵。华人的离散与聚合，导致华人文化的"离散结构"。分布于异邦文化夹缝之中的华人文化，必须通过对于自己族性文化的建构和播散，表现出强烈鲜明的"华人性"，才能在异邦文化的夹缝中建构自我和获得存在的位置。华人文学作为散居华人播迁历史和生存状态的心灵记录和精神依托，成为"华人性"最重要的文化载体和表征形式之一。因此，"华人性"又不仅是单纯的审美文化命题，而有了丰富的文化政治蕴含。

① 马克·柯里：《后现代叙事理论》，宁一中译，北京大学出版社 2003 年版，第 21 页。

长期以来，对华文文学政治维度的忽视，一直是这一领域研究的一大缺陷。成功的黑人文学和犹太文学批评，其重要的突破是打通形式诗学分析与意识形态批评的门阈，实现新批评的文本分析与社会学批评的对话，达成诗学与政治的辩证与统合。这个被有些学者称为"形式的意识形态批评"或"意识形态形式诗学"，成为文化诗学最基本的批评理论和方法。诚如美国著名的黑人文学研究者裴克所言：作为一种分析方法，福柯的知识考古学认为，知识存在于话语之中。人们可以在这种形式本身中追寻其形式的谱系和发现其形式的规则。因此，对于裴克的非裔美国文学与文化研究来说，如果没有形式主义和新批评的修炼，就不可能精妙地分析黑人叙事文本中的内面形式结构；如果没有后结构主义的视域，也就难以穿透文本的盔甲，抵达幽暗的"政治无意识"。相同的道理，从华人文学的印象批评到华人美学的建构再到华人文化诗学的形塑，"形式的意识形态批评"无疑是必经之路。它直接开启了研究华人文学书写与华人政治的关系之门，有助于我们理解"华人文学为何"或"华人书写何为"这一关键性问题。

把华人文学书写不仅视为单纯的审美创作活动，而且看作是一种文化政治行为，有三个方面的原因：其一，从记忆政治的层面看，华人文学作为一种少数族裔的话语，一种边缘的声音，其意义在于对抗沉默、遗忘、遮蔽与隐藏，争取华族和华族文化的地位从臣属进入正统，使华人离散的经验，进入历史的记忆。如果没有"天使岛诗歌"的铭刻与再现，那么美国华人移民的一段悲惨历史，将可能被遗忘或遮蔽。恰如单德兴所言："天使岛及《埃仑诗集》一方面印记了'当时典型的华裔美国经验'，另一方面也成为'记忆场域'。"①《埃仑诗集》整理、出版和写入历史无疑是美国华裔经验被历史记载的标志。对于美国华人而言，天使岛书写显然具有记忆政治的意义。其二，从认同政治的角度看，华人作为离散的族裔，面临认同的重新建构，华人文学既作为华人历史文化的产物，又参与了华人历史/文化的建构，华人文学书写便具有了认同政治和身份政治的意义。其三，从协商政治的层面看，多元文化身份的相互承认必须经过文化的协商乃至博弈。华人文学书写是华人文化论坛的至关重要载体，也是华人华裔文化表征的重要形态之一，其重要功能之一即是参与多元文化的协商与博弈，为达成文化承认而斗争，最终形成多元文化平等对话、相互承认的共生生态。总之，正如 King-Kok Cheung（张敬珏）所指出："文学通过无数的美学标准来说话，尤其是那些无法言说的。为了对抗压抑和排斥，许多亚裔美国作家部署了被米歇尔·德·塞尔托（Michel de Certeau）称为的'战术'，他将其定义为'弱者的艺术'。"②华人文学以美学的形式言说那些无法言说的，让不被看见者被看见，不被听见者被听见。因此，本质上看，华人的文学书写是一种意义深长的文化政治行动。

华人文学诗学提倡"形式的意识形态批评"，并非是倒退回旧历史主义的阐释框架中

---

① 何文敬、单德兴：《再现政治与华裔美国文学》，台湾"中研院"欧美研究所 1996 年版，第 6 页。

② King-Kok Cheung. *Chinese American Literature without Borders*. London and New York: Palgrave Macmillan, 2016. p.3.

去；而是主张从文本到政治和从政治到文化的双向互通："形式的意识形态批评"无疑是以形式诗学为分析基础的，但与传统的形式诗学研究不同，"形式的意识形态批评"寻求如詹姆逊所说的"揭示文本内部一些断续的和异质的形式的功能存在"[1]。即华人文学在文类、美学修辞、形式结构、情节、意象、母题以及其他各种文化符码的选择模式中，隐含着的华族意识形态和政治无意识。美国华裔文学书写中的杂粹文化符码（杂粹食物、杂种人、杂粹语言、杂粹神话和传说，等等），便隐含着建构华裔文化属性、重写美国历史的华裔意识形态内容。菲律宾华文文学中父与子的主题（典型如柯清淡的小说），呈现着菲华社会的文化冲突。而马华文学中的漫游书写（如李永平的小说）以及"失踪与寻找"的情节模式（如黄锦树的小说），所隐含的潜文本则是"离心与隐匿"的华人身份；马华文学文本中大面积呈现的民族文化符码，正如许文荣所分析的，具有抵抗马来西亚官方同质文化霸权的政治意味，具有寻找建构自身主体性的意义[2]。而在泰华文学的大家族中，湄南河的书写占据着举足轻重的位置，"湄南河形象"是泰华文学的一个典型的标识；它是泰华文学情感与想象的发源地，也是构成泰华文学写实主义传统的重要的历史风俗画的背景，更是形塑泰华文学独特的地缘美学的人文地理要素，与潮汕文化共同构成泰华文学的精神原乡。至于新加坡华人文学文本中常见的鱼尾狮意象的文化政治意味，更是人所共知的了。形式本身所潜隐的意识形态，使华人文学书写同时具有着复杂的文化政治意味。

为此，华人文化诗学还应选择自己诠释的策略。格林布拉特指出：阐释工作必须对文学文本世界中的社会存在和社会存在之于文学的影响进行双向调查，"办法是不断返回个别人的经验和特殊环境中去，回到当时的男女每天都要面对的物质必需与社会压力上去，以及沉降到一部分共鸣性的文本上。"[3]这段话提出了文化诗学两个互相关联的阐释策略：其一是历史语境的重建；其二是文本互涉的阐释方法，这也是华人文化诗学的基本方法。所谓"不断地返回个别人的经验和特殊环境中去，回到当时的男女每天都要面对的物质必需与社会压力上去"[4]，强调的是文本生产的历史语境。这里，格林布拉特显然吸取了克利福德·吉尔兹在《文化的阐释》和《地方知识》中提出的文化人类学的阐释策略，即以"文化特有者的内部眼界"重建文本生产的历史语境——在不同的研究个案中，使用原材料来创设一种与其文化特有者文化状况相吻合的确切的诠释是必须的，但不能完全沉湎于文化特有者的心境和理解，而是"文化特有者的内部眼界"与批评阐释语境的交叠、对话与论辩。的确，华人文化诗学对华文文学的阐释，也需这种交叠语境的建构。一方面努力获取各种社会历史材料，不断返回到文化生产的具体历史语境之中，将华人文本历史化；

---

① 弗雷德里克·詹姆逊：《政治无意识》，王逢振，陈永国译，中国社会科学出版社 1999 年版，第 86 页。

② 许文荣：《论马华文学的反话语书写策略》，《外国文学研究》2012 年第 4 期。

③ 格林布莱特：《〈文艺复兴自我造型〉导论》，赵一凡译，见《文艺学和新历史主义》，社会科学文献文版社 1993 年版，第 80—81 页。

④ 格林布莱特：《〈文艺复兴自我造型〉导论》，赵一凡译，见《文艺学和新历史主义》，社会科学文献文版社 1993 年版，第 81 页。

另一方面不断反思阐释者自身所处的现实语境,反省批评的位置与功能,构建阐释者与文学文本的思想共鸣点和共情网络。在中国从事华人文学研究,无疑具有基于自身历史文化和学术背景而产生的独特立场与视域,从而形成迥异于域外华人文学研究的中国学派。这样的立场和视域,可能产生对华人文学深刻的洞见,也可能出现某种盲视,这要求华文文学研究者既要建立学术的主体性和文化自信,又要对自身的思想盲点与视觉误区保持某种警惕。正如域外的华人文学研究学派所同样也可能在优势与劣势并具的情况下,产生洞见和存在盲视。因此,反省批评对于华人文学研究是十分重要的。

所谓"沉降到一部分共鸣性文本上"指的是文本互涉的批评方法。这一互文性的分析,包括文学文本之间的文本间性的建立,也包括文学文本与其他非文学性的社会文本间关系的建立。将华人文学文本放置/"还原"到其生产与传播的历史场景之中,阐释诸文本之间的相互对话、呼应、质疑与解构关系,不断发现或重构华人书写的美学形式与其置身其中的社会历史之间的复杂关系,或许正是分析华人意识形态的形成与变迁以及"流动的华人性"的一个有效方法。

建构以"华人性"为研究核心,以"形式诗学"与"意识形态批评"统合为基本研究方法的"华人文化诗学",在更加开放的社会科学视域中审视与诠释华人文学书写的族裔属性建构意义及其美学呈现形式,应是我们拓展华文文学批评空间的一个有效途径。

华文文学批评：总体性思维与地方知识路径

从刘登翰的"分流与整合"阐释模式到饶芃子、费勇的华文文学整体观和"美学中国"概念，从陈辽、曹惠民的"百年中华文学一体论"到黄万华"20世纪世界华文文学史"的构想……世界华文文学的整合研究在中国学界颇为兴盛，它甚至成为华文文学研究的"中国学派"的一个突出特征。

"世界华文文学研究的一体化""美学中国""文学中华""整合诗学"以及"华文文学大同世界"和"华文文学联邦"等整合性理念的提出，为世界华文文学学科建设提供了学理基础。但每一次"一体化"观念的提出都遭遇了相似的质疑："一体化"与"多中心"的矛盾与悖谬。本篇的意图不在于重新处理各区域华文文学的谁是中心谁处边缘以及有多少个中心的问题。我们以为今天这个问题对于华文文学的发展和研究而言，所谓中心与边缘的区分已经不太重要，因为中心与边缘的二元化观念过于静态，而人们对世界华文文学几大中心的描述也往往是非历史性的。重要的是在"一体化""大同世界""文学中华"等整合性概念支撑下所形成的一种世界华文文学的路径，形成了一种总体性的学术思维范式。它可能已经长期地左右着我们的世界华文文学研究。这一范式和路径我们姑且称之为华文文学的"大同诗学"／"共同诗学"（common poetics）。对于世界华文文学学科建设而言，反思多年来形成的"大同诗学"观念的意义、贡献与限度，以及如何重新建构更具阐释能力的"共同诗学"范式则是更重要的工作。

"大同"思想的缘起应该上溯到孔子。而文学领域的"大同诗学"也可以追溯到歌德的"世界文学"概念，19世纪的西方美学早已从许多层面阐释了"大同诗学"的理论构想。康德在其著名的《判断力批判》一书中为建立审美的普遍性理论而提出了"人类共同感觉力"概念，认为人类共同的心性／感觉结构是审美普遍性的可靠基础。之后，席勒在《美育书简》中阐发了文学之所以能够超越国家、地区和民族的界限而成为普遍的文学，是因为人类有共同的普遍的人性。当代文学理论家韦勒克和沃伦曾经指出：歌德发明"世界文学"其意在于把各国民族文学合而为一，"统起来成为一个伟大的综合体，而每个民族都将在这样一个全球性的大合奏中演奏自己的声部"[①]。提格亨、韦勒克和沃伦在歌德"世界文学"的基础上提出"总体文学"的概念——一个与"民族文学"相对而与"比较文学"互补的用以研究超越民族界限的文学运动和文学风尚的概念，他们认为自成一体的"民族文学"概念存在明显的谬误，至少西方文学是一个统一体，因为它们继承和共享着

---

① 韦勒克、沃伦：《文学理论》，刘象愚等译，生活·读书·新知三联书店1984年版，第43页。

《圣经》和希腊、罗马古典文化的伟大遗产。无疑，从 19 世纪"世界文学"的提出到 20 世纪"总体文学"观念的出场，西方的文学理论为建立文学研究的"共同诗学"而持续努力，也取得了丰富的成果。尤其在普遍的人性论和形式诗学研究以及西方文学理论向非西方世界的扩张等方面，一再显示出西方"共同诗学"的文化魅力。在经济全球化和文化的全球性蓬勃发展的语境中，作为世界主义的普适的文学理论的"共同诗学"的可能性越来越被人们所认可。

"世界华文文学"概念可以视为华人世界 / 华文世界的"世界文学"概念。其意也在于把散居世界各地的华文文学合而为一，统起来成为一个伟大的综合体，而不同地区不同国家的华文文学都将在这样一个全球性的大合奏中演奏自己的声部。正如周宁先生所言：它形成一个精神共同体，使用同一的语言、源于共同文学传统的审美价值，拥有共同的作者群、读者群、媒介和共同的文化价值观念[①]。其实，这一理念在我们的华文文学研究界早已产生深刻的影响，并且深远地制约着华文文学批评和知识的生产。我们把在这一理念支撑下的世界华文文学研究称之为"共同诗学"的研究范式或路径。这一学术路径的研究重心在于阐释海外华文文学与中华文化的亲缘关系。这一重心的产生有以下几个因素：第一，无论从历史还是现实抑或未来看，海外华文文学与中华文化之间的亲缘关系都是存在的。从书写语言到文学传统，从美学趣味到文学伦理等等，中华文化一直都是海外华人文学生产的最为重要的文化资源之一。这一判断可以直接从海外华文文学文本普遍存在的与中国文学与文化的互文性关系获得文学史的支持，这种情形也与西方文学与希波来和希腊文化的关系颇为相似；第二，从事海外华文文学研究的学者大多有中国文学尤其是中国现当代文学研究的学术背景和兴趣，因此在研究海外华文文学时往往偏重于讨论其与中国文学传统的关系。其立论自然而然地倾向于寻找和阐释海外华文 / 华人文学与中华文学传统的传承脉络。这种批评位置和学术视域无疑形塑了华文文学研究的"中国学派"的优势、特色和取向。我以为这可以看作是华文文学批评总体性思维形成的学术语境。应该说，这是一个十分合理的研究取向，因为作为华人华裔表征文化的华文文学与中国文学之间所存在的复杂的传承与变异关系有着十分丰富的研究空间。

我们就海外华文文学研究的成果做初步的观察，很容易就能发现一个高度集中的现象：许多成果都偏重于讨论华文文学的中华文化意蕴、中华人文精神、中国美学特色等等即华文文学的"中华性"命题。这种研究取向在华文文学研究的论文中显然占有相当高的比重。的确"中华性"构成了华文文学研究"大同诗学"的经验和理论基础。香港学者黄维梁先生指出："我们大可高举《文心雕龙》的大旗，以其情采、通变说为基础，建构一个宏大的文学批评理论体系。这个体系体大思精虑周，而且具开放性，可以把古今中外各种文评的主义、理论都包罗在内，成为一个'大同诗学（common poetics）'：一个文学批评的百科全书式宏大架构。这个'情采通变'体系足以处理、应付、研究任何语种、地域、时代的文学。冰岛之小（甚至更小如瑙鲁），以至中国之大，其文学的方方面面，我们

---

① 周宁：《走向一体化的世界华文文学》，《东南学术》2004 年第 2 期，第 155—156 页。

探讨时，都可用此理论架构此方法学。世界华文文学的方方面面自然也可用此理论架构此方法学。"① 这里他直接提出了以《文心雕龙》"情采通变"体系为基础构建世界华文文学"大同诗学"的方法学构想，与周宁等提出的"文学中华"概念一样无疑对占据主流的华文文学研究范式具有总结和提升的意义。

黄维梁甚至认为所有的文学作品都可以用《文心雕龙》一网打尽，因为文学无非是一种想象和文采的表现。这种普泛的美学的研究在任何时候都是正确的，但却常常忽视了特定作家和作品的历史语境和脉络。文学的确是一种想象和情感的表达，但为什么某些作家选择这种想象方式和表现形式，而另一些作家选择了另一种想象方式和美学形式？《文心雕龙》以及其他各种"大同诗学"都难以回答这一不能规避的问题。

"大同诗学"与"文学中华"概念试图建立想象的世界华文文学共同体，发现和阐释华文文学的共同性和普遍的美学规律。其研究路径近似于提格亨、韦勒克和沃伦的"总体文学"的范式。但韦勒克和沃伦并非没有意识到"总体文学"论所遭遇的困难："全球文学史"的书写是一项十分艰难的工作，今天我们可能离开一个伟大的文学综合体更加遥远了。其实在歌德提出"世界文学"构想的时代也正是"民族文学"兴盛的时代，"世界主义"与"地方主义"的拉锯至今并没有停歇过。这种张力在全球化语境中甚至有进一步强化的趋势。当代文学理论乃至所有的人文社会科学所面临的困境正是普遍主义与特殊主义的两歧。华文文学的"大同诗学"无疑也要面对特殊主义的挑战。马来西亚学者张光达以马华作家潘雨桐小说研究为个案来说明，中国的潘雨桐研究偏重于讨论其传统意境的营造，"受到传统印象式分析法和西方的新批评方法学的局限。"没有进入作家的历史语境②。的确，重要的不是分析潘雨桐小说的古典意境，而是阐释他为什么作出这种美学选择，即发现美学形式背后的意识形态和文本在世性的复杂脉络与场域。显然，我们有必要追问华文文学的"大同诗学"遮蔽了什么？"总体的世界华文文学"研究范式遗漏了什么？我们一直追求的整合研究可能忽视了什么？"大同诗学"的限度即是普遍主义的限度，普遍主义有可能遭遇特殊主义的质疑：谁的普遍主义？总体性思维在什么程度上忽视了不同区域、国别的华文文学的具体性，忽视了其生成与演变的历史脉络？这些问题不能不引起华文文学研究者的重视。

应该说，华文文学界的一些学者早已意识到了这些问题。饶芃子、费勇在谈到海外华文文学的中国意识时，曾经提醒人们慎重使用"中国意识"概念，他们在强调海外华文文学整体观的同时，引入注重差异研究的比较文学方法。刘登翰的"整合与分流"的阐释框架同样对特殊性给予了充分的关注，在这个架构中我们特别强调对不同国家、地区和个体的华人不同的"文化与生存境遇"应给予充分的理解、同情和重视。的确，在追求华文文

---

① 黄维梁：《世界华文文学的研究如何突破？——从这个学科的方法学说起》，第十二届世界华文文学国际研讨会论文，上海，2002 年。

② 张光达：《小说文体 / 男性政体 / 女性身体：书写 / 误写 vs 解读 / 误读——潘雨桐小说评论的评论》，吉隆坡华社资料中心《人文杂志》第 13 期，2002 年 1 月，第 10—19 页。

学的整合研究的同时，有必要对文学分流及其形成分流的诸种个性化、历史性和脉络性因素予以充分的关照。唯有如此，整合研究才不至于牺牲如此复杂多元的异质性元素和独特的生命形态。

面对散居世界各地的华文文学的复杂多元的异质性元素和独特的生命形态，我们的华文文学研究在追求"大同诗学"的同时，或许还应该建立另一种研究范式——一种从特殊性、具体性和"情境论"出发的范式，即人类学家克利福德·吉尔兹所提出的"地方性知识"的研究范式，以弥补"大同诗学"可能产生的遮蔽与忽视异质性元素的缺陷。

其实，文学研究对地理性元素／地方性的重视是源远流长的学术传统。19世纪的德国批评家J·G·赫尔德，他的自然的历史主义的方法把每部作品都看作其社会环境的组成部分，他常常论及气候、风暴、种族、地理、习俗、历史事件乃至像雅典民主政体之类的政治条件对文学的深刻影响，文学的生产和繁荣发展依赖于这些社会生活条件的总和。斯达尔夫人对南方与北方文学做了有趣的比较：以德国为代表的北方文学带有忧郁和沉思的气质，这种气质是北方阴沉多雾的气候和贫瘠的土壤的产品；而以法国为代表的南方文学则耽乐少思并追求与自然的和谐一致，这也与南方的气候和风光密切相关，这里有着太多新鲜的意象、明澈的小溪和茂盛的树林。泰纳明确提出影响文学的生产与发展的社会因素有三大方面：种族、环境与时代，其中"环境"包括地理和气候条件。这种文学与地方性的关系，从中国古代文学中也可找到丰富的例证，比如《诗经》有十五国国风之分别，《楚辞》乃楚地之文学；现代文学则有"京派"与"海派"之分殊等等。周作人在《谈龙集·地方与文艺》中曾经论及代表绍兴地缘文化的一大特色的"师爷传统"对形成文学"浙东性"的深刻作用。文艺的地方性是人们所普遍认同的研究纬度。华文文学批评存在对地方性重视不足的缺陷，但近来华文文学界已经意识到这个问题的存在，开始重视华文文学的地缘诗学研究①。

但对文学地方性因素的重视还不是我们从克利福德·吉尔兹"地方性知识"概念与方法中延伸出来的华文文学"地方知识"研究路径的全部含义。克利福德·吉尔兹的人类学理论与研究方法有三点特别值得华文文学研究者的重视：其一是"文化持有者的内部眼界"。所谓"文化持有者的内部眼界"最初来自人类学家马林若夫斯基的教诲，他主张人类学研究要用一种特别的感情方式，或几乎是一种异乎寻常的能力像真正的当地文化持有者一样去思考，去感知、去参悟。吉尔兹在此基础上有所发展，在他看来，"在不同的研究个案中，人类学家应该怎样使用原材料来创设一种与其文化持有者文化状况相吻合的确切的诠释。它既不应完全沉湎于文化持有者的心境和理解，把他的文化描写志中的巫术部分写得像是一个真正的巫师写得那样；又不能像请一个对于音色没有任何真切的聋子去鉴别音色似的，把一部文化志中的巫术部分写得像一个几何学家写的那样"②。这近似于"移

---

① 参见曹惠民：《地缘诗学与华文文学研究》，《华文文学》2002年1期，第14—16页。

② 克利福德·吉尔兹：《地方性知识：阐释人类学论文集》，王海龙、张家瑄译，中央编译出版局2000年版，第73页。

情的理解"或"同情的理解"。其二是"情境论"。所谓"情境论"即是回到具体，回到"对某些事务的现实解释"，其意近似于波普尔在反对总体论和历史决定论时所一再强调的"情境逻辑"。其三是"深度描写"，即对复杂的文化层次结构的揭示，是"对别人阐释的阐释"。另外，"地方知识"拒绝把特殊性上升为一般理论

克利福德·吉尔兹的"地方性知识"理念代表了人文科学的一种新范式。当代社会学家杰夫瑞·C.亚历山大指出："地方性知识"是对社会科学普遍化即"一般理论"的一种有力反动，是以"情境"为立场对抗普遍主义的学术倾向。我很赞同新加坡华人学者王润华的看法，华文文学研究有必要引入克利福德·吉尔兹的"地方性知识"观念和方法，以补充作为一般理论的"大同诗学"的缺陷和不足。今天的华文文学研究在建构一般理论寻找散居世界各地的华文文学的"华人性"与共同美学理想的同时，的确有必要重视"地方知识"的研究方法与路径。因为我们看到了太多的过于普适性的放之四海而皆准的论述，这些普泛的美学的研究在任何时候都是正确的，但却常常忽视了特定作家和作品的历史语境和脉络。许多时候，我们甚至可能已经长久地局囿在我们自己的文化"视域"里而变成某种思维的惯习，一种特定的发言位置和学术语境影响了对研究对象"入乎其内"的理解与阐释。

这种普适性的研究在华文文学史的书写中尤其盛行，人们常常习惯于用萌芽、发展、挫折、壮大、多元化这一普泛的历史观来描述世界各国和地区的华文文学史，却不能真正进入华文文学史的内部世界，没有真正进入其历史语境，因而不能有效地阐释世界各国和地区华文文学史的内部张力和矛盾运动的规律。面对华文文学批评的当下状况，我们觉得有必要提倡一种与普遍主义的一般理论相抗衡的特殊主义路径即"地方知识"的路径。尽管这种特殊主义也可能产生走入某种偏狭的危险。

与追求普适性的"大同诗学"不同，华文文学的"地方诗学"路径有以下特点：

"大同诗学"试图建立的是全球华文文学共同的美学成规和诗学体系，它以中华性/文学中华/美学中国为基础，体现的是世界华文文学的华人文化属性。而"地方诗学"试图阐释的是不同国别、地区华文文学的差异美学和地方性色彩的知识形式。"大同诗学"的视野是全球性、一体化的，而"地方知识"则追求接近于"文学持有者的内部眼界"，它反对一体化与总体论的化约主义。"大同诗学"研究的重心在于探讨全球华文文学与中华文化的传承与变异关系，"地方知识"的研究重心则在于分析不同国别与区域的华文文学与所在国的国家文学与文化的结构关系，把华文文学放到其所在国的国家文学与文化的发展脉络中，探讨其美学取向、生命形态、演变轨迹以及文化认同的"情境性"。"大同诗学"最终成果是建立具有普遍意义的华文文学的形式诗学体系，"地方知识"则回到具体的生存现实，重视研究具体的问题，阐释特殊问题的产生与演变脉络。

"大同诗学"与"地方知识"的分歧是共同性与差异性、普遍性与特殊性的分野，这两种研究路径并没有高下之分。酒井直树指出："某种地方主义和对普遍主义的渴望是一枚硬币的两面。特殊主义与普遍主义不是二律背反而是相辅相成的。实际上，特殊主义从

来不是让普遍主义感到真正地头疼的敌手，反之亦然。"①的确，在人类思维史上，普遍与特殊的冲突与辩证源远流长。华文文学研究的"大同诗学"的思维方式和"地方知识"的学术路径也不是水火不容的，两者之间同样存在着冲突与辩证及互补的关系。真正具有阐释能力的"大同诗学"必须建立在全球华文文学的平等对话和相互理解的基础上，从不同国别和地区多种多样的华文文学抽象出共同的诗学规律和文化典律，从而构建华文文学的整体诗学体系。这对世界华文文学的学科建设是至关重要的，所以包括"文学中华""美学中国""语种的华文文学"以及"大同诗学"等等具有统合性的基础概念的提出对新兴学科的成熟与发展都是有意义的。

但必须警惕的是任何总体化的统合视域或"普遍性知识"都可能遮蔽异质性因素，都难免遭遇"谁的普遍性知识"的质疑，也难以完全克服"同质化"的弊端。所以，"大同诗学"与"地方知识"两种研究路径的整合就十分重要了。全球华人的"共同诗学"/"大同诗学"的理论想象或总体性的思维范式必须建立在由多元"地方知识"的辩证对话所形成的交互普遍性的基础上。

① 酒井直树：《现代性与其批判：普遍主义和特殊主义的问题》，白培德译，见《后殖民理论与文化批评》，张京媛主编，北京大学出版社1999年版，第388—389页。

乡愁、华语文学与中华性

学术自审是学科进步的关键，作为一个新兴的学科，世界华文文学研究尤其需要自审精神。在《对象·理论·学术平台——关于华文文学研究的学术升级问题的思考》一文中[①]，我们曾经提出二十多年来的世界华文文学研究存在许多不足之处，缺乏学理对话和学术论争就是其中之一。的确，中外文学史早已表明论争与对话具有十分重要的意义，它是推动文学思潮形成与演变的至关重要的动力。可以说，没有文学论战就没有文学思潮的历史运动；学术发展也是在各种观念的对话和争辩中获得进步的。缺乏对话和论争无疑是世界华文文学发展史上的一个缺憾，思潮史的缺席先天地决定了我们的世界华文文学史书写的局限，已经出版的多种世界华文文学史常常难以形成自洽的历史叙述和逻辑框架。必须指出的是，马来西亚的华文文学应该是一个例外，自从马华文学在 20 世纪 20 年代发蒙以来，就一直论争不断。从现代马华文学的独特性论争到当代的现实与现代之争，再到旅台与本土作家的论战以及晚近关于马华文学国籍问题的讨论，在这一系列的论争与对话过程中，马华文学的创作与论述都取得了令世界华文文学界瞩目的实绩。

在经历了现实主义与现代主义的论战之后，20 世纪 80 年代的马华文学进入了相对平静的时期——现实主义与现代主义相互融合，不再是水火不容的生死冤家。但进入 20 世纪 90 年代以后，随着新世代作家的群体崛起，马华文坛的稳定格局再次受到了挑战。尤其是旅台作家群在台湾文坛崛起后重新返回马华文坛，企图重写已成定论的马华文学史。本土与旅台马华作家之间产生了激烈的论战，这引起了 20 世纪 90 年代以来马华文坛的美学骚动和艺术意识形态的剧烈变动。但旅台作家内部在文学理念上也不是完全一致，他们彼此之间也存在着明显的美学差异和艺术意识形态的不同。这是个有趣的现象，也值得世界华文文学研究者关注与研究。

本文将从黄锦树与林幸谦的一次小小的论争谈起，讨论以旅台作家为核心的马华新世代作家内部文学观念的差异与冲突，以及涉及世界华文文学研究的一些重要问题，其中关于乡愁写作的认知分歧具有某种普遍性。

1995 年，黄锦树在《南洋商报》的文艺副刊发表《两窗之间》，点评新生代诗人陈大为、沈洪全、辛金顺等人的作品。他提出对于诗歌艺术而言，主体的意志不能过度干扰语言的意志，创作无疑是主体向存在的挣扎，一种主体意志与语言意志的交战。这是诗歌史

---

① 刘登翰、刘小新：《对象·理论·学术平台——关于华文文学研究的学术升级问题的思考》，《广东社会科学》2004 年第 1 期，第 17—23 页。

上早已出现的一种诗歌观念。黄锦树从这种观念出发，批评辛金顺和林幸谦的创作主体意志凌驾于语言意志之上甚至剥夺了语言的自由和意志。他甚至认为："林幸谦创作上的最大的问题（不论是散文、论文、诗）从他这几首诗中也可以看出：过度泛滥的文化乡愁，业已成为他个人创作的专题。中国像是一个严重的创伤，让他一直沉浸在创伤的痛楚及由之而来的陶醉中，他像一个失恋者，一直对旧情人念念不忘，以致无法面对其他的可能对象。这种情感上的耽溺化为说明性的语言，一样是滥调。"[①]黄锦树对林幸谦的诗歌、散文创作乃至文学批评的全盘否定引起了林幸谦的反弹，林氏在《窗外的他者》一文中回应了黄锦树的批评。

林幸谦的回应包括以下几个方面：第一，林氏承认其《生命情结的反思——白先勇小说主题思想之研究》确有讨论白先勇的"中国命题"和"文化乡愁"的内容，但这只是"论述之需要"，也只是书中的一部分而已。黄锦树从林幸谦的白先勇论出发指控林氏犯了"过度泛滥的文化乡愁"的毛病的确难以让人信服。因为学术研究是对对象的一种阐释，这种阐释的有效性取决于论者是否准确地把握住对象的思想内涵。文化认同问题无疑构成了白先勇早期小说的重要主题，但白先勇的问题并不能等同于论者的问题。尽管有时研究者与对象之间存在某种契合，但研究者也完全可以客观地进入研究对象的文本世界，甚至从批评的角度展开探讨。这显然是文学研究的一个常识。第二，诗歌创作无疑具有多种美学途径，不可能只是黄锦树所认定的一种。林幸谦在散文书写中往往引入诗歌的手法如意象、隐喻、象征与情思的跳跃等等，而在诗歌创作中则放弃现代派那种晦涩语言转而追求语言的"明朗化"。"在语言的运作上，从象征、隐喻、寓言性出走，开拓一种较为直接、淋漓尽致，而且痛快的叙述模式与书写语言。"[②]第三，"身份认同、文化冲突、中国属性，尤其是边陲课题等问题，对于海外中国人而言，足可以让几代人加以书写阐发，是世纪性的一个问题"[③]。的确，边陲书写和生命情结构成了林幸谦所用作品的突出特色。随着全球化的深度展开，移民问题日益突出，身份认同和边陲课题不仅是世纪性问题，也不仅仅与离散华裔相关，而且是世界性的问题，移民的身份书写和边陲叙事业已成为世界文学与文化的重要主题之一，这个主题也将长期被文学、史学、社会学乃至政治和哲学写作所关注和重视。

显然，黄锦树与林幸谦的根本分歧在于对文化乡愁书写的不同认识。前者完全否定乡愁书写的意义，后者则认为边陲课题仍然是一个世纪性命题，尤其对生存在多元文化、多元种族社会中的少数和弱势族群而言，仍然蕴涵着重大的时代意义。许多现象表明，这一分歧是海外华文文学界普遍存在的一个问题，而且越来越凸现出来。这就是我们今天之所以还要回头看发生在1995年黄锦树与林幸谦的那一次小小文学论争的原因。

黄锦树对林幸谦回应的回应进一步把这一分歧凸现了出来。他提出了"中国性"与

① 黄锦树：《两窗之间》，《南洋商报·南洋文艺》，1995年6月9日。
② 林幸谦：《窗外的他者》，《南洋商报·南洋文艺》，1995年7月25日。
③ 林幸谦：《窗外的他者》，《南洋商报·南洋文艺》，1995年7月25日。

"存在的具体性"的抉择问题，认为在"中国性"与"存在的具体性"之间，马华文学乃至海外华文文学书写，应该选择后者。因为"中国性"书写会造成海外华裔文学对自身生存具体性的遗忘，以至于使海外华文文学变成中国文学的海外支流。他说："'中国'在广大的华人心中潜伏为无形的民族主义，同时却也藉由符号而膨胀为无边的、想象的大汉帝国。写作者作为符号的运用者，更容易坠入那'看不见的城市'的陷阱。哀怜、自伤、悲情作为一种负面的形式，在认识论上仍然局限于一个以中国为主体的想象的中心观，和本土中国人的傲慢自大不过是一枚铜币的两面。"① 不难看出黄锦树的说辞对"本土中国人"存在某种不可思议的敌视。我们不知道其所谓的"本土中国人的傲慢自大"的印象是从何而来的，黄锦树对当代中国人的性格和当代中国文学与文化以及世界话语体系的权力结构到底有多少了解？这无疑是令人质疑的。但这不是本文所要讨论的问题，在此不赘。我们首先要讨论的是黄锦树和林幸谦的论争中所含有的华文文学乡愁书写命题。

记得在 1997 年，"北美华文作家作品讨论会"在华侨之乡福建泉州举行。为这次研讨会的顺利进行，中国作家协会特地编辑出版了《北美华文作家百人集》。顾圣浩教授撰文《月是故乡明》，以这部"百人集"为核心讨论了海外华文文学的深刻而复杂的"思乡情感"②。的确，《北美华文作家百人集》给人们留下了一个深刻的印象：海外华文文学在书写主题上具有某种高度的一致性，即"乡愁书写"，这个选集也进一步加强了人们过去形成的对海外华文文学的刻板印象。参与讨论的一些中国作家对海外华文文学也有这样的认知。如何认识和评价华文文学的乡愁书写无疑已成为当今华文文学研究的一个重要的课题。朱立立在《华人学的知识视野与华文文学研究》一文中对这个问题有过比较深入的论述：我们必须从不再孤立的文本对象中看到乡愁更为丰富具体的存在形态和历史变化。我认同她的观点："乡愁，也许它有着中国农耕文明和儒家思想的烙印，也许它带着西方浪漫主义的精神还乡意味；也许它是政治流亡与文化放逐的孤独与酸涩，也或许，它只是一种散发着淡淡哀愁的美丽装饰；它可能是身处异域的华人族群记忆历史和祈祷的方式，也可能只是华人个体漂泊的需求与生命呈现的形式……而且，乡愁的内涵与叙述方式，与华人所在国的政治经济种族政策也关系紧密，华人生存的具体性是乡愁文学形态的直接依据。在全球化成为现实的今天，乡愁书写正遭到普遍的质疑，的确，过度的乡愁书写更多地暴露出异域生存的文化不适应即所谓的水土不服；但另一方面，一种有深度的乡愁写作仍然是华人移民个体乃至族群族性记忆属性建构的重要方式。"③ 的确，我们有必要把华人的乡愁书写看得复杂一些、多元一些、历史化一些，更必须把乡愁问题纳入海外华人华裔的生存具体性和多元互动的文化场域中予以观察和认识。乡愁是海外华人的离散生存方式

---

① 黄锦树：《中国性，或存在的具体性？——回应〈窗外的他者〉》，《南洋商报·南洋文艺》，1995 年 8 月 26 日。

② 参见顾圣浩：《月是故乡明——美国华文作家作品的一道风景线》，见《北美华文创作的历史与现状》，暨南大学出版社 1999 年版，第 2 页。

③ 朱立立：《华人学的知识视野与华文文学研究》，《福建论坛（人文社会科学版）》2002 年第 5 期，第 39 页。

所产生的心理需求和情结，不同的乡愁书写个案无疑都是书写者对自身所处的政治文化环境的"在地回应"。

与乡愁书写相关的一个问题是海外华文文学与"中国性"的关系问题。"中国性"这个概念也许是华侨华人学家王赓武先生所发明的，在《中国与海外华人》一书中已经出现"Chineseness"。也有人认为"中国性"是从新儒学的中国文化思想尤其是杜维明的"文化中国"概念中延伸出来的。黄锦树把"Chineseness"解释为"中国特质/中国本质"。在华人学研究界一般认为"Chineseness"可以视其所处的文本脉络，或翻译成"中国性"，或译成"华人性"。在中国大陆的文论界，"中国性"这一概念很少出现，而人们更多地使用的是"中华性"概念。

近些年来，海外华文文学与"中国性"的关系问题在台港和海外华文知识界的一些学者中时不时被提及，而且认识颇为混乱。黄锦树就是其中之一，他的《中国性，或存在的具体性？——回应〈窗外的他者〉》无疑成为黄锦树后来的马华文学研究的一个思考的起点，亦是其"去中国性"迷思的开端。从《马华文学：内在中国、语言与文学史》到《马华文学与中国性》，从对林幸谦"文化乡愁"书写的否定到对当代马华文学"中国性现代主义"的批评，黄锦树对华文文学"中国性"的看法越来越偏激和片面，这一现象的出现无疑受到了 20 世纪 90 年代以后台湾地区"去中国化"思潮的负面影响。20 世纪 90 年代以来，否定乃至仇视"中国性"的倾向在台湾人文学术论述中时不时会冒出来，1996 年，台湾"中研院"的陈奕麟在《边界》（*boundary* 2）杂志发表"Fuck Chineseness"一文[①]，该文的中译文以《解构中国性：论族群意识作为文化作为认同之暧昧不明》为题，发表在《台湾研究季刊》（1999 年 3 月，总第 33 期）上[②]，作者借助西方的民族认同建构论和"解殖"理论并以污秽偏激的语言传播一种仇视"中国性"的情绪，以"学术"的名义污名化中华文化认同。这种高度意识形态化取向和工具化操作对台湾地区包括华文文学批评在内的人文学术的健康发展产生了很大的伤害。

我以为黄锦树关于马华文学与中国性的思考有需要进一步商榷的地方。第一，在讨论海外华文文学时，笔者认为应该使用"华人性"或者"中华性"，这样可以避免混淆问题的焦点和准确含义。第二，黄锦树错误地割裂了"中国性"与"华人存在的具体性"的关系。如果我们把"Chineseness"理解成"华人性"或者"中华性"时，黄锦树的问题所在也就一目了然了，因为"华人性"内在于"华人存在的具体性"，构成华人"存在的具体性"的族裔维度，"中华性"透过离散华裔的选择与创造早已隐蔽地转化成为当下生活的一部分。第三，黄锦树把"Chineseness"理解为"中国本质"，这可能过于静态和固化了。我以为"中国性""华人性"以及"中华性"等等概念都应该视为一种不断建构的历史性

———————

① Allen Chun(1996). "Fuck Chineseness: On the Ambiguities of Ethnicity as Culture as Identity". *boundary2* 23(2): 111-138.

② 陈奕麟：《解构中国性：论族群意识作为文化作为认同之暧昧不明》，《台湾研究季刊》第 33 期，1999 年 3 月，第 103—131 页。

概念，一种开放的中国性概念，而不应将其本质主义化。在讨论"中国性"与海外华文文学的关系时，我们不仅需要一种历史的"中国性"概念，而且更需要一种开放性的"中华性"概念。新加坡的吴英成博士提出"开放的中国属性"——尊重多元文化的差异，让中国属性成为开放的身份意符——是十分有意义的观点："在这彼此依赖又快速变迁的全球化竞争时代中，世界各地的华人何须再内耗于相互的敌视，唯有打破纯度中国属性的迷思，尊重彼此的差异，进而利用本土与全球、此处与他处、过去与现在等双重文化特性，在居留地与想象祖国间保持创造性的张力，进而深化丰厚自身杂质而具独特性的语言与文化形式，如此才能在全球化浪潮中不被东西方任何主流文化淹没，并得到他者或世界其他族群的尊重。"[1] 吴英成从语言层面进入的关于"中国性"/"中国属性"的阐释与辩证，非常值得海外华文文学批评界深入思考和借鉴。

港台及海外华文文学圈所讨论的"中国性"概念，实际上涉及华文文学的文化身份认同问题。关于华文文学的文化认同，笔者以为首先要对"文化认同"这个使用频率很高的概念做一些分析。在我看来，文化认同不是单一的、纯粹的、静态的，而是一个结构，由多种文化元素构成，是基于历史的动态的建构过程。对于文化认同的理解与阐释必须保持本质论与建构论之间的辩证平衡，"在历史之维上维护族群自始源而来的文化情感，而在现实之维上，使始源情感更具弹性而不僵化，承认属性受现实政治、经济、文化情境的制约，进而确立以始源为起点的创造性重塑的认同建构理念"[2]。海外华文文学的"中华性"即中华文化元素是海外华人华裔文化认同构成的一个重要元素。海外华文文学的"华人性"/"华人属性"由"中华性""本土性""世界性"以及"现代性"等多元文化元素构成，涉及政治、经济、民族、阶级、性别、地缘、宗教、族群、语言（方言社群）、教育、宗族等复杂层面。其次，"中国性"本身也是一个基于历史、回应当下和面向未来的复杂的动态的结构，不宜做某种本质主义的认定和化约主义的理解。华人或华裔文化属性建构是充满矛盾张力的漫长历程，由文化情感和生存策略交织而成。由差异所带来的文化张力或许正是华文文学的丰富性和魅力所在。在多元种族多元文化并存的境况中，比较妥当的理念把属性视作自我和他者、过去和现在、中心和边缘的辩证对话而得以建构的。

现在我们再回到黄锦树与林幸谦的论争。黄锦树把林幸谦的边陲书写纳入从"天狼星"诗社到李永平的"中国性现代主义"的脉络中。李永平的情形要复杂得多，这一点黄锦树自己是承认的。林幸谦的情形也要复杂一些，但黄锦树的认识却有些简单化。黄锦树的马华文学论述的确敏锐有力但也常常犯化约主义的弊病。

发现文本间性从而建立文学的知识谱系和总体性概念，无疑是文学研究的一种进路。这是一种古老的方法。丹纳的《艺术哲学》提倡的就是这种方法："我的方法的出发点是在于认定一件艺术品所从属的，并且能够解释艺术品的总体。"这一总体的认识分为三步：

---

① 吴英成：《开放中国属性：海外华人圈华语变体切片》，《联合早报》，2002 年 12 月 15 日。

② 刘小新：《文化属性意识与东南亚华文文学研究》，《华侨大学学报（哲学社会科学版）》2000 年第 2 期，第 99 页。

一件作品属于作家全部作品的总体；一个作家和他创作的全部作品隶属于比作家更大的总体，即某一文学流派或作家家族；而作家群体又包含在一个更大的总体之中，即"在它周围而趣味和它一致的社会"①。黄锦树的马华文学研究也试图建立当代马华文学的知识谱系，把林幸谦等人纳入所谓"中国性现代主义"的总体之中。但我们以为从"天狼星"到林幸谦、李永平这一文学谱系——当代马华文学史的一条脉络——的真实性是蛮可疑的。"总体化"往往是以牺牲异质性为代价的。黄锦树的"总体化"学术思维在何种程度上可能化约了"天狼星"与林幸谦们之间的差异？

找到林幸谦与"天狼星"诸君的共同点似乎并不困难，但指出林幸谦诗文的异质性元素反而更为重要。这些异质性元素有可能显示出新世代华裔作家在身份认同和美学意识形态方面的不同走向和旨趣。从林幸谦的诗歌与散文文本看，他的生命与文化情结并非如黄锦树所说的"过度泛滥的文化乡愁的滥调。"因为乡愁这个被海外华文文学作家一再书写的文学母题，在林幸谦看来是"夜里的一场大梦"，原乡神话的迷思把海外人囚禁在一个民族的大梦中。解构"乡愁"和原乡神话是林幸谦诗文写作的一个核心主题，有趣的是这显然与黄锦树的观念有着某种近似之处。值得注意的是对原乡神话的反省并非黄、林两人所独有，这一倾向在20世纪90年代以后的海外华文文学尤其是新生代华文作家的创作中有一定的普遍性。这与新生代受后现代主义和解构主义思潮的深刻影响有关，也与文化全球化的快速发展所带来的时空压缩与全球离散生存对传统认同观念的挑战相关。正如齐格蒙·鲍曼在《生活在碎片之中——论后现代道德》一书中指出的："如果现代的'身份问题'是如何建造一种身份并且保持它的坚固和稳定，那么后现代的'身份问题'首先就是如何避免固定并且保持选择的开放性。"②文化全球化一方面强化了身份的流动性、认同的杂种化（hybridization）和全球视域的形成，另一方面也刺激与强化了本土性和地方性的认同诉求。这些复杂且纠缠在一起的因素都引发了20世纪90年代以后海外华文文学尤其是新华人文学对传统那种稳定的相对单一的乃至本质化的原乡意识的质疑与消解。我们可以从以林幸谦、黄锦树等为代表的新生代作家的作品和论述中看出原乡意识的历史嬗变。

我们认为，海外华人作家和批评家始终都要面对华文文学的文化属性问题，都要在美学层面或论述上处理身份政治命题，这个问题内在于华人写作与文化实践之中，内在于华人论述变迁和华人文学的发生与发展之中，无法规避。文化属性不是一成不变的，而是处于不断建构的过程，在多元文化力量的不断协商与斗争过程中形塑。而身份政治始终与作家的生存处境相关，也与作家所受到意识形态思潮的复杂影响相关。因而，对华文文学的文化属性和身份政治问题，不同的作家或作家群体有不同的理解与处理方法。乡愁书写是一种类型，反映了华人移民普遍的一种文化心态，一种传统的漂泊心态，也反映出海外华

---

① 丹纳：《艺术哲学》，傅雷译，人民文学出版社1963年版，第4—6页。

② 齐格蒙·鲍曼：《生活在碎片之中——论后现代道德》，郁建兴等译，学林出版社2002年版，第87页。

文文学创作常常因袭了一种隐蔽的美学成规，一种文学史传统书写惯例的深刻影响，许多时候也是一种审美生产的历史惰性。乡愁的解构书写是另一种类型，它处理的是乡愁与反乡愁之间的更为复杂的情感关系，这种情感张力赋予了华文写作一种特殊的美学意味。第三种是从自我中跳脱出来的现代意义上的离散书写，跳脱出乡愁与入世的分离，超越原乡想象与现实关怀的区隔，将华人离散书写与人类普遍的离散经验相连接，扩大华文文学人文与社会的关怀面，重新叙述并且融入世界范围的离散经验，与国族、性别、族群、阶级、第三世界话语、环境生态思潮以及诸种弱势社群运动等因素相勾连，嵌入到差异政治、记忆政治、左翼政治、承认的政治和游牧主义思潮之中，发展出更加多元丰富乃至具有激进美学意义的深度乡愁叙事，我们把这种华文书写定位为全球化"后乡愁"（Post-nostalgia）的离散写作。

第四种是以反乡愁书写为修辞行去"中华性"之实，企图切断华文文学与中国文化的历史关联，说白了就是去中国化。这种去中国化的逆流在不同的历史时期有着不同的表现形态，晚近集中表现在华裔美国学者史书美所谓的"华语语系文学（Sinophone Literature）"论述中。这种论述虚构了一个中国话语权力中心，把"华语语系文学"这个一般性的"语种文学"概念意识形态化、工具化，标榜一种以反"中国中心"为目的的"华语语系文学"，企图操作"华语语系文学"与中国文学传统的二元对立。史书美这种论述本质上是西方反华势力和台湾地区去中国化思潮的帮佣。事实上史书美把批判的矛头指向中国是完全错误的，是去历史化的，完全搞错了批判的方向和解构的目标。在全球人文知识生产体系中，西方尤其是美国仍然处于文化霸权的中心，此其一；在美国文化权力结构内部，少数族裔话语仍然处于并将长期处于弱势状况，此其二；在金融资本主义和新自由主义全球横行肆虐的年代，底层和中产阶级的经济利益和文化权力日益受损，西方社会内部乃至世界体系中心与边缘的结构性冲突日益尖锐，此其三。史书美对这种权力结构和不平等现实视而不见，缺乏必要的批判性反思，对自己的发言位置及其所处的霸权结构也缺乏必要的批判性反省，其做法不过就是更进一步地成为美国主流学术体制的附庸而已。这种所谓"华语语系文学"的话语生产与操作或可视为新自由主义影响下人文学术依附性发展的诸种症状之一，是一种对西方学术话语霸权依附的精神症状的具体表征。真正有效且值得赞赏的做法是像杜波依斯（W. E. B. Du Bois）那样把矛头指向美国的主流话语体系，美国主流话语体系才是真正需要批判与解构的全球话语霸权中心。现今进步的华人文学写作（包括论述）必须努力揭示出这种不平等的权力结构，必须努力成为包括华人在内的弱势（少数）族裔（族群）争取平等权利的文化代言与美学表达，必须努力建构一种能真正有效地反思历史、思想当代和批判现实的能力，真正成为西方人文知识体系内部的批判性少数话语。

对于华人文化生存和文学自主发展而言，依附于西方帝国学术霸权的文学论述无疑是有害的。今天的华文文学批评需要的是杜波依斯那种对黑人灵魂"双重意识"的深刻阐释——"美国黑人的历史就是一场斗争的历史，渴望着成为具有自我意识的人，渴望着使这双重自我融合为一个更好、更真实的自我的斗争的历史。"①——需要的是杜波依斯那种在美国主流社会和话语中心为黑人争取平等权力的斗争精神，需要的是那种有着更广大的关怀面向并与人类普遍情感相会通的离散叙事与思想论述。中华文化内在于华人的情感结构，是华人文化生存的重要之维，对于海外华文文学的历史与未来发展而言，中华文化从来都不是负资产，更不是一种文化霸权，而是一种至关重要的思想和文化资源，是海外华人灵魂"双重意识"中至关重要的组成部分，是华文写作富有深度的人文精神和文化张力的构成因素之一。正如凯文·林奇所言："理想的状况必须既扩充现在，又与过去和未来取得联系。"② 历史感、文化记忆、生存的具体性以及对未来图景的想象都是华人离散族裔自我认同建构不可或缺的维度。我们认为：实现移民社会多元族群、多元文化之间真正的宽容、多元、平等和相互承认，包括作家和批评家在内的华裔人文知识分子需要更积极主动的文化参与和政治参与，"需要进行不断的'文化抗争'和'文化协商'。海外华人文学的历史即是一部华裔知识分子在不同的历史语境下展开'文化抗争'和'文化协商'的发展史。"③ 我们有理由相信：在不断展开的多元文化的对话与协商过程中，在文化乡愁与思想游牧之间，在离散与聚合之间，中华文化或中华性完全有可能创造性地转化成为一种不竭的文学想象与思想动力的来源。

---

① 杜波依斯：《黑人的灵魂》，维群译，人民文学出版社 1959 年版，第 4 页。

② 凯文·林奇：《此地何时》，赵祖华译，北京时代华文书局 2016 年版，第 1 页。

③ 刘小新、朱立立：《海外华人文学与"承认的政治"》，《江苏大学学报（社会科学版）》2008 年第 1 期，第 45 页。

华文文学版本差异问题析论

作为文学史史料学的一部分，版本研究涉及对文献资料的鉴别、比较与阐释，是文学研究不可忽略的一个环节。传统版本学基本指的是古书版本学，主要研究古籍版本问题，在古籍整理和古典文学研究中版本研究的重要性不言自明。有识之士早已认识到，今书或新书包括现当代文学（文学作品及研究论述）同样存在着版本问题。早在 1935 年，阿英（钱杏邨）就曾在《版本小言》中指出：版本学是一种专门的学问，"旧书固如此，新书又何独例外？版本对于新书，是一样有道理的……注意版本，是不仅在旧书方面，新文学的研究者，同样的是不应该忽略的。无论研究新旧学问、中外学问，对于版本，是应该加以注意的"①。唐弢的《晦庵书话》谙熟文献资料及相关掌故，其轻松自如的散文笔法中带有明确的版本意识，叶圣陶称道其"开拓了版本学的天地，很有意思"②。长期致力于新文学版本和史料研究的朱金顺认为："新文学产生的年代较近，但版本的复杂和处理起来的棘手，是不亚于古代文学的。"③具体而言，现当代文学研究同样会面对伪本、伪装本、增删本、修改本、盗印本等版本问题④，单说中国现代长篇小说的修改本问题就不简单，"20世纪 50 年代至 80 年代初的历史语境中，出了众多修改本。这些修改本有着复杂的修改动因，普遍存在着'性''革命''政治'等方面的修改内容。反复修改带来的异文及不同的'副文本'内容经过阐释的循环，使作品的不同版本变成了不同的文本"⑤。即便是时间相对较近的新时期文学也同样存在版本问题，其中部分作品存在多个内容不同的版本，当作品因各种原因产生一个或多个异本时，就会随之产生"批评的版本所指问题"。"此时的文学批评，要么版本所指笼统，从众多版本中任选一个以此统指该作品；要么就是版本互串，将对一部作品某个版本的阅读印象强加于另一版本。这些现象会严重影响文学批评的严谨性。"因此研究者应该有版本意识、重视对不同版本的整理和辨析，当代作家作品的版本汇校"也是一个刻不容缓的学术实践问题"⑥。近些年中国现当代文学研究领域的版本研究出现了不少成果，如金宏宇《中国现代长篇小说名著版本校评》（人民文学出版社

① 钱小云、吴泰昌编：《阿英散文选》，百花文艺出版社 1981 年版，第 242—244 页。
② 唐弢：《晦庵书话·序》，生活·读书·新知三联书店 1980 年版，第 5 页。
③ 朱金顺：《辑佚·版本·"全集不全"：读"中国现代文学的文献问题座谈会"论文随想》，《中国现代文学研究丛刊》2004 年第 3 期。
④ 王宗芳：《版本学在现代文学研究中的作用》，《图书馆工作与研究》1992 年第 3 期。
⑤ 金宏宇：《论中国现代长篇小说的修改本》，《文学评论》2003 年第 5 期。
⑥ 罗先海：《加强新时期文学的版本研究》，《中国社会科学报》，2020 年 5 月 11 日。

2004 年版），黄开发、李今编著《中国现代文学初版本图鉴》上中下三册（河南文艺出版社 2018 年版）等。现当代文学中的改写和版本问题也成为博硕学位论文的热门选题，鲁迅、郭沫若、茅盾、巴金、老舍、曹禺、钱钟书、沈从文、叶圣陶、张爱玲、杨沫、梁斌、汪曾祺、张承志等大量现当代作家作品的改写及版本问题都受到了不同程度的关注，对版本问题的重视也延展到对文学史著作版本的观照，如对《中国现代文学三十年》版本源流的探讨等。

华文文学（台港澳及海外华文文学）同样存在版本问题，批评和研究中同样也存在版本所指笼统模糊、版本互串等现象，与学界对现当代文学版本问题的高度重视程度相比，人们对华文文学版本问题的关注还很不够。未经甄别辨析地运用版本材料，势必会影响论述的准确性、有效性及学术价值。20 多年前黎湘萍就指出：史料的发掘和甄别是中国大陆台湾文学研究界的"一个薄弱环节"，汪毅夫、朱双一等学者重视史料建设的学风在新兴的华文文学研究学科中"实在太缺乏"，也"就特别难能可贵"[①]。汪毅夫在谈及台湾文学研究中的史料使用时，就曾指出对日据台湾文学的研究存在着忽视语言因素及版本等问题，有的台湾现代文学史论著对吴浊流的日语作品"一概将译文当作原作、将译者的国语白话译文当作作者的国语白话作品来解读"；甚至有的论文将吴浊流作品的译文当成原作，以 1971 年的中文译文取证说明吴浊流 1948 年创作时期的语言现象[②]。这种对创作语言和翻译语言区别的忽视或盲视也是版本意识缺乏的表征。版本意识未受到足够的重视，或源于材料收集的困难及资料匮乏，或因研究者视野局限、版本意识欠缺，从学科建设角度看，则与华文文学史料建设的不足相关。长期呼吁重视华文文学史料建设工作的袁勇麟曾指出：与古代文学和现当代文学研究相比，世界华文文学史料学的建设还存在许多空白和不足，"搜集资料只是史料工作的第一步，随后还有众多繁重的任务，比如史料的考证，比如版本的鉴别，比如笔名的辨认，等等"[③]。在从事华文文学教学与研究过程中，笔者也越来越意识到版本问题的不可忽略。华文文学的版本问题纷繁芜杂，绝非一篇文章所能道清说明，本文仅试图在笔者有限的视域中就华文文学的版本差异问题进行初步探析。

一、华文文学版本差异问题略览

华文文学的不同版本即异本问题，既有开本、纸张、字体、行款格式、装帧设计等外在形式层面的版本差异，也有作品本身即"正文本"的增删修改所导致的版本差异，还

---

① 丁木（黎湘萍）：《大陆的台湾文学研究综述》，见《中国文学年鉴·1995—1996》，中国社会科学院文学研究所、《中国文学年鉴》编，作家出版社 1999 年版，第 178—179 页。

② 汪毅夫：《台湾文学研究：选题与史料的查考和使用——以〈诗畸〉为中心的讨论》，《闽台文化交流》2007 年第 3 期。

③ 袁勇麟：《一个宏大的系统工程——世界华文文学史料学管窥》，《华文文学》2002 年第 2 期。

有前言后记序跋附录等等"副文本"① 发生增删变化的版本差异。不同版本的序跋、前言后记、扉页题词、题记、图片插画（包括一些封面设计）等副文本往往包含一些历史文化讯息和时代印迹，也可能透露着作者的特定情感和心理。比如白先勇《台北人》在不同时期和不同地区多次出版，多数版本的扉页都印有这句题词——"纪念先父先母以及他们那个忧患重重的时代"，以及刘禹锡的《乌衣巷》——"朱雀桥边野草花，乌衣巷口夕阳斜。旧时王谢堂前燕，飞入寻常百姓家。"前者直书胸怀，后者以古喻今，与"台北人"系列小说的文本内涵有密切的互文关系。白先勇在两岸出版的《台北人》《纽约客》都采用顾福生绘画为书封，显示出作者与"五月画会"锐意创新精神与表现自我探索人性的顾福生绘画意趣的契合。而陈映真《将军族》封面用了吴耀忠的油画"年轻的补鞋匠"，这幅画作"带有一种社会底层的惨绿、压抑和灰黯。然而，年轻鞋匠的神情中，有一种难以形容的专注及尊严"，传达了与陈映真相同的左翼情怀②。本文中主要谈论的是作品内容发生变化的版本差异问题。华文文学具有跨文化、跨语言、跨国、跨区域、流动性等特征，不同区域有着各自特殊的历史文化背景和社会现实语境，此外，作家修改作品的习惯、出版时间和地区的不同、出版社的不同等等都可能会带来版本差异问题。简要地说，华文文学的"异本"问题主要存在以下五种境况。

第一，因发表或出版时间不同而产生不同的版本。这种情况比较常见，一些作者出于精益求精或其他考量会对旧作进行不同程度的增删修改。有些作品改动很小，如马华旅台作家李永平的《吉陵春秋》再版时，作者回首自己当初创作时因不能忍受中国台湾地区"恶性美国化的中文，以及东洋风"，而"矫枉过正"，使得"中国语文传统受到另一形式的亵渎"，"痛定思痛"，遂决定趁再版对字句标点进行必要修正，"改动的地方并不算多，删补之间，却也费尽了苦心。台北溽暑市嚣中推敲吟哦的苦事，作者一片衷心，为的还是中国文字的纯洁和尊严。经过这一次的修订，个人希望，《吉陵春秋》的风格意境更能够保持中国白话特有的简洁、亮丽，以及那种活泼明快的节奏和气韵、令人低迴无限的风情。这一来，作者对中国语文的高洁传统，就有了一个交代，而个人的文学和民族良心也得到抚慰"③。自序不长，却足以见出李永平对自己小说创作语言的极高要求，以及对中国文字特有美感及背后文化传统不同寻常的热爱与维护。改动较大的如《马兰自传》从初版的 18 万字，到修改版《马兰的故事》的 30 万字，人物塑造、细节描写、语言文字都发生了较大变化。还有比较特殊的情况，如王文兴的《家变》，同一出版社 2000 年出的新版

---

① 副文本的概念源自热奈特，热奈特认为副文本包括标题、副标题、互联型标题、前言、跋、告读者、插图插页、磁带、护封及其他附属标志，副文本的功能主要是提供一种氛围，甚至一种官方或半官方的评论。热奈特将副文本称为进入正文本的"门槛"。本文基本认同以上观点，略有不同处在于：我们把作品的标题也视为正文本的一部分。参见热拉尔·热奈特等：《热奈特论文选·批评译文选》，史忠义译，河南大学出版社 2009 年版，第 58 页。还可参照朱桃香、金宏宇等中国学者有关副文本的论述。

② 参见杨渡文：《孤独者的灯火——画家吴耀忠的故事》，《财新周刊》2015 年第 48 期。文中还记录了吴耀忠为《山路》封面创作另一幅画作的过程。

③ 李永平：《二版自序》，见《吉陵春秋》，台北洪范书店 1986 年版，第 1 页。

与 1979 年的初版相比，变化虽然很小却很有意思，作者自陈："只修改了一百多字，然而这不是修改，反却是'还原'。这只是还原为原稿的原字而已。"原因是初版时作者"信心不够"修改了原稿部分文字，再版时则认为原稿比较好些，"就完全恢复了旧貌"[①]，体现了王文兴对小说语言的字斟句酌、锱铢必较的严谨态度。总之，出版时间不同，因时代变迁、作者创作思想及审美心理变化等多重因素，都可能带来新旧版本或大或小的内容差异。

第二，发表和出版的地区不同而产生的异本问题。这也比较常见，同一部华文文学作品在中国大陆（内地）、台湾、香港地区或其他国家、地区出版，新版本可能都会出现或多或少的内容差异。究其因，其一是不同地区政治文化背景不同、出版审查制度、意识形态规约等因素导致的一些删改。如李碧华小说的大陆版本"由于众所周知的原因而往往有所删节"[②]；再如齐邦媛的《巨流河》，台版第十章中"两岸文学初次相逢的冲击"一节在陆版中则被删除。其二，也有作者本人的因素，一些作家有不断修改作品的习惯，加之作者也会考量不同地区的读者接受等因素而进行适当删改，导致同一作品在不同地区发表或出版，会出现较大改动。聂华苓的小说《爱国奖券》在中国台湾地区的初次发表版本与在中国香港地区出版的版本相同，而中国大陆（内地）最初发表及早期出版的版本则与港台版差异甚大，详见后文分析。其三，作家特殊的语言表达和符号运用习惯以及不同地区的排版习惯造成的版本差异。如两岸《家变》版本[③]的区别：除繁简字体、横竖排版等形式的差别外，就是台版《家变》中存在一些作者特意标出的字体加粗加黑以及加上下划线符号等，陆版则没有这些。如洪范版第 12 页，范晔打电话给二哥告知爸爸出走的消息，二哥的反应是"噢，他到哪儿去了"，范晔回了句"我不知道啊"，台版中"不知道"三字旁标有划线，以突出范晔的焦虑和不耐烦情绪。再如洪范版第 14 页二哥在电话那头说的"放那边斗柜上"这句话也有划线标识，体现出二哥此刻并未全心投入兄弟通话，他在刚得知父亲失踪消息后还有心思关心身边小事，且用了加重语气，足见他对父亲的出走失踪并不真正关切。划线标识能表达语言文字以外的微妙含义，从中可想见作者的悉心推敲。陆版相应部分则并无划线标识，也因此难以尽现作者于字句符号细微处精心琢磨的痕迹和表达的意趣。这可能主要源于排版因素。

实际上，同一地区的不同出版社在不同时期所出的同一作品也常存在差异。如聂华苓的长篇小说《桑青与桃红》，中国大陆在不同时期出现过不同版本，1980 年中国青年出版社的版本只收入小说的前三部分，作者因顾及大陆读者的欣赏习惯，进行了"大刀阔斧"

---

① 王文兴：《家变·新版序》，台北洪范书店 2000 年版，第 2 页。

② 朱崇科：《华文文学研究新拓展的理路及其问题——以本人的研究为中心进行反思》，《暨南学报（哲学社会科学版）》2011 年第 5 期。

③ 此处所说的两岸版本分别为沈阳辽宁大学出版社 1988 年版《家变》和台北洪范书店 2000 年版《家变》。

的删改，"第四部分全部被删掉了"①，大量删削损害了小说的思想和艺术上的完整性②。聂华苓解释是因"小说需要节制，因此我把两个分裂的人格互相斗争的故事删掉了"③，之后又解释说该版本为当时"文学气候"下"自我审查"的结果。1988 年春风文艺出版社的版本则收入包括第四部分的"全书"，而这是该著截至彼时的"第十一个版本"④。《桑青与桃红》在中国台湾地区发表、出版的命运也很曲折，经历了《联合报》副刊连载的"腰斩"和多年被禁，至 1988 年汉艺色研文化公司方才出版这部作品，出版时间"远落在大陆版、英文版、匈牙利版之后"⑤。作者指出，该书在两岸出的多个版本"有大刀砍乱的版本，有小刀削减的版本，也有一字不漏的全本"，究其因，"出版那一刻的政治气候决定版本的命运"⑥。

第三，作品因误传等因素导致传播过程中出现了不同版本。如于右任先生遗歌《望大陆》就存在两个版本：硬笔日记版和毛笔书法条幅版，毛笔书法版流传广泛。《望大陆》是晚年诗人抒发故土难回的思乡哀歌，1962 年 1 月 24 日以硬笔书写于日记本，无题，内容为："葬我于高山之上兮，望我故乡。故乡不可见兮，永不能忘。// 葬我于高山之上兮，望我大陆。大陆不可见兮，只有痛哭。// 天苍苍，野茫茫，山之上，国有殇。"之后台湾地区媒体出现了被视为于右任先生创作的草书版本，也就是后来在两岸广为流传的版本。这一流传版在中国台湾和大陆地区刊发时分别被命名为《国殇》和《望大陆》，流传过程中又有《望故乡》《思乡歌》等题名；毛笔草书条幅版（流传版）和硬笔日记版的区别，除发表时题名差异外，主要有两点不同：一是诗歌前两节顺序不同，日记中的第一节在流传版中变成了第二节，日记版的第二节则变成流传版的第一节；二是日记中遗歌尾句的"国有殇"，流传版则变成了"有国殇"。在 2006 年的"首届于右任国际学术讨论会"上，这首遗歌长期令人疑惑的版本问题终于得到了澄清：流传版的产生与传播过程中广为人见的书法墨迹版条幅（一般为报刊配图）关系密切，该书法作品未署名，一向被认为是于右任本人所写。这次会上该条幅作者身份疑团得以解开，是于右任的一位日本门徒金泽子卿在于先生去世后不久所作。金泽子卿的于体草书《望大陆》墨迹在台湾地区被记者拍照，误当成于先生的遗墨而刊发，"金泽子卿先生因敬重老师而未声张"⑦。

第四，翻译造成的版本问题，本文主要涉及日据时期台湾文学中的日语写作与中文翻译问题。台湾地区经历了 50 年日本殖民历史，存在着日语文学书写现象，因此也就存在

---

① 曾庆瑞、邹绍军：《聂华苓：一个最接近世界的中国灵魂》，见《珊珊，你在哪儿？》，中国人民大学出版社 1994 年版，第 350 页。

② 李恺玲：《"真空"中的探索：浅论聂华苓的创作道路》，见李恺玲、谌忠恕《聂华苓研究专集》，湖北教育出版社 1990 年版，第 401 页。

③ 聂华苓：《浪子的悲歌·前言》，见《桑青与桃红》，中国青年出版社 1980 年版，第 6 页。

④ 聂华苓：《新版后记》，见《桑青与桃红》，春风文艺出版社 1988 年版，第 263 页。

⑤ 应凤凰：《册页流转：聂华苓小说〈桑青与桃红〉》，印刻杂志 93 期 5 月号。

⑥ 聂华苓：《桑青与桃红流放小记》，见《桑青与桃红》，台北时报文化 1997 年版，第 271 页。

⑦ 白云涛：《于右任〈望大陆〉的家国情怀》，《炎黄春秋》2007 年第 5 期。

着日语版本和中文译本等版本问题，如汪毅夫所指出：日语作品或被译为中文发表，或以日语发表后经译者译为国语（白话），这些翻译必然经过语言转换。"对台湾现代文学作品还应有原作和译文之辨；对于译文又当注意各种译本之别，如吕赫若作品之施文译本、郑清文译本和林至洁译本等。"[①] 日据时期台湾文学的版本问题比较复杂，有关台湾作家日语作品及其中译的版本问题详见后文。本文不涉及台港澳及海外华文文学由中文原文译成其他文字所造成的版本差异问题（这也是个复杂而值得重视的命题）。

第五，如将作家手稿也纳入版本观照视野，那么华文文学的版本问题会更形复杂。诚如李瑞腾所言："手稿可视为一次版本，在计算机书写尚未发生以前，当作家意念萌生，援笔而书，情感与思想即在笔尖流动，大约会有从纷繁混杂到秩序井然的过程，展现在纸面上究竟是一个什么样的景观，有缘之人才能看到。"[②] 近年出版了首部当代台湾文学手稿，即完整收录《家变》与《背海的人》这两篇小说原始手稿的《王文兴手稿集》，具有特殊的收藏和研究价值；易鹏倾向于将现代手稿与发表文献及出版版本区隔开来进行独立研究[③]，他的《文本与现代手稿研究》就是悉心探索王文兴、周梦蝶、纳博科夫等中外作家手稿蕴藏的创作奥秘及文本生成过程的著作[④]。再如钟理和的手稿问题。1964 年钟理和遗作《故乡》四部曲初次发表时，刊发的是"前稿"即作者手写稿中的一种未定本，之后一直通行该"前稿"本，1997 年的《钟理和全集》收入的四篇作品依然采用的是这一版本。而钟理和的孙女钟怡彦发现，实际上还存在钟理和修改过的"后稿"[⑤]。

下面将以聂华苓《爱国奖券》异本问题和日据时期台湾文学因翻译造成的版本差异为例，具体分析华文文学版本差异问题的复杂性和重要性。

二、《爱国奖券》的故事新编与版本差异

《爱国奖券》是聂华苓早年的一篇颇有影响力的短篇小说，最早发表于 1959 年《自由中国》第 20 卷第 2 期（第 24—28 页）（以下简称初版或通行版），20 年后《爱国奖券》刊发于《上海文学》1979 年第 3 期（以下简称沪版，即修改版或新编版），此版本加了副标题"台湾轶事"，"这是国内文学界介绍海外华人作家的开始，是来自海外华人文坛的第

---

① 汪毅夫：《语言的转换与文学的进程——关于台湾文学的一种解说》，《中国现代文学研究丛刊》2004 年第 1 期。

② 《王文兴手稿集：〈家变〉与〈背海的人〉发表会》，《台大校讯》第 1028 期，2010 年 11 月 24 日，网址：http://host.cc.ntu.edu.tw/sec/schinfo/epaper/article.asp？sn=9888

③ 易鹏：《现代手稿研究与作家手稿：从周梦蝶、王文兴到鲁迅的〈奔月〉》，见《中国现代作家手稿及文献国际学术研讨会论文集》，上海鲁迅纪念馆编，上海文化出版社 2016 年版，第 163 页。

④ 易鹏：《文本与现代手稿研究》，台北书林出版公司 2019 版。

⑤ 钟怡彦：《钟理和故乡四部版本比较研究》，见《"台湾现当代作家研究资料汇编"11：钟理和（1915－1960）》，应凤凰编选，台湾文学馆 2011 年版，第 132 页。

一片橄榄叶"。作为中国大陆发表的第一篇海外华文文学作品,《爱国奖券》具有标志性意义,"它标志着海外华人作家及其作品终于赢得了大陆文坛的认同。这无论对聂华苓本人,对海外华人作家,对大陆文坛,都是值得纪念的"①。1980年该作收入香港海洋文艺社出版的短篇小说集《王大年的几件喜事》(以下简称港版)中,同年收入北京出版社出的短篇小说集《台湾轶事》(以下简称京版,值得一提的是书名用了沪版《爱国奖券》的副标题)中,1994年,此作又被收入中国人民大学出版社出的小说集《珊珊,你在哪儿》(以下简称人大版)中。其中港版、人大版与初版相同,也称通行版②;京版应取自沪版,可称为修改版、改编版或新编版,与通行版存在较大差异。作者曾对小说的修改新编做了简单解释:"二十年前写了一则《爱国奖券》的故事,早已绝迹。(谢天谢地!)现在取其骨架,新编之后,新的人物,新的内容,新的意义。"③人大版编者的分析更详细:"《爱国奖券》聂华苓是一位具有强烈社会责任感的作家,尽管她在海外已是知名作家,但在第一次在国内发表作品时,她仍然十分谨慎。她知道如何在大陆赢得读者,更知道首次'亮相'对她意味着什么。其时正值中国刚刚对外开放、文坛乍暖还寒之时,聂华苓的慎重不是没有道理的。尽管我们站在文学研究工作者的立场上并不提倡作家改写旧作,但也应该理解一个初登大陆文坛的海外中国作家的微妙心态。"④人大版对作家的修改意图进行了合情合理的解释,不过收入《爱国奖券》时则选择了初版即通行版,可见编选者对此二版本的取舍态度。

20世纪50年代聂华苓的小说多书写迁台外省人的生存处境和精神状态,这些外省人"全是失掉根的人,他们全患思乡病"⑤。初版《爱国奖券》就塑造了几个生活穷困潦倒、精神失落无根的外省人形象:顾丹卿夫妇、乌效鹏、万守成,次要人物有保姆阿珠、杂货店李金贵(新编版改名李金发)老板、顾家几个孩子等。作者选择开奖日为故事发生的时间点,让日复一日柴米油盐的日常生活遭遇一种戏剧性情境:强烈的期待和预感是实现还是落空?几个贫窘家庭立约合买的这张奖券牵动着每个人的心。"爱国奖券"之名头符合历史真实,读来更别有一番滋味。小说对人物居住环境、生活场景、言行举止等的描摹,呈现了战后外省人困窘逼仄的生存际遇,以及无奈、不甘、颓唐的心理。小说结尾,中奖梦碎,乌效鹏在斗室里荒腔走板地唱着杨四郎坐宫自思自叹的著名唱段:"我好比,笼中鸟,有翅难展。我好比,虎离山,受尽了孤单。我好比,南来雁,失群飞散。我好比浅水龙,

---

① 曾庆瑞、邹绍军:《聂华苓:一个最接近世界的中国灵魂》,见《珊珊,你在哪儿?》,中国人民大学出版社1994年版,第329、341页。

② 在人大版的作品解析中,曾庆瑞和邹韶军指出了《爱国奖券》的不同版本问题,这是笔者所见中国大陆地区最早指出该作存在版本差异的文字。参见聂华苓:《珊珊,你在哪儿?》,中国人民大学出版社1994年版,第19页。

③ 聂华苓:《爱国奖券·作者附记》,《上海文学》1979年第3期。

④ 曾庆瑞、邹韶军:《聂华苓:一个最接近世界的中国灵魂》(编后记),见聂华苓《珊珊,你在哪儿?》,中国人民大学出版社1994年版,第341页。

⑤ 聂华苓:《写在前面》,见《王大年的几件喜事》,香港海洋文艺社1980年版,第1页。

被困在沙滩……"一连串失意落魄意象的自喻自况，对应着战后外省人流离失所有家难回有志难伸的痛苦心结，极富感染力，深受那一时期外省作家的偏爱①。20年后的新编版保留了初版的题旨、思路、基本框架、核心人物等，但也进行了较大增删和改动，造成了不容忽视的内容差异。新编版与通行版的差异主要体现在如下三个方面。

第一，新编版增强了直率讽刺批判国民党当局的内容。

初版中也存在社会批评，但讽刺对象主要是泛泛的世道人心如拜金心态，并不会直接指向政治人物和统治当局；新编版则痛快淋漓地嘲讽政治人物，批判国民党当局的黑暗、残酷和虚伪。

首先，初版中"求婚"漫画及相关情节消失，相应地，改编版浓墨重彩增加了顾丹卿的政治讽刺漫画。顾将美国漫画 Popeye 地点改为太平岛，显然作品挪用了真实发生于1968年的柏杨"大力水手"事件②，并安排性格豪放外向的乌效鹏模仿父子俩争权夺利却标榜民主的可笑嘴脸，尖锐嘲讽了蒋家父子。改编版将开篇的字据立契时间后移十年，改为1968年5月19日，也与现实中的柏杨事件接榫合缝。将真实历史事件嵌入小说，小说虚构故事与社会现实互涉，强化了对战后台湾地区政治体制的批判，这是小说最初刊发时不可能出现的内容。

其次，在空间场景展现上，对顾家八个榻榻米大居室陈设的描写差别较大。顾家是小说人物主要活动的场所，两个版本都对这一空间进行了描述，以体现迁台小公务员家庭住宅的逼仄拥挤和环境的恶劣。两个版本都提及屋角赭色皮箱这一物象，侧面签条上依稀可见"由上海至台湾"的模糊字迹，是顾丹卿一家及邻居们漂泊逃难身世的沉默物证。但两版有关顾家居室内部的描绘存在较大差异，新编版的相关描写大为简化，初版中详细聚焦的墙上照片和顾丹卿画作在改编版中消失无踪，还一并删除了追忆往昔的抒情"闲笔"，却特意将初版中"内幕杂志"泛指的封面名人改为真实历史人物蒋介石的阅兵照片及相关口号，将其与低俗杂志封面并置让初版中只是体现主人颓唐无聊心态的平淡笔触陡然变成鲜明亮眼的政治嘲谑。

此外，人物对话增强了现实批判力度，如改编版增加了顾太太、乌效鹏等人有关"怎么回大陆"的对话等内容，除了表现人物的流离境遇和无奈心态外，其重要功能还在于嘲讽了国民党当局宣传口号的欺骗性和空洞无效。

第二，人物设置的重要变化。

首先，初版中顾丹卿是重要角色，改编版明显减少了这一人物的分量。改编版中，顾丹卿的形貌言语、才华意气、人生经历、个性性格基本被删除，用妻子的话形容，他成了

①　无独有偶，白先勇小说《永远的尹雪艳》中的吴经理就曾在尹公馆票了一出《坐宫》，沙哑的嗓子吟叹着"浅水龙被困在沙滩"的苍凉；刘大任小说《前团总龙公家一日记》中的龙团总同样爱哼唱"想起了当年事好不惨然"，诉说着相似的落魄心绪。

②　1968年1月2日《中华日报》家庭版连载美国连环漫画《大力水手》，内容为父子俩在一小岛竞选"总统"，柏杨的译文将"Fellows"译为"全国军民同胞们"，国民党情治单位认为是在暗讽蒋介石父子，将其逮捕判刑，此即"大力水手事件"。

"三扁担打不出个闷屁"的"哑巴"。初版中顾丹卿的多数重要言论被删除,包括那段关于公子落难的人生感悟,以及他讲述波斯国王故事的较长段落。故事中国王临死前才得到所谓人生之谜的谜底"就是活着、受苦、死去",讲故事的顾丹卿也感慨今非昔比、人生可哀。顾家的故事与人物所讲述的故事互文互涉,人物命运的悲剧性产生了一种复沓和回音的效果。有心的读者也自然会想象叙说顾丹卿故事的叙述者及作者的命运(聂华苓其实就是那群外省人的一员,她本人受《自由中国》事件牵连而失去工作,而后流离至海外)。初版中,顾家简陋居室墙上元旦团拜时同事的合影照、顾夫妻结婚照和顾丹卿早年画作得到了细致描写。结婚照提示着二人曾经温馨美好、青春浪漫的恋情,以及"五彩缤纷的过去"。昔日照片上顾丹卿"丰满匀净的额头,清新灵秀的眼神,那么有把握地似笑非笑地望着前面",与现今"未老先衰"的模样判若两人;而昔日的新娘"娇嫩得像一颗刚摘下来的葡萄",眼光"半惊半喜",充满对夫君的热恋和对未来的憧憬。初版中有关顾丹卿那幅早年画作的描述近乎唯美,"一泓溶溶的春水,映着一片火烧似的芍药,两三只蓝色的鸟,仿佛害怕那烈火烧身似的,由花丛中拍翅飞起,一片乱红像迸裂的火星,濛濛扑向水面。现在也正是草熏风暖的春天,然而,顾丹卿的春天却是用四颗大头钉高高钉在那苍白的、破陋的石灰墙上的,可望而不可即"①,充分表现了顾丹卿年轻时充满灵性的艺术才华以及现今的黯然沦落。新编版删除了结婚照及二人昔日风采的相关细节,人物内心偶尔追念的往昔时光被压缩至不可见;虽还保留了顾丹卿的绘画才能,但删去了他早年画作的描写,还重新设置了顾丹卿漫画创作的内容:由初版中随意灵动的生活化嘲讽漫画"求婚",变成较为刻意而被乌效鹏夸张表演的政治讽刺漫画"大力水手"。在政治批判意旨得到强化的同时,顾丹卿这个人物则由立体变得单薄。初版中的顾丹卿是重要角色和心理性人物(福斯特意义上的);而改编版中的他尽管依然是故事中的一个角色,但却变成功能性人物(普罗普意义上的),他更多的存在价值是帮助作者顺利实现政治批判的意图。

其次,另一较大的人物设置变化就是新编版完全删除了初版中的人物林阿珠,全篇沉重压抑氛围中唯一让人轻松的带有些喜剧性的人物,从初版开篇字据的五名立约人中被除名。初版中,阿珠是顾家保姆,本省未婚年轻女性,文化程度低,淳朴天真,对感情无条件信任,她那封文笔如稚童、错别字多如牛毛的情书,她对金钱的无所谓态度,都与那几个各怀心思的外省人形成对照。她不理解为何顾丹卿、万守成那么看重钱,当看到那幅"求婚"漫画(男子捧着血淋淋的心跪地求婚,女子冷漠反问:"钱呢?房子呢"),阿珠的反应是:"只要人好,要钱干什么。"显然,阿珠身上没有沉重的历史包袱和生存压力,她活在当下,活得简单。删除了这个人物,似乎是减少了与小说主旨关系不大的"枝蔓",却也失去了这个人物带来的地气儿以及室闷压抑氛围中的一丝喜剧性,全篇确实显得更简洁严整,但却多少损失了初版中日常生活的丰富质感和人物相对真实自然的心理弹性空间。

---

① 聂华苓:《王大年的几件喜事》,香港海洋文艺社1980年版,第19—20页。

第三，开篇和结尾等处的细节差异。

原版开篇是乌效鹏出场，奖券最早在他手里。而新编版则以合买奖券的契约字据内容开篇，字据和奖券都在另一个人物万守成手中。初版结句是乌效鹏对顾太太当晚生下又一个孩子的评论"又生了个继往开来的小国民"（与小说前文相呼应），辛辣的嘲谑反讽里饱含无奈辛酸。修改版则改成"通亮的走道上，每扇门都是关着的"，似乎预示着这群人已不对未来抱持希望，未来希望之门的关闭。此外，新编版删掉的火灾场景在初版中明显喻示着乱世求生的不安定感和危机意识。

总体而言，两个版本都注重开掘核心意象"爱国奖券"兼具的经济性价值和政治性内涵：初版表达了对世道的不满和对命运的怨叹，类似"小国民"的尖刻牢骚更是道出这群乱世中阶层下移且无望改观的外省人无以宣泄的愤激，不过全篇并没有对当局的直接针砭；而改编版强化了对蒋家父子和国民党当局的批判讽刺，多处改动如对柏杨"大力水手事件"的挪用，都是在原作创作发表时期不可能出现的内容。其次，新编版对初版做了大量删减，如删除人物阿珠及相关情节、删减顾丹卿的多处言行及心理表现的段落，聚焦于开奖事件以观照人物生存困境，作品显得更简洁明确，更具理性色彩；初版更为强调今昔之比，更感性，女性叙事特质也更明显，虽略有枝蔓，却更多些琐碎日常生活的烟火气（如众人一起吃花生等细节），人物性格塑造也更为细腻饱满。

结语

21 世纪以来，华文文学研究的学术史意识逐渐增强，越来越多的研究者深刻认识到史料建设工作的重要性。2012 年"第十七届世界华文文学国际学术研讨会"在福州召开，大会以"学术史视野中的华文文学"为主题，后出版同名会议论文集①；2019 年陕西师范大学召开了"欧美华文社团、期刊网络史料整理与华文文学史书写研讨会"；以国家社科基金项目而言，近年来有汪文顶负责的重大项目"两岸现代中国散文学史料整理研究暨数据库建设"（2018 年度），赵稀方负责的重大项目"香港文艺期刊资料长编"（2019 年度），朱文斌负责的重点项目"中国海外华文文学学术史研究"（2017 年度），颜敏负责的青年项目"华文文学的跨语境传播研究暨史料整理"（2013 年度）等，说明华文文学学术史研究及史料整理正在成为中国华文文学学科新的学术增长点。在进一步深化华文文学学科意识、强化史料意识的学术语境中，版本问题势必会越来越受到研究者的关注。笔者只是就华文文学版本差异问题进行了粗浅论析，以期引起学界对华文文学版本问题的进一步重视和更为全面深入的探讨，相信版本意识的增强会给华文文学研究的深化带来积极有效的促动。

---

① 福建师范大学文学院编：《学术史视野中的华文文学——第十七届世界华文文学国际学术研讨会论文集》，海峡文艺出版社 2014 年版。

华人学的知识视野与华文文学研究

华文文学研究的发生学知识背景

华文文学研究委实是一门年轻的学科。经过 20 余年的发展虽然已具雏形，但它的不成熟仍常遭遇人们的批评。华文学界的批评实践过程中，存在着两种常见的被人指责的倾向，一种是脱离了对华人生存处境的体察的微观赏析，一些低水准的读后感沦为遭人耻笑的"弱智"文字；另一种是某些宏观整合的浩大工程，被人视为可疑的大杂烩。来自外界的批评不一定都正确，不过，华文文学研究确实也暴露出理论匮乏、批评模式陈旧和方法简陋等问题，需要业内人士反省。

如果回到华文文学研究的发生学知识背景，或许可以找到部分答案。毋庸置疑，在诠释群体的形成和理论知识的建制上，华文文学研究从草创至今一直长期依附于现当代文学，是现当代文学研究领域的派生与拓展。从中国现当代文学的视野看海外华文文学，有一种自明的合法性：因为华文文学从拓荒、播种到发展、壮大，都与中国现当代文学存在千丝万缕的联系，这种密切的关联有时表现为原生与派生的关系，有时则是共生互动的关系。尽管后来人们普遍认识到，海外华文文学与中国现当代文学不同的国别性质，但现当代文学研究的概念、范畴、命题以及学术趣味，仍然影响和规约着华文文学的批评实践。从"20 世纪中国文学"到"20 世纪华文文学"的推演，从中国现当代文学"整体观"到华文文学研究"一体化"的构想，都不难看出这种规约性和影响的直接和强大。当然，任何新学科在初创时期都可能具有或多或少的依附性或者寄生性，但是，对于华文学界而言，20 年来的研究习惯于从中国现当代文学尤其是台港文学研究的眼光，来观照一个事实上已逾出或部分逾出了前者视野之外的流散游牧于世界各地的华文文学现象，这种知识背景的单一性已经局限了对华文文学丰富的美学和文化经验的观照视域。应该说，现当代文学研究的视域在华文文学研究这门学科的起步阶段发挥了极大的作用，但是，当现当代文学研究本身已经开始了一次次深化和转向，华文文学研究这门在不同程度上受其规约的新兴学科却显得有些被动和迟钝。众所周知，20 世纪 80 年代以后，中国现当代文学研究开始摆脱工具论文学观的掌控，"重返自身的文学"和"重返自身的文学理论"成为 20 世纪 80 年代以降文学的自觉和人的自觉的鲜明标志。文学的钟摆又一次从他律向自律回摆，自律的文学观必然产生一种纯文学的理念和审美的研究理路。最初的华文文学批评正是发生于这一知识语境中，于是，审美鉴赏分析就成为华文文学研究最常见的方式。至今这种状况并未发生根本的改变。晚近的文学批评和理论界，"文化研究"的兴盛正在逐渐消解20世纪80年代的"纯文学"理念，政治、经济和意识形态范畴纷纷返回文学的文化研究之中。现当代文学界也受到冲击并发生相应的转换，但这一重要转向对华文文学研究似乎尚未产生实质性影响，华文文学研究显然跟不上当代文学理论转移的步伐，这一点可能颇为致命。华文学界或许并不缺乏对理论范式转换的学术敏感，人们也试图提出一些新的研究理念，却大多停止在理念上的呼吁而难以进入具体的阐释实践；一些学者也开始尝试用"文化研究"或"人类学"的理论与方法展开华文文学的研讨工作，但多数学人对华文文本的讨论仍是从一个普泛的纯美学的角度出发，采取传统的印象式分析方法，却忽视了华人生存的具体性，忽略了文学文本与政治、经济和意识形态诸因素或隐蔽或明显的复杂关系。世纪文论从结构主义到后结构主义，从"纯文学"批评到文化研究的转向，为华文文学研究的理论突围创造了历史性契机。事实上台湾的相关研究就很快地把握了这个契机，比如对美国华人华裔文学的研究，在20世纪90年代前期就进行了大量的后殖民解读，文化属性意识（文化身份认同）等理论问题得到了许多具体扎实的论证分析。比较而言，大陆华文文学的文化研究却显得滞后而困难重重。原因何在？我想其中的一个因素就是：作为一门学科，华文文学研究尚缺乏专业性的深度，究其因，理论资源与学术视域过于单一应必须正视。华文文学既是一个历史性的流动不拘的文化现象，又是遍布全球形态多元的美学存在形式，正因此，她需要的是灵活的多元的研究方法，她更需要一种科际互动的开放视域，她迫切需要一些更为丰富有效的知识背景和理论资源。其中，笔者以为值得首先借鉴吸取的，是华人学研究的知识视野和专业素养。

华人学：华文文学研究的一种参照视野

所谓"华人学"即通常人们理解的华侨华人研究。而华文文学是海外华人移民生存经验和精神体验的感性化表现，是形塑族性记忆的重要文化想象场所，也是书写移民文化适应和文化新变的一种美学形式。华文文学研究的重心自然是作为一种特殊的感性的华人华裔美学。因而，以离开中国母土散居于世界各地的华人移民历史、经济、政治与生存文化经验等为研究对象的"华人学"理应成为华文文学研究不可或缺的知识背景与学术资源，华人学知识的普遍匮乏，势必影响和制约华文文学阐释的有效性和专业性。华人学的知识视野，意味着华文学界自觉地关注华人学的历史、吸收华人学的成果，将之带进华文文学研究中去。但是，就目前的研究现状看，这一视域的欠缺是明显的，这一点从华文文学评论的参考文献就可以窥见端倪 - 像王赓武、郑良树等重要的华人学专家的论述却极少见诸我们的参照视野。

从华人学的历史看，最早出现的华人研究理论是梁启超提出的"华侨殖民论"，与此同时，孙中山提出了著名的"华侨革命之母论"，与之相似的还有"华侨爱国论"和"华侨民族主义论"，这些论说在华侨华人研究中长期占据着统治地位。这种理论的核心在于，以中国为中心，把华侨华人的历史看成是中国历史的延伸，或者中国历史的一部分，相对忽略了华侨华人的在地处境和历史变化。第一次世界大战前出现了"多元社会论（Theory of Plural Socity）"或"多元经济论（Theory of Plural Economy）"，该理论诚然是东南亚民族主义运动高涨时期西方学者为保持该地区殖民地社会秩序而提出的，但对于现代多元社会协调和处理错综复杂的种族关系，仍具有一定的现实意义。二战后出现的"华侨社会阶级论"至今值得注意，它启示人们：华人社会并非一体化的构成，族群内部也同样存在着因地缘政治、宗族关系、接受教育程度、资产占有等不同而带来的阶级或阶层差别。

以东南亚地区华侨华人为主要观照对象的华人学为例，战后华人学经历了三个主要阶段，形成了三股较大的学术思潮：二战结束后出现的"中华文化持续论"思潮（Persistence Theory）或"华侨不变论"，以珀塞尔为代表，强调华人社会和中华文化具有牢固的凝聚力以及不变的特殊本质；20世纪60年代盛行"华侨变动论"和"华人同化论"，以斯金纳为代表，在对土生华人做了详细考察之后，认为在华人基本完成对所在国的国家认同的情形下，"中国文化持续论"无异于一则神话，华人的前途和命运只能是被同化。萧玉灿的"同一民族论"和"华人同化论"是两个针锋相对的观念，"同一论"乐观地构想一种理想性的民族融合，而"同化论"则单方面要求作为少数民族的华人放弃自身的族性特质，自觉融化于所在国多数民族特性之中。事实上，操之过急只会激化民族矛盾与种姓冲突，上述两种观点都将现代社会里民族互动交融的关系看得过于简单，在实践层面很难行得通。20世纪80年代以来，著名学者王赓武建立在对东南亚华人社会结构动态分析基础上的论述得到了越来越广泛的认同，他对东南亚华人内部三大集团的结构分析被公认为符合事实、合情合理；以他为代表的华人研究学者既不再用静止的本质主义观点看待华人，也承认移民文化形态的复杂性与变动性；主张从华人切身的角度看他们自己的历史，因此他看到了变化中的华人认同的复杂性、多重性和长期性，他特别指出南洋华人民族主义的限度，提出了影响深远的"多重认同说"，这已经得到了多数学者的共识。近期华人学的主要任务偏重于更为务实的华人经济研究[①]。

从华人学的思潮更嬗可以看出：华人学已经从历史上的中国中心论述范式中走出，走向更加开放也更为务实的动态的多元的研究。当然，这并不意味着就必须落入移居国中心的叙述模式。从国家中心走向以人为中心，这应是"华人学"目前正在发生的转向。

---

① 以上有关华人学知识的梳理，参见周南京《海外华人历史理论初探》和丘立本《东南亚华人研究学术思潮的演变》等有关撰述，新加坡《南洋学报》1990/1991，第45/46合辑。

华人学对华文文学研究的启示和意义

晚近已有学者意识到华人学知识背景对华文文学研究的参照价值："华文文学研究有必要向华人学学习，华人学相对成熟的理论与方法将有助于改变华文文学研究缺乏学理性的弊端。"[①] 可惜语焉不详。笔者以为，华人学对华文文学研究的启发至少有以下几个方面：

第一，华人学研究重心的转移对华文文学研究的突破具有重要的参照意义。

从上文可以看到，华人学的研究重心已经从早先的横向型研究转向了纵向型研究[②]，所谓横向研究指的是立足于中国，来研究海外华人与祖国之间千丝万缕的关联，即海外移民与母体社会之间存在的原形与变形的文化关系；而所谓纵向研究则指将华人族群放置于居住国的历史脉络，来找寻移民与在地民族国家建构过程的结构关系。前者将海外的华人社会视同整体中国社会的延伸，于是找寻移民与原乡之间的薪传性和延续性就成为这种研究的主要任务。而后者则是近年来海内外华人研究更加重视的一种本土化的纵向历史结构研究。华人学研究的转向提示我们，华文文学研究也同样需要一个相应的转向，关注华文文学与移出国之间剪不断理还乱的血缘关系，是已有的华文研究的重心所在，这是可以理解的，也非常必要；但是这类研究毕竟只应该成为华文文学研究的一支，而不是全部。今天看来，华人移民动机越来越多地倾向于寻求个人发展的更大空间和更多机遇，他们中的大多数被预言将成为一种流动不居的世界人。面对不同区域越来越丰富多样的华人华裔移民文学文本，过多地论述它们的内在中国性不仅不一定真实，而且有可能造成移民所在国的反感和排斥，客观上不利于华人移民的生存与发展。不同代际与阶层的移民群落体现出各自不同的特征，美洲新移民的生存方式和心理形态与 20 世纪 60 年代中国台湾留学生群体判然有别，马来西亚华人新生代作家的身份认同也与他们的前辈有了明显差异。华文文学已经开始以各种方式探讨华人与在地国家历史脉络间的结构关系，与此同时，与中国性的依赖关系则进一步被质疑，如马华文学界的"断奶论"，以及关于"内在中国"的争论等等，都可见一斑。当然，也不可否认，随着中国经济的发展，一些本来疏离陌生中国文化的华人也可能又重新对祖根文化发生兴趣和认同。

第二，华人学中关于华人认同的研究成果对华文文学的文化研究具有启发意义。其中，王赓武的多重认同论述最富有现实的参考价值，他认为华人的认同不仅是变化的，而且是多重性的 - 不仅仅是指中国和居住国的双重认同。他将东南亚华人的身份认同描绘为七种：历史认同、中国民族主义认同、村社认同、国家（当地）认同、文化认同、种族认

---

① 刘登翰、刘小新：《都是语言"惹的祸？》，《文艺报》，2002 年 5 月 14 日，第 4 版。

② 关于横向型与纵向型研究的说法，参照萧新煌的论述。见林开忠《建构中的"华文文化"：族群属性、国家与华教运动》序文，马来西亚华社研究中心 1999 年版。

同和阶级认同①。这种研究非常重视华人所在地生存现实的复杂性，同时对华人族群内部的结构做了详细的分析，这种分析为华文文学研究带来突破旧有研究模式的契机。华文文学界的人们呼唤文化研究的进场，那么华人学能够有效地助一臂之力。华文文学研究以前较多地注意了所谓文学性审美性的探讨，虽然华文文学也有值得认真进行美学剖析的作品，可总是有部分文本美学层面的粗陋让研究者尴尬；华文文学的价值究竟何在？我以为，放在中国现当代文学延伸的视域下看，它的社会学价值自然大打折扣，而其美学价值也会遭到一些人的质疑甚至不屑一顾；但是，将华文文学放在华人学的框架里，用文化研究的方法去考察华文文学与华人多重认同的关系，考察文学的族姓文化想象和族群建构功能，在政治、经济、社会、阶级、族群、性别与文化结构中考察华文文学，总之，考察华人文学的审美价值和华人美学所蕴含的更加丰富的内涵，华文文学的价值将得到更好的凸现。如果说文学多少具有某种寓言性，那么华文文学就是华人移民文化的寓言，从那里看到的是非此非彼亦此亦彼的复合型杂交性文化形态，它必然是多面的存在：它仍然可以是一种失落迷惘的谣曲，如 20 世纪许多悲情的华文名作那样；它也可以是一种自由而轻松的飞行物，以奇异的形象飞行在异国的天空。总之，作为一种美学的意识形态，华文文学必然地将在各自所处的文化场域中现身或隐匿。脱离了那些文字之外流动杂陈的元素，人们还能在纯粹的美学里嗅出些什么呢？

第三，华人学的社会学、历史学和人类学等研究方法对华文文学的文化研究转向具有方法论的启示性。已经走向成熟的华人学研究，为华文文学界呈现了实证的历史研究等脚踏实地的研究方法，虽然文学研究有其特殊的规则，比如审美的规则；不过，在摆脱了庸俗化工具化之后，社会历史的批评方法在今天的文学研究界正在重新发挥其重要功能。实证性的华人学作为一种扎实的知识背景，能帮助我们认识华人生存与发展的历史与现实、华人认同的多重性和动态形构，从而在华文文学的研究过程中避免陷于纯粹审美性批评的空洞苍白，以及脱离实际先入为主的主观臆想。

华人学对于华文学界的最大启示在于，华文文学研究同样应该重视华人存在的具体性、历史性与丰富性。因此，在讨论一些华文文学常见主题如乡愁叙述时，我们就不会再满足于重复那种人云亦云了无新意的阐释，而是从不再孤立的文本对象中看到乡愁更为丰富具体的存在形态和历史变化：乡愁也许有着中国农耕文明和儒家思想的烙印，也许带着西方浪漫主义的精神还乡意味；也许是政治流亡与文化放逐的孤独与酸涩，也或只是一种散发着淡淡哀愁的美丽装饰。它可能是身处异域的华人族群记忆历史和祈祷的方式，也可能只是华人个体漂泊的需求与生命呈现的形式……而且，乡愁的内涵与叙述方式，与华人所在国的政治、经济、种族、政策也关系紧密，华人生存的具体性是乡愁文学形态的直接依据。在全球化成为现实的今天，乡愁书写正遭到普遍的质疑，的确，过度的乡愁书写更多地暴露出异域生存的文化不适即所谓的水土不服；但另一方面，一种有深度的乡愁写作仍然是华人移民个体乃至族群族性记忆属性建构的重要方式。

---

① 王赓武：《中国与海外华人》第十一章，台湾商务 1994 年版，第 245—246 页。

　　自然，华人学的视域也只是华文文学研究的一种理论资源，不是全部①；但是，作为一种可以赋予华文文学研究更强的专业性和存在合法性的知识背景，华人学的重要性值得强调——起码与现当代文学同样重要。因为，就像富有活力的非裔美学或非裔文化诗学那样，华文文学研究终应成为一种华人华裔的文化诗学，那样才可能焕发出更加旺盛而深邃的生命力和创造力。

---

　　① 如饶芃子曾呼吁将比较文学的理论与方法引进华文文学研究领域。参见饶芃子《海外华文文学与比较文学》，《思想》，中国社科出版社 2000 年版，第 226—234 页。

海外华人文学与"承认的政治"

查尔斯·泰勒那里,"多元文化主义"的核心思想被直接表述为"承认的政治"(politics of recognition)命题。泰勒认为当代政治的主要趋势转向对于"承认"的需求和要求,这是当代形形色色的民族主义运动背后的动力,也代表了少数族群、女性主义和属下阶层的要求,已经成为多元文化主义政治的核心主题,"承认"的重要性现在已经以这样那样的形式得到普遍的认可。从"自我认同的根源"的探讨到认同建构与"承认的政治"的勾连,泰勒建构了多元文化主义的认同政治理论。这个理论试图阐明身份认同是如何通过在与有意义的他者(significant others)交往的过程中形成和变化的,他者的"承认"在独特的认同形成中扮演了至关重要的角色。泰勒指出:"在社会层面上,认同是在公开的对话中构成而非由社会预先制定的条款所确定,这种对身份认同的理解使平等承认的政治日益成为重要的中心议题。"人们多么需要建构独特的自我认同,但这个建构过程又极其容易受制于"他者",对这种认同之需要,"他者"以至社会可以给予承认或拒绝给予承认。如果一个社会不能公正地提供对不同群体和个体身份认同的"承认",或者只是得到他者某种扭曲的"承认",那么这将对被否定的人造成严重的伤害。对于要求承认的少数族群、弱势群体和属下阶层而言,这种拒绝和扭曲就变成了一种压迫形式①。

查尔斯·泰勒把这种"平等的承认"视为一个健康的民主社会的一个基本模式和普遍性价值,他把现代认同观念的发展所产生的"承认的政治"与传统自由主义的普遍主义的政治作了分别,称之为"差异政治(politics of difference)"。泰勒发现了普遍主义政治(politics of universal)和差异政治之间的分歧,即自由主义和多元文化主义之间的矛盾。"自由主义把无视差异的普遍主义原则看作是非歧视性的,而差异政治则认为'无视差异'的自由主义本身仅仅是某种特殊的文化的反映,因而它不过是一种冒充普遍主义的特殊主义。"在泰勒看来,在这种分歧和冲突中可以找到某种中间道路和接合的可能性,找到这种可能性则需要人们放弃对异文化的先验性拒绝的傲慢,而走向对比较文化研究的开放的态度,建构一种真正开放的文化和政治空间。承认并包容差异,承认并包容不同民族和社群的自我认同的正当权利,促成不同的认同的平等地位并且拥有合理的生存空间,这构成了"承认的政治"的重要内涵。

在《陌生的多样性:歧异性时代的宪政主义》中,詹姆斯·杜利(James Tully)对

---

① 查尔斯·泰勒:《承认的政治》,董之林、陈燕谷译,见《身份认同与公共文化》,陈清侨编,香港牛津大学出版社1997年版,第13页。

"承认的政治"也做了深刻的阐发。他认为"多元文化主义"体现了各种种族文化团体对建构自身独特身份并获得他人和社会之承认的要求。杜利因此把"多元文化主义"运动称之为"文化承认之政治（the politics of cultural recognition）"思潮。这个运动包括民族主义运动、带有文化意涵的跨民族体制、长期居于弱势地位的少数族群、移民和难民及 流亡人士所形成的多元文化呼吁、女性主义运动、世界各地的原住民族及土著民族运动等等，其共同诉求就是"寻求文化承认"，"所谓承认，指的是以 对方本身的词汇与传统去认识对方，承认对方为它自身所想望的存在形式，承认对方为正与我们对话的真实存在"。詹姆斯·杜利认为对诸种异质文化的是否承认与宽容应该成为判断一个政治社会是否正义的一个重要标准。杜利"文化承认之政治"论述建立在对西方宪政主义传统美洲原住民受压迫历史进行了批判性的审视之基础上，并把解决文化间的冲突和对异文化之承认问题寄托在宪政体制及其思想的改革上。他为此构想了一种正义的理想的"宪政主义"，这种"宪政主义"不会去预设任何一种文化立场，也不会以某种单一的"宪政体制"去承认所有的文化，而是保留了各式各样不同的族群叙事，并且在法律、政治与文化领域里都努力保有其多元的性格，更为重要的是，这种"宪政体制"正是由一连串跨越文化界线的持续民主协商或协议来达成。

　　无论是查尔斯·泰勒的"承认的政治"，还是詹姆斯·杜利的"文化承认之政治"，抑或是其他"多元文化主义"者，都已经深刻地揭示出了不同的政治、价值和文化共同体之间的既相互包容、又互相排斥的竞争与合作关系，并且试图寻找出在多元价值之间某种良性的对话和协商的文化民主形式。在我们看来，这样的思考和探索深刻地并且富有价值地拓展了常识意义上的"宽容"概念的文化政治内涵。宽容除了尊重他人的选择和意见外，还必须进一步接受和承认他人的观点也有可能成为真理，"宽容的结果必须是承认"①。今天，我们如果还在进行有关文化与文学"宽容"命题的讨论，他们的思想成果应该成为不可或缺的理论基础之一。

　　在当代文学理论和文化研究领域，美国文学批评界已经出现了一种旨在恢复被主流社会压制或驱逐到边缘社群的"边缘文本"的社会文化位置的"少数话语"理论，这种理论的产生及其实践意味着，从事种族研究和女性主义批评的知识分子"已经使对种种少数声音的考察成为可能"。"少数话语"理论把争取少数族裔的文化权力和文化承认作为其与统治体制进行斗争的目的。与温和的"多元文化主义"相比，"少数话语"理论则显得激进得多。在我们看来，一定意义上，"少数话语"理论可以视为接合了后结构主义和后现代主义的激进的革命的"多元文化主义"。

　　首先，"少数话语"理论对自由主义尤其是保守主义的多元论持着警惕的态度和批判的立场，认为自由主义和保守主义的多元论和同化论一样，仍然是"伟大的白人的希望"，"多元论的外表掩盖了排斥的长期存在，因为多元论只能由那些已经吸收了统治文化价值的人享有。对于这种多元论，少数民族或文化的差异只是一种异国情调，一种可以实现而

---

① 考夫曼（Arthur Kaufmann）：《法律哲学》，刘幸义等译，台湾五南书局 2000 年版，第 328 页。

又不真正改变个人的嗜好，因为个人被安全地植于支配性的意识形态的保护机体"①。"少数话语"理论拒绝成为一种"异国情调"，拒绝被西方资产阶级统治意识形态收编，拒绝成为虚假多元论的美学装饰。

其次，"少数话语"理论接合了后现代主义和后结构主义的"去中心"和"解构"思想。在《走向一种少数话语理论》中，阿布杜勒·贝·詹穆哈默德曾经把"少数话语"理论勾连到德勒兹和瓜塔里的"少数文学"概念，认为他们的"少数文学必然是集体性"的论述在"少数话语"理论中仍然行之有效。这透露出"少数话语"已经视德勒兹和瓜塔里的后现代思想为其批评建构的重要资源。德勒兹和瓜塔里的"少数文学"概念最初的灵感来自卡夫卡在1911年12月25日一篇日记的标题，这则日记记载了卡夫卡对"少数文学"在公共生活中的意义及其特征的复杂思考。在卡夫卡看来，"少数文学"对于公共生活的意义在于"吸纳不满的元素"，使"'解放与宽容'地表达国家缺失成为可能"。这样，"少数文学"中个人与政治就相互穿透，"少数文学"是集体性的，是全然政治的，"使个人的冲突变成社群的'生死攸关之事'"。德勒兹和瓜塔里正是从这里出发建构其"少数文学"概念的，他们把卡夫卡的文学称之为"迈向少数文学"，在《卡夫卡》一书中开列了构成"少数文学"的若干要素，并且在《千座高原》中深入阐述"少数文学"理念。在他们看来，"少数文学""立即是政治的"，其最突出的政治性表现在语言被"高度脱离疆域之系数所影响"以及作家透过"发声的集体装配"操作②。卡夫卡写作的"少数文学"性，不在于它是某种特定族群的文学，甚至也不在于它是少数族裔的文学，而在于其语言的"少数"用法——"卡夫卡遵循布拉格德文的脱离疆域路线，创造独特而孤独的书写"，这一"少数用法"破坏了既定的语言结构，颠覆了由这种既定语言结构所代表的社会支配秩序。所以，语言的"少数用法"立即就是一种政治的行动的方式。

詹穆哈默德对德勒兹和瓜塔里的"少数文学"概念最感兴趣的部分在于："少数文学"是集体性的，是全然政治的，它使个人的冲突变成社群的"生死攸关之事"。詹穆哈默德认为：少数民族个人总是被作为集体对待，他们被迫作为整体来体验自己。由于被迫形成一种否定的、整体性的主体——地位，所以被压迫的个人便通过把那种地位转变为一种肯定的、集体的主体——地位来作出回答。在他看来，这里可以发现存在巨大差异的少数族群联合的基础③。

再次，"少数话语"理论坚持一种斗争哲学，坚持承担批判和解构西方统治意识形态的使命。詹穆哈默德认为，统治文化和少数族群之间的斗争的一个重要方面，即是"对仍然屈从于'体制的忘却'的文化实践的恢复和调停；而'体制的忘却'作为控制人们记忆和历史的一种形式，是对少数文化最严重的破坏形式之一"。在他看来，"体制的忘却"是

---

① 阿布杜勒·贝·詹穆哈默德：《走向一种少数话语的理论：应该做什么？》，王逢振译，《外国文学》1994年第4期，第84页。
② 雷诺·博格：《德勒兹论文学》，李育霖译，台北麦田出版社2006年版，第172—177页。
③ 阿布杜勒·贝·詹穆哈默德：《走向一种少数话语理论：应该做什么？》，王逢振译，《外国文学》1994年第4期，第85页。

占支配位置的意识形态的功能之一,它以普遍性的人文主义计划的名义压抑排斥充满异质性的少数文化,并且使这种压抑和排斥变得合法化。"少数话语"理论的使命就在于揭示出这种意识形态生产机制,不断地揭示出"体制的历史条件和形式特征",持久地批判这种支配意识形态,并且发掘出少数文学文本中所隐含的任何反抗性元素①。

难能可贵的是,詹穆哈默德并没有把这种斗争局限在纯粹文化和美学的领域,他认为,对少数文化的研究,如果没有社会学、政治学和经济学以及历史学以至教育领域的知识,就不可能真正展开。没有跨学科的视域尤其是政治经济学的批判视域,要发现当代文化复杂形式背后的意识形态机制几乎是不可能的。这样,"少数话语"理论就比后现代主义局限于语言和话语场域要显得更具开放性,也可能更富有批判和解放的力量。

综上所述,在争取弱势族群的文化权力和政治经济权力上,"承认的政治"和"少数话语"采取了两种有所区别的路线。前者坚持对话和协商,试图在民主宪政的框架中争取建立一种宽容多元的现代文化格局,使多元价值多元文化获得社会的承认;而后者则坚持走一种激进的斗争路线。但两者对宽容差异的诉求和平等的文化政治追求则是相通的,批判的少数话语极力追求的也是一种真正能够"容许差异的社会和文化构成",批判与否定的是那种倾向于将复杂丰富的人化约为单向度的普遍主义的统治结构。所以,"承认的政治"和"少数话语"或许在这一点上可以找到接合的可能,在为少数或弱势群体争取文化和政治权力的斗争中,在构建一种更加宽容多元的文化结构中,两种理论立场和论述策略存在对话、互补和辩证的空间。

在多元族群和多元文化构成的社会中,作为一种"少数话语"或"弱势论述",海外华人文学具有文化政治的意义,是弱势族裔文化参与和政治参与的一种形式。以美国华人文学华裔马来西亚文学为例,"文化抗争"与"文化协商"主题可谓贯穿了其漫长的华人文学和文化思潮史的始终。

众所周知,美国是一个典型的移民社会,如何处理和协调多元种族和多元文化问题是美国社会整合的一个关键。早在 18 世纪末,出生在法国的美国作家和农学家 J·埃克托尔·圣约翰·克雷夫科尔在《一个美国农场主的来信》中就提出了处理这一重要问题的基本理念,即"熔炉论(melting pot)"思想。"熔炉论"阐述的是如何"成为一个美国人"的认同叙事,在他看来,人的成长和植物的生长有相同的原理,都受制于自然和社会环境的影响,美国的独特气候和政治制度,以及宗教和工作环境就像一座伟大的"文化熔炉",在这里,所有民族的人都将融化为新的人种,即一种"新人""新美国人"。1908年,犹太裔移民作家赞格威尔创作了剧本《熔炉》并且在百老汇上演,再次把美国比喻为"上帝的熔炉",在这个上帝的大熔炉里,"欧洲所有的种族都被熔化,重新形成……德国人、法国人、爱尔兰人、英国人、犹太人和俄国人,你们走进熔炉吧!上帝正在铸造

---

① 阿布杜勒·贝·詹穆哈默德:《走向一种少数话语理论:应该做什么?》,王逢振译,《外国文学》1994 年第 4 期,第 84 页。

美国人"①。但这座"上帝的熔炉"是盎格鲁－撒克逊人的，并不向非洲人、亚洲人、墨西哥人和印第安人等等有色人种开放。正如约翰·海厄尔在《美国的同化问题》一文中所指出的："'熔炉论'中最明显的矛盾是理论和现实之间的矛盾，因为在实际社会中，黑人和白人之间的关系表明'熔炉论'的同化对象并不是所有的移民和民族。"

1782 年《一个美国农场主的来信》的发表，到 20 世纪 80 年代"多元文化主义"思潮的勃兴，少数族裔经过近两百年的斗争，"熔炉论"所隐含的白人种族主义霸权终于遭到了有力的解构和批判。对白人种族主义的"熔炉论"的反抗正是"多元文化主义"和"少数话语"理论为什么会在美国产生并且形成一种思潮的根本原因。美国原住民文学、非裔文学、亚裔文学以及墨西哥裔文学都是"多元文化主义"和"少数话语"运动的组成部分，为形成宽容、多元、正义的文化政治空间，付出了长期的艰苦的努力。美华文学，作为亚裔美国文学的重要组成部分，从 19 世纪中期的最初充满血与泪的开创，到 20 世纪二三十年代第二代华裔以"模范族裔"的方式寻求被"同化"和被"承认"，从 60 年代华文文学中认同的挣扎和华裔文学自我意识的觉醒到对"美国文学史"的重写，构成了美国"多元文化主义"思潮史的重要部分，也是"承认的政治"的一个生动而且典型的文化史案例。

在《美国华裔文学史》中，洛杉矶西方学院美国研究系主任尹晓煌教授指出：早期华人在美国这个"大熔炉"中深受排斥和歧视，"早期华人移民恳求宽容，抗议歧视的声音充满了苦涩、愤怒与哀求。"这部资料扎实的"美华文学史"，第一章为"早期华人移民的呼声：恳求宽容，抗议歧视"，第二章为"'开化'华人的文学作品：改善华人形象以求主流社会的理解与接纳"，都以十分翔实的历史和文学资料论述了早期华人移民对宽容和平等的迫切需要和为此而付出的充满血泪的斗争史，揭开了被文学和文化"体制的忘却"所"掩埋了的过去"。

在进入海外华人文学创作与批评的世界时，我们首先要面对的是这样的问题：海外华人的文学写作何为？他们的文学与文化论述又何为？其意义何在？是单纯的审美创造活动吗？抑或是使"'解放与宽容'地表达国家缺失成为可能"的少数话语？这的确应该成为华人文学研究首先必须思考的命题。对于广大华族而言，华文文学书写不仅是一种审美创作活动，而且是一种文化政治行为。其一，从记忆政治的层面看，华人文学作为一种少数族裔的话语，一种边缘的声音，其意义在于对抗沉默、遗忘、遮蔽与隐藏，争取华族和华族文化的地位从臣属进入正统，使华人离散的经验，进入历史的记忆。如果没有"天使岛诗歌"的铭刻与再现，那么美国华人移民的一段悲惨历史，将可能被遗忘或遮蔽。恰如单德兴所言："天使岛及《埃仑诗集》一方面印记了'当时典型的华裔美国经验'，另一方面

---

① Milton M. Gordon. *Assimilation in American Life: The Role of Race, Religion, and National Origins*. Oxford: Oxford University Press, 1964. p.120.

也成为'记忆场域'。"①《埃仑诗集》整理、出版和写入历史无疑是美国华裔经验被历史记载的标志。对于美国华人而言，天使岛书写显然具有记忆政治的意义。其二，从认同政治的角度看，华人作为离散的族裔，面临认同的重新建构，华人文学既作为华人历史文化的产物，又参与了华人历史／文化的建构。叙事是阐释历史进而建构历史的一种方式。《埃仑诗集》中的作品一开始即是政治的，是集体性的，是全然政治的，它使个人的冲突变成华人移民的"生死攸关之事"。

的确，美华文学史可以视为一部"追求宽容和抗议歧视"的历史。对于华人移民而言，如何表述自我再现历史，如何建构自己的历史意识进而阐释自身参与其间的历史，无疑是一个重要的命题。美华文学的历史叙事及其对历史叙事的再叙事，使"解放与宽容地"表达这个所谓伟大"文化熔炉"的国家的"缺失"成为一种可能。

美华草根代表作家黄运基在为"美国华侨文艺丛书"所写的总序中如是而言："美国是一块富饶的土地，开拓和灌溉这块土地的，也有我们千千万万华侨先辈们的血与汗；在横贯大陆的中央太平洋铁路的建筑工程中，在开拓加利福尼亚州沙加缅度——圣金三角洲地区，把四十多万英亩沼泽地变为良田的垦荒工程中，华侨先辈们叫山河让路，向土地要粮。但这些披荆斩棘的感人事迹，我们在美国的历史教科书里找不到影子，在美国的主流文化艺坛上得不到应有表现。"②的确，华侨华人广泛参与的历史往往为所谓正典的历史和文学被遮蔽，华人的文学书写理应成为恢复华族记忆还原多民族共同建构的美国史的一种重要媒介，承担着再现与铭刻历史的文化使命。打开被排除被遮蔽的历史是使历史书写摆脱单一意识形态控制的途径，它可以使历史变得宽容，而宽容多元的历史意识的形成则是迈向现实的文化宽容的基础。我们在许许多多的华人文本中看到了书写华美历史的自觉意识，恢复移民的历史记忆其实就是抵抗"体制的忘却"。

近年来，在多元文化主义思潮兴盛的语境中，"华美文学"乃至整体的"亚裔美国文学"越来越成为文学研究领域的一个热点，这本身也构成美国文学批评和文学史逐渐走向开放和包容的表征之一。在众多的研究成果中，加州大学凌津奇的《叙述民族主义——亚裔美国文学中的意识形态与形式》是独特而具有理论深度的一种。凌津奇用四个概念来阐释"亚裔美国文学"的历史，"文化差异的生产""协商式的变革""重置现实主义叙事"和"语境中的文化民族主义"。凌津奇的文化叙事学分析阐释了亚美文学如何以"文化异议"的方式介入当代美国多元文化场域的建构，这种"文化异议"包括了"文化抗争"和"文化协商"两个纬度，这样凌津奇的论述就在"承认的政治"和"少数话语"之间找到了一个有意味的接合点。尤其耐人寻味的是，凌津奇一再使用了文化"协商"的概念。在第一章的一个尾注中，凌津奇援引了萨提亚·莫杭提的一段论述来说明"协商"的含义：

---

① 单德兴：《忆我埃仑如蜷伏——天使岛悲歌的铭刻与再现》，见《再现政治与华裔美国文学》，台湾"中研院"欧美所1996年版，第6页。

② 黄运基：《美国华侨文艺丛书总序》，见宗鹰《异国他乡月明时》，沈阳出版社1997年版，第3页。

多元化既是一个方法论的口号，又是一种政治理念。但这两种相持不下的理性会引出一个令人烦恼的问题：那就是，我们应该如何协商我的历史与你的历史之间的区别？我们又怎样找回我们之间的共性？这种共性不是将我们与动物区分开来的那种人类共有的特点以及帝国主义——人文主义的晦暗神话；更重要的是，这些共性是我们各自的过往经历与现在所发生的某种交叠以及那些既共同享有又彼此抗争的意义、价值和物资资源之间无法逃逸的关系。我们有必要强调自己不可替代的独特性以及我们所经历的和想象出来的差异，但我们是否可以对下列问题根本不作理论上的阐释呢？我们之间的差异是如何互相缠绕并按照等级序列编排在一起的呢？换句话说，我们是否可以拥有完全不同的历史，并认为自己正生活在——或是一直生活在——全然异质性，且泾渭分明的空间中呢？①

这段引文虽然有些长，但它提出的一系列问题深刻地触及了差异和共性、抗争与协商、自我与他者以及话语竞争与对话交往的复杂的辩证关系，处理好这些问题在多元种族多元文化并存的国家和地区的确十分重要，它关涉到如何建构真正宽容多元的民主文化空间的时代课题。既是对多元论中本质化的极端差异主义倾向的回应，也为解决多元主义中隐含的特殊和普遍之间的矛盾和冲突提供了一种富有参考价值的思考。这样的思考方向，对"华美文学"的书写与批评迈向更加开放光明，并且更具文化包容性的道路是有意义的。

凌津奇的亚裔美国文学研究提出了这一"协商"批评的范式，并且试图在"文化抗争"和"文化协商"两个层面建立一种平衡的关系。在他看来，包括华裔文学在内的亚裔美国文学从20世纪的50年代到80年代的话语生产，是由一系列充满活力的复杂协商运作所形成的过程，这个过程充满矛盾冲突。那些著名的华人文本如《吃一碗茶》《鸡笼华仔》《中国佬》《女战士》等都隐含着"文化抗争"和"文化协商"双重性，是多元文化力量之间的矛盾、冲突、对话与协商的族裔历史叙事，以其"复杂性、混杂性和多样性"的历史叙事深刻地介入了当代美国史的书写，为多元文化主义运动提供了意味丰富的叙事成果。而这些华裔文学、日裔文学以及墨裔文学等等少数话语逐渐进入了美国文学史，则意味着少数族裔的"文化抗争"和"文化协商"已经打开了主流文化的封闭空间。一系列的少数族裔文本的逐渐正典化，一方面表明美国文学史对"文化异议"的接纳和包容，这是少数族裔长期不懈的斗争和持之以恒的协商的积极成就；但另一方面也表明这些文本对新的权力结构可能已经不再具有批判性和反抗性的作用。这样，华裔文学叙事和批评就需要重构一种新的批判策略，必须在新的历史语境下重新展开"文化抗争"和"文化协商"。

萨提亚·莫杭提和凌津奇提出的"文化抗争"和"文化协商"思路拓展了"宽容"概念的内涵，这一富有意义的思考提示我们在阐释文学/文化发展中的"宽容"命题时应该深入关注多元价值和多元话语之间的竞争与协商的双重关系，在提倡宽容诸种文化差异

---

① 凌津奇：《叙述民族主义——亚裔美国文学中的意识形态与形式》，中国社会科学出版社2006年版，第42页。

的同时，在发掘差异、维护差异文化权力的同时，在强调不可替代的族裔文化的独特性时，还应该建立没有“绝对的差异”和“全然的异质性”的观念，还应该进一步思考萨提亚·莫杭提所提出的命题，即“如何协商我的历史与你的历史之间的区别？又怎样找回我们之间的共性？”

20 世纪 90 年代以来，“承认的政治”仍然构成了马华文学思潮和论述的核心主题。在新世代马华文化批评家看来，长期以来，“面对马来文学与学界的国家文学论述，马华文化与文学界的反映毋宁是招架乏力的。无论从理论的阐发，到论辩形式，都显示马华批评界 / 思想界的积弱与贫血。因此，在面对马来学界的理论构筑工程，马华文化人能做的仅仅是诉诸直接的情绪宣泄，或消极地摆出战斗性姿态。因此，对不断出现的阐释与立论没法跟进，更遑论展开具有意义的对话和论辩”①。近十几年来，新世代马华作家和文化批评家尝试提出了一系列的应对策略和论述，试图重新参与这场远未结束的“对话和论辩”。简而言之，他们的应对策略包括以下方面：

其一，重建马华文学的自我反思性的批判思考：马华文化与文学为什么无力应对马来文学与学界的国家文化 / 文学论述？除了“国家文化”框架的压抑外，马华文化与文学自身存在什么问题？“中国性”对马华文学的影响为何？语言的困境如何突破？马华写实主义如何可能？“峇峇化”化是马华文学突围的可行方案吗？

其二，重新命名马华文学的策略。早在 80 年代中期，张锦忠就在《蕉风》杂志撰文提出“华马文学”即“华裔马来西亚文学”概念；1990 年黄锦树提出把“马来西亚华文文学”改为“马来西亚华人文学”；2000 年张锦忠又提出“新兴华文文学”的概念，认为马华文学建立“新兴华文文学”的理论。命名是一种文化策略，在我们看来，最恰当的名称是“华裔马来西亚文学”，既找到了马华文学在马来西亚文学中的位置，摆脱了“本族圈子”的局限，又容纳了不同语种的华人文学创作。正如黄锦树所言：“名词的更动意味着一个彻底的变革，把‘马华文学’的指涉范畴尽可能的扩大，取其最大的边界；所取的华人定义也是最宽广的人类学的定义——最低限度的华人定义——不一定要会说华语、不一定要有族群认同。跨出这一步并没有想象的简单，因为马来西亚的华文书写一直隐含着一种过度的民族主义使命，语文的选择一直被视为族群内部族群身份重要的区分性差异，这也是为何受不同语文教育之间的华人为什么会有这么大的（心理）区隔。因而这样的调整其实是一个非常重要的突破，让其他的思考成为可能。”②

其三，“去中国性”策略与“召唤民族文化”立场的分歧。黄锦树强烈批判马华文学的“中国性”，认为“中国性”是马华文学无力回应文化和政治现实挑战的重要原因之一，因而提出“去中国性”的策略，强调马华文学必须解构乡愁书写并且回到生存具体问题。

---

① 庄华兴：《叙述国家寓言：马华文学与马来文学的颉颃与定位》，见《马华文学读本 II：赤道回声》，陈大为、锺怡雯、胡金伦编，台北万卷楼 2004 年版，第 81—82 页。

② 黄锦树：《反思“南洋论述”：华马文学、复系统与人类学视域》，《中外文学》第 29 卷第 4 期，2000 年 9 月，第 39—40 页。

林建国则用"断奶论"形象地表述这种"去中国性"思路。但这一极端的看法并没有得到马华文界普遍的认同，另一位新世代学者许文荣就提出了相反的思路。在许文荣看来，中华文化不仅不是一种压抑力量，反而是文化抵抗的资本。在《召唤民族文化与政治抵抗资本》一文中，许文荣明确指出：他"关注的是马华文学如何借用中华能指（语言、意象、意境、象征、神话等）作为文化抵抗的资本，并且在文本中如何表现这种抵抗形态。基本观点是，虽然召唤民族文化的声音蕴含有某种恋母情结，但是激起这个本能的因素并不只是我们一般所谓的'原生意识（primordial consciousness）'，其中更加起着主导催化作用的是对现实政治与社会的不满，特别是官方／主导文化压抑的苦闷，借着召唤民族文化来安慰愤懑的情感，因此中华文化微妙地成为华人的集体无意识，经常在书写中被引用与再现出来以中和族群内在的焦虑与不安。"①

的确仅仅从始原情感的层面难以完全解释马华文学的文化乡愁，只有回到文化政治的场域才能真正认识乡愁书写的功能。在马华当代文化论述场域中，许文荣对"中国性"的阐释构成了与"去中国性"相对立的另一种文化取向、另一种思维。他的观点值得华文学界深思。

其四，双重语言和文学翻译策略。庄华兴提醒人们关注"土生马华文学（indigenous Mahua literature）"对马华文学突破语言困境所提供的路径。的确，"峇峇文学方案"提供了华裔文学融入马来西亚文学的一种方式。在此基础上，庄华兴认为："为了汇入国家文学主流，马华作家何妨考虑朝华马双语创作的路向走。"这一思考方向是有参考价值的，即使可能存在不少困难，但无论如何，将马华文学经典作品翻译成通用语言读本都是促进良性交流和互动的一种有效方式。"双语写作起码能避免掉入非黑即白、二元对立的思考窠臼，在直接面对相关语言群体时，亦能发挥更大的思考意图，至少交流（或交锋）就在这里开始。"②在庄华兴看来，双语和翻译是实践的也是务实的应对策略，"一方面它标志着马华文学主体的在场，另一方面也藉以维护大马的多元特色"。也有马华学者如属于"出走派"的黄锦树就不认同这种策略，认为："庄华兴的国家文学论述（回归版）和我们这些出走者版本有一个决定性差异——他似乎首肯了国家一元化语言文化策略的国家暴力，而那是我们反复批判的。"③

其五，"走出马华"策略。双语写作和文学翻译是"走出马华"的语言基础，但更重要的在于文学再现摆脱"本族圈子"的局限，扩大文学的社会关怀面。在《魂兮归来——与黄锦树讨论国家文学议题》一文中，以马来文学华裔作家杨谦来书写大马印裔社会的长篇《穿越风暴》为例，庄华兴提出了一个深具参考意义的重要观点，即马华文学必须"走出马华，走向国家，走向全民"。

---

① 许文荣：《马华文学的政治抵抗诗学》，马来西亚南方学院出版社 2004 年版，第 36—37 页。

② 庄华兴：《魂兮归来？——与黄锦树讨论国家文学议题》，《星洲日报·文艺春秋》，2004 年 11 月 21 日。

③ 黄锦树：《出走，还是回归？——关于国家文学问题的一个驳论》，《星洲日报·文艺春秋》2004 年 11 月 7 日。

其六，后现代主义策略及其逃逸路线。"文化解构"是马华新世代文学书写的一种精神向度，后现代主义成为他们否定、颠覆既定模式和价值秩序的解构性策略。他们的文学书写或消解历史深度，或解构"英雄主义"，或解构经典，或颠覆自我……后现代主义的美学思维构成了对既定的文化权力秩序和意识形态的批判和否定。在新世代那里，"逃逸"也是一种抵抗的策略："逃成一只夜游的鸟／穿过古典的凄清越过现代的迷离。"某种意义上看，马华作家的旅台写作其实就是一种特殊的逃逸方式。而在《出走，还是回归？——关于国家文学问题的一个驳论》一文中，黄锦树采用逆向思维，"反过来据以批判马来文国家文学——文学领域的资源独占，权力傲慢"。甚至直接"提倡非国家文学——否定国家文学"①。的确，拒绝和批判"国家文学"也是一种抵抗文化霸权的策略，这一策略的核心是从"国家文学"的框架中逃逸出去，从而获得一种文学以及个体存在的自由和独立性。但问题是这种"逃逸"方式对生存现实的改变能否起到真实的作用？

对于弱势／少数族裔文学而言，认同与承认无疑是一场永恒持续的奋斗。实现多元族群多元文化之间真正的宽容、多元、平等和相互承认，人文知识分子需要更积极的文化参与和政治参与，需要进行不断的"文化抗争"和"文化协商"。海外华文文学正艰难地走在这一道路上。

---

① 黄锦树：《出走，还是回归？——关于国家文学问题的一个驳论》，《星洲日报·文艺春秋》2004 年 11 月 7 日。

第四辑

鲁迅的不宽容及其相关的话语辨析

引言

众所周知，鲁迅一生常置身于文场内外的弥漫硝烟之中：一方面，鲁迅屡被流言追逐、袭击、骚扰，被论敌批评、围剿、诬陷；另一方面，鲁迅对他厌恶的人事和现象、对不良的政府和黑暗的社会，讽刺和批判起来也毫不留情，可谓是嬉笑怒骂、尖锐辛辣，其战斗力和杀伤力可比"匕首、投枪"。因此，鲁迅的论敌甚多。在北京时期，他与"现代评论派"的"正人君子"陈源、免除他职务的章士钊都有过笔墨官司；到上海后，鲁迅被"太阳社""创造社"围剿，被杜荃（郭沫若）骂为"封建余孽""失意的法西斯分子"，对这些进攻鲁迅也进行了有力还击。20世纪30年代，鲁迅与"新月派"的梁实秋等人就文学与人性、阶级性的关系等问题进行辩论；他不满于林语堂等人的提倡幽默，认为"中国并无幽默，要有，也只有'将屠夫的凶残，使大家化为一笑'，收场大吉"；还参加了与"第三种人"的论争。晚年鲁迅对左翼阵营里的官僚作风极为不满，也曾在文章和书信中对"元帅""工头""奴隶总管"之流进行嘲讽抨击，他在重病缠身之际还参加了"两个口号"的论争。无数次论争使得鲁迅身上那种疾恶如仇、决不宽恕的精神气质彰显得格外鲜明，鲁迅的不宽容或不宽恕，也成为解读鲁迅其人其文的一个难以绕开的话题，由此发生了各种话语的交锋和碰撞，形成一种值得思量的文化现象。

20世纪90年代以来陆续出现了不少介绍或收录鲁迅参与论争的论战双方文字的著作，如房向东著的《鲁迅与他"骂"过的人》和《鲁迅：最受诬蔑的人》，陈漱渝主编的《一个都不宽恕：鲁迅和他的论敌》，孙郁编写的《被亵渎的鲁迅》一书，以及"鲁迅与中国现代文化名人课题组"编的《恩怨录：鲁迅和他的论敌文选》，等等。这些著作的纷纷出现，说明今天的读者对于那遥远年代里围绕鲁迅的种种论争或论战仍然有一份关注。对于其中的多数关注者而言，关注这一话题不是为了当无聊的看客，而是为了更清晰地认识鲁迅，认识中国现代社会，在鲁迅的不宽容以及相关话语争辩之中找寻知识者可能的坐标和借鉴，以期更有效地建构当今知识人的价值认同。因此，鲁迅的不宽容成了无论反对他诋毁他的人抑或是维护他拥戴他的人都会面对的问题。在后现代多元文化主义盛行的当代知识语境里，宽容已成为一种被赋予了自由、包容等正面人文价值意涵的重要概念，标榜和奉行宽容成为一些人的价值选择，也成为某种符合时代潮流的文化时尚。这种多少有些不言自明的政治正确的理念果真不再需要质疑和反省？而回顾鲁迅，自始至终他呈现给人们的形象却多是不宽容或曰不宽恕。对于鲁迅这种决绝的不宽容，历来有截然不同的理解和诠释，留下纷纭嘈杂的话语喧哗。辩护者甚众，批判者同样不少，尤其在 20 世纪 90 年代以后的中国当代文化场域，鲁迅的不宽容以及强调复仇、决不妥协的"精神界战士"形象不断遭到强烈的质疑、解构、挑战和批判，甚至嘲讽与唾弃；与之对应的则是以胡适为代表的自由主义宽容观念受到大量知识分子的拥戴追随。鲁迅和胡适的此消彼长，是 20 世纪 90 年代以来颇有意味的文化景观。那么，作为 20 世纪中国最富有影响力的思想者和文学家，鲁迅的"不宽容"究竟传达了怎样的讯息？在他所留下的堪称丰富的精神遗产中，"不宽容"和"复仇"究竟意味着什么？他的同时代人和后辈们对此的理解和争议是否可以激发出思想新质？鲁迅那种战士式的话语范式对于中国当今的"新左翼"阵营抑或自由主义者们是否能够或已经提供了真正有价值的精神坐标和思想借鉴？

一、拒绝宽恕与复仇情结

1936 年 9 月 5 日，鲁迅先生以重病之身，撰写了一篇令人震撼的文字，名曰《死》。一个多月后，这位被赞誉为"民族魂"的伟人与世长辞。在这篇运思冷静行文从容的随笔中，鲁迅不仅娓娓叙说着中国人自古而今的死亡观念，也坦承自己面对死亡的基本态度，并自称是所谓的"随便党"，即对于死亡无所谓。作为一个无神论者，他甚至对于人们想象中的死后世界进行了幽默的调侃。而在文末，他所郑重开列的遗嘱却是超乎寻常的冷酷决绝：

一，不得因为丧事，收受任何人的一文钱。——但老朋友的，不在此例。

二，赶快收敛，埋掉，拉倒。

三，不要做任何关于纪念的事情。

四，忘记我，管自己生活。——倘不，那就真是糊涂虫。

五，孩子长大，倘无才能，可寻点小事情过活，万不可去做空头文学家或美术家。

六，别人应许给你的事物，不可当真。

七，损着别人的牙眼，却反对报复，主张宽容的人，万勿和他接近。

此外自然还有，现在忘记了。只还记得在发热时，又曾想到欧洲人临死时，往往有一种礼仪，是请别人宽恕，自己也宽恕了别人。我的怨敌可谓多矣，倘有新式的人问起我来，怎么回答呢？我想了一想，决定的是：让他们怨恨去，我也一个都不宽恕。[1]

在生命的尽头，鲁迅留下的是冰冷彻骨的遗言："让他们怨恨去，一个都不宽恕。"而

---

[1] 《死》，见《鲁迅全集》第 6 卷，人民文学出版社 1998 年版，第 612 页。

在去世前不久所写的回忆性散文《女吊》中，同样有类似的表达："被压迫者即使没有报复的毒心，也绝无被报复的恐惧，只有明明暗暗，吸血吃肉的凶手或其帮闲们，这才赠人以'犯而勿校'或'勿念旧恶'的格言——我到今年，也愈加看透了这些人面东西的秘密。"①

有人认为这种与"人之将死，其言也善"的常情常理迥然相违的思想与表达方式与鲁迅晚年受疾病困扰、不断遭人攻击导致心绪极度恶劣有关，这固然有理。但实际上，在鲁迅一生的文字生涯中，常常质疑甚至拒绝"犯而勿校""勿念旧恶"的"恕道"或"宽容"，尤其不能容忍那种贻害于人却又以宽恕美名欺骗愚弄弱者的虚伪，因此，他像猫头鹰一样，终身作恶声："在未死之前，且不管将来，先非扑死你不可。"他反对因"泛人道主义"带来的对于善良人们的伤害，"侠客为了自己的'功绩'不能打尽不平，正如慈善家为了自己的阴功，不能救助社会上的困苦一样。而且是'非徒无益'而又害之的"②。为了公仇而"拳来拳对，刀来刀挡"、奉行决不宽恕的"直道"，是其坚持不二的人生态度和论战原则。与拒绝宽容的思想相联系成一体的就是鲁迅推崇复仇的情结，从《摩罗诗力说》到《复仇》和《铸剑》，从《复仇（二）》到《女吊》和《死》，这种复仇情结贯穿其一生，已经成为鲁迅为人为文的鲜明个性特征。鲁迅杂文更是具有"投枪匕首"之战斗力，笔锋犀利，批判性强，充分显示其"明确的是非"和"热烈的好恶"。他对自己杂文特点的概括是："论时事不留面子，砭痼弊常取类型。"

早在热血青年时期撰写的《摩罗诗力说》一文中，鲁迅就满腔激情地鼓吹"立意在反抗，指归在动作"的摩罗诗人们的侠义、勇毅与复仇精神，讴歌他们对自由独立的不懈追求以及反抗强权外敌的不屈意志，力赞英国诗人拜伦援助被压迫民族的崇高行为和"不克厥敌，战则不止"的坚韧斗志，由衷欣赏其义侠之性："故怀抱不平，突突上发，则倨傲纵逸，不恤人言，破坏复仇，无所顾忌，而义侠之性，亦即伏此烈火之中，重独立而爱自繇，苟奴隶立其前，必衷悲而疾视，衷悲所以哀其不幸，疾视所以怒其不争，此诗人所为援希腊之独立，而终死于其军中者也。"认为拜伦的诗"无不函刚健抗拒破坏挑战之声"。鲁迅还引密茨凯维支所引康拉德歌曰："吾神已寂，歌在坟墓中矣。惟吾灵神，已嗅血腥，一跃而起，有如血蝠（Vampire），欲人血也。渴血渴血，复仇复仇！仇吾屠伯！天意如是，固报矣；即不如是，亦报尔！报复诗华，盖萃于是，使神不之直，则彼且自报之耳。"推崇强力意志、鼓吹以牙还牙的复仇思想可谓不遗余力。文末慷慨呼吁："今索诸中国，为精神界之战士者安在？"由此文不难窥见鲁迅早年的爱国热忱和壮怀激进的浪漫主义情怀，而"精神界战士"也可以视之为鲁迅早年自我认同的方向。

在写于1925年的《坟·杂忆》里，中年的鲁迅说："我总觉得复仇是不足为奇的，虽然也并不想诬无抵抗主义者为无人格。但有时也想：报复，谁来裁判，怎能公平呢？便又

---

① 《女吊》，见《鲁迅全集》第6卷，人民文学出版社1998年版，第619页。

② 《集外集拾遗·〈解放了的堂吉诃德〉后记》，见《鲁迅全集》第7卷，人民文学出版社1998年版，第397页。

立刻自答：自己裁判，自己执行；既没有上帝来主持，人便不妨以目偿头，也不妨以头代目。有时也觉得宽恕是美德，但立刻也疑心这话是怯汉所发明，因为他没有报复的勇气；或者倒是卑怯的坏人所创造，因为他贻害于人而怕人来报复，便骗以宽恕的美名。"①与其说鲁迅对宽恕或宽容有着辩证的认识，不如说鲁迅对宽容这种听起来美好的词语充满疑虑。而且不难看出，鲁迅疑虑的并不是宽恕或宽容的理念本身，他反对的是以所谓的宽容掩盖内心的怯懦而实际上起了纵恶作用的"怯汉"举止，他所不能容忍的是以宽容的面目出现的好好先生的中庸之道。相对于无抵抗主义的怯懦，他宁愿选择"复仇"。海外华人学者李欧梵认为，鲁迅衷心喜爱的主题之一是"复仇"，在《铸剑》一篇中，"这里的复仇行为和任何古代的或现代的社会现实都没有关系，本质上只是'思辨'的。如果必须从这个故事里找出什么意义来，我们就只能从鲁迅个人对于生与死、生活与艺术等重大问题的观点中求得线索。这位与世界疏远的复仇者对鲁迅有某种特殊意义，就是：在外在的人道主义的姿态下，内心有一位复仇女神"②。

在著名的《论费厄泼赖应该缓行》一文中，鲁迅针对林语堂倡导的"费厄泼赖"提出反驳，也追溯了不宽恕思想的现实和历史的原因："犯而不校是恕道，以眼还眼，以牙还牙，是直道。中国最多的却是枉道：不打落水狗，反被狗咬了。但是，这其实是老实人自己讨苦吃。"认为在当时的境况下不能一味提倡"费厄"，费厄泼赖"甚至于可以变成弱点，反给恶势力占便宜"。老实人"误将纵恶当作宽容，一味姑息下去"，必然自己吃亏。对于恶势力，哪怕成了落水狗，也不必起怜悯之心，不妨"即以其人之道还治其人之身"。必须剩将余勇追穷寇，痛打落水狗，他设专章论述不"打落水狗"是误人子弟。这种看似激烈的观点主要源自鲁迅对所亲眼目睹的残酷的历史血腥事实的反弹：辛亥革命后，绍兴都督王金发不念旧恶，宽大为怀，释放了杀害秋瑾烈士的谋主章介眉，但二次革命失败后，王金发却被袁世凯的走狗枪决，而谋主正是被他宽恕过的章介眉。当初的"落水狗"正因为被革命者宽容，才能爬起来穷凶极恶地"帮着袁世凯咬死了许多革命人，中国又一天一天沉入黑暗里"。血的历史教训令鲁迅痛苦也让他格外警惕，意识到决不能错误地运用宽容和善良："因为先烈的好心，对于鬼蜮的慈悲，使它们繁殖起来，而此后的明白青年，为反抗黑暗计，也就要花费更多更多的气力和生命。"鲁迅认为应该在了解对手的基础上，以善报善，以恶抗恶："所以要'费厄'，最好是首先看清对手，倘是些不配承受'费厄'的，大可以老实不客气；待到它也'费厄'了，然后再与它讲'费厄'不迟。"在《论费厄泼赖应该缓行》文中，鲁迅还表示他尤其讨厌的是叭儿狗，它们"折中，公允，调和，平正之状可掬，悠悠然摆出别个无不偏激，惟独自己得了'中庸之道'"。显然，在鲁迅眼里，中庸近于圆滑，不合鲁迅的做人之道。《华盖集·忽然想到七》里有这样的句子："对手如凶兽时就如凶兽，对手如羊时就如羊！那么，无论什么魔鬼，就都只能到他

---

① 《坟·杂忆》，见《鲁迅全集》第 1 卷，人民文学出版社 1998 年版，第 300 页。
② 李欧梵：《铁屋中的呐喊——鲁迅研究》，岳麓书社 1999 年版，第 40 页。

自己的地狱里去。"① 这同样是重申其以德报德以直报怨的人生哲学。

两年之后，在收入《集外集拾遗补编》中的《庆祝沪宁光复的那一边》一文中，鲁迅重申了上述观点并做了进一步解释："前年，我作了一篇短文，主张'落水狗'还是非打不可，就有老实人以为苛酷，太欠大度和宽容；况且我以此施诸人，人又以报诸我，报施将永无了结的时候。但是，外国的我不知，在中国，历来的胜利者，有谁不苛酷的呢。取近例，则如清初的几个皇帝，民国二年后的袁世凯，对于异己者何尝不赶尽杀绝。只是他嘴上却说着什么大度和宽容，还有什么慈悲和仁厚……到现在为止，凡有大度，宽容，慈悲，仁厚等等美名，也大抵是名实并用者失败，只用其名者成功的。然而竟瞒过了一群大傻子，还会相信他。"② 鲁迅深知历来革命成败的原因，进而指出先前中国革命者的屡屡挫折，就因忽略了这一点。

鲁迅一向反对中庸，《野草·立论》中，他以寓言的形式讽刺中庸者打哈哈式的世故圆滑，在《集外集·我来说"持中"的真相》里，他说："夫近乎'持中'的态度大概有二：一者'非彼即此'，二者'可彼可此'也。前者是无主意，不盲从，不附势，或者别有独特的见解；但境遇是很危险的，所以叶名琛终至于败亡，虽然他不过是无主意。后者则是'骑墙'，或是极巧妙的'随风倒'了，然而在中国最得法，所以中国人的'持中'大概是这个。倘改篡了旧对联来说明，就该是：'似战，似和，似守；似死，似降，似走。'"在《华盖集·通讯》里，他如此分析："所以中国人倘有权力，看见别人奈何他不得，或者有'多数'作他护符的时候，多是凶残横恣，宛然一个暴君，做事并不中庸；待到满口'中庸'时，乃是势力已失，早非'中庸'不可的时候了。"还说："我自己也知道，在中国，我的笔要算较为尖刻的，说话有时也不留情面。但我又知道人们怎样地用了公理正义的美名，正人君子的徽号温良敦厚的假脸，流言公论的武器？吞吐曲折的文字，行私利己，使无刀无笔的弱者不得喘息。"③ 孙玉石先生认为，鲁迅"以平庸的人生哲学为敌，以至于为此不怕生命的孤独与孤立"④。正如《野草·过客》中那位与鲁迅形神俱似的主人公，在陷入窘境时坚持不向他所憎恶的"他们"妥协，宁愿选择孤独的道路："那不行！我只得走。回到那里去，就没一处没有名目，没一处没有地主，没一处没有驱逐和牢笼，没一处没有皮面的笑容，没一处没有眶外的眼泪。我憎恶他们，我不回转去。"不宽容、不妥协的批判与自我批判，启蒙性的呐喊与反抗，已经成为鲁迅复杂精神结构的重要部分。而鲁迅精神构成的传统"成为一块基石，构筑着中国文学之作为近代文学的自律性"⑤。

当然，应该注意的是鲁迅常常站在弱小者的立场来对抗强权及其附庸，他认为人被压

---

① 鲁迅：《华盖集·忽然想到七》，见《鲁迅全集》第 3 卷，人民文学出版社 1998 年版，第 61 页。

② 鲁迅：《集外集拾遗补编》，见《鲁迅全集》第 8 卷，人民文学出版社 1998 年版，第 162 页。

③ 鲁迅：《华盖集续编·我还不能"带住"》，见《鲁迅全集》第 3 卷，人民文学出版社 1998 年版，第 244 页。

④ 孙玉石：《现实的与哲学的：鲁迅"野草"重释》，上海书店出版社 2001 年版，第 224 页。

⑤ 竹内好：《近代的超克·鲁迅》，李冬木等译，生活·读书·新知三联书店 2016 年版，第 146 页。

迫且退让到无可退避之地时，反抗和斗争就成了唯一的选择。在特定的历史社会背景下，鲁迅的不宽容即所谓"与黑暗捣乱"显示了独立知识分子可贵的自由批判精神。同时，不可忽略的一点是鲁迅对于爱与憎持有辩证的看法，所谓"爱之深切，故亦恨之深切"，"憎人却不过是爱人者的败亡的逃路"①，对于他的不宽容以及相关的复杂矛盾内涵，众多评者产生了同样矛盾而复杂的解读。在我看来，除了现当代文学研究的专业领域中鲁迅研究构成了一个难以忽视的传统，从某种程度上说，对鲁迅精神的解读、辨析和价值评判，已经形成当代中国知识人自我认同建构的一个重要组成部分。笔者试图对鲁迅的不宽容以及相关论述这一话语系谱进行追踪，从一局部视域探析中国现当代知识分子与鲁迅之间的复杂精神纠葛。

二、对鲁迅的不宽容的批评性诠释

鲁迅的不宽容如果仅仅是一种个人气质，并不值得过多地关注。正因为鲁迅在20世纪中国独一无二的历史地位和巨大影响，他的独异精神气质和思想论述才引发了大量的讨论。关于他的不宽容，一向受到多种非议和批评，但又衍生了相应的大量辩护之辞。当然，无论对鲁迅的批评还是维护都绝不限于针对不宽容这一点，本文受题旨所限，以此为关注重心。

先来看看现当代文学批评史上海内外文化人针对鲁迅的"不宽容"的诸多抨击和非议。

同时代的学者陈源与鲁迅有过多次笔战，在他眼里，鲁迅是"一位做了十几年官的刑名师爷"。"鲁迅先生一下笔就想构陷人家的罪状。他不是减，就是加，不是断章取义，便捏造些事实。他是中国'思想界的权威者'，轻易得罪不得的。""他常常的无故骂人，要是那人生气，他就说人家没有'幽默'。可是要是有人侵犯了他的一言半语，他就跳到半天空，骂得你体无完肤——还不肯罢休。""可是他自己的《中国小说史略》却就是根据日本人盐谷温的《支那文学概论讲话》里面的《小说》一部分。"②论敌笔下的抨击难免带上了强烈的主观色彩，而对于鲁迅抄袭的指控已被证明纯属诬陷。尽管如此，他眼中睚眦必报穷追猛打的鲁迅也是一种片面的真实吧。

一些批评成了人身攻击，足见言说者对鲁迅犀利文风的极端反感与厌恶，比如邵冠华的话："鲁迅先生是文坛上的'斗口'健将。不顾事理，来势凶猛，那便是鲁迅先生的'战术'。""当鲁迅先生有兴趣漫骂人家的时候，他最喜欢派人家算是 xx 主义——虽则人家绝对不是 xx 主义——而加以重大的攻击……我似乎看到一个露出黄牙的笑的影

---

① 鲁迅：《〈绛洞花主〉小引》，见《鲁迅全集·集外集拾遗补编》，人民文学出版社1998年版，第145页。

② 陈源：《闲话的闲话之闲话引出来的几封信》，《晨报副刊》，1926年1月30日。

子。""然而，他的滑稽是狂暴的，我不得不说他是在狂吠。"① 这类口水式的发言不值细究。

鲁迅逝世后，叶公超的《关于非战士的鲁迅》一文肯定鲁迅在文学史研究和小说创作上的杰出成就，又为鲁迅转入杂文创作而发出惋惜之叹："我有时读他的杂感文字，一方面感到他的文字好，同时又感到他所'瞄准'（鲁迅最爱用各种军事名词的）的对象实在不值得一粒子弹。骂他的人和被他骂的人实在没有一个在任何方面是与他同等的。"② 叶公超对鲁迅创作的感受是矛盾的，既认为鲁迅揭示出了时代情绪的真实，却又对鲁迅的"反抗的咆哮"有一分不满，因此在《鲁迅》一文里他说："经验告诉我们：一味的不平、愤恨、咒诅是无用的，至少是不够。时代确乎是抓住了，他有我们大家此刻的空虚与苦闷，表现了我们内心的愤懑与绝望；不过，他的影响终于只是使我们沉溺在自己的愤慨与失望中而已。他那反抗的咆哮，无情的暴露，只能充实一时的空虚，有时还能给我们一种膨胀的感觉，也许就是安慰，不过转眼又依然是空虚与绝望。"③ 应该说，叶文并非如李何林所感受的那样是对鲁迅进行谩骂和攻击，我所感觉到的是一个书生对鲁迅创作精神的认真探询，只是作者对鲁迅作品传递的虚无情绪的理解还不够深入罢了。

五四女作家苏雪林的批评文字以直率尖锐著称，而她自视以"反鲁"为半生志业，对鲁迅的批评就显得特别火力凶猛。从二十世纪三十年代到六十年代她坚持批鲁不遗余力，鲁迅去世不久她就撰文道："鲁迅的心理完全病态，人格的卑污，尤出人意外，简直连起码的'人'的资格还够不着。但他的党羽和左派文人竟将他夸张成为空前绝后的圣人，好像孔子、释迦、基督都比他不上。青年信以为真，读其书而慕其人，受他的病态心理的陶冶，卑污人格的感化，个个都变成鲁迅，那还了得？""鲁迅平生主张打落水狗，这是他极端偏狭心理的表现，谁都反对，现在鲁迅死了，我来骂他，不但是打落水狗，竟是打死狗了。但鲁迅虽死，鲁迅的偶像没有死，鲁迅给予青年的不良影响，正在增高继长。我以为应当有个人出来，给鲁迅一个正确的判断，剥去这偶像外面的金装，使青年看看里面是怎样一苞粪土。""鲁迅在世时，盘踞上海文坛，气焰熏天，炙手可热，一般文人畏之如虎。"④ 这样的"鞭尸"文字实在是大失厚道，令人难以接受。苏还将写给蔡孑民的信（信中也有大量类似攻击鲁迅的文字）寄给胡适过目，胡适虽也因常受鲁迅批评而不愉快，但却指责苏雪林文中的一些话语是"旧文字的恶腔调"，"不成话"⑤。相形之下，苏胡的性格与修养之高下迥然有别！ 1949 年赴台的苏雪林在二十世纪六十年代再次撰文批评鲁迅："虚无主义的鲁迅，解剖刀的乱挖，无非想听听病人的呼痛之声，来满足自己报复之念——因为他报复的对象是无限地广大的。何尝有将病人治愈的心理？""叫我来评判鲁迅，很简单，三段话便可概括：鲁迅的人格，是渺小，渺小，第三个渺小；鲁迅的性情是凶恶，凶恶，第三个凶恶；鲁迅的行为是卑劣，卑劣，第三个卑劣。更以一言概括之，是

① 邵冠华：《鲁迅的狂吠》，上海《新时代》第 3 卷第 5 期，1933 年 9 月。

② 天津《益世报》增刊，1936 年 11 月 1 日。

③ 叶公超：《鲁迅》，《文艺》周刊 1936 年第 3 期。

④ 《关于当前文化动态的讨论》，《奔涛》第 1 期，1937 年 3 月 1 日。

⑤ 易竹贤：《胡适传》，湖北人民出版社 1994 年版。

个连起码的'人'的资格都够不着的脚色。"①这早已经由一般意义的文艺批评转向深恶痛绝的谩骂与诅咒了。谩骂部分毫无意义，但辨析其屡次攻击鲁迅的原因，最易感知的是苏雪林的"党国"右翼政治立场："左派利用鲁迅为偶像，恣意宣传，将为党国之大患也。"②追随并忠实于国民党政府的右翼文人苏雪林对鲁迅的走向左翼并且在中国大陆拥有崇高地位一直耿耿于怀看不顺眼，立场的不同以及对于鲁迅人格和性情的极度反感使得苏雪林的论述有时近于诛心之论，影响了其公正性和客观性。

相比之下，梁实秋当年被鲁迅嘲讽为"资本家的乏走狗"，他对鲁迅的批评反倒没有苏雪林的凶猛暴烈（当初他在文中说鲁迅拿卢布却不能算是宅心仁厚），起码他的评论没有变成纯粹的谩骂："鲁迅一生坎坷，到处'碰壁'，所以很自然的有一股怨恨之气，横亘胸中，一吐为快。怨恨的对象是谁呢？礼教，制度，传统，政府，全成了他泄愤的对象。他是绍兴人，也许先天的有一点'刀笔吏'的素质，为文极尖酸刻薄之能事，他的国文的根底在当时一般白话文学作家里当然是出类拔萃的，所以他的作品（尤其是所谓杂感）在当时的确是难能可贵。他的文字，简练而刻毒，作为零星的讽刺来看，是有其价值的。他的主要作品，即是他的一本又一本的杂感集。但是要作为一个文学家，单有一腹牢骚，一腔怨气是不够的，他必须要有一套积极的思，对人对事都要有一套积极的看法，纵然不必即构成什么体系，至少也要有一个正面的主张。鲁迅不足以语此。他有的只是一个消极的态度，勉强归纳起来，即是一个'不满于现状'的态度。这个态度并不算错。北洋军阀执政若干年，谁又能对现状满意？问题是在，光是不满意又当如何？我们的国家民族，政治文化，真是百孔千疮，怎么办呢？慢慢的寻求一点一滴的改良，不失为一个办法。鲁迅如果不赞成这个办法，也可以，如果以为这办法是消极的妥协的没出息的，也可以但是你总得提出一个办法，不能单是谩骂，谩骂腐败的对象，谩骂别人的改良的主张，谩骂一切，而自己不提出正面的主张。而鲁迅的最严重的短处，即在于是。"③梁实秋的批评意见显示出一个古典雍容的改良主义者与一个孤独愤激的启蒙思想者和社会批判者之间的巨大差异，梁能理解鲁迅不满现状的怨愤之心，但无法肯定鲁迅的消极否定方式。在他看来，与牢骚满腹的谩骂相比，提出正面的富有建设性的主张显然更为重要，而鲁迅最为缺乏的就是"正面的主张"④。这也是相当一部分反鲁者的看法。

而对于鲁迅杂感的艺术成就，梁实秋则给予了这样的评价："鲁迅的作品，我已说过，比较精彩的是他的杂感。但是其中有多少篇能成为具有永久价值的讽刺文学，也还是有问题的。所谓讽刺的文学，也要具备一些条件。第一，用意要深刻，文笔要老辣，在这一点上鲁迅是好的。第二，宅心要忠厚，作者虽然尽可愤世嫉俗，但是在心坎里还是一股爱，而不是恨，目的不是在逞一时之快，不在'灭此朝食'似的要打倒别人。在这一点上我很

---

① 苏雪林：《我论鲁迅》，文星书店 1967 年版。
② 见苏雪林 1936 年 11 月 12 日写的公开信：《与蔡子民先生论鲁迅书》。
③ 梁实秋：《关于鲁迅》，见《梁实秋自选集》，台北黎明文化事业有限公司 1981 年版，第 328 页。
④ 梁实秋：《关于鲁迅》，见《梁实秋自选集》，台北黎明文化事业有限公司 1981 年版，第 328 页。

怀疑鲁迅是否有此胸襟。第三，讽刺的对象最好是一般的现象，或共同的缺点，至少不是个人的攻讦，这样才能维持一种客观的态度，而不流为泼妇骂街。鲁迅的杂感里，个人攻讦的成分太多，将来时移势转，人被潮流淘尽，这些杂感还有多少价值，颇是问题。第四，讽刺文虽然没有固定体裁，也要讲究章法，像其他的文章一样，有适当的长度，有起有讫，成为一整体。鲁迅的杂感多属断片性质，似乎是兴到即写，不拘章法，可充报纸杂志的篇幅，未必即能成为良好的文学作品。以上所讲也许是过分的苛责，因为鲁迅自己并未声明他的杂感必是传世之作，不过崇拜鲁迅者颇有人在，似乎不可不提醒他们。"他批评鲁迅的胸襟不够开阔，宅心不够仁厚；批评鲁迅文章多"私人攻讦"，不够客观；而鲁迅杂感的即兴写作也不符合他所谓的章法。也就是说，在他提供的四点条件中，梁实秋肯定的仅仅是第一点：鲁迅杂感的"用意深刻"和"文笔老辣"，而其他三点他认为鲁迅杂文都不具备，因此当然不能称之为好的文学作品。这其中的第二点，只看到鲁迅的恨未曾看到鲁迅的爱，第三点则以为鲁迅笔战多"私怨"而非"公仇"，这与鲁迅自我的评定以及另外众多的评论全然相反。我想梁实秋对鲁迅的批评更多源自二人的价值倾向与文学观念的差异。

唯一经过鲁迅批阅的鲁迅研究专著《鲁迅批判》值得重视，作者李长之非常敬重鲁迅，将鲁迅称为战士，但书中也承认鲁迅性情的"多疑""善怒"，并认为："鲁迅不是思想家。因为他没有深邃的哲学头脑，他所盘桓于心目中的，并没有幽远的问题。他似乎没有那样的趣味，以及那样的能力。// 倘若以专门的学究气的思想论，他根底上，是一个虚无主义者，他常说不能确知道对不对，对于正路如何走，他也有些渺茫。// 他的思想是一偏的，他往往只迸发他当前所要攻击的一面，所以没有建设。"[1] 显然，李长之的看法和梁实秋有相通之处，他强调了鲁迅身上的虚无主义特质，也认为鲁迅的思想不仅不够系统，且缺乏建设性。事实上，对于鲁迅思想的只破不立的指责由来已久，这也是鲁迅研究者都必须面对的问题。如果考虑到鲁迅从早期就孜孜以求的"立人"思想以及以后的卓绝努力，如果抛除那种以体系化为思想家必备条件的想法，那么，鲁迅究竟有无建设性是值得深思的。

解放后的一个历史时期内，鲁迅被意识形态化解读甚至被神化。但在海外却有全然不同的声音，夏济安在《鲁迅作品的阴暗面》中指出：鲁迅是一个深刻而带病态的人，他将鲁迅视为一个矛盾的个体：深刻，是肯定其思想；病态，则是指责其性情之偏狭。不少人批评鲁迅三十年代后卷入文坛是非，"以小文章名世"，是"创作力退化的表现"。如海外鲁迅研究专家李欧梵就质疑鲁迅后期杂文"泻私愤"的好斗性："鲁迅后期杂文因过于关注社会而受到一定的损害，它们偏重于审视较为狭窄的问题和领域，因而丧失了观察和分析问题的广度与深度。"[2] 他认为鲁迅后期杂文明显呈现出一种尖锐讽刺的模式："刻薄，

① 李长之：《鲁迅批判》，北京出版社 2003 年版，第 160 页。

② 李欧梵：《生命与现实的全方位审视：鲁迅的杂文》下，《鲁迅研究月刊》1989 年第 9 期，第 28 页。

好斗，毁灭性打击，甚至恶毒。"①这种对鲁迅后期杂文的批评和否定也具有一定的代表性。可以看出，批评家持有一种维护文学纯粹性的批评理念，鲁迅"过于关注社会"的杂文显然并不符合他的文学标准。

时至二十世纪八九十年代乃至世纪之交，当代中国知识界在如何解读鲁迅的问题上开始出现极大的分歧，出现了一波波否定鲁迅的潮流。在否定和批判的声浪中，不宽容也就成了鲁迅的重大缺陷。

作家王蒙在1980年发表了一篇有趣的文章《论费厄泼赖应该实行》，此文刊于新时期知识分子群体中颇具影响力的《读书》杂志。文章开篇就直接针对鲁迅那篇著名杂文的命意明确提出反题："五十多年以前，鲁迅先生提出了'费厄泼赖应该缓行'这一富于革命的彻底性的著名命题。当时，鲁迅先生大概不会想到，在解放以后的历次政治运动中，这一篇名作得到了特别突出的、空前的宣扬和普及。'费厄泼赖'在1957年要缓行，在1959年要缓行，在1964年、1966年、1973年直到1976年仍然要缓行。看样子，缓行快要变成了超时间、超空间的真理，快要变成了'永不实行'，从而根本否定了'缓行'了。"在这里，对鲁迅的"缓行"说王蒙流露出明显的不满情绪，言下之意在新中国历次政治运动中鲁迅的这篇名作实际上起了某种推波助澜的作用，经历了反右和"文革"的王蒙认为鲁迅当年的命题显然早已经不能适应当代中国的社会现实，他热情地赞颂"费厄泼赖"精神，呼唤"费厄泼赖"的实行："'费厄泼赖'意味着和对手的平等的竞赛，意味着一种文明精神，一种道德节制，一种伦理的、政策的和法制上的分寸感，一种民主的态度，一种公正、合理、留有余地、宽宏大度的气概，意味着'三不'主义和'双百'方针。所有这些，对于一个社会主义国家的建设和治理，对于实现安定团结，对于实行政治民主、经济民主、学术和艺术民主，对于造成一个又有集中又有民主，又有纪律又有自由，又有统一意志又有个人心情舒畅的生动活泼的政治局面，是很必要的。在不发生特殊情况——如大规模的反革命暴乱或外敌入侵——的条件下，'费厄泼赖'乃是治国之道。在林彪、'四人帮'肆虐十年，大搞'左'的专横，大搞残酷斗争、无情打击，因而留下了许多'后遗症'，留下了许多人与人之间的宿怨、隔膜、怀疑、余毒以及余悸的今天，提倡'费厄泼赖'更是对症的良药。"②这篇文章表现出对曾经盛行的极"左"思潮的心有余悸，在改革开放之初率先积极肯定"费厄泼赖"的诸多正面价值。此文影响不小，文中的思维方式在日后年轻一代的反鲁者那里得到了发扬光大。鲁迅在建国后被政治运动利用的可悲命运，成为不少批鲁反鲁者质疑否定鲁迅的一个重要理由。这种看法认为，鲁迅的不宽容和不妥协的革命性与历史变迁中的血腥暴力和政治运动存在着紧密的联系，他既然被历次政治运动所利用，那么他的思想本身也就必然存在问题。王蒙后来在《我的处世哲学》一文中又说："……我提倡费厄泼赖，不相信鲁迅的原意是让人们无休无止地残酷斗

---

① 李欧梵：《生命与现实的全方位审视：鲁迅的杂文》下，《鲁迅研究月刊》1989年第9期，第28页。

② 王蒙：《论费厄泼赖应该实行》，《读书》1980年第1期，第13页。

争下去。"表明王蒙对鲁迅的质疑是与对极"左"思潮和阶级斗争哲学的警惕密切相关的。20 世纪 90 年代中期王蒙在《人文精神问题偶感》一文中说："我们的作家都像鲁迅一样就太好了吗？完全不见得。文坛上有一个鲁迅那是非常伟大的事。如果有五十个鲁迅呢？我的天！"①再次表达其质疑和否定鲁迅价值的思想倾向。究其因，前文所述的历史教训带给王蒙的反思应该是最直接的原因。20 世纪 80 年代以来，王蒙反复强调宽容的自由主义价值，如果强调的是文艺政策上的宽容和作家的创作自由，其心态可以理解；但是，王蒙的反省并非没有问题。王蒙意义上的宽容主体及内涵和鲁迅意义上的宽容主体与内涵是否一致？这一点王蒙并未深究。再者，在 20 世纪 90 年代初犬儒主义盛行、人文精神讨论的背景下，鲁迅的不宽容作为一种思想资源其实已被许多知识分子主动或被动远离，王蒙的拒绝鲁迅、强调宽容到底是在拓宽我们的自由思想空间，抑或是主动抛弃知识分子的批判精神，与资本市场化的新自由主义达成甜蜜的同谋？值得再思。

沿着王蒙的思路，20 世纪 90 年代以来否定鲁迅的声浪中传出了这样的声音："中国当代知识分子在神化鲁迅的过程中制造的最大的神话是鲁迅因为反抗压迫过于决绝而显得阴暗、病态的心理。他们不但对鲁迅的睚眦必报、嫉恨、毒气、鬼气，他的攻击性人格、迫害狂心理视而不见，而且对之加以神化，说成是鲁迅的优点，夸张为我们这个民族反抗黑暗社会所必备的心理素质。"②鲁迅的"这些文章在现代中国文化批评领域内开创了一种粗暴的和简单化的风气"。"最让人感到难堪的是，鲁迅也是'文革'时期的思想偶像之一。他的思想与'文革'的'造反哲学'之间的关系暧昧。"③这一看法与王蒙的思考路径一脉相承，却仍然停留在一种简单化的形式联系层面。而朱大可这位出语向来逞才任性的当代批评家则将《死》中的七条遗言命名为鲁迅"仇恨政治学"的"七条基本原则"，简称"鲁七条"，据此认为鲁迅抛弃了原本不多的爱的情感和伦理，陷入彻底的"仇恨主义"，是鲁迅将发轫于"义和团运动"的中国仇恨政治和暴力化为影响深远的个人文学文本，而所谓"杂文体话语暴力"和"遗书体话语暴力"正是鲁迅精神的基石④。在这一话语脉络里，鲁迅式的话语内核被界定为暴力与仇恨。鲁迅不仅从高高的神坛被赶下，而且从某种程度上被判定为中国历史的罪人。至此，对鲁迅的解读和诠释陷入了另一种极端。

鲁迅精神中的不宽容和大拒绝也遭到部分基督信仰者的摈弃，其代表人物为刘小枫，他这样指摘鲁迅："鲁迅的灵魂在怨恨中早熟，怨恨的毒素已经把人灵中一切美好的东西噬蚀净尽，空虚的灵魂除了鬼魂的自我刻画、冷嘲和热讽，还能向往什么高贵的精神？深切了解自己的鲁迅能不对自己绝望？"⑤"鲁迅所置身于其中的精神传统，从来就没有为他

① 王蒙：《人文精神问题偶感》，见《世纪之交的冲撞：王蒙现象争鸣录》，丁东、孙珉编，光明日报出版社 1996 年版。

② 葛红兵：《话语领袖与圣人迷信》，智识学术网，网址：http://www.zisi.net/htm/ztlw2/whyj/2005-05-11-21500.htm

③ 张闳：《走不近的鲁迅》，见"澳大利亚新闻网·新思想档案"。

④ 朱大可：《殖民地鲁迅和仇恨政治学的崛起》，《书屋》2001 年第 5 期，第 53 页。

⑤ 刘小枫：《拯救与逍遥》，上海人民出版社 1988 年版，第 339 页。

提供过对爱心、祈告寄予无限信赖的信念，没有陀思妥耶夫斯基的情怀和气质似乎可以理解。但据说鲁迅通西学，事实上，他的确知道遭'众犹太人磔之'的耶稣基督，知道西方精神在深渊中祈告的基督教信念，而且也晓得中国国民性'最缺乏的东西是诚和爱'。问题在于，鲁迅并不相信认信基督的信念，而是相信恶的事实力量。鲁迅相信的是另一种信念，爱心、祈告的力量没有恶的事实有力量……鲁迅的信念并非历史的恶强迫得来的，而是其个人气质及其所传承的精神传统的结果。"① 刘小枫认为鲁迅"也把一种伪道德化的王道形而上学改造为非道德化的生命之道形而上学，并进而宣称根本否定价值，赞成为了最终的生命目的而毁灭价值"②。刘小枫将鲁迅的绝望与拒绝宽容理解为被怨恨的毒素吞噬，认为恶的力量统治了鲁迅的灵魂，使得鲁迅远离高贵，陷入绝望与虚无。为什么鲁迅会被怨恨的毒素所吞噬呢？刘小枫给予的回答是鲁迅置身其中的精神传统没有提供爱与信念之源头，因此他的思路暗示或明示：唯有皈依基督才能扬弃怨恨、沐浴大爱，而这样光明的前途自然只有倚赖于引进西方的基督信仰传统。有趣的是鲁迅本人同样也是深感中国历史和文化传统中的种种劣根性之难以忍受，才"别求新声于异邦"，在异邦的历史文化中寻求改造中国国民性以求民族强盛的精神资源，"我以我血荐轩辕"。只不过，鲁迅所寻求到的目标不在于神性信仰，而在于启蒙主义的"立人"。同样陷入中西文化优劣论的陷阱中，但究竟是走向上帝，还是做人间困难的"中间物"？这是刘小枫和鲁迅的巨大差别。

年轻学人摩罗深受鲁迅影响，认为鲁迅是近现代中国的文化巨人，"在他身上体现了最多的文化矛盾和精神痛苦，体现了一个正在走向衰亡的古老文化的绝望的挣扎和反抗绝望的个体人格力量"③。但摩罗亦逐渐摆脱对鲁迅的景仰与崇拜，开始沿着王蒙和刘小枫等人的思考轨迹对鲁迅身上的不宽容进行了认真的反省与探讨，具体地说是从王蒙的思考起点走向刘小枫的信仰之路。在他看来，鲁迅确实是被政治运动粗暴地利用了，这是不争的事实："'文革'中红卫兵极力放大了鲁迅'横眉冷对千夫指''痛打落水狗'及以牙还牙、以血偿血的一面，也就是放大了鲁迅的'横''冷''打'，并大大发展了鲁迅与黑暗相对抗的精神，对世界作了极其简单的解释，诸如'不是东风压倒西风，就是西风压倒东风''要么把老虎打死，要么被老虎吃掉'。阶级斗争学说深处的心理结构，就是把自我之外的一切存在都看作自我的敌人。只有在这个世界受到最严重的伤害的人，才会带着这样严重的敌意看待这个世界。"④ 在此，摩罗将"文革"中的暴力视为对鲁迅精神的"大大发展"，这一点本身尚未经过认真辨析，却被他当作了不需论证的既定事实了。不过摩罗还是承认和理解鲁迅的思想价值，主张应当清醒地看到鲁迅与利用他的"文革"暴力实施者之间的严重区别与迥然相背，认为二者不能同日而语："鲁迅痛打落水狗的心理欲望，是以他反复受到伤害的经验为支持的，从而是对自我生命意志的真正的捍卫。而'文革'中

---

① 刘小枫：《拯救与逍遥》，上海人民出版社 1988 年版，第 329 页。
② 刘小枫：《拯救与逍遥》，上海人民出版社 1988 年版，第 405—406 页。
③ 摩罗：《面对黑暗的方式——从鲁迅到张中晓》，《北京文学》1999 年第 3 期，第 71 页。
④ 摩罗：《面对黑暗的方式——从鲁迅到张中晓》，《北京文学》1999 年第 3 期，第 75 页。

造反派的痛打落水狗，则是受到一种虚妄的意识形态的支配。""把'文革'中的混乱和滥杀说成是无赖世界，我看是比较准确的。而这个无赖世界对于鲁迅的简化和利用，也发展到了荒唐的地步。他们无限放大了鲁迅笔下痛打落水狗的意象，甚至把这个意象挑得高高的作为他们的革命旗帜。而对鲁迅笔下怀念藤野先生的那种柔情，捍卫人性尊严的那种热望，全都闭眼不看。痛打落水狗的意象与阿Q看杀人连赞好看的意象一样麻木和残酷。当千千万万中国人背诵着'痛打落水狗'的鲁迅语录，把'阶级敌人'一个个打死时，鲁迅的在天之灵一定会惊讶不已的。"[①] 问题是：鲁迅需要为他身后被利用、被误读的命运负责吗？我们的历史反省如果到此为止是否过于简单了？

尽管摩罗可以理解鲁迅的思想和情感逻辑，但他的结论却仍然是批判性的："由于鲁迅的气质和思想被他的后人又发展到了这样一个非常单一非常可怕的地步，我们不得不回过头来重新审视鲁迅的不足。我们不得不承认，鲁迅的确是被他的环境伤害得太深。为了抵御外部世界的伤害，他只有焕发起强大的蔑视、仇恨和敌意。这些蔑视、仇恨、敌意对消灭外部黑暗毫无作用，却反过来伤害自己。为了避免再一次发生沿着鲁迅的脚步走到荒唐境地的悲剧，我们有必要考虑这样一个问题：我们是不是可以不像鲁迅那样被世界的黑暗伤害得如此之深？面对外部世界的黑暗，我们还有没有别的方式可以捍卫我们的生命意志，拯救我们受难的灵魂？多少年来，我们把鲁迅看作中国知识分子唯一的人格楷模，唯一的标准，这本身是不是就体现了我们文化想象力和人格想象力的单一与狭窄？今天，我们在敬仰鲁迅、学习鲁迅的同时，是不是还可以寻找另一种或另几种方式来面对外部世界的黑暗？比如，我们可以不可以像甘地和托尔斯泰那样？可以不可以像耶稣和释迦牟尼那样？可以不可以像哈维尔和索尔仁尼琴那样？这些人的人生态度，这些人的学说，这些人面对黑暗的方式，是不是全都可以作为我们的精神资源？"[②]

摩罗不仅找到了哈维尔、索尔仁尼琴、甘地、托尔斯泰、耶稣和释迦牟尼这样的外国人格典范作为精神引路人，还在中国找到了张中晓这样的知识分子作为新的"文化想象力"和"人格楷模"的正面个案。《无梦楼随笔》中有以下的表述："过去认为只有睚眦必报和锲而不舍才是为人负责的表现，现在却感到，宽恕和忘记也有一定意义，只要不被作为邪恶的利用和牺牲。耶稣并不是完全错。"摩罗从字里行间看到了不同于鲁迅的宽容型思维方式，"耶稣承受了人类所加于他的一切迫害和侮辱，却甘愿以自己的牺牲换取人类的得救。张中晓在这里看见了耶稣的光辉，看见了耶稣的宽恕和悲悯。而且，张中晓是在什么样的境遇中看见耶稣的光辉的呢？他是在什么样的情况下写下这样的话呢？下面的文字也许更加惊心动魄。'一九六一年九月十月，病发后六日晨记于无梦楼，时西风凛冽，秋雨连宵，寒衣卖尽，早餐阙如之时也。'一个人被外部世界的黑暗摧残到了这一步，可他还在念叨着宽恕和悲悯，你想这是怎样了不起的一个张中晓。我不敢说张中晓已经达到了耶稣那样的高度，但至少在他写下这几句话的那一瞬间，我觉得张中晓就是耶稣，他就

---

① 摩罗：《面对黑暗的方式——从鲁迅到张中晓》，《北京文学》1999 年第 3 期，第 75 页。
② 摩罗：《面对黑暗的方式——从鲁迅到张中晓》，《北京文学》1999 年第 3 期，第 76 页。

是在像耶稣一样承受苦难、担当苦难，像耶稣一样宽恕在人性的黑暗中互相残害的人类，像耶稣一样悲悯在黑暗人性中苦苦挣扎的人类"①。在对鲁迅和张中晓的比较过程中，摩罗的天平显然偏向了后者，在他眼里，张中晓的宽恕和悲悯显然要高于鲁迅的"一个也不宽恕"："我觉得不宽容的心态是人性的一个偏颇，而一种成熟的文化必须有意识地去克服这种偏颇。中国文化和中国社会都没有很好地克服这种偏颇，倒是强化了这种人性的弱点。"②"精神界战士"谱系的自觉承续者摩罗正从孤独绝望的抗战逐渐走向宗教的信靠，这是他个人选择的自由；但是当他由此断定中西文化的优劣高下和成熟度时，结论下得似乎有些太简单了。

潘知常的看法与之相类，即将执着于现世相对的鲁迅与西方那些求索于神性世界的伟人们进行比照，认为"鲁迅始终未能意识到需要为'痛苦''绝望'的承担找到一个更高的理由。在鲁迅的心灵中从来不曾纠缠过但丁的追求、陀思妥耶夫斯基的困惑……鲁迅是执着于现世的一重世界，希望在现世就把一切账统统结清，主张'拳来拳挡，刀来刀挡'，甚至不惜'用更粗的棍子对打''一个都不饶恕'，而不像他们那样坚持在人的世界之外去追求一个更高存在的维度……鲁迅是为绝望而绝望"③。鲁迅自己也说过："于是我就在这个地方停住，没有能够走到天国去。"④ 为什么鲁迅要主动放弃那个他并非没有意识到的更高的维度呢？或许我们的问题意识正应该从此出发，而不是绕开。对于鲁迅的"以毒攻毒"式的反抗，潘知常认为这里的"毒"并非鲁迅之独创法宝，"而正是他的反抗对象——中国传统文化所先行赋予他的，须知，这本来正属于他毕生反抗的目标之一。因此，以毒攻毒本身反倒证明了他对予中国传统文化的不自觉认同，证明了他不但根本没有摆脱中国传统文化的控制，并且反而为他所最憎恨的中国传统文化所伤。在同中国传统文化的拼死搏斗中，中国传统文化'毒素'也再塑着他自己。于是，他'睚眦必报'，宁可'错杀'也不'错过'。希望变质为绝望，热爱蜕变为憎恨。既没有上帝来裁判，便干脆由自己裁判，不妨以目偿头，也不妨以头偿目。甚至，鲁迅总是在不停地搜索着'敌人'的影子，他没有意识到中国的刘邦、项羽、陈胜、吴广们所说的'彼可取而代之''大丈夫当如此也''王侯将相，宁有种乎'等等，都并非来自人性觉醒后的爱的呐喊，而只是出自被压迫者对于压迫者的深仇大恨，结果竟然不再是去治病救人，而是去消灭病人。当然，消灭病人要比治疗病人容易得多，但是那已经不是一个医生的职责。早年学医的鲁迅竟然出此下策，不能不说是一种对于神圣职责的回避，不能不说是已经距离爱的圣坛越来

---

① 摩罗：《面对黑暗的几种方式——从鲁迅到张中晓》，《北京文学》1999 年第 3 期，第 79 页。
② 2000 年 5 月 18 日刘旭对摩罗的访谈，见摩罗《不死的火焰·信仰与宽容》，中国工人出版社2002 年版。
③ 潘知常：《为信仰而绝望，为爱而痛苦：美学新千年的追问》，《学术月刊》2003 年第 10 期，第74—75 页。
④ 《鲁迅全集》第 6 卷，人民文学出版社 1981 年版，第 411 页。

越远"①。在此，对鲁迅的诘问似乎过于求全责备了，推论也随意得有些飘忽。鲁迅从不以为自己可以摆脱传统文化的控制，相反，他深知自己内在的毒素难以去除并担忧其伤害青年。再者，传统文化也并非全是鲁迅所憎恶，墨子、屈原、阮籍都是鲁迅所景仰和亲近的中国历史人物，《中国小说史略》《汉文学史纲要》里鲁迅娓娓叙说的正是传统文学的历史。而言鲁迅由治病救人到消灭病人，甚至将之与陈胜吴广相提并论，这说法就未免离开鲁迅原意过于遥远隔膜了，近乎信口开河。作者要证明的只有一点，即鲁迅缺乏信仰之维和爱之维，导致他回避了救治病人的神圣职责，意思是鲁迅只有信仰了基督才可以真正拯救他原本想要疗救的病人。倡导爱与信仰，自然是美好的追求，但直视惨淡人生、正视淋漓鲜血的鲁迅如果也如作者所愿施施然走进"爱的圣坛"，那我们所看到的就不是一个自知"灵魂里有毒气和鬼气"却无法去除的困顿绝望的人，而是作者幻想中的另一个神人或圣人了。

扬胡抑鲁曾经形成一股值得关注的思想潮流，而对待宽容的不同态度也成为人们比较胡鲁的一个焦点。人们注意到，胡适和鲁迅，20世纪中国这两位最具影响力的知识分子对待宽容的态度完全相反：胡适认为"容忍比自由更重要"，鲁迅则声称"一个都不宽恕"；而几乎所有的扬胡抑鲁者都认为胡适的宽容要高于鲁迅的拒绝宽容。邵建在《胡鲁之间说"宽容"》一文中就专门探讨了这个问题，他认为胡鲁二者之容忍与不容忍各有其特定的哲学基础："鲁迅的哲学思想基本上是一种极为简洁的二元对立，在这对立的二元中，无疑，他又一元独对。这是他不宽容的理据所在。而胡适所以容忍，恰恰在于自由主义以'无知'为基础的知识论，这种知识论，使胡适有效地避免了那种'独断式的确定感'，所以，他提倡宽容。"②作者崇尚自由主义理念，认为鲁迅是"一个对宽容抱有根本敌意的人、一个终生都践行不宽容原则的人，他怎么可能和自由主义走到一起呢"。在他看来，鲁迅的思维是独断论的，鲁迅谈理说事论是非，"用的只是一杆秤，权衡就是'我以为'。这种'以自己为主'的'我以为'，是一种主观意志（包括知识意志）上的'唯我论'，英国的伯林专门给它订做过一个称谓，叫'独断式的确定感（dogmatic certainty）'。"而自由主义理论家哈耶克认为，"独断式的确定感"是一种"致命的自负"，信奉自由主义价值标准的邵建很自然地否定了鲁迅的不宽容，在他看来，鲁迅的"怨恨伦理"与胡适的"宽容伦理"的分野是前现代文明与现代文明之间的区隔："胡适对容忍的认同，根本上是源于近代以来逐渐主流化的自由主义。自由主义本身就内含着宽容，而且它也正是从宗教宽容发变而来，又推广开去，从而成为近代文明尤其是近代政治文明的最重要的价值表现。比较之下，鲁迅复仇意识所体现的文明形态，更多带有近代之前的意味。"③在这样的比较过程中，胡鲁的高下一目了然。

———————

① 潘知常：《为信仰而绝望，为爱而痛苦：美学新千年的追问》，《学术月刊》2003年第10期，第76—77页。

② 邵建：《胡鲁之间说"宽容"》，《南京晓庄学院学报》2004年第1期，第58页。

③ 邵建：《tolerance的胡适和intolerance的鲁迅》，《社会科学论坛》2005年第7期，第46页。

　　获得"文艺争鸣奖"的《人何以"立"》一文同样也将胡适作为批评鲁迅（以及鲁迅的子孙们）不宽容的一种正面参照："我宁信胡适之从容、平淡、大度，有所为有所不为的生活方式，在理解、尊敬鲁迅及其子孙们的活法之上，也要'警惕'鲁迅。鲁迅易被利用，就在于他的背面是不宽容，他的'民族脊梁''中间人'意识本来用心良苦，现在却被他的子孙，制造成只有'英雄'才能具备的品性特征，'人意'充沛的鲁迅，处于其中不得不日益被'神化'了！"① 该文指出："鲁迅'破'的那一面太多，他在'制度设计'和建设性的'立'的那一面到底给后人留下过什么？他身上本就缺少阔大、开放、包容的英美经验主义精神传统的良性浸染，原先偏狭、执拗的本性在日本留学期间的军国主义时代氛围里更行牢固。""鲁迅最缺乏的正是这些确立、维护'自由''民主''独立''平等'，以保证'立人'之实现等现代'制度'层面上的最紧要的思想理念。而正是这些，培养了胡适、林语堂们的温和、改良与渐进的英美式思想态度……"认为鲁迅的"破"大于"立"，其"立人"思想过于空疏，"没能抓住要害，毕竟他的思想仍有局限，还没有形成真正的现代法权与法治意识"。这是以实用主义的态度和自由主义观念来比较胡鲁功用的一般思路：即鲁迅的思想适合于乱世，具有破坏性；而胡适思想则适用于治世，更具建设性。在倾向于自由主义的知识分子的这一思路中，鲁迅的不宽容不利于和谐社会的建设，这一点确乎是无疑的。

三、对鲁迅的不宽容的理解与肯定

　　与批评、质疑和否定意见相对应的就是对鲁迅的不宽容的理解与肯定。在理解与肯定的一方看来，首先，在诸多的激烈论战中造就了鲁迅敢于也善于"骂人"的印象，但不少论者指出如果了解了鲁迅论战的前因后果，将会改变这一偏见。人们甚至发现，鲁迅遭人攻击的数量之多、程度之深、谩骂之盛、文气之毒其实远远高于他对别人的批评，这是一个很不对称的对峙。如孙郁所言："历史的事实是，鲁迅往往是被动的被人攻击甚多，他几乎从未先施以恶意……鲁迅的文章，尖刻是有的，但却是庄重的思考，不去顾个人得失。相反，有些攻击鲁迅的人，则变态乃至偏至一极。不看这些反对的文章，真无法懂得，鲁迅何以疾恶如仇，何以有不屈不挠的精神。对抗者是一面镜子，在这面镜子里，黑脸白脸，是人是妖，曲直忠邪，是清清楚楚的。"② 另一位学者更是不禁为鲁迅发出了愤愤不平之声："以为鲁迅不宽容者流忘了去翻翻鲁迅死的那一天中国报纸上有多少篇出于名流学者但却造谣生事辱骂他的文章，忘了去查查旧账问一句历史上谁宽容过鲁迅。"③ 大量

---

① 蒋泥：《人何以"立"》，见"新语丝"网站，网址：http://xys.cybersome.com/xys/netters/psi5/jiangni.txt
② 孙郁：《被亵渎的鲁迅·序》，见《被亵渎的鲁迅》，群言出版社1994年版，第3—4页。
③ 韩毓海：《谁宽容过鲁迅》，《鲁迅研究月刊》1997年第5期，第75页。

的相关资料表明，在很多时候，鲁迅的不宽容事出有因、情有可原，不宽容得有理。从某种角度看，"今天的中国不缺少王蒙式的宽容和中庸，不缺少王蒙式的聪明和智慧；缺少的恰恰是鲁迅式的'横眉冷对千夫指，俯首甘为孺子牛'，缺少的恰恰是鲁迅式的肩起闸门和铁屋里的呐喊"①。

再者，不少论者都强调，鲁迅的不宽容需要辩证地认识。爱憎分明是鲁迅为人为文的鲜明特征之一，憎恶、拒绝、褊狭的反面是深爱、同情和包容，"横眉冷对千夫指"的另一面是"俯首甘为孺子牛"。熟悉鲁迅者深知他爱憎分明、外冷内热，鲁迅的爱与宽容之心体现于怜子之拳拳父爱，手足间的兄长风范与兄弟失和后的宽宏忍让，也体现于对待朋友之真诚温厚情怀，而他对青年后进的爱护有加更是有口皆碑。鲁迅与范爱农、许寿裳、瞿秋白、爱罗先柯等人的友情，他对许钦文兄妹、高长虹、萧红与萧军等年轻一辈的无私关怀，对刘和珍、柔石等有为青年牺牲的深切哀悼……无不显示出鲁迅为人热诚宽厚的一面。鲁迅一生挚友许寿裳在《鲁迅与青年》一文中说："鲁迅的处世接物，一切都以诚爱为核心的人格的表现，他爱护青年，青年也爱护他。"②郁达夫在《回忆鲁迅》一文中也说："鲁迅的对于后进的提拔，可以说是无微不至。《语丝》发刊以后，差不多都是鲁迅推荐的。"③鲁迅对青年人无私的爱护与关怀，从许钦文、萧红等多人的文章中得到了充分印证。鲁迅的不宽容并不意味着毫无理由的拒绝，在谈及鲁迅与青年的关系时，许广平说："平心而论：先生有分明的是非，一面固爱才若渴，一面也疾恶如仇……先生对于青年，尽有半途分手，或为敌人，或加构陷，但也有始终不二者。而先生有似长江大河，或留或逝，无所容于中，仍以至诚至正之忱，继续接待着一切新来者。或有劝其稍节精力，'不亦可以已乎'。而先生的答复是：'我不能因为一个人做了贼，就疑心一切的人。'……人家总批评他多疑，据我观察所得，由他无故和人闹的总不大有，多是根据很多事实，没有法子容忍，才表示决绝的态度。"④持论公允的茅盾深深体会鲁迅人格精神的复杂与矛盾性："他是实实在在地生根在我们这愚笨卑劣的人间世，忍住了悲悯热泪，用冷讽的微笑，一遍一遍不惮其烦地向我们解释人类是如何衰弱，世事是多么矛盾；他决不忘记自己分有这本性上的脆弱和潜伏的矛盾。"⑤就连与鲁迅失和、后半生再无交往的周作人也认为："鲁迅最是一个敌我分明的人，他对于敌人丝毫不留情，如果是要咬人的叭儿狗，就是落了水，他也还是不客气的要打。他的文字工作差不多一直是战斗，自小说以至一切杂文，所以他在这些上面表现出来的，全是他的战斗的愤怒相，有如佛教上所显现的降魔的佛像，正如盾的向里的一面，这与向外的蒙着犀儿皮的不相同，可能是为了便于使用，贴上一层古代天鹅绒的里子的。他的战斗是自有目的的，这并非单纯的为杀敌而杀敌，实在乃是为了要救护

① 余杰：《鲁迅的当代恩怨》，《粤海风》2005 年第 3 期，第 25 页。

② 许寿裳：《亡友鲁迅印象记：许寿裳回忆鲁迅全编》，上海文化出版社 2006 年版，第 132 页。

③ 郁达夫：《回忆录讯：郁达夫谈鲁迅全编》，上海文化出版社 2006 年版，第 18 页。

④ 许广平：《鲁迅和青年们》，见《十年携手共艰危：许广平忆鲁迅》，河北教育出版社 2000 年版，第 32 页。

⑤ 曹聚仁：《鲁迅评传》，东方出版中心 1999 年版，第 155—156 页。

亲人，援助友人，所以那么的奋斗，变相降魔的佛回过头来对众生的时候，原是一副十分和气的金面。"[1]鲁迅曾有诗云："无情未必真豪杰，怜子如何不丈夫。"清晰表明其有情有义的率真性情。今人钱理群在《心灵的探寻·爱与憎》中专门论述鲁迅的爱和宽容，认为"对于爱的思考、追求，贯穿了鲁迅的一生"[2]，他尤为感动的是鲁迅对于幼者的"平等、理解与宽容"。

不少论者都注意到，鲁迅身上既有有不宽容、复仇、痛打落水狗的一面，又有爱与悲悯的另一面，不宽容的鲁迅却有着大悲悯。正如鲁迅自己所说："我的意见原也一时不容易了然，因为其中本含有许多矛盾，教我自己说，或者是人道主义与个人主义这两种思想的消长起伏罢。所以我忽而爱人，忽而憎人；做事的时候，有时确为别人，有时却为自己玩玩，有时则竟因为希望生命从速消磨。"[3]如果说我们从鲁迅辛辣的讽刺批判中更多地感受到其个人主义思想，那么在他那些以弱势底层为关怀对象的作品中就常常能感受到一个人道主义者深切的悲悯同情。张定璜的《鲁迅先生》较早从鲁迅创作中体会作者对底层小人物的悲悯："鲁镇只是中国乡间，随便我们走到哪里去都遇得见的一个镇，镇上的生活也是我们从乡间来的人儿时所习见的生活。在这个习见的世界里，在这些熟识的人们里，要找出惊天动地的事情来是很难的，找来找去不过是孔乙己偷东西给人家打断了腿，单四嫂子死了儿子，七斤后悔自己的辫子没有了一类的话罢了，至多也不过是阿Q的枪毙罢了。然而鲁迅先生告诉我们，偏是这些极其普通，极其平凡的人事里含有一切永久的悲哀。鲁迅先生并没有把这个明明白白地写出来告诉我们，他不是那种人。但这个悲哀毕竟在那里，我们都感觉到它。我们无法拒绝它。它已经不是那可歌可泣的青年时代的感伤的奔放，乃是舟子在人生的航海里饱尝了忧患之后的叹息，发出来非常之微，同时发出来的地方非常之深。"[4]《孔乙己》《祝福》《药》等作品里的复杂情感是通常意义上的浮泛同情所难以抵达的，因为这里对不幸人们的深切同情伴随着对看客们麻木人性的质询，伴随着对所有人包括叙述者（以及作者本人）的伦理之罪的无情追问与解剖，祥林嫂那绝望的追问是朝向每个阅读者发出的，那样的用力深度在五四时期乃至今天其实并不多见。张定璜还从民族精神的角度理解鲁迅不宽容的内涵："他嫌恶中国人，咒骂中国人，然而他自己是一个纯粹的中国人，他的作品满薰着中国的土气，他可以说是眼前我们唯一的乡土艺术家，他毕竟是中国的儿子，毕竟忘不掉中国。"[5]即所谓：恨之深，爱之切。后来滋生的大量探讨鲁迅与国民性关系的论述应当多是这一思考角度的拓展和深化。

作家沈从文则从三方面论述鲁迅的贡献："（鲁迅的）贡献有三：一，于古文学的爬梳

① 周作人：《鲁迅的青年时代·鲁迅的笑》，见《鲁迅回忆录》（中），第866页。
② 钱理群：《心灵的探寻》，北京大学出版社1999年版，第205页。
③ 《两地书·1925年5月30日致许广平信》，见《鲁迅全集》第11卷，人民文学出版社1998年版。
④ 张定璜：《鲁迅先生》，见《二十世纪中国小说理论资料》（第二卷），严家炎编，北京大学出版社1997年版，第366页。原文刊于1925年1月《现代评论》。
⑤ 张定璜：《鲁迅先生》，见《二十世纪中国小说理论资料》（第二卷），严家炎编，北京大学出版社1997年版，第366页。原文刊于1925年1月《现代评论》。

整理工作，不作章句之儒，能把握大处。二，于否定现实社会工作，一支笔锋利如刀，用在杂文方面，能直中民族中虚伪、自大、空疏、堕落、依赖、因循种种弱点的要害。强烈憎恶中复一贯有深刻悲悯浸润流注。三，于乡土文学的发轫，作为领路者，使新作家群的笔，从教条观念拘束中脱出，贴近土地，挹取营养，新文学的发展，进入一新的领域，而描写土地人民成为近20年文学的主流。"① 他以作家的敏锐体味到鲁迅的大憎另外一面的大爱，意识到鲁迅作品于"强烈憎恶中复一贯有深刻悲悯浸润流注"。

鲁迅的好友刘半农先生曾用"托尼思想魏晋文章"一联来总结鲁迅先生的风格，但一些鲁迅的批评者往往忽略"托尼"中托尔斯泰的那一面。而喜爱甚至偏爱鲁迅的人们则从他悼念范爱农、怀念藤野先生、纪念学生刘和珍、纪念柔石等被害左翼青年的诸篇诗文中感受到鲁迅心性的宽厚纯真和悲悯大爱的深切炽热。1912年好友范爱农不幸去世，鲁迅极为悲痛，作了四首诗以悼念亡友，其中一首《哭范爱农》曰："把酒论天下，先生小酒人。/ 大圜犹酩酊，微醉合沉沦。/ 幽谷无穷夜，新宫自在春。/ 旧朋云散尽，余亦等轻尘。"② 尽见满腔悲凉。十几年后在回忆性散文《范爱农》中鲁迅又一次表达对这位朋友的难舍之情，读者因此记住了那位眼白多、个性强、结局惨的小知识分子范爱农。1931年左联青年柔石等人被国民党枪杀，是夜鲁迅作诗曰："忍看朋辈成新鬼，怒向刀丛觅小诗。"无限悲愤溢于言表。1933年在《为了忘却的纪念》中再次以沉痛的心绪怀念逝去的年轻朋友："前年的今日，我避在客栈里，他们却是走向刑场了；去年的今日，我在炮声中逃在英租界，他们则早已埋在不知那里的地下了；今年的今日，我才坐在旧寓里，人们都睡觉了，连我的女人和孩子。我又沉重的感到我失掉了很好的朋友，中国失掉了很好的青年，我在悲愤中沉静下去了，不料积习又从沉静中抬起头来，写下了以上那些字。"爱之深切、悲愤之深切、身为文人的无力感之深切、对残忍的专制强权的悲愤之深切，堪称现代文学史上最震人心魄的动人篇章之一。

因此，当有人问起鲁迅研究者林贤治，"有些人觉得鲁迅的作品过于阴冷，字行间充满'恨'字"时，林的回答是："我们现在都在说鲁迅的恨，但是很少人去说鲁迅的爱。其实没有一个人像鲁迅那样对弱者和民族的爱得那么深，你可以看看他的作品，比如《明天》，单四嫂在儿子病死后，守着漫漫长夜，这个世界上没有人向她伸出帮助之手，那种小女人的孤单和寂寞……看出鲁迅是仇恨的暴力的吗？不，他是爱的。所以我们不谈鲁迅的爱，就是有意无意地掩盖他的出发点。他的恨就是因为他的爱，爱是他的出发点。说鲁迅是唯一的，没有后继者，首先就是没有人像他那样爱得深沉。像梁实秋那样攻击鲁迅的那些学者，他会去写那样的小人物吗？再比如今天，四川游民、众多打工者、艾滋病患者、维权最终却得不到维护者、失学者、血汗工厂、童工……现在中国究竟是怎么样的一种社会，而那些文化人大谈闲情，像陈丹青那样说他老师木心的散文是顶级的，高调推介，说是'超越周氏兄弟'，是'唯一衔接汉语传统和五四传统的作家'，真是扯淡。有时

---

① 沈从文：《学鲁迅》，见《沈从文别集》之《七色魇》，岳麓书社1992年版，第220页。
② 《鲁迅全集》第7卷，人民文学出版社1998年版，第141页。

候，仇和爱是一致的，鲁迅能爱才能恨，能恨才能爱。"①对爱与恨的辩证使有利于人们深入地认知鲁迅精神和人格的复杂性。

对于这一命题的探讨迄今已经汗牛充栋，在此从略。

在肯定和赞许鲁迅不宽容精神的论者看来，真正需要辨析的问题是：鲁迅不宽容的对象为何？不宽容的本质为何、原因为何？鲁迅曾说过，他的所谓"骂人"多并非私怨实为公仇。正因此，不少人与鲁迅有过论战或曾被鲁迅批评过，但之后却并未丧失对鲁迅的尊敬和爱戴。如鲁迅和林语堂曾有过论战，但鲁迅去世后，林语堂在《悼鲁迅》一文中说："吾始终敬鲁迅；鲁迅顾我，我喜其相知，鲁迅弃我，我亦无悔。大凡以所见相左相同，而为离合之迹，绝无私人意气存焉。"②胡适亦有相类表述。固然与胡适、林语堂良好的性情修养有关，但也从一侧面说明前文所提鲁迅的夫子自道并非虚妄。鲁迅的不宽容更多有关"公仇"，那么他所不能宽恕并实施抨击的对象为何呢？早在1919年的"五四"时期，吴虞的《吃人与礼教》一文即以阅读鲁迅的《狂人日记》开篇阐发题旨，认为鲁迅的这篇作品"把吃人的内容和仁义道德的表面，看得清清楚楚。那些戴着礼教假面具吃人的滑头伎俩，都被他把黑幕揭破了"③。肯定了鲁迅成名作批判吃人礼教的重要意义。1928年，正当"太阳社""创造社"发起对鲁迅的围剿，冯雪峰却以《革命与智识阶级》一文表示了对鲁迅的支持态度："在文明批判方面，鲁迅不遗余力地攻击传统的思想——在'五四''五卅'期间，知识阶级中，以个人论，做工做得最好的是鲁迅。"在20世纪40年代初发表的一篇长文中冯雪峰认为鲁迅"以最大的爱给予大众，给予阿Q。然而他对阿Q的阿Q主义愤怒了，并且真的憎恨了……这是最伟大的愤怒和憎恨"。该文还从宏观角度概括出"鲁迅主义"的三个特点：第一，"独创了将诗和政论结于一起的'杂感'这尖锐的政论性的文艺形式"；第二，"为民族和大众而战斗的意志和博大的爱，他的对历史的透视和对人生的睁眼正视，这些就产生了他的有显明光彩的独特的现实主义"以及与此相关的"韧战主义"；第三，"艺术的大众主义，肯定着中国文学之'大众化'的出路"。他还指出："鲁迅先生独创了将诗和政论凝结于一起的'杂感'这尖锐的政论性的文艺形式。这是匕首，这是投枪，然而又是独特形式的诗！这形式，是鲁迅先生所独创的，是诗人和战士的一致的产物。"④给予了鲁迅杂感和"鲁迅主义"高度评价。

最早比较系统地研究鲁迅的学者李长之的论述在今天看来并不十分成熟，也缺乏高深的理论，但是作者写出了个人对鲁迅的真实感受，文风坦诚自由，尊重研究对象却并不一味颂扬拔高。相对于后来的大量鲁迅研究论述，李长之的研究显得较少受制于不同党派的

① 李丹、钟刚：《鲁迅，无法继承和超越的传统——专访鲁迅研究专家林贤治》，刊于网络月刊《知道》2006；又可见于"博客中国·李丹博客"，网址：http://www.blogchina.com/20061021184842.html

② 《宇宙风》，1937年1月1日。

③ 吴虞：《吃人与礼教》，见《吃人与礼教：论鲁迅（一）》，孙郁、黄乔生编，河北教育出版社2002年版，第1页，此文原刊于1919年11月1日《新青年》第6卷第6号。

④ 冯雪峰：《鲁迅与中国民族及文学上的鲁迅主义》，重庆《文艺阵地》半月刊第2期，1940年8月1日。

意识形态规约。李著承认鲁迅性情上的多疑、善怒等弱点，并指责鲁迅"与黑暗捣乱"是病态，但又由衷地感觉"他的心肠是好的"，"和平、人道主义，这才是鲁迅最内在的一方面"①。他给予鲁迅的理解和评价看起来比较真实、人性化："鲁迅在灵魂的深处，尽管粗疏、枯燥、荒凉、黑暗、脆弱、多疑、善怒，然而这一切无碍于他是一个永久的诗人，和一个时代的战士。"②鲁迅战斗的内涵以及反抗的对象是什么呢？李长之认为："鲁迅永远对受压迫者同情，永远与强暴者抗战，他为女人辩，他为弱者辩。他反抗群愚，他反抗奴性。他攻击国民性，只有一个目标，就是卑怯……为什么他反对卑怯呢？就因为卑怯是反生存的，这代表着他的健康的思想的中心。"③李长之将鲁迅所致力于反抗的主要对象定位为国民劣根性尤其是其中的"卑怯"，有其片面性。从他的整体论述看，他还肯定了鲁迅对强权的反抗和不屈，强暴蛮横的权力与臣服于权力的卑怯奴性，其实是一体之两面，正是鲁迅一向猛批而决不宽容的。"战士"的评价符合鲁迅早年对"精神界战士"的自我认同，亦是当时以及后来的左翼批评者评价鲁迅的共识。

鲁迅的不宽容/抗争/批判，究竟意味着什么？日本学者竹内好的思考在李长之的基础上别开生面。作为同在东亚的日本人，竹内好关注的核心问题在于东方的近代不是作为观念而是作为历史的近代，其意义为何。"在这个意义上，竹内好才与鲁迅真正相遇。"④也就是说，竹内好凭借对鲁迅这个丰富的研究对象的探索而获得自我返照和自我认知。我对日本与中国的东亚境遇的共同性持一种谨慎的观察态度，我更关心的毋宁是竹内好视野中的鲁迅以及对我们的意义。竹内好的鲁迅解读非常有意思，他认为，作为启蒙者和思想家的鲁迅和作为文学家的鲁迅两者之间，存在着内在的紧张关系。这一解读超出了当时以及此后绝大多数鲁迅研究者的认知以外。他说："在本质上，我并不把鲁迅的文学看作功利主义，看作是为人生、为民族或是爱国的。鲁迅是诚实的生活者，热烈的民族主义者和爱国者，但他并不以此来支撑他的文学，倒是把这些都拨净了以后，才有他的文学。鲁迅的文学，在其根源上是应该称作'无'的某种东西。"⑤在竹内好的思考框架里，文学者鲁迅的内涵不等于甚至大于启蒙者鲁迅。在鲁迅那里，启蒙的实现实际上倚赖于文学，而鲁迅的文学却并不仅仅呈现那种西方化的启蒙。这里的"无"和鲁迅的"挣扎"与"反抗"紧密相关。令人深思的是竹内好征引了共产党人毛泽东和冯雪峰对鲁迅精神的肯定，并进行了这样的延伸，他认为冯雪峰所说的鲁迅的反自由主义这一点"抓住了鲁迅的本质"，并指出："面对自由、平等以及一切资产阶级道德的输入，鲁迅进行了抵抗。他的抵抗，是抵抗把它们作为权威从外部的强行塞入。他把问题看透了，那就是把新道德带进没有基础的前近代社会，只会导致信道的发生前近代的变形，不仅不会成为解放人的动力，相反

---

① 李长之：《鲁迅批判》，北京出版社2003年版，第151页。

② 李长之：《鲁迅批判》，北京出版社2003年版，第157—158页。

③ 李长之：《鲁迅批判》，北京出版社2003年版，第159—160页。

④ 孙歌：《在零和一百之间》，见竹内好《近代的超克》，李冬木等译，生活·读书·新知三联书店2005年版，第55页。

⑤ 竹内好：《近代的超克·鲁迅》，李冬木等译，生活·读书·新知三联书店2005年版，第58页。

只会转化为有利于压制者的手段。这一洞察，来自他的体验。从这一点上来说，他做到了正视殖民地的现实。"① 竹内好这样描述和阐释鲁迅的不宽恕："他对一切旧的东西都没有宽恕过。再没有人能像他那样憎恶封建制度以及由此产生的虚伪。不过在他那里，却没有化作有目的的、有意识的行动，即在一个方面去力图描写被解放了的人的理想形象。他几乎不怀疑人是要被解放的，不怀疑人终究是会被解放的，但他却关闭了通向解放的道路，把所有的解放都看作幻想。可以想见，这其中就有剥夺了他青春希望的辛亥革命失败的伤痛所留下的深刻影响。总而言之，他并不相信从外部被赋予的救济。于是，他的反叛便以反叛自己的形式表现出来。"② 因此，鲁迅与"恶"的战斗也就是与自己的战斗，"他是要以自毁来毁灭恶"。

汪晖认为，"鲁迅拒绝任何形式、任何范围内存在的权力关系和压迫：民族的压迫、阶级的压迫、男性对女性的压迫、社会对个人的压迫，等等……鲁迅憎恶一切将这些不平等关系合法化的知识、说教和谎言，他毕生从事的就是撕破这些'折中公允'的言辞铸成的帷幕……在他对论敌及其言论的批判中，包含了对这些论敌及其言论的产生条件的追问和分析。鲁迅对隐藏在'自然秩序'中的不平等关系及其社会条件的不懈揭示，不仅让一切自居于统治地位的人感到不安，也为那些致力于批判事业的人昭示了未来社会的并不美妙的图景"。在与怨敌的论战中表现出的偏执、执着，是因为鲁迅"从中看到的不仅是他所面对的人，而且是他所面对、也是他所背负的历史——那个著名的黑暗的闸门"③。所谓对怨敌"一个都不宽恕"，对鲁迅来说，不仅是要坚持论战中的是非，更是要坚守他所说的"真的知识阶级"的立场——他们"对于社会永不会满意的"，因而是永远的批判者。如果说知识分子立场意味着面对社会和权力话语的不满和批判，做一个"真的知识阶级"谈何容易！也正因此，鲁迅才显得可贵。至于一些人担心中国社会鲁迅太多会造成"地震"，这种担心看起来纯属多余。鲁迅传统的长久阙如才是知识阶级的耻辱。

在《〈故事新编〉解说》一文中，钱理群曾经分析《铸剑》中"复仇"行为完成之后耐人寻味的余响，他以为那才是鲁迅复仇思维的真正起点："小说结束时，当百姓看完王后、王妃，她们也看百姓，看客们自己表演起来时，复仇者与被复仇者，连同复仇本身，也就同时被遗忘与遗弃，复仇的崇高、神圣与诗意，终被消解为无。尽管鲁迅从感情上无疑倾心于复仇，但他仍以犀利的怀疑的眼光，将复仇面对愚昧的群众（看客）必然失败、无效、无意义揭示给人们看：任何时候他都要正视真相，不肯自欺欺人。"④ 在这种阐释中，所谓复仇，其实并不能改变愚昧看客所代表的"他们"永远是胜利者这一冷酷事实。正如复仇之无效、无力，在鲁迅看来，写作本身就是无力的："一首诗吓不走孙传芳，一炮就把孙传芳轰走了。"但是，如竹内好所分析的那样，文学相对于政治权力总是无力的，

① 竹内好：《近代的超克·鲁迅》，李冬木等译，生活·读书·新知三联书店 2005 年版，第 147—148 页。
② 竹内好：《近代的超克·鲁迅》，李冬木等译，生活·读书·新知三联书店 2005 年版，第 148 页。
③ 汪晖：《死火重温》，人民文学出版社 2000 年版，第 422—424 页。
④ 钱理群：《走进当代的鲁迅》，北京大学出版社 1999 年版，第 132 页。

而政治对于文学其实也许无力的，因为"无力的文学应以无力来批判政治。'不用之用'应变为'有用'"①。这是竹内好对鲁迅为什么自觉文学无力仍然坚持不懈写作的解释，他用了"回心"的说法来分析鲁迅辗转于绝望与希望相重合之无间道的精神状态："他拒绝成为自己，同时也拒绝成为自己以外的任何东西。这酒是鲁迅所具有的、而且使鲁迅得以成立的、'绝望'的意味。绝望，在行进于无路之路的抵抗中显现，抵抗，作为绝望的行动化而显现。"②

尽管鲁迅的不宽容遭到众多非议，但在当代读者当中，仍有不少人坚持认为，鲁迅的不宽容是鲁迅精神的核心，是留给今人的宝贵精神遗产之一。房向东在《相对于"褊狭"的"宽容"——王蒙与鲁迅价值观的歧异》一文中就说："鲁迅的'缓行'说，就是永恒的命题，换言之，'费厄泼赖'有其永远需要缓行的部分。对于反对社会变革的力量，对于无聊和无耻，就是永不宽容，这就是鲁迅精神之一种。"③张远山在《鲁迅论：被逼成思想家的艺术家》一文中，对于批驳鲁迅不宽容的话语，更是针锋相对地表示他的意见恰恰相反，"'不宽容'恰恰是鲁迅对中国思想史乃至世界思想史的最独特贡献。如果鲁迅是个奉行传统恕道的人，那么鲁迅就与那些饱读诗书的冬烘没有多少两样；'不宽容'正是鲁迅最独特的思想精髓和前无古人的文化品格，鲁正是以此傲立于文化巨人之列"④。他认为否定了鲁迅的"不宽容"，实际上也就根本否定了鲁迅，在此前提下对鲁迅的任何其他思想与品格加以肯定，若非不得要领，就是别有用心。

20世纪90年代以来的一些作家旗帜鲜明地举起鲁迅拒绝宽容的旗帜，自觉地认同鲁迅，似乎成了新时代里一种特立独行、抵抗俗世的方式。"二张"是其中的代表人物。作家张炜在刊于《中华读书报》的《拒绝宽容》一文里表示："我绝不'宽容'。相反我要学习那位伟大的老人。'一个都不饶恕'！"他的理由是："不会仇恨的人怎么会'宽容'呢？宽容是指宽阔的心胸有巨大的容纳能力，而不是指其他，特别不是指苟且的机巧。那些言必称'宽容'的人还是先学会"'仇恨'吧，仇恨罪恶，仇恨阴谋，仇恨对美的践踏和蹂躏。仇恨有多深爱就有多深，仇恨有多真切爱就有多真切。一个人只有深深地恨着那些罪恶的渊薮，才会牢牢地、不知疲倦地牵挂那些大地上的劳动者。他们已被太阳炙烤着，像茅草一样，数也数不清——记住了他们才算真正的宽容。// 在这个时代，在人的一生，最为重要的，就是先要弄明白自己是谁的儿子！"张承志同样以鲁迅为先导，赞美并践履他所理解的鲁迅精神，在《再致先生书》中他对鲁迅不宽容和大拒绝的意义做了如此的理解和辩护："鲁迅象征着一种不签订和约的、与权力的不休争斗。""在中国，谁遭遇了中国智识阶级的贫血气质、伪学、无节，以及下流的动作，谁就能接近鲁迅先生的本质。""鲁迅与群儒为仇的学理意味，还将会逐渐地凸现……在一个又一个'伪士'被神化

① 竹内好：《近代的超克·鲁迅》，李冬木等译，生活·读书·新知三联书店2005年版，第139页。

② 孙歌：《在零和一百之间》，见竹内好《近代的超克》，李冬木等译，生活·读书·新知三联书店2005年版，第55页。

③ 《鲁迅研究月刊》2000年第1期，第58页。

④ 引自刘天增编：《速读中国现当代文学大师与名家丛书·鲁迅卷》，蓝天出版社2004年版。

的今日，这是更本质、更深刻的命题。""先生先是被迫、然后是决绝地，与看似新潮其实伪学、看似真理实则毒鸩的智识阶级，不能容、战不止、抗礼至死、虽死不宽恕。"① 2002 年他又写道：鲁迅先生"向着罪恶的体制，他走出了一条抗争与质疑的路。他探究了知识分子的意义，对着滋生中国的伪士，开了一个漫长的较量的头"②。2003 年，张承志在《永远的鲁迅》一文里再一次表达了对鲁迅的理解和认同："他是一个人，却抵御了无边的黑暗。他能够把巨大的勇气和朴素的精神紧密结合在一起。无论污浊与黑暗以怎样的伪装出现，他都给予及时的揭破。他在无情的揭破之中，给予弱者的却是真正的生的温暖。鲁迅的宽容和仁慈，是他的力量和勇气之源。这一点是从他的文字中最易发现的。"③ 这一解读与本章第二节中所引诸人的认知正好相反。而在张承志对鲁迅《铸剑》复仇意识的解读中，"复仇被超越了，被升华了，成为一种艺术，成为底层、民间的'贱民'或弱者在精神上不屈抗争的象征，它具有一种永恒的力量"④。从张承志的诸多小说和散文创作看，鲁迅作为一种精神资源已经被张承志所刻意吸纳并发展成为"清洁精神"。当然，"二张"这种归依鲁迅传统的激烈主张也引起了一些人的担忧，有人甚至将张承志的"清洁精神"看成"红卫兵精神"的当代变种。其中原委值得深入辩析。笔者认为，二张对当代社会商业化转型过程中的丑陋黑暗的痛恨尤其是张炜的爱与恨的辨证；张承志对于哲合忍耶教信众为代表的底层边缘群体的同情，都是可以理解的。"二张"的愤怒呐喊体现了对于市场经济主导下唯经济主义价值取向的不满，体现了坚持精神纯洁性和精神高度的人们对于当代世界的某种批判性回应；他们对知识分子批判性传统的呼吁无异于和谐社会里的"恶声"，有其必要性与合理性。如张承志所言："在一片后庭花的歌声中，中国需要这种声音。"但是，由"没有什么恐怖主义，只有无助的人绝望的战斗"这样的论断所支撑的"清洁的精神"，却在令人震撼之余又给人恐怖之感。鲁迅的女吊、眉间尺和张承志的"清洁的精神"之间存在着清晰的联系，但是鲁迅并没有丧失价值尺度地鼓励"恐怖主义"，他甚至并不鼓励当时的学生上街示威做牺牲，他更赞赏并践履的是韧性的"壕堑战"。

针对抬高胡适贬鲁的声音，林贤治指出鲁迅并非只破不立："比较胡适一流学者，鲁迅没有那类论人权之类堂而皇之的论文，但是，他的宣言，他的记叙文、文化随笔，更不必说杂感，几乎都在说人权主题：压迫和反抗。关于人权问题，鲁迅确实在著作中形成了一套反理论形态的理论。"⑤ 在他眼里，鲁迅毕生都在致力于争取人权的斗争，鲁迅清晰地表达了他对中国人权问题的认识，那就是中国的人权问题其实是奴隶权问题，奴隶的解放权问题。再者，鲁迅肯定人的自然权利，否定和蔑视不合法的政府的法律；他不信任"王道"和政府的政治运作，不相信在暴力、说谎的政府统治下会有"法治"，他也质疑西方

---

① 张承志：《再致先生书》，《鲁迅研究月刊》1999 年第 8 期，第 70 页。
② 张承志：《鲁迅路口》，《万象》2002 年第 12 期。
③ 张承志：《永远的鲁迅》，《北京青年报》，2003 年 9 月 19 日。
④ 白草：《试论张承志对〈野草〉〈故事新编〉的解读》，《回族研究》2003 年第 4 期，第 92 页。
⑤ 林贤治：《鲁迅与胡适的分歧所在》，见《鲁迅的最后十年》，载新浪读书网站，网址：http://book.sina.com.cn/2003-07-15/3/11957.shtml

的"国会""宪政"隐含着对于少数人权利的剥夺和忽视。更多的学人将鲁迅的"立人"思想作为论证鲁迅精神建设性的论据。

四、鲁迅不宽恕之实质与成因总结

（一）鲁迅不宽恕的抗战之实质和几个重要层面

1.鲁迅的不宽恕或大拒绝，本质上是现代知识分子的一种独立的不妥协的批判精神。

鲁迅一生皆站在弱者立场，抨击中西历史上和现实中的专制、强权与暴政，表达对北洋军阀政府乃至国民党政府的抗议和愤怒，对几千年吃人历史和制度礼教的诅咒和"救救孩子"的呐喊……为社会的公正、公平、民主，为中国人的自由发展和幸福平安而不懈斗争。

鲁迅的成名作《狂人日记》将历史上的"仁义道德"归结为两个字"吃人"；鲁迅对中西历史中的暴政，中外文化中的野蛮、残忍、非人道现象进行了不遗余力的挞伐。早期杂文揭示古代中国"吃人，劫掠，残杀，人身买卖，生殖器崇拜，灵学，一夫多妻……拖大辫、吸鸦片"等等那些所谓国粹的丑陋残酷和非人道[1]。《灯下漫笔》更是尖锐地指出："所谓中国的文明者，其实不过是安排给阔人享用的人肉的筵宴。所谓中国者，其实不过是安排这人肉的筵宴的厨房。不知道而赞颂者是可恕的，否则，此辈当得永远的诅咒！"在《热风·随感录六十五·暴君的臣民》中，鲁迅尖锐地分析了暴君治下的暴民的劣根性，认为暴政的体制造就了暴君和臣民：暴君的臣民，只愿暴政暴在他人的头上，他却看着高兴，拿"残酷"做娱乐，拿"他人的苦做赏玩、做慰安。自己的本领只是倖免"。"暴君治下的臣民，大抵比暴君更暴；暴君的暴政，时常还不能餍足暴君治下的臣民的欲望。"[2]鲁迅的后期杂文，尖锐指出中国式的"酷刑"的教育，只能使受惯了"酷刑"的教育的奴隶们只知道对人应该用酷刑，踏着残酷前进，"这也是虎吏和暴君所不及料，而即料及，也还是毫无办法的"[3]。针对北京报纸渲染苏联的黑暗和残酷，鲁迅在《〈争自由的波浪〉小引》中指出："但倘若读过专制时代的俄国所产生的文章，就会明白即使那些话全是真的，也毫不足怪。俄皇的皮鞭和绞架，拷问和西伯利亚，是不能造出对于怨敌也极仁爱的人民的。"又说："平民总未必会舍命改革以后，倒给上等人安排鱼翅席，是显而易见的，因为上等人从来就没有给他们安排过杂合面。"在《无花的蔷薇》之二中，鲁迅这样表达他对北洋政府屠杀青年学生的极度愤怒："墨写的谎说，决掩不住血写的事实。血

---

① 《热风·随感录四十二》，见《鲁迅全集》第1卷，人民文学出版社1998年版，第327页。

② 鲁迅：《热风·随感录六十五·暴君的臣民》，见《鲁迅全集》第1卷，人民文学出版社1998年版，第433页。

③ 鲁迅：《南腔北调·偶成》，见《鲁迅全集》第4卷，人民文学出版社1998年版，第584—585页。

债必须用同物偿还。拖欠得愈久，就要付更大的利息！"这样的不宽恕和复仇意识，不正是良知所在吗？

《秋夜》里，枣树挺立着一无所有的树干，"默默地铁似的直刺着奇怪而高的天空，一意要制他的死命"，这枣树，正是鲁迅精神的隐喻。鲁迅的批判精神为中国现代知识分子独立人格的建构和提供了不容忽视的思想资源。

2. 痛恨瞒骗，不齿虚伪，揭示国民劣根性。

鲁迅一向痛恨瞒骗、不齿虚伪，早在1908年发表的《破恶声论》里就提出："伪士当去，迷信可存，今日之急也。"鲁迅厌恶那些虚伪中庸的士大夫文人们，称其为"做戏的虚无党"。"中国的文人也一样，万事闭眼睛，聊以自欺，而且欺人，那方法是：瞒和骗。"① 鲁迅对国民性的揭露、对酱缸文化的批判更是不遗余力，"中国人的不敢正视各方面，用瞒和骗，造出奇妙的逃路来，而自以为正路。在这路上，就证明著国民性的怯弱，懒惰，而又巧滑。一天一天的满足着，即一天一天的堕落着，但却又觉得日见其光荣。在事实上，亡国一次，即添加几个殉难的忠臣，后来每不想光复旧物，而只去赞美那几个忠臣；遭劫一次，即造成一群不辱的烈女，事过之后，也每每不思惩凶，自卫，却只顾歌咏那一群烈女"。对于国民劣根性的长期探讨和不懈批判，是鲁迅在现代文化思想史上的重大贡献。

3. 一种严厉的自我解剖意识、"历史中间物"的原罪情结。

在《坟》的后记里，鲁迅这样分析自己内在的黑暗："我的确时时解剖别人，然而我更无情面地解剖自己。发表一点，酷爱温暖的人物已经觉得冷酷了，如果全露出我的血肉来，末路正不知要到怎样。我有时也想就此驱除旁人，到那时还不唾弃我的，即使是枭蛇鬼怪，也是我的朋友，这才是真是我的朋友，倘使并这个也没有，则就是我一个人也行。但现在我并不。因为我还没有这样勇敢……倘说为别人引路，那就更不容易了，因为连我自己还不明白怎么走……我只很确切地知道一个终点，就是：坟。"这是一种明确的自我怀疑和存在主义式的向死而生的虚无感。他还说："我自己总觉得我的灵魂里有毒气和鬼气，我憎恶他，想除去他，而不能。"② 在散文诗《希望》中还说："我的心也曾充满过血腥的歌声：血和铁，火焰和毒，恢复和报仇。"《风筝》一篇和《伤逝》《祝福》《一件小事》等作品一样，都充满了知识分子和启蒙者的自我意识的罪感和忏悔意识；而最能集中而体现这一命题内涵的是《野草》，《墓碣文》里的"……抉心自食，欲知本味。创痛酷烈，本味何能知"将鲁迅自我解剖的创痛惨烈揭露无疑。

事实上，鲁迅的文字中很少看到粉饰抬高自己的内容，多的倒是对自我的无情解剖和批判。他热心于帮助努力的青年，但并不以青年导师自居，相反，他对于启蒙者、导师之类给人指引道路的身份角色始终持怀有很深的警惕和怀疑，他甚至如此表达对导师身份的厌恶："青年又何须寻那挂着金字招牌的导师呢？不如寻朋友，联合起来，同向着似乎

---

① 鲁迅：《论睁了眼看》。
② 鲁迅：《致李秉中的信》。

可以生存的方向走。你们所多的是生力，遇见深林，可以辟成平地的，遇见旷野，可以栽种树木的，遇见沙漠，可以开掘井泉的。问什么荆棘塞途的老路，寻什么乌烟瘴气的鸟导师！"①

早在 20 世纪 40 年代冯雪峰在《鲁迅回忆录》中已经意识到鲁迅内心的深刻矛盾，"说到鲁迅先生，我接触后不久也就能够感觉到，他是一个批判社会非常猛烈酷刻，对于一切进步的敌人的打击在任何情势下都不稍示宽恕的人，然而他也有种种的牢骚和郁闷，并非完全不回顾自己的不幸和创痛的人。从这里，来了他对他自己的分析，解剖和渴望也非常严酷，甚至加倍严酷的要求。同时也使他有时有某种的彷徨，某种的'悲观气氛'，以及种种的顾虑。然而我觉得这只是一种情态，虽然我们和他接近的时候极容易感觉到他性格上的这种特征，但还不是最重要的根本的特征。最重要的根本的特征，我觉得，是在他的矛盾总是反映着时代或社会本身的矛盾。"②钱理群、汪晖诸人皆注意到鲁迅的"历史中间物"意识，所谓旧营垒与新文化的矛盾在他身上至为明显。在近现代文化人中鲁迅的原罪感之深重令人触目，而这又不同于西方基督教传统的原罪意识，植根于中国的历史文化传统和现实土壤之中。作为历史中间物的鲁迅对于自我原罪怀有一种痛苦的体认，而这种认为自己也参与了"吃人"的原罪意识正是鲁迅向着绝望抗战的深层原因之一。今人林贤治也如此评说鲁迅："他反叛社会，反叛所在的阶级，反叛集体，直至反叛自己。他清醒地意识到，中国的每一个人，既被吃也曾吃人；而他自己，也帮助着排筵宴，做'醉虾'的帮手。因此，他不断地使自己从权力和罪恶中分裂出来，脱离出来，成为相对于权力系统的密集网络的一个活跃的反抗点。"③鲁迅的自我解剖意识以及内在矛盾的丰富性，在今天仍然是一个富有挑战性和吸引力的命题。

4. 对庸众看客的批判、对背叛者的痛恨与复仇。

鲁迅说："我的取材，多采自病态社会的不幸的人们中，意思是在揭出病苦，引起疗救的注意。"④这种表现人生、改良人生的创作目的，使他关注中国社会普遍存在的小人物的悲剧：孔乙己、华老栓、单四嫂子、阿 Q、陈士成、祥林嫂、爱姑这样一些底层边缘人的悲剧命运。这些人处于政治、经济和文化的多重边缘境遇，被时代冷酷地甩在后面，被环境无情地嘲弄，是一群不幸的失败者。通过描述他们的不堪和不幸的遭遇，鲁迅致力于展示的是一个普遍缺乏诚与爱的阴森恐怖的乡土社会。在"未庄"或者"鲁镇"或者"咸亨酒店"等等这些封闭性的环境中，我们看到的是来自不同阶层的人们所共有的对他人不幸的冷漠和麻木，对弱者的侮辱和歧视。"看客"构成的庞大人群成为鲁迅最为痛恨而又无奈可哀的对象。每一个被看的不幸者当他成为看客时，会很快遗忘自己的屈辱转而兴致勃勃观赏他人的不幸；而每一个看客也可能随时转换身份，成为悲剧的主角和其他看客玩

---

① 《华盖集·导师》，见《鲁迅全集》第 3 卷，人民文学出版社 1998 年版，第 56 页。

② 冯雪峰：《鲁迅回忆录》，上海《文汇报》1946 年 10 月 18 日—12 月 7 日。

③ 林贤治：《鲁迅的最后十年》，见"人民网·大地"，2003 年第 14 期。

④ 《南腔北调集·我怎么做起小说来》，见《鲁迅全集》第 4 卷，人民文学出版社 1998 年版，第 512 页。

赏的对象，但人们对此并无自觉，保持一种麻木状态。《祝福》中的"我"的困惑和逃避正反映了鲁迅的困顿心理。于是鲁迅众多小说回荡的主旋律是：哀其不幸，怒其不争。

与对冷漠的庸众与看客的批判相关的主题，是义人（启蒙者、先行者）的牺牲与庸众对前者的背叛和伤害。《文化偏至论》中，鲁迅以希腊人用毒酒害死苏格拉底、犹太人把耶稣基督钉死在十字架为例来批判西方社会里庸众扼杀天才的历史。他弃医从文的缘起故事似乎是一则寓言，隐含着他对于麻木观众这一庞大群体的不懈批判，但是对于愚民之"怒其不争"的另一面又是哀其不幸，显示出鲁迅思想的矛盾与痛苦。早年翻译的《工人绥惠略夫》即揭示了为社会大众参加革命的先锋确遭到大众的出卖的可悲事实；而鲁迅对中国历史和现代社会里大量存在的愚民伤害革命者与启蒙者的现象更是深有体会并深恶痛绝，1925年3月18日在致许广平的信中他说："要救群众，而反被群众所迫害，终至成了单人，愤激之余，一转而仇视一切，无论对谁都开枪，自己也归于毁灭。"同封信里又说："我疑心将来的黄金世界里，也会有将叛徒处死刑，而大家尚以为是黄金世界的事。其大病根就在人们各各不同，不能像印版书似的每本一律。要彻底地毁坏这种大势的：就容易变成'个人的无政府主义者'，如《工人绥惠略夫》里描写的绥惠略夫就是。"①鲁迅清楚地知道："……孤独的精神的战士，虽然为民众战斗，却往往反为这'所为'而灭亡。"②《药》与《工人绥惠略夫》主题和氛围的相类让人又一次感到鲁迅对这一主题的执着关注。

《野草》诸篇中，《颓败线的颤动》是专门表达复仇主题的一篇，文中描述了一个献出自己所有爱与辛劳的老母亲遭到儿女背弃的惨境，当然其目的并不是谈论孝道的重要，而是突显人间"诚与爱"之稀有，背叛与无情之常见。此篇："那垂老的女人口角正在痉挛，登时一怔，接着便都平静，不多时候，她冷静地，骨立的像似的站起来了。她开开板门，迈步在深夜中走出，遗弃了背后一切的冷骂和毒笑。//她在深夜中尽走，一直走到无边的荒野；四面都是荒野，头上只有高天，并无一个虫鸟飞过。她赤身露体地，石像似的站在荒野的中央，于一刹那间照见过往的一切：饥饿，苦痛，惊异，羞辱，欢欣，于是发抖；害苦，委屈，带累，于是痉挛；杀，于是平静……又于一刹那间将一切并合：眷念与决绝，爱抚与复仇，养育与歼除，祝福与咒诅……她于是举两手尽量向天，口唇间漏出人与兽的，非人间所有，所以无词的言语。"对于此篇题旨的解释有多种，其中冯雪峰的解说值得重视："作者所设想的这个老女人的'颤动'——猛烈的反抗和'复仇'的情绪，不能不是作者曾经经验过的情绪，至少也是他最能够体贴的情绪。这种情绪是爱与憎发生激烈的斗争时才有的，是一个热烈地爱人们而反抗性也极强烈的人，在遭受像这个老女人这样的待遇的时候才会发生的。"③

---

① 《两地书》，见《鲁迅全集》第11卷，人民文学出版社1998年版，第20页。

② 《华盖集·这个与那个》。

③ 转引自孙玉石：《现实的与哲学的：鲁迅〈野草〉的重释》，上海书店出版社2001年版，第206页。

（二）鲁迅不宽恕的成因总结

1.中国民间文化、传统文化的濡染和吸纳。

鲁迅的不宽容与复仇情结的形成除了其独异的个人气质因素原因外，与古越文化等中国传统民间文化里复仇精神的濡染有关，在他去世前一个月，他写下了《女吊》，借此重申了他此前所定《死》一文中的"一个也不宽恕"的态度："大概是明末王思任说的罢：'会稽乃报仇雪耻之乡，非藏污纳垢之地！'这对于我们绍兴人很有光彩，我也很喜欢听到，或引用这两句话。""一般的绍兴人，并不像上海的'前进作家'那样憎恶报仇，却也是事实。单说文艺而言，他们就在戏剧上创造了一个复仇性的，比别的一切鬼魂更美，更强的鬼魂。这就是'女吊'。"尽管鲁迅对于中国传统宗法社制度、礼教等持一种强烈的批判态度，但并不意味着他抛弃了中国传统文化对他的深刻影响，宋代理学家朱熹在《中庸》第十三章注文中提出的"即以其人之道还治其人之身"一说，就被鲁迅《论"费厄泼赖"应该缓行》这篇杂文所征引。

2.近现代西方思想文化的影响。

青年时代鲁迅深受个人无政府主义者尼采的"超人"和"重估一切价值"等思想的影响，超人与群氓之间难以沟通的隔膜也是鲁迅笔下的启蒙者与启蒙对象民众之间的巨大隔膜，鲁迅毕生都难以信任庸碌看客式的群众以及"做稳了奴隶"的帮闲者们，甚至对之相当痛恨，而主张对他们实行"复仇"（参见野草中的《复仇》一、二）。尼采对西方社会的基督教传统、对近代兴起的工业主义，对大革命之后的代议制政治等等，都进行了强烈的批判，是现代性批判的恶声，鲁迅则将中国历史称之为"吃人"的历史，对传统社会制度和礼教的非人性进行了持续不断的进攻；青年时期的鲁迅还特别注意吸纳弱国文学中的反抗与复仇意识："鲁迅的文学创作与外国文学渊源甚深，复仇主题亦是重要部分，尤其波兰文学中的复仇主题对鲁迅的影响更不容忽视。特别是被鲁迅称为'叫喊和反抗'的'复仇诗人'密茨凯维支、斯沃瓦茨基等对鲁迅复仇思想的形成产生了重大影响。"[①]鲁迅早年推崇"发恶声"的"摩罗诗人"的反抗精神，还翻译了安特略夫、迦尔洵、阿尔志拔绥夫等与无政府主义思潮有关的作者的作品。俄罗斯作家阿尔志拔绥夫《工人绥惠略夫》式的阴冷、孤绝、悲观、复仇意识引起鲁迅的强烈共鸣，他的小说《药》、散文诗《颓败线的颤动》等都体现出类似的色调。在《头发的故事》中，鲁迅让主人公 N 说："我要借了阿尔志跋绥夫的话问你们：你们将黄金时代的出现预约给这些人们的子孙了，但有什么给这些人们自己呢？"在《娜拉走后怎样》里他还说，"'你们将黄金世界预约给他们的子孙了，可是有什么给他们自己呢？'有是有的，就是将来的希望。但代价也太大了，为了这希望，要使人练敏了感觉来更深切地感到自己的苦痛，叫起灵魂来目睹自己的腐烂的尸骸。"这句被他反复引用的话，就出自鲁迅所译《工人绥惠略夫》中主人公之口。

① 李坚怀：《论鲁迅的复仇思想与波兰文学——纪念鲁迅先生诞辰 125 周年》，《安徽科技学院学报》2006 年第 5 期。

3. 历史教训和现实经验的沉痛启示。

鲁迅是个不尚空谈而看重现实的人。他的主张不宽容，究其根本原因，是中国社会的历史教训和现实经验给了他沉痛的启示。如前文所示，《论"费厄泼赖"应该缓行》一文中，鲁迅以亲身经历的残酷事实得出不能宽容落水狗的结论。辛亥革命后，绍兴都督王金发不念旧恶，宽容为怀，释放了杀害秋瑾烈士的谋主章介眉，但二次革命失败后，王金发却被袁世凯的走狗枪决，谋主仍是被他宽恕过的章介眉。在给许广平的一封信中鲁迅更明确地表示："民元革命时，对于任何人都宽容（那时称为'文明'），但待到二次革命失败，许多旧党对于革命党都不'文明'了：杀。假使那时（元年）的新党不'文明'，则许多东西早已灭亡，那里会来发挥他们的老手段？"①"吃人"的历史的回溯也自然不能给鲁迅带来宽慰。在《庆祝沪宁光复的那一边》中，鲁迅揭示了历来的中国当权者假慈悲、真残忍的面目："在中国，历来的胜利者，有谁不苛酷的呢。最近例，则如清初的几个皇帝，民国二年后的袁世凯，对于异己者何尝不赶尽杀绝。只是他嘴上却说着什么大度和宽容，还有什么慈悲和仁厚……"因此，"不打落水狗，反被狗咬了"，面对强权压迫，必须反抗；错误的宽容，其实是纵恶。这就是鲁迅从许多血的历史和黑暗的现实中总结出的惨痛教训。在《纪念刘和珍君》里他说："我向来是不惮以最坏的恶意，来推测中国人的，然而我还不料，也不信竟会下劣凶残到这地步。况且始终微笑着的和蔼的刘和珍君，更何至于无端在府门前喋血呢？"说明现实的残酷早已超出自己的想象力；他对无聊的流言深恶痛绝，一生常受之困扰，带来许多不快："我一生中，给我大的损害并非书贾，并非兵匪，更不是旗帜鲜明的小人，乃是所谓'流言'。"②

4. 存在主义的自我拷辨与虚无意识。

经历了少年时期家道中落父亲病死等变故，经历了留日其间弱国子民处境的切身感受，经历了自己熟悉的革命者为事业而牺牲被杀，经历了《新生》流产翻译著作滞销等等"文化启蒙"实践的艰难，经历了旧式婚姻的捆绑和兄弟失和的难以修复的伤害，经历了辛亥革命、二次革命的失败、袁世凯复辟等政治事件，经历了五四时期短暂呐喊之后新文化阵营的分化瓦解，经历了段政府门前的屠杀、大革命时期的清洗，经历了无数流言的诬陷、文字的围剿、背叛的打击……鲁迅逐渐从相信进化论的热血青年变成一个与绝望抗争的虚无者，很难信赖任何一种理想主义的乌托邦。在《影的告别》里，他拒绝一切："有我所不乐意的在天堂里，我不愿去；有我所不乐意的在地狱里，我不愿去；有我所不乐意的在你们将来的黄金世界里，我不愿去。//然而你就是我所不乐意的。//朋友，我不想跟随你了，我不愿住。//我不愿意！//呜乎呜乎，我不愿意，我不如彷徨于无地。"而这种来自现实和历史的虚无意识与一种存在主义式的自我拷辨相结合，化为《野草》诸篇中的超现实梦境，苦闷的象征与奇崛的隐喻遍布其间，如死火，如直刺天空的如诀心自食的墓中鬼魂，如被处死的耶稣，被不孝儿女背弃的老母亲，如空旷荒野持久相对站立不动的

---

① 《两地书·三五》，见《鲁迅全集》第 11 卷，人民文学出版社 1998 年版。

② 《华盖集·并非闲话（三）》，见《鲁迅全集》第 3 卷，人民文学出版社 1998 年版，第 151 页。

裸身男女……在《求乞者》里，灰土中孤绝的求乞者决绝地说："我将用无所为和沉默求乞！……我至少将得到虚无。"在《复仇（其二）》和《失掉的好地狱》里，鲁迅的虚无感更是流露无遗。1925 年他告诉许广平，"我的作品太黑暗了，因为我常觉得惟'黑暗与虚无'乃是'实有'，却偏要向这绝望挑战，所以很多偏激的声音。其实这或者是年龄和经历的关系，也许未必一定的确的，因为我终于不能证实：惟黑暗与虚无乃是实有"①。对于鲁迅的这种内外夹攻造成的虚无感，王晓明进行了细腻的解剖："这虚无感不同于启蒙的悲观。你想驱除黑暗，却发现不能成功，那黑暗或竟会长存于人间：这是悲观。他会使人丧失信心，却不一定会使人停止行动，即使没有胜利的可能，你也可以作自杀式的冲锋，可以作肩住闸门的牺牲，这种冲锋和牺牲本身，便可以确立你的价值。是否胜利，其实倒并不重要了。虚无感却不同，它虽然包含对战胜黑暗的悲观，但它同时又怀疑在黑暗之外还有其他的价值，倘若天地间只有黑暗是'实有'，这黑暗也就不再是黑暗了。因此，你一旦陷入这样的虚无感，就会迅速失去行动的热情，牺牲也罢，反对也罢，都没有意义，人生只剩下一个词：无聊。"②据他研究，鲁迅那些看似冷酷的语言表明鲁迅对于自己一生命运的透彻承认，也是他对人生的总结。这命运，就是不断被"鬼气"包围以至于不断逃离；总结的结果就是"推开命运的启示"而归于彻底的虚无③。这是一个对鲁迅有着近乎感同身受的同情与理解的后辈学者从鲁迅生平得出的沉重结论。在这种虚无感中的主体自嘲地称自己所言所为是"与黑暗捣乱"，于是鲁迅最终留下是大拒绝的绝叫。但是鲁迅的大拒绝不是肤浅的破坏，而是建立在对传统和中国现实的深透了解的基础之上。

结语

在《单向度的人》一书的结尾，马尔库塞曾说："社会批判理论并不拥有能在现在和未来之间架设桥梁的概念；它不作许诺，不指示成功，它们仍然是否定的。它要仍然忠诚于那些不抱希望，已经并还在献身于大拒绝（the great refusal）的人们。"④马尔库塞把希望寄托于献身"大拒绝"的人们身上，所谓的大拒绝，指的是对现代社会的异化状况采取坚决的反抗与批判的态度。艾吕雅说："只要人们能够宽恕刽子手们，那世界上就不会有拯救。"哲学家杨凯列维奇也主张对宽恕说"不"，他说："宽恕在死亡营中已经死亡。"这些都说明，宽容固然是个好东西，但确并不适用于任何历史境遇和社会条件。

精神界战士是青年鲁迅自我认同建构的起点，而历史中间物的生命本体论则是中年至晚年鲁迅形成的自我确认。在这起点和终点之间，是一个主张不宽容的战斗者和一个热忱

---

① 《两地书·1925 年 3 月 18 日致许广平信》，见《鲁迅全集》第 11 卷，人民文学出版社 1998年版。

② 王晓明：《无法直面的人生：鲁迅传》，上海文艺出版社 1993 年版，第 81 页。

③ 王晓明：《无法直面的人生：鲁迅传》，上海文艺出版社 1993 年版，第 232—238 页。

④ 马尔库塞：《单向度的人》，刘继译，上海译文出版社 1989 版，第 231 页。

悲悯的大爱者的矛盾叠影。鲁迅身处于新旧转型的历史时期，"肩负黑暗的闸门"，成为他自觉的自我承担；而现实和历史的阴影也每每驱使他陷入历史虚无的认知，陷入绝望以及与这绝望做无休止的抗战的轮回角力；鲁迅所处时代是世乱国弱、危机四伏的现代中国社会，以他的话来说可谓是"风沙扑面，豺狼当道"，因此在鲁迅看来提倡宽容无异于虚伪和怯懦。而正是他的不宽容和大拒绝使得他成为现代中国个性最为鲜明也最不媚俗的自由知识分子典范。他是落寞的孤独者魏连殳。他也是勇毅的复仇者宴之敖。他是愤怒而迷惘的猛士，以一击之力向着无物之阵扔出了投枪："叛逆的猛士出于人间；他屹立着，洞见一切已改和现有的废墟和荒坟，记得一切深广和久远的苦痛，正视一切重叠淤积的凝血，深知一切已死，方生，将生和未生。他看透了造化的把戏；他将要起来使人类苏生，或者使人类灭尽，这些造物主的良民们。// 造物主，怯弱者，羞惭了，于是伏藏。天地在猛士的眼中于是变色。"①

无论身前身后赢得了多少赞誉与吹捧，经历了多少面目全非之误读、利用，遭受了多少诟骂与批判，鲁迅常常沦为种种文化符号或象征物，但必须清醒认识的是：作为一个有缺陷的并不完美的个体的人，鲁迅终究是他自己：爱憎分明，敢爱敢恨，刚毅朴拙，性情偏狭又宽厚，内心矛盾而痛苦，一个真实的、独立的、有血有肉的人，一个有个性、有脾气更有承担、有思想、有灵魂的人。完美的苍蝇终只是苍蝇，而有缺陷的战士终归是伟大的战士。鲁迅的不宽容给当代中国知识分子提供了一种有机知识分子的独立思想和发言的传统，也就是提供了一种知识人建构自我身份认同的参照：在犬儒、游戏化或者满足于学院体制内的专业岗位意识等等多重选择之外，还可以考虑的道路就是努力以一己之力来拓展自由思想和批判的空间，为中国社会的进步发声。在这个意义上，鲁迅和胡适并不矛盾更不对立，不需要我们进行"胡适还是鲁迅"之类的非此即彼式的选择。

---

① 鲁迅：《野草·淡淡的血痕中》，见《鲁迅全集》第 2 卷，人民文学出版社 1998 年版，第 226—227 页。

白璧德与20世纪初留美学生文化守成思想的形成

20世纪初留美学生文学的另一脉是梅光迪、胡先骕、吴宓以及20世纪20年代的梁实秋等人所代表的"新人文主义",或"古典主义",是一种与胡适等人的激进文学革命主张相对立的文化守成(保守)主义。这一思想流脉的形成显然是受到了白璧德(Irving Babbitt)"新人文主义"的深刻影响和启发。白璧德(1865—1933),1893年在哈佛获硕士学位,1894年开始了在哈佛的教学生涯。1908年出版第一部著作《文学与美国的大学》,提出了"新人文主义"的宣言。之后又出版了《新拉奥孔》《卢梭与浪漫主义》以及《法国现代批评大师》等一系列著作,进一步系统地阐述了"新人文主义"的文化观念和精神。白璧德之所以提出"新人文主义",一方面在于他对美国大学人文教育唯科学主义和专业主义化的强烈不满和批判——"古典和现代文学控制在文献学'辛迪加'垄断机构手中,历史学由于历史方法的滥用变得毫无人性,而政治经济学自始至终就不是一门人文科学(在它看来人类的目标不是获取智能而是生产财富)。"[1]另一方面缘起于他对近代以来西方现代性发展偏至的忧虑和反省。在他看来,培根所开创的"科学的人道主义"和卢梭所代表的"情感的人道主义"全面扩张而成为现代性的主导原则。前者是现代实证主义和功利主义运动的思想基础,而后者则是现代浪漫主义运动的一个重要因素。这两类"自然主义"的发展产生了两种结果:其一是科学取得了巨大的成就和"同情之伟大而迅速地扩展",白璧德并没有否定近代以来历史的巨大进步,他说"没有一个神志清醒的人会贬低"这一成就;但这种自然主义走向绝对就产生了现代社会的各种异化和危机。"培根主义"和"卢梭主义"合伙谋杀了"人文标准",导致了欲望的无限制膨胀、个人权力和自由的过度泛滥、"杰出能力与猥琐卑鄙人格相混合"等等现代性的负面性。现代人战胜自然、取得辉煌战绩的代价是失去洞察力,在丰富的物资力量前加冕的同时往往在精神上遭到"废黜"[2]。

基于这一认识,白璧德提出了"新人文主义"的主张,其核心思想是"人文的约束性原则"。我们认为,在《文学与美国的大学》的第二章中,白璧德很明确地阐述了这一根本原则:"一个人文主义者在警惕着过度同情的同时,也在防范着过度的选择;他警惕过度的自由,也防范过度的限制;他会采取一种有限制的自由以及有同情的选择。他相信,今天的人如果不像过去的人那样给自己套上确定信条或纪律的枷锁,至少也必须内在地服

---

① 白璧德:《文学与美国的大学》,北京大学出版社2004年版,第94页。
② 白璧德:《文学与美国的大学》,北京大学出版社2004年版,第30页。

从于某种高于一般自我的东西，不论他把这东西叫作'上帝'还是像远东地区的人那样称为'更高的自我'，或者干脆就叫'法'。假如没有这种内在的限制原则，人类只会在各种极端之间剧烈摇摆。"①

在中国现代文学批评史上，欧文·白璧德（Irving Babbitt）的思想产生了遥远的回响。这种影响正是通过留美学生的接受、传播和阐发而发生的，包括梅光迪、陈寅恪、张歆海（鑫海）、吴宓、郭斌龢、汤用彤、楼光来、梁实秋、奚伦、林语堂等都与白璧德有着或深或浅或直接或间接的文学思想渊源。他们对白璧德的著述翻译和进一步阐发，在新人文主义在中国的传播上起了关键性的作用，并形成了不同于文学革命的另一重要文化思想流脉。值得注意的是，白璧德影响的发生建立在两个互动的基础上的：

其一，白璧德的影响并不是单向的，在中美人文主义文化思想之间存在一种明显的互动关系。从思想因缘看，白璧德思想的核心"内在的限制原则"一部分源于爱默生，而爱默生显然受到了中国文化的启发，佛教和儒家等东方思想中的人文主义元素也是白璧德思想的重要资源，其平衡协调、谨守中庸的文化理念与孔子的"中庸之道"以及佛家的"正心即佛"有着明星的承传联系。而在白璧德和中国留美学生之间也存在一种相互印证和砥砺的互动关系，一种富有成效的教学相长。梅光迪、张歆海、吴宓等接受了白璧德的人文思想，而通过梅光迪、张歆海、吴宓等国学根底深厚的中国留美学生，白璧德对儒家思想也有了更深刻的认识。梅光迪等中国留学生的影响在1919年完成的《卢梭与浪漫主义》一书中留下了明显的痕迹，白璧德更多地谈到了儒家思想，中西会通彼此参读，开始真正形成"世界的人文主义"视野。

其二是激进文学革命论与文化守成思想之间的辩证抗衡，正是这种辩证抗衡促进了20世纪初留美学生文学"激进"与"守成"两种文化思潮最初形态的形成。

这种辩证抗衡首先发生在文学革命先锋胡适和白璧德的中国大弟子梅光迪之间。梅光迪字迪生，号觐庄，1890年1月2日生，安徽宣城人。1911年考取第三届庚子赔款留美生，赴美进入威斯康星大学，1913年夏入芝加哥的西北大学，当时在该校的中国学生有刘伯明、董雨苍、马伯援等，他对刘伯明的道德文章推崇备至，成为好友。在刘氏学成回国后，梅光迪1915转入哈佛大学，师从白璧德，专攻西洋文学。1920年夏回国，应刘伯明之邀任南京高等师范学校（1921年改名为东南大学）教授，任西洋文学系主任。1922年他与刘伯明等人创办了《学衡》杂志，成为文化保守主义的重要代表人物。胡梅二人原本是同乡好友，1910年开始越洋通信讨论学术和中国问题，1912年胡适从农学院转入文学院，梅氏是坚定的支持者："足下之材本非老农，实稼轩、同甫之流也。望足下就其性之所近而为之，淹贯中西文章，将来在吾国文学上开一新局。"②但虽然梅光迪也认为"一国文学之进化，渐恃以他国文学之长，补己之不足"，但胡梅二人对中西文化与文学的看法从一开始就存在很大差异。与胡适对西方文化的心仪和推崇相反，梅氏坚持认为西方的

---

① 白璧德：《文学与美国的大学》，北京大学出版社2004年版，第40—41页。
② 耿志云：《胡适遗稿及秘藏书信》，黄山出版社1994年版，第33页。

物质文明固然发达，但"道德文明实有不如我之处"。所以要学西方的只是物质文明，而非道德文明，梅光迪所谓"将来在吾国文学上开一新局"并不是胡适那种带有西化意味的文学革命，而是复兴孔教和国学。这一文化理念上的差异显然是形成了 1916 年前后胡梅论争和分歧的基础。在胡提出要用"活字""活文学"取代"死字""死文学"革命主张时，梅光迪也提出了自己"文学革命四大纲要"：一曰摈去通用陈言腐语；二曰复用古字以增加字数；三曰添入新名词；四曰选择白话文中之有来源有意义有美术价值者之一部分以加入文学。据胡适日记中的说法，梅光迪以胡适认为最"似是而非"的"第二条为最要"[①]。留学时期，胡梅之间根本分歧在于，前者欲彻底革新文学工具，倾向于创造和革新，文学观上是进化论和试验主义的；后者始终坚持文化传统的历史延续和传承，认定古典遗产的当代意义和精英主义的文学立场。虽然梅氏也承认俗语俗字民间文学对于进入新文学的意义，但他坚持认为必须经过大文学家、美术家的"锻炼"，俗语才能获得"美术"性。梅氏把胡适的文学革命论看作某种"新潮流"的反映，认为胡适的问题在于"崇拜今世纪太甚，是一大病根"。并且指出进化论是胡适"病根"的根本来源。而在梅氏看来，政治学、经济学等实用科学可以进化，"至于美术、文艺、道德则否"[②]。其文学观明显倾向于古典主义，注重文学训练以及经典所创造的美学法则。

1916 年与胡适书信论争的时间正是梅光迪转入哈佛师从白璧德的第二年。白璧德新人文主义的影响已经十分明显。在同一封信中，梅光迪如是而言："弟之所恶，于今人者，非恶其'自由主义'，恶其自由主义行之太过之流弊也……凡世界上事，惟中庸则无弊。"[③]在同年 7 月 24 日给胡适的信中，梅光迪说，未来主义、意象派、自由诗及各种颓废派的文学所艺术，"大约皆足下'俗语诗'之流亚"，其弊在于"Taste 及 Standard 尽亡"，与现代宗教、哲学的各种新思潮一样，都是"近百年来食卢梭与 Romantic movement 之报，个人主义已趋极端"的产物。浪漫主义以来，西方人打破了中世纪的泥古流弊，恢复了自由，这是历史的巨大进步。但"讵料脱出樊篱，不受训练陶冶之赐，而野性复萌，卒兽相食。由此可见，凡事须归'中庸'之道……惟于两者之中取其平，则文化始有进步之望耳"[④]。看来，梅光迪此时的思想已经得白璧德人文思想之神髓，开始以白璧德的"人学主义"（在给胡适的信中，梅光迪第一次把 Humanist 译为"人学主义"。"白璧德"和"新人文主义"中文首译都是胡先骕）为思想资源批评激进的文学革命论。另一方面，梅光迪用儒家思想阐释白璧德的学说，这与吴宓后来提出的"中西会通"文化理念相一致："故言'人学主义'者，主张改良社会，在从个人做起，使社会上多有善良个人，其社会自善良矣。孔子之言曰君子修其身，而后能齐其家，齐其家而后能治其国……欲改良社会，非由个人修其身，其道安由……吾国之文化乃'人学主义的（Humanistic）'。故重养成个人。

---

① 胡适：《胡适留学日记》，岳麓书社 2000 年版，第 702—703 页。
② 耿志云：《胡适遗稿及秘藏书信》，黄山出版社 1994 年版，第 137—139 页。
③ 耿志云：《胡适遗稿及秘藏书信》，黄山出版社 1994 年版，第 137—139 页。
④ 耿志云：《胡适遗稿及秘藏书信》，黄山出版社 1994 年版，第 140—143 页。

吾国文化之目的，在养成君子（即西方之 Gentleman and scholar or humanist 也）。养成君子之法，在克去人性中固有之私欲，而以教育学力发达其德慧智术。"① 这一观念后来深刻地渗透到了白璧德的《卢梭与浪漫主义》之中。

1917 年，梅光迪在《中国学生月刊》（*The ChineseStudent's Monthly*）相继发表了《我们这一代的使命》（The Task of ourGeneration）、《需要关心时事》（Our Need of Interest inNational Affairs）、《新式中国学者》（The New ChineseScholar）、《中国的国民活力》（The Chinese NationalVitality）等文章，阐述他对当时中国的政治文化变动的看法，对东西方各种哲学思潮的批评探讨，以及介绍中国的历史和文化。在《我们这一代的使命》里，他写道："当代不少伏尔泰主义式的运动是不可避免和必要的，尤其处在文化复兴阶段。习惯和传统牢牢地束缚住我们，要摆脱它们的羁绊需要勇气和力量。然而这样又容易导致中正和平之气的丧失——尤其在一个动荡和狂躁的社会环境里；我们凭一时冲动行事，要么陷入对传统文化的卑怯模仿当中，要么走向另一个极端——对传统的虚无主义态度。"② 进一步阐发白璧德的新人文主义思想。看来，"学衡派"与五四运动之间的文化分歧和论争早在留美学生中较为深入地展开了。

梅光迪在离开美国之前就开始物色志同道合的学术盟友，准备归国后与因《文学改良刍议》的发表而爆得大名的胡适重新进行一番较量。对古典文学情有独钟并以光大神州古学国性为志业的吴宓成了梅氏首选的对象。吴宓（1894—1978）字雨僧，又字雨生。陕西泾阳人。1916 年毕业于清华学校，次年赴美留学，1917 年进入弗吉尼亚大学学习文学。1918 年 7 月转入哈佛，经同班同学施济元的介绍与梅光迪相识。由于两人文化理念上的接近性，加上梅光迪的晓之以理并动之以情的鼓动说服（《吴宓自编年谱》记载"梅君慷慨流涕，极言我中国文化之可宝贵，历代圣贤、儒者思想之高深，中国旧礼俗、旧制度之优点，今彼胡适等所言所行之可痛恨……宓十分感动"。吴宓当即表示"勉力追随，愿效驰驱③"），从此加盟了梅光迪的文化阵线，并成为白璧德的又一个中国门生。1921 年吴宓获哈佛大学文学硕士学位，同年回国任南高师、东南大学英语兼英国文学教授，并与刘伯明、梅光迪、柳诒征等创办《学衡》杂志，成为现代中国文化守成主义的一位重要人物。

进入哈佛后，吴宓连续选修了白璧德主讲的多门课程：如"卢梭及其影响""近世文学批评""十九世纪的浪漫主义运动""法国文学批评"。在 1918—1919 学年，"读完了白璧德师及穆齐先生的全部著作"④。之后又通读了作为白璧德思想源头之一的西方人文原典《柏拉图全集》和《亚里士多德全集》，逐渐确立其新人文主义的文化立场和文学观念。留美时期吴宓的文学与文化实践大约包括如下方面：

首先要提到的是吴宓的学术研究和批评活动。留美时期，吴宓发表了《〈红楼梦〉新

---

① 耿志云：《胡适遗稿及秘藏书信》，黄山出版社 1994 年版，第 466 页。
② *The Chinese Student's Monthly. Vol. 11-12, NO. 3, Jan,1917.*
③ 吴宓：《吴宓自编年谱》，上海三联书店 1995 年版，第 177 页。
④ 吴宓：《吴宓自编年谱》，上海三联书店 1995 年版，第 182 页。

谈》《世界近史杂记》《余生诗话》（清华时期所作）（刊于《民心周报》，该杂志于 1920 年在上海发刊，由归国的留美学生张贻志和尹寰枢先后任总编辑）、《中国之旧与新》（《中国留美学生周报》1921 年 1 月）、《英文诗话》（《留美学生季刊》7 卷 3 号 1921 年）、《评〈碎玉集〉》（《中国留美学生周报》1921 年 3 月）、《再论新文化运动，答邱昌渭君》（《留美学生季刊》卷一号，1922 年 8 月出刊）其中，《〈红楼梦〉新谈》《中国之旧与新》和《再论新文化运动》是最为重要的文论。《〈红楼梦〉新谈》被誉为"中国比较文学的开山之作"，是继 1904 年王国维以发表《红楼梦评论》之后，又一篇以西方理论来阐释《红楼梦》的重要论文。吴宓从哈佛英文讲师 Dr. G. H. Magnadier 的"凡小说之杰构，必具六长"理论展开红楼梦世界的阐释，所谓"杰构"必备的"六长"指的是"宗旨正大""范围宽广""结构谨严""事实繁多""情景逼真""人物生动"。这样的分析显然不同于王国维只取叔本华一家之说的做法。而是从普遍的文学性出发，以文学的眼光来阅读文学经典。吴宓如是而言："若以西国文学之格律衡《石头记》，处处合拍，且尚觉佳胜，盖文章美术之优劣长短，本只一理，中西无异。""其入手之深，构思之精，行文之妙，即求之西国小说中，亦罕见其匹。"[①] 这种批评方法与当时国内流行的"索隐"红学以及胡适的科学方法截然不同。吴宓在日记中写道："今之美国之论文学者，分为二派。一为 Philologists，即汉学训诂之徒也。一为 Dilettantes，即视文章为易事，甚或言白话文学。有类宋儒语录，其文直不成章。"[②] 除了从 Magnadier 博士那里借来了伟大小说的六大标准外，吴宓的《〈红楼梦〉新谈》还是新人文主义的一次极其自然的表述实践，也是对当时美国学术的"训诂"主流乃至整个人文教育领域的"科学主义"倾向的一种反动。虽然没有明确的证据可以表明，吴宓把国内"红学"的科学化视为美国学术时尚在中国的反映，但在这一次经典的阐释实践中，吴宓的确显示出了一种胡适截然相反的旨趣。在《中国之旧与新》和写于归国旅途中的《再论新文化运动》中，吴宓进一步阐述了自己对中国文化发展道路的看法，前者提出：只有找出中华民族文化传统中普遍有效和亘古常新的东西，才能重建我们民族的自尊。后者表达了对中国文字的坚守，吴宓反对用拼音文字取代汉字，强调中国衍形表意的汉字是中国文化统一的宝贵财富，若改行拼音文字，则文字破灭，则全国之人，不能吟意。两者都阐发了吴宓反对激进的新文化运动的基本观点：新文化运动者反对中国旧传统，但他们在攻击固有文化时，却将其中所含之普遍性文化规范一并打倒，徒然损害了人类的基本美德和高贵情操。

尤其值得注意的是吴宓留美日记的写作。在二十世纪初的美华文学中，留美学生的"书信"和"日记"无疑是十分重要的文本。如胡适与陈独秀、梅光迪等人之间的通信，胡适的留学日记，吴宓的留学日记，朱君毅的《留美日记》，等等。这些"日记"既记载了留美学生参与的各种文学活动、文学思想形成的隐蔽轨迹，而且其本身就是留学生文学的一种重要文类，是世纪初美华文学"潜在写作"（借用陈思和先生发明的概念）的一种

---

① 《民心周报》第 1 卷，第 17—18 期。

② 吴宓：《吴宓日记》第二册，上海三联书店 1998 年版，第 104 页。

形式。从内容上看，留美时期吴宓的日记大约包括如下方面：

其一是学业，吴宓记录了自己在哈佛所修的课程、授课老师、课程论文、成绩及课余所读之书籍。这些无疑是研究吴宓的思想因缘乃至了解那个时代美国人文教育及文化思潮的珍贵资料。除了白壁德讲授的人文主义系列课程外，吴宓还选修了"希腊罗马史""文艺复兴及宗教改革史""纪元五百年至一千五百年之欧洲学术史""欧洲政治学说史"以及莎士比亚戏剧，等等。完成《雪莱关于诗之艺术之见解》《卢梭与罗伯斯比尔》《评穆尔所作〈乌托邦〉》《孔子、孟子之政治思想，与柏拉图及亚里士多德比较论》《巴都亚人马西辽之政治学说》等一系列课程学习报告，从中可以窥出吴宓对西方政治文化的广泛兴趣以及中西文化比较会通的学术旨趣。

其二是交友。吴宓的留美日记记录了其与陈寅恪、汤用彤、张鑫海、楼光来、顾泰来、俞大维的来往情形。仿法国文艺复兴时期的"七星诗社"，吴宓把他们的聚会称为"七星聚会"，这些学友对吴宓思想的形成也起到了不可忽略的影响。俞大维和汤用彤分别为吴宓讲授《欧洲哲学大纲》和《印度哲学及佛教》，皆"简明扼要，宓受益良多"[1]。其中，吴宓对陈寅恪的为人和学问最为推崇，"学问渊博，识力精到""性气和爽，志行高洁"，因而视陈为同时代人中"中西学问之第一人"。在留美日记里，吴宓多次记录了陈氏关于"自由婚姻""男女情感""西洋风俗""中西哲学美术""中国家族伦理制度""宋以后的佛教"以及"学问之争端"等谈话，不仅详细而且常常从中延伸出自己的感想。陈氏中西文化的比较视野和"救国经世，必以精神之学问为根基"以及"耶教若专行于中国则中国立国之精神亡"等思想，无疑都对吴宓后来的学术志业产生了深远的影响。吴陈二人长达半个世纪的交往最初是在吴宓那次著名的《红楼梦》演讲会上，吴宓日记记录了陈寅恪为此所做的题辞："等是阎浮梦里身，梦中谈梦倍酸辛。青天碧海能留命？赤县黄车更有人。世外文章归自媚，灯前啼笑已成尘。春宵絮语知何意，付与劳生一怆神。"诗中隐含着一种对中国文化命运的哀婉之情。这种关于国家及个体的忧患情感，在陈吴二人身上是完全相通的。在吴宓的学友中还有一位是现代剧作家洪深，吴宓的日记也多次记载了二人的来往，吴宓留美时期对戏剧的兴趣可能与洪深交往有一定的关系。洪深以戏剧创作为志业，留美时曾经编导英语对白剧《木兰从军》。1919年11月29日吴宓和洪深曾"议共编新剧一本"，而且两人关于编剧的商议进行了多次。在洪深的影响下，吴宓对戏剧产生了不大不小的兴趣，除观看戏剧演出外，1921年正月12日吴宓还"编撰《貂蝉拜月》剧大纲"。

其三是对美国和西方社会现象及留美学生生活的观察与批评。吴宓留美日记多次批评美国和西方社会的功利主义和纵欲主义，尖锐辛辣，如"西国社会之堕落，人心之浮动，实远甚于中国……不到欧美，则无从见中国人之好处。大率中国古来之礼教，重义务，主牺牲。西洋今日之习俗，则重权利，主快乐。中国之妇女，皆贞淑耐性，操劳不怨。奇节异能者，尚不必论。今美国之妇女，则涂脂抹粉，盛服新衣，游行街市。离婚通奸，视为

---

① 吴宓：《吴宓自编年谱》，上海三联书店1995年版，第205页。

寻常。纵情欲，喜热闹。秉质如'绣花枕'，行事如'走马灯'。中西两两相较，中国之妇女，固可怜，然亦甚可贵可敬也"①。"大率西洋中古之时，一切尚与我国相同。耶教势力甚盛，人守礼法，而不至横流荡决。及近世以迁，功利主义盛，国际竞争烈，耶教仅存形式，且今日则形式且将不能保。惟其然也，故人皆极端劳心劳力，竞争扰攘，寿命短缩。而物质发达，健身之术素讲，情欲大盛。昔日淡泊修养之工夫，不可复见。众惟求当前之快乐，纵欲而不计道理。故如今日之美国，虽多不婚或迟婚者，然其人之十之八九大率皆有淫乱之事，视为固然。彼惟功利货财是图，无暇问及是非。"②在吴宓看来，这种社会堕落的原因在于近代以后西方现代性的过度畸形发展以及整合社会约束欲望的基督教之衰落，"虽物质文明甚盛，而凡百实乱世之像也。"③看来，吴宓对西方现代性的批判与拒绝走得比其师白璧德还要远，其文化保守主义立场十分鲜明，可以说已经完全站在现代性的反面。

吴宓对一些留美学生的批评同样尖锐辛辣。"国步日艰，人才益难。国人责望于留学生。"留学生也自视甚高，但"可倚赖成事者甚少"。吴宓把留学生分为三类："黠者希慕功名富贵，结党以攫取营谋；中才则只图温饱，专为谋生之计；外者则昧于事理，妄逞瞽说……"④吴宓对"革命后"各省送出的留学生尤其不满，嘲讽他们为"最粗劣"的"小伟人"，在吴宓的素描里，男生多"出言粗鄙，作态猥亵"，参加学生夏令年会，名为讨论国事，实以为女生周旋为事。"妄行奢侈"，以女生为玩物，逢场作戏；女生则不自重者甚多，服饰极佻巧、身段极纤斜，言谈"骄蹇倨傲"。从中可以看出，吴宓对当时留美学生的批评和观察是从相互关联的两个层面出发的：个体人生修养和国家文化复兴的理想。

其四是对"新文化"的批评。与梅光迪的观点相同，吴宓也把五四新文化运动视为西方近代以来的各种新潮在中国的反映。在留美时期的日记中，吴宓多次表达了对"新文学"的拒绝和仇视，其保守主义的文化立场与心态表露得最为显明。在他看来，只有那些"不明世界实情，不顾国之兴亡，而只喜自己放纵邀名者，则趋附'新文学'"。读过国学和西学的人都不会赞成，中西兼通者最不赞成。他甚至认为新文学是乱国之文学，"土匪之文学"，新文学的各种主张及其所表现描写的，"凡国之衰亡时，皆必有之"⑤。所以"今之盛倡白话文学者，其流毒甚大"。吴宓指控新文学其中的一条罪状即是引入了西方 19 世纪以来的"写实主义"："今西洋之写实派小说，只描摹粗恶污秽之事，视人如兽，只有淫欲，毫无知识义理。"据他个人的看法，这种彻底否定写实主义的观点来自新人文主义文学批评家穆尔（Paul Elmer More）等人的启发，也是白璧德文学思想的一种延伸。"今之倡'新文学'者，岂其有眼无珠，不能确察切视，乃取西洋之疮痂狗粪，以进于中国之

---

① 吴宓：《吴宓日记》第二册，上海三联书店 1998 年版，第 151 页。
② 吴宓：《吴宓日记》第二册，上海三联书店 1998 年版，第 25 页。
③ 吴宓：《吴宓日记》第二册，上海三联书店 1998 年版，第 25 页。
④ 吴宓：《吴宓日记》第二册，上海三联书店 1998 年版，第 114 页。
⑤ 吴宓：《吴宓日记》第二册，上海三联书店 1998 年版，第 115 页。

人。"① 在个人审美趣味上，吴宓反对近代以来写实主义对古典美学传统的颠覆，反对审丑意识在文艺领域的扩张及其对秩序的破坏。但吴宓的保守主义不只是美学趣味或文学观念上的，而且是整个社会政治文化观念上的。在留美日记里，吴宓甚至明确反对男女同校，反对女权主张，认为"女权愈张，而国运愈难挽"②。尤其反对包括法国大革命、俄国革命在内任何破坏社会秩序的政治上的激进主义，"今世之大患，莫如过激派 Bolshevism"③。

在吴宓身上，美学上的古典主义与政治上的古典主义是合为一体的。在美学上，他把人分为高低两种。高者是"上智之人"而低者为"俗人"，前者崇拜《水浒传》以及 Dickens 之"纵情尚气，刻画过度"；后者则推遵《红楼梦》及 Thackray 之"深微婉挚，沉着高华"④。在政治上，他以"学、德之高下"为标准，区分出人的尊卑贵贱——首重士，次农、次工，次商，认为这种等级秩序是历史上中西盛世的基础。而"晚近商贵于工，工又贵于农，尤可云时势之所趋；若乃贱士黜学，而尊劳工，恣所欲为，则诚所谓倒行逆施，是乱世之道也"⑤。正是这种合为一体的古典主义构成了吴宓保守主义思想的基础。

有趣的是，吴宓十分遵从白璧德"中庸"的文化理念，并且把这种理念上溯到中西先哲的思想。他说："希腊三哲，以中、和为教（Golden mean; Moderation; Harmony）。西儒谓'在两极端之中点，即为善，而在其极端，则为恶'。"吴宓决心以后自己即使见解有所变化，"而决当不失中和。"⑥ 但吴宓对新文化运动的批评看起来却没有真正遵循这条原则。正如研究"学衡派"的学者沈卫威所言："对新文学的这种态度，和他此时接受的新人文主义所持的中庸、中和、中正立场是背离的。"⑦

其五是对美国文艺中的"东方主义"的批评。"美人处处怀'非我族类'之见，无论外貌谦恭与否，内心亲密与否，其歧视如故也。"⑧ 这是吴宓留美时期在学院内部产生的感受，而在打工、理发、参观展览、游历教堂时目睹一些美国人对中国人的歧视、欺凌，则进一步加强了这种感受。尤其难以接受的是美国人对同是亚洲人日本和中国人的截然不同的态度——对前者彬彬有礼，对中国人却蛮横粗暴，甚至当着日本人的面欺凌中国人。这些经验无疑也是激发吴宓产生民族主义情绪的一个原因。尤其值得注意的是，在吴宓留美日记中，记录了几则自己观看美国影剧后的感想，其中蕴含着吴宓对美国文艺中的"东方主义"的敏锐批评。所谓"东方主义（Orientalism）"，是萨伊德最初使用的概念，简略地说，其意是指西方人所建构关于东方的认知与话语系统。东方被置于西方文化的权力话语之下，即东方在"东方主义"的话语权力网络中被他者化了，成为被批判、被研究、被表

---

① 吴宓：《吴宓日记》第二册，上海三联书店 1998 年版，第 152 页。
② 吴宓：《吴宓日记》第二册，上海三联书店 1998 年版，第 186 页。
③ 吴宓：《吴宓日记》第二册，上海三联书店 1998 年版，第 23 页。
④ 吴宓：《吴宓日记》第二册，上海三联书店 1998 年版，第 57—58 页。
⑤ 吴宓：《吴宓日记》第二册，上海三联书店 1998 年版，第 55 页。
⑥ 吴宓：《吴宓日记》第二册，上海三联书店 1998 年版，第 69 页。
⑦ 沈卫威：《回眸"学衡派"》，人民文学出版社 1999 年版，第 236 页。
⑧ 吴宓：《吴宓日记》第二册，上海三联书店 1998 年版，第 153 页。

述的对象。这种话语的运作模式其实包含着一整套的二元对立模式：东方主义视野中的东方总是那落后原始、荒诞无稽、神秘奇诡，而西方则是理性、进步、科学、文明的象征。今天看来，是祖籍巴勒斯坦的萨伊德首先系统而深入地揭示出了"东方主义"的蕴含，但对"东方主义"的体认不独萨伊德所专有，在他之前早已产生。20 世纪初，吴宓对美国文艺的批评即是其中一例。吴宓如是而言："美国电影中，常多作践中国人之处，形容污秽凶毒之状，殊非事实；令人观之愤不可遏，心绪恶劣多日。"① 在 1919 年 12 月 18 日的一则日记里，吴宓具体地谈到了纽约某剧团编剧演出的《黄马褂》（"The Yellow Jacket"）：

"论其服饰之美，描摹之工肖，自堪称许。惟美人演中国事，总不免嘲笑之意。如剧中之皇帝及宰相，而拖长辫。又剧场上之管台者二三人，故作龌龊萎靡之状，令人十分难堪。其所描摹之事，如夹旗为车，登桌作城，执鞭即骑，拱手开门等，固系中国戏台所常有；然若杀人于台上，取其首级而玩弄之，嗜杀之心、残忍之语，则实吾国旧戏所无。又鞠躬不断，亦属可笑。"不仅情节太多穿凿附会，而且把中国人想象成某种怪物："太子选妃，其义母令女来前，即索观其足，赞其纤小，又握其手，察其指爪。另有西宫之子，为纨绔，而其手爪之长，竟逾一尺，以形中国人之长爪。凡此皆以意度为嘲笑之资者。"② 这里所谓"意度"即是"想象"。二十世纪初，这种"中国想象"在美国文艺中并不鲜见。吴宓的批评直接揭示出了这种"中国想象"背后的话语权力逻辑。当然，吴宓不同于萨伊德，后者在批判"东方主义"的同时拒绝退回到民族主义，而吴宓在美的剧场经验则进一步促使他走向了抵抗西方现代性的民族主义色彩浓厚的文化保守主义。

置身于剧烈变化之时代以及新大陆的异邦环境之中，吴宓有太多的闻见和复杂的感触。在留美日记写作的伊始，吴宓谈到日记写作的用途之一是"为他日著作'大小说'及'自传'之资料者录之"③。吴宓一生没有实现的梦想是写一部《红楼梦》式的"大小说"《新旧因缘》，"以一人一家之遭际，寓中国近年之世变。"④ 所以，留美日记中有不少生动有趣的速写：如在 1919 年 9 月 7 日的一则中写道："暑假中，多女学生，则讲坛之上，图书馆之中，甬道之内，处处皆香水花粉之气息，及喧歌笑语，莺燕呢喃吱喳之声。连日见有某女生（美国人），高大身材，貌极丑陋，而盛施脂粉，红白块块，殊难看。又着艳色衣裙，袒其胸臂，手携照相机一具，日伫立讲堂门外阶上，与往来流连之男生笑谑，肆行勾引之术。"⑤ 吴宓留美日记中颇多这样生动简约的素描，这些散文性的文字是构成其留美日记文学性的一个重要元素。吴宓日记中私人性的内容当然也占据了很大的分量，诸如和陈女士之间的关系，颇能折射吴宓的性格。值得注意的是，吴宓留美日记书写了其内心相互纠结的多重困扰。在个人婚姻问题上，"奉父谕，命陈女姻事"，想毋再迟疑却又"心摇摇

① 吴宓：《吴宓日记》第二册，上海三联书店 1998 年版，第 162 页。
② 吴宓：《吴宓日记》第二册，上海三联书店 1998 年版，第 107 页。
③ 吴宓：《吴宓日记》第二册，上海三联书店 1998 年版，第 3 页。
④ 吴宓：《吴宓日记》第二册，上海三联书店 1998 年版，第 29 页。
⑤ 吴宓：《吴宓日记》第二册，上海三联书店 1998 年版，第 65 页。

如悬旌"①。一次次托人调查，一次次的自我说服，最后的决定看似坚决实则埋下了日后离异的种子。在个人事业上吴宓也犹豫于报业与文学之间，摇摆于实在之事功与形上之精神学问的分裂之间，乃至于矛盾于自救与救国之间。

但就像其"大小说"所构想的那样："以一人一家之遭际，寓中国近年之世变。"吴宓的私人性困扰是与中国近世之忧患完全接合在一起的，个人命运与国族命运委实难以分离。所以吴宓的留美日记记录了大量有关中国的问题，在他看来，个人之忧患好解但国家之忧患则难释，这成为吴宓的忧郁至关重要的根源。吴宓称之为"心病"："宓最易发心病之原因，（一）与知友谈中国时局种种。（二）阅中西报纸载中国新闻。（三）读书而有类中国情形，比较而生感伤者，如法国大革命等是。（四）计划吾所当行之事，如何以尽一身之力，而图前途之挽救。（五）悬想中国将来之履亡，此日之荼苦。"天伦人事的小我问题与国族复兴的大命题纠结在一起，常常令吴宓个人力量之单薄和软弱无力。这种无能为力的感受成为吴宓最大的精神困扰："凡此种种，每一念及，按之中国今日之实境，则甚失魂堕志，惘惘不知所为。"②吴宓留学时期设想了几种摆脱这一困扰的方式：一是寻死，但又怕成罪人却不自知；二是"宗教自救"，"但宗教自救之术，皆须弃世。佛、耶皆然"③。弃世仍然不能解决实际问题；三是自救而不弃世，"知忧患之必不能逃，则当奋力学道，以求内心之安乐，是谓精神上自救之术"④。在吴宓自己看来，这种自救是高明之理想与现实相协调并通过实在之事功来实现的。但事实上，这样的自救却难以轻易达成。除了梅光迪一开始就把吴宓拉进与胡适相对抗的文化阵营这一重要原因外，难以摆脱的内心的困扰对吴宓的纠缠，恰恰是其不能始终保持白璧德"中庸"文化理念，而常常走向偏至的一个心理原因。"白璧自保，砥柱横流。"⑤吴宓虽然不是把 Irving Babbitt 译成"白璧德"的第一人，但他确得其精神之深邃，甚至在追求道德人格的纯洁方面有过之而无不及，而这种自我纯洁性追求则导致吴宓文化理念上的偏至。

梅光迪和吴宓的保守主义是对西化现代性过度发展的一种文化制衡力量，但在中国现代性刚刚萌生的语境中，其反现代化的文化保守主义多少有些不合时宜。

---

① 吴宓：《吴宓日记》第二册，上海三联书店1998年版，第78页。
② 吴宓：《吴宓日记》第二册，上海三联书店1998年版，第127页。
③ 吴宓：《吴宓日记》第二册，上海三联书店1998年版，第41页。
④ 吴宓：《吴宓日记》第二册，上海三联书店1998年版，第41页。
⑤ 吴宓：《吴宓日记》第二册，上海三联书店1998年版，第68页。

刘大任小说中的音景与知识分子精神现象

——以华文经典长篇小说《浮游群落》为观照中心 [1]

引言

探讨二十世纪六十年代台湾青年知识分子的精神世界，旅美作家刘大任的长篇小说《浮游群落》是不可忽略的文学文本。王德威将其称作"一代台湾留美学生的前传"[2]。二十世纪五十年代以降的台湾留美风潮中，涌现了聂华苓、於黎华、丛甦、白先勇、欧阳子、陈若曦、张系国、杨牧、郭松棻、刘大任、李渝、平路、李黎等大批优秀作家，精通双语的教育背景和深湛的文学修养，使他们的创作"具有极高的成就和价值"[3]。他们的文学书写带有中国故土与海外新地这两个观照视域："一是与自己有着深刻历史联系的故土；一是与自己存在现实密切联系的新地；前者牵连着离台前的个人生活和家族历史，涉及他们的情感记忆，后者则已经切入美国的商业化、多元化和国际化的生存现实。"[4] 如丛甦的《中国人》、白先勇的《台北人》《纽约客》系列、张系国的《游子魂组曲》、郭松棻的《雪盲》《惊婚》以及刘大任的《浮游群落》《当下四重奏》等作品都带有这样的双重视野。与异域新地相比，原乡故土在这一时期中国旅美作家的创作中仍占有明显的主导位置，切身的中国经历和剪不断理还乱的民族国家情结是他们创作中难以割舍的内容。《浮游群落》就是其中一部表现二十世纪六十年代中国台湾知识分子迷惘求索精神历程的重要作品。

《浮游群落》于1978年完成于非洲。北美保钓运动落潮后，曾全心投入爱国保钓运动的刘大任自我放逐、寻归荒野，在南纬四度的热带稀树环境里立志写一部长篇小说，即《浮游群落》。作品展现了台湾二十世纪六十年代"浮世绘式的风情画"，特别是青年知识分子的思想生态和精神困境，"六十年代是台湾跨过经济起飞门槛的关键时代，与之同时开展的文化、社会、政治动态，包罗万象，引人入胜，是理解台湾和两岸未来的重要关

① 本文系与袁飘博士合作完成。
② 王德威：《总序：海上风雷》，见《浮游群落》，当代世界出版社2021年版，第6页。
③ 饶芃子、杨匡汉主编：《海外华文文学教程》，暨南大学出版社2014年版，第129页。
④ 朱立立：《身份认同与华文文学研究》，上海三联书店2008年版，第45—46页。

节"①。作者夫子自道："如何想象一九六〇年代的台北？成了当时最大的难题。"②除了回忆，还须调动情绪，而作者喜爱的闽南语歌曲《港都夜雨》就成为他写作该书时循环播放的背景音乐，"如果你读此书感觉到一些风尘漂泊与疏离无奈的气氛，那多数是因为写作时始终有这首歌陪伴下笔。总之，乡愁引来的立志书写，书写中，乡愁自必浸染弥漫"③。这首表达漂流万里异域乡愁情怀的歌曲，也正反映了彼时刘大任的心绪。值得注意的是，小说多章节中都出现了饶有深意的音乐元素，之前鲜少有人对此专门探讨，不失为一个探询的新视角。

《浮游群落》中的音乐元素主要包括以下诸部分：第一，巴洛克、古典主义、浪漫主义与现代主义等不同风格的欧洲古典音乐；第二，抒情、爵士、摇滚等诸种类型的西方流行音乐；第三，基督教音乐；第四，中国抗战歌曲、爱国歌曲；第五，中国民族交响乐、民歌小调；第六，中国都市流行歌曲及儿歌童谣。据笔者统计，小说中出现了近百个中外音乐指涉性符号④，外国音乐符号中占比较大的是西方古典音乐如巴赫、帕格尼尼、柴可夫斯基的经典作品，其次是欧美流行音乐如披头士、鲍勃·迪伦的摇滚乐，电影插曲如好莱坞经典音乐歌舞片《仙乐飘飘处处闻》（大陆译名《音乐之声》）插曲《小白花》（大陆译名《雪绒花》），以及朝鲜被日本殖民时期出现的童谣如《小白船》（后广泛传播于中国）；中国音乐元素则包括抗战歌曲、革命歌曲（如《义勇军进行曲》《松花江上》），各地民歌小调童谣（如《采莲谣》），以及都市流行音乐如女歌星白光的多首歌曲。《浮游群落》将缤纷多元的音乐元素融入小说肌理，展现了戒严体制下知识群体生活中矛盾交错的音乐景观，并有效借助音乐元素更好地表现了六十年代台湾知识分子的生命历程和精神状态，以及在压抑迷茫中寻求反抗突围的思想潜流。同时，小说在音乐造境艺术实践方面也开辟了耐人寻味的想象空间。

一、六十年代台北的多重音景与威权体制下知识分子的精神困境

音景或声景（Soundscape），是声音景观、声音风景或声音背景的简称。该概念由加拿大作曲家谢弗（Raymond Murray Schafer）在二十世纪五十年代最早提出，他的《音景：我们的声音环境以及为世界调音》一书"打通普通声音与音乐之间的界限，系统阐述了音

① 刘大任：《〈浮游群落〉后记》，见《浮游群落》，台北联合文学出版社有限公司 2009 年版，第386 页。
② 刘大任：《〈浮游群落〉后记》，见《浮游群落》，台北联合文学出版社有限公司 2009 年版，第382 页。
③ 刘大任：《〈浮游群落〉后记》，见《浮游群落》，台北联合文学出版社有限公司 2009 年版，第382—383 页。
④ 笔者以台北联合文学 2009 年版《浮游群落》为统计文本；所统计的音乐指涉性符号包括：音乐家、歌手人名及相关讯息，乐曲、歌曲、歌词片段、乐器等信息。

景的构成、形态、感知、分类与演进，提出了要从声学上规划人居环境的宏伟设想（此即所谓'为世界调音'）"①。笔者借此概念来言说《浮游群落》中的音乐景观（后文简称音景），具体指小说中的音乐元素及其所出现的场景、空间、背景等，包括音乐所召唤的主体投射与想象情境。《浮游群落》中的音景折射了六十年代台湾社会的复杂历史文化语境，也是那一时期青年知识分子苦闷矛盾心灵图景的表征。

《浮游群落》中的人物主要包括两个同仁文艺杂志《布谷》《新潮》的成员，他们的活动区域基本在台北，小说中音乐元素出现的场所有："同温层"、教堂、医院、小餐馆、火车、机场、高级住宅罗公馆及其户外巷道等。其中的"同温层"是胡浩的单身宿舍，"同温层"的命名不乏志趣相投的一群人抱团取暖的意思，这间平民区宿舍也是"布谷社"成员经常聚会的场所。事实上这群不满现实且试图以文艺介入社会的青年在当时也并不多，毕竟他们处在白色恐怖时期。而罗公馆则是罗云星银行家叔父的住宅，同温层有多简陋，罗公馆就有多豪华。同温层里阿青、小陶、胡浩聆听帕格尼尼、巴赫《G弦上的咏叹调》和拉赫玛尼诺夫等古典音乐，这些音乐与当下现实无甚瓜葛，对应着聆听主体对现实无从介入的茫然状态；而罗公馆中响起的除了优美的好莱坞电影插曲《小白花》，主要播放的背景音乐是披头士和鲍勃·迪伦等摇滚歌星的反战歌曲。留美归国的罗云星，带来的是美国社会当时流行的文化思潮，尽管林盛隆对罗云星与美国新闻社的密切关系感到疑惑，但聚会中接受了两个纪录片和摇滚乐密集而强烈的视听冲击，使人无暇多思，大洋彼岸的时代讯息对于困顿中的青年人无疑是一种洗礼和刺激。看完罗云星播放的纪录片，众人都被片中华盛顿民权运动示威游行的激昂场面和马丁·路德·金的演讲《我有一个梦》所感染，而后一群人也像美国嬉皮士那样传递吸食着大麻陷入迷醉，而坐在壁炉前台阶上的林盛隆则轻轻拨弄着吉他琴弦，谁都没留意他弹的是什么，唯有小陶被那个旋律吸引：那是《义勇军进行曲》的最后三小节。这里的描写生动呈现了六十年代美国文化冲击下台湾知识青年次文化的具体形态，而吉他弹拨的《义勇军进行曲》旋律虽然声音很小，却成为这个圣诞晚会上独特的音景。

特别值得注意的是，"夜莺"咖啡厅和户外野营地是作品中两个颇具代表性的音景展示空间。二者的空间属性和环境氛围存在明显差异和鲜明对比，"夜莺"位于市声鼎沸的台北繁华商业区，周围坐落着中山堂、警察总局、孙中山纪念铜像等重要建筑物及机构部门。"夜莺"由痴迷古典乐的医科高才生吕聪明开办，是一家营业性的咖啡厅，也是一群爱好古典音乐的青年同气相求的俱乐部，他们被原版古典音乐唱片与先进立体声设备所吸引，沉湎于古典音乐世界，感受着帕格尼尼的华丽、柴可夫斯基的悲怆和瓦格纳的宏大，一起"谋杀这一晚的生命"②。"夜莺"播放的主要是西方古典音乐：既有"十九世纪的幽怨华丽"也有"二十世纪的荒诞离奇"③；而户外野营地展示的则是引发纯洁、童年、青春、

---

① 傅修延：《论音景》，《外国文学研究》2015年第5期。
② 刘大任：《浮游群落》，台北联合文学出版社有限公司2009年版，第25页。
③ 刘大任：《浮游群落》，台北联合文学出版社有限公司2009年版，第26页。

感伤等联想的儿童歌曲，以及代表光明、自由和希望的中国左翼革命歌曲。布谷社与新潮社的中秋野营地位于新店溪废道旁的竹林中，远离碧潭游客的喧嚣，人烟稀少、宁静自然。一群青年男女在篝火前一遍遍合唱儿歌《小白船》[1]，这歌声在苦闷于爱情困局的小陶听来仿佛是死亡的葬歌，而台岛热血青年林盛隆则回味着儿歌结尾的歌词陷入沉思："在那远远的地方，闪着金光，晨星是灯塔，照呀照得亮"，他的心中，这歌词正是像他这样的台湾左翼青年孤独迷茫寻求突围心境的映现，是一种启示与召唤。同一章节，还有青年们学唱歌曲《山那边哟好地方》的情景，教唱者图腾"一肚子的山歌""大多数都是当年大陆上听来，默默记在心里的"，小说特意将部分歌词显现于文本："山那边呀好地方唷！山前山后好放羊；你要吃饭得做工唷！没有人替你做牛羊。"[2]朴实无华的歌词直观表达了崇尚劳动、反对剥削、追求平等的社会主义思想。此歌创作于 1947 年的上海民主运动中，由吴宗锡（笔名左弦，意为左翼歌弦、革命诗人）[3]作词，罗忠镕作曲，词曲作者都是当时年轻的地下共产党员，歌曲反映了国统区人民对解放区"明朗的天"的热情向往。这首诞生于中国人民解放战争时期国统区的左翼革命歌曲，在《浮游群落》中投射了战后国统区台湾地区左翼青年祈求冲破威权牢笼、追寻自由民主平等理想的热望。而这样的场景只能出现在暂时脱离当局监控中心的郊区野外空间。这与政治权力监控核心地带的"夜莺"周遭气氛形成巨大反差。同时也能看出当时这群知识青年文艺趣味的庞杂以及他们之间的爱好差异。简单说，"夜莺"中的西方古典音乐是这些青年乐迷的精神避难所，他们对唱片、先进设备的痴迷带有摆脱现实苦闷的"恋物"取向。如果说"夜莺"音景一定程度上体现了六十年代台湾美援体制下美欧文化的强势输入，同时古典音乐的丰富恢宏给予苦闷青年以精神慰藉和疗愈的话，那么野营地郊游空间的儿歌和革命歌声则彰显了压抑青春对遭到禁锢的自由理想的憧憬，这其中嵌入了作者始终保持的中华民族意识、中国近现代历史关怀，以及在当时语境里带有离经叛道性质的左翼思想。

值得注意的是，在展开"夜莺"场景前的"序曲"中，作者设置了一个混乱、紧张、压迫感强、极不安定的暴力声景。市声嘈杂的台北中心商业区，仓皇逃窜的大学生廖新土被追捕，警笛、汽车喇叭、刹车声此起彼伏。当廖新土垂死挣扎的口号声和混乱的美军皮靴声噼啪响起，闹市瞬间停摆，随之而来的是扇在廖新土脸上的耳光声、手铐的咔嚓声、民众的骚动以及胡浩的嗫嚅质问。在这个暴力性的杂乱声景中，当局警备系统人员带来的警笛声、戴手铐声、皮靴声以及耳捆声等以权力的强音形式出现，强制性插入原本喧哗而貌似和平的市声，显示出强权的主宰性和震慑性。而目睹暴力场景的胡浩的发声则极为虚弱无力。在强权高压下，知识分子抗争的微弱嘶喊只是一种边缘与无效的发声。小说序曲的暴力场景（包括声景）奠定了整部小说灰暗压抑的情绪基调，六十年代白色恐怖延续笼罩下的台北就是小说人物所置身的特定场所，也是"夜莺"咖啡屋的背景空间，与之相

---

① 《小白船》是朝鲜作曲家尹克荣所创歌曲，1950 年被译为中文，后广泛流传于中国。
② 刘大任：《浮游群落》，台北联合文学出版社有限公司 2009 年版，第 113 页。
③ 韦泱：《吴宗锡的"文学梦"》，《新民晚报》，2019 年 5 月 27 日，第 15 版。

关，"夜莺"中播放的古典音乐大多属沉重悲壮、肃穆忧伤的风格，当然也有主人公小陶酷爱的帕格尼尼小提琴曲，偶尔还会出现激越磅礴的音乐类型，体现出点曲聆听的青年们压抑、彷徨、颓废、躁动、愤懑的复杂心理状态。

除了无法摆脱的军事化权力的监控和压制，"夜莺"音景的形成还与音乐美援等柔性权力影响及台北文化工业的兴起息息相关。国民党当局接受音乐美援，可追溯至1956年美国空中交响乐团以文化交流名义赴台演出，之后美国长期通过"ANTA 计划"与台北美国新闻处委托的远东音乐社等机构合办音乐会，组织外国音乐家和乐团到台湾演出①。二十世纪五十年代开始，台湾唱片制造逐渐工业化（当时版权法尚未引入到台湾），最初仅有"亚洲唱片厂"一家贩卖古典音乐唱片，二十世纪五十年代末到六十年代"合众""中国""鸣凤""松竹"等厂商开始争相发行古典音乐②；而音乐类书籍的出版和广播电台的相关节目等都推动了古典音乐的传播。制定文化政策的官方权力、传布西方文化的美国柔性权力以及商业资本力量对"夜莺"古典音乐景观都具有规训作用。而音景中的聆听主体即这群乐迷自然也深受威权体制与资本力量的规训。1950年前后，国民党在台湾全面肃清左翼力量，禁止社会主义倾向的刊物和言论；禁止大量中国现代文学作品与学术著作的发行与流通；外国文学作品的翻印也主要以十九世纪的非政治性小说为主；提倡保守性的"中国文化"，不鼓励思想的"现代化"③。即便是有着国民党背景的《自由中国》杂志和受到美国暗中扶持的《文星》杂志，也因与当局统治者思想相悖而先后被停刊。政治成为戒严时期民众不可触碰的禁区。《浮游群落》中，像尹老这类拥有历史创伤记忆和流亡经验的老一辈知识分子对政治唯恐避之不及。在一次座谈会上，尹老发现林盛隆的文章有左倾迹象，就让胡浩传话：若林盛隆继续写小说，他会在文殊菩萨前烧香，但如若其投身政治，则将与其一刀两断。白色恐怖的阴翳已深植于老一代知识分子心中，使之噤若寒蝉。而尹老也深知林盛隆、胡浩、小陶、柯因等战后成长起来的青年与前辈不同，他们一旦开始思考"台湾未来"等社会政治问题，迟早会从理论层面跨越到实践行动层面，这种力量势不可挡④。高压的政治、噤声的舆论、断裂的历史、贫瘠的精神、西化的风潮、失根的文化等社会症结，刺激着青年知识分子在黑暗中艰难地探索寻求实现中华民族复兴和个体自由的道路。左翼青年林盛隆曾参加"五二四"反美运动，他是小说中这群苦闷文艺青年中思想较为激进的一个，也是二十世纪六十年代台湾社会的另类存在，致力于以社会主

---

① "ANTA"全称为 American National Theatre and Academy，是一个长期与美国国务院合作、宣传并规划对外文化交流的组织。而美国国务院对台北的文化交流活动则命名为"ANTA 计划"。详见胡采苹：《台湾古典音乐文化工业的政治经济分析初探——建构过程与政府文化政策之讨论》，台湾政治大学硕士学位论文，2002年，第61—62页。

② 胡采苹：《台湾古典音乐文化工业的政治经济分析初探——建构过程与政府文化政策之讨论》，台湾政治大学硕士学位论文，2002年，第37—40页。

③ 吕正惠：《六十年代的台湾"现代化"文化——基于个人经验的回顾》，《华文文学》2010年第4期。

④ 刘大任：《浮游群落》，台北联合文学出版社有限公司2009年版，第77页。

义理想来改变台湾现实，撰写发表社会批判和倡导使命感的评论文章，常与人争论如何改变文艺现状和社会现实，甚至参与工厂罢工的相关活动；而思想混沌、情感苦闷、行事被动、不断逃逸的小陶可以被视为六十年代台湾青年精神苦闷的典型范本，一直挣扎着探索驱散"那一方原始黑暗"的永恒力量①。出身书香世家的小陶长期沉湎于自我的内在世界，对外保持着一种不多介入的被动态度，游走于集体的边缘。小说细腻描述了小陶的苦闷心路：哲学逻辑钻研、波德莱尔诗歌与俄苏小说的阅读、古典音乐与现代派绘画的感官体验、被动的情感沉溺与受对象支配的苦恼、死亡的震颤恐惧与轻生的自主快感、童年记忆的乡愁；山居隐逸的静美与孤独……小陶的苦闷具有一定的代表性，也就是说，无论是哲学、文学、绘画、音乐，还是爱情、死亡、童年、隐居等，都无法使这群青年知识分子挣脱桎梏、获得自由，他们被威权体制与资本力量所囚禁，"像包裹着一层无形无色的薄膜，像一头望得见外面却看不见透明欺骗的苍蝇，开始郁闷，开始不安，开始盲目地冲闯，开始无意义地挣扎，而终于无可奈何"②。经过疾病的痛苦折磨和心理的百般挣扎，最终小陶决意出走美国，做出同样选择的还有许英才、方晓云；一直致力于行动介入的林盛隆和吕聪明、胡浩等读书会小组成员先后被捕入狱；图腾选择逃离避世，叶羽、柯因转入寻常生活，而罗云星、何燕青、杨浦则向资本妥协追求世俗的成功。可悲又反讽的是：在小饭馆里唱着《松花江上》的余广立在大陆参加过反饥饿反内战运动，来台后被捕入狱十年，这个吃尽国民党苦头的东北人却成了出卖这群左翼青年的特务。二十世纪六十年代一群台湾青年知识分子的文艺介入与社会实践事实上已宣告失败。

作为这群人集会地的"夜莺"，见证了这个小群体力量的凝聚与解体。深受威权体制权力规训的青年乐迷，以挣扎浮沉的精神状态形塑出"夜莺"严肃高雅的西方古典音乐景观。相对应的，户外野营地音景所呈现的左翼民间文化建构，则生成于相对疏离权力控制的郊外自然空间，青年们在相对自由的环境里高歌、聆听、遐想，在另一种歌声里暂时忘却此在的沉重枷锁，放飞自我，体验情感的真实与意志的自由，在淳朴朗健的中国左翼民间音乐景观的展示过程中，小说将这群青年以理想和希望激发自我奋进、却又因这希望和理想之渺茫而陷入痛苦感伤的困境揭示得淋漓尽致。

饶有意味的是，小陶把自己和朋友们的精神苦闷命名为"精神流亡症"和"五四并发症"，将这群青年"五四遗腹子"（语出殷海光先生）的身份暴露无遗。在机场马上离开国门之际，小陶突然想起同行的方晓云曾教他的那首童谣《小白船》："在那远远的地方，闪着金光！晨星是灯塔，照呀照得亮。"③此细节与野营地里林盛隆听到这几句歌词时凝神沉思的场景相呼应，提示着我们：尽管小陶和林盛隆个性差异较大，思想认知也不尽相同，但他们同样渴望抵抗威权的压制、冲决台湾社会的闷局。小说暗示小陶的出国意味着一种朝外的突围，与他之前身心俱疲的逃逸倾向有着值得注意的变化。小说之外，与人物

---

① 刘大任：《浮游群落》，台北联合文学出版社有限公司 2009 年版，第 50 页。

② 刘大任：《浮游群落》，台北联合文学出版社有限公司 2009 年版，第 23 页。

③ 刘大任：《浮游群落》，台北联合文学出版社有限公司 2009 年版，第 370 页。

小陶有着深刻互文关系的作者刘大任先生在出国后就并未远离政治，反而积极投身二十世纪七十年代初北美轰轰烈烈的爱国保钓运动，将五四精神开枝散叶、延续光大至海外。

二、展示与唤起策略：《浮游群落》的音乐造境艺术

据刘大任所言，在二十世纪六十年代创作初期，他经常光顾台北的田园音乐茶室（"夜莺"的原型），和朋友们一起聆听古典音乐、聊天，由此萌生对西洋古典音乐的浓厚兴趣[①]。对他而言，音乐不仅是一种兴趣，也是创作时召唤情感、获取灵感的重要手段。如前文所述，在创作《浮游群落》时，他借助胡美红演唱的闽南语歌曲《港都夜雨》唤起二十世纪六十年代的情感经验，歌曲的感伤情调甚至影响到小说的故事叙述；在创作《四合如意》时，他从《江南丝竹》唱碟中获取灵感，将最残忍的故事与最缠绵的音乐并置书写，还选用江南丝竹的曲牌名"四合如意"作为题目[②]。此外，笔者认为"以乐辟境"的造境艺术是刘大任小说空间建构的独特技法。譬如，《月夜》以一曲未哼完的《克鲁采奏鸣曲》建构出朋友暗藏缱绻情意的心境；《箫声咽》以黑衣人的箫声建构异于西方宗教气息的东方神秘意境；《四合如意》以笛声的乐境反衬人物的凄凉哀境，倍增其乐哀。相较于短篇小说的单一造境，长篇小说《浮游群落》乐境繁复、各有殊异，可谓是刘大任音乐造境艺术的集大成之作。

《浮游群落》的音乐"造境艺术"有其思想基础与理论依据。刘大任十分推崇詹姆斯·乔伊斯的"顿悟（Epiphany）"创作法，对唐诗宋词"句眼""妙境"的功用有着深刻的认知，赞赏通过"氛围""情绪"或"情境"来自然推动或点出小说灵魂的艺术技巧[③]，并将其运用到自己的小说创作中。此法颇为注重"显志"前的"境界"营造，与中国古典文论中的"造境"艺术相通。在古典文论中，"造境"通常指"与自然'实境'相对而言的意构之虚境"[④]，且"所造之境，必合乎自然"[⑤]，即所造之虚境必须符合自然规律、根植于客观世界与人类社会[⑥]，如此才能塑造出有现实意义的理想境界。这一点，我们不仅可以从《浮游群落》取材于二十世纪六十年代社会现实的音乐文化与情感经验的整体架构中得

---

① 刘大任、朱又可：《中国这个时代，应该产生大小说——刘大任访谈录》，《青年作家》2021年第12期。

② 刘大任、朱又可：《中国这个时代，应该产生大小说——刘大任访谈录》，《青年作家》2021年第12期。

③ 刘大任、朱又可：《中国这个时代，应该产生大小说——刘大任访谈录》，《青年作家》2021年第12期。

④ 姜荣刚：《王国维"造境""写境"本源考实——兼论"境界"说的概念使用特点及理论建构模式》，《广西社会科学》2014年第9期。

⑤ 王国维：《人间词话》，上海古籍出版社1998年版，第1页。

⑥ 钱剑平：《〈人间词话〉"境界"说新论》，《上海师范大学学报（哲学社会科学版）》2000年第1期。

到验证，同时还可以从音乐自身的"造境"机制中觅得踪迹。由于音乐本身即构成一种包围人的环境空间①，其"基本幻象是'虚幻的时间'"②，也就意味着音乐能够通过聆听主体的身体空间感知与幻想时间观照仿制出一种"合乎自然"的音乐虚境，为小说开辟出更隐秘蕴藉的情感与思想表达空间。

《浮游群落》运用跨媒介想象的"展示"与"唤起"策略建构具有想象延展性的音乐空间。所谓"展示"策略是指通过歌词的引用来建构显性的音乐空间；而"唤起"策略则是通过使用乐曲名、歌手名、音乐家名等专有音乐指涉性符号以及聆听主体对音乐的接受反应描写，形构隐性的音乐空间③。小说在描写布谷社与新潮社举办野营会的情节中，通过《小白船》歌词的展示与结束控制音乐空间的开合。歌词分两部分引用，以更为耐人寻味的第一部分歌词为例进行音乐空间"展示"分析。歌词引用之前，小说通过情节叙述与视觉空间描写为音乐空间的建构铺设了情感基础。主人公小陶与何燕青这一对纠缠不清的恋人在竹林里发生了冲突争执，小陶由暴力占有转为彻底虚脱，何燕青则不停啜泣，两人因不可挽回的爱情而痛苦不堪。在爱情悲剧的浸染下，小说描写泛着幽光的竹林、直插云天的老竹、小刀形状的竹叶、"鬼魂一样放着冷光"的中秋月，建构出灰色诡异、幽光飘浮、阴冷凌厉的竹林视觉空间，暗示爱情破碎之际主体的灰暗、幽冷心境。随后，叙述视角由视觉空间转向听觉空间，小陶听见杂志社同仁们集体合唱《小白船》，小说引用歌曲的前半段歌词"蓝蓝的天空银河里／有只小白船／船上有棵桂花树／白兔在游玩／桨儿桨儿看不见／船上也没帆／飘呀，飘呀，飘向西天"④。在歌词序列展示中，聆听主体在音乐形式与内容的接受中建构一个蕴藏"内在生命的律动"⑤的听觉空间。歌词所展示的音乐内容实际上是音乐空间里小陶心境的镜像反映：原本寄希望于爱情的"有枝可依"转变为飘向"西天"的死亡绝境，营造一种"心似已灰之木，身如不系之舟"（苏轼《自题金山画像》）的意境。从视听联动的比较视野来看，歌词里思念的月亮与竹林里那轮鬼魂般闪着光的月亮相呼应，曲中魂归西天的死亡心境与竹林灰暗、幽冷的心境相协调，听觉与视觉空间在意象与情感的营造上浑然一体，但与后者相比，听觉空间的意境更为隐微、绝望。若联系《小白船》的创作背景与流播情况，则可进一步理解刘大任选用此曲的深意以及音乐情感认知差异所引发的隐微情感流变。《小白船》原名《半月》，1924 年由朝鲜作曲家尹克荣创作，1950 年译为中文，歌曲旋律优美，歌词表现了对神秘宇宙的想象和对光明美好世

---

① 季凌霄：《从"声景"思考传播：声音、空间与听觉感官文化》，《国际新闻界》2019 年第 3 期。

② 刘大基：《译者前言》，见苏珊·朗格《情感与形式》，刘大基、傅志强、周发祥译，中国社会科学出版社 1986 年版。

③ "展示"与"唤起"策略是跨媒介理论中的概念，此处根据论述内容的差异，对其概念阐释略作修改。详见维尔纳·沃尔夫、裴亚莉、闪金晴：《文学与音乐：对跨媒介领地的一个测绘》，《中国比较文学》2020 年第 3 期。

④ 刘大任：《浮游群落》，台北联合文学出版社有限公司 2009 年版，第 104 页。

⑤ 刘大基：《译者前言》，见苏珊·朗格《情感与形式》，刘大基、傅志强、周发祥译，中国社会科学出版社 1986 年版，第 20 页。

界的向往，因此长期作为童谣在中国流传，还被选作大陆沿海地区九年义务教育音乐教材以及各类儿童音乐教育的教学曲目。但是，由于这首歌曲原是尹克荣为悼念去世的姐夫而作，因此在朝鲜半岛常被当作"安魂曲"。刘大任显然了解《小白船》的创作背景与歌词中隐含的双重情感色彩，是以，在小说中刻意通过歌词展示前后的情感反差来表现小陶由初听时如儿歌般的亲切转变为听后似葬歌般绝望的情感流变，并通过第二部分歌词的引用将林盛隆孤独的左翼情感融入其中，建构出多重情感交织的音乐空间。

在《浮游群落》中，"唤起"策略是指通过音乐指涉性符号或间接的音乐接受反应来唤起读者既往音乐经验与知识，在主体联想中完成隐性的音乐空间建构。以柴可夫斯基《一八一二年序曲》的接受反应为例，烟雾弥漫的"夜莺"里，"一屋子黑头发，波浪翻滚，一律追随柴可夫斯基《一八一二年序曲》的旋律摇摆，打击乐器敲响时，有人压低嗓门唱和，有人捏紧拳头挥舞，窗玻璃也跟着共鸣"[1]，激烈的动作描写令人感受到乐曲振奋人心、激越昂扬的情感，同时也召唤起读者既往音乐经验与知识。《一八一二年序曲》（下文简称《序曲》）创作于 1880 年，是柴可夫斯基应邀为庆祝莫斯科救世主基督大教堂的重建所作的一部管弦乐作品，这座教堂曾在拿破仑发动的侵俄战争中被战火焚毁而在战后得以重建[2]，战争的胜利使得俄罗斯民族情绪空前高涨，这座俄罗斯最大的东正教教堂无疑是俄罗斯民族精神的象征。乐曲再现了战争的残酷以及俄罗斯取得胜利的壮观景象。乐曲以庄严的宗教歌曲《主啊，拯救你的子民》为引子，但是小说却跳过引子部分所形塑的宗教神圣之境，通过书写乐曲呈示部打击乐器部分引发青年们的接受反应来唤起读者音乐想象的战斗之境。究其原因，或许是因为引子部分由古老赞美诗所构建的宗教神圣之境与六十年代台湾青年知识分子社群的心境相去甚远，较难与缺乏东正教宗教体验的中国青年彼时彼刻急切渴望改变现实、反抗威权社会的心声契合。因此，小说选择了音乐中象征反抗力量的战斗之境，并将打击乐器部分所表现的俄罗斯人民与敌人英勇搏斗的激越氛围与二十世纪六十年代台湾青年知识分子寻求突围的反抗心境并置，以此暗示日益积蓄的反抗力量势必会真正奋起。而且音乐中强烈的爱国激情与小说中台湾青年的爱国救国心理是相通的。此外，《序曲》可以视为小说主体部分的前奏曲，其隆重庄严的风格也对应着刘大任对二十世纪六十年代台湾青年知识分子社群文化实践与政治反抗活动所持有的严肃反思态度，另一方面，音乐气势恢宏的凯旋结局与二十世纪六十年代台湾左翼行动乃至二十世纪七十年代海外保钓运动的最终失败却构成了鲜明的反差，青年们随着铿锵的音乐旋律激动不已的表现既是青春热望无以实现的情绪的宣泄形式，结合刘大任二十世纪七十年代末的幻灭心态，也让人感受到一种深重的遗憾与淡淡的反讽。

需要言明的是，从读者层面来看，"展示"策略以歌词内容为镜像，映现多重情感交织的音乐景观，因此一般读者可以明显感觉到音乐空间的存在。但是，"唤起"策略在文本中所使用的文字极为有限，需要召唤读者自身的音乐经验与知识以完成音乐空间的想象

---

① 刘大任：《浮游群落》，联台北合文学出版社有限公司 2009 年版，第 23 页。

② 克劳斯·曼：《柴可夫斯基传》，王泰智、沈惠珠译，商务印书馆 2013 年版，第 117 页。

与建构。这就要求读者对相关的音乐作品及其背景有一定的了解，否则很容易忽略小说中的音景所隐藏的深意。

三、音乐的社会批判性与六十年代知识分子抵抗的暗流

在阿多诺看来，音乐是"一种对待现实的态度""是被转化为现象的潜在的社会本质"，背负着"世界的全部黑暗和罪孽"，将"一切美都存在于美的假象的否定之中"，因而具有社会批判功能[①]。其中刺耳的"不协和音"是音乐社会批判功能的表现素材之一。它是作为表现社会紧张关系、矛盾和痛苦而出现的，"是一切被制度所禁止的东西的意义的载体"，"是被监视的本能冲动的使者"，因而处于反抗者的位置，发挥着社会批判作用[②]。《浮游群落》中的音乐元素驳杂多元，不少都带有或隐或显的社会现实指涉性和批判色彩。或具有强烈的感官冲击力，容易激发人的战斗激情，如小说中瓦格纳音乐所召唤的强悍进攻性；或以歌声呼吁和平、反对战争，如披头士和鲍勃·迪伦摇滚乐展现的独立、反战精神；或在单纯的旋律中含蓄表达主体的复杂情怀，如日据时期朝鲜童谣《小白船》原为追悼已故亲人而作，但同时也是在言说被殖民之伤痛；或是二十世纪三四十年代中国左翼爱国革命歌曲和音乐，如不止一次出现在小说中的抗战歌曲《松花江上》，以及在战后戒严体制下的台湾社会被视为"头号禁歌"的《义勇军进行曲》，同样被列为禁曲的还有上海音乐学院为中华人民共和国建国十周年献礼的小提琴协奏曲《梁祝》，《梁祝》唱片在二十世纪六十年代台湾被列为"违禁品"。

自 1945 年至 1991 年，国民党当局在台湾地区创造了长达 40 余年的"禁歌时代"[③]。戒严时期对歌曲音乐等文艺作品的查禁理由包括"词句颓丧，影响民心士气""内容荒谬怪诞，危害青年身心"等，而首当其冲的一条就是"意识左倾，为匪宣传"[④]。《浮游群落》中的青年们冒着巨大风险收听和播放这些禁歌禁曲，这本身就是一种反抗。小说中的《梁祝》唱片是香港学生给胡浩偷运来的"宝贝"。《梁祝》是 1958 年在"小提琴艺术如何群众化、民族化"的讨论背景下，配合文艺政策上"洋为中用"的需要而促成的优秀文化成果[⑤]。它以梁祝化蝶的民间故事为题材，吸取越剧曲调，实现了西方交响乐表现形式和中

---

① 泰奥多尔·W.阿多诺：《新音乐的哲学》，曹俊峰译，中央编译出版社 2017 年版，第 236—240 页。

② 泰奥多尔·W.阿多诺：《新音乐的哲学》，曹俊峰译，中央编译出版社 2017 年版，第 196、265、265 页。

③ 石计生：《从德勒兹理论探究台湾禁歌时代——歌仔本"根茎"生成变化（1945—1990）》，《社会理论学报》2014 年第 2 期。

④ 林招吟：《台湾地区禁唱歌曲之初探》，《国际通识学刊》2008 年第 1 期。

⑤ 池瑾璟：《交响乐本土化探索 半世纪国内外传扬——小提琴协奏曲〈梁山伯与祝英台〉创作 50 年》，《人民音乐》2010 年第 5 期。

国传统音乐的完美融合。与二十世纪六十年代台湾社会的单向度西化崇美文化潮流相比，《梁祝》的"小提琴民族化"实践显然代表着另一种值得借鉴和重视的"洋为中用"的文化实践；故事中女扮男装、抗婚化蝶等情节都是对封建礼教的违背和叛逆，这种反抗性与台湾青年读禁书、听禁歌等"违禁"行为不无相通之处。《义勇军进行曲》的秘密接受更是台湾青年知识分子强烈爱国意识的表征。歌曲由田汉、聂耳创作于 1935 年，经过十多年的广泛传唱，1949 年被确定为中华人民共和国代国歌，它不仅被誉为"中华民族解放的号角"，还包含着"中国百年近现代史""中华民族数千年爱国精神""中华民族自立于世界民族之林"的文化象征意义①。这首歌曲在《浮游群落》中共出现过两次。第一次出现在留美归来的罗云星所筹办的圣诞晚会中。脑中盘旋着美国黑人民权运动大游行场景、渴望台湾民众走上街头奋起反抗的林盛隆，反复弹拨着《义勇军进行曲》的最后三小节。被这乐曲旋律吸引的小陶立刻联想到林盛隆在"五二四"反美运动中撕下的美国星条旗一角。第二次出现在林盛隆、胡浩、余广立三人偷听的中央人民广播电台对台广播节目中。之所以能在台北夜晚收听到《义勇军进行曲》，与这一时期中共中央对台政策以及广播节目调整不无关系。"和平解放台湾"时期（1955 年到 1966 年），中央电台对台广播的宣传对象仍以台湾人民和军政公教人员为主，宣传宗旨强调"和为贵""爱国一家"，二十世纪六十年代节目播出时间先后增加到 14 小时、17 小时，节目类型扩大为新闻、知识、文艺、服务、方言等节目，"民族、传统、优秀"的文艺节目比重上升至 40%②。《义勇军进行曲》作为蕴含"集体记忆、共有身份标识及共同情绪表达"的爱国歌曲，对强化中华民族认同与想象产生了重要作用③，符合这一时期的对台方针，因此成为对台宣传的重要曲目。左翼小组成员胡浩在聆听这首歌曲时，慷慨激昂，深受感染，丝毫未顾及唱片机上正播放着的古典音乐。由此可见，在二十世纪六十年代两岸对峙的形势下，《义勇军进行曲》自身的文化意涵及其在台的秘密传播与接受，都明确传达出胡浩、林盛隆等青年知识分子的爱国热情和支持统一的立场。结合作品中林、胡等人的牯岭街淘禁书及地下阅读经验，他们的社会主义思想倾向多有显露。林盛隆、吕聪明、苏鸿勋等左翼读书小组成员定期学习马克思主义和毛泽东思想的相关文本，二十世纪五六十年代新中国各学校必读的教材"老三篇"（《为人民服务》《纪念白求恩》《愚公移山》）也是他们研读讨论的对象。其实，早在加入左翼读书小组之前，胡浩就已秘密阅读有关中国近代史与左翼思想的书籍，普列汉诺夫的《艺术论》、郭沫若的《甲申三百年祭》、斯诺的《西行漫记》、艾思奇《大众哲学》等"违禁品"都是他的精神食粮。当时青年知识分子社群对左翼音乐与书籍的接受并非个例，陈映真、刘大任、尉天骢等都有类似的经验，这也说明左翼思想与台湾知识分子的脐带并未割断。正如有关学者所指出的那样："当前学界大多将 20 世纪 50 年代至 60 年

① 刘丽英、郭鲁川：《〈义勇军进行曲〉的文化象征意义》，《民族艺术研究》2011 年第 5 期。

② 刘洪涛：《大陆对台广播史研究》，华艺出版社 2015 年版，第 58—62 页。

③ 刘春呈：《铸牢中华民族共同体意识的国歌认同进路》，《湖北民族大学学报（哲学社会科学版）》2021 年第 3 期。

代视为台湾左翼运动的真空期，从而导致文学史将这一时期描述为'左翼文化的断裂'或者'断层现象'。事实上，左翼思想作为一种精神，它并没有缺席：虽被压抑但却以'潜流'的形式继续存在并发展。"①

音乐的反抗性内容并非孤立呈示，它与聆听主体的反抗意识存在对位关系。"对位"原指复调音乐的一种写作技法，主要功能就是将主导声部的旋律线与附加颇为适当的部分而产生的异质旋律线巧妙连接，实现各声部各音符在音乐整体结构中的组织化②。以意味深长的古典乐《女武神的骑行》（Ride of the Valkyries，下文简称《骑行》）为例，对其展开对位分析，则可窥见音乐的反抗性内容与聆听主体的反抗意识之间所呈现的复调效果。《骑行》是瓦格纳为四联歌剧《尼伯龙根的指环》第二部《女武神》第三幕所创作的前奏曲，后被广泛用作电影配乐，并在百年来的电影视觉配置下成为象征"暴力""攻击"的标志性音乐。在歌剧中，这首激昂壮阔的乐曲展现女武神们在诡谲变幻的风云雷电中策马疾驰，前往战场收集英灵，并计划将其引至瓦哈拉城堡的神殿飨宴，从而为应对诸神的黄昏做好准备。乐曲虽一定程度上隐喻着"英雄""战士""战争"，但并未形成固定的刻板印象。直到 1915 年格里菲斯在电影《一个国家的诞生》中首次使用该乐曲配乐后才逐渐将其导向"暴力"。有论者表示，该影片为一个世纪以来电影中瓦格纳乐曲的侵略性符号特征奠定了基础，之后上千部电影使用瓦格纳的音乐来表现"暴乱的人群、行军的军队、虚张声势的英雄和阴谋作恶的人"③。例如，在 1957 年查克·琼斯执导的短片《什么是歌剧，医生？》中，埃尔默·福德戴着魔法头盔、手拿长矛追捕兔八哥时，《骑行》伴着"Kill the rabbit"的歌词出现；在 1979 年科波拉执导的电影《现代启示录》中，《骑行》被用作美军轰炸越军据点的心理战音乐，渲染虚张声势的战斗激情，释放傲慢邪恶的死亡警告。《现代启示录》甚至影响到美国现实中的军事行动，1983 年美国入侵格林纳达、1991年东 73 战役和 2004 年美国第二次入侵伊拉克期间，都重现了电影中的"瓦格纳场景"④。与《一个国家的诞生》借此曲歌颂暴力的意趣相较，《现代启示录》的意图更倾向于嘲讽战争，以此揭露美军的军事霸权行径与人性的邪恶。有鉴于此，《骑行》不仅因电影媒介的传播而逐渐被赋予"暴力"幻想的特质，同时也兼具多种情感色彩。

当这首乐曲出现在《浮游群落》里，我们能感受到乐曲的煽动性、幻想性和战斗性色彩。"夜莺"临近打烊时，布谷社成员的到来令原本一副"无可奈何"模样的吕聪明顿时精神焕发，他走向唱片间播放《骑行》的唱片，并踏着标准的阅兵式步伐返回，仿佛一位等待作战的士兵。激越宏伟的音乐旋律奏响，大家逐渐兴奋，胡浩与何燕青跳起新疆舞，

① 孔苏颜、刘小新：《潜流：1950—60 年代台湾左翼的存在形态》，《中共福建省委党校学报》2017 年第 8 期。

② 泰奥多尔·W. 阿多诺：《新音乐的哲学》，曹俊峰译，中央编译出版社 2017 年版，第 203 页。

③ Alex Ross. *Wagnerism: Art and Politics in the Shadow of Music*. New York: Farrar, Straus and Giroux, 2020. p. 194.

④ Alex Ross. *Wagnerism: Art and Politics in the Shadow of Music*. New York: Farrar, Straus and Giroux, 2020. pp. 208-209.

有人争抢着三星白兰地，而吕聪明则跃上茶几、挥动双手指挥乐曲中的千军万马，感受雄壮的场面和战栗的大地，闭眼仰头似乎聆听着奥丁大神的号令，幻想着女武神疾驰战场、收集英灵、赶赴神殿的场景。高潮到来之际，吕聪明"撕扯扭捏抽打而后团缩成拳，重重地一线悬命地挥向他眼睛看不见的风云雷电"①。如果对音乐内容与主体意识进行对位分析可知，第一，带有左翼倾向的布谷社成员的聚集场景与《骑行》中反映九位女武神即将重聚的内容类似，隐喻着集体汇聚时的兴奋情感与强大力量。第二，由廖新土被捕事件而触发的反极权抗争意识与乐曲中女武神赶赴战场时所展现的昂扬姿态与强大战斗力和谐对位。第三，左翼倾向人士渴望通过反抗以拯救台湾社会的理想与女武神收集英灵以抵挡诸神黄昏的目标相似。第四，就整体而言，《骑行》被赋予的"暴力"隐喻与吕聪明、胡浩等地下左翼小组成员私下策划反抗国民党统治的行动相吻合。缘此，不难看出聆听主体的反抗意识与音乐内容的反抗性所形构的复调效果。

值得注意的是，《骑行》的激情反抗色彩背后还掺杂着淡淡的嘲讽意味。这与刘大任当时的写作心态密切相关。1978 年，刘大任写作《浮游群落》时已经历过"左翼青年从空想到实际和从热情献身到挫折幻灭的全套过程""写作时因此犹豫不定，热情与幻灭在头脑里交战，结果成了既不热情又无幻灭反而带点嘲讽意味的文字"②。的确，《骑行》奏响时，小说文字写到吕聪明的"阅兵式正步""头发四散飞舞""手指全部张开""抓向空中"，胡浩扭动着"圆短脑袋"并反方向挤送着"桂圆核眼睛"，何燕青则旋转着水蛇身肢，外在动作的滑稽与内在左翼理想的崇高形成反差，造成反讽效果。他们的滑稽形象与乐曲中英武的女战神形象也相去甚远。二十世纪七十年代到八十年代之交，《骑行》同时在众多文艺作品中被刻意作为反讽之用，机缘巧合之下或许潜藏着知识分子通过音乐对历史、人性的共同反思。《浮游群落》中的《骑行》及听者的形体活动既是某种放纵和叛逆的情绪宣泄，又带有一些无奈与嘲讽的意味。

纵观整部小说，音乐的社会性和批判性散布于《女武神的骑行》《义勇军进行曲》《小白船》《黄色潜艇》等不同风格类型的音乐和歌曲中，这其中，被国民党当局明令禁止的左翼歌曲、抗战歌曲、爱国歌曲的社会批判性无疑最为直观鲜明突出。在小说描述的特定时代语境中，音乐的社会批判功能有限，那些被禁的左翼歌曲和音乐则只能出现在相对私密的居所和远离监控中心的郊外空间。这些伴随着苦闷青年成长历程的歌曲音乐或许无法达成阿多诺所赋予音乐的崇高使命，而"只能在人类精神中投射一束光亮，提高人们的素质，净化人们的灵魂，引导大众思考这个世界，促使其产生消除黑暗的冲动"③。

---

① 刘大任：《浮游群落》，台北联合文学出版社有限公司 2009 年版，第 44 页。

② 刘大任：《冬之物语》，台北 INK 印刻出版有限公司 2004 年版，第 29—30 页。

③ 曹俊峰：《译者导言》，见阿多诺《新音乐的哲学》，曹俊峰译，中央编译出版社 2017 年版，第 28—29 页。

结语

在不同作家笔下，二十世纪六十年代的台湾青年知识分子形象不尽相同，但大多具有悲剧性特征。他们是杨牧眼中的“惨绿少年”，是陈映真早期小说中的“少年虚无者”，是26岁早逝的王尚义所言说的“异乡人”与“失落的一代”，是七等生笔下离群索居的隐遁者，也是刘大任所描写的“浮游群落”：像海洋中无法自由游动的浮游生物群落一般，无法主宰自己的命运，只能随波浮沉。即便如此，正如《浮游群落》所示，这群染上“精神流亡症”和“五四并发症”的青年知识分子中，仍不乏像林盛隆那样以愤怒的行动力求摆脱困境、使死水翻涌的反抗者。他们背负着近代中国百年的屈辱历史、承受着国民党极权统治的黑暗，企图冲破权力的压迫与规训，为中华民族的前途命运而求索，为社会的公平正义而奋争，为生命的自由尊严而探询。如刘大任所言，台湾二十世纪六十年代青年的反叛次文化，表现了那一代人的生命力，这种青年文化是“是推动台湾历史向前摸索前进的基本力量”①。放眼世界，二十世纪六十年代折戟于国民党极权统治下的台湾左翼抗争潜流，是二十世纪七十年代以后台湾地区光大复兴的左翼力量的先导，它也是对中国五四以来左翼传统的秘密接续与承传，同时它还应被视为同时期全球激进左翼思潮与反抗运动的一环。

在刘大任笔下，音乐一方面因其优美悦耳的乐音组合、自由直观的听觉形式与激发审美愉悦的独特魅力②而被青年知识分子视为精神的栖息地；同时，也因为音乐的政治性与批判性而使其成为规训权力与反抗主体的角力场。我们在《浮游群落》所展示的独特音乐记忆中感受二十世纪六十年代台湾青年心灵的苦闷与悲怆，在小说的多重音景中窥见音乐背后的权力阴翳，同时在音乐的批判性中体察到左翼知识分子抵抗的潜流。《浮游群落》中音乐的反抗性内涵与人物主体的思想情绪存在微妙的对位关系，作者通过“展示”与“唤起”的策略达成令人回味的音乐造境艺术，从而更有效地绘描出二十世纪六十年代台湾青年知识分子精神世界的丰富性。

---

① 刘大任：《〈浮游群落〉后记》，见《浮游群落》，台北联合文学出版社有限公司有限公司2009年版，第384—385页。

② 爱德华·汉斯立克：《论音乐的美：音乐美学的修改刍论》，杨业治译，人民音乐出版社1980年版，第49页。

冷战时期的离散叙事与华人女性文化英雄的另类抗争

——重读聂华苓经典作品《桑青与桃红》

二十世纪六七十年代的美华文群中，聂华苓是令人瞩目的一位。这位出生于湖北的女作家在战乱中度过了辗转流离的青少年时期，1949年赴台时她已是一名年轻的知识女性，同年进入初创的《自由中国》半月刊任编辑，她反感当时盛行的政治八股文学，而崇尚自由写作精神，认同《自由中国》所张扬的自由主义理念。1960年《自由中国》被查封，雷震被捕入狱，聂华苓也失去了自由，家中遭到搜查，1964年于困境中离开台岛，赴美定居。聂华苓在国际文化交流活动方面表现出了非凡的热情和才华，她与丈夫保罗·安格尔1967年创设"国际写作计划"（International Writing Program，简称 IWP，隶属于艾奥瓦大学"作家工作坊" Iowa Writers' Workshop），并坚持实施20余年直至退休；她的文学成就也十分突出，几十年来创作出版了短篇小说集《翡翠猫》《一朵小白花》《台湾轶事》，长篇小说《失去的金铃子》《桑青与桃红》《千山外，水长流》和自传《三生三世》等，大多具有较高的艺术水准。20世纪70年代末期以来，聂华苓的作品陆续在中国大陆出版，有关的评论研究也一直未曾间断，她的故乡湖北出版了作为中国当代文学研究资料的《聂华苓研究专集》。

在聂华苓的大量作品中，赴美后创作的《桑青与桃红》堪称其成熟期的代表作，作品凝聚了作者半生飘零的人生经验，"一九六四年从台湾来到爱荷华，好几年写不出一个字，只因不知自己的根究竟在哪儿，一枝笔也在中文和英文之间漂荡，没有着落。那几年，我读书，我生活，我体验，我思考，我探索。当我发觉只有用中文写中国人、中国事，我才如鱼得水，自由自在。我才知道，我的母语就是我的根。中国是我的原乡。爱荷华是我的家。于是，我提笔写《桑青与桃红》"[1]。这也是作者最具雄心、亦最富于艺术探索精神的作品，作者自道："是我这个'安分'的作者所作的第一个'不安分'的尝试。"[2]1970年在《联合报》连载时，因第二、第三部分触及政治禁忌而遭停刊，从此在台湾被禁多年，该书在中国大陆也曾出过删节版，节本删去了涉及性描写较多的第四部分，强烈的政治隐喻和性议题的率直表现让这部作品个性泼辣鲜明，叙事和结构的刻意经营也使得作品亮点

---

[1]　聂华苓：《桑青与桃红流放小记》，见聂华苓《桑青与桃红》，台北时报文化出版公司1997年版，第271页。

[2]　聂华苓：《桑青与桃红·新版后记》，春风文艺出版社1990年版，第261页。

突出，而中国女子身体的越界漂泊与精神的跨国流离更让作品意蕴深幽、促人回味。同样源于上述理由，作品曾经引发大量讨论。1990 年代，此作在两岸三地以及国际上都得到了经典化认可，1990 年春风文艺出版社出版了包含第四部分的全本，1997 年台湾也出版了完整版本。此外，这部作品取得的荣誉还包括名列《亚洲周刊》的"20 世纪中文小说百强"，1990 年获得美国国家书卷奖，成为西方学者研究亚裔离散文学（Diaspora）、少数民族文学、女性文学与比较文学的重要范本。聂华苓的自传体小说《三生三世》①，分为"故园春秋（1925—1949）""生·死·哀·乐（1949—1964）""红楼情事（1964—1991）"三部分，叙述了作者在中国大陆、中国台湾和美国的三段既相互分割又难以分离的生命经验，为《桑青与桃红》提供了现实的生动注脚。21 世纪以来聂华苓其人其作品不断吸引华文学界的关注，如在台湾学界出现了一些颇有新意的论述：如辅仁大学蔡祝青援引法国学者克莉丝蒂娃（Julia Kristeva）的精神分析观点阐释聂作中人物自残自贱分裂异化的内在因素（蔡祝青《当贱斥转换恐惧——论〈桑青与桃红〉》中分裂主体的生成与内涵》）；中央大学朱嘉雯认为聂作显示出女性可以在去除各种精神枷锁后以积极的方式追寻自由，"男性流亡学人肩负民族与历史的沉重包袱终在女作家身上卸下"（朱嘉雯博士论文《乱离中的自由——五四自由传统与台湾女性渡海书写》，2002）；这些解读体现了彼岸学人拓展这部经典华文作品诠释新空间的努力。

两岸及海外的评论者除了分析作品触目的现代主义叙事方式以外，另一个关注的焦点就是评价和诠释作品的主题意蕴与人物内涵。有关小说主题意旨的论述，与聂华苓经历相仿佛的美华作家白先勇的看法颇有分量也具代表性，他认为聂华苓的早期短篇小说多"讽刺及讽喻来台大陆人士内心的种种不满，直至《桑青与桃红》才淋漓尽致的发挥放逐者生涯这个问题。这篇小说以个人的解体，比喻政治方面国家的瓦解，不但异常有力，而且视域广阔，应该算是台湾芸芸作品中最具雄心的一部"②。"这篇小说不是只宜做心理病临床个案研究，作者其实以此寓言近代中国的悲惨情况，说明中国政治上的精神分裂正像疯者混乱的世界。"③ 白先勇的看法得到了作者本人的认可，聂华苓也称这部作品为"浪子的悲歌"。撇开一些无关紧要的差异，多数论者基本认同：《桑青与桃红》叙说了 20 世纪"流浪的中国人"的故事，作品中个人的流离命运与人格分裂隐喻或表现了民族国家政治的历史性悲剧，后者也构成了前者的深广背景。如果把"流浪""逃"与"困"④ 作为界定小说人物状态的关键词，不难发现作品有意识呈现人物的无根飘零与民族国家（这里主要指中国社会现代性问题，但也涉及美国社会少数族裔问题）之间难以分割的联系。在中国现当代小说中存在着女性生命景观与国家历史大叙事相互交织的作品，如左翼作家鲁迅、萧红

① 聂华苓：《三生三世》，百花文艺出版社 2004 年版。
② 白先勇：《流浪的中国人》，《第六只手指》，上海文汇出版社 1999 年版，第 85 页。
③ 白先勇：《流浪的中国人》，《第六只手指》，上海文汇出版社 1999 年版，第 86 页。
④ 参见廖玉惠：《逃与困—聂华苓女士访谈录》（上、下）中聂华苓的谈话："我就是写人的一种困境：总是逃，总是困。……我说的这个'困'是多方面的，精神的、心理的、政治的或个人的处境。"见《自由副刊》第 35 版，2003 年 1 月 13 日、14 日。

的《祝福》《生死场》，鲁迅把祥林嫂塑造成中国旧礼教伦常的牺牲品而终生难得救赎，左翼作家萧红满怀同情地关注中国乡村大地上受难的底层女性群体，他们通过艺术作品反思旧制度下毫无话语权的底层女子命运。聂华苓此作与上述作品并不全然相同，作为一个倾向于自由主义价值观的知识女性，聂华苓更多的热情在于表现人的困境与对自由的追求。不过，自由主义相对超脱的普世价值追求即便反映了作者希望达成的终极性美学目标，却难以掩盖事实上作品强烈的民族国家意识。有必要将这一共识性观点再向前推进一步，借用詹姆逊那个广为人知的说法，即这个作品还可以被视为一则第三世界的民族国家寓言。从这个角度看，女性人物"逃"与"困"的辩证也正对应了民族国家现代性的困境：近现代中国受困并逃离专制落后的封建社会体制、频频受困于外侮与内战并企图挣脱、战后陷入两岸对峙与冷战格局而在不同的理念框架中建构各自的现代性……此外，作品里浓烈的女性主体意识以及少数话语的反抗意识同样瞩目，在《桑青与桃红》里，民族国家寓言、性别政治因素和跨界少数话语被有机而策略地缝合于一体，相互补充，彼此映照。而这几种命题此起彼伏的交织绵延，加深了作品对人追求自由的天性与现实困境的矛盾冲突的表现力。

　　《桑青与桃红》分为四个部分，每一部分皆由桃红给美国移民局的一封信和桑青的一段日记组成，桃红的信提示主人公当前在美国境内的流浪行踪，桑青的四段日记则记载了桑青半生越界跨国无根漂流的人生经历。日记里的故事分别发生在四种不同的时空：抗战胜利前夕的瞿塘峡（1945 年 7 月 27 日至 8 月 10 日）、国共内战结束前夕的北平（1948 年 12 月至 1949 年 3 月）、50 年代末期白色恐怖笼罩下的台岛阁楼上（1957 年夏至 1959 年夏），以及六七十年代相交时的美国独树镇（1969 年 7 月至 1970 年元月）。这种背景环境的时空安排有益于建构一种跨界的个体化历史性叙事，利于把个体的飘零的桑青 / 桃红的人生际遇加以历史化处理，使得这个人格分裂的女性形象获得一个总体的认知框架。在小说叙事中，背景"可以是庞大的决定力量，环境被视为某种物质的或社会的原因，个人对它是很少有控制力量的"[①]。《桑青与桃红》中，背景和环境对人物命运起着至关重要的作用，多数时候它构成了主人公庞大的对立面，是给人物带来压抑、恐惧、绝望的外部强势力量，也是人物陷入不断逃亡怪圈的历史原因。第一部分，16 岁的桑青为反抗凶悍母亲的暴力压迫而逃离家庭，但瞿塘峡船只的搁浅、日本飞机的轰炸使得人物逃脱家庭困境后面临着更危险的境遇；第二部分，桑青在南京难以为生只能投奔北平的沉家，北平在桑青眼中曾是神秘威严的皇城，但彼时已沦为一座弥漫着恐惧的围城，沉家大院也毫无生机，散发着阴谋、腐朽、混乱与灭亡的颓败气息。沉老太的病与死，以及她对"九龙壁"倒塌的恐惧与哀叹，折射着陈旧不堪的旧体制与旧伦常无可挽回的土崩瓦解。第三部分，桑青与家刚这对乱世中的夫妻费尽周折逃到台湾，却因家刚犯了经济案而全家躲藏在逼仄阴暗的阁楼，在风声鹤唳的环境里自我囚禁。以至于年幼的女儿桑娃在异化的环境里丧失了直立行走的能力。最后一部分，桑青终于逃离了台湾来到美国的独树镇，但她并没有获得合法身份，因而遭

---

　　① 韦勒克、沃伦：《文学理论》，刘象愚等译，生活·读书·新知三联书店 1984 年版，第 249 页。

到移民局调查人员的不懈追踪与质询。在恐惧、孤独、焦虑和罪疚感的折磨下发生了人格分裂，裂变为桑青与桃红两个性情截然相反的两个人，毫无目标地四处飘零，在一场离奇的车祸之后桃红决定生下腹中的孩子，并宣称"我对全人类是怀着和平而来的"。

可以看到，聂华苓笔下的现实中国动荡而分裂，作家以明晰、感性而又有些诡异的叙述技法呈现了主人公经验中的时代乱象，并以女性的身心体验演绎鬼魅的家国历史，你可以从年轻的桑青身上感受到中国新一代女性的青春和热情，也可以从老先生的话语里反省老中国的悠久历史不再傲人，你可以从桑青对北平城的一种正统想象里了解这个国家昔日王权的威严，但更可以从沉家几代人的丑陋生态感受到作品对旧制度及其象征物的无情讽刺和批判……作品中穿插着众多有意味的意象，传递有关家国政治的思考或者象征。不过，严肃的思考辩证并未因此淹没作品洋溢着的热力与生气，它不似同类主题的作品那么黯淡、颓靡、无力。聂华苓在叙写悲剧性的同时表现出人物不甘受困的强烈主观意志，而且常常为人物和场景营造生动、鲜活、幽默、调侃甚至狂欢的元素，避免陷入纯然的悲剧，这在同类题材作品中并不多见；与之相应的，这部经典作品里有关家国的思想也同样多维、富有质感和层次感，流露出某种复调性。小说在整体性的民族国家寓言结构里又种植了数个小型的寓言结构体，使得叙事繁复而又遍布象征和暗示性意象。比如险滩搁浅、沉宅梦魇、阁楼幽闭、美国流亡四个部分各自可以构成相对独立的寓言单元，而桃红书信一以贯之将这四个不同层面和时空维度的寓言单位串联为一个整体。

第一部分里，作者不仅直接叙写人物亲历的战争结束前夕日本飞机轰炸的场景，还以老先生的口吻回忆日本人在南京的大肆奸淫虐杀和在重庆的狂轰滥炸，中国百姓的妻离子散与家破人亡惨状，现实中国在外族残酷入侵下已成人间地狱。令人激愤、心痛的噩梦般场景的描绘无疑带有强烈的反帝性质。为何近代中国会发生如许灾难？在这一部分作者已经试图给出答案。在作者眼中，中国古老的封建人伦制度已经颓败变质荒诞落后，无法因应世界迈向现代性的大潮，流亡学生的父亲和七个老婆的滑稽剧、桑青父亲在老婆雌威下失去男人雄风的软弱无能都被当成了笑料遭到犀利讽刺和嘲谑。在扶箕预测是否能脱离险滩困局时，老先生唤来了杜甫的诗句"功盖三分国，名成八阵图"，以及孔明的名句"鞠躬尽瘁死而后已"，借老先生之口明示当时中国三分天下的困局："重庆国民党，延安共产党，日本人的傀儡政府。咱们这船人到重庆去，也是因为忧国忧民，要为国家做点事情。现在咱们偏偏困在八阵图不远的滩上。"这显然是作者特意安排以知识分子的眼光分析时局和反思国运历史的一个重要人物。接下去他的话就更是深深地扎进历史："咱们就困在历史里呀！白帝城，八阵图，擂鼓台，孟良梯，铁索关！这四面八方全是天下英雄奇才留下来的古迹呀！你们知道铁锁关吗？铁锁关有拦江锁七条，长两百多丈，历代帝王流寇就用那些铁索横断江口，锁住巴蜀。长江流了几千年了，这些东西还在这儿！咱们这个国家太老太老了！"[①] 这是人物在传递老一辈知识人对中国传统的思考与感叹：他们理性上意识

---

① 聂华苓：《桑青与桃红》，台北时报文化出版公司 1997 年版，第 52 页；沈阳春风文艺出版社 1990 年版，第 49 页。

到传统已经构成中国现代性的阻碍，但情感上又充满对昔日辉煌的留恋，老先生形象也传达了自古而今中国文人的家国忧患意识。而年轻一代的流亡学生则以青春的本能疏离那古老的传统并苛求着新生："现在不是陶醉在我们几千年历史的时候呀！我们要从这个滩上逃生呀！"在危机中求生存也是当时整个中国的真实境遇。不过，这部分的叙述不光是一个寓言式的悲剧场景勾勒。小说还以不小的篇幅着意刻画来自中国民间的生命力：体现于人物鲜活的个性、喜剧性的情境和民间化狂欢的情趣。老先生、桃花女、流亡学生以及老史、桑青，五个人物特色鲜明，他们的船上嬉闹生动而富有活力，显示出民间底层中国人卑微却坚韧、难以泯灭的生命力。其中尤值一提的是怀抱婴儿寻夫的桃花女这个人物形象。这一点将在讨论作品的女性意识时接着提及。到了桑青的北平日记里，北平这座围城和其中苟延残喘的沈家人形塑了又一个寓言式的幽闭结构。中国的古老皇权受到了革命的颠覆与挑战，时局动荡，恐惧绵延，国共内战中的国民党大势已去，象征王权的九龙壁在有产阶级的沈母弥留之际的恐怖想象中正在崩塌，明清两代皇帝祭天和祈祷丰年的神庙天坛在家刚的梦里竟然污秽不堪，威严扫地，阶级革命的话语已经难以阻挡地侵入这个曾经安逸而堕落的富有家庭，病瘫的沈母焦虑着如何逃过革命的围剿终于在恐惧中死去，桑青则在一场怪异的婚礼之后继续其又一轮逃亡。这一章里，作者灵巧地将广播里的解放军电台播音、国民党电台播音以及民间的戏曲唱段相互穿插交替，营造出多声部复调叙述的狂欢情境，这一手法渲染了真实纷乱的时代氛围和人物内心的躁动不安，并用复制听觉的文字有效调动了读者立体化的时空想象。而桑青的台北阁楼日记，人物不得不置身于极度不自由的状态里，以至于出现了一家三口人不同形式的精神变异，新一代的异化成长方式更暗喻毫无希望的前景。人物的焦虑感和幽闭感进一步加剧，空间进一步缩小，恐惧感更加强烈，阴暗狭小的阁楼类似于存在主义作家笔下经常出现的严酷情境。这一部分，作者设置了掌上对话、图画配文字、剪报、抄写《金刚经》等情节形式来表现特殊情境里人物的自我表达和欲望发泄渠道，有些则反映了台湾战后世俗社会的众生相。赤东村僵尸吃人的传言在聂华苓的笔下尤其显得惊悚而鬼魅，因此被人当做国民党入台后白色恐怖氛围的隐喻。作品由此完成了第三个幽闭性寓言结构的精心打造，成功隐喻了国民党入台初期官员贪赃枉法、政治恐怖横行、小民恐慌不安的极不稳定的台湾社会现状，作者将自己在台岛曾经亲历的白色恐怖体验艺术化地融入了作品。小说的第四部分在大陆出版时曾被删节，其理由大约主要在于"性的描写太多太露，也在一定程度上降低了作品的格调"①。事实上，无论是从建构民族国家寓言的角度，还是从女性叙事的视角看，第四部分都堪称是作品中十分重要的板块，缺少了这部分，作品的国际视野就会全然丧失，而很能体现作者文学创新意识的人物人格分裂设置及其相关表现技巧也失去了用武之地，而人物跨国越界的离散漂流及其隐含的多重意味也会消失殆尽，作品对于冷战时期海外中国人境遇的表现力也会大大削弱，作品的叙事框架和人物塑造势必都将面目全非。也就是说，从作品显示出

---

① 陆士清、王锦园：《试论聂华苓创作思想的发展》，见《聂华苓研究专集》，湖北教育出版社1990年版，第349页。

来的精心构思和宏大用心看来，这个引发质疑的第四部分其实是不可或缺的。在我看来，这部分的令人瞩目并不仅仅在于对于性的直率书写，还在于桑青与桃红的人格分裂作为精神病征是在美国爆发的，即桑青在频频受到美国移民局和警察的追踪审讯之后的精神崩溃。"阁楼叙事"里桑青的身份与生存危机在人物来到美国后并未得到缓解反而更形剧烈，她基本的生存与人身自由无法得到保障（持续被移民局戴墨镜白人男子追踪、问讯，一直受到递解出境的威胁）。第三世界公民身份，流浪的中国人身份，少数族裔女性的身份，这多重的边缘身份足以让在美国的桑青／桃红缺乏基本的安全感和尊严，其离散生涯加倍艰难。移民局和警察的问讯无止境地纠缠于桑青的私生活和家庭成员的政治背景等方面，甚至个人的性生活也必须被仔细暴露在代表着绝对权力的美国"戴墨镜的人"面前，而移民局官员对于桑青及其亲朋有关国共、左右身份的严厉拷问更是表现了冷战时期美国麦卡锡主义的淫威。如不能通过调查，桑青将被宣布为不受欢迎的外国人，被递解出境，令人心痛的是作品告诉人们：每当问及中国人将选择何处作为递解出境的目的地时，他们大多会茫然地回答："不知道。"因此，桑青日记中有这样沉痛的自语："中国人是没有地方递解的外国人。这是他们调查其他国籍的外国人所没有遭遇到的困难。"[①]小说人物宿命式的漂泊是20世纪国际冷战和国共内战历史境遇下的产物。

毋庸讳言，聂华苓的《桑青与桃红》因为负载了民族国家这样的大叙事而显得有些沉重，但是它还包含着同样应受重视的女性解构意识，小说鲜明而强烈的女性叙事特征令人印象深刻。以一个边缘弱势却不甘心受困的女性文化英雄来反抗和戏弄中外霸权话语，悲剧中夹带着滑稽喜剧元素使作品摆脱了模式化的悲情叙事而富于活力，这些也是此作与众多同类华文文学作品相比的不同之处。欲理解小说的多重主旨，读者无法不正视桑青与桃红这一分裂的女性人物形象。人物的设计和塑形是小说的重要元素，作者富有创意地将女性主人公设置为一名人格分裂的华人女性，构成了小说结构形式和情节发展的基本要件，也由此引发了一系列看似荒诞的细节和心理流程，增强了戏剧性与叙述张力，尤其在第四部分。关于桑青、桃红的命名和意涵，存在一些解释。小说里对"桑青"的解释是："桑是很神圣的一种树，中国人把它当木主，可以养蚕，蚕可以吐丝，丝可以纺绸子。青就是桑树的颜色，是春天的颜色……"[②]作者本人还有如下的解释："一个是内向的、忧郁的、自怨的、自毁性的，另一个个性是向阳的、向上的、有希望的，这个是桃红，前一个叫桑青，这两个名字我起的时候是用了一番心思的。"[③]以及："桑青可以象征一种传统的文化，桃红是鲜艳的、奔放的，象征的是迸发的生命力，就是这么一个对照。"[④]"桑青追求自由；

① 聂华苓：《桑青与桃红》，沈阳春风文艺出版社1990年版，第228页；台北时报文化出版公司1997年版，第236页。

② 聂华苓：《桑青与桃红》，沈阳春风文艺出版社1990年版，第221—222页；台北时报文化出版公司1997年版，第228—229页。

③ 聂华苓：《海外文学与台湾文学现状》，见《聂华苓研究专集》，湖北教育出版社1990年版，第298页。

④ 廖玉蕙：《逃与困：聂华苓女士访谈录》（上），《自由副刊》2003年1月13日，第35版。

内涵息息相关。

不容忽视的是，小说的"楔子"与"跋"中出现了几个耐人寻味的中国神话意象：女娲、刑天和帝女雀。如果说刑天这一"以乳为目，以脐为口，操干戚以舞"的男神寄寓了中国人自古以来"猛志固常在"的不屈和勇毅，作者不乏以此寄寓家国情怀和族性精神想象的可能性[①]；那么女娲和帝女雀这两个女性神话人物的出场就不仅同样具有民族精神溯源的意味，还被巧妙地镶嵌进了女性话语意识和策略。无疑，中国古代的这两个女性神话形象及其文化想象在作品中占有不容忽视的分量。先看女娲。"始祖—造物主—文化英雄形象"是神话的基原，女娲与伏羲、羿、皇帝、炎底、鲧、禹等形象构成了中国的"始祖—文化英雄"群体，如文化人类学者所言："始祖母和始祖女娲氏和伏羲氏（既是同胞兄妹，有时夫妻），成就了一系列纯属文化英雄作为的创世功业。"[②] 在"始祖—文化英雄"系列群神中，作品选择了女娲，这是很有意思的。《说文》十二云："女娲，古之神怪女，化万物者也。"作为中国神话中最为古老的始祖母神、大母神、化万物者，女娲的非凡之举首推"造人"和"补天"。"补天"神话表现了女娲为灾难中的人类勇敢地肩负起造物主兼保护神的责任，赞颂这位大母神大爱大能的伟力与慈悲；"抟土造人"的神话更是将女娲推向了人类创造者这一至尊无上的位置。小说在"楔子"里交代了桃红与女娲之间的血脉联系，而在"跋"中则以现代语言重新叙述了帝女雀填海即"精卫填海"的故事，提示桑青 / 桃红与帝女雀的内在关联。"精卫填海"是个悲剧神话，讲述炎帝之女"女娃"溺于东海、魂化精卫衔物填海的故事，见于《山海经·北次三经》，陶渊明《读山海经十三首》里有诗句云："精卫衔微木，将以填沧海；刑天舞干戚，猛志固常在。"遂将帝女雀与刑天并置，提炼出一种中国人所认同和敬仰的一种坚韧不屈的文化精神。作者以女娲与精卫这样的神话人物，隐喻桑青的弱势存在现状和桃红的自由不羁，其内在逻辑显示出作品不仅意在书写华人悲情的流浪境遇，还有意将人物想象为一个富有反抗精神和行动力量的异类的女性文化英雄。在美国移民局男性官员关于桑青身份的不断追问下，疯狂女子桃红的回答是戏谑而率真的："我是开天辟地在山谷里生出来的。女娲从山崖上扯了一枝野花向地上一挥，野花落下的地方就跳出了人。我就是那样子生出来的。你们是从娘胎里生出来的。我到哪儿都是个外乡人……桑青已经死了，黑先生。你可把不能把一个死女人的名字硬按在我头上。"桃红以桑青之死换取自己的新生，从精神分析角度看虽有自我贬抑、自我毁灭的性质，但若从象征层面看同时也含有置之死地而后生甚而凤凰涅槃的意味，桃红选择女娲作为再生之母，固然与桑青厌恶自己蛮横的生母有关，更隐含着人物从大德大能的始祖母那里获得强大精神能量的原始神秘意义："花非花 / 我即花 / 雾非雾 / 我即雾 / 我即万物……"因此，桃红面对移民局官员发出了明确的自我宣言："桑青是桑青。桃红是

① 据相关研究，刑天舞干戚是一种古老的部族巫术仪式，刑天之舞可以显示部族的神秘威力，其精神实质是以巫术行为象征部落不灭。参看王贵生《刑天精神本源新探》一文，《贵州教育学院学报》2003 年第 1 期，第 37 页。

② 叶·莫·梅叶金斯基：《神话的诗学》，魏庆征译，北京商务印书馆 1990 年版，第 212 页。

桃红。完全不同。想法，作风，嗜好，甚至外表都不同。就说些小事吧。桑青不喝酒，我喝酒。桑青怕血，怕动物，怕闪光？那些我全不怕。桑青关在家里唉声叹气；我可要到外面去寻欢作乐。雪呀，雨呀，雷呀，鸟呀，兽呀，我全喜欢：桑青要死要活，临了还是死了，我是不甘心死的。桑青有幻觉；我没有幻觉。看不见的人，看不见的东西，对于我而言，全不存在。不管天翻地覆，我是要好好活下去的。"就像我们清楚《狂人日记》里鲁迅借狂人率真地道出了常人不敢说明的历史真相，桃红同样是作者借人物的弃绝理性而尽情表达原始而自由的呐喊，这声音在桑青那里被痛苦压抑了很久，现在需要桃红亲手埋葬旧我重新出发。从这个意义上看，桃红的设置意义重大，无疑，这隐喻着离散华人在弱势边缘处境建构自我认同的艰辛：旧我的死亡，才可能获得新生。很明显，女娲和精卫这两个神话人物为无根的浪人桃红追溯了一种神秘顽强的族性归依感和认同感，同时也隐喻人物形象的丰富内涵。桃红身上具备以下特征：现实层面她处于非理性的疯癫（谵妄与幻觉）状态，而在精神层面，她无视传统的父权制规约，挑战中西性别伦理的框限，抗拒强势国家的政治规训，还常常以各种方式戏弄男权与政权；桃红生命的本质是绝对自由（通过非理性的渠道），是以嬉戏人生放纵自我来放逐生命中的悲苦与哀愁，是在与权力话语的周旋中坚韧地存活。"不管天翻地覆，我是要好好活下去的。"她虽然只是强大的权力话语压迫下渺小卑微的弱者，过着朝不保夕的流浪生活，但她倔强地决定活下去并生下孩子，如精卫般坚韧。桃红身上延续并改写了刑天、精卫等叛逆者形象的民族文化精神，融合了自信、疏放、反抗强权的自由意志。就像孙悟空不甘心被至高的权力操纵，桃红也无法忍受桑青的隐忍、压抑与自我束缚，在疯癫状态中她释放出了惊人的能量，"楔子"中交代，桑青/桃红的住宅墙壁上留下了混乱疯狂的留言，谵妄错乱的话语暴露着人物困顿离散生命境遇造成的精神焦虑，领袖人物成了解构的符码，著名女作家弗吉尼亚·伍尔夫则成为作者汉语写作需要挑战的目标，其颠覆意义的意象传达了强烈的革命性。而桃红的疯癫也令权力话语失措，这一点在她与美国移民局官员的应对周旋过程中得到了淋漓尽致的体现，正如福柯所言："在那种陷入疯癫的作品中的时间里，世界被迫意识到自己的罪孽……疯癫的策略及其所获得的新胜利就在于，世界试图通过心理学来评估疯癫和辩明它的合理性，但是它必须首先在疯癫面前证明自身的合理性。"[①] 正是桃红的疯癫言行解构了美国移民政策的某些不合理之处以及政治偏见和种族偏见，同时桃红本人也因疯癫而驱逐了无边的恐惧和黑暗。而这一丰富的华人女性形象突出地显现出聂华苓不妥协的主体精神。

---

① 米歇尔·福柯：《疯癫与文明》，刘北成、杨远婴译，生活·读书·新知三联书店 1999 年版，第 269 页。

白马社的文化精神与诗歌创作

一、"白马社"：一个被文学史叙事遗忘的海外文艺群体

二十世纪五六十年代的美华文学至少有三个作家群存在：一是以林语堂为中心的作家群。1952 年，林语堂、林太乙和黎明在纽约创办《天风》月刊，延续其在中国创办的《论语》和《宇宙风》的风格，提倡"幽默和性灵"，但没办几期就停刊了，所以影响不大；二是台湾留学生作家群，这一群体人数众多，在美华文学史乃至世界华文文学中产生了重大影响，在海外华文文学史和台湾文学史上都留下了重重的一笔。三是以胡适为中心的"白马文艺社"，自称为"中国文化第三中心"。他们的文学创作具有明显的学院派色彩和自由主义意识形态，这一群体的文学创作至今还未受到学界的充分注意和足够重视，文学史叙事轻忽甚至遗忘了他们的存在。"白马社"成员浦丽琳女士在《追忆诗人周策纵教授》一文中感慨："多少年来，一般台湾作者写中国海外华文文学史的文章，多将'白马社'漏掉，对'白马社'一无所知或忽视。"

据唐德刚叙述，在林语堂举家移居南洋，以《天风》月刊为中心形成的"天风社"解体后，生活在纽约的华人知识分子于 1954 年重新组织了一个新的文艺社团"白马文艺社"。主要人员有周策纵、艾山（林振述）、唐德刚、黄伯飞、黄克孙、鹿桥（吴纳孙）、王方宇、心笛（浦丽琳）、陈其宽、陈三苏、何灵琰、周文中、黄庚、蔡宝瑜、王季迁、王济远、邬劲侣、卢飞白、顾献梁等，顾献梁任会长，创办《白马文艺》。

作为一个文艺社团，"白马社"有四个鲜明的特点：

第一，非职业性。据唐德刚回忆："白马社"不是职业性的文艺组织，而是一个具有沙龙性质的文艺俱乐部。文艺只是他们的"业余嗜好"。正是这种非功利的文学立场和写作方式，使白马社的创作显示出自由主义的美学品格和独立精神。第二，以胡适为宗师。胡适虽不是白马社成员，但与白马社关系十分密切。胡适曾参与白马社的诗歌讨论和评阅，他与白马社的关系如唐德刚所言是"新诗老祖宗"与中国新文学海外"第三文艺中心"的关系。白马社成员心仪于新诗创作和评论，周策纵著有《海燕集》；心笛著有《贝壳》和《褶梦》，被胡适称为二十世纪五十年代末"中国新诗里程碑"；艾山著有《暗草集》和《埋沙集》等；黄伯飞的新诗风格接近胡适风，有"胡适之体"之称。而在唐德刚的散文创作和周策纵的五四运动史研究中，胡适都是一个极为重要的精神核心。第三，白

马社不是一个纯文学性的团体，而是文学、艺术和学术并重的文艺社团。其中，书法家王方宇是老一代字画派的代表之一；王季迁即王己迁，是书画家、书画收藏与鉴赏家；王济远是著名的水彩画家，1920 年与刘海粟等发起成立西洋画团体"天马会"，后任上海美专教授、绘画研究所主任，参与推动早期水彩画在中国的传播；陈其宽是著名的建筑师，曾经与贝聿铭合作设计东海大学路思义教堂，他还是"新国画探索"的代表人物之一；作曲家周文中与贝聿铭、赵无极被誉为"海外华人艺术三宝"；黄克孙是物理学家，陈三苏是语言学家，林振述是哲学家，周策纵和唐德刚则是历史学家等。第四，白马社成员具有中国现代高等教育的知识背景，多于 20 世纪 30 年代毕业于北京大学和西南联大。其中有五四新文化运动的亲历者如王济远，少年时期的黄伯飞曾深受新文学思潮的影响。这些因素表明，白马社成员深受五四以来新文化思潮的熏陶和影响，传承五四文化精神成为他们对文艺创作和社团活动意义的理解和自我期许。

这些因素和特点形成了白马社在世界华文文学研究领域的特殊意义：

第一，在 20 世纪汉语文学史上，白马社的文学创作具有新文学精神的传承和向海外播迁的特殊意义。旅美诗人秦松在《海外华人作家诗选》的序中指出：中国新诗前三十年是输入，后三十年即二十世纪四十年代以后则是输出。尽管这种输出还局限在中文世界，但完成了"继承新诗传统的再发展"①。这一判断用来评价白马社的文学追求和文化精神是恰当的，白马社与胡适的文学传承关系清楚地表明了这一点。如果说 20 世纪初胡适留学美国是一次意义深远的文化盗火，为五四文学革命引入了西方现代性思想资源，那么白马社的创作则是新文学在异域的一次成功延伸和拓展。

第二，从美国华文文学史看，"白马社"的创作和台湾留学生文学共同构成了二十世纪五六十年代美华文学的重要收获。这一文学史事实值得华文文学研究者关注，它将改变以往研究把台湾留学生文学视为这一时期美华文学的唯一代表的片面认识。白马社在诗歌、小说和散文创作上都有不俗的成绩。在诗歌方面，周策纵的《海燕》境界宏阔，"胸罗宇宙"；心笛的诗运用干净而感性的白话书写内心解不开的情结，颇有些狄金森的韵味；艾山的诗被海外华文学界誉为"现代华人诗史的一座丰碑"。在小说方面，鹿桥的成就最为突出，司马长风在《中国新文学史》中把鹿桥的《未央歌》和巴金的《人间三部曲》、沈从文的《长河》以及无名氏的《无名书》并称为抗日战争和战后期间长篇小说的"四大巨峰"。鹿桥的短篇小说集《人子》则富有民间传奇意味和乡野神秘色彩。唐德刚的小说力图打通历史与小说的界限，他的长篇小说《战争与爱情》同时也是一部口述历史著作，意在为多灾多难的近代中国和小人物述史作证。唐德刚的散文亦有很高成就，在海外素有"唐派散文"之称，其散文在题材上大体可分为两大类型：人物传记和学术小品，融历史性、趣味性于一体，形成率性、诙谐与智性合一的美学风格。因此，"白马社"的文学创作应是美华文学中不可忽视的重要部分。

第三，20 世纪汉语文学的现代性建构经历了从引进／西化到中西融会的发展历程，20

---

① 王渝编：《海外华人作家诗选》，香港三联书店 1983 年版，第 13 页。

世纪 40 年代，在九叶诗人和张爱玲等人的创作中，这种会通与融合已产生丰富的成果。但 20 世纪 50 年代以后，由于冷战的国际政治格局的形成，东西方处于长期的政治和文化对峙状态，新文学中西融会的历史进程被迫中断。"白马社"海外华文文艺实践和探索的意义在于，在政经冷战中西文化阻隔时期绍续了中西艺术融会贯通的历史。王方宇致力于中国传统书法艺术的现代化探索，他和曾佑、熊秉明等的艺术实践开了"现代书法"的先河，并在 20 世纪 80 年代以后对大陆"现代书法"运动产生了积极影响；作曲家周文中用易学思维创作现代音乐作品《变》；鹿桥的《未央歌》"使中国小说的秧苗，重新植入《水浒传》《红楼梦》和《儒林外史》的土壤"（司马长风《中国新文学史》）；唐德刚则从"六经皆史""诸史皆文""文史不分"和"史以文传"来阐释现代小说、传记文学与历史的关系，试图重新建构现代大 / 杂文学观念；作为现代诗人燕卜荪在西南联大的得意门生，艾山的诗无疑是现代的，但他同时也强调传统的重要性，认为活用传统是"新诗发展的健康而又必然的途径"。艾山的《埋沙集》把传统的格律转化为现代诗的节奏，而《明波集》则有艾略特的古典现代诗的意味，诗中运用了大量中国古代文献典故以及《道德经》的思维方式。这种尝试要早于台湾现代诗从西化到古典的回归，更要早于 20 世纪 80 年代大陆诗人杨炼对现代诗"智力空间"的历史探索。

第四，20 多年来，大陆的华文文学研究对社团流派未能给予充分关注，一些文学史往往成为作家作品的不完全的非经典化的集中展览。"白马社"的存在及其文学成就提示我们必须充分重视海外华文文学的社团流派研究，而白马社文学与艺术并重的流派特征也对华文文学研究的纯文学性构成了某种挑战。华文文学研究的突围已不仅是理论意义上的突围，而且意味着从单一学科走向跨学科跨艺术的整合——走向华人文化诗学。显然，白马社为这种整合研究提供了一个富有文化意义和审美价值的典型个案。

二、"白马社"的文化精神系谱

构成"白马社"文化精神有三个方面的思想资源：五四新文化思想、西方现代思想和中国传统文化。其中五四新文化思想是"白马社"最重要的精神食粮，它构成了"白马社"文化精神的主体。

从教育背景看，白马社与"五四"新文化的精神联系十分密切，白马社成员大多把自己的文学创作与活动视为"五四"新文学精神的赓续与发扬。白马社重要成员艾山、鹿桥、周策纵、陈三苏等都毕业于西南联合大学。西南联大保持了五四精神和传统，教授会的重要成员皆为五四运动健将。据西南联大北京校友会会长梅祖彦教授的阐释，西南联大有五个突出特点：师生继承了"五四"和"一二·九"运动的爱国民主精神；集合了三校师资力量，大师云集；民主办学，形成优良风气；兼容并包，治学严谨，人才辈出；发展进步组织，发动爱国运动。1939 年以后的几年里，"民主堡垒"的西南联大经常举行"五四"纪念活动如"五四"历史座谈会等。闻一多曾大声疾呼："五四的任务还没有完成，我们还要努力！我们还要科学，要民主，要冲毁孔家店，要打倒封建势力和帝国主义！"①西南联大的五四文化氛围濡染了艾山、鹿桥、周策纵、陈三苏等人，对他们日后的文学创作和学术活动活动产生了深远的影响。从人生经历看，白马社成员或直接参加了五四新文化运动，或亲历"一二·九"爱国运动，或心仪五四文化精神。艾山曾参加"一二·九"爱国运动，据周定一教授回忆，是宣武门"夺关"的两位勇士之一。"除了他在'一二·一六'表现英勇，给人留下深刻印象之外，他还始终是个爱国诗人。他去国日久，但在诗文中随处可见他对祖国的眷恋之情，同时不忘昔日中华民族受侵凌、遭蹂躏的伤痛，对日本侵略意图仍保持着警惕。例如，中国留美学生发起保卫钓鱼列屿领土主权运动周年之际，他写了首长诗《钓鱼岛之歌》（收入《艾山诗选》），支持这个运动，表现了浓厚的爱国激情。可以说，这种激情是'一二·九'时代精神的延续。"②清华和西南联大浦薛凤教授的次女心笛，在《清华经历竟似梦——追忆父亲浦薛凤教授》一文中如是言："辛亥革命，五四运动，抗日战争，内忧外患，20世纪中国所经历的，是一个长期纷争混乱的大动荡时代。父亲的这一生，与这时代息息相关。父亲所受的教育，集中国传统与西洋正规教育的精华。父亲和他那一代的人，受时代的熏陶，似都全有抱负，有学识、有极重道德心与时代感。"③对父亲的深切怀念和理解中也寄托着自己的忧患情怀。周策纵的第一首白话诗，题目就是《五四，我们对得住你了》，周策纵先生在他所写的新诗中有这一句："五四五四是将来！"这首诗发表在郭沫若、田汉主编的《抗战日报》。1947年5月4日，周策纵在上海《大公报》发表了第一篇论文：《依旧装，评新制：论五四运动的意义及其特征》，从那一天开始，周氏就立志写一本有关"五四"运动的书。白马社与胡适有着十分密切的关系。唐德刚是胡适的弟子，胡适的夫人江冬秀曾对人说："唐德刚是胡老师最好的学生。"唐德刚比喻这种师生关系为"一个穷愁潦倒的乞丐老和尚和一个乞丐小和尚的师生关系"。1957年，唐德刚在一首胡适式的白话诗中表达了追寻胡适的道路的心志："……但是我们——／你学生的学生，／做工、读书，／不声不响的年轻人，／一直在追随着你，／追随你做个'人'／你不谈主义，不谈革命，／你却创造了一个时代；／又替另一个时代播了种，／我们正在努力耕耘……"④胡适研究成了唐德刚学术工作的一个重心，有论者甚至认为：在二十世纪八十年代，唐氏"领导全球范围'胡学'（胡适研究）的'卷土重来'"⑤

的确，对"五四"新文化精神的阐释构成"白马社"的一项重要工作。周策纵的《五四运动史》（1960）、唐德刚的《胡氏杂忆》和《胡适口述自传》已经成为"五四"研

---

① 戴联斌：《成长在"五四"以后》，《民主与科学》2000年第2期。

② 周定一：《"一二·九"掠影》，见《青春的北大》，赵为民主编，北京大学出版社1998年版，第50页。

③ 心笛：《清华经历竟似梦——追忆父亲浦薛凤教授》，见《永远的清华园》，宗璞、熊秉明主编，北京出版社2000年版。

④ 唐德刚：《胡适杂忆》，华东师范大学出版社1999年版，第35—36页。

⑤ 宋路夏：《话说唐德刚》，《书屋》1998年第2期，第11页。

究的重要成果。说："'五四'运动是上两代人的资产，新一代的青年对'五四'认识很肤浅，我希望通过这本书认识几十年前的年轻人曾经如何与救国、社会改革，他们的努力曾如何影响中国的前途。我更希望新一代青年读这本书后，认真深思：作为'五四'的继承者，应当如何继承'五四'青年的情怀和抱负，如何对待传统的批判、继承和文化的认同。"①第一，在周策纵看来，五四新文化运动的核心是对传统重新估价以创造一种新文化，是一场思想革命，企图通过中国的现代化来实现民族独立、个人解放和社会公正，并且假定思想革命是中国现代化的前提②。第二，在《五四运动史》中，周氏最早使用了"反传统主义"概念来阐释五四新文化精神（这一说法后来颇为流行，林毓生的《中国意识的危机》就沿用了这一概念讨论五四文化问题）。在反省五四新文化与传统的关系问题上，周策纵提出的这一概念是很有价值的：中国传统十分复杂，五四反对的不是整个传统而是"传统主义"。第三，当时中国的根本问题是民族独立，所以五四的个人主义不同于西方，它既重视个人价值与独立思想的意义，又强调个人对于国家社会的责任。第四，中国自由主义具有保守性与脆弱性。第五，五四文化精神是宝贵的精神财富，是需要继续发扬光大的未竟之业。它所形成的社会与民族意识还将延续下去。

当然，"白马社"也对"五四"新文化运动的缺陷作出了反省。在他们看来，五四青年知识分子对西方新思想过于轻信，缺乏批判性反省。五四新文化运动的第二个问题是对中国传统文化的批判显得矫枉过正，因而低估了传统的价值。在《论五四后文学转型中新诗的尝试、流变、僵化和再出发》长文中，唐德刚把第一代新诗的追求概括为五个方面：反传统，绝端自由主义，无限制引进西洋诗学理论，泛神论个人主义滥觞，个体间绝对自由的结合。他认为第一代新诗的"反传统"是必要的，"因为我们旧文学积习太深，垃圾堆太大了。不破不立"。但新诗的发展也因此出现了"纵横失调"的毛病，"新诗今天的问题实在是纵横两难，而纵的问题之紧急，却远甚于横的问题罢了"③。所以唐德刚强调传统的"再发现"，认为新诗的发展必须从 3000 年固有诗学传统中吸取营养。在鹿桥看来，中国传统是活的有机的历史经验，构成人生体悟与生命智能的底色："在我心目中，中国的文学及哲学思想一直是一个活鲜鲜、有生机的整体。不是历史陈迹，更不仅是狭窄的学术论文研究对象。历史的经验，同人生的迷惘以及理想，都是合则双美，离则两伤，因此，古往、今来，都同时在我的心智活动中存在。"④在艾山、鹿桥、唐德刚、心笛等的文学书写与论述中，中国古典文学与文化传统不仅是重要的思想资源，而且构成了生命体验的一部分。

当然，白马社不是复古派或仿古派，也不是什么新古典主义。因为白马社有着十分突出的现实关怀精神，他们的文化情怀与现实意识密切相关；也因为他们还接受了西方现代

---

① 刘作忠：《访〈五四运动史〉作者周策纵教授》，《贵州文史天地》1998 年第 3 期。

② 周策纵：《五四运动史》，岳麓书社 1999 年版，第 500 页。

③ 唐德刚：《论五四后文学转型中新诗的尝试、流变、僵化和再出发》，见《五四运动与二十世纪的中国》，欧阳哲生、郝斌主编，社会科学文献出版社 2001 版。

④ 鹿桥：《人子》，台北远景出版事业公司，1974 年 9 月初版，1989 年 3 月第 23 版，第 2 页。

思想和文艺思潮的浸染。当年在西南联大,艾山已是英国著名诗人燕卜荪的得意门生,留学美国时又受教于著名的现代主义诗人奥登(Auden)和艾略特(Eliot),现代主义的诗学技艺了然于胸;白马社的著名水彩画家王济远青年时期是推崇西方现代美术的"决澜社"重要成员,1926年赴日本、法国考察西洋美术,画风受塞尚影响极深,又融入中国古典美学气质;在《未央歌》和《人子》中,鹿桥呈现出多元文化——东方与西方、宗教情感与人间情怀、古典与现代——融合的精神追求;而唐德刚的口述史学研究是哥伦比亚大学现代学术与中国古代口述史学的结合。

三、"白马社"诗人的诗歌创作

"白马社"的诗歌创作与评论风气十分盛行。艾山、周策纵在旅美之前已经有丰富的新诗创作经验,结社以后,在白话诗的开创者胡适的参与下,白马社的诗风日盛。诗创作、朗诵、演讲、欣赏、评论、诗歌美学探讨、中国现代诗史研究等等,形成中国新诗海外再出发的一股潮流。艾山(林振述)、黄伯飞、周策纵、李经(卢飞白)、唐德刚、何灵琰、心笛(浦丽琳)在诗歌创作上都有独特的艺术追求。

(一)艾山:从传统出发

文学史在记忆的同时也在遗忘,不该遗忘有时却被遗忘了,艾山便是其中的一位。各种版本的20世纪中国文学史中没有艾山的名字,而海外华文文学史著作里依然不见艾山的踪影。艾山,原名林振述,抗战期间以林蒲为笔名,在《现代文艺》(王西彦主编)等刊物发表不少短篇小说,其短篇集《二戆子》、中篇小说《苦旱》先后列入巴金主编的《烽火丛书》《文学丛刊》出版。二十世纪三十年代至四十年代,他发表了不少新诗,曾被闻一多、朱光潜、郭沫若、戴望舒等称誉。1938年毕业于西南联大首届外语系,1955年获得哥伦比亚大学博士学位,历任美国各大学文学和哲学教授。英译《老子道德经暨王弼注》被多所大学用作教材和参考书。艾山在现代汉诗创作上成就卓著,菲华文学史家施颖州称之为"新诗绝顶与现代诗先河"的新诗集大成的诗人,所谓"新诗绝顶"指的应是新诗的各种实验和探索发展到艾山已经成熟。早在1960年,当现代诗在台湾争讼纷纭时,艾山已出版了现代主义诗集《埋沙集》,因此施先生说艾山开了"现代诗先河",虽有些过誉,但客观地说,现代汉语诗史不应忘记艾山。1993年《艾山诗选》在澳门出版,周策纵先生认为这项工作"给近代中国诗史补上了一环"①。

艾山的诗歌创作大体可分为三个时期:二十世纪三十年代至四十年代为早期,以《暗草集》为代表。这一时期的作品具有从白话新诗到现代诗过度的特征。《暗草集》中的《山居小草》《植树》《飘笛》《五月》等都有白话新诗的味道,现实性强,也写得明白易懂,

---

① 周策纵:《脱帽看诗路历程》,见《艾山诗选》,澳门国际名家出版社1993年版,第2页。

节奏处理得自然流利。《暗草集》中许多诗句富有现代意味：如"披香吻而酣睡高阁，/一束古意已累积满口封尘了"（《箫》）。《羽之歌》中诗云："我足踏低湿的洼地/（春的季候里秋意已朦胧）/望你，望早出的晚星，/家归的路是瘦长的/冷寞困锁我，/屋脊上的抹一角/雨后的夕阳，/四野撩人的蛙声，/这是我们的旧居吗？/池水已深了半尺。"可贵的是，《暗草集》的现代感来自对传统的活用。白马社诗人李经曾经明确指出这一点："30 年代许多诗人对古典作品发生了新的兴趣，尝试从旧诗词里提取若干表现形式。艾山似乎是其中之一。这种兴趣，在《暗草集》里到处可以看出。其中如《古屋三章》，就形（hyle）式（form）和意（idea）见（vision）诸方面来看，都是极富代表性的。"①

二十世纪五十年代至六十年代为艾山诗创作的第二时期，以《埋沙集》为代表。李经认为在《埋沙集》继续向传统吸取资源，同时也毫不犹豫地拥抱印象与新经验。传统仍是构成艾山此一时期诗歌艺术的重要因素，如"譬如说翩翩叶子婆娑在晨光中/一朵玫瑰花开放在昨夜星辰昨夜风，/一切随着季节变换，时间支撑的生存/都将一一而萎缩"（《石林》）；《七夕》则嵌入李商隐辛未七夕中的诗句，"清漏渐移相望久/微云未接过来迟"，现代与古典的爱情之间产生了意味深长的互文关系。不过，从传统中发明出新诗"古意"和蕴藉含蓄的古典诗学已不是《埋沙集》最突出的美学特质。艾山这一时期的诗歌更为激情充沛，批判精神也更突出。"是我！是我！是我敲的门！/你听清没有？不要打扰/你的睡眠。我当然知道/远远便闻你鼻鼾。/想象看：八年？十年？/自从投入你的绣花匣子/授受不亲，和一切都阻隔！来自故乡故土雷声又响了！/热情奔腾我体内，听！/风声雨声江声的澎湃；/月光更号召潮汐，/我怎能无尽期受锢禁？/撒我空中或埋我于地下/承继自然我必须开花结果！"（《种子》）强烈而奔放的激情与诗性节奏、意象完全融合为一体，确是抒情意象诗的上乘之作。而《水上表演》《非洲人的困惑》和《李莎》等则是关怀现实的社会性诗歌。在这些作品中，艾山的社会视野和批判精神得到了更为充分的表达，"一切建筑在水上的/繁华，灿烂而悦目"（《水上表演》）或"城市！城市！是骑在人之上的繁荣"（《李莎》）。艾山对西方资本主义的物质文明、都市生活以及种族主义进行了辛辣的反讽与深刻的批判。

艾山后期的创作以《明波集》为代表，诗艺日渐成熟，诗歌美学的个人化探索更加突出。这一时期最著名的作品有《钓鱼台之歌》《咏年》和《创世纪》三首长诗。《钓鱼台之歌》承续了其西南联大老师闻一多的爱国精神与诗歌艺术；《咏年》"陆离诙诡""笔走龙蛇""玩世不恭"，"给中国近代史和我们一代知识分子描绘出一幅欢红惨绿的年画"②。《创世纪》则是一首哲学意味浓厚因而有些晦涩的"现代诗"，如下：

创世纪

艾山

闪落玻璃管中，温室的培养：细胞、细胞

---

① 李经：《介绍〈埋沙集〉》，见《艾山诗选》，澳门国际名家出版社 1993 年版，第 110 页。

② 周策纵：《脱帽看诗路历程》，见《艾山诗选》，澳门国际名家出版社 1993 年版，第 7 页。

已是几回几度了，虔诚、心跳，肯定又不决

疑惧杂质的到来，叹息杂质的到来

驰驰、骤骤，无动而不变，无时而不移

为甚么？为甚么？把时间封锁在抽屉里

朦胧在梦中，是梦中安息在工作台上

一种升华的转移，一种新的刺激素

属于蛋白质的，呈现了：多美丽，多久违

拥抱它，要纯的，提纯它，钻进细胞，放在

细胞里

辗转迭股，促进细胞，运行分裂：立即流化为

平面、为线、为点……

啊！初尝的禁果！是甜？是酸？

由毫末定至细的端倪？由天地穷至大的疆域？

让自然披上新装：雪花来时，一片白白茫茫

雾浓，是暗色厚重戎装。

秋天的变化，最耐人寻味

细长得水和天共一色，没有底的

大地上，火呀，火呀，到处树叶子染得

红色斑烂，红中透紫。凡适应存在的，

都赋予崭新的意义。不消灭的，都给以形体。

百花仙女在镜花缘里，走出镜花缘

海角，天涯，处处笙簧嘹亮，香气氤氲

自然是色、香、味，混合的化身

五色令人目盲？五音令人耳聋？

五味令人口爽？——以不听听无声之声

目遇之而成色，以味养人！

有人头触不周山，女娲炼就

五色石子，补了天缺。

地何以东南倾？

是完整中些微破绽

导引新世纪、新生代的导引——

《创世纪》一诗渗透老子《道德经》的哲学思想和庄子《秋水篇》的命意，并且打通了诗歌与现代科学的分野，《创世纪》呈现出古典主义的文化深度和现代主义哲学气质浑然一体的诗美特征，足见艾山诗歌的艺术探索精神。

（二）心笛与其他白马社诗人的创作

心笛，本名浦丽琳，原籍江苏常熟，出生于北京，是白马社的三才女之一。出版有诗集《心声集》（1962 台北）、《贝壳》（1981 台北）、《折梦》（1981 香港）、《提筐人》（台北汉艺色研文化事业有限公司 2004）等诗集。胡适和白马社同人，一些作家和学者如柳无忌、向明、金剑、王渝、绿蒂、李又宁、李红、张香华、陈宁贵、黄美之、汪洋萍等对心笛的为人和诗歌创作都有很高的评价。唐德刚说"心笛本身就是一首诗"，而胡适甚至认为心笛是新诗未来发展的传人，其作品是《尝试集》之后的"新诗里程碑"。在胡适的诗学观念中，艾山那种晦涩难懂的现代诗并不是新诗发展的正途，而心笛的诗风清新、朴素、真挚感人则更符合胡适的新诗理念。胡适老先生的话说得显然有些过度，但足见其对心笛的欣赏。心笛近期出版的诗集《提筐人》可以视为诗人对自己创作的一次总结。《提筐人》共收入一百一十首诗，根据创作时间的先后分为五卷，卷一"歌"是 1950 至 1954 年间的作品；卷二"纽约楼客"写于 1954 年至 1958 年间；卷三"厨妇"收入 1972 年至 1982 年间的诗作；卷四"折梦"是 1982 至 1990 年间的作品；卷五"梦海"写于 1990 至 2002 年间，大多是比较晚近的作品。

与艾山的诗歌相比，心笛的诗歌有着女性诗人的柔美、善感、细腻、多愁的品质。心笛诗作的细腻体现在她对自然和日常事物的细微关爱上："匆匆的行人请慢步 / 停看路边的小草与大树 / 生命的色彩 / 岂不多来自途中"。心笛的心绪纤细感伤，自然万物、人情物理的细微变化都使诗人产生流逝的哀愁，她常常书写愁思，从 20 世纪 50 年代的《惆怅》到 20 世纪 80—90 年代的《提筐人》，"愁"一直是心笛诗歌书写的一种情绪。"打开了窗 / 冷风抖索而入 / 放下了窗 / 却又寂寞凄凉 / 爬上山坡去探望太阳的下落 / 满地枯草泣诉了年岁的凄沧"（《惆怅》）；"她提着一筐子哀愁 / 到江边去抛丢 / 江波翻起滚滚旧浪 / 流不尽的是她的愁 / 她提着一筐子孤寂 / 到深山去埋弃 / 山中泥土长满青苔 / 埋不掉古今人的寂"（《提筐人》）。心笛的"愁"既是一种"乡愁"，也是一种"时间之伤"。这种敏感有时能够成功地转化为诗歌语言的质感：

> 日月
>
> 拖着沉重的裙子
>
> 头也不回
>
> 冷冷地来了又去
>
> 许多夜晚
>
> 我听见她裙子拖过门前石阶
>
> 在后院篱笆前悄悄小立
>
> 然后消失在渐行渐远的足声里
>
> （《日月》）

从艺术与美学的角度看，这可能是心笛最好的作品，《日月》达到了一种"不落言诠"的美感效果。如果说艾山的诗歌是哲学内涵的晦涩而产生的朦胧（胡适、唐德刚等都称艾山为朦胧诗人），那么，心笛诗歌的朦胧则是一种古典意境的朦胧，"前生修得／一首好诗／朦朦胧胧／似秋晨的雾／秋晨雾罩着／洁白而迷人／展开纸／轻轻地／请不要朗诵／别惊醒了诗句／别惊走了雾"（《惊雾》）。如果说艾山的诗歌语言显得奇崛，那么，心笛则追求一种"平中见奇"的美学效果："把梦折成一只小船／放到明天的大海／漂游／把梦折成一粒种子／安置在今日的泥地／生长……／或者把梦折齐切碎／在厨房的菜板上……／菜板上的碎粒／煮熟了给孩子们当营养。"（《折梦》）这种化日常生活的平淡为诗性的奇妙也是心笛诗歌艺术的重要特征。

在"白马社"作家群中，诗人李经（卢飞白）对现代诗的理论和技艺卓有研究，他的博士论文《T・S・艾略特诗歌理论的辩证结构》（*T. S. Eliot: The Dialectical Structure of His Theory of Poetry*, 1966 芝加哥）是英语世界艾略特诗歌理论研究的一部重要著作。心仪于艾略特的李经诗风也颇具艾略特的韵味：

伦敦市上访艾略特——欧洲杂诗之三

卢飞白

给我的，我已衷心领受；
没有给我的，我更诚意地追求。
四通八达的街道，人影纷纷扰扰。
穿过半个地球，我来此
作片刻勾留。

他清瘦的脸苍白如殉道的先知，
他微弓的背驼着智能，
他从容得变成迟滞的言辞，
还带着浓厚的波士顿土味，
他的沉默是交响乐的突然中辍，
负载着奔腾的前奏和尾声——
他的沉默是思想的化身，
他的声音是过去和未来的合汇。

罗素广场外，高低的建筑物
真是不负责任的仪仗队。
它们终日低头构思，
艰难地企图表示
那难以表示的情意，
忘却了欢迎异客应有的手势和姿态。

没有夸饰的大城，
素朴的是它的心。
他默默地注视，看
人在浓雾里摸索——
有时，沉迷于无知的烈酒，
英俊得可怜；
有时，怀疑毁坏了自信，
熊熊烈火后的死灰。
仅在那些晴朗的午后，
温煦的阳光普照于玫瑰园，
永恒的图案，豁然呈现。

要启示的，其实，
都已经启示过。
启示过的，那一天，
又，充满惊讶，
以奇迹的姿态出现？
每一回的祝福，
（巨匠也低头沉吟）
只留下支离破碎的诗篇，
辗转于艰深晦涩的语言。

这首诗发表于 1958 年的《文学杂志》第四卷第六期，以诗歌的形式描绘了现代派大师艾略特的形象。如同夏志清所言：飞白此诗不仅"活用了艾略特诗中常见的征象（如'玫瑰园'），而且把他的神态写活了"[①]。并且与艾略特的诗歌文本形成了微妙的互文关系，因此，具有了独特而深厚的现代意味。

1914 年生于广州的黄伯飞，1947 年赴美留学工作，诗集有《风沙》《天山》《微明》等，其诗风不同于艾山和李经的晦涩，而倾向于明朗晓畅，有"胡适之体"之称。黄伯飞的诗作颇为丰富，有"我买了八月的海风 / 吹涨了帆 / 向西边驶去 / 船昂起头来 / 如一匹骏马"式的豪迈奔放（《夏夜之梦》），也有"据案对坐 / 远山推过来 / 一湖清水 / 不老的山啊 / 他已醉了几分 / 浮云亦染上微曛 / 斜斜依偎在绯红的长林"式兼容豪放婉约的风格（《湖山秋色》），还有关于有限与无限、瞬间与永恒的思辨智性（《云行如话语》《微明》等）。另外，黄伯飞诗作还大量援引了中国古典素材，如老庄、李杜、陶渊明、王维、苏轼、范仲淹等等，古典与现代的锻接形成饶有意味的互文性艺术空间。历史学家周策纵的白话诗也别具一格，情感饱满、趣味横生，语言明朗却富有韵味。《读书》是对"书中自有黄金屋，

---

① 夏志清：《文学的前途》，生活·读书·新知三联书店 2002 年版，第 221 页。

书中自有颜如玉"的有趣的新编；《鹭鸶》《答李白》等诗作在想象、结构和语词的应用上奇特巧妙："我瞭望一丝千年长的碧水／一眼就看见你／独立在密西西比河的岸边／低头向水里看鱼／或者是看你自己的影子／忽然扑通一声／把时空啄了起来／影子和鱼都飞走了。"唐德刚的白话诗则有着与其历史和散文写作相同的亲切幽默诙谐调侃的笔调。

在当代汉语诗歌史上，白马社既衔接五四新诗传统，又开创了与海峡两岸诗学都不同的诗歌美学道路，如同美华学者黄美之所言：白马社诗人的诗风既不受大陆革命诗的影响，也不受台湾现代诗的影响[①]。显示出一种独特的语感和韵味，为当代汉语诗歌发展提供了另一种可能。

---

① 黄美之：《世纪在飘泊·跋》，汉艺色研 2002 年版，第 264 页。

论新生代马华作家的文化属性意识

1995 年夏秋之际，马来西亚的《南洋文艺》发表了黄锦树与林幸谦有关文化属性的争论性文章。黄锦树批评林幸谦"过度的文化乡愁"[1]，林则认为有关"身份认同、文化冲突/差异、中国属性，尤其是边陲课题（periphery/marginality）等问题，对于海外中国人而言，是可以让几代人加以书写阐发"[2]。黄的回应强调海外华人写作应以海外全新的历史经验为主体，而不能以中国性为主体，否则就易沿着"天狼"的美学意识和情感趋向沦为文化遗民。黄与林皆为旅台马华新生代作家，二人的论争耐人寻味。从中可看出文化属性问题早已浮出马华文学历史地表，如何书写，如何建构马华属性，已成为新生代富历史性的命题。黄锦树的忧虑和警觉不无依据，他的陈述实为强烈自主意识之驱动，属节制、现实具前瞻性的理性话语。林幸谦的文学书写和文化反省则饱含个体情感化的生命体验，放逐自我，在国家之外的书写可视为"个人的文化文体"[3]，寻求身份定位是黄、林都须面对的问题，前者的急于走出旧有文化捆缚的冲动与后者充满文化缠绕感的反复行吟并无根本对立。相对而言，林幸谦与华文文学文化传统保持了更为亲密的关系，且认为这种联系的淡化与疏离必然是种创伤性体验，并不是毅然决然转身而去就可以完成得了的。他的出国留学（返回文化母体，离开肉身故土）、文学研究（论白先勇张爱玲的创作）、散文和诗的写作（出有散文集《狂欢与破碎》、诗集《诗体的仪式》）始终贯穿着边陲与中心、支流与母体等悖谬性思考。他的人生形式充满着对命运不懈的叩访与探寻，他的作品总是诉说着个体与民族国家间解不开理还乱的荒诞情结。由于他把写作"定位在抵抗失语和集体记忆的建构之间……避免把自己囹圄在某一固定位置上"[4]，因此他的叙事如同滔滔不绝的悲情之话语洪流，大有一发不可收拾的无羁之感，同时也因身份的错综与悬浮为其文本带来浓郁的漂泊离散性质，原乡的迷思更是他无从挣脱的命运之网。

长篇散文《狂欢与破碎：原乡神话、我及其他》可视为这方面的代表作。这篇融论述、思辨、抒情为一体的大赋"植根于原乡神话中"，"话语中布满压抑的墨水"，华丽苍凉凄绝的基调，密集的意象炫目又忧伤，抽象而逆动的术语像一群待捕的可怜兽物四处奔逃，不安的气息骚动起悲剧的美感。而那独有的萦绕回旋铺陈迭现的语言之网劈头盖脸

---

① 黄锦树：《两窗之间》，《南洋文艺》，1995 年 6 月 9 日。
② 林幸谦：《窗外的他者》，《南洋文艺》，1995 年 7 月 25 日。
③ 林幸谦：《写在国家以外》，《星洲日报》，1998 年 7 月 6 日。
④ 林幸谦：《写在国家以外》，《星洲日报》，1998 年 7 月 6 日。

迎面罩来，让你气喘紧张坐卧不宁，这便是林幸谦式的叙事造成的美学或非美学效果。作者这既是自我折磨（也折磨读者）又是自我慰藉的言说是自否果真陷入了黄文所言的"烂调"？我以为黄的不耐烦是因为他读出了林思考模式的怪圈，而这种书写之怪圈却又对应了林个体生存的真实面目以及海外华族无奈被动的命运实相。黄锦树则急急欲出离这个徒增烦恼纠缠不休的怪圈，焦虑地把视线投向了大马华人写作的未来，因渴望一个多元文化交融的圆满未来而不满于花果仍自飘零不息的破碎现实，他急切地呼唤着自成中心的前景，尽管这前景似乎并不可靠，他一面引述周策纵的"多元文学中心"说支持其理论勇气①，一面也深知马华文学若脱离中国文学自成"中心"的话，还面对着马来国家文学这个中心，"没有国家做后盾而想得到国际认可，恐怕也会有点困难（即永远无法代表马来西亚，至多代表本身的族群）"，因而马华文学进退两难，华文作者的属性认同表面上看当然是多重的，不只周策纵所言的"双重"（中国的和本土的），但事实上，"双重"或多重之间存在着"内在的紧张"，黄锦树清晰地分析了这种紧张性，认为华文文学对"本土传统"缺乏深度关注，而对"中国传统"的接续吸取又会导致思想文化上的中国化，甚至情感、行动的回流，如部分旅台作家已作出的选择。黄提出了一些具有参考价值的建议，用马来文创作，将中国文学传统本土化，以便和马来人在"国家文学"的园地里争一席之地。那时马华便成了华马：华裔马来文学，但即便如此，仍可能存在着权力话语与弱势话语之差异、主流与边缘之摩擦冲突，属性问题依然会存在，参照一下华裔美国文学，众多的华裔英文书写仍走在边缘，才有汤婷婷的打入主流令华人文化圈激动不已的效应。有关文化属性与华美文学的论题在美国及台湾等地区成了学者们的学术热点。在解构主义与后殖民文化语境中，黄锦树对马华文学的思考虽相对于他置身的国家现实而言显得有些超前，也可能会对守持中国文化传统的部分海外华人带来情感上的冲击，但未始不在指示着走出困境的某种方向。

回过头来看林幸谦的散文，"近乎郁抑危悚、狂态略露"的文字里乡愁的欲望如雾如瀑。写于20世纪80年代末的《溯河鱼的传统》深情描述了鲑鱼溯河洄游找寻出生地的生命现象，借喻自我及海外华族"对中华文化母体一往情深的孺慕和回归"，同时认识到新一代正处于政治分化及种族与文化裂缝的临界点上，现实的压抑与嘲弄强化了找寻原乡的潜在情结，旅台留学正是一条富有美学和文化意味的溯河鱼之洄游。20世纪90年代以后林幸谦的乡愁书写愈加斑驳诡异意象纷纭了。认真读其文，觉得并非作者故作深沉或天性滥情，而是作者对乡愁的多元性及其隐喻有了更深邃也更复杂的理解。在他笔下，充满可以意会却不便明言的痛楚。因为政治、社会、国家、种族、文化与历史之错综交杂远非个体所能承担，而他却决意以个体的生命轨迹和文字书写介入上述的沉重复杂的大叙事，如

---

① 周策纵先生在第二届"华文大同世界国际会议"总结辞中提出了"双重传统"及"多元文化中心"两个观念，前者指海外华文文学的两重传统，一是"中国文学传统"，一是"本土文学传统"；后者指可以在中国本国文学中心之外，同时存在海外各国的华文文学中心。这些理念现今常被海外华文文学所引用，具体详细内容见于黄锦树：《马华文学：内在中国、语言与文学史》，吉隆坡华社资料中心1996年版，第21、24页。

他自道："在内涵思想上，主要围绕在（小我）个人身份的文化追寻与认同危机，而扩展到（大我）整体文化身份的追寻与认同危机：由个体命运朝向整体命运的探索。因此，我的作品并不只是意图书写个人经验，同时也意图书写更为广大的集体意识。"其次，"在文化身份的思索中连带也推动我对于文本观念的省思"①，其结果便导致散文文体的转变与拓展。自《狂欢与破碎》集至《马华当代散文集》中收入的作品，林氏散文表现出与传统散文观念形式迥然不同的追求，结构呈现出复调狂欢特色，叙述则容纳了诗的隐喻与意象表达及小说化的虚构意境，且打破了叙事、议论与抒情的界限，为汉语文学提供了具有实验性价值的杂化散文文本。林氏散文将主体激烈奔突痛苦挣扎的内心世界对应于独特的复调狂欢式表达，复调、对位或多声部性一般指涉小说这一文体，在此我借用这一概念突现林氏散文的杂化特征，主要指林文处处可见的内心对话，冲突与辩论，以及隐蔽着的强烈的与世界（命运）的对话意图。林氏并不提供清晰可辨的线性思路，而侧重于在历时性背景下展现共时性思绪的喧哗，由于内在及外在的对话无休无止了无终局，以致于其结构文风往往给人山重水复的循环感，至今我尚未看柳暗花明的迹象。十年离乡令林幸谦获得广阔多元的话语空间，然而终难摆脱那如同毒咒般的边缘感和悬浮感，归乡或漂泊都将是困难的旅程，或许是一生的两难。因为，"有一点是可以肯定的：自我的消解的历程会越来越复杂，甚至自相矛盾"②。张系国曾在《爱岛的人》一文中谈到海外华人用汉语写作的境遇，他的困难在于弄不清哪一个世界对他更真实，他的幸运则在于他有同时活在两个世界里，"不能拥有任何一个世界，是他可诅咒的命运，也是他的幸福"③。然而在林幸谦的叙事里，显然痛楚茫远远大于幸福，我几乎看不到同时活在两个（或更多个）世界的幸福的踪迹。从早先的寻寻觅觅到后来的解构乡愁，从故国梦中出发到走出民族主义论述，都脱不出追寻、幻灭、反思、再追寻的回转。林的乡愁书写其核心问题也就是马华新生代所面临的心理困扰之一，即"如何在多元文化中保持自身的文化身份"。

追问下去，林幸谦的乡愁书写虽更多地落在实处，关于祖先失落的原乡或关于自身离开的故土，以及母体文化的诱惑与吸引。但在对自我及民族命运的不断质问过程中，生命深处生发出一种本体论／存在论意义上的乡愁。海德格尔认为现代人的存在境遇即"无家可归"，思想不在家、精神不在家、情绪不在家，个体存在不在家，总之语言不在家，语言并不言说自己，这便是本体存在性的流亡。林幸谦如是说："一般流亡的话语形式是个体本身，而非个体言说总体……这种流亡本是一种逃避——避难，而本体论的流亡则是无处逃避。"④林氏的乡愁论述每每沉陷于无处可逃的吊诡之中，且对此命运有着宿命式的认知和西西弗斯式的悲剧体验，肉身漂泊对应于精神漂泊。漂泊于他既是一个政治或地域概念，更是精神层次的概念，杨炼说：漂泊提供了这么一个清晰得让人无法回避的现实：你

---

① 林幸谦：《写在国家以外》，《星洲日报》，1998 年 7 月 6 日。
② 林幸谦：《写在国家以外》，《星洲日报》，1998 年 7 月 6 日。
③ 张系国：《爱岛的人》，《四海》1994 年第 5 期。
④ 林幸谦：《生命情结的反思》，台北麦田出版社 1994 年版，第 220 页。

除了靠自己在这条路上行走，别无所依：林幸谦也认为，梦幻，是生命的乡愁，是生命最真实的原始风格。漂泊离散的乡愁书写逐渐从文化种族政治范畴上升到存在本体论的认知。

当代的文化属性观念一般有两种倾向，一种是视身份为天生自然的本质主义论述，一种将身份看作社会化的结果，前者以排他和自闭的社群意识为特征，后者则侧重于现实策略。在实践中，这两者并非只有对立而没有交合重叠之处，廖咸浩就认为："身份其实是由文化情感与现实策略所交织而成。文化情感之中带着一种无以名之恍若天生的固执，而现实策略则压低包括情感在内偏向本质的因素，强调以福祉或利害为依归。因此，身份的形成，便是建立在这两种态度的辩证发展上。"① 在讨论身份或属性问题时，我们既须保持解构的警觉防止陷入本质论陷阱，同时也不可忽视视在"想象社群"建构过程中的情感基实与本质论态度。对于马华新生代而言，同样须面对如何处理现实生存利益与文化情感的关系的问题，实利与情感二因素则处于不断互动与纠结的状态之中。黄锦树的现实理性与林幸谦的情意绵绵正好反映出新生代属性意识的复杂性。更多的新生代作家似乎在两者之间保持了一种慎重的平衡，倾向于朴素而实在地表现自我及族群的历史与现实生存境况，在富于历史感的悉心追溯和细致描摹中含蓄深沉地寄托情思。热带的阳光和原始森林之间，青春在幽深曲折的记忆书写里染上了沧桑，苦涩凝重。历史意识斑驳却坚执地渗透在诸多文本内，唤醒族群与个体沉默或被遮蔽的记忆。

霍尔认为"过去不仅是我们发言的位置，也是我们赖以说话不可缺失的凭藉"。并强调就弱势族群而言，"建构历史的第一步就是取得发言位置，取得历史的诠释权"②，我们以为这样的一种属性建构意识也已在新生代文学创作中显露端倪。从钟怡雯等人的历史叙事中我们看到：对缄默的往事、被消音的民间边缘化记忆得到了新生代的普遍关注，不少篇章可以感受到作者对华人的历史位置，以及对文化母体——中国（唐山）的思考与辩证。大马华族作为事实上的少数族裔，必须重新发现过去，倘若要使现在饶富意义，过去不应只是沉思默想的对象而已。作为具体的历史事实，过去应被视为揭露整体事实的过程中一个不可或缺的部分。如唤个体及种族压抑、沉默、行将湮灭却残存于人民记忆中的"过去"，对于属性的建构自有不容忽略的意义。华美作家赵健秀的作品《唐老亚》中父亲告诉儿子："你必须自己保留历史，不然就会永远失去它。这就是天命。"这也是所有少数族裔／弱势族群的天命。或许就是这种对失声乃至失身的命运的内在恐惧与焦虑，才有了马华新生代沉重苍凉的历史叙事。

于是有了寒黎带着"奇异的昏眩"的家世想象（《也是游园》），有了钟怡雯心目中不同于爷爷的神州（《我的神州》），有了古老会馆前辛金顺的惘然叹息（《历史窗前》）……

---

① 廖咸浩：《在解构与解体之间徘徊》，见《中外文学》第 21 卷第 7 期，1992 年 12 月，第 193—206 页。

② 李有成：《唐老亚中的记忆政治》，见《文化属性与华裔美国文学》，见台湾"中研院"欧美研究所 1994 年版，第 121、115 页。

《可能的地图》里，钟怡雯的冒险般的追溯始源行程几乎有着寓言的性质，按照祖父口述的地图越过千山万水去寻找一块也许已从地图上消失的地理，那便是祖父当初从唐山南渡最初落脚的小山芭，是马来西亚的土地，并非不再怀念更早的故乡。作者很擅长从琐屑的生活细节还原出她心中再造的历史，因为爷爷那辈人"贫乏的辞汇无法表达复杂的情结，也羞拙泄露感性的情绪"，一路所见的老者几乎同一种"本分得近乎木讷的表情"，是一群似乎没有了个性的"产品"，是"一种安静的存在"。正因为这些见证历史的老者哑然失语，新一代华人才应该回溯、书写和重构，让历史的缝隙及断裂处的真相浮现出来。作者细致入微地描摹祖父嗜吃咸茶的故事，咸茶制作过程及食用方法，都作了津津有味的介绍，而那条磨茶用的沉甸甸油亮的茶杆祖父保留了一辈子，在"我"心目中，它标志着时代命定的流离，它联系着此故乡和原乡；文中另一个值得注意的意象是水井，井水闪现着早先华人移居的最初生活场景，有温暖的和平的，也有鲜血与死亡，作者深知她追踪的是遗漏的地理，她挖掘的是"嵌在正史缝隙的野史"。《我的神州》正好回应了《可能的地图》里新一代的疑问：为何祖父只字不再提更早的故乡？是因为他的神州已成为不可企及的梦。爷爷奶奶的对话虽简单朴实，却最真实地反映了移民的文化心理，爷爷的叹息沉重而无奈："老家啊……"奶奶却受不了这令人无限惆怅的怀乡，她用女性的实际阻挡着乡愁的袭击："都在这里过了大半辈子了，还老家？"两位老人一辈子的争执也正隐喻着海外华人心中永恒的冲突吧！对新土的认同与对故土的怀念同样真实。而后裔们则随着族群在居住国的长期适应与融入，渐渐消淡了先辈们已成创伤的原乡情结。他们的痛苦或矛盾更体现在族性记忆的失落和边缘话语的尴尬。寒黎的追忆与回溯如同一组昏黄的老相片，母亲情不自禁地把自己浸泡在回忆的福尔马林里，她的沉迷自囿感伤的叙述姿态如同塞壬的歌声构成了一个象征：母亲是生命的来源，她的忧伤既是个人身世的诠释又何尝不是失根之痛的集体意识的流露？而母亲那拒绝现实固守记忆的柔韧坚持和由此造成的苍白虚弱凄迷恍惚也正是族性记忆没落的征象。下一代的聆听与迷惑宣告了又一轮溯源欲望的开始，但本质已发生了变异，他们所寻觅的是自我形成之根源，因而沿着上辈朦胧的口述历史向深处攀行，在家谱之内之外梳理家族衍变漂移之脉络，亦是为自我于谱系内寻找一合适位置。然而谱系内之家之族、谱系外之国之现实生存仍是这一代人还不能完全摆脱的两难拷辨，尤其城市化工商化文明席卷的今天，一个现代人若失落了族性记忆和文化传统，就难免须承受生命中难以承受之轻。寒黎所写的新生代华人的心理就不能仅仅看成一般的好奇与探秘，而带有不乏责任心或使命感的历史寻根意味。

与黄锦树的理论思辨及林幸谦的本体论或文化历史叙事不同，钟怡雯等人的书写并不着意渲染困境体验中的内心冲突，也避免简单地撒下族性情感追求杂化（这里所谓的杂化，下文将会涉及），她（他）总是尽量让自己（及叙述者）处于相对平静客观的情感状态和多维灵活的思维状态，这使得她（他）总是尽量让自己（及叙述者）处于相对平静客观的情感状态和多维灵活的思维状态，这使得她（他）们的叙述有着显现而非表现的特点，不致被悲情的情感话语淹没，细节化个人家族历史想象化摹拟化族性记忆，不能不说也构成了马华新生代言说文化属性意识的一种方式。值得一提的是，女性作者的这种特色更加鲜明，如钟怡雯，固然她也在文本中形塑一种寻根者形象，但寻根意念没有成为她感性表达的屏障，她长于对富有质感的日常生活情态的把握捕捉，宏大叙事隐隐如线，串起的却是一则则情意饱满的小叙事，细察民间化和原生态的场景或细节，捡拾一些散落于历史隙缝间被忘却了的断片残简，暗示边缘族群边缘化的境遇（无名、无声、无个性）。意常在言外。另一女作者林春美写有《我的槟城情意结》等至情文字，柔韧而细腻的恋土情怀显出孩子恋母般的纯真，蕴藏着最原始纯朴的忠诚，如辛金顺《江山有待》中所言："这片土地我祖先踏过的，我如何走得开呢？"她（他）们的书写更切近生活和人性的本真面目，也更易为华人及非华人（如果翻译跟上）读者所接受。

辛金顺、林金城等作者的历史叙事包含了对华族身份可能性的多元化思考，辛文里有时与林幸谦相似涌动着中国古典诗词孕育出的本能式文化情感，但却又尽量克制前行代常有的漂萍之感（在文化和精神上），于是也少不了痛苦的内心交战，但理性上却认同于身份随社会发展而有所改变的观念，（会馆老了）一文就不只是为华族传统式微所唱的挽歌，更多的却是对历史必然性的一种体认，（历史的盲点）更明确地把历史关注点投放在族群的本土发展上面，对于先祖在本土拓荒之历史的空白深表痛心。林金城的属性认知接近于杂化主体论，峇峇主张应强调杂种文化如何透过其生产创造方式颠覆种族纯净性与文化优先权[1]，他所说的"杂种化"落到实践的层面大概是指异族通婚与混血。林文《三代成》正好应和了霍米·巴巴的理论构想，"三代成"是一闽南民间用语，在此指土生华人，十九世纪末叶以前，移居马来西亚的华人多为男性，他们多与巴塔克和巴厘女奴后又渐与马来女人通婚，形成峇峇和娘惹文化群，他们创造了峇峇马来语[2]。林文透露出摆脱中国中心式的惯性思维构架的欲望，直陈欲做一个现代峇峇的杂化理想，如果说当今海外华人存在着"向心派"和"离心派"两大倾向的话，林属于后者。有学者也认为，华人"采取新的价值的同时抛弃或调整华人的传统价值是在所难免的"[3]，在国家论述的范畴，这种杂化或同化的思路之出现也不妨看作一种积极文化适应之途径。但完全同化势必丧失自我，大马峇峇文化的没落便是明证，林金城、黄锦树、林建国诸人的杂化主体——现代峇峇如何既能保持自我又能杂融于他族，以及它本身是否带有霍米·巴巴所谓的颠覆性意图及实践之可能性，俱可拭目以待。

对海外华人的文化属性／身份认同问题的关注和讨论能加深对海外华人文化的理解和认识，"华侨华人文化是一种世界性的现象，是华侨华人维持其民族性的主要表征"，侨民文化已基本退到历史幕后，而"一种日渐摆脱以中国为中心的文化，一种扎根当地的少数民族文化，一种以中华传统文化为主体并融合当地文化或西方文化而形成的文化，在逐步

① 参见张小虹：《杂种猴子：解／构族裔本源与文化承传》，见《文化属性与华裔美国文学》，台湾"中研院"欧美研究所 1994 年版，第 41 页。

② 王介南：《中国与东南亚文化交流史》，上海人民出版社 1998 年版，第 150、259 页。

③ 荒井茂夫：《马来亚华文文学马华化的心路历程》，《华文文学》1999 年第 2 期。

形成"①。在此文化语境中探讨海外华人身份认同之复杂性意义不言而喻。本文从马华新生代成绩突出的散文创作中考察作者的文化属性意识及其表现样态，力图走近马华当代知识分子，倾听他们心底的声音。对于身在大陆的华文文学（文化）批评者而言，这样的努力是必要的。

---

① 谭天星、沈立新：《海外华侨华人文化志》，上海人民出版社会 1998 年版，第 1 页。

旧金山华文小说的写实主义精神

旧金山的历史可以视为华人移民参与美国历史建构的一个缩影和象征，也具有铭刻华人移民尤其是华工的苦难与奋斗史的文化地理意义。旧金山华人的文学书写无疑是这一历史建构的一个重要组成部分，从 1910 年至 1940 年的"天使岛"的诗歌书写到旧金山美国华文文艺界协会的文学创作，草根意识与再现美学始终是旧金山华人文学的重要传统。这一传统代表了美国华文文学的一个不能忽视的流脉，与留学生文学、知识分子写作或中产阶级文学以及自由主义写作共同构成美华文学的完整的历史图谱。

旧金山草根文群提供了一系列关于华人移民的草根／庶民版本的历史书写，如黄运基的《奔流》与《狂潮》、穗青的《佳丽移民记》和《金山有约》、程宝林的《美国戏台》、老南的《豪宅奇缘》以及刘子毅的《八年一觉美国梦》等等，其中黄运基的长篇小说三部曲《异乡曲》的第一和第二部《奔流》与《狂潮》在书写草根历史层面的意义尤其突出。中国评论家洁泯、朱寨、董乃斌、陆士清、黄万华等学者都注意到《奔流》与《狂潮》的历史纬度，认为它在建构"历史感""历史的真实""历史的跨度""历史的厚度"以及对"祖国历史的认同"等方面有着独特的价值。黄万华则深入阐释了《奔流》是如何具体展开这种"历史感"的："《奔流》（包括第二部已发表的章节）的价值就在于它以环环相扣的历史描述艺术再现了几代华人的生命历程：第一环，中国的历史怎样产生了一代又一代漂洋过海的'番客'？第二环，美国的机制是怎样'容纳'华人移民的？第三环，上述两者的撞击孕育出怎样的华侨形象？"[①] 在我看来，《奔流》与《狂潮》写实主义再现历史的方式使我们感受到更多更丰富也更真实的移民经验与现实，如同 R. 韦勒克所言写实主义"排斥虚无缥缈的幻想、排斥神话故事、排斥寓意与象征、排斥高度的风格化、排除纯粹的抽象与雕饰"，它追求真实地呈现社会生存的本真样态，并且具有素朴的人间情怀和人道精神。《奔流》与《狂潮》这种客观性既来自作家个人的历史经验，也来自作家对华侨华人美国史的整体认识。黄运基不仅是"特殊时空的见证人"（洪三泰），而且是特殊时空的亲历者。如果把小说《奔流》和《狂潮》与熊国华的黄运基传记《美国梦》相比较，我们就会发现《奔流》和《狂潮》显然具有明显的自传色彩。在《奔流》的后记里，作家如是而言：在《奔流》众多的人物中，"有我自己的影子，也有我的朋友的生活经历。小说所描写的许多事件，都是美国华侨耳熟能详的"[②]。黄运基祖籍广东斗门，1932 年 10 月

---

① 黄万华：《"黄金"国度里的"草根"文学》，《世界华文文学论坛》2000 年第 3 期，第 4—5 页。
② 黄运基：《奔流》，沈阳出版社 1996 年版，第 285 页。

出生。他的童年正处于中国黑暗悲惨的时代，一岁时父亲只身离家远渡太平洋到旧金山谋生，五岁时母亲病逝。兄妹俩由伯父收养。1948 年，十五岁少年黄运基便离开了妹妹和伯父，随父赴旧金山谋生。他遭遇过移民局的监禁，参加"民青"活动，长期当过排字工人、清洁工人、仓库工人、侍者和花农，也当过美国大兵，在麦卡锡时期因主张殖民建交而被投入监狱……因贫困而失学的黄运基一边打工一边自学中国历史和新文学，参加华人文化活动，创办报纸和文学刊物，为华侨华人争取权益并且推动美华草根文学的发展。小说《奔流》有着成长小说与传记体文学的框架，叙述的是少年余念祖的成长故事，基本上以作家个人的成长经历为故事展开的核心线索，是作家社会历史经验的朴素再现与铭刻。

但作家并没有把小说处理成个人私史性的主观化叙事方式，而是自觉或不自觉地遵循了写实主义的历史性美学原则，遵循对现实进行整体描写的现实主义艺术要求。卢卡奇、奥尔巴赫等现实主义理论家都认为："艺术的任务是对现实整体进行忠实和真实的描写。"[①]卢氏提出了对现实进行整体描写的现实主义艺术要求，所谓整体描写就是反映社会－历史的总体性，向广度追求从整体的各个方面掌握社会生活；向深处突进探索隐藏在现象背面的本质因素，发现事物内在的整体关系。必须把小说人物植根于一个政治、社会、经济的总体现实中，这个现实是具体的，同时又是不断发展的。这样在复杂的社会关系和复杂的社会关系的矛盾运动过程中塑造人物，才有可能达到"充分的现实主义"的高度和广度。从许多方面看，《奔流》具备"充分的现实主义"的多方面美学品质：

第一，经验的客观再现成为小说叙事的重要基础，虽然作家并未排斥主观性的艺术虚构，但他显然拒绝了虚无缥缈的想象和虚饰。《奔流》对真实经验的忠诚赋予了小说铭刻历史的意味。第二，《奔流》将个人史的特殊性与移民史的普遍性相结合，将个体经验融入普遍的族裔经验之中，这样个体的历史命运就与族裔整体的命运深刻地不可分割地联系在一起，从而建立了小历史与大历史的紧密联系。小说所塑造的一系列各具性格的人物形象完成了华人移民史整体叙事的宏大意图。余荣祖饱受苦难之后的怯弱、忍耐与认命，余锦堂的热心、正义与抗争，黎浩然、吴仲云、徐风等青年一代的青春激情与文化活力，出身于中产阶级家庭的女性李虹的软弱、犹豫与后来的人生决断，余念祖的自尊自立……作家把这些人物都放置到风云变幻的大时代环境中予以刻画，而且人物本身就是大时代的一部分，他们的实践活动创造了历史，形塑了这段充满屈辱、苦难、艰辛而又不断抗争、奋斗的移民史。第三，《奔流》和《狂潮》力图达到历史叙事的"具体的总体性"。历史发展是充满张力与矛盾的结构性运动，各种历史因素、力量与话语相互矛盾、冲突、斗争及合作共同构成社会关系的总和。黄运基的小说深刻地揭示了这一复杂的社会关系结构，再现了政治、经济、文化以及阶层、种族、性别等多种纬度相互勾连而形成的纵横交错的社会历史网络。小说并且在宏大的历史视域中展开历史叙事阐释华人移民的历史与历史观念，从而整体地揭示出几代华人移民与现代中国史、现代国际政治关系格局尤其是中美关系的嬗变之间的历史关联。这无疑是黄运基长篇小说最杰出的成就。第四，历史的底层意识与

---

① 卢卡契：《卢卡契文学论文选》第一卷，中国社会科学出版社 1980 年版，第 288 页。

草根视野。如同程宝林所言，黄运基继承的是"中国 20 世纪 20—30 年代现代文学中左翼文学运动的传统"①。小说的许多细节与场景展示了"五四"新文化运动和二十世纪二三十年代左翼文学思潮对小说人物精神世界的深远影响。鲁迅的《狂人日记》、巴金的《灭亡》和《新生》、赵树理的《小二黑结婚》等现代文学作品成为一代华人移民青年的重要精神食粮，对"五四"运动的纪念与缅怀是小说小说所描写的"华侨青年联谊会"的一项重要活动，这意味着"五四"与一代华侨移民内在的精神联系。如果从成长小说的情节结构看，主人公一般是在其人生历程的某些关键时期获得某种重要的启迪从而完成心智的转进与飞跃——福克纳的《熊》中白人少年受到黑人和老印第安人的启迪，认识到白人种族主义的罪恶，放弃了家族的遗产。《奔流》中的少年余念祖则从巴金《灭亡》和《新生》等新文学作品中获得了人生的重要启悟。概而言之，三个方面的因素形成了《奔流》的左翼思想：旧中国阶级压迫的历史，余念祖饱受的饥饿与贫穷，尤其是亲眼目睹自己的小朋友十岁的放牛女孩因饥饿偷一条番薯被地主活埋；余念祖长期的底层谋生经验所遭遇的政治经济与文化的不平等；新文学左翼思潮的熏陶。这些经验在《奔流》中的再现与铭刻就构成了黄运基历史叙事鲜明的底层意识与草根视野。

《奔流》和《狂潮》揭示了强势与弱势群体之间的矛盾与冲突，张扬的是底层和弱势族群的抗争精神。余念祖、余锦堂、黎浩然等人物都生动地体现了这种为弱势族群争取合法权益的斗争精神。但余念祖还具有更丰富的意味。的确，余念祖是《奔流》和《狂潮》最为重要的人物。余念祖的故事既是个体意识的成长史，又超越了个体意识而承担着族裔历史叙事与草根意识的形塑。在余念祖身上既具有作家自传的意味与色彩，是作家经验的写实与再现，又寄寓了作家的人生理想，承担着世界和谐的伦理想象，承担着多元族群多元文化权力平等交流的理念。余念祖和白人女孩茉莉的纯真爱情，与黑人青年占美、夏莲的深厚友谊，对父辈命运和性格的最终理解，既"念祖"又融入本土的文化选择……都显示出作家企望超越对抗走向融合平等的人道理想。程宝林曾经指出：《奔流》和《狂潮》"最具文学价值的部分，其实是余念祖和茉莉的异族之恋、及素云、念祖、茉莉之间的微妙关系。其中，茉莉写给念祖的 13 封情书，及念祖写给素云的 15 封狱中书简，给这两部充满了斗争味道的小说，加入了必要的柔情和温暖，使全书变得具有浓郁的人情味，闪烁着爱情和人性的光芒，在很多程度上弥补了人物形象不鲜明的弱点"②。这些部分的价值不只在于超越了左翼小说的美学限制，也不只在于这些情节提供的是更具个人性更富感性的内容，因而具有独特的美学意味，更在于其丰富的文化蕴含。作为具体的文化表征实践，彰显了一种建立在具体的历史经验根基之上的普世的人类价值。而在漫长的小说史上，这种价值曾经是小说艺术至关重要的拱顶石。

---

① 程宝林：《从"奔流"、"狂潮"看"左翼文学"的海外影响》，网址：http://bbs.cnhubei.com/dispbbs.asp？BoardID=123&ID=95252&page=1

② 程宝林：《从"奔流"、"狂潮"看"左翼文学"的海外影响》，网址：http://bbs.cnhubei.com/dispbbs.asp？BoardID=123&ID=95252&page=1

卢卡奇在《小说理论》中曾经指出：近代以后希腊史诗所代表的历史的整体性已经分崩离析，小说作为史诗的一种替代形式，透过讲故事即叙事以美学的方式重建这种整体性。但以怀疑论为根基的现代主义所带来的破碎的叙述现实粉碎了叙事的秩序，也粉碎了重建历史整体的浪漫主义想象。而在后现代及解构主义甚嚣尘上的当代，大叙事早已被各种各样的小叙事所取代，历史的花腔化、大话化成为流行的文学时尚。在这种语境中，黄运基的《奔流》和《狂潮》尽管在形式的探索方面没有走多远，其叙述历史的技艺还十分素朴，但他真诚地对待历史，将个体历史的书写与普遍的移民记忆的铭刻完成融合成一整体，达成文化守成与返本开新并积极介入当代现实的合一，显示了重建历史整体性的可能。由于讲故事者主体意识的强大，黄运基透过叙述风云变幻的华族移民历史故事，以草根的文化情怀与历史意识实践着文学是对价值世界的一种吁求的久远理想。黄运基无疑是最为重要的草根作家，他那丰富的人生经验、不懈的抗争精神和本色的文学书写为底层如何表述底层确立了美学与伦理的至高典范。

如果说黄运基的《奔流》和《狂潮》绍续了现代左翼文学的美学谱系，那么穗青的《佳丽移民记》则展示了草根文学与中国古典文学诗学传统的联系。这种谱系性关联也是美华草根文学"中国梦"的重要构成元素之一。的确，如同对草根文学素有研究的作家宗鹰所言：草根，往往也是"梦族"，草根文学可视为某种梦族文学①；而且草根文学往往有两个"梦"："美国梦"和"中国梦"。这两个梦把两个空间连成一体，形成草根文学的空间 / 梦想诗学。在我们看来，这种梦想 / 反梦想诗学具有两个层面的意义：其一为文化与文学想象意义上的梦想诗学。"美国梦"和"中国梦"是人生追寻的动力，也是艺术想象的源泉；另一方面，"美国梦"和"中国梦"的重叠与交织则形塑了美华草根文学的美华本土性与中华性的双重性；其二现实经验意义上。迥异于那种"制造虚幻魅人的美梦"的文学，草根文学是清醒的，有着来自底层的朴实与智慧。"我却带着未圆的中国梦和难圆的美国梦跨出了国门。在我的后方留下不少失落、遗憾。可是，在我的前方，并没有充满希望、良兆。"② 美华草根作家致力于"揭示实际打掉幻觉的美国梦"（宗鹰语）。黄运基的《异乡曲》、程宝林的《美国戏台》、刘子毅的《八年一觉美国梦》、老南的《豪宅奇缘》、刘荒田的《美国红尘》、老南、郑其贤、穗青的《旧金山故事》等等一系列的草根文本都是"去魅返真"的文学。

在《旧金山故事》的序中，刘子毅概括了草根文学的主要内涵："反映九成以上的中国移民，即草根阶层的生存状态及情感世界……是折射旧金山唐人街华人生活的一面镜子。"③ 这显然是一种现实主义的批评话语。而在跋中，刘荒田则把旧金山草根作家群称之为"海外新写实"派。这一命名来自中国当代文学"新写实"小说思潮的启发。在刘荒

---

① 宗鹰：《美华"梦族文学"钩勒》，网址：http://www.hslmw.com/node2/node116/node119/node155/node404/userobject6ai76557.html

② 宗鹰：《异国他乡月明时》，沈阳出版社 1997 年版，第 19 页。

③ 老南、郑其贤、穗青：《旧金山故事》，《美华文学》杂志社 2000 年版，第 2 页。

田看来，草根文学（小说）颇有"'新写实'派的风神：再现生活的原生态，即'原汁原味'"①。

的确，美华草根小说与中国大陆"新写实"小说之间的比较是一个饶有趣味的问题。在中国当代文学场域中，"新写实主义"是20世纪80年代后期至90年代的文学思潮，它的出场以1987年方方的《风景》和池莉的《烦恼人生》的发表为标志。在批评界的正式命名是在1989年，文学期刊《钟山》第3期开辟"新写实小说大联展"专栏，"卷首语"说："所谓新写实小说，简单地说，就是不同于历史上已有的现实主义，也不同于现代主义'先锋派'文学，而是近几年小说创作低谷中出现的一种新的文学倾向"②关于"新写实"思潮，从命名之初至今一直论争不断。我们认为，只有回到当代文学场域尤其是80—90年代文学思潮的脉络中，才能把握这一思潮的特征。第一，它与中国现当代文学语境中的"传统现实主义"相区别，是对传统现实主义反映论、典型观与生活本质论等"深度"的反动，而走向"现象论"和所谓"原生态"的还原；第二，它是对80年代中期以来的寻根文学的不满中产生的，有别于寻根文学对历史深度的探询与复兴传统审美文化的热情，"新写实"追求对当下世俗人生状态的再现；第三，它是对先锋小说形式主义的逆反，而以写实的笔法描绘出世俗的生存本相。但"新写实"思潮与寻根文学以及先锋小说却又有着千丝万缕的联系。它一方面强化了寻根文学所开掘出来的民间性，另一方面又与先锋小说对形而上学的解构在精神上一脉相通。"'新写实'是先锋写作思潮在特定情境下的变体，是观念变异与现实框定之间的互为妥协"的产物③；第四，一些"新写实"小说还具有自然主义和存在主义的色彩。

相比而言，美华草根文学所处的历史场景及其发展脉络显然存在不可忽视的诸多差异。在当代美华的场域中，草根文学的"新写实"的题材与表现方式，既不同于留学生文学狭小的留学生活，也迥异于中产阶级知识分子文学的精制的美学趣味，更不同于《曼哈顿的中国女人》《北京人在纽约》等流行文学为代表的虚幻的美国想象。所谓草根文学的"新写实"是在这一场域中突显出来的艺术追求与美学思潮，是一场底层表述底层的文学运动，是对长期被忽视和遮蔽的草根移民生活现实的再现。因此，美华草根文学与中国大陆的新写实文学在关注底层生态的真实本相方面有着某种一致性，但在观念与艺术形态上明显存在许多相异之处。

第一，"新写实"是对传统现实主义美学成规的反动，而草根文学则是对左翼写实主义的继承与发扬，这在草根文学的领袖黄运基的《奔流》和《狂潮》中体现得尤其鲜明。而老南的诗歌《梅菊姐》《母亲的歌》等属于严阵、闻捷、郭小川的传统；刘荒田是现实主义的，却对洛夫、向明、余光中、非马等台湾现代诗情有独钟；郑其贤、穗青、宗鹰则融入了许多古典文学的元素……

---

① 老南、郑其贤、穗青：《旧金山故事》，《美华文学》杂志社2000年版，第362页。

② "新写实小说大联展"卷首语，《钟山》1989年第3期。

③ 张清华：《作为表象的生存寓言》，《山东师大学报（社会科学版）》1998年第6期，第90页。

　　第二，"新写实主义"一般追求"零度状态的叙述情感"，致力于表现"生存本身的卑琐和无意义"。而草根文学在直面底层生活的苦难与残酷的同时，仍然追求人生的理想与价值。黄运基的作品体现出一种明朗的风格、抗争精神与乐观主义；刘子毅的《八年一觉美国梦》书写了草根族形形色色的悲剧、屈辱和血泪，但他笔下的世界却并不缺乏温馨、爱与亮色，在《爱的庄园》《鸽子老太太》《平安夜的祝福》《献给安妮的洗衣歌》《W3病室》中，善良的人性构筑了抵抗生活悲剧以及人生卑琐化的力量；程宝林的"端午一哭"则有着鲁迅式的悲悯与苦涩；穗青这样理解人生："如音符一般，每一曲起落挫扬，当余音缭绕之际，蓦然领悟到更高境界。"[①] 李硕儒这样阐释"家园"意识："家园除了实实在在物化了的故乡的树木、河流、泥土、祖屋之外，更重要的是随着时间的推移在人们的精神旷野里越来越蓬勃的关于父母的温馨、儿时的幻梦和少年伙伴的爱恋……"[②] 我们以为：草根文学始终不渝保持着浓厚的草根特色和淳朴的风格，它具有一种草根的力量，来自底层的生存感悟和融化在移民情感记忆之中的信仰的力量，这种生命力来自底层深厚的文化根基。所以，与"新写实"对叙事和描写技艺的熟稔精制相比，草根小说在语言和形式方面或许要显得粗糙／粗粝一些，但其介入现实时却显得更健康有力，有时更具人道温情／热情，许多草根文本都具有"新写实"所缺乏的建立在现实经验上的理想主义色调。

　　第三，新写实小说往往采用平面化叙述，以所谓"原生态"和"生活流"代替传统写实主义的情节性和戏剧性。而美华草根小说的写实主义则保留了传统小说的情节结构和戏剧性元素。黄运基的《奔流》和《狂潮》的历史再现以时间为纬度展开叙事；老南的《新寡》有着欧亨利式的佳构小说的戏剧性结局；郑其贤的小小说《黑牡丹》《餐馆烟云》等善于营造悬念；穗青的许多作品都有着"奇情"的外表，他的长篇《金山有约》则是一部情节结构十分完整的以旧金山钟氏家族的历史兴衰为主线的家族小说；程宝林的《美国戏台》以诗人章闻之为视点展开叙述，有着更强的情节性和戏剧性。这些作品在小说叙述观念与技艺上显然迥异于新写实经典作品《烦恼人生》的"散点"叙述和《风景》的"不规则的散乱状态"。从"形式的意识形态"批评看，小说的结构与叙述方式即是作家思想理念的呈现方式，形式是内容的积淀，是论战的语言。在这个意义上，草根文学与"新写实"虽然都心仪写实主义，但两者在意识形态有着显著的差异。"新写实"在一定程度上受到存在主义的荒谬感以及后现代主义的反崇高零散化去深度等等意识形态的隐蔽影响，表现出生存的荒谬性、无序感以及对理想与人生激情的冷漠，这与其叙述的平面性和反总体性是一体的。而草根小说写实结构的整体性以及叙述的历史性，意味着草根作家葆有一种对世界的总体性批判视域和理想，在这种形式中蕴含着一种草根意识形态，一种属于草根的伦理、政治与历史观念。这就是黄运基所说的并且在《异乡曲》的整体叙事中所呈现出来的历史观念："美国是一块富饶的土地，开拓和灌溉这块土地的，也有我们千千万万华侨先辈们的血与汗。"也是老南的《新寡》故事出乎意料的结局所要传达给读者的小说

---

　　① 穗青：《佳丽移民记·后记》，华夏出版社2000年版。

　　② 李硕儒：《此岸彼岸》，2001年9月，网址：http://www.wayabroad.com

伦理：弱势移民女性梅姨取代压迫者马少强出任经理；这也是穗青的《网》最终安排燕秋的死亡或永远失踪这一悲剧结局而《佳丽移民记》中蓝玉终获良缘所暗示给我们的草根伦理学。

所以，从本质上看，草根作家群的写实在美学成规与意识形态上都是迥异于中国大陆"新写实"的另一种"新写实"。在众多的草根写实文本中，程宝林的《美国戏台》在再现当代移民生活的深度与广度方面都是十分突出的一部。同为"新移民"的美华文学研究者陈瑞琳这样评价程宝林和他的《美国戏台》："他是一个情思奔涌的诗人，然后是一个沉郁而温情的散文家，再后才是他敏捷洞察世态的小说笔法……《美国戏台》是一部描写海外文化生活非常奇特的小说，作者用戏剧般的反讽语言，描写了一些在美国文化领域创业的奇特人物在奇特环境下的斑斓经历。比起同时代表现海外生活的其他长篇小说，《美国戏台》的故事并不是集中在海外留学人打工生存的辛酸，或者是个人淘金的传奇，小说所传达的是一个中国人走向海外开创文化新局面的转折时代。"[1] 这种来自文化与文学现场的评论的确颇为到位。但其结论我们却不敢完全苟同，"一个中国人走向海外开创文化新局面"的说法与小说的叙述基调似乎并不十分吻合。

这部长篇小说有着草根文学所坚持的写实精神，写的是一位中国诗人章闻之在美国底层的生活与谋生经验以及对新移民心态与生态的观察与审视。其写实的深度与广度在于对新移民三个层次的挣扎的真确体验与细腻描摹。所谓三个层次的挣扎即"挣扎三论"是小说人物章闻之的总结："刚到美国时，每个人面临的是'生存的挣扎'；生存问题解决后，面临的是'情感的挣扎'；情感归于平静后，'文化的挣扎'又浮上心头。"[2]《美国戏台》所着力摹写的"生存的挣扎"和"情感的挣扎"，作家笔下的新移民还处于这种状态之中，而不是文化的冲突与认同问题。所以《美国戏台》的意义并不在于再现"一个中国人走向海外开创文化新局面的转折时代"，而在于解构《北京人在纽约》的浪漫与虚构的美国想象，进而真实地再现处于底层的新移民的生存状态的本真性：餐馆老板的欺骗与剥削（最低工资）；身无居所的困窘（长期栖身在别人的沙发上）；创业的艰难（《美华旬报》一直面临资金短缺甚至停刊的威胁）；工作的劳顿（变成"打工机器"却仍然只有很低的收入）；为了生存新移民之间的互相欺骗；为了绿卡女性新移民想着法子开发"自然资源"；过着与美国主流社会的完全隔绝的"部落生活"；情感的孤寂；身体与性的孤独和落寞或情欲的挣扎与混乱……

《美国戏台》既没有把新移民的生存现实写成某种想象的浪漫剧，也没有把它处理成悲情戏。作品的叙述基调是反讽的喜剧性的——这显然与许多草根作品的正剧感或悲剧性有所不同——以"入乎其内"的体验与"出乎其外"的审视相结合的方式予以写实主义的生动再现。"入夫其内"故有感同身受的理解与真切严酷的经验写实，"出乎其外"则产生了一种观察与审视的距离，一种草根知识分子的幽默与诙谐。理解、反省与批判融为一

---

① 陈瑞琳：《"美国戏台"舒广袖——读程宝林的诗、文、小说》，《侨报副刊》，2003 年 11 月 21 日。
② 程宝林：《美国戏台》，东方出版社 1998 年版，第 44 页。

体。在《美国戏台》上出场演出的一系列男女演员各具特色，性格颇为鲜明：军人出身的刘文戈乐观自信有着极强的领袖欲和事业心，既能忍辱负重、卧薪尝胆又有些飞扬跋扈、盛气凌人；中资公司总经理余治国是一个腐败分子，老辣而贪婪地把国有资产转入自己的账户等等，而作者笔下的一系列女性形象并不复杂但都个性分明：阿月的丰姿与凄婉；催丽娘的率真与开放；田一丁的幽闭；何田田的实用主义；还有夏冰、汤亚雅、周春玲、古晓丹……一些人物虽然着墨不多但都颇为生动。而作家把每一个人物过去的历史都带进了新移民的生活现实中，这样扩展了写实的空间和叙述的丰富性，透过形形色色的人物形象，小说成功地呈现了草根新移民真实的生存状态。而章闻之既是小说的视角、叙述者，也是小说的主角，他有着特殊的诗人气质、书卷气和知识者的诚实与反省性，在生存的艰难挣扎和世俗人生的喧哗与骚动中，还能保持着对生活中美好细节的可贵的感受性："现在，长期的禁欲生活，没有任何精神娱乐的日子，使得章闻之沉浸在一片晦暗的夜色中……两个女人均匀的呼吸声一高一低传来，如同河流拍岸的水声。这难道就是章闻之诗中的河流？他找到了趁着夜晚回到河边，重新成为兄弟姐妹的那种感觉。他睡着了，沉沉无梦。夜里好像下过雨，天蓝得令人迷醉。"在《美国戏台》中，这种美的感受性构成粗粝而残酷的生存"现象论"的反面。作家显然在这个人物身上寄寓了某种生活理念与人生理想，因此《美国戏台》或许也可以视为一部关于草根知识分子的精神历练与漫游归记。

时间之伤与个体存在的焦虑

——试论白先勇的时间哲学

  萨特认为，批评家的任务是在评价小说家的技巧之前首先找出他的哲学观点。他在评论福克纳时就是这么做的，他找出了福克纳的哲学，他说："福克纳的哲学是一种时间哲学。"[①] 在读白先勇的小说时，我常会想起这句话。而同时，也想起欧阳子的一些经典性论断。她从《台北人》里解读出三个相互关联的主题命意："今昔之比""灵肉之争"和"生死之谜"。她发现"《台北人》一书有两个主角，一个是'过去'，一个是'现在'"[②]。这个发现很准确地道出了白先勇小说的哲学，和福克纳相似，白先勇的哲学也是一种时间的哲学，时间构成了白先勇叙述最本原的动力。

  颜元叔也许是最早发现白先勇小说时间意识的台湾批评家，他在《白先勇的语言》一文中认为，白先勇"把时间空间固定的尽可能明确，使故事的背景以及故事的本身充满真实感"，总是有着"新闻报道"式的企图[③]。今天看来，这个论断只道出了一部分事实，却忽略了另一些更隐蔽的事实。在时空的处理上，白先勇小说确实存在着固定、明确的一面，然而，却并不朝向新闻报道式的真实。直至最近，白先勇还特别强调："小说第一要件是'假的'，绝对不是现实，真的就是 true story，就不是小说，而是新闻报道、历史……小说一定是透过作家的眼光、作家的看法而表现出来，所谓'写实主义'很有问题。文学不写实，写实就不是文学了……文学的确能了解一个社会，但反映的是比较深层的部分，而不是表面的现象，它可能是整个社会心灵的反射。"[④] 时间空间因素，在《台北人》中固然可以按图索骥找到历史与现实的对应，但从白先勇本人的现代主义创作理念出发就会发觉：他无意在现实主义意义上记录宏大叙事的历史真实，而表现个体的人在历史时空剧烈转换中痛苦失落的主观心灵世界，则是白先勇的真正用意所在。他的小说中固然出现了辛亥革命以来的许多重要历史事件，却都不是直接面对历史的宏观观照，而是通过

  ① 萨特：《福克纳小说中的时间》，见《萨特文论选》，施康强选译，人民文学出版社 1991 年版，第 45 页。

  ② 欧阳子：《王谢堂前的燕子》，台北尔雅出版社 1976 年版，第 8—9 页。

  ③ 颜元叔：《白先勇的语言》，见《中国现代作家论》，叶维廉编，台北联经 1976 年版，第 367—368 页。

  ④ 白先勇：《故事新说：我与台大的文学因缘及创作历程》，《中外文学》第 30 卷第 2 期，2001 年 7 月，第 186 页。

私人叙述和个人回忆的形式，呈现出片段化与破碎化的个人精神私史的特点。在白先勇早期小说中，主观化倾向更加明显，而时间的创伤意识，具有明显的存在主义时间观意味。

存在主义者特别重视时间之于人的存在的意义，克尔凯郭尔就强调时间对个人生成的绝对意义，他认为个人所有真正的发展"都是返回到我们的起源"，应该"倒退着前进"，也就是说，"存在者，将通过返回到他的起源而试图去认识他自己；在同时，他将反过来展望它的未来而寻求自我认识。这样，他将把他的过去和他的未来连接在现在里"①。因此，存在应当重新获得他不朽的原始性，也就是宗教意义的信仰存在。在海德格尔那里，烦的本己性基础就是时间性，"时间性显示为本真的烦的意义"，"时间性使得生存性、事实性和沉沦的统一成为可能并从根本上构成烦的整体结构"。②他区分了"过去"与"曾在"，"此在"的本真需要"曾在"，生存者在时间性过程中没有抛弃他的曾在，而是始终在他的曾在里。而萨特的时间意识贯穿着行动，失去了行动的时间没有意义。在保罗·蒂利希的描述里，时间是存在无法摆脱的焦虑："焦虑就是有限，它被体验为人自己的有限。这是人之为人的自然焦虑，在某种意义上，也是所有有生命的存在物的自然焦虑。这种对于非存在的焦虑，是对作为有限的人的有限的认识。"③因此，存在主义的时间观认为，时间提示着死亡的在场，意味着生命的有限与偶然，但时间同时也是人所需要的一种延续性，是行动的一种依据。在白先勇的小说世界里，返归起源、寻求归属的意识，以及对生命有限性的自然焦虑，是极其强烈的两个相关方面。

在白先勇早期作品中，空间尚未受到作者特别的重视，相比之下，时间的哲学虽然尚未成型，却已开始初露端倪。让人讶异的是，当时尚非常年轻的作者，却偏偏爱拟想中年甚至老年的心境。白先勇最近还谈到这个问题，他说："一开始写《月梦》《青春》《满天里亮晶晶的星星》这些有关同性恋的小说，满特殊的是老年与少年、青春，描写青少年和老年同性恋者。我想从同性恋拓展到整个人生，我对人生时间过程特别敏感，很年轻时，就感到青春和美的短暂……youth and age 这个主题……少年人写老年人的心境，是我小说中满特殊的现象。"④youth and age，青年和老年，以及今后将进一步拓展空间的同性恋主题，一开始就自发地指向了生命存在的本能性的时间焦虑。在感伤唯美且有些原欲主义的想象里，正是一种"从存在的角度对非存在的认识"带来的巨大焦虑，白先勇让他的人物仇视时间，与时间为敌。在那里，时间很扎眼地呈现出直观的腐蚀性力量：它让一张年轻的脸布满皱纹，让健壮的躯体丧失活力，最终不费吹灰之力消灭人的生命。它的永恒轻易地伤害人间的爱欲和尊严，肉身在它面前只是镜花水月。也许正因此，在这个脆弱的个人生命世界里，情感有时渴望着出轨，肉体在颓靡疯狂中激情澎湃，而欲望变得剧烈、危险而无法阻挡。这样的时间意识与存在主义对作者的影响或许不无关联，萨特说："人毕生

---

① 让·华尔：《存在哲学》，翁绍军译，生活·读书·新知三联书店1987年版，第77页。
② 比梅尔：《海德格尔》，刘鑫、刘英译，北京商务印书馆1996年版，第58—59页。
③ 保罗·蒂里希：《存在的勇气》，成穷、王作虹译，贵州人民出版社1998年版，第36页。
④ 曾秀萍：《白先勇谈创作与生活》，《中外文学》第30卷第2期，2001年7月，第190页。

与时间斗争，时间像酸一样腐蚀人，把他与自己割裂开，使他不能实现他作为人的属性。一切都是荒唐，'人生如痴人说梦，充满着喧哗与骚动，却没有任何意义'。"① 在白先勇早期的时间性悲剧里，时间对于个人的存在具有绝对的意义，人物努力想象着返回起源（青春），同时粗暴地拒绝未来的向度。《青春》里的老画家拼命想抓住被时间腐蚀了的东西，而走向了疯狂：

> 他跳起来，气喘喘地奔到镜前，将头上变白了的头发撮住，一根根连肉带皮拔掉，把雪花膏厚厚地糊到脸上，一层又一层，直到脸上的皱纹全部遮住为止，然后将一件学生时代红黑花格的绸衬衫及一条白短裤，紧绷绷地箍到身上去。镜中现出了一个面色惨白，小腹箍得分开上下两段的怪人。可是他不管自己丑怪的模样。他要变得年轻，至少在这一天……他一定要在这天完成他最后的杰作，那将是他生命的延长，他的白发及皱纹的补偿。②

这种病态的偏执与王尔德的《道林格雷的画像》或许有相通之处。而玉卿嫂杀死庆生后自杀的场面，则隐约有些接近莎乐美原型的嗜血死亡美学。在与时间的扭打中，原欲迸发出的暴力常常具有毁灭性力量，终止个体的生命哀愁。因此，激情爱欲与死亡，成为白先勇早期小说时间焦虑症的两种形态。

触动白先勇的不是深奥玄思的存在主义理论，对他而言，存在主义的意义更在于它为作家提供了体察自我境遇肯定个体自我的精神凭借。青年时代的白先勇对自己与众不同的性向特征的自我认定，对一些另类情欲的自然表现，在 20 世纪 60 年代初期尚处于封闭的农业伦理社会的台湾，需要极大的反叛勇气。而他反复提到那时西方现代派文学与存在主义的叛逆性对他的精神冲击作用，显示了存在主义和精神分析学在他人格成长期的精神支持作用。正是在一种以表现自我、探索内在为己任的精神背景下，时间与情欲力量对抗的主题，得到了最初的激烈表现。夏志清曾经把阿宕尼斯视为白先勇早期小说的一个"最重要的'原型'（archetype）"，确实，白先勇 20 世纪 60 年代前期的《青春》《月梦》以及《玉卿嫂》《满天里亮晶晶的星星》等作品，都表现了对美少年难以自制的迷恋，以及与自怜性情欲相伴的毁灭性力量。白先勇自己称之为"浮士德"式的出卖灵魂的故事。在《月梦》里，人到中年的吴医生对秀美少年的痴恋和《死于威尼斯》里的老作家阿申巴赫是一样的情怀，两个作品都传达了一种性爱、自恋与死亡共谋的高峰体验。托马斯·曼笔下的波兰美少年和吴医生记忆中的静思一样，是永远的诱惑、却又像星星一样远不可及。老作家清醒地知道，他和少年之间除了性别的忌讳，还隔着岁月的绝望，美到极致的大海也因此显得格外残酷。衰老的教授只能欲望着、向往着、痴迷着，在释放出最后的激情后力竭而死。在这个世界里，现在／此刻看上去是绚烂宁静的，可是同时也散发着死亡的气息——没有了过去，时间的流逝也失去了意义。而白先勇的小说关注焦点总在过去，"蓦

---

① 萨特：《福克纳小说中的时间》，见《萨特文论选》，施康强选译，人民文学出版社 1991 年版，第 51 页。

② 白先勇：《寂寞的十七岁·青春》，上海文艺出版社 1999 年版，第 147 页。

然回首"成为他最经典的叙述姿势。时间是主人公生命激情的敌人，这个不算隐蔽的主旨在白先勇的少作中得到了反复再现，比如小说《青春》。只是《青春》里的欲望更加激烈，时间令人物绝望得丧失理性，在对年轻生命的占有欲里释放出恶魔般的焦虑。《月梦》里静夜之思的纤美月光（隐喻剔除欲望后净化了的回忆）被大海上空白得耀眼的炽热阳光（不可抵挡的青春热力和强烈欲望）所取代。虽然主人公同样迷恋少年青春，也同样模拟了《死于威尼斯》的故事模式，但其中激越的暴力美学与后者的隽永境界却有着天壤之别。如果说《死于威尼斯》里隐藏着沧桑的美感和忧伤的诗意，那么《青春》则呈现激情的爆裂景观，原欲如靡菲斯特，一发不可收拾地操控着失去理性的个人。（美丽清秀的玉卿嫂就是这种因爱欲走向极端而转化成暴力，由爱生恨的另一种典型。）在此，爱情在阳光催发下瞬间爆发出致命的疯狂，正像加缪说的那样："占有欲是要求持续的另外一种形式，正是它造成爱情的无比狂热……严格说来，每个被疯狂的追求欲所持续和占有欲所折磨的人都希望他爱的人枯萎或死亡。这就是真正的反叛。"[①]

作者对情境的营造包括动词的运用值得赞赏，但修辞中的隐喻性更值得关注。人物生命激情蕴含着被时间吞噬的极度焦虑："日光像烧得白热的熔浆，一块块甩下来，粘在海面及沙滩上……阳光劈头盖脸地刷下来，四处反射着强烈的光芒。"这场景令人不禁想起《异乡人》（局外人）里的阳光和海："到处依然是一片火爆的阳光。大海憋得急速地喘气……整个沙滩在阳光中颤动……大海呼出一口沉闷而炽热的气息。"[②]

时间的创伤意识对于白先勇也许是根本性的，就像加缪所说普鲁斯特"难以返回青春"的忧郁一样："这种忧郁在他身上十分强大，足以作为对整个存在的否定喷射出来。但是，对面貌和光线的爱好同时把它与这个世界连结起来。他不曾同意幸福的假日永远逝去。他承担其再现它们的责任，并且与死亡对抗，指出过去在永不枯竭的现在之中、在时间的尽头重现。而且还比初始时更加真实，更加丰富。"[③]这实际上也是白先勇一生难以摆脱的忧郁。所以直到《孽子》，仍然可以看到这一主题的复现。《孽子》中的老狂人艺术家，仿佛《青春》中疯画家的再现，他声言他的艺术目的就是为了反抗时间的腐蚀力量，反抗偶然性生命的存在焦虑，用艺术创造永恒："肉体，肉体哪里靠得住？只有艺术，只有艺术才能常存！"[④]显然，这种以艺术来征服时间的梦想，也纠缠在白先勇的内心。《蓦然回首》一文中，白先勇讲述了他创作《青春》的缘起。"有一次我看见一位画家画的裸体少年油画，背景是半抽象的，上面是白得熔化了的太阳，下面是亮得燃烧的沙滩，少年跃跃欲试，充满了生命力，那幅画简直是'青春'的象征，于是我想人的青春不能永保，大概只有化成艺术才能长存。"[⑤]因此，与时间的焦虑意识相伴，"为逝去的美造像"，就也成了他的小说最重要的一种构成因素。到了《游园惊梦》，这种艺术理想达到了顶峰。

---

① 加缪：《置身于苦难和阳光之间》，杜小真译，上海三联书店 1989 年版，第 161 页。

② 加缪：《加缪中短篇小说集》，郭宏安译，外国文学出版社 1985 年版，第 42—43 页。

③ 加缪：《置身于苦难和阳光之间》，杜小真译，上海三联书店 1989 年版，第 170 页。

④ 白先勇：《孽子》，上海文艺出版社 1999 年版，第 19 页。

⑤ 白先勇：《白先勇自选集》，花城出版社 1997 年版，第 306 页。

在时间的处理方式上，白先勇与普鲁斯特既有相似处也有所不同。他们都为时间所困，普鲁斯特的主人公们"拼命抓住他们害怕消逝但又知道必将消逝的热情"①。普鲁斯特从一小块蘸有茶水的玛德莱娜点心带给他的强烈感受重回过去，找到了一种通过无意的记忆（即某种特殊的感觉）来回忆过去的方法。"它创造了立体时间的幻觉，使人得以重新找到、'感觉到'时间。"②时间因此失而复得，过去重新进入人的体验，人从中得到快乐。普鲁斯特的人物与现在的关系因而能够和睦相处。而早期白先勇笔下的人物常常背离现在，也被现在遗忘，他们的情感和想象完全沉溺在过去，过去成为唯一值得向往、但却无法重回的故地，于是成了难以抵达的彼岸世界，成了一则痛苦的神话。这就使作者将一种人类伤春悲秋的普遍性哀愁推向了一个极端情境，过去否定现在，人与时间势不两立。可以看到，早期白先勇流露出强烈的唯美颓废趣味的时间意识，常常触目惊心地通过老年与少年的并置来表达；在这样的意趣主宰下，时间扮演着重要角色，有时，时间之伤成了小说构型最敏感而关键的指标。在此，过去／现在，少年／老年，青春／衰朽，美／丑，瞬间／永恒……这些由时间组串起来的对立范畴强烈而直观地拉开了帷幕，这些范畴在《台北人》中继续出现，并进一步拓展其历史和文化空间。与成熟期的作品相比，白先勇的早期小说因过于激烈地直抵命意的叙述而显得有失从容，而且带有明显的青春期梦幻寓言的气质，但蕴含着存在焦虑的时间创伤意识却将延续在他后来的作品里。

在白先勇最脍炙人口的《台北人》中，作者精心经营的时空多重性的建构方式，对陷入时空迷失的人物的特别兴趣，也体现出一种社会学和本体论意义上的存在焦虑。《台北人》的时间型构非常突出，最让人感怀的是它的"今昔之比"，经过欧阳子新批评的经典阅读和解析，一层层画面、场景、情境、人物、心态的比照触目惊心，满是创痛，历史的叙述充满家国失落与个体生命的悲情。"过去"得以象征化，凝定在小说塑造的历史想象空间，这片凝定的历史里无法生长出新枝绿叶。"现在"失去了过渡与开放的特征，变得闭塞、虚空、沉重。未来则是茫然的空白。他的笔下老人形象特别多，《永远的尹雪艳》里的遗老遗少们，《冬夜》里空叹人生荒谬的教授，《国葬》《梁父吟》里的老将军老侍从，《思旧赋》里话玄宗的"白头宫女"（老女仆）……而死亡也触目可及。也许，一些人难以忍受白先勇永远的回首和苍凉黑暗的感伤，不过，小说中那些"过了气的人"显然是白先勇有意选择的对象。当读者疑惑"为何他的作品总是选定被时代淘汰的人物为主题"，白先勇这样解释："没有一个人能在时代、时间中间，时间是最残酷的……我写的那些人里头，虽然时代已经过去了，可是他们在他们的时代曾经活过，有些活得轰轰烈烈，有些很悲痛，有些失败。在他们的时代里，他们度过很有意义的一生，这种题材对我个人来讲是很感兴趣的。"③

---

① 萨特：《福克纳小说中的时间》，见《萨特文论选》，施康强选译，人民文学出版社1991年版，第49页。

② 莫洛亚：《从普鲁斯特到萨特》，袁树仁译，漓江出版社1987年版，第17页。

③ 白先勇：《为逝去的美造像》，上海文汇出版社1999年版，第381页。

白先勇对过去时代的人物和题材的固执，与 20 世纪 50 年代台湾文学的怀旧风有着相似的一面，不过他有着更大的企图。边缘人的微观历史的破碎叙述，是对自欺欺人的官方正史的有意解构，僭越正史而自成一格的庄严，具有悲剧的反讽意义。但是其中的怜悯、自悼、悲愤之深切，从个人情怀延展到群体性历史命运的探询，已经远远超出当时一般怀旧文学的格局。对于白先勇作品中的大多数悲剧性人物，过去不仅具有安慰自己的怀旧价值，过去是人物"活过"、人生"有意义"的证明，但是曾经"活过""有意义"的生命突然被终止，仿佛时间的脑袋被无情地砍断，让身心的"曾在"永坠深渊。现在，就只能是昏噩如行尸、沉痛如失心的人物不得不寄身的"异己的时空"。这是些无法归乡的异乡人，成了生活在别处的伤心幽灵。他们的悲哀，抽象地看，几乎都可以归为丧失过去、欲返不达的悲哀。他们中，一些人丧失了爱情，一些人丧失了地位，许多人丧失了青春、理想和家园，以及生活的位置和生命的勇气。因此，这些小说中，总种植着根深蒂固的时间的焦虑，作者把它升华为命运的悲剧：对于单个的个人，政治、战争的灾难带给他们的挫伤，远远超出了他们所能承受和理解的范畴。时间的标杆上布满命运的创伤，这决定了白先勇小说少有普鲁斯特重回过去的美妙快乐，幻觉的耽溺与自欺给他的人物带来的是更大的空虚，生存意义的终结使生命提前化为腐朽，盼望的终端是无法承受绝望的毁灭。因而，白先勇的一些小说，精致哀感的叙述里总是弥漫着一股老灵魂郁结幽怨的气息。

《台北人》里，时间主题得到了历史感和文化乡愁的蕴藉，不再囿于个体肉体生命这一维的悲剧性角斗。可以看到，在时间这一维上，今昔之比有了新的人生内涵。与这层命意相关，空间命题也显露出二重性。"台北"代表人物寄身却离魂的空洞现在，与此相对，"桂林""南京""上海"是人物魂牵梦萦却无法回返的过去；有了这重今昔之比，就连风月场也不可同日而语，在昔日"百乐门"的光芒下，此地的"夜巴黎"黯然失色。于是，时间空间与人物之间产生了难言的神秘交感，关系发生的方式是多元的：一张发黄的相片、对话中的回忆、做梦以及酒后眩晕的意识流，好比《游园惊梦》里的蓝田玉，借着花雕的酒力，神思恍惚之际游回了过去；《花桥荣记》里卢先生与罗家姑娘那张多年前的老照片，一瞬间把叙述者带进过去，带回故乡。但多元的方式都只为明示一个主旨：个体的生命被活活切成了两截，生命的价值全部留在了截去的那部分。人的生命世界需要的连续性发生了遽然断裂，意义突然隐去，过去从眼前消失，好比亲人在眼前被杀死的震惊和痛楚。于是，时间与空间有了双重性的错置交缠，让人物眩晕。最后，眩晕的人物也许怅然"惊梦"，像蓝田玉（钱夫人）那样，感叹现实的空间与自己之间的陌生异己："变得我都快不认识了——起了好多新的高楼大厦。"或者梦破而死，像卢先生、王雄背离现实到底而走向死路。在白先勇精美的文字中，生存场景的遽然变化、灾难性的打击、身份的迷失和个体生命中无法承受之痛楚以及无法自主的命运，都一一雕刻成了时间之伤。在特定历史背景里，发生在人物身上的时间断裂和空间错位，书写了一段被遗忘被虚化被篡改的痛史，一个个过去与现在脱节的可悲故事交错成系列，隐含有个体微观性历史建构的功能。

与此相关，他小说里出现了中国近现代史上的重要纪念日，如"五四""北伐誓师前夕""辛亥革命"(《梁父吟》)、"台儿庄战役"(《岁除》)、"抗战胜利还都南京"(《国葬》《一把青》)。而这类作品多为"对话回忆"的结构方式，人物的个体命运淹没在一部零零碎碎的民国史中。如果考察其小说的时间多重性，会发现其中时间形式的不同意味，《台北人》中，没有几个真正土生土长的台北人，大部分人物是随20世纪40年代末移民浪潮而漂流至陌生海岛的大陆人，也正因此，他的作品独具一份与旧民国历史相纠缠错综的情绪。白先勇通过对个人身世命运的悲悯观照达到对国家和民族历史的缅怀，艺术的想象化为真实的寓言。他曾经把他那一代迁移台湾的大陆人叫作"流浪的中国人"，这放逐流浪的身世命运让他的小说有了一个共同的模子，主人公都是一群失去了生存依据的边缘人，是被试炼却没有补偿的绝望的亚伯拉罕，是失去了乐园的伤心的老灵魂。民国时间处处提示着历史和个人共同的失落和失败。旧民国的回忆里装满了个人历史的辉煌，然而辉煌过后却是难堪的断裂和终止，辉煌最终灰飞烟灭，甚至成了历史丢弃的笑话，个体的生命因此迷失了自我。白先勇穿行在旧民国的枪林弹雨或者歌舞升平之中，成了个迷路而失语的孩子。

白先勇小说里还有一种有代表性的时间：即与古老中国文化有关的时间，如民间传统节日"除夕"(《岁除》)、"七月十五中元节"(《孤恋花》)、"中秋节"(《孽子》)。那些传统的中国节日，制造出一种古中国的幽渺微茫的气息，除夕的爆竹声里人物仍沉浸在昔日的炮声隆隆中，抚慰被遗恨所淹没；中元节是农历七月十五，俗称鬼节，一个幽灵出没的日子里，备受折磨的娟娟终于举起了复仇的熨斗，以疯狂本能地维护了女性的尊严。

如果考察一下《台北人》里的多重时间，我们会发现，有趣的是：那里少有西元纪年时间，也少见迁台后的民国时间，只有农历时间和旧民国时间在无言地散发着历史的幽幽感慨，不可避免地，也发生可怕的生死之变。那是一些正在沉落的老时间。《纽约客》与《孽子》里，出现了新的时间标尺，如"圣诞节"，代表着西方化的现代性新潮的到来。也许，从根子上说，白先勇的精神更多地活在转型期不肯隐退的传统老中国和旧民国里，那里有他个人心目中永恒却脆弱的好时光。也许，只有在这种不乏极端和个人化的偏执小叙事里，人们才可能真真切切感受到历史的残忍和浸入骨髓的真实——当然，这真实必定也是破碎的。

白先勇小说里的时间焦虑，既含有具体的历史和政治隐喻性，普遍地看，也指向一种人类共有的存在焦虑，即"非存在对精神上的自我所构成的绝对威胁……对丧失最终牵挂之物的焦虑，对丧失那个意义之源的焦虑"①。这里的"非存在"与海德格尔的"非本真"、萨特的"虚无"等概念很相似，也就是指存在意义匮乏而丧失未来向度的空虚状态。这也是在白先勇小说里始终无法消解的巨大焦虑：生命的偶然性与有限性带来的万古哀愁。不过，从根本上说，白先勇并未将存在哲学的深奥理论生硬地嫁接到小说里去，无论是书写青春易逝的焦虑、美人迟暮的哀愁，还是叙述人世无常的痛苦，因果孽缘的悲剧，都能感受到白先勇受传统佛道哲理浸染之深，他小说里的时间焦虑似乎更多是中国化人生哲学中

---

① 保罗·蒂里希：《存在的勇气》，成穷、王作虹译，贵州人民出版社1998年版，第48页。

的古老命题，就像他在谈到《游园惊梦》时说的，小说中的三姐妹困在时间中，她们未能超越时间，因此它的主题是"中国一向的人生哲学：人生无常"①。因此，对民国历史荒诞性和个体命运悲剧性的反复叩寻，存在主义的时间观念与民间佛教的人生无常感悟互相融摄，共同造就了他的诉说和纾解个体存在焦虑的时间哲学。

---

① 白先勇：《蓦然回首》，上海文汇出版社 1999 年版，第 277 页。

白先勇 "纽约客" 系列中的认同危机与历史意识

　　赴美之初，白先勇就对认同危机感触深刻："像许多留学生一样，受到外来文化的冲击，产生了所谓认同危机，对本身的价值观都得重新估计……我患了文化饥饿症，捧起这些中国历史文学，便狼吞虎咽起来。"[1]异域的异质文化刺激以及开放的视野，让他敏感于认同问题的迫切性，也激发起重认家国历史的自觉意识。他蓦然回首中国的文化传统，以至"对自己国家的文化乡愁日深"，开始了"自我的发现与追寻"。他沉浸在中国的历史与文学包括在台湾遭禁的五四文学中，"被一种'历史感'所占有"[2]。他曾这样描述自己经历出国初期文化冲击之后重新创作的感受："黄庭坚的词：'去国十年，老尽十年心。'不必十年，一年已足，尤其在芝加哥那种地方。回到爱我华，我又开始写作了，第一篇就是《芝加哥之死》。"[3]《芝加哥之死》意味着他创作的转折：从人性本能的抽象寓言到历史意识与文化忧患的理性书写。美国社会的现代化情境让他更焦虑祖国的弱势和落后，异域冷漠的都市文明使他更认同祖国优雅细腻的历史文化。从白先勇 20 世纪 60—70 年代创作的小说里可以看出与郁达夫、鲁迅、闻一多那一代中国知识分子类似的域外创伤体验，吴汉魂、李彤之死，与《沉沦》主人公的蹈海自沉有着内在的一致性和连续性，述说着 20 世纪离散华人难以解构的悲情。《纽约客》与《台北人》系列里，生命困境不仅是孤立的个体遭遇，也是民族历史悲剧的构成元素。历史无法背弃也无从放逐，因而如余光中所言，"白先勇是现代中国最敏感的伤心人，他的作品最具有历史感"[4]。笔者在此并不打算继续涉猎这一众所周知的论题，而准备探讨白先勇"纽约客"系列作品中的华人认同问题。

一、在中国想象与美国想象之间

　　《芝加哥之死》是纽约客的开篇之作。小说中的芝加哥大学留学生吴汉魂与牟天磊相似，只是他的遭遇更为凄苦，精神创伤更加严重，结局也更为可悲。吴汉魂多年居住在黑

---

　　① 白先勇：《蓦然回首》，文汇出版社 1999 年版，第 34 页。

　　② 夏志清：《白先勇早期的短篇小说——〈寂寞的十七岁〉代序》，见《寂寞的十七岁》，上海文艺出版社 1999 年版，第 9 页。

　　③ 白先勇：《蓦然回首》，台北尔雅出版社 1984 年版，第 77—78 页。

　　④ 夏祖丽：《归来的"台北人"——白先勇访问记》，见《第六只手指》，文汇出版社 1999 年版，第 327 页。

暗潮湿的地下室里，打工、苦读，过着苦行僧般的禁欲生活，没有朋友，孤独寂寞，失去了台湾的恋人，母亲去世也没能回去，整天钻研地下室里成堆的外国文学书籍，千辛万苦熬到了拿比较文学博士学位的那一天。这一天，他压抑多年的苦闷终于像火山一样爆发，以至于惊人相似地演绎了郁达夫《沉沦》中的一幕：在堕入异国妓女怀抱自渎自践、沦为物化的中国符号后，黯然自沉于密歇根湖。不同的是，郁达夫笔下客死日本的主人公仍坚持殉难者的中国身份而呼吁祖国强大，以期民族获救下的个人灵魂救赎，他自始至终未改自己的中国认同；而吴汉魂却在梦里将母亲的尸体奋力推进棺材，他拒绝了母亲的呼唤，拒绝了回归。不必祈求于精神分析学和析梦术，也不难从这个梦魇看到其间的隐喻性：不能为母亲送终，是尊崇孝道的中国文化传统所不能容忍的罪过，推走母亲尸身的梦像，暗喻他对母亲和母国的背弃，"地球表面，他竟难找到寸土之地可以落脚。他不要回台北，台北没有二十层楼的大厦"，但他又为此陷入极度的痛苦和歉疚。吴汉魂这个命名就已明确地为人物规定了无根漂流的特性，实际上是他主动选择了摩天大楼所代表的现代化美国。可悲的是，"可是他更不要回到他克拉克街二十层公寓的地下室去。他不能忍受那股潮湿的霉气。他不能再回去与书架上那些腐尸幽灵为伍。六年来的求知狂热，像漏壶中的水，涓涓汩汩，到毕业这一天，流尽最后一滴"。美国高耸的大厦并不属于他，在那里他只是个落寞卑微的异乡人，只能拥有地下室里坟墓般潮湿黑暗的生活，以及整日与西方"腐尸幽灵为伍"的压抑。背弃母亲，意味着他弃绝了中国的身份渊源；二十层大厦的地下室以及那些陪伴他"腐尸幽灵"，却又喻示着他与西方文明同样相互隔绝无法沟通。在中西文化夹缝之间，他成了进退两难的边缘人；麦克白的独白遂成为他死亡的谶语："生命是痴人编成的故事，充满了声音与愤怒，里面却是虚无一片。"他的死是失去情感依托和文化母体土壤的生命个体的必然枯萎，也是异乡人对于荒谬人生的绝望反抗。从《芝加哥之死》，人们可以清晰地看到离散华人的边缘人特征，生存的困窘和精神的虚无使他们的人生如一场梦魇。

摩天楼是白先勇笔下的一个有关美国想象的重要符号，它既有高度发达的现代都市文明的傲人光环，又闪烁着金属和玻璃的冰冷色泽。对于追慕美国文明的台湾留学生，它是一种高等文明范式的诱引与召唤；但临近它，就会发现它拒人千里之外的冷酷。像吴汉魂，企图脱离自己族性文化负担（汉魂）来拥抱摩天楼，却只能在摩天楼的地下室里煎熬度日。《上摩天楼去》更是将台湾人对美国都市文明的急切向往开宗明义地显示在题目中，与题目的明快相比，小说的内涵却并不轻松。叶维廉认为白先勇小说善于营造一种幻象然后打破它，这篇作品里的幻象包含两点：主人公玫宝与姐姐见面之前对美国的想象以及对姐妹情感的想象。在想象中两者都是亲切美好的，经过百老汇街道时，她觉得"不是离家，竟似归家一般"，因为这条街道"听来太熟，太亲切"，那是她想象中熟悉的美国。想象中她与姐姐的相聚将会无比的兴奋和温馨。但真实打破了她脑海中的幻象。姐姐玫伦对她的突然来访没有表现出她期待的惊喜，而是照样出门参加聚会，扔下玫宝一个人去看皇家大厦。此时幻象破灭，摩天楼不再亲切而是显得咄咄逼人，她眼前的皇家大厦"像个神话中的帝王，君临万方，顶上两筒明亮的探照灯，如同两只高抬的巨臂，在天空里前后左右地发号施令"。如果把这两筒耀武扬威的探照灯与文中那两盏精致的中国宫灯比较一下会如何呢？"两盏精致的中国宫灯上，朱红的络缨绾着碧绿的珠子，灯玻璃上塑着一对十四五岁疏着双髻的女童在扑蝴蝶。"比起探照灯的帝王巨臂般的冷酷霸气，宫灯显得多么和平温煦，两个意象巧妙烘托了各自背后的两种文化背景：一种强大、现代、冷酷、富有侵略性；另一种柔弱、精美、和暖、缺乏进攻性。这是玫宝感觉世界反照出的两种文化的错位，也反映着白先勇彼时的文化比较意识。站在102层的世界最高摩天楼顶，玫宝发现："纽约隐形起来了，纽约躲在一块巨大的黑丝绒下，上面洒满了精光流转的金刚石。罡风的呼啸尖锐而强烈。"玫宝面对的原来是完全陌生的纽约，她陷入了恍惚与迷失之中。其实她更无法接受的是她丧失了从前被姐姐宠爱呵护的那种安全感，美国的生活把玫伦变得似乎不再有人情味儿。玫宝再也无法适应纽约的冷，她"愤怒地将栏杆上的积雪扫落到高楼下而去"。玫宝的故事让人会联想到白先勇三姐先明的留美生活，也会想起肯尼迪被刺杀后白宫易主时那种在中国人看来冷酷无情的处理方式对白先勇的文化冲击[①]，相信这些事件与这篇小说有着内在的联系。总之，故事里的玫宝迷失在幻象与真相之间的灰色地带，也迷失在中国传统文化孕育的温暖亲情和美国理性文化的冷漠无情的两种文化感觉之间；小说结尾也很有意味，在玫宝的想象中，高耸入云的摩天大楼变成了一棵巨大的圣诞树，自己则成了树顶上"孤零零的洋娃娃"。圣诞树上的洋娃娃，一个渺小到可有可无的卑微存在，正对应着这个中国女孩在强大的异文化面前的柔弱孤独与无能为力，显示了作者对人物的深深怜悯。相反，姐姐玫伦是那种已经接受美国文化改造的中国青年，他们正在逐渐美国化；这类人物在白先勇小说中不仅较少得到深入刻画，而且也受到了隐约的谴责。

《谪仙怨》同样书写中国姑娘的海外遭际，这篇作品采用了书信体与旁观者叙述两种叙述方法，制造出真相与假象之相互参照的反讽情境。真实情形是：母亲想方设法借债送漂亮女儿黄凤仪留学美国，但女儿并未如愿学成迈向成功路，而是退学做了陪酒女郎，在异国都市靠出卖色相为生。她的祖国国别变得无足轻重，像个讽刺般的，她常被人当成日本姑娘，在酒廊里还有着"蒙古公主"的美名，被模糊地界定为"东方神秘女郎"以供消费。女儿给母亲的家书报喜不报忧地隐瞒和改写了真相，她说自己已经爱上了纽约这个"年轻人的天堂"，在那里她活得如鱼得水。有趣的是小说中再次出现了摩天楼意象，但她对之的感受大大不同于吴汉魂和玫宝："戴着太阳眼镜在 Times Square 的人潮中，让人家推起走的时候，抬起头看见那些摩天大楼，一排排在往后退，我觉得自己只有一丁点儿那么大了。湮没在这个成千上万人的大城中，我觉得得到了真正的自由：一种独来独往，无人理会的自由……在纽约最大的好处，便是渐渐忘却了自己的身份。真的我已经觉得自己是个十足的纽约客了。老实告诉你，妈妈，现在全世界无论什么地方，除了纽约，我都未

---

① 参见白先勇：《知己知彼——论对美文化交流》一文，见《明星咖啡馆》，台北皇冠出版社1984年版，第73页。

必住得惯了。"袁良峻先生指斥这个自甘堕落的人物为"摩登型的民族败类"①，有其道德的理由，作者的叙述策略其实也已经表达了对她的处境的暗讽，只是作者的暗讽还伴随着同情。如果换一个角度看，东亚人的国别身份在美国常被混淆，黄凤仪任其自然地听任他人模糊地看待她，而在出卖色相的买卖中，她的面容躯体形象直接转化为一种具有商业交换价值的东方情调。身份的模糊和泛化给人物带来了放纵的自由，让她感觉自己是个真正的"纽约客"，她所理解的缺乏自律随波逐流的自由似乎是对美国这个自由之都的一个嘲讽？对吴汉魂和玫宝二人兼有引诱性和压迫性、令他们向往却又让他们恐惧的摩天大楼，黄凤仪却不再感到恐惧反而觉得自由。原因是她已经彻底美国化了，就连中国饭她也已放弃。这个小说似乎传达了一种这样的信息：放弃中国身份与放纵堕落完全不分彼此；但作者也不忍将责任完全归于人物，他充分地考虑到人物在异国他乡生存本身以及寄钱还债的巨大压力，因此，出卖自己年轻肉体的混世就变成了一件无可奈何的事情。最后，值得谴责的就成了台湾社会非理性的出国热。从这一角度看，作品带有警世意味。

《谪仙怨》发表之前，"纽约客"系列里还有一个姊妹篇《谪仙记》，通俗的理解是，女主人公虽有天人之美貌却不幸遭到贬谪而流浪在外。如果说《谪仙怨》是一篇讲述美丽女性在异国堕落的警世小品，那么《谪仙记》就称得上是一出深刻的离散华人自我放逐的悲剧。它成功塑造了个性鲜明结局悲惨的女性人物李彤，她的个人命运也形象说明了海外中国人的自我放逐与内战历史的直接关系。四个中国女孩于二战后的 1946 年出国赴美，机场上李彤俏皮地将四人命名为"中、美、英、俄"四强，她自己则以中国自居。四个身穿火红旗袍的中国富家女孩的亮丽形象，以及她们在美国校园那段引人瞩目的青春风光，折射了抗战胜利之初中国的短暂欢庆景象和国际地位的提升。然而国共内战爆发又一次将中国人推向战火与离乱，李彤父母乘坐的逃往台湾的轮船失事，李彤同时失去了父母，陷入痛苦的深渊，沦为无家可归的流亡者，高傲的"中国公主"落魄后开始了浪迹天涯的自我放逐，最终投水自杀于威尼斯。男性叙事人陈寅的叙述视角，敏锐地描摹了李彤非同寻常的灼人的美；她父母出事后，小说的叙述强化了她在人际交往过程中的放纵和非理性，但叙事者则以低调的关切揭示出她放纵深处的绝望与高傲倔强背后的痛苦。因此，这个人物不仅以惊人的美丽和个性的光芒让人难忘，她心灵创伤的深度和年轻生命的自我毁灭更是产生了强烈的震撼力量。同时白先勇将富有历史含量的中国符码巧妙地安放在这个美丽的中国女孩身上，她自命为"中国"，而李彤打牌时的对话听来也别有一番滋味："我这个'中国'逢打必输，输得一塌糊涂。碰见这几个专和小牌的人，我只有吃败仗的份。"作者举重若轻地将近代中国的屈辱历史带进人物的身世遭际。被李彤封为"美""英""俄"的几个女友，逐渐结婚生子进入中产阶级稳定的生活轨道，更反衬了她的形单影只；事实上，"只有吃败仗的份"的玩笑话似乎成了一句李彤宿命的隐喻，虽然她表面上从未放下高傲的自尊。她的悲剧，是铭刻在宏大历史浓重阴影下的一抹伤痕。有关国共内战的历史大叙事中，留下姓名的大多是将领、英雄等风云人物，人们看到的是胜王败寇的两岸不同

① 袁良骏：《白先勇小说艺术论》，吉林大学出版社 1991 年版，第 125 页。

叙述版本；但是悲悯的作家关注的却是每一条生命在历史变故中所经受的具体伤痛与悲哀。对于李彤这个曾经鲜活美丽的生命而言，内战让她付出了家破人亡的代价。她的海外流亡者（谪仙）身份更加强了她无家可归、死无葬身之地的惨痛。

二、认同问题与华人移民的代际文化冲突

一般说来，中国认同在第一代华人移民身上根深蒂固，是他们与生俱来的历史纵轴，但是当移民从无根飘零转而落地生根之后，他们实际上已经基本弃绝了回归祖国的现实可能性，而立意在新土繁衍生息。他们必然会经历不同程度的美国化来适应新土生活，而他们的下一代则成为典型的 ABC（在美国出生的华人）。这样，他们之间可能会因文化适应的程度差异而引起错位与矛盾，两代人在国家认同和文化认同方面就更可能出现较大差异和冲突。白先勇写于 1964 年的《安乐乡的一日》主要探讨了这一普遍存在于华人移民社会的问题。

叶维廉曾以王昌龄《闺怨》一诗的结构形式来平行阅读此篇，十分细致地解析了小说的结构方法和主题意旨，认为小说如同"闺怨"一样，前半部分开启了一个幻象，后半部分则在一种突起的惊觉中打破幻象、生出张力①。这种论析确有其新颖别致的独到之处，而且用"闺怨"一诗来论析此小说，暗合小说中女主人公依萍的内在情绪酝酿和发展的流程。不过我略有一点不同意见，叶文认为这小说在前半部分精心经营了一个安逸的幻象，后半部分在突然事件发作时幻象被打破，幻象制造得越是成功，最后幻象破灭时形成的张力也就越大；我以为，就这篇小说而言，小说前半部分对安乐乡这个美国中产阶级华人移民家庭主妇一天的日常生活和社区环境的细致描摹，以及对这位主妇的家庭关系、人际交往内容的回顾与穿插，并非有意制造安逸的幻象，而是始终在为后来发生的不愉快事件做足够的酝酿和铺垫。白先勇非常注意小说的叙事观点，也就是叙事视角的设置，这篇作品采用了第三人称旁观者的叙述观点，但叙事者的视角显然与依萍的视角有诸多相互重叠之处，可以说在第一段纯客观叙事过后，依萍就已经成为潜在的叙事人。开篇是有关安乐乡这座美国上流居住区的地貌环境以及日常生活场景的长篇铺陈，安乐乡表面上显得安逸宁静、井然有序，但是从叙事者隐含挑剔和不满的语气，不难感受到安乐乡的安乐显然已经带有鲜明的反讽意味和可怖的非人因素，而绝非桃花源式的和平安乐。这里的市容"好像全经过卫生院消毒过，所有的微生物都杀死了一般，给予人一种手术室里的清洁感。……草坪由于经常过分地修茸，处处刀削斧凿，一样高低，一色款式"。再看依萍伟成住宅所在的白鸽坡，"这是城中的一个死角……这条静荡荡的柏油路，十分宽广清洁，呈淡灰色，看去像一条快要枯竭的河道，灰茫茫的河水完全滞住了一般。白鸽坡内有它独

---

① 参见叶维廉《激流怎能为倒影造像？——论白先勇的小说》一文，见《当代台湾文学评论大系·小说批评卷》，郑明娳主编，台北正中书局 1993 年版，第 311—323 页。

特的寂静。听不见风声，听不见人声，只有隔半小时或一小时，却有砰然一下关车门的响声，像是一枚石头投进这条死水中，激起片刻的回响，随后又是一片无边无垠的死寂"。社区的住屋"活像幼儿砌成的玩具屋，里面不像有人居住似的"。依萍家的厨房虽一应俱全却像一个实验室。很显然，在这样的叙述氛围里，安乐乡并不安乐，作者也并非在经营一种安逸的幻象。小说的主观叙事语调始终意在交代人物与环境的疏离与格格不入，在她的主观感觉世界里，清洁的市容竟然召唤出手术室的恐怖联想，而现代化的厨房则成了毫无人味的"实验室"，安静宽阔的道路如同灰暗凝滞的死水，整齐划一的住屋则是不像住人的玩具屋。这一切异己的缺少人情味的景观，渗透了依萍寂寞、无聊、抵触、压抑、恐惧等不愉快的主观心理感觉。不仅如此，小说在叙述母女文化冲突这个风暴般的高潮之前，还补叙了依萍在社区人际交往的不快经验以及家庭生活的潜在问题。她的不快首先在于她强烈地感到自己是美国人眼中的他者，她不能适应这种异类感，作为社区唯一的中国女性，周围的美国人对她的过分热情与好奇态度让她难受，这也是一种将她区别对待的他者化，让她敏感到自己的与众不同；而对于自己屈从美国人的他者化眼光而刻意表演自己的中国特征她更感到辛苦而别扭。因此她没办法融入美国人的社区，找不到真正的在家的感觉，而是每时每刻被环境提醒着自己身在异乡为异客的境况。她的痛苦还在于，在中国人最重视的家庭中她也同样是异类，伟成和宝莉两人已轻松自如地美国化，使得坚持中国身份和生活习惯的她不合时宜而孤独郁闷。这些补叙的内容也绝非意在制造一种和平安乐的幻象，而是必要的情绪铺垫。从笔者以上的分析看，作品前半部分的铺叙包括细致的环境写实并非意图经营幻象，而是明确地为后文出现的冲突进行充分的铺垫和渲染，使得高潮即母女间的剧烈冲突变得水到渠成。这次冲突的导火索是女儿宝莉与小朋友的争吵，孩子认为小朋友称呼她为中国人是对她的侮辱，坚称自己是美国人，母亲在向孩子灌输她是中国人而得不到孩子的认同后产生了极端的情绪反应，在盛怒之下打了孩子。丈夫冷静地批评她："说老实话，其实宝莉生在美国，长在美国，大了以后，一切的生活习惯都美国化了。如果她愈能适应环境，她就愈快乐。你怕孩子变成美国人，因为你自己不愿变成美国人，这是你自己有心病，把你这种心病传给孩子是不公平的。"我基本赞成叶维廉对依萍"身份顿然落空，自我瞿然消失"的伤愁的理解，以及对于依萍与伟成不同身份认同的解释：即自我意识的强与弱影响了个人能否安然接受另一种身份取代原先身份的事实。伟成父女的自我民族意识相对较弱，比较容易归化为美国人；而依萍的自我民族意识较强，也就难以接受自己和家人不再是中国人、成为美国人这个事实，她是一个维护中国身份的"殉道者"。

这个华人家庭的这场矛盾冲突不是孤立的事件，它形象地表明第一代华人移民彻底融入在地社会的困难：包括客观和主观两个方面的困难。小说借此呈现了华人移民的两种认同观念：伟成以理性实际的快乐主义为生活准则，比较容易放弃自己过去的身份认同而建构新的认同，认为这样做物有所值；依萍则以较为本质主义的身份观念面对移民生活，处理现实问题趋向情感化和保守化，因此她对于丧失和改变自我的中国身份感到焦虑不安，企图在异己的环境里仍然保全自己的文化价值，但事实上依萍的挣扎显得孤单而徒劳。

20 世纪 70 年代白先勇创作了他唯一的一部长篇小说《孽子》，其主要情节场景在台北。这部小说取材于 20 世纪 60 年代台北的边缘弱势群体即同性恋社群的生活内容，突破了华文文学题材的一个禁区。"纽约客"的故事不算《孽子》的重点，只是其中的一个枝节；不过作品部分地延续了"纽约客"以及"台北人"系列作品的主题意趣，那就是带有家国意识与历史感的放逐与流亡主题，具体表现了父子两代人从疏离怨恨到带有救赎意味的和解的过程。小说中同性恋圈中的青少年几乎都背负着一段辛酸历史，都是遭放逐者。他们与父辈的关系尤其耐人寻味。如主人公李青遭到外省老兵的父亲的驱逐，其实那也是他的自我放逐："父亲那沉重如山的痛苦，时时有形无形地压在我的心头。我要躲避的可能正是他那令人无法承担的痛苦。"王夔龙，因与野凤凰阿凤惊天动地的同性爱情而成为新公园的历史传奇人物，后遭到身居国民党将军高位的父亲的严厉驱逐而流亡美国十年，直至父亲去世："我背着他那一道放逐令，像一个流犯，在纽约那些不见天日的摩天大楼下面，到处流窜。"父辈对子辈堕落行为的严厉处置裹挟着上辈人退守台湾而不甘的遗恨，子辈们则不愿背负这重担而逃往自由无拘同时也遍布危险的黑暗王国。子辈们历经炼狱磨难终于在心中与父辈和解，李青原谅了父亲，王夔龙理解了父亲的苦心，阿玉固执地寻找抛弃了他的父亲，吴敏给吸毒的父亲购买治病的药……扭曲、脏污、卑贱的生活中仍有可贵的真情流露，如李青、阿玉、老鼠为救吴敏而毫不犹豫地输血给他，王夔龙对哥乐士等中外沦落少年的悉心照料，李青对流浪的智障少年小弟的无私呵护……这些是作品特别能打动人的地方，也可窥出白先勇独特的观物视角和佛性的慈悲情怀。作者从同性恋者这种特殊的弱势边缘人视域，呈现了一个不分国别、难辨善恶、沉沦与挣扎并在、罪恶与救赎俱存的令人目眩的人性世界：王夔龙的美国经历与李青的台北遭遇一样冒险离奇；台北有"安乐乡"，纽约也有"快活谷"，这充满嘉年华色彩的同性恋酒吧，象征着中外同性恋少年朝不保夕的混乱生活和短暂欢娱；波多黎各少年哥乐士和台湾少年阿凤、李青、吴敏的身世一样的悲惨可怜。王夔龙异域流浪十年，有一天他听着老黑人拉奏的一首黑人民谣 Going Home，心中情不自禁涌起回家的欲望。他的浪游美国和思乡归家构成了情节发展的推动力量，强化了人物在放逐与回归之间的情感张力，也扩大了作品的社会视域。

三、跨越种族界限的同性之爱与难解的中国情结

21 世纪之初，白先勇推出了两篇新作《Danny Boy》和《Tea for Two》。在这两篇小说中，所表现的人物群体不仅锁定同性恋者，还明显可以看出作者人物族性身份的微妙变化：他笔下的人物已经不再仅仅是早期关注的失根漂流的中国人，甚至也不再仅仅来自华人世界。两篇小说中有中外混血儿，也有犹太、爱尔兰等其他种族的美国人。显然，随着定居美国时间的日久，作者对美国社会的文化多元性与混杂性有了更充分的认识。在开放的视野中，白先勇展示了人性交融之中族性隔阂的消隐，而同性恋主题的深入展开则形成了人们族性距离消解的重要因素。这一点在较长篇幅的《Tea for Two》中有着更加充分的

表现。《Tea for Two》里主要讲述了曼哈顿一家名叫 Tea for Two 的"欢乐吧"里的几对同性恋"欢乐族"的恋情和友情，而 Tea for Two 因"幽会的情侣，东西配特别多"而成为"东方遇见西方的最佳欢乐地"，这是很有意思的见解，也是白先勇早期作品中虽曾触及但并未得到深入表现的看法。《孽子》中，王夔龙在美国流浪时就曾与其他种族的男孩发生过亲密感情，但是作者由于关注重心在台北的新公园，因此并未由此阐释出东方与西方相遇的含义。而在《Tea for Two》里，白先勇有意识绘描出不同种族背景的人群在美国都会的相知相爱，如犹太人的后代大伟和中国人东尼之间跨越种族的爱情。有趣的是白先勇为人物的爱情赋予了浓郁的中国风味和戏剧性巧合。大伟的祖上虽是犹太人，但是曾在上海开过西餐厅，大伟和东尼同年同月同日出生于上海的同一家医院，这对终生不渝的恋人在生命尽头专程回到上海寻根之后才携手一起离世，二人跨越种族界限的爱情被赋予了患难与共同死生的中国式兄弟情义。

我们不妨将这个故事看成作者此生难解的中国情结的又一次抒发。在近期的这两篇小说中，虽然人物的种族背景变得多元混杂，符合美国都会多元的人际交往现实，但是白先勇关注的人物大多仍与中国相关。他们中的一些人仍然深受认同的困扰，比如《Tea for Two》中的混血儿安弟因他的中国母亲遭到他美国父亲的抛弃，所以"觉得他身体里中国那一半总好像一直在漂泊、在寻觅、在找依归"①。这也是两篇小说中多数人物难以消解的心理症结。从中看到这样的矛盾取向：作者试图以僭越种族界限的人性交流尤其是爱情来抚慰漂泊的心灵，但同时依然难以更改地眷恋着一种族性的根源。两者之间，就是白先勇以悲悯之心打造的同性爱之天堂：欢乐吧。其实，这样的格局早已有迹可循，无论是渗透了时间之伤的同性之爱，还是隐痛式的民族情结和家国情怀，白先勇早先的作品多有深切表现。只是在这两篇近作中我们看到了更为通透纯粹而不乏狂欢化的同性爱场景，那在艾滋的浓重阴影下艰难地坚持的爱情。显然，作者赋予了这种超越种族甚至超越生死的同性爱以神圣化的色彩。

以上的分析表明，白先勇笔下的美国华人大多尚未真正归化，或者说他更关注那些心灵放逐的漂泊者，悲悯着那些异乡人的愁苦，因此他的北美华文书写始终未曾脱离近现代中国的历史性视野，同时，深深的民间佛教情怀为他的作品笼罩上一层悲悯和宿命的色彩。书写海外中国人浓稠悲怆的民族情感和认同焦虑，其实这也是那一时期海外台湾作家的一种主流视野。

① 白先勇：《青春·念想——白先勇自选集》，广西师范大学出版社 2004 年版，第 146 页。

一个纯粹的汉语文学家

——王文兴先生访谈录

访谈时间：2014 年 7 月 28 日下午 2:30—5:15

●朱立立　◆王文兴

● 王老师您好，我从福州来，您的祖籍也是福建福州，出生于福州，小时候在厦门居住过，那么先请您谈一谈童年时对福建这两个城市的印象？

◆ 我是出生在福州。好像父母跟我讲，有两个地方我应该听得很多，比较熟，一个是福州的塔巷，宝塔的塔，再来一个，叫作郎官巷；不知道这两个地方现在还有没有？我不清楚究竟是出生在塔巷还是郎官巷？这两个地方应该有一个。自出生以后，很小就跟着家里头到厦门去了。所以我要有记忆的话，是从厦门开始，然后我们又到台湾来，来台湾之前先回福州住了几个月，我对福州的印象应该就是在这几个月里的印象。那回去以后我们住什么地方呢？就住我父亲的老家，那又是在另外一个地方，在仙塔街，现在是不是还叫这个名字我也不清楚。我们家那地方的对面当时有一所中学，也不晓得这个学校现在还有没有？然后就从那个地方离开的。我回福州印象最深的就是，从码头进城的时候，要坐马车，当时没有什么汽车，汽车很少，这个马车还挺考究的，就跟那个欧洲电影里的马车是一模一样，十九世纪的大的马车，那个马车呢都有玻璃窗的，很考究，有汽车那么大，这个是对福州印象很深的。再来就是，我们家住的那个地方附近大概都是念书人家里，所以我小时候每天下午都会听见隔壁左右住家的年轻人朗读的声音，读的不一定是诗词了，但是必然是中国的经典。他们大声地朗诵，此起彼落。

● 是用方言读吗？

◆ 我相信是用方言，因为他们读书的声音跟我父亲读书声音是一样的，人数很多。这个现象很奇怪，因为老早就已经没有科举制度，可是显然每一家的小孩子都还有这个功课。这是当时我记得的福州印象。我在福州只有那几个月，所以没有上学；恰好，那几个月里我们家遭遇了一点事情，我父亲忽然生病、病倒了，居然说是感染了当时的鼠疫，很严重，黑死病，不单是他一个人，而是整个城都有这个问题，都有感染。那我们家都很紧张，我们是住在仙塔街，这个地方当时是我姑妈（七姑妈）她住在那里，所以她们也很紧张，我想最大的问题是：应不应该让我父亲、让我们家搬出去，免得感染。结果也很神奇，后来我父亲这个病居然康复了，一个礼拜后渡过了难关，这个也很神奇，按理说这个病是不容易好的。我福州印象，记得的大概就是这些。

● 刚在路上交谈时您说起过，您和家人当年从福州坐船到台湾，海上经过了一天一夜的航程，具体情况是怎样的，您还记得些什么？

◆ 哦这我倒还记得。所谓一天一夜，就是白天上船，白天从福州到马尾，福州唯一的港，坐船去的。我记得一整个晚上都在船上，过台湾海峡，记得那是九月，一年里风浪最大的时候，整个船上的客人没有不晕船的，船舱底下大的小的都晕得很厉害，可以说都吐得很厉害，然后一晚上没睡，大家都在晕船。然后，第二天早上，我还记得，白天，甲板上就有人看到陆地了，有可能所谓看到的陆地也只是看到澎湖而已，我也不大清楚。最后我们的船是到了基隆，到基隆时大概是白天。这个我算算应该有一天一夜的时间。

● 关于您的家世，我们知道王寿昌先生是您祖父，当年他和林纾先生合译了《茶花女》，想问一下家学渊源对您的文学创作有什么影响？

◆ 当然我们很早知道就我祖父是谁，他做过些什么事，不过有一点呢，我一直跟很多学生都讲：我完全没有受到我们家里前辈教育的影响，百分之百没有。他们会的旧学、旧诗词都没有传给我、都没教我。什么原因呢？这我也不晓得，也许像我父亲他们那一代人都是一些失意的人，他们觉得旧学一点用都没有，绝不愿意下一代再学他们学错了的这一行，可以这么说。所以我父亲自己会诗词，该会的都会，可一个字都没教我。所以我接受的教育主要是从学校里得来的。

至于说我的祖父在文学上做的这些事情，我也是后来在别的地方找到的书里了解了一部分。我看过我祖父写的诗，也看过他写的文言文，我必须说：他的文言文非常好，非常的好，他的诗呢，大概比不上他的文言文，他的文言文好到，比严复更好，必须这么说，严复在我看来已经很好了，然后，好像也应该比林琴南更好，原因就是林琴南有很多文章留下来，我可以比对，结果我也就比对了一下林琴南的《茶花女》，比对下来的第一个印象是，这个文笔怎么完全不像林琴南其他文章的文笔，反而和我祖父的文笔很接近，所以我心里就存有一个疑问：这怎么回事？后来我又从别的地方看到，不知我有没有记错，好像是林拾遗写的，《茶花女》是王寿昌先生已经翻译好了的，不是口译，而是他自己就已经翻译好了的，因为林琴南先生当年中年丧偶，他太太去世，心情很不好，所以王寿昌先生就把他自己翻译的《茶花女》不时地念念给他听，给他解闷，经过是这个样子。假如经过是这样的话，那就跟一般所说的：一个口译、一个笔译，就完全不一样。后来商务出版社出版时是把两个名字排在一起，那也无法说明究竟翻译经过是如何。

● 您父母亲是怎样的人呢？请谈谈他们对您的成长及创作的影响。

◆ 哦我的父亲，我刚才已经讲过，因为他对旧学完全失望，所以他就完全没教给我任何旧学方面的。我只是间接地、偶然听到他自己一个人时候唱一两首诗，那么，断断续续几句诗，这是我从他那儿听来的而已；我母亲呢，在我们家里，她是我父亲的续弦，因为我两个哥哥的母亲早年去世，所以父亲是续娶我母亲，我的母亲是福建福州林家的，我哥哥的母亲家是郑家，郑家是很大的一个家族。我记得那时候母亲还带着我去看望林家，之后再去看望郑家。我母亲她的教育程度，必须说是当年普通人家里的，并不高，她没有上很好的学校，我还记得她跟我讲过，她跟她的父母到广州去，她的外祖父到广州去工作，小时候跟他们去广州，她在广州上了几年小学，其他都是家里教她的，所以她认得字。其实我从我母亲那儿学来的诗比从我父亲那里学的还多，因为她把她小时候会的诗呢，有时候唱出来教给我，当歌一样，所以我反而从她那里学的诗比较多。

● 从黄恕宁老师的一次访谈得知，您小时候不怎么快乐，是一个比较孤独的孩子？

◆ 对，是因为我小时候，在厦门的时候，我们是外地人，当年我们家人也不大会讲厦门话，所以跟左邻右舍，跟左右邻居来往不多，那在我上学前把我放到外面和小朋友们玩的话，言语也不通，所以我就记得我上学之前，我母亲要到外面菜市场买菜的话，家里就剩我一个人，就把所有门窗关起来，把我丢在里头，那就跟坐牢一个样，门窗打开了怕我会翻出去了这些危险，要到她回来再把门窗打开。所以长时间里这种情形，家里就我一个，我母亲不在，父亲上班去了。那我只能在一个走廊像阳台一样的地方看出去，看到什么？只有看到天空上的云，其他什么都看不到，所以唯一看到的变化就是天上的云的变化。那么后来开始上小学，比较好一点，但是，可能也因为语言的关系，小时候我没有学过闽南话，当年说不太好，跟小朋友不太能讲，一直到台湾以后，还接着上小学，结果，台湾还讲闽南话，那我就没有办法，当然我也大了一点，七八岁了，那我学起来就比较容易一些，反而是我的闽南话是在台湾学得比较多。

● 我最近看到您的一篇散文《怀仲园》，内容是回忆您小时候的一个邻居大哥哥，写得非常好，很感人，我也是第一次看，才知道他对您影响那么大。

◆ 应该是，对我来说是的。跟他有关系的就是现在台北的纪州庵这个地方，因为纪州庵现在所留下来的，没有给火烧掉的地方只有一小块一小部分，现在复建的；而这个复建的部分，恰好是我写的《怀仲园》里这个大哥哥他们家在的地方。所以整个纪州庵来讲，只剩他们当年住的那部分留下来的，其他的都烧掉了。

● 那您住的地方呢？

◆ 我住的地方在后面，都烧了，没复建，还没复建到。这部分复建的我看了就很高兴，我小时候常到他们家玩，所以就觉得又像回到了当年一样。

● 他搬家离开纪州庵后您和他还有来往吗？

◆ 没有。完全像文章里写的那样，写文章的时候已经多年没有往来。但是也很不幸，我的文章他也许没看到，因为我没有用他的本名。那么再过几年我就听说他已经去世了，我也很惊讶，因为那时候他年纪也不大，是政大有人跟我讲他去世了。他实在是一个好人，政治大学他的同事告诉我：他呀，大孝子，非常孝顺。为什么会这么早去世？就是太辛苦。平常家里操劳、工作之外，晚上还要回去伺候父母，生病的父母。他父亲喜欢吃什么菜，他要自己亲自下厨烧菜给父亲吃，结果太辛苦，就去世了。

● 王老师好像对父母也是很孝顺的，我在那些访谈材料里看过。

◆ 我想我比闵宗述真有天差地远。他这样的人，台湾也没几个。现在工业社会这么忙碌的时候，他把所有时间都奉献给父母，这真是不容易！好在现在他们政大也正在准备为他出一本纪念文集，很快就可以出版。哦可能有件小事情，不知珊慧有没有跟你讲过？政治大学在整理材料出版闵宗述文集时，就把他们家所有的闵宗述遗稿，没有整理的一整箱都交给政大，结果事情就落在洪珊慧手里了，他们请她帮忙，请她来负责整理工作，在所有他的旧稿，诗词、文稿里头，发现两封信，她有没有跟你讲？

● 没有，

◆ 是谁写给他的？是我写的。一封是我十五岁时候写的，一封是我十八岁时写的，他都留下来了，我真的是很惊讶、也很感慨。那他们就把两封信给我看，时间隔了这么久，60年都有了。别人要是说这是我写的我不相信，因为我不认识我以前的字了，我自己当年小孩子的时候写的字，我都不认识是我自己的字，整个信件内容我也忘了，读了我才记起来。十八岁一封，十五岁一封。知道这件事，都说这简直是不可相信的事情，他竟然把两封信留下来了，而且留了这么多年。那这两封信早晚会被收到他的文集里，将来应该有机会读得到。

● 这是很珍贵的材料。

◆ 对，那个信纸很旧，都快烂了。

● 当初创办《现代文学》时，你们都还是台大的大学生，一群意气风发的年轻人，在做这件事情的时候有没有具体的分工安排？

◆ 我记得我们分工就是一期一期，由一个人、专人负责，所谓专人负责，比如说这一期轮到谁了，他就负责所有的杂务，当然他要决定这一期用什么稿子，编排，他来决定，尤其印刷厂的联络、校对等等一概由他来决定，别人就休息、休假；不过呢，关于选稿，说起来这一期是某一个人负责，他也只是管收稿，其他的人也可以供应他稿子，那当然是因为同学关系，也没有说谁负责谁就有这么一个权力可以拒收或者什么，都没有这个规定，也没有这个现象，要是其他的编辑提供或者推荐稿子，只要他认为合适的，或者篇幅还可以容得下的，也都可以刊用。当然也有时候有些弹性，就算他觉得不太适用，那他就会留给下一期，让下一位来决定是否刊用。

● 我记得《现代文学》出了一些很先锋很有特色的专辑，有关西方现代作家与文艺思潮的专辑，印象中，好像您是其中一些专辑比如卡夫卡专号的策划者对吗？

◆ 没有，这个事我也不敢说，我当时是希望有这么一个专辑，大家也都同意。如果说我是策划我也不敢掠美。我应该提到另外一个人，是一位老师辈的人，何欣先生，他给了很多指导，帮了很多忙，比如说就算是我们要办卡夫卡专号的话，也会跟何先生商量，何先生会提供很多的尤其是研究的资料，卡夫卡虽然我们自己也还读，也还算熟悉，但是很多最新的研究资料，这些何老师帮了不少的忙，给了很多很好的意见，就提供给我们原稿，他让我们自己找人翻译。

● 每一期都要去专门找人翻译么？那工作量很大呀。

◆ 这个很重要。国外的稿件收好了之后，谁愿意翻译这个，谁愿意帮忙，我还记得有一期是关于存在主义的，萨特啊这些，我想我们大概找到了郭松棻，他对存在主义很有兴趣，我还和他联络过，他好像也写过关于存在主义的论文。为什么想到他？一来他对存在主义有兴趣以外，也因为他原先是在哲学系，他后来转到外文系来，所以关于哲学方面，当然他比我们知道多一些。

● 刚好我也正想问一下有关郭松棻的问题，他当时和您同过学吧，好像高您一级？

◆ 没有，跟我们同年级，本来哲学系，后来二年级转到外文系来，就和我们同学。

● 记得当年他曾经写过一篇很长的论文《沙特（萨特）存在主义的自我毁灭》，存在主义不光是反映西方社会，其实也很能反映台湾社会境遇和青年人的心态的，文章结尾他说：萨特"挣扎的伤痕亦即是我们普遍的伤痕"。您认可他的看法吗？

◆ 这应该是有。严格讲，看萨特的存在主义的话，非常强调焦虑感觉，人的焦虑感，人生的体会其结果就剩下一个焦虑感，这样讲就和很多政治有关系，所以萨特本人和当年法国的一些朋友一样，都会从当年占领区生活里去找到很多存在主义的问题，占领区的生活是一种没有自由的、没有出路的环境，所以如果说存在主义反映当时台湾的政治环境，也有一点类似，这种焦虑感和苦闷应该是相同的。

● 当时有一个作家陈映真，他早年也受现代主义影响，后来思想有所改变，他写过一篇小说叫《唐倩的喜剧》，里面有点讽刺存在主义在台湾一些知识分子那里成了一种流行时尚的风潮，您怎么看20世纪60年代台湾流行的那种存在主义？

◆ 我想，存在主义在台湾从来没有成为一个风潮过，只是有人提起，乃至于有几个人真正阅读过西方的存在主义哲学，都是一个大问题，了不起有人读过存在主义的文学，真正严肃的哲学的这些论文著作，读到的人极少极少，没有人有能力开这个课，所以大学里也没有这个课程，所以要说存在主义在台湾已经酝酿成风潮，这个话完全是不切实际的，是误解的结果，是因为完全不懂所以他才会酿成这么个印象。所以我可以肯定，存在主义在台湾等于没有存在过。只是有人提到过，有人向往，有人阅读、有限的阅读，至于说它成为文学上的一个潮流，这个是不太可能。

● 白先勇曾经引用黄庭坚的诗句"去国十年，老尽少年心"来表达出国后的心态，"不必十年，一年足矣，尤其在芝加哥那种地方"。他出国后，和很多留学生一样，产生了所谓的认同危机（crisis of identity），"对本身的价值观都得重新估计"。黄恕宁老师对您的访谈里您也谈到过出国的经验，您有没有产生过类似的体验和感受？

◆ 是这样子的，出国对我来讲关系不是特别大。但是如果从另一个方面来看，可以了解中国近代史的这方面来看，也许在国外多一个窗口可以看得到，比在台湾了解得要多，这是有的，因为在国外的图书馆里接触到的书本比台湾多很多。除此以外呢，出国对我来讲没有什么影响，没有这件事也无所谓。因为人无论在什么地方，你只要能阅读、你能读书的话，那你想要知道遥远的东西，都可以读得到，读得到就远比亲身看到的更要紧、更重要。因为你亲身看到的，顶多是一个旅客所观察到的或看到的，很有限，一个旅游者环游世界所得也有限，那不过是表面的一些新奇的现象。乃至于说享受到重要的，重要的部分可以从阅读里得到，从别人的出版物里，思考过研究过的成果里，收获更大更多。我常常回头想，假如我没出国没有出国经验的话，大概也没什么影响，我也不会缺少什么。

● 我们都知道，您是一个纯粹的艺术家，一个现代主义作家，一向重视文学艺术的本体性，包括语言风格的刻意经营，不过您也曾经表现出另外一面，比如在乡土文学论争中，您就写过《乡土文学的功与过》，还引发了不少争议。您是怎么看待一个文学写作者与社会现实或者政治之间的关系，怎么看待一个知识分子的社会责任？

◆ 对当年引起争论的那些问题，我的想法和以前一模一样，没什么改变。简单地说，先讲文学的部分，我还是认为文学和艺术应该有绝对的自由。任何给他扣上一个帽子限制他写什么，毕竟是一种伤害，这是我当年关于乡土文学争论的看法，现在几十年以后我也还一样这么看。乡土文学可以写得非常好，这没错，不过没有理由要求所有人都写乡土文学。

关于政治方面，我的看法是这样，跟当年我的看法也没有两样。我认为经济问题很重要，民生问题是第一要紧的。如果任何政府为了它的政治利益，为了掌权的原因，妨碍了限制的人民的经济发展的话，我们都应该站在经济的这一边抗争，毕竟经济是重要的。但是，我也不能说资本主义、社会主义怎么样怎么样，哪一个更好。讲到这个问题，我必须说社会主义也有从经济观点出发，其目的也就是想改善经济环境，只是它站在另外一个立场，和资本主义站在相反的立场。这样看来，两方面都是重视民生问题、经济问题，那是最理想不过的。这个世界目前已经走在这个阶段，确实两方面都在实验各自的民生主义，看看行不行，其结果也常常是走一条中间路线，互相参考对方、修正自己，可见也都是想到：第一个要紧的是改善人民生活，民生主义最要紧。

● 您的第一篇小说到底是哪一篇？黄恕宁教授的访谈录《现代交响乐》里好像说是您大一时写的《结束》，但也看到珊慧的访谈里说是《守夜》这篇？

◆ 这两篇，我也记不得哪一篇在前了，可能《守夜》在前吧。

● 您早期的十五篇小说非常关注命运主题，特别强调个体对宿命的反抗，印象中不少作品里都有那么一个敏感、孤独、倔强的少年形象，请问这个不断复现的少年形象身上有您本人的影子在？

◆ 少不了应该有。不单是我个人，我想任何写作的人，应该是一半一半的，有一半另外再加上修改、想象，尤其是夸大的想象。

● 您早期作品对死亡主题的表现让人印象深刻。《命运的际线》一篇很典型，小说描写小主人公因恐惧死亡而用小刀将自己掌纹的命运线划破拉长。对宿命、命运和死亡的思考和关注，与您后来走向宗教信仰之路应该有着必然的联系吧？

◆ 这也是难免的。因为宗教要谈的也就是生死问题、命运问题，而且宗教跟死亡绝对脱离不了关系。早先，小的时候我对宗教已经在摸索。但是因为家里的关系，我父亲没什么宗教信仰，和当年那些留学生一样走上这个潮流，我的母亲是传统的，当然是有她的佛道的信仰。我自己的选择是从阅读上来的，因为我对神学的研究非常感兴趣，中外的都一样，从神学的阅读走上信仰的道路。但是几十年下来我会觉得，反而神学的阅读可有可无、没有关系，而信仰不需要靠阅读；信仰，简单地说，只要迷信就好。我是很反对别人瞧不起宗教是迷信，我反而要反过来认为宗教非迷信不可，而且迷信足够了，光是靠迷信就绝对够用，不需要靠阅读，这是我几十年下来所得。觉得宗教，归零就好，不需要增加任何其他的知识在里面。哪怕是不认识字的人、完全无知的人，你一样可以信教，可以有很强的信仰，而且这才是正确的信仰。无论是什么样的宗教，在我看来，任何宗教本质都是相同的。

● 可是对于知识分子而言，"迷信"也是不容易的事呀。

◆ 对，那必须要反知识，因为宗教简单地说就是一种反知识的现象，要反理智、反知识。对知识分子来讲，这种回头是不容易；但是他应该想想，这样的回头才是真正的进步。不要以为什么你都可以靠理性来解决，靠知识、智慧能解决，那样的话你就把宇宙的神秘看得太小、太有限了，宇宙的神秘绝不是人类这一点点智慧就可以了解的。

● 我们还是回到文学创作层面。您写《家变》是写完了以后才想到书名的？

◆ 是啊，大概每一本长篇小说都是起先难以决定书名叫什么，写完才定的书名。《家变》和《背海的人》都是这样。

● 据我了解，您一般创作都是先有布局谋篇胸有成竹再写，那么为什么这两篇会在事后才决定篇名呢?

◆是,这个布局谋篇你说的对,要先决定;但是篇名呢,我短篇小说很多也是最后才决定篇名,乃至于有没有篇名,在我看来反而是次要的事情。就像画画的人,你画一张好画,有没有名字都无所谓。

●《家变》写作之初首先触动您的关键点是什么?是范晔这个人物,还是这个故事和逐父主题?

◆首先最重要的是要反映出家庭关系来,这个最要紧;而且必须是一个道德上的反省、道德上的检验,一个检查。

●范晔这个人名有没有什么特别含义?

◆这个名字我必须说中间有很多的误解,后来也就将错就错,我开始写作一直乃至于写到最后一个字,我都读范 hua(音"华"),没有读成 Ye 字,才发现字典上都念 ye,但是几年以后我又读韩愈的诗,读杜甫的诗,发现唐朝是念华的音,他们诗里的晔字都押在 hua 的韵脚上,假如这样的话,我也愿意读的时候还是将错就错照我原先认为的读华 hua 字比较顺口,比较能符合这个音调上的需求。

●这个作品的主角范晔这个人物可以说是个反英雄,作品发表之初引发了很多争议,您怎么理解这个人物的所作所为所思所想?您认可把他看成反英雄吗?

◆可以这样看。当然,他的行为从道德的眼光来看是大有可以批评、可以讨论的地方,但是很要紧的就是说,他的行为多半还是在思想方面,很少是出现在眼睛可以看到的行为上;换句话说,要拿到法庭去的话,他的罪名恐怕很难成立。这本书的道德上的问题、伦理的问题,都必须放在心理学这方面来看,而非放在法律的观点来看。

●《家变》的写作过程中有没有受到加缪《局外人》(台湾翻译成《异乡人》)的影响?

◆恐怕没有。因为那本书是对国家社会而言,而这本《家变》的范围是缩小到只限于家庭伦理,这个范围小很多。

● 是,与后来的《背海的人》较宽广的社会辐射及群像展示相比,《家变》的关注点主要聚焦于家庭,特别是家庭中的父子关系。这部小说曾被比喻为一场地震。我十几年前初读《家变》也深受震动。小说对童年范晔成长过程包括他对父母的依恋描绘得细腻真实,我记得很深的是范晔小时候对父亲还是有崇敬的,慢慢的在他长大过程中发现父亲身体矮小、相貌丑陋、言行举止也很不雅,这个成长变化的过程写得非常好。我记得有个场景是:范晔有天夜里正陶醉于西洋交响乐,却突然传来父亲起夜小解声,让他特别恼怒和嫌恶;还有,作品里有个有趣的细节给我很深的印象,小说一边描写长大后的范晔鄙视父亲，另一面却对一位气质高雅、修养很好的邻居老者无比尊敬，甚至暗地里希望把他当成自己的父亲。

◆ 你提到这一点确实我听了很高兴，因为从来还没有任何一个读者或者批评的人把这一部分挑出来讨论。这是我很重视的书里头的一个部分。我非常重视的这一部分，就是：范晔的这个行为其实才是整本书里边最严重的罪行，就算他任何粗暴的地方，他的叛逆，都赶不上这个罪行的严重；但是这个罪行，你说是不是罪行呢？反而很普遍，在很多年轻人身上都可以看得到。比如说很多年轻人尤其大学生，在他眼中，他所崇拜的教授的地位比他家里长辈地位要高。你刚才提到这点，我非常高兴也很感谢，因为你把这个重点找到了。

● 在这个家庭关系中写得很感人的是范晔的童年经验，当然后来这个家庭关系发生了很大变化。小说的结局也很耐人寻味，范晔没有找回父亲，寻父的过程他也有些许的难过与自责，但是最后他和母亲还是祥和地相对而坐，饭桌上的母亲甚至还面色红润，似乎一切都很圆满。也许有人会把这个情节简单地解释成恋母情结，显然这并不是很确切，您觉得呢？

◆ 这一段和恋母情结的关系呢，我想这是比较表面化的解读，可以采用，但是应该考虑到重点还在另外的方面。重点是在讲人道德上的一种懒惰，这才是道德上的一个最大的罪恶。范晔起初还有苦痛、后悔在他的内心，还有种种该有的伦理上要求的苦痛，但是经不起时间的冲淡，到后来毕竟还是惰性战胜了他的后悔、他的苦痛，懒惰占了上风，让他把整件事情都忘了，让他接受目前容易接受的现状。道德上懒惰的这个罪恶，不但他有，应该说他的母亲也有，他们都有，反而是最后他犯了一个自己都不知道的大罪。也许这样读，要比那个恋母情结会读得更多一点。

● 您现在对这个作品的解释跟当初创作时所想的一样吗？
◆ 是一模一样的。应该说不只是这些大的主题没有改变，乃至于每一句话，假如我现在拿来解释的话，我也都是跟当年写的时候所要求的目标是符合的。

● 当年颜元叔先生评论这个作品做得很好一点是"临即感"，您自己也谈到过"真"的重要性，想知道：您是怎么认识，又是怎么达到这样的"临即感"或"真实感"呢？
◆ 颜老师颜教授用的这个词非常好，"临即感"就是英文里的 immediacy，它的同义词就是刚才说的真实感就对了。怎么达到这个真实感呢？每一个作家都希望做到的，准确感，的确是写作时最想达到也是最费力的，因为准确感从很多方面都有这个要求。整句的准确感之外，也还再要求每一个字都要有准确感，这是更进一步的要求。要兼顾到这些，确实是很多诗人、散文家、小说家所追求的。古时候诗人常说写一个字都难之又难，像贾岛这样的情形，无非也就是追求准确感的时候要经过非常艰苦的一条路。

●是个蛮辛苦的过程？

◆应该是。

●熟悉您写作习惯的读者都知道，您的小说写作速度非常慢，规定自己一天写三十个字，最多不超过五十字，这些字往往是通过敲击桌子等方式艰辛地琢磨出来的。我好奇的是，您写作过程时会不会遇到文思泉涌的时候，哗哗哗就出来了，那30个字根本挡不住啊！

◆在我年轻的时候都是那样写，在我写信的时候也可以。

●"十五篇小说"都是那样写的吗？

◆差不多都是的。《龙天楼》比较接近后面的，已经有一点困难了。散文可以那样写，比如你刚提的《怀仲园》就是那样写，只写了两天。但是后来发现，写小说不行。

●您对自己的写作设定的标准很高。

◆到现在我也不知道这是一种进步还是退步，这很难说。反正至少有一点我可以放心的就是，不至于写完以后后悔说我希望我没写过。台湾的第一个诗人沈斯庵，他有一句诗说"著述方成悔欲焚"，我写的东西下来一写完就巴不得把它烧掉、我根本不想看它。我自己的情况不知道是进步还是退步，万一是退步的话，大概也可以自己认为：毕竟我这么写了我还不再否定它了，我也不会再否定它了。实际上我也试过，我曾经把以前写的《家变》也好、《背海的人》也好，偶然翻到一句，会觉得不满意，觉得这样写合适吗？我就决定再改写一遍，也许就二三十个字，我也常常花两个小时、三个小时、一个晚上的时间来改写一遍，其结果得来的跟以前写的一模一样。这到底是进步还是退步呢？说不定也是退步，并不好。但是可以做到的就是：还不至于到了"著述方成悔欲焚"，就可以避开沈斯庵讲的这句话。

●谈谈《背海的人》吧，小说塑造了一个非常奇特的人物"爷"，文体上您说已达到自如的境界，文体问题已有许多探讨时间有限就暂且不多说了。在这儿我想问一个简单的小问题，就是主人公的名字并没有在整部作品中出现，但是在此前的访谈中您说主人公"爷"名字叫齐必忠。您为什么给他取了这样一个名字却又不让他在作品中出现呢？

◆这件事情还是个悬案。我原先是想让他的名字出现一次，那么这个想法写书之初给他取了名字。就算名字不出现，我还是要给他一个名字。为什么要给呢？因为有了个名字，这个人物在我印象里就会比较生动一点，我就看得见他人是什么样子，不会是一个空洞的人物。我给他一个齐必忠的名字，他每次喊自己"爷"的时候，我就知道他的外形、外貌如何，就很清楚。出于这个理由，所以我很早就给了他一个名字。我本来也想让他的名字在小说中出现一次，几十年下来我也忘了，我是不是让它在书中出现过，我跟谁谈这个问题时我还犯过一个错，我说好像让他的名字在书里出现过一次，你去好好找一下，可是他们用电脑找也没找到，那是肯定没有。可能后来我还是没有把我那个想法放进去，因为我原来想是在一个极奇特不可能的讲话的里边出现这三个字，代表他称呼他自己，大概我这个安排后来觉得有困难就没有放进去。

●诗人管管果真的是"爷"的一个原型吗？

◆有一点，所以管管看见我也常开玩笑。多多少少有他的那个类型。管管的诗很特殊，优点也在于诗里头讲话的口气。要说跟他有什么关系，肯定可以说是借用了他的诗的口气，他的语调的口气。

● 和《家变》相比较而言，《背海的人》很大的变化就是它的喜剧性，它的嘲弄性和荒诞风格，这和《家变》不大一样，也与台湾很多其他现代主义作品的旨趣和风格不同。为什么会发生这么大的变化？从20世纪60年代比较严肃的现代主义追求走向20世纪80年代至90年代，创作过程中有没有多多少少感受到台湾社会现实和包括后现代等思潮的影响。

◆ 这个讽刺文学也不光是现代才有，我一直也都很重视历代以来嘲讽的文学，尤其是到这个黑色幽默的年代呢，难免我会受到很多的感染。而且我也认为文学里有一半应该是喜剧，我把它写成黑色喜剧的话也只是喜剧的一部分而已。喜剧还有其他的部分。也许我偏向于黑色喜剧，是跟这个时代有一点关系。一来是世界性的文学走向有这个趋向嘛，大家都想尝试这条路；二来呢，台湾的现状也适合于用黑色喜剧来表达。所以，我在《家变》写完写《背海的人》，无非也就是想让我个人对文学的认识有一个更完整的表达，有个两面都具备的表达。这两本书不但有喜剧和悲剧的差别，还有另外一个差别：《家变》是主观性的、向内看的、内视的，《背海的人》是外放的，应该有内外的这个分别。

●《背海的人》视野更开阔。

◆ 有这个意思在里头。

●您20世纪80年代时写过一个荒诞剧，我觉得蛮精彩的。

◆你是第二个还是第三个提到也比较肯定这个剧本的人。那天你到纪州庵的时候，你旁边的那位丁从林读过这个剧本，她也是电视界的人，平时和电视剧比较有关系。比较认同这个剧本的人极少，可能还是陌生感，觉得这不像一般的剧本，这样的一个观念。

●您当时（大概是1987年）应该是在写作《背海的人》，为什么会突然又写了这么一个独幕剧呢？

◆当时啊，我想一下为什么？有一次我得了重感冒，感冒了很长时间，没法写我的长篇小说，所以那个时间我就拿来构想一个跟长篇无关的东西，在那段时间里头我就想了这个剧本，后来觉得可以把它写下来，所以这是在写《背海的人》中间穿插进去的一个干扰，拿出将近两个月的时间写了这个剧本。

● 挺有趣的，这个剧本有点存在主义的味道。

◆ 也许就是，反正在台湾叫荒谬剧。我的意思是，这种形式值得用东方的材料来写。所以把它这样写出来了。到现在，恐怕就像我刚才讲的，我听到的，能肯定它的不到五个人。

● 会吗？我看到有一篇评论，吴达芸教授写的，是很肯定的。

◆ 是的，吴达芸各方面都比较能讲出正确的意见。哦，有两个小剧团有演过。我说的五六个人里不包括两个小剧团的主办人。很小的两个小剧团。

● 回去我要推荐给我们的学生去演。

◆ 是吧，它不需要很多人。不过有一次剧团演的时候有个大胆的修改，我也不说可否，他把男主角改成一个同性恋。当然他也有他的理由，觉得这样的一个变化在演出上表达得更多，会更有戏剧效果。

● 您的剧本是《M 和 W》，大陆 20 世纪 80 年代也有过一个差不多同名的话剧：《WM》（意思是我们），挺有影响的一个剧。

◆ 是吗？一样吗？

● 内容倒是不同，是反映知青生活的，可能表现了不太光明的一面吧，好像还被禁了。

◆ 早晚会解禁的，早晚会。

● 您晚近写的小说《明月夜》很有意思，应该算是笔记体志怪小说，故事的背景在福州。这篇小说是应法国国家科学研究中心（CNRS）之邀而作，他们要求写一篇与"数字"相关的小说？

◆ 是，还要求和法国诗人雅各·胡博（Jacques Boubaut）同题写作，再相互讨论比较；对我的第一个要求是要写东方、写中国传统方面，那我就要往这方面走，志异的鬼怪小说，至少跟西方不一样；再一个要求，要和数学有关，这也很难，我数学最不好，只好写和数字相关的。这几个大前提下来，等于命题作文一样。想了半天就写了这个。写了一个月，几千字。他们也有字数限制，我说这可苦了，连课堂上的中学作文都没有限制得这么严。在法国他们没什么反应，外国人不懂中国历法，但对我的作品有陌生感。

● 王老师您现在正在创作新的长篇小说？大概什么时候能写完？是与宗教有关吗？

◆ 是，我争取年底写完。是明明白白的一本宗教小说。内容可以说是宗教和校园生活的结合，这样一本书。

● 值得期待。

◆ 不过，我并不看好，我想大概会是最冷门的小说。

● 语言文字风格上还是和《背海的人》一个路数吗？

◆ 不然，和《背海的人》完全不一样。语言上，我是回到一个无色无香的地步。所以很多人会觉得有陌生感，没有什么趣味。

● 写作速度会不会快一点？

◆ 还是一样慢。还是很难写。

● 中国现当代文学里您有没有留意或者喜欢哪些作家？

◆ 几十年前我们台湾的环境原因，阅读有限，只能有机会读到五四时代的，而且还要偷偷地读，到旧书摊偷偷买来读。有些我也喜欢，比如鲁迅兄弟的就很好。我特别要推崇一个人，这个人在中国好像一直还没有被放在第一线，就是丰子恺，五四时代写一手新的白话文，我是要把他推为第一人；再来，很奇怪，翻译的人里头也有很好的翻译的文笔，能形成一种新的文体，欧化的文体，这里也有我非常喜欢的一个人，他是我的老师：黎烈文。他的翻译把中国现代语言带到一个新的境界上，生吞活剥地把西方文字带到中文里，成为一种新的组合，变成一种很有特色的文体。所以这两个人我特别要推崇。往后更新的我也会尽量注意。

● 大陆当代文学部分，您好像写过一篇刘索拉的评论？

◆ 那是报馆寄给我，等于是被指定写的文章。也不是看很多作品专挑她的来读，而是恰好看到她的。

● 对中国古代文学您也有特别的看法，比如您认为古代小说排在第一的应该是《聊斋》，第二则是《水浒》，（这个我有点惊讶）；第三是《史记》，第四才是《红楼梦》，您对《红楼梦》的评价远远不及《聊斋》那么高。

◆《水浒》的文笔好，后来又看到别的资料说，《水浒》已经不是原来的《水浒》，施耐庵是改写原来的《水浒》，原来那版我也看了，那比不上施耐庵的文笔。《红楼梦》是不错的小说，不过，文笔有一点散漫、随便，不够精简，力量不够，而且原创性不够，或者简单地讲，境界不高。

● 您这里的原创性不够指的是文体吗？

◆ 是，文体而言，连带的其他的原创性也不是第一的。别的不讲，拿《聊斋》来比，

《聊斋》的多样性、多彩多姿，《红楼》是比不上的。太多的小说，有的不知名的，比方最近看到一篇清代小说叫《亦复如是》，作者是个湖南人，名字叫宋永岳，大概是这三个字，他这篇小说就有《聊斋》这么好，创造性可能还要更高些。所以，不知名的好小说还不知有多少，都被遗忘了。

● 王老师您以前也很喜欢看电影？

◆ 对，至少从前是。我要说：正是太喜欢了，所以要把它割掉，因为有了瘾头。自从有了碟片、录影带啊什么的，我就开始割舍了。

● 您也写过不少影评，从那些影评看，您蛮喜欢欧洲的艺术电影导演，比如楚浮、费里尼、伯格曼等等，

◆ 那时候我很迷那些新潮电影，但是已经二三十年都没看过电影了。自己不看电影了，不过我还是建议年轻朋友们要看看电影。

● 您在台大任教几十年，很多现在很优秀的学者像张诵圣、康来新等老师都曾经是您的学生，而且她们都喜欢您细读、慢读、字字句句细嚼慢咽式的课堂教学，几十年后提起来还是很怀念。很有幸这次来台湾有机会到纪州庵听您细细解读《背海的人》，以前一直心向往之，特别想体会一下听您讲课的感觉，总算如愿。您风格独特的教学风格应该说影响了很多台大中文、外文系的年轻学子吧？

◆ 也不会吧。你刚提到的那几个人研究做得都很好。还有那天在你在纪州庵听课时起来发言的那位四五十岁的中年女性，她叫丁聪琳（音），在台湾一家电视台工作，平常跟电视剧有关系，已经退休了，她以前也是我学生，很好的一个学生，她看《背海的人》看得很细所以当时会提那样的问题，她说看到《背海的人》中林安邦的眼睛像鸡蛋那段时忍不住会大笑。我在台大教书教了40年左右，有时有大班，每年总有十来个人特别出色。我上课当然不会讲自己写的东西，外文系的课多，中文系也好，外文系也好，必然是小说课。每年必然有十来个学生非常杰出，可是呢，很遗憾，在台面上能回大学教书的极少，十之八九我都不知道他（她）们现在在哪里，在台湾的，大概工作也不大理想或者不再和文学相关。他们的名字很多我都还记得。

● 大学生听您那种细读风格的讲课一定很有益。

◆ 无非也就是想要读出原来的意思。我个人也不同意讲文学课的时候把文学史拉进来讲，拉拉杂杂的讲，作者的生平啊，历史背景啊，没什么道理，还不如就以原文原典来讲。

● 也就是文本细读，所谓新批评的方法，

◆ 对，我也常跟他们说：新批评根本就是旧批评。我们中国人从古到今就是这个办

法。你看读诗的时候，在一本书上拿红笔不是打圈就是打点，这就是新批评，每一个字都要读到，再进一步注解、解释，经学也是这么做的。不是说你美国人外国人有了我们就学你的，我们根本老早就有了的。所以我说新批评就是旧批评，我们从来没有改过。所以年轻人如果很早就走这条路的话，他们自己就会很有收获，文学就可以做下去。我们每天读别人的作品，这样读唐朝宋朝的作品，都高兴得不得了。

● 我们都知道您写作时有用笔敲击桌子的写作习惯，纪录片《他们在岛屿写作：寻找背海的人》也直观呈现了您这个独特的习惯，请问您这样做对创作能起到什么作用？

◆ 中国古代有一种说法，要让气流通，好像中国武术里讲的元气，第一要保留，第二要流通。我个人这样做就是因为，下一个字老是通不了，因为没有找到一个字通得了。所以这样做无非是一种催生的方式，希望这个字能够出现，能够把这个气贯通下去。

● 您的写作应该都是先有框架再进行创作的吧？

◆ 我跟很多人一样，写一篇作品，框架结构、草图大纲先都有了，我要写什么需要有个初稿，初稿里每句话都有了。初稿中的一句话要变成定稿的话，就是在影片中你们看到的那个情形。初稿的一句话要翻译成定稿，很难翻译。

● 1987年"解严"后，您回过大陆好多次，您大陆行的最大感触是什么？

◆ 20多年前我有过连续三年的回大陆的旅游，那个时候还很少人回大陆。那时社会主义保留的那个原样，趁那个原样还可以看见。我写过一些游记。最大感触是看出社会主义的优点；第二个感想，共产主义这几十年来天翻地覆的做法对中国是有帮助的，可以说大有帮助，要不然没有今天。没有这个大的整顿的话，不可能看到今天的复活。我是保守的看法，也可能是人在外面才会这样看。

● 您怎么看待两岸的文化交流？

◆ 两岸的文化交流是必要的、该做的，而且一定会有好的结果。没有理由两岸跟别的国家都有文化交流，反而自己两岸之间不交流。交流对彼此尤其对台湾来说，多看多读多交流很有好处。两岸远景别的不说，文化交流的远景我是很肯定的。我也会劝这边的人尽管放心，你政治上的顾虑可以放远一点，文化上肯定不怕交流、不必担忧。拿英语文化来说，多少国家地区都可以用英语交流，那两岸之间更可以交流。

● 非常感谢王老师接受采访，期待着您的新作早日问世！

第五辑

"闽派"文论的现状与再出发

2014年9月27日在榕举办的"闽派文艺理论家批评家高峰论坛"是本年度福建文艺界乃至整个文化界的一件盛事，是重启"闽派批评"的仪式。"闽派批评"已经成为一个具有全国性影响的当代福建文化学术品牌，总结闽派批评崛起和发展的历史经验，理清现状和重启的思路与方向，不仅对复兴"闽派批评"有学术意义，而且对当代福建文化建设和社会科学发展尤其是社科闽军建设也具有现实的参考价值。

一、"闽派批评"概念的由来

"闽派文论"或"闽派批评"是20世纪80年代文学批评界才开始启用的概念，历史不长。由于其非学术性在学院化的当代文论领域并不流行。20世纪80年代是中国文学批评的黄金时代，文学和文学批评即受益于思想解放运动，也成为思想解放运动的先锋和主力。如果说20世纪80年代中国文学以新的美学表现方式打开了感性领域的种种禁锢，20世纪80年代的文学批评则以文学意义的再阐释再生产，与其他人文学科一起，将文学创作的感性解放转化为理性领域的思想启蒙运动。正是在这场规模浩大的思想解放运动中，"闽派批评"这个说法可谓应运而生，开始在文坛流行，并成为20世纪80年代令人瞩目的文化现象之一。

具体而言，以下几个因素的合力催生了"闽派批评"：

第一，在20世纪80年代文学批评界，闽籍批评家人数众多，群星璀璨，北京的谢冕、张炯、刘再复、童庆炳、陈骏涛、何振邦、曾镇南、陈剑雨、陈晓明等，上海的潘旭澜、李子云、朱大可等，南京的叶子铭，福建的孙绍振、南帆、林兴宅、刘登翰、许怀中、魏世英、杨健民、王光明等，在诗歌、小说、散文批评、文学理论与文学史研究领域都有着十分重要的影响，因人数众多和个性分明令当代文坛瞩目，于是当代文坛有了"闽派批评"这个流行说法。

第二，《当代文艺探索》杂志的创办是形成"闽派批评"的关键因素之一。福建省文联文艺理论研究室1985年创办《当代文艺探索》，这份批评刊物虽然仅仅存活了三年，但在中国当代文学批评史上留下了重重的一笔，对于"闽派批评"的形成意义重大，一是集聚了一批闽籍的批评家，编委会由北京和上海两地的福建籍文艺批评家谢冕、张炯、刘再复、何振邦、曾镇南、陈剑雨、陈骏涛、潘旭澜、李子云和在福建本土工作的孙绍振、魏世英、林兴宅、南帆等组成，形成了"闽派批评"的核心团队，文化中心与边缘地区互动连带，遥相呼应；二是确立了"以开放眼光开拓思维空间，用改革精神革新文艺评论"的文学批评理念。创刊号隆重推出《改革的时代与文学评论的改革——闽籍在京评论家六人谈》，倡导文学批评的开放与变革。发行共计18期的《当代文艺探索》十分活跃，发表了一批思想解放勇于探索的文章，在当代文艺评论界产生广泛影响，扩大了"闽派批评"的声势。

第三，文艺批评与文艺理论的影响在于与当代文艺创作实践紧密结合，通过文本的阐释与意义再生产，推动文艺创作的发展和文艺思潮的形成。20世纪80年代"闽派批评"之所以被文坛承认，正是因为闽籍批评家广泛地介入当代文艺生产场域，敏锐地发现文艺创作中新的美学元素和文艺变革的方向，开风气之先，引领当代文艺思潮的发展。20世纪80年代闽派批评家发动的"朦胧诗"论争和文学研究新方法论论争是影响深远的两大文化事件，谢冕的《在新的崛起面前》、孙绍振的《新的美学原则在崛起》和徐敬亚的《崛起的诗群》，被当代文学史称为"三个崛起"，从新的美学原则和新人文精神的思想高度阐释"朦胧诗"的新感性和新语言表现的革命性意义。1984年和1985年被文艺理论与批评界称为方法论年，当代批评界聚焦于文学研究和批评的方法论革新，闽籍批评家也是推动这场运动的主力军。刘再复发表的《文学研究思维空间的拓展——近年来我国文学研究的若干发展动态》，林兴宅发表的《论阿Q性格系统》等，对陈旧的文学研究与批评产生了具有冲击性的效应和影响。1985年召开的"厦门会议"集中讨论方法论变革问题，形成了20世纪80年代的"方法论"热，也凸显了闽籍文论家锐意革新的群体形象。正如古远清先生在《中国当代文学理论批评史》中所言："空间活跃的文化气氛，给一大批锐意进取的文学理论工作者提供了广阔的活动舞台。孙绍振、林兴宅这些异军突起的'闽派'评论家，和刘再复一样，均是活跃在这一舞台上的文学研究新思维的张扬者。1984、1985年达到高潮的'方法论'热，基本上就是这些'闽派'学者发动起来的。"[①]

第四，文艺学新学科建设意识的萌生。20世纪80年代，福建籍的文论家已经产生了新学科建设的意识。刘再复主持国家"七五"社会科学重点项目"文艺新学科建设工程"，在1987年至1993年间，由人民文学出版社推出"文艺新学科建设丛书"，引入西方新理论，集中展现出20世纪80年代文艺理论探索和文艺研究方法创新的成果。林兴宅的《象征论文艺学导论》、杨健民的《艺术感觉论：对于作家感觉世界的考察》和杨春时的《系统美学》《艺术符号与解释》[②]列入丛书出版，显示出闽派文论家的学科建设意识和理论探索精神。

第五，20世纪80年代初"闽派批评"已经在文坛流行，但让"闽派批评"这个称号或命名最早见诸报刊的应是时任文化部长王蒙。1987年，王蒙在为《上海文学》文学

---

① 古远清：《中国当代文学理论批评史》，山东文艺出版社2005年版，第414页。
② 杨春时后调入厦门大学，成为福建当代文论研究的领军人物之一，开辟主体间性文艺学和现代性问题研究新领域，将80年代文论脉络延伸到新世纪。

评论文集《思维，在美的领域》所写的序言中如是而言："文人戏言：现时文学批评有三大'派'，京派海派与闽派。北京就不用说了，首善之区，'家'们也真多。福建不知是由于何种天时地利人和，不停地出宏论高人。上海自成一（文）体。"①这是今日传媒界所谓"闽派"与"京派""海派"三足鼎立说法的由来。1989 年，"二王"（王蒙、王干）对话录《十年来的文学批评》对新时期十年文学批评的发展给出了总结性的评述，王蒙再次提到"闽派"概念："1984、1985 年达到高潮的'方法论'热，这实际也是学者型搞的。'方法论热'基本上是'闽派'为主，林兴宅画了好多图，到现在我对他的图还是感兴趣，把《阿 Q 正传》画成图。""'方法热'最高峰时期，西北有《当代文艺思潮》，东南有《当代文艺探索》。很不巧，这两个刊物同时停了。"②

王蒙对闽派批评在学术话语体系中地位的确立功不可没，他提出的问题也值得我们思考和讨论："福建不知是由于何种天时地利人和，不停地出宏论高人？"

二、重启"闽派文论"概念的背景与意义

20 世纪 90 年代以后，"闽派批评"概念逐渐在当代文坛淡出。其原因除了《当代文艺探索》的停刊外，文学批评的学院化和学术化转型是最重要的因素。因为"闽派批评"不是一个严谨的学术概念，闽籍批评家内部的方法论分歧和理念分野有时甚至比闽籍与非闽籍批评家之间的分歧更大，"闽派批评"也不具有学派的意义。因此，"闽派批评"概念很难在学院体制内存活与发展。那么，今天，为什么要重启这个概念？重启这个概念又有什么特殊的意义？

第一，重提"闽派批评"是文学创作与批评领域"重返 80 年代"思潮的一个重要组成部分。2004 年以来，文论界开始了一场"重返 80 年代"的思想运动，怀念、反思抑或总结经验重新出发，20 世纪 80 年代文学的狂飙突进和理想主义精神成为今天文学批评的一面镜子，反映出我们今天所取得的进步和种种局限与不足。一批论文集中讨论为什么要"重返 80 年代"又如何"重返 80 年代"，探讨 20 世纪 80 年代文学与批评对于我们当下生存的特殊意义。2009 年，北京大学出版社推出"八十年代研究丛书"，包括洪子诚等的《重返八十年代》、程光炜的《"八十年代"作为方法》、杨庆祥等的《文学史的多重面孔：八十年代文学事件再讨论》以及贺桂梅著的《"新启蒙"知识档案：80 年代中国文化研究》等，全面体现了"重返 80 年代"的思想成果。"闽派批评"曾经在 20 世纪 80 年代文艺思潮中产生过重大影响，必然要纳入今天"重返 80 年代"的范畴之中，成为"重返80 年代"的一个重要议题。

在我看来，所谓"重返"有两个面向，一是历史化，即进入历史叙述，在历史叙述

---

① 王蒙：《文学的诱惑》，湖南文艺出版社 1987 年版，第 18 页。

② 王蒙、王干：《十年来的文学批评》，《当代作家评论》1989 年第 2 期。

中安置一个位置，古远清的《中国当代文学理论批评史》在第二编（"多元化的 80 年代"）的第十四章（"文学研究新视野"）中专列一节"'闽派'评论家：文艺研究新思维的张扬者"，专论闽派批评三大家：孙绍振、林兴宅和南帆，并将"闽派"与"京派""海派"相提并论，做的就是历史化的工作；二是活化，即重建 20 世纪 80 年代闽派批评与我们今天文化实践的历史性关系，对于当下而言，80 年代的"闽派"批评精神已成为一笔重要的思想遗产，值得我们去认真总结，去继承和发扬。不久前福建省文联举办的"2014 闽派文艺理论家批评家高峰论坛"，就蕴含着这样的意图。这次论坛集聚了四个世代的闽籍批评家：出生于二十世纪三四十年代的谢冕、张炯、孙绍振、陈骏涛、程正民、林兴宅、陈仲义等；出生于二十世纪五六十年代的张陵、王光明、南帆、周星、陈晓明等"中坚代"；出生于二十世纪六十年代末或七十年代的谢有顺、吴子林、黄发有、李朝全等，也有"80后"的新生代参与。在我看来，"2014 闽派文艺理论家批评家高峰论坛"是重启"闽派批评"的仪式，也是一次成功的当代福建文化策展，具有明显的精神传承和重装上阵的意味。本次论坛提出的"文艺批评的变革与创新"，在历史节点上无疑与 20 世纪 80 年代闽派批评所坚持的"改革与创新"理念相连接。

第二，在文化全球化和区域合作与竞争越来越激烈的语境下，区域文化已经成为区域竞争力和软实力的重要构成要素，区域文化建设的重要性日益凸显。正是在这个时代语境中，重启"闽派文论"概念具有特殊的意义。"闽派批评"曾经是当代福建文化最具活力和影响力的构成因素，也已经成为福建具有全国性影响力的重要文化品牌。"闽派文论"的重装上阵无疑对福建文化的当代性建构具有重要的意义。福建是文化大省，但要让人能"看见"并"看懂"福建文化，这涉及如何提升文化"能见度"的问题。"闽派批评"是"看见"福建文化的一个突破口，有助于提升福建文化影响力和促进区域文化发展。经过 20 世纪 80 年代的历史积淀，曾发挥过重要影响力的"闽派批评"，其实践经验在当前打造福建"文化强省"的进程中深具启发意义。

"闽派批评"显然不是严谨的科学概念，在学术话语场域，"闽派"也不具有学派的意义。这在人文学界应该不会有什么争议。那么，如何理解"闽派批评"这个概念？为什么要重启"闽派批评"？南帆先生说这是为了"发现新型的话语平台，召回曾经活跃的批评精神"，张陵先生说"闽派批评"是一个策略性概念，"应该在文化策略上多做一些研究"。我认为"闽派"是一种文化符号，它具有集聚能量、汇聚人才、凝聚文化共识和召唤时代人文精神的功能，在传播学意义上也具有聚焦效应和文化行销效果。

三、"闽派"文论的现状

重启"闽派批评"，必须对"闽派"文论的现状作出较为全面的分析与描述。大概而言，广义的"闽派"文论由三大板块组成：第一个板块是在京沪等地的学院或者研究机构工作的批评家组成，如谢冕、张炯、刘再复、陈骏涛、童庆炳、程正民、何镇邦、张陵、李子云、潘旭澜、朱大可、陈晓明、林建法、王光明、宋琳、谢有顺、黄发有、吴子林、陈思等等。第二个板块是在福建本土工作的批评家组成，以孙绍振、许怀中、刘登翰、林兴宅、南帆、杨春时、林继中、周宁、汪文顶、杨健民、俞兆平、管宁、林丹娅、郑家建、席扬、傅翔等为代表，或栖身于大学，或就职于科研机构，人数众多，并且形成了不同个性的学术团队。第三个板块是由祖籍福建的台港澳暨海外华文文学批评家组成，如台湾的王文兴，祖籍福州，曾经获法国艺术及文学勋章骑士勋位的著名作家，他的文本细读方法对华语世界的文学批评影响深远；祖籍福建永春的余光中不仅是一位重量级的汉语诗人散文家，而且是一位杰出的文学批评家，其诗学和散文论述对汉语文论的当代发展贡献卓著；祖籍福建长乐的台湾作家蒋勋的文艺美学批评在海峡两岸都有着广泛的影响；祖籍莆田的马来西亚华文作家云里风曾长期担任马来西亚华文作家协会主席，其创作与批评对马来西亚华文文学的发展影响深远，他在故乡创办的云里风文学奖已有 20 余届，对莆田地方文艺的发展做出了重要贡献；香港福建书画研究会常务副会长秦岭雪先生，香港天地图书出版有限公司总经理孙立川先生等也都对福建文艺发展贡献良多……这一大批散居世界各地的闽籍作家、艺术家和批评家是推动福建文化在海外传播的重要力量，也是提升福建文化国际能见度和影响力的重要力量。

福建本土的文艺理论与批评学者无疑是闽派文论的主力军。在学术体制上，高等院校、科研院所发挥的影响力越来越大，逐渐形成了研究领域不同、研究方法各异的批评学群。这些批评社群卓有成效的学术工作开创了"闽派"文论的新空间和新局面。以下我简单介绍一下福建本土具有鲜明学术追求和个性特点的批评学群。

一是以孙绍振教授代表的微观文艺学和文本细读批评群体。21 世纪以来，孙绍振发表了《微观分析是宏观理论的基础》等一系列论文，强调微观分析和文本细读，认为缺乏微观分析作为根基，宏观的学术理论就必然要成为空洞的、虚弱的套话。文学教学基础的基础就是对文本直接的解读和体悟。从认知的规律来说，本来就是从个别到一般，再从一般到个别。没有对于文学文本的具体理解和感受能力，对文学的一般规律和历史规律的理解就失去了基础。孙先生的《名作细读：微观分析个案研究》《月迷津渡：古典诗词微观分析个案研究》《审美阅读十五讲》等都是这个理念的批评实践，孙先生并且把微观文艺学和文本细读方法扩展到语文教育领域，开创了"闽派语文"这个在全国中小学教育界具有广泛影响力的语文教育学派。这个团队的主要成员包括余岱宗、赖瑞云、潘新和等。

二是以南帆教授代表的文化研究学群。2001 年南帆出版《双重视域——当代电子文化分析》是文化研究的一部重要著作，双重视域的对话与辩证使人们有可能摆脱阿多诺或者本雅明的巨大影响；而具体的分析与展开又为人们展示了一种实证与思辨合作的文化研究方法的引人入胜的学术魅力。2002 年南帆主编出版了《文学理论新读本》，以其鲜明的反本质主义特征、话语分析方法和文化研究视野而引起文论界的广泛论争。2003 年，南帆出版的《理论的紧张》内容包括四辑：文学批评与文化研究、理论的紧张、大概念迷信和电子时代的文学。着重探讨文化研究与文学批评的关系，认为文化研究和电子时代对文学理论构成了一系列的挑战，也为文学理论走向开放研究提供了契机。此外，他还发表了一系列论文如《双重视野与文化研究》《文化研究：开启新的视域》《文化研究：打开了什么？》《不竭的挑战》等，进一步阐述了文化研究的理念与方法。管宁教授注重探讨后现代消费文化及其对文学的影响。提出"传媒场域"的概念，阐明了中国消费文化的特点，并具体阐述了消费文化语境对文学的深刻影响，从而揭示了20世纪90年代以来文学审美形态所发生的变化及其动因。这个团队成员还包括刘小新、郑国庆、林秀琴、滕翠钦、陈舒劼、练暑生、王伟、郑润良、王毅霖、颜桂堤等。

三是以刘登翰和朱双一等为代表的台港澳暨海外华文文学研究群体。这个群体的批评具有区域优势和鲜明的文化特色。刘登翰主编或合作主编了《台湾文学史》《香港文学史》《澳门文学概观》《20世纪美国华文文学史》等著作，为台港澳暨海外华文文学研究奠定了文学史的基础。《分流与整合：二十世纪中国文学的整体视野》《命名、依据和学科定位》《关于华文文学几个基础性概念的学术清理》等论文则为华文文学批评理论的建构打开了空间，刘登翰的学术探索为世界华文文学学科理论建设做出了贡献。朱双一专注于台湾文学研究，他的专书《近二十年台湾文学流脉——"战后新世代"文学论》《台湾文学思潮与渊源》《闽台文学的文化亲缘》等对台湾文学思潮史以及闽台文学关系给出了清晰的描述和深入的阐述。这个群体的成员包括杨际岚、徐学、朱立立、袁勇麟、倪金华、王金城、余禺、戴冠青、萧成、张羽、李诠林、黄乃江、陈美霞、刘桂茹、倪思然等。

四是杨春时教授等为代表的主体间性文论研究群。杨春时从东北辗转海南再到福建，是新世纪"闽派"文论的重要领军学者之一。他在现代性文论和主体间性美学领域论述丰富，并且引发了文学现代性和主体间性的两次理论论争。《文学理论：从主体性到主体间性》认为：西方现代哲学、美学发生了由主体性到主体间性的转向，而中国古代哲学、美学本来就是主体间性的。在20世纪80年代确立了主体性后，新世纪的中国文学理论应当开始主体间性的拓展。主体间性文学理论突破了认识论的局限，不是把文学活动看作主体对客体的认识和征服，而是看作主体间的共在，是自我主体与世界主体间的对话、交往，是对自我与他人的认同，因而是自由的生存方式和对生存意义的体验。在学术思想史上，主体间性文论直接衔接了20世纪80年代刘再复的文学主体性理论。这个群体的成员包括巫汉祥、王欢欢、仲霞等。

五是姚春树、汪文顶、郑家建等领军的现代文学研究群体。这个群体师承于俞元桂先生，在中国现代散文和小说研究方面成就尤其突出，被誉为中国现代散文研究的重镇。俞元桂的《中国现代散文史》，姚春树主编的《20世纪中国杂文史》，汪文顶的《现代散文史论》和《现代散文学初探》等，都是中国现代散文研究的代表性著作。郑家建的鲁迅研究、辜也平的巴金研究、席扬的赵树理研究、袁勇麟的杂文研究、吕若涵的散文研究、黄科安和江震龙的延安文艺研究、谭学纯、朱玲、郭洪雷等的文学修辞学研究、陈卫的诗学研究、林婷的戏剧研究等也都各具特色。

六是周宁领军的跨文化形象学研究群体。周宁的著作《中国形象：西方的学说与传说》《天朝遥远：西方的中国形象研究》《异想天开：西洋镜里看中国》《跨文化研究：以中国形象为方法》等，"系统地研究七个多世纪西方的中国形象的历史。将理论前提建立在'异域形象作为文化他者'的假设上，试图在西方现代性自我确证与自我怀疑、自我合法化与自我批判的动态结构中，解析西方现代的中国形象；在跨文化公共空间中，分析中国形象参与构筑西方现代性经验的过程与方式"①。

七是以林继中和刘庆璋教授为代表的文化诗学研究团队。这个团队致力于探讨"文化诗学的中国化及其实践"。在《文化诗学刍议》一文中，林继中提出文化诗学研究的基本思路：双向建构是文化诗学的基本方法，其要点是：一曰"内外"，即阐释文学文本与外部世界的互动关系；二曰"中西"，即关注不同文化间的沟通，寻找中西文化间的契合点与生长点；三曰"古今"，即文史互动，今古互动，使文学文本具有历史的与当代的双重意义。这个团队编辑出版的论文集《走向文化诗学》《文化诗学的理论与实践研究》是文化诗学研究领域的重要成果。

八是王诺教授领军的生态批评学群。王诺的著作《生态与心态：当代欧美文学研究》和《欧美生态批评》，李美华的《英国生态文学》，夏光武的《美国生态文学》等都是这个团队重要的学术成果，在国内生态文学批评界已经产生了突出的影响。

九是以许怀中、俞兆平、杨健民、黄键、姚楠、景国劲等为代表的现代文学批评史研究。许怀中先生的《中国现代文学史研究史论》分为三大部分：上编"流程论"，梳理中国现代文学史写作的历史脉络。作者把现代文学史研究分为四个阶段：从萌芽到雏形、从建立到奠定、从曲折到复苏、从复苏到发展。中编"史学论"包括重写文学史和文学史研究方法论两个部分，提出中国现代文学史研究的史学理论具有多种意义和内涵。下编"构成论"，讨论文学史的构成要素。认为文学史研究的结构包括四个层次：作家作品、文学思潮流派、文学社团、理论主张及批评与文学论争。俞兆平的《写实与浪漫：科学主义视野中的"五四"文学思潮》和杨健民的《批评的批评：中国现代作家论研究》是现代文学批评史研究的重要著作，前者以20世纪西方文化哲学思潮的演变作为参照，总结和回顾了近百年来中国文化哲学思潮演进、发展的历程，后者专门讨论作为一种新文化文体的"现代作家论"。

十是以黄鸣奋和谭华孚等为代表的新媒体文艺学研究学群。黄鸣奋的《超文本诗学》从超文本产生的历史语境、超文本与信息科技、超文本与社会思潮、作为范畴的超文本、作为课件的超文本、超文本美学、超文本网络与文艺规范、超文本的未来等八个方面，介绍了超文本的发展历史，探讨了超文本与西方马克思主义及后现代主义的联系，并分析了超文本对教育建构化、集成化及远程化的影响，以及建立超文本美学的可能性，并对与其相适应的超写作、超阅读、超比喻，超文本的技术规范、版权规范、社会规范予以进一步探讨。谭华孚的《虚拟空间的美学现实：数字媒体审美文化》则针对20世纪90年代以来网络文学、电脑美术、电子音乐等构筑起的当代审美景观，对其蕴含的数字媒体审美文化进行探讨，梳理其门类、解析其典型文本，将其纳入文化研究与美学考察的范畴进行

---

① 《周宁学术简介》，见"厦门大学人文学院网"，网址：http://chinese.xmu.edu.cn/xsh/ShowArticle. asp？ArticleID=1834

讨论。

十一是以林丹娅和王宇等为代表的女性文学批评群体。林丹娅的《当代中国女性文学史论》《用脚趾思想》《中国女性与中国散文》等著作，在中国女性文学理论建设领域取得了突出的成绩。王宇的专著《性别表述与现代认同》从性别政治的角度阐释"女性这一性别符码是怎样成为男性的符号资源的？又是怎样被纳入现代性民族国家的主体认同的"，显示出作者将性别研究与文化政治分析相结合的学术旨趣。

十二是区域文化与文学研究群体。福建师范大学文学院陈庆元教授领衔的福建文学史研究团队在区域文学历史研究领域取得了一系列重要成果。闽南师范大学和泉州师范大学的闽南文化与文学研究，莆田学院的妈祖文化与文学研究，龙岩学院和三明学院的客家文化与文学研究，武夷学院的闽北文化与文学研究，福建工程学院的福州地方文献与文学研究……都已经形成各自的学术群体和研究特色。

以上的概述难免挂一漏万，但已足以呈现出当前"闽派"文论的丰富性和多元性。

四、如何重启"闽派批评"

最后一个问题：如何重启"闽派批评"？

第一，需要理性地"重返80年代"，在反思的基础上总结20世纪80年代"闽派批评"的历史经验，在传承的基础上开新，在回眸历史的同时重装上阵。如果陷入回忆20世纪80年代批评的荣耀，那只可能成为一种怀旧情绪的表达，对闽派文论的重启并没有什么建设性意义。

第二，重启"闽派批评"需要打开边界，原省委宣传部李书磊部长在省社科联第七次代表大会的讲话中提出复兴广义"闽学"的思想，对"'闽派批评'重启"有所启迪，重启即是打开边界，建设广义的"闽派文论"。他曾在"2014闽派文艺理论家批评家高峰论坛"的致辞中强调指出："闽派批评要从文学批评出发，对广义的文化思想、学术有更多的参与，对文学界、文化界、思想界，使文化批评真正成为中国思想界最有活力的因素。""闽派"文论不能局限于当代文学批评领域，应该打开学科边界，从文学批评实践到文艺理论创新，从戏剧戏曲评论到美术书法批评，从电影电视评论到文化产业研究……需要把更广泛的当代人文知识生产纳入我们的批评视野。

第三，建立联系机制和对话平台。我们说过广义的"闽派"文论包括三大板块：福建本土学者群、省外闽籍学者群和台港澳暨海外华人闽籍批评家群体，必须建立"三大板块"紧密联系的机制，重启"闽派批评"的一项重要工作，即重建一个对话的平台，一个开放的平台，并且把这个对话平台建设成为具有国际视野和全国性影响的文化论坛，吸引凡是关心福建文化建设的人文学者共同参与，包括闽籍和非闽籍的文论家，通过与之建立更广泛、更密切的联系，一起为提升当代福建文化的影响力而努力。

第四，重启"闽派批评"必须有效改变文论的学术化与当代文化实践脱节的状况。人文知识生产的学院化和学术化早已成为大势所趋，深刻地塑造着我们时代的批评格局。学院化和学术化使今天的人文知识生产更具科学性和规范性，但也带来过度专业主义和脱离当代文化实践的弊端。20世纪80年代的"闽派"批评之所以具有重大影响，正是因为它深刻地介入20世纪80年代的文学场域与文化实践，始终是"在场"的批评。这个经验对我们今天重启"闽派"文论至关重要。我们的文艺理论与批评如何摆脱过度专业主义的囿限？如何重新获得介入当代文艺生产场域和正在进行中的更广泛领域文化实践的能力？这是"闽派批评论坛"必须予以充分重视的议题。

第五，"闽派"是一个与地域直接相关的概念，但"闽派批评"绝不能局限于地域。重启"闽派批评"不仅必须打开边界，而且要打开视界，继承近代闽人开风气之先的传统，建立本土与全球相连接的文化视域，努力建立中国问题、在地关怀与全球视野三者的内在关联。

第六，学术新人特别是"80后"人数不少，多具有严谨的学术训练，知识基础扎实，思想视野开阔，像福建师大文学院、厦门大学中文系等院校和福建社科院、福建艺研院等科研单位都出了一批"新生代"的代表人物。他们以"观点新锐"和"方法多元"见长，代表了"闽派批评"的未来。重启"闽派批评"必须重视培养青年批评家，需要新世代批评家的加盟。唯有新生力量的不断涌现和锐意进取，在当代文坛不断发出他们独特的声音，"闽派批评"才能在新的历史时期真正重装上阵，发扬光大。

从"闽派批评""闽派翻译"到"新闽学"

如果说 2014 年在福州举办的"闽派文艺理论家批评家高峰论坛"是闽派批评再出发的重启仪式，那么，2015 年在北京举办的第二届闽派批评高峰论坛和在福州举办的"闽派翻译高层论坛"则是闽派批评力图重新介入当代文化场域的一次郑重宣示，意味着闽派文学批评试图再次扮演文化先锋的角色。从某种意义上看，闽派批评这一概念在当代文学理论与批评领域的复活已经成为值得关注的重要文化现象之一，也构成了当前福建思想文化建设领域充满活力的因素。

一

2015 年，闽派文化建设扎实推进，取得了一系列令人瞩目的成绩。

其一，张炯、吴子林主编的闽籍学者文丛出版发行，第一辑收入谢冕的《燕园集——谢冕文论精选》、张炯的《写在新世纪》、童庆炳的《审美及其生成机制新探》、孙绍振的《新的美学原则在东方崛起》、陈仲义的《关在黑匣里的八音鸟走不走调——现代诗形式论美学（续）》、程正民的《从普希金到巴赫金——俄罗斯文论和文学研究》、陈晓明的《限度之外——求变时代的理论与批评》、林丹娅的《书写之辨》、吴子林《中西文论思想识略》和黄发有的《文学与媒体》等文艺理论家批评家的代表性成果，集中展示了老一代和中坚世代闽籍批评家的实力和影响力。

其二，南帆先生主编的"闽派文论新秀丛书"已完成组稿并进入编校阶段，入选的作者以福建本土新生代批评家（"70 后"和"80 后"）为主体，也涵括省外闽籍新生代优秀文艺批评家。丛书的内容以当代文学理论与批评为主体，广泛涉及戏曲戏剧评论、电影评论、美术评论及文化创意产业等诸多领域。的确，重启"闽派批评"必须重视培养青年批评家，需要新生代批评家的加盟；唯有新生力量的不断涌现和锐意进取，并且在当代文坛不断发出独特的声音，"闽派批评"才能在新的历史时期真正重新上阵，发扬光大。闽籍新生代批评家大多具有严谨的学术训练，知识基础扎实，思想视野开阔，涉及领域广，以"观点新锐"和"方法多元"见长，他们代表了"闽派批评"的未来。编辑出版"闽派文论新秀丛书"，对于福建省文艺批评队伍建设和闽派批评的再出发显然具有积极意义。

其三，"闽派"概念已经从当代文学批评领域扩散到书法、绘画、诗歌、散文、小说、翻译乃至工艺等广泛的文艺创作领域，福建省文联在这方面开展了卓有成效的推动工作，

《福建文学》推出闽派诗歌专号、省作协规划出版"闽派诗文选集"、《闽派诗歌百年百人作品选》和"闽派诗论集",文学院举办高层论坛,《福建文艺界》开设闽派批评专栏等等。福建省社科联也正在酝酿推出"闽派学术大系"和"百人百部书库计划",力图从当代福建文化发展的历史维度、传统渊源和文脉赓续等角度,以福建人文社会科学传统为思想资源,致力于拓展福建人文社会科学的思想空间,突出其广义性和开放性;以创新为导向、以社会科学中国化为依归,追溯福建人文社会科学的历史渊源,荟萃福建人文社科的重要成果,以期对福建人文社会科学的发展与兴盛提供一份具有实践性内涵和当代性意义的学术范本。

其四,"近代福建翻译与中国思想文化的现代转型暨闽派翻译高层论坛"本年度在福州举办,该论坛旨在深入挖掘福建文化资源,宣传推广"闽派翻译"在历史上的地位、意义与作用,振兴"闽派翻译",打响"闽派翻译"的文化品牌。翻译开启了中国思想文化的现代性转型之门,在中国文化的现代性发生与发展过程中,翻译所承担的重要使命和所起的作用无法替代,它打通了语言差异所造成的文化隔阂与壁垒,为各种不同文化之间的交流、碰撞与融合提供了可能。福建是中国思想文化现代性的率先萌生之地,也是近代中国翻译的重镇,中国近代最具代表性的两大翻译家严复和林纾皆为闽籍人士,他们是将西方学术文化思想引介进中国的历史先驱。严复翻译的《天演论》推动了进化论思想在中国的广泛传播,而林译小说开西文东渐之风气,对中国近现代文学的启蒙产生了重要作用。可以说,严复、林纾开启了中国近代翻译传统之先河,福建船政学堂是近代中国翻译人才的摇篮,这已成为学界的共识。鸦片战争以降,近百年间中国的诸多重大历史变革与福建翻译/闽派翻译都存在着关联,福建翻译为近现代中国社会的发展作出了积极贡献;对于中国近现代思想文化的现代性转型而言,福建翻译更是产生了重大而深刻的影响。因此,研究中国现代性的产生与发展,闽派翻译不容忽略。闽派翻译的主体由近现代闽籍翻译家与长期在闽的外省籍翻译家构成,他们的翻译工作与贡献奠定了闽派翻译在中国近现代思想文化史上的重要地位。此外,福建翻译在近代中国的兴起也有着深层次的文学地理学背景,福建独特的区域环境特征和文化思想的历史积淀,共同促生了近代历史大转型中的福建翻译。从中国第一个定居巴黎的留学生黄加略(福建莆田人)算起,享有文坛声誉、有据可查的福建翻译家有上百人之多,翻译内容涵盖了社会学、史学、教育、文学、外事、法律、农业、科技、出版等广泛领域。福建翻译作品众多,质量优异,人才辈出,涌现出了严复、林纾、陈季同、陈寿彭、辜鸿铭、王寿昌、许地山、林语堂、郑振铎、冰心、郑超麟、林同济、余光中等名家。从某种意义上说,一部近代以来的福建翻译史几乎接近于一部近代中国翻译史。近代兴盛的福建翻译与晚清政局变化关系紧密,体现出鲜明的经世致用之精神指向,以及近代福建思想文化的先锋锐气和开放性。

综上所述,福建翻译已经成为福建思想文化的宝贵传统和重要组成部分,在福建从文化大省到文化强省的当代文化转型升级过程中,福建翻译是值得重视的积极因素。打造福建文化品牌,推动福建文艺繁荣,形成有福建特色的学术流派,在新的历史条件下复兴广义的闽学,是当前福建文化发展的内在要求,而作为闽学传统的福建翻译,必将深度参与当代福建文化建设的进程。推动近代福建翻译的研究，既具有传承历史的意义，也有着引领现实的作用；对近代以来的福建翻译进行细致的学术梳理与系统的理论研究，兼具学术与文化的双重价值，这对于福建近现代史、中国翻译文化的整理和新闽学的建设，都有极其重要的意义。

二

当然，当前的闽派文化建设也还存在一些值得深入思考的问题。一是学界对"闽派"这个概念在学术意义上能否成立还存在质疑；二是"闽派批评家高峰论坛"表扬的声音远大过建设性意见，也盖过了对"全媒体时代的文艺与批评"问题的探讨，基本没能触及全媒体时代闽派批评的使命与责任等重要问题。诸如"如果没有闽派批评的话，那中国批评史要重写，诗歌史也要重写"，"现当代中国文艺理论 批评史如果去掉福建籍评论家，整个中国现当代中国文艺史要重写"，"闽派就是中国文艺界的定海神针"，"闽派批评占据了当代中国文学批评半壁江山"，此类空洞浮泛的溢美之词对闽派批评的转型与振兴其实并没有什么益处。闽派批评的复兴不需要这种缺乏问题意识性的赞美修辞学，而是需要真诚的损友和更具建设性的意见，尤其需要既具脉络化又能介入当下文化生产场域的批判性思考。三是参与闽派批评论坛的学者大多局限于大陆当代文学批评领域，"闽派"的历史传统在哪里？为什么"闽人好论"？所谓"闽派"究竟有什么特色？"闽派"与区域研究以及社会科学本土化的关系为何？"闽派"在台港澳暨海外又有什么样的影响和变异？这一系列问题都还需要更广泛领域的学者参与，尤其需要福建文学史学者和闽台区域文化研究专家的深度参与和广泛对话①，才有可能获得真正全面而深入的阐释。

回到更悠久的历史脉络看，"闽派"这个概念早已有之。南宋时期中国文化中心完成了南移，南方学风日渐兴盛，从南宋到元、明，学风盛行江、浙、赣、闽地区。南宋时代学风的分布，在我国南方自西而东形成五大学风盛地，即四川的蜀学、湖南的湘学、江西的陆学、浙江的浙学和福建的闽学。北宋晚期至明清，以地域命名的区域文学流派十分兴盛，福建在其中也扮演了十分重要的角色，如元至明初闽诗派、明代晚期的闽派，清至近代"同光体"闽派等。闽派文学理论与批评或闽派诗学有其传统渊源和历史基础。晚清诗人谢章铤（福建长乐人，1820—1903）曾经言简意赅地勾勒出闽派诗学的发展轨迹：

> 闽登第始于薛庶子，而文章名世始于欧阳四门。五代徐正字、黄推官辈各以风雅显。宋则杨文公为大宗，西昆之体直继玉溪。其后道南启教，不重词华，然朱子五言，醇穆有古意。至季世月泉吟社，谢皋羽主坛坫，连文凤之才亦远过于江湖诸人。明则林子羽倡其首，诸子为羽翼，高廷礼《唐诗品汇》一书，其所分初盛中晚，举世胥奉为圭臬，而闽派成焉。继则郑少谷振杜陵之绪，曹石仓有盛

① 陈庆元先生的著作《福建文学发展史》（福建教育出版社1996年版）尤其值得参考。

唐之音，不绁于王李，不染于锺谭，风气屡变而闽诗弗更。虽曰囿于方隅，然不可谓非强立者。国朝则许天玉、张无闷、黄莘田诸老尤彬彬称雅才焉。[1]

近现代福建人文知识分子开风气之先，以"翻译的现代性"引领文艺理论与批评的现代性转向，开创闽派文论的新空间。20 世纪 80 年代，"闽派批评"在文坛再次兴起，形成"闽派"与"京派""海派"三足鼎立之势，对思想解放运动和新潮文论的形成与发展都产生了重大影响。现今，"闽派批评"已经成为一个具有全国性影响的当代福建文化学术品牌，总结闽派批评崛起和发展的历史经验，理清现状和再出发的思路与方向，不仅对复兴"闽派批评"有学术意义，而且对当代福建文化建设和社会科学发展尤其是社科闽军建设也具有现实的参考价值。但从严谨的学派概念看，这个概念可能会遭遇到种种质疑。我们认为，"闽派"不是学术谱系意义上的学派，而是推动区域文化学术发展的策略性概念，是广义的"地域性学派"概念，属于区域研究的范畴，突出的是区域学术传统、学术特色、学术优势和历史文脉的传承与开新。"闽派"概念的提出，旨在为阐释区域学术共同体或学术社群及其文化活动提供一个话语平台和对话空间，旨在建立一个开放性的学术思想网络和文化地理想象，为当代福建文论建设一种具有统合性的思路与策略。研究"闽派文论"需要处理好区域和整体的关系，"闽派"构成"社会科学中国化"潮流中的重要支脉，是当代文论中国话语体系建设的一部分。作为一个策略性概念和区域研究方法，"闽派"不同于"师承性学派"，应是开放的和多元的。"闽派"是一个与地域直接相关的概念，但"闽派"绝不能局限于地域。重启"闽派"不仅必须打开边界，而且要打开视界，继承近代闽人开风气之先的传统，建立本土与全球相连接的文化视域，努力建立中国问题、在地关怀与全球视野三者的内在关联。我们认为闽派批评的讨论与研究应该包括以下三大部分：①古代文论版图中的"闽派诗学"。②"翻译的现代性"与近现代闽派批评。③当代闽派文论的兴起与再出发。或可分为七个部分：①概念提出的语境及意义。②中国古代文论版图中的"闽派诗学"。③"翻译的现代性"与近现代闽派批评的兴起。④ 80 年代思想解放运动思潮中的"闽派文论"。⑤ 90 年代"闽派文论"的转型。⑥"闽派文论"的现状与再出发。⑦台港澳暨海外闽籍学者与闽派文化的传播与变异。

三

从闽派批评、闽派翻译到闽派学术，从闽派诗歌、散文、小说到闽派书法、绘画和工艺，从"纪念林则徐诞辰 230 周年学术研讨会"在福州的召开到"林耀华国际学术研讨会"在其故乡古田的举办，从三明建宁举行第十届"海峡诗会"到"余光中文学纪念馆"在其故乡永春揭牌……福建文化界紧紧围绕"发掘文化资源、打响文化品牌和复兴广义'闽学'"的战略部署，在闽派的旗帜下，以再叙事的方式重构福建区域文化地理，福建文

---

① 谢章铤：《论诗绝句三十首并序》，见《谢章铤集》，吉林文史出版社 2009 年版，第 239—240 页。

化建设的历史底蕴得到了更加充分有效的挖掘，因而生发出崭新的活力。原省委常委、宣传部长李书磊曾经提出："我们要努力使我们福建人创造的'新闽学'成为'社会科学中国化'潮流中的重要支脉。我们要为这个目标而努力。"正视现实，我们离这个目标可能还很遥远，从"闽派批评"的再出发到复兴"广义的闽学"或"新闽学"还有漫长的路途，需要各界的共同努力。关于"新闽学"，按照我们的理解，并不是一个纯粹学术谱系史的概念，而可以视之为一个区域文化发展的策略性概念，旨在为当代福建文化建设建立一种具有统合性的新思路和新战略。"新闽学"既强调当代福建文化发展的历史维度、传统渊源和文脉的赓续，又避免受到学术谱系史和专业主义的局限，力图拓展福建人文思想的多元空间，接合传统与当代，突出其广义性和开放性。作为当代文化建设的一个策略性概念，"新闽学"以福建的人文传统为思想资源，以创新为导向，以人文社会科学的本土化和中国化为依归，显然具有强烈的实践性内涵和鲜明的当代性意义。

如同人们怀疑"闽派批评"是否存在一样，人文社科界对"新闽学"这个概念能否成立也还存在不同意见乃至持怀疑态度。如何拓展闽学的内涵与空间？林怡教授新近发表的《"闽学"新议》一文颇具启发意义："朱熹的诗句'旧学商量加邃密，新知涵养转深沉'就是'闽学'学术品格最生动的写照。'旧学'和'新知'是'闽学'学理建构的两个组成部分，'闽学'出于'旧学'而成于'新知'。'旧学商量'是对传统的继承、审视、反思；'新知涵养'是在'旧学商量'基础上对'旧学'的突破、超越和新变。""'闽学'不仅仅指对朱子学重在继承者，也指对朱子学有反思、有审视、有批判、有超越的闽籍学人的思想。"① 如此视之，"闽学"完全可以是一个具有包容性和开放性的概念，是一个不断发展的概念。

在现代学术文化史上，"闽学"一词的含义也并未局限于朱子理学的范围。1899 年，由林旭、张铁君等人发起，联合福建的旅京人士在北京的福建会馆成立"闽学会"，讲求变法，挽救危亡，致力于爱国维新运动。1904 年，闽县（今福州）人林长民等福建留日学生创设了翻译团体"闽学会"，翻译出版《闽学会丛书》。"闽学会"致力于翻译日本和西方的人文社会科学著述，翻译出版了《西力东侵史》（斋藤奥治著，林长民译）、《哲学原理》（井上圆了著，王学来译）、《史学原论》（浮田和民著，刘崇杰译）、《人种志》（鸟居龙藏著，林楷青译）、《国际公法精义》（林藏编译）、《泰西格言集》（高梦旦编译）、《社会进化论》（有贺长雄著，萨端译）、《国际地理学》（守屋荒美雄著，杨允昌译）等，对近代中国人文社会科学的形成产生了积极的影响。1919 年，中国致公党创始人陈炯明在福建漳州倡导设立"新闽学书局"，出售《新青年》《新潮》《建设》和《星期评论》等进步文化刊物，宣传新文化思潮和马克思主义。

关于"闽学"和"新闽学"，曹聚仁先生的《蒋百里评传》和《万里行记》也有几段饶有意味的记述：

　　二十五年前，抗战第二年，我在浙闽沿海一带旅行，春末到了福州，恰好碰

---

　① 林怡：《"闽学"新议》，《福州大学学报（哲学社会科学版）》2015 年第 2 期。

上福建全省举行科学宣传周,也参加了开幕式。教育厅长郑贞文先生要我对青年学生作讲演。我说:近代中国思想,以"闽学"为主潮。不过,过去七八百年间的"闽学"。乃是朱熹在建阳南平一带所传授的格物致知之学。到了今日,这样的"闽学"还不够解决现实的问题,我们要提倡另外一种"闽学",郑樵(渔仲)的"到自然、到社会中去研究"的"闽学"。(郑渔仲和朱熹时代相先后,都是南宋学人。)我又说到我自己本来如清代正统派的朴学家一样,研究考据之学,奉郑康成(东汉末年大经学家)为宗师。古人称郑康成之学为"郑学",如今我们要提倡另外一种"郑学"——郑渔仲之学。[1]

在民族危亡的特定历史情境里,曹聚仁先生认为流传七八百年的朱氏闽学已经无法应对时艰,因此,郑樵(渔仲)的实践性闽学倒是更值得推崇。在《万里行记》一书中,曹先生提到了"新闽学"这个概念:"在我的意识中,晚清译介欧西自然科学、社会科学的严复(几道),译介欧西文学的林纾(琴南)以及中体西用的辜鸿铭,再加上海军,这都属于新闽学的圈子中事。"[2] 在这里,严复、林纾、辜鸿铭以及福建水师都被纳入"新闽学"范畴之中。看来,在曹聚仁先生的视野中,"闽学"这个概念并非僵化的一成不变的概念,而是广义的、开放性的,其含义已包括传统和现代性的两个维度。朱子的格物致知之学是闽学,郑渔仲之学也属于闽学,严复、林纾、辜鸿铭等闽人的西学译介则可视为"新闽学",共同构成了闽学的学术文化传统。打开概念的边界,更能彰显闽学传统的丰富性、多元性和包容性。在新的历史语境下,复兴"广义的闽学",必须在与多元传统的对话中阐释当代问题,在当代文化实践中发现和重构闽学传统,"出于'旧学'而成于'新知'"[3],积极回应当代重大理论问题和现实关切,以独特的方式汇入社会科学中国化和学术话语体系建构的大潮之中。

---

[1] 曹聚仁:《蒋百里评传》,东方出版社 2009 年版,第 1 页。
[2] 曹聚仁:《万里行记》,福建人民出版社 1983 年版,第 354 页。
[3] 林怡:《"闽学"新议》,《福州大学学报(哲学社会科学版)》2015 年第 2 期。

历史叙事、生命传奇与地志书写

——林那北长篇小说《我的唐山》论

进入 21 世纪以来，闽籍作家林那北小说创作葱茏蓬勃上升之势令人瞩目，《寻找妻子古菜花》《请你表扬》《风火墙》和《埔之上》等数量可观的精品佳作表明：作者不仅中短篇叙事技艺娴熟，在长篇小说的经营探索上也日渐可观。2011 年底，她推出了一部近 40 万字的长篇小说《我的唐山》，被评论界认为是中国大陆首部史诗性再现"唐山过台湾"（即大陆移民到台湾开基）历史的鸿篇巨制。这部小说兼具恢宏壮阔的艺术视域和温暖细腻的性情笔触，纵横捭阖于虚构故事与历史地志之间，其沉郁深挚的描摹咏叹，荡气回肠的情感波澜，每每让人动容感怀。作者深情回溯且理性观照那深邃绵渺的时光通道中风雨如晦、云诡波谲的一段历史岁月：光绪元年（乙亥，1875）至光绪二十年（乙未，1895），聚焦于晚清 20 余载历史时空中闽台先民跌宕起伏、动人心魄的人生传奇。

一、小人物与大历史

《我的唐山》这个命名似乎颇易引起误读，部分读者将"唐山"理解为中国北方曾经发生过大地震的那个同名城市[①]。事实上，此处的唐山并非河北省唐山市，而是台港澳的中国人及海外华人对中华故土的一种称谓，泛指"大唐江山"，简称"唐山"。这个简洁的称呼里，积淀着海外华人华裔丰富醇厚如五味陈酿的历史记忆，更镂刻着深沉的原乡祖根情怀与民族身份认同。数百年来大陆沿海居民前往台湾开基拓垦，则谓之"唐山过台湾"，他们同样习惯于以"唐山"指代大陆原乡。历史上越过海峡去台湾的移民中，以闽籍人士为众，据成书于清末的《安平杂记》记载：台湾人口中绝大部分为汉人，而汉人中，"隶漳、泉籍者十分之七八，是曰闽籍；隶嘉应、潮州籍者十分之二，是曰粤籍"[②]。闽地居民祖上又多为中原移民，"晋、唐、宋时期，河洛人南下闽中，构成了闽人的主体，河洛文

---

① 参见"蚯蚓般穿过那段历史：长篇小说《我的唐山》阅读沙龙精彩对话"中有关"唐山"之名引发误解的描述，甚至书名作者的籍贯也被人猜测是河北唐山市。见"新华网·福建频道"，网址：http://www.fj.xinhuanet.com/nwh/2012-02/08/content_24665173.htm

② 《安平县杂记》，台湾文献丛刊本，第 23 页；转引自杨彦杰《闽南移民与闽台区域文化》，《福建论坛》2003 年第 3 期，第 86 页。

化也因而移植到福建，对闽文化的崛起起着莫大的作用"①。闽台两地存在着地缘近、血缘亲、俗缘深、物缘广、情缘久等多重根脉相连的亲缘关系，而闽台文化追根寻源又可上溯至内陆中原。"唐山过台湾"的移民史及其间蕴含的闽台缘两岸情，自然值得浓墨书写，命名颇具史诗意味的《我的唐山》，正是一部能深入展现这段历史的诚意之作，作品通过晚清时期闽台的一群黎庶小民辗转于海峡两岸的生命浮沉，来生动呈现唐山过台湾波澜壮阔的历史场景。作者曾为纪录片《过台湾》撰写过解说词全文，对于这段丰饶、斑驳的历史下过扎实的考据功夫，对相关的历史背景有深度的了解认知。与纪录片相比，小说《我的唐山》更全面充分地调动了作者的艺术想象与创造力，写作过程深耕细作犹如"蚯蚓般穿过那段历史"（《我的唐山·后记》）。

"史诗性的长篇小说主要不在于抒发创作主体的情感意识，也不重在抒发创作主体的欢悦或忧伤、惆怅或感慨，它的笔触所及总是关注于社会的公共生活、总是联系着影响历史进程的事件。创作思维的外向性、作品内容的客观性，是史诗性长篇小说的基本特征。"② 如果我们认同这样的界定，那么《我的唐山》确实具有史诗性叙事的部分特色，它主要不是凝定于创作主体的内在情感和主观感受，而是外向性客观性地将视域投向晚清的时代风云，以及闽台庶民百姓的生存状态；但是，它又与我们所习见的史诗性历史小说的宏大叙事存在着明显差异。谈及《我的唐山》的历史叙事，林那北这样说："历史小说可有多种写法，帝王将相是一种路数，才子佳人也是一种路数。而我写的人物却是生活在社会最底层的戏班子艺人、流亡的逃犯之类。在历史长河中，人类其实非常渺小无助，但每一个人都会有在历史中留下自己的脚印，带着各自的体温与视角……而让小人物来映衬大历史，历史因此会变得更具体可感。"③ 这段话朴素而明晰地表达了作者对当今历史小说写作多元性现状的认知和自我创作的明确定位，从中也可以感受到其历史意识带有感性、温情、包容的倾向：她向读者呈现的，不仅仅是对历史巨像景观的理性辨析与宏观思考，同时更是对历史波潮中寻常个体生命价值的凝视、亲近、理解、尊重与关注，由此叙述小人物与大历史之间相互嵌合、缠绕、映照、反衬等等复杂奇妙的种种关联，成为《我的唐山》历史叙事的重要表征。

不难看到，《我的唐山》直观展示或间接叙述了明郑至晚清的闽台大历史——尤其是与台湾岛命运攸关的大事件，如明郑王朝驱逐荷兰侵略者收复台湾的历史功勋，中法战争（清法战争）中马江战役的悲壮惨烈现场，刘铭传抗法事迹及出任台湾首任巡抚后的近代化建设，黑旗军的抗法、抗日斗争，甲午战争及中日《马关条约》的签订，国号永清的"台湾民主国"的建立和覆亡，不甘为倭奴的台湾人民的英勇抗争与悲屈无奈……一部内忧外患的晚清史，构成了小说硝烟弥漫的巨大背景。郑成功、施琅、沈有容、林则徐、张

---

① 徐晓望：《闽文化的崛起与河洛文化南传》，《寻根》1994 年第 1 期，第 24 页。
② 胡良桂：《史诗与史诗性的长篇小说》，《文艺理论与批评》1990 年第 2 期，第 10 页。
③ 吴海虹：《林那北新作〈我的唐山〉带我们去对岸寻亲人》，见"人民网·福建频道"，2012 年 2 月 21 日，网址：http://fujian.people.com.cn/n/2012/0221/c234782-16772477-5.html

佩纶、刘铭传、沈葆桢、唐景崧、刘永福、冯子材、岑毓英、丘逢甲、施世榜、吴沙等等明清时期的历史人物也在小说中以各种形式登台"现身",他们之中有些因年代久远仅留下一个高大的背影让人瞻望遐想,如明代抗倭名将沈有容、船工阿福口中有些神化的"国姓爷"郑成功;有些更只是偶尔被提及,如在台"开山抚番"的钦差大臣、福州船政大臣沈葆桢与康熙年间来台湾彰化修建施厝圳的泉州人施世榜以及被尊称为"宜兰始祖"的漳浦人吴沙,等等。

这些真实历史人物的有关叙述并非闲笔,他们的姓名和事迹不仅有助于小说历史氛围的铺陈与经营,有些也被巧妙地编织进小说中,与虚构人物的人生发生种种联系,成为小说人物性格的注解或情节发展的推力。比如"国姓爷"身上的血性刚勇铸就了船工阿福这个底层小人物的侠肝义胆和爱国情怀:"番仔跑到我们家门口来欺侮人,我们气不过,所以帮朝廷,帮台湾!我们这些船户,提着脑袋在海上跑,不是为了钱,没人为了钱!"而刘铭传(刘六麻子)的主政台湾,则决定了作品中夏本清与陈浩年这两个小说人物远赴南洋筹资回台修建铁路的生命历程。福州历史名人沈葆桢则成了小说人物朱墨轩的多年老友,两人交情甚厚,"如果不是沈葆桢,朱墨轩不会来安渠县任职",自然也就没有后面的故事;还有,唐景崧举荐朱墨轩为明海书院山长。岑毓英是小说中台湾儒学教授董鄂川的老友,影响了小说中陈浩月这个人物后半生的行迹。甚至,真实历史人物和相关的场景被活现于读者眼前:如《马关条约》签订后全台一片悲愤抗议之声,衙署门前汇聚了群情沸腾的民众,小说安排衰老病弱的朱墨轩亲眼目睹丘逢甲咬破手指血书"抗倭守土"的激越场景[①],国难当头,朱墨轩想象中原本只是一介书生的丘逢甲却出人意料地迸发了偾张血性,发出振聋发聩的呐喊:"桑梓之地,义与存亡,誓不服倭!"这个场景的细描,与小说尾声里朱墨轩拖着病体回大陆却不幸死在船上的悲凉一幕两相呼应,给人留下深刻印象。在此,真实历史人物与小说虚构人物的命运变得如此水乳交融难以区隔。这种虚实相生、寓实于虚的写法强化了《我的唐山》历史叙事的真实感与感染力,不失为以虚构人物为主的历史文学书写的一种有效途径。当然,"这种情理之真与事实之真的统一,是中国历史典籍的普遍现象"[②]。只不过在艺术虚构为主体的小说创作中,小说家更应注重的是情理之真。必须指出的是,经过后现代思潮及新历史主义洗礼后的今人,或多或少会认同历史叙事也是话语建构的意识,难以相信有历史真相及其被再现还原的可能。此语境下,人们开始警惕历史话语建构中的权力渗透和交锋,然而弥漫着怀疑虚无意识的历史叙事以及纯粹娱乐化的戏说穿越之风也得以盛行,导致某种程度上,"历史已经不是我们怀念、感知久远的祖先的那种历史,历史已经成为我们消费的对象"[③]。相形之下,林那北对历史和真实人生所抱持的敬畏、尊重、严谨和审慎的态度更显难能可贵。

---

① 林那北:《我的唐山》,海峡书局 2011 年版,第 277 页。

② 汪道伦:《从踵事增华到虚实相生——中国古典小说与史传文学艺术渊源探微》,《齐鲁学刊》1985 年第 4 期,103 页。

③ 南帆:"想象与叙事的文学——在上海市作协的演讲",见"左岸文化网",网址:http://www.eduww.com

面对历史材料的繁复混杂、纷乱无序，作者同情并理解治史者"羽翼信史"考古求真之艰困；但是，作为小说家的林那北也敏锐地意识到一种悖论的存在，即历史学家的难局或许正是文学家的机遇所在："回首望去，有那么多的歧义和纷乱错综横陈，这些对治史者而言是不幸，对文学而言却是万幸，它无疑提供了想象的可能，也腾出了创造的空间。"（《我的唐山·后记》）这里我们看到了作者挣脱历史材料的困囿遂得以自由舞蹈的文学叙事自觉。小说家打开想象创造之门，笔端涌出的是晚清南国那一群活泼泼的生命和他们离散飘零、悲欣交集的人生故事。陈浩年与陈浩月，一对形似神异的同胞兄弟；曲普莲和秦海庭，两个可歌可泣的传奇女子；几个主要人物曲折辗转的生命历程，构成了小说最重要的叙事线索。此外，小说还塑造了曲普圣、朱墨轩、夏本清、丁范忠、娥娘、黄有胜、曲玉堂、秦维汉、陈贵、夏禹、余一声、二声、三声、董鄂川、陈老汉、阿福、蛋亨仔等几十个形态各异、分量不等的人物群像。这些角色中有官员、商人、士绅、垦首，也有戏子、班主、流浪艺人、开药铺的医生、书生、农民、渔民、船主、船工、土匪、乞丐……几乎包括了那个时代闽台地区不同社会阶层的各色人等。作者着墨最多的还是那些在正史中难以占据主角位置的底层小民，不受正史青睐的小人物们在林南北的笔下却个性鲜明饱满、命运曲折堪叹。主人公陈浩年出身寒微，且身为不入九流的戏子和逃犯，但小说中的他容貌俊美，风姿秀逸，唱腔绝佳，恋戏成痴；他身世飘零、历尽坎坷，却始终克己修身，重然诺、守信用。陈浩月冒名顶替弟弟入监，虽是无名小辈却自有一股英雄豪情，他武艺高强，勇毅大度，最后在抗日保台的战斗中壮烈牺牲。即便是曲普圣这样有着同性恋性向而被世人歧视的边缘人，也得到了叙述者充分的尊重、理解和同情，他那艰苦卓绝违背常规的爱以及最后的毅然赴死同样震撼人心……在展示每个人物各自的命运轨迹和性格逻辑的同时，小说也揭示着人性的多维、历史的面相与民族的精神。如南帆所言："文学不一定能清楚地判断历史，但是文学力图揭示历史、社会和人性的复杂。"[1]《我的唐山》以追踪个体生命成长以及命运走向的方式去理解并贴近历史。相对于那些对民族国家和历史发展产生巨大影响力的大人物们（譬如帝王将相、英雄豪杰），《我的唐山》中的陈浩年、曲普莲这些活着尚属不易的小民，对"民族""国家""历史"这些宏大话语或许较难发生切身感触，更难有高屋建瓴的理性认识；然而这些有血有肉的微末生命之悲欢苦欣，却终究是与民族国家的大历史紧紧纠缠于一体的。戏疯子陈浩年在法国人封锁海面的困顿焦虑中方才恍然——"国与家如此密不可分地相扣相关，这是陈浩年第一次遭遇到。不过草民一介，他原先以为天下万千起伏，都与自己隔山隔水，但眨眼间却如此唇寒齿亡了。"而夏本清何尝不是在马江战役突如其来夺走儿子年轻生命后，才痛感国与家的苦难的一体性？包括曲普莲在内的台湾百姓为了抗击日本殖民者自发的倾囊捐款、浩年浩月和余一声等人奋不顾身以弱敌强的拼死一战，更是升斗小民痛感国家命运与个人生命紧密相连时身体力行的血性表达，如浩月所说："如果战死，我就埋在这里了，这里是我们自己的疆

---

[1]　南帆："想象与叙事的文学——在上海市作协的演讲"，见"左岸文化网"，网址：http://www.eduww.com

土，埋下了，做鬼再扰得倭人不得安宁。"

读者或许会留意到一个细节，主人公陈浩年在逃亡途中曾经化名为"唐山"，他以此为名在澎湖和台湾岛内四处流浪。这种刻意的安排当然隐含着一种强烈的主体认同：表面看似乎只是人物随意的自我命名，实际上却是一个流散他乡隐姓埋名的漂泊者对故土绵长乡愁的本能确认。有趣的是，这个细节不仅让小说"我的中国"的宏大主题呼之欲出，同时也无意间投射了另一种小视角的柔情想象。对于澎湖女子秦海庭而言，"唐山"这两个汉字是她心中要托付终身的良人的姓名：那个从海上飘来的神秘俊秀男子，那个没办法留住却一直惦念的优雅男人。"我的唐山"，不也正是这个始终被辜负的痴情女子对所爱之人的呼唤么？就此小说壮阔雄浑的历史书写中，油然生出一缕女性叙事的柔婉深情。

二、生命传奇与地志书写

吉利恩·比尔指出："所有优秀的小说都必须带有传奇的一些特质：小说创作一个首尾连贯的幻影，它创造一个引人入胜的想象的世界，这个世界由详细的情节组成，以暗示理想的强烈程度为人们领悟；它靠作家的主观想象支持。就最普遍和持久的层次而言，也许这样理解现实主义小说更为准确，它是传奇的变种而不是取代了传奇。"[①] 如果认可这一叙述，那么，倾力叙述遥远年代边陲之地小人物人生故事的《我的唐山》，完全可以被称为一部具有传奇特质的小说。作者立足于厚实的现实主义根基，同时以文字与想象建构起一部充满偶然和乖戾、惊险与奇遇的生命传奇：变幻起伏的情节，引人入胜的想象，充满恩怨情仇、悲欢离合的戏剧性，以及主人公崎岖多舛、路转峰回的人生道路……都可为之印证。

"人生道路"这个有些陈旧的隐喻性修辞，在长篇小说中往往通过人物的逃亡、行走、寻找、奇遇、成长、受难等等奇特独异的经验变得具体而鲜活，它是生命时间流程与人生活动空间两者的紧密结合。如同巴赫金所言："人在空间中的移动，人的流浪漫游……空间充满充实的生活意义，变得对主人公的命运至关重要。所以像相逢、分别、相遇、逃跑等因素在其中都具有了新的意义，比过去远为具体的意义，远为深刻的时空体意义。"[②]《我的唐山》中，主人公的人生之路是一个逃亡、离散、寻找、相逢、失落、磨难、牺牲与救赎等动作连续或混杂交融的饱满时空体，二十余年的清末光阴和海疆边陲的两岸水土，构成了小说时空体的双维幅度。小说的传奇结构始于一个离散的起点，结于一个回归的终点。起始和收束之间，是循环往复的乖违命运和山重水复的谜样情节。若让我们暂时

---

① 吉利恩·比尔：《传奇》，肖遥、邹孜彦译，昆仑出版社 1993 年版，第 70 页。
② 巴赫金：《小说的时间形式和时空体形式》，白春仁、晓河译，见《巴赫金文集》第 3 卷，河北教育出版社 1998 年版，第 314 页。

认定这只是一场爱情的传奇，那么曲普莲和陈浩年之间擦出爱的火花的那神秘一瞬，便可以被视为传奇的起点，而尾声里二人同船离开日据台湾回归大陆则应该是传奇结构合情合理的终局。从逃亡、离散、相逢、变故，其间历经沧桑，到最终的携手同归（暗示二人结合的可能性），完成了感人至深的爱情传奇结构。

然而，传奇叙事中最为重要的也许并非起点和终点，更是两点之间曲折漫长的历程。历史上闽人过台湾的原因多样，大多是迫于生存压力而冒险闯荡天涯，《我的唐山》也交代了浩年父祖辈们作为底层边民过台湾的家族传统。但浩年和普莲过台湾的直接原因则是二人越轨恋情的暴露，与求生的现实考量相比，追求爱情（且还是违背传统伦理道德、并大胆触碰权力的出格爱情）自然更有传奇特质。一个是风靡闽南各地的舞台名伶，一个则是半百知县新娶的风姿嫣然的16岁小妾，二人的大胆约会和私奔成了新闻事件，也足以成罪。他们必须远离惹祸现场，尽快逃往海峡彼岸：此岸权力无法鞭及之地。但逃离一种既定的危险和灾难，却意味着又必将遭遇诸多未知的挑战与风险。小说张弛有度地分头叙述了两人不同的逃亡与离散经验。曾经风流婉转、柔弱俊逸的舞台优伶陈浩年渡海逃亡，途中遭遇灭顶风暴，险些葬身大海，幸而为澎湖居民秦维汉一家所救；辗转来到台湾本岛后，又历经千辛万苦，甚至沦落为肮脏邋遢衣不蔽体的乞丐，靠乞讨、卖艺为生。经年的流浪他乡，既是迫不得已的逃亡，也是苦心孤诣的寻找，为的是那个自己魂牵梦萦的女人，爱情为他孤寂狼狈的逃亡生涯赋予了值得期盼的生存意义。难以理喻的情爱，伤害爱人的负疚心理，这两种动因都化为执拗的寻找。遗憾的是，误解和任性让年轻的普莲做出了错误决定：嫁给浩年的哥哥浩月，以此报复"负心人"。因此，鹿港的戏剧性相逢变得尴尬、苦涩、五味杂陈。期盼落空后的浩年变更了萍踪浪迹的方向：一是为了自己安身立命的戏艺，再就是替母亲寻找到父亲。个人爱欲受到打击和阻遏，小说转而突出浩年作为戏疯子的这一面相，情感失意的浩年沉迷于戏曲艺术中，浪游的路线自鹿港至宜兰再到台北，他创办了与闽南戏班子"茂兴堂"遥遥呼应的"长兴堂"，带出了一声、二声、三声等高徒，根在闽南的戏曲文化于是在台湾岛得到了传扬和光大，个体生命意义随着时光流转、空间变幻也逐渐展开："他是安渠人，但也是台湾人了。从光绪元年仓促东去，这么多年，那里的山水浸润而来，他从南部一直踏到北部，双脚一层层粘着那些肥得流油的泥土，而他，也早已成了岛上的一棵树，一丛根须纵横的青藤。"至此可见，《我的唐山》的传奇性其实远不止于浩年和普莲之间曲折多舛的爱情。传奇起点处的纯粹个人生命事件，到终点时已经不再那么单纯，小说终篇浩年、普莲等人的回归大陆，是因为生命寄居的美丽岛屿已被日帝铁蹄践踏，回归其实是又一次流离动荡的开始。毕竟，他们的青春和盛年在台湾度过，那片热土留下了他们20余年悲欢离合的岁月，那里有他们父祖辈开疆辟土的足迹，那里也留下了他们活着的和已经死去的亲友，那里有他们永难忘怀的记忆。带着长兴堂戏班子到厦门演出时，陈浩年不禁感叹："'回'这个字眼对他而言已经有了双向的意义，过台湾是回，来内陆唐山也是回。"而这种由衷的感慨也从小民的角度道出了闽台之间的血肉联系。

《我的唐山》的传奇特质还表现在人物的精心设计与细致刻画上，从中可见作者的巧妙用心，也能窥见某种人性观和价值建构倾向。如浩年浩月这两个形似神离的兄弟，外貌酷肖而性情迥异，一个文弱纤细，一个强壮孔武，一文一武，两相辉映，这样的人物设计自然有助于故事的戏剧性生成，而在波澜起伏的戏剧性情境中，两个熠熠闪光的男儿性格便被凸现出来。陈浩年文弱清秀，却执着、重诺、守信、一诺千金。他对普莲的不懈找寻，既是补偿歉疚的赎罪之行，更是言而有信的无悔践诺；后文描写他接受邀请回厦门唱戏的章节里，浩年耿直倔强守信近乎迂的性格又一次得到浓墨重彩的渲染。陈浩月自早年代弟顶罪，直至最终掩护浩年、自己与敌同归于尽，足以体现人物的手足情深和英雄本色。小说中的两个主要女性人物写得同样有声有色、可圈可点。曲普莲这个女子不仅音容形貌美丽可爱，更有超出常人的倔强、果敢、胆量和魄力，人生的每一次转折既有偶然的因素，也打上了她独异个性的烙印：幼时激烈反抗裹小脚而赢得了天足行走的自由，16岁时为救兄长毅然嫁给年过半百的朱墨轩成为知县的小妾，爱上风姿绰约的陈浩年后即大胆赴约准备与情人私奔以致被捕受刑，以为被浩年欺骗她便断然决定嫁给浩月以为报复，浩月因刺杀朱墨轩而逃亡后，她卖掉鹿港的住房和土地来到大稻埕做茶叶生意，海庭难产而死又是她主动去抚养庭心……这个有着波斯人和女真血统的闽南女子，从一个不谙世事却敢爱敢恨的个性女孩，成长为刚强勇毅侠义肝胆的成熟女性，是小说中散发着迷人魅力的可亲可敬的人物形象。作品里另一位女主角秦海庭也是美与善的化身，她温柔善良，善解人意，总是以灿烂的笑容去面对苦难和悲哀，不计得失地默默奉献："秦海庭是水，那么柔那么舒缓无声地静静流着，有着与世无争的绵软与无助，内里却挟裹着一股那么汹涌的、坚定的、激越的蓬勃力量。"这两个奇女子都以自己的方式深爱着浩年，但并不相互妒恨，反而一见如故成为知心姐妹，她们处事大气，有母性的包容和承担，她们的身上洋溢着温暖、朴实而高贵的人性力量。

细心琢磨，就会发觉作者对人性的认识也颇为理性、包容，特别是对常民生态中的复杂人性有着足够的同情和理解。《我的唐山》中的几十个人物里几乎没有一个完美的好人，也没有一个彻底的恶人，他们更多的是被放在具体的境遇里来考察其行为和反应的，因此，我们才会看到人性的真实和复杂。比如曲普莲固然美丽善良可亲可爱，但也有任性、固执等人性的弱点；浩年长相秀气、唱功好、嗓子柔亮、守信、克己、爱戏如命，可他有时非常软弱。朱墨轩这个人物的多面性尤其值得一提：作为一个年过半百且妻妾成群的男人，利用身为知县的权力娶回自己心动的少女，这种行为虽在封建父权时代并不罕见，但却带有明显的压迫性和丑恶性；后来朱墨轩过台湾来彰化任职时还继续利用权力打压"情敌"浩年，以至于浩年永远失去了赖以安身立命的好嗓子。不过，作者在塑造这个人物时并未完全否定，而是充分注意到人性的多面和人格的成长。她笔下的人物总是在时空体中逐渐成长、变化，朱墨轩也不例外，他承继了祖上丰厚家产，为官不贪财，与同僚相比，算得上执政清廉，淡泊无争，闲暇时爱读书听戏，颇有些文人雅士的风度，来台后还任职书院山长，对于中华传统文化恪守了保护与阐扬之责，心底里，采菊东篱、闲云野鹤才是他的人生理想境界；他对普莲的欲望和情爱，称得上是真心和负责，失尽颜面后恼羞成怒的打击报复也并非全然邪恶；老年的他反躬自省，昔日私仇已然化为乌有，反为曾经的罪过深感歉疚，默默资助长兴堂。正因为对这个人物的多面性和复杂人格有着丰富多维的表现，所以他得到"仇敌"的宽宥和接纳，也就显得合乎情理且令人感动。怨恨情仇漂洋过海持续经年，有朝一日终恩怨尽释，而非执意将仇恨进行到底，这样的描写显露出一种宽容大度的人性观。朱墨轩与浩年普莲的最终和解，江湖一笑泯恩仇，也是作者所赞赏的一种生命境界。即便是打开城门放日本兵进台北的黄有胜这样的负面角色，小说也并未简单化地处理。这个可以找到历史本事的触目情节，作者既通过普莲对黄有胜的辛辣讽刺（"你不怕我在茶里下了毒？"）表达了鲜明的好恶立场；也铺垫了黄有胜开城行为的心理依据，他曾焦虑地向浩年叙述原乡同安当年的清兵屠城史，也曾真实地表达对刘铭传治下台北城的留恋，最重要的是"宁为太平犬，不为乱世人"的保命哲学驱使他走出了令人不齿的那一步。对此，浩年明白自己绝不会像黄有胜那样，"做不出来"。但他也感叹："世道不是被黄有胜弄成如此险恶的，危巢之下，黄友胜只是想活下去，让自己和更多的人平安地活，活着有什么罪呢？"浩年的想法显然属于无辜的广大的普罗大众。与前文叙述浩年对"朝廷里都是些什么人"的疑问相联系，显然，《我的唐山》里有一种常民的思维和立场，这应该是作者同情和理解的立场，也隐含着一种批评和质询的态度。

与对封建体制和屠弱朝廷的批评嘲讽相对应，作者对笔下那群顽强坚韧的小民则不乏感喟、喜爱和赞佩。作品中的一干重要人物形貌性情人生轨迹各异，却多属性情中人。给人深刻印象的是，重情、专情、痴情，这些似乎过时的古典化情感追求，却是陈浩年、曲普莲、秦海庭、曲普圣、丁范忠、娥娘等人身上饶有意味的共同之处。浩年专情于普莲以及用情于戏，海庭普莲专情于浩年，丁范忠专情于娥娘，娥娘专情于陈贵，普圣专情于浩年……事实上，小说为我们提供了一连串重情重义（艺）而近乎痴的人物形象。其中，浩年、浩月的母亲娥娘和丁范忠这两个长辈形象尤其令人动容。娥娘是闽南传统女性的典型，她的一生都在默默劳作、养育儿女以及孤独的等待中度过："母亲先是为了等父母兄弟，然后是她的丈夫，接着就是等两个儿子了。她生来仿佛就是为了伫立在那里等待，等一个个动荡颠簸的亲人，望眼欲穿。""母亲的一生犹如一场漫长的苦役"，直到死，她始终保持着对一去不返的丈夫陈贵的忠诚。小说用饱含悲悯的精细文字来表现这个女子所承受的痛苦："母亲脸上却已经有了暮色，岁月没有滋润她，只是将陈贵甩下的担子都撂给她，她独自行走了二十年，像一株干透的植物，单薄、枯萎、萧瑟，眼角那些放射状的皱纹，不经意就一扯一扯地抖动。"戏班班主丁范忠痴情重义，用生命来完成娥娘的两个嘱托：精心培养浩年成材，到台湾寻找陈贵，直到死。普圣对浩年的爱尽管不合世俗，却是不计得失的付出，那种此生无缘留待来世的决绝让人为之叹息。可以说，《我的唐山》的传奇性是由这些寻常小民用他们的真爱和至情至性谱写成章的。此外，小说在突出真纯情感价值的同时也彰显了部分的传统道德价值。如对信义的肯定，老子《道德经》曰"轻诺必寡信"，《论语》中将"言必信，行必果"视为"士"的必备条件之一，林那北笔下的民间艺人尽管身份卑微、不入九流，却具有传统士人重信义的操守和人格。而小说中也表达了对任侠之风的欣赏。任侠的历史渊源可上溯至墨家，《墨子·经上》曰"任，士损己而益所为也"①，《墨子·经说上》则云"任，为身之所恶，以成人之所急"②，《我的唐山》中的丁范忠、普圣、浩年、浩月、海庭、普莲、夏本清等人都曾为了成人之急、救人之难而不计得失乃至死不旋踵，非常符合墨家的主张。寻找陈贵是小说的一条不可忽略的情节线索，也是浩年浩月两兄弟的一种心结，父亲早年过台湾，两人对父亲只有遥远、陌生的印象，却一直在不懈寻找。寻父不仅是为了了却母亲的心愿，也表现出中国人传统的敬祖心态，"崇拜祖先是一个世袭观念所衍生的'慎终追远'行为的表现"③。

阅读《我的唐山》，让我们自然联想起台湾作家施叔青相似题材的长篇小说《行过洛津》，此作旨在"以小说为清代的台湾作传"（《行过洛津》后记），描写清末嘉庆年间福建七子戏艺人许情三次搭船到洛津（今之鹿港）的生平遭际，从中见证洛津五十年兴衰变迁。对读《行过洛津》和《我的唐山》，固然二者的文字风格和审美旨趣有别，但在处理相似命题时的手法和趣味却又有略同处，如对民俗文化的细意摩挲就是两部作品的共同点。刘登翰先生曾敏锐指出："《行过洛津》另一个让我们不能忘怀的是作者深入细腻地刻绘出一个'民俗台湾'。随同大陆移民携带而来的汉民族文化在台湾的传承，实际上沿着两条互相渗透和抵牾的渠道：一是以士人为代表的来自官方上层的精雅文化，体现在《行过洛津》中的朱士光和陈盛元身上；另一个是以俗民为代表的来自下层民间的世俗文化，它构成了整部《行过洛津》的民俗生活基础，敷展在许多民俗节日、民间信仰、戏曲、说唱和传说故事之中。民俗的形成，也是移民社会走向定居的标志之一。"④而林那北的《我的唐山》留给我们同样的深刻印象：小说充满浓郁的闽台地方生活气息，处处可见对闽台地区自然环境、日常生活、文化习俗、民间风物的细致生动描摹，作者曾言："对土地与往事的好奇，这可能跟我编过地方志有关。"⑤编撰地方志所需要的耐心细致的观察力与作家的敏感灵慧相碰撞，流泻于笔端的就是一幕幕鲜活灵动的晚清闽台民间生活图志。因而，阅读小说的过程又仿若一次穿越时空、移步换景的晚清闽台之旅，作品有效地唤起了一种"地方感"："文学的想象与叙事广泛而有效地参与了'地方感'的编码与建构，参与了地理空间的生产。"⑥从这个意义上说，《我的唐山》无疑是一篇饱满充实而富有风致的闽台常民文化地志书写。作者之前阅读了大量的相关文献史料，在闽台历史和乡情民俗方面下足功夫，小说对闽台地区的婚丧嫁娶、四时节庆充满兴致勃勃的描画与点染，从中可以充分感受到两岸生活习俗、风土人情的同根同源。如描述闽南人的婚礼习俗："男婚女嫁得先探家风，再求庚，然后把庚帖置于神明、祖先案上卜卦，再在供桌的香炉上放置三

① 孙诒让：《墨子间诂》，见《新编诸子集成》本，中华书局 2001 年版，第 314 页。

② 孙诒让：《墨子间诂》，见《新编诸子集成》本，中华书局 2001 年版，第 337 页。

③ 李亦园：《近代中国家庭的变迁》，见《李亦园自选集》，上海教育出版社 2002 年版，第 154 页。

④ 刘登翰：《施叔青：香港经验和台湾叙事——兼说世界华文创作中的"施叔青现象"》，《台湾文学集刊》2005 年第 5 期，第 79 页。

⑤ 南帆、北北：《文学不必男女有别》，《厦门文学》2003 年第 8 期，第 74 页。

⑥ 刘小新：《文学地理学：从决定论到批判的地域主义》，《福建论坛（人文社会科学版）》2010 年第 10 期，第 105 页。

天，三天中人畜平安，没惹是非，称得上是'三日圆'，然后才能请算命先生'合婚'，凭生辰八字测断双方是否适于婚嫁。秦家在澎湖已经生活几代，种种习俗却仍是与闽南一致的。"对闽南建筑的描绘："房子仍立在村口，红砖黑瓦，墙的勒脚处刻有马踏祥云图案，檐边饰上梁山泊人物画，门外的塌寿特地修得比别人家都更宽敞更平整，这是为娥娘修的，娥娘常要站在门外眺望哩，望什么她不说，但既然她爱站，就得有一块地，让她雨天不被淋，夏天不被晒……好多年以后，它仍然是陈厝村最漂亮的房子。"此外，像两岸中秋节都盛行的"博饼"习俗，以及梨园戏、宜兰小曲、车鼓阵、茶文化、袭用大陆名称的住宅村落、"划水仙"、清代台湾民间的"垦首"制度、乡村械斗等等，《我的唐山》不乏地志书写的田野气韵，民间文化形态的细腻展示意味着作者民间立场的自觉。

法国文论家郎松认为："文学史是文化史的一部分，它记录了民族生活在思想感情方面漫长而丰富多彩的发展，并且记录了民族未能在行为世界中实现的苦痛或梦想。"[1] 在《我的唐山》中，自由无羁的文学想象所勾画的瑰丽传奇，与严谨厚重的历史事件考据、文化习俗征引各显其能，而真实与虚构的相互嵌合、呼应与激荡，最终产生了真幻相依、虚实相伴的富有张力的审美效果。

---

[1] 昂利·拜尔编：《方法、批评及文学史：郎松文论选》，徐继曾译，中国社会科学出版社1992年版，第3页。

一个人的精神行旅与文化地图

斯蒂芬·茨威格在《人类群星闪耀时》中说："一个人最大的幸福莫过于在人生的中途、富有创造力的壮年，发现自己一生的使命。"1980年4月，已逾不惑的刘登翰先生从群山环抱的三明回到了省会福州。20年坎坷颠沛的山区生活，让天生富有浪漫情性的诗人增添了一份岁月磨洗后的成熟沧桑。迎接他的是一个百废待兴而又充满蓬勃希望和转机的新时期，滚滚闽江奔流不息，那些如春草般星星点点冒现的新思潮新文艺作品令人振奋，曾经饱受磨砺的边缘化人生体验所压抑潜隐的能量终于迎来了释放奔腾的历史契机，而曾经沉睡混沌的文化学识储备在这个万象更新的大时代悄然苏醒，知识分子春天的来到为他接下来的所有工作奠定了历史性的础石。那时的他或许并没有那么自觉地意识到：这正是他人生中的重要时刻，这是开启生命中崭新一页的转捩点，自此他奋力展开精神之旅的双翼：学术研究和艺术创作，以其高屋建瓴的视野和大气磅礴的格局，以其热诚而执着的意志、严谨而扎实的作风，以及温厚诚笃的品格，与不同代际学者作家团结合作，相继谱写出学术研究和艺术创作的瑰丽华章。40余年里，他似乎是一路上信步所至，但却是脚踏实地马不停蹄步步为营，在中国当代新诗批评、台湾文学研究、香港文学研究、澳门文学研究、海外华文文学研究、闽南文化及闽台区域文化研究、当代艺术批评等诸领域里，皆留下了坚实的脚印，作出了卓著的贡献。他所领衔主编的《台湾文学史》《香港文学史》和《澳门文学概观》都成为相关领域开风气之先的标志性成果。可以说，刘登翰先生以他的敏锐前瞻性、组织号召力、整体建构意识以及坚韧不懈的学术劳作绘制出一幅壮观而复杂的文化地图。正是在数十年不乏激越豪情但更需要沉潜扎实探索的精神行旅中，刘老师完成了三次华丽而又素朴的转身，分别是从大陆的当代文学研究到台港澳暨海外华文文学研究，继而从台港澳暨海外华文文学研究转向闽台区域文化研究，再从闽台区域文化研究到华文文学文化诗学的理论探索以及艺术评论和艺术创作。

在2016年夏天榕城举行的"刘登翰教授学术志业六十年研讨会"上，刘老师曾谦逊朴实地回首往事："我是在虚抛了许多青春岁月后才开始做研究。四十岁之后因为历史转折的一些原因，才重新回到我曾十分向往的研究岗位。"如果说曾经困顿艰涩的前半生造成了本该更早绽放异彩的才情的压抑，那么中年之后的他则在冷静认识自身局限的同时抓住机遇乘势而发，且"一发不可收拾"。在厦门大学张羽教授对他的学术访谈录中，刘登翰先生曾这样回忆他从事台湾文学研究的缘起："说来有点偶然，甚至有些荒诞，1980年，福建省海关发觉'文革'期间境外寄来的各种印刷品积压太多，所以去清理。"然而饶有意味的是，这看似偶然的机缘却给了刘登翰先生中年学术生命重启的契机，或许这有些无奈的话语背后也深蕴着茨威格所说的那种发现人生使命的幸福吧。这样的幸福永远不会属于逆境中的悲观者，记得在那次研讨会的闭幕式上，刘登翰老师的道白如今想来特别动人："聊可自慰的是即使在生命低谷，我也不敢颓唐，我常想我是一个被扔进水里的小皮球，纵使被按到了水底，只要不漏水，总能浮上来。正是这点精神使得我乐观。"正是这低调中的顽强韧性和骨子里的谦逊乐观让那种努力践行人生使命的幸福变为可能和现实。

陈辽先生曾在第十二届世界华文文学国际学术研讨会上提出撰写"华文文学研究史"的呼吁。从研究领域的拓荒到学科的初步创立再到 21 世纪以来的多元发展，华文文学研究走过了一段不平凡的时光。的确，今天学界有必要认真回顾华文文学研究曾经走过的道路，许多令人敬重的学者筚路蓝缕所取得的研究成果应该成为今后研究的起点，刘登翰先生就是这个学科令人敬重的拓荒者之一。

刘登翰先生是一位谦和、宽厚、认真并且十分容易亲近的学者，这种性情使他的文学批评和文学史叙述往往能持有客观、公允、不偏不倚的评价尺度，他的包容心和宏阔的概括力量也常常给人留下深刻的印象。迄今为止，刘登翰先生最引人注目的或许首先是他的台、港、澳文学史写作，他在台、港、澳文学史研究方面已经显示出某种稳固的学术价值。现今，海内外同行仍从他的台、港、澳文学史研究成果中获益，大学中文系的本科生、硕士生和博士生们把他的著作视为必备的参考文献。可以预想的是，许多年后人们依然能从中获得对台港澳文学乃至文化的较为全面妥当的认识与启迪。今天，刘登翰先生文学研究的学术影响已经从大陆扩展到台港澳并且延伸到海外的汉语文化圈，并在 20 世纪中国文学史的整合研究中产生较大影响。关心华文文学创作与研究的人们，以及从事 20 世纪中国文学整体研究的学者，都会注意到刘登翰先生在这一领域所做的卓有成效的研究工作。

在海峡两岸各种版本的台湾文学史著作中，刘登翰等人主编的《台湾文学史》不仅写作出版时间较早，也是迄今规模最宏大的一种。这部《台湾文学史》总字数超过 120 万字，总页码达 1500 多页，有一种沉甸甸的厚重感。这种厚重感不仅是指它的物理重量，更是源于其内容的分量。从远古台湾的神话传说和中原文化的最初传播，到明郑时期台湾文学的奠基；从近代以汉学为中心的抗日民族文化高潮，到日据时期日本殖民统治对文学的挫伤和台湾新文学所继承的"五四"反帝反封建传统；从传统、现代与本土诸种文学思潮的对峙消长到 20 世纪 80 年代以来的多元化发展，史料丰富翔实、内容洋洋大观。刘登翰先生的文学史用充分的历史事实表明两岸文学共同源于中华民族的文化母体，台湾文学是中国文学一个重要而特殊的组成部分；还充分地分析了台湾文学由其特殊的历史际遇而形成的特殊风貌，因而所具有的特殊的美学意义和历史价值。刘登翰先生的台湾文学史写作获得了海峡两岸学者和作家的普遍认同，这种认同源于其内容的丰富、逻辑的明晰和对复杂性的把握。刘先生用以诠释台湾文学历史经验的"分流与整合"概念，后来被学者们所赓续并发展为"多元共生互动"的世界汉语文学史观。而刘先生的社会学方法和文化视角，又使这部《台湾文学史》超出了纯文学史著作的意义，成为人们了解认识台湾社会思潮脉络的一种生动有趣的历史文化读本。开放包容的文化胸襟和深刻的历史境遇关切，使得刘登翰先生的台湾文学史叙事产生了强大深远的学术生命力。时至今日，海峡两岸已经涌现很多种台湾文学史著作，然而作为一部贯穿古今的通史性质的台湾文学史，刘登翰先生等人主编的《台湾文学史》仍是一部难以绕过的经典。

在"纯文学"观念占主导地位的80年代，香港曾经被很多人视为文化沙漠。黄维梁、梁秉钧等作家学者每回大陆讲学，都要先说明香港不是文化沙漠。20世纪80年代以来，香港与内地之间的文学交流有了长足的发展。对于香港"文化沙漠"观念的改变，很大程度上得力于学者的研究介绍，尤其是文学史的全面描述。在大陆已出版的以"概观"或"史"命名的多种香港文学论著中，刘登翰先生主编的《香港文学史》是其中很有特色也很有分量的一种。刘登翰先生仍然把香港文学放在文化层面上观察，岭南文化与西洋文化的杂陈并处构成香港文学成长的文化生态。而刘先生的分流与整合理论，再次使文学现象的描述获得了一种历史的和逻辑的力量。这部60多万字的著作，既抓住了香港文学最突出的都市感性特征，又在宽阔的历史文化视野中找到了精英文学、社会文学和通俗文学的历史位置。的确，如果忽视这三种形态中的任何一种，都不可能完整地把握香港文学的整体风貌。刘登翰先生写史，从文化的层面为多种形态并存的香港文学正名，也给我们打开了进入香港这个国际大都市的文化通道。

长期以来，香港被视为"文化沙漠"，澳门这个弹丸之地则更是连有没有文学都成了个疑问。人们太容易被一种刻板印象所控制了。如果我们浏览一下刘登翰先生主编的《澳门文学概观》，或许会改变以往那种刻板的看法。澳门四百多年的历史是个充满欧陆风情的谜，澳门文化更是中西文化交流的历史活化石。刘登翰先生被这个神秘小城的神秘文化所吸引，编撰了这本文学概观，从文学的侧面观察澳门文化的特殊生态。《澳门文学概观》的写法不同于我们一般所见的华文文学史著作，它由刘登翰先生和澳门的一群优秀的学者作家合作完成。这些学者或专攻澳门史，或精通古典诗词、或长于散文写作，或谙熟葡萄牙语……他们的加盟突破了以往华文文学研究的资料匮乏和经验阻隔的瓶颈。这种由内地学者与研究对象所在地区作家学者合作研究的方式，或许会对学人日后的工作有所启发。从刘先生撰写的标题"文化视野中的澳门及其文学"看，《概观》仅是其对澳门兴趣的一个部分，澳门的文化人类学价值或许会成为刘登翰先生日后关心的课题，他对土生葡萄牙人文学的浓厚兴趣就透露了这一点。

21世纪以来，刘登翰先生主编的《双重经验的跨域书写——20世纪美华文学史论》同样是国内比较早也比较系统深入的美华文学史论著。这四部重量级的文学史著作，结合其"分流与整合""华文文学的大同世界""华人文化诗学"等概念，成为"世界华文文学"这一新学科的奠基性论述。

从当代大陆新诗到台港澳文学，从台港澳文学到世界华文文学，从文学研究到闽南文化和闽台区域文化研究，刘登翰先生的研究领域从大规模的文学史书写走向实证性的地志文化探寻和民间文献的整理研究，在许多领域都有开疆拓土的卓越贡献。

刘登翰先生曾用"跨域与越界"来总结自己的学术人生，他是世界华文文学学科重要的开拓者之一，也是闽台区域文化研究的代表性人物，他的华人文化诗学理论探讨同样引发不同代际学者的关注和讨论。这种自觉大胆的"跨域与越界"，一方面源于多位同辈学者所共同道出的"才子气"与贯穿始终的诗性品格，源于刘登翰先生生命经验的跌宕与丰富；另一面也源于一种闽人敢为天下先的胆识，"凸显出闽派学术的多元视野和探索精神"。吕良弼先生指出："（刘登翰）在跨域与越界的研究中展现出来的原创精神和学术视阈，使他在开放、多元的闽派学术中独树一帜。"朱立立女士认为："研究疆域的拓展于刘登翰教授而言，不仅具有学术互文的效果，而且更意味着理论视域和历史文化等维度的深度掘进。"台湾大学的黄美娥教授从刘登翰先生"跨域与越界"的学术实践受到有益的启示，提出可以建构一种新的文学史视野，不单纯将福建文学或者台湾文学视为一个地方特质的区域文学，而尝试把福建空间因素纳入台湾文学史来观照，可以从福建看台湾，从台湾看近代福建，从闽台看日本，乃至几度空间的跨界交错，建构区域流动与空间化的文学史叙述框架，这样可能发现原先被遮蔽被忽略的历史元素和文学史矛盾运动的内在纹理。这可以看出刘登翰先生的"跨域与越界"观念所产生的学术影响。

"跨域与越界"不仅限于学术研究领域，显然，曾经的北大青年诗人刘登翰并没有随着时光流逝而退隐，他的艺术批评兼具批评家的见识与诗人的抒情心性，他倾心的诗歌和散文创作始终未曾停歇，书法创作也自成一格。从少年试剑击中流、满怀诗情与热诚地从事诗歌创作和诗歌研究，到致力于文学史和文化学术研究，严谨理性的学者风格与激情澎湃的诗人情怀一直在刘登翰先生的精神旅程中相互激荡、交相辉映。

近十几年来，刘登翰先生从世界华文文学研究走向闽台区域文化研究，这既是一种学术越界，也体现了一个当代知识分子深沉的民族国家意识和文化情怀。从他主编的十六册大型丛书"闽台文化关系研究丛书"以及他所著的《中华文化与闽台社会：闽台文化关系论纲》，我们可以深切感受到刘登翰教授作为"一个关注两岸文化历史、现状和前途的中国当代知识分子深沉的民族国家意识"。这种深沉的民族国家意识外化到研究中，形成严谨理智的学术风格和深沉的历史感性，这种治学态度成就了他的学术志业。纵观刘登翰先生文学研究的历程，他的学术特色和意义至少体现在如下方面：

首先，刘登翰先生建立了一系列描述与阐释文学史的概念与范畴，在此基础上建立了文学史观念与阐释框架，揭示台、港、澳文学历史演变的原因、规律和意义。笔者一直以为在华文文学领域文学史写作为时尚早，其理由不外有二：资料瓶颈尚难突破；文学史的叙事逻辑尚未建立，而叙事逻辑的建构显然必须依赖一些具有阐释能力的范畴和概念。这两个问题在刘登翰版本的文学史中得到了妥当的解决，对于拓荒型的文学史写作而言，这无疑是难能可贵的。

众所周知，刘登翰先生的台湾文学史论述有一个核心理念，即"分流与整合"。它建立在对民族、国家、文化复杂性的充分而辩证的认知基础上，将台、港、澳文学视为中国文学母体孕育的特殊组成部分，科学地辨析两岸文学出现离析形态的历史因素，同时从文化归属视野肯定两岸文学整合统一的内在逻辑和发展趋势，认为"文学的整合以文学的离析为前提，而文学的离析以文学的整合为归宿"。这是一个基于历史逻辑和当代经验的文学史观念。从《当代中国文学的分流与整合》到《分流与整合：二十世纪中国文学研究的整体视野》和《台、港、澳文学与文学史写作》，刘登翰一直试图深入地阐释这一重要命题。这显然构成了刘登翰版文学史的显著标志和鲜明特色。

"离析与整合，是文学存在和发展的一种普遍的生命形态和基本的运动形式。"刘登翰先生从共时与历时性两个纬度解释了"分流与整合"的文学发展辩证法："从共时性层面看，不同风格、倾向和流派之间的离析与整合，在充分发扬作家这一精神创造物的个性特征同时，又维系着文学整体架构的均衡与张力，使文学始终处于活跃的生命状态之中；从历时性的发展看，每一时代的新的文学、或新的文学思潮，都是从旧有文学的母体，或旧有文学思潮的背景上，离析分化出来，又在融摄新的文化因素和体现新的时代精神的要求上，整合建构成适应这一时代、文化发展需要的新的文学，从而保持着文学传统的延续和更新。""分流与整合"以及"传承与变异"的文学史观念始终贯穿在刘登翰的文学史写作之中。这不是什么高深莫测的理论，但却是自恰的、具有阐释效力的文学史理念。它既辩证地阐释了作家个性与时代精神、传统与创新的矛盾统一关系，也有效地阐释了台、港、澳文学和海外华文文学的独特性、复杂性和历史演变的复杂规律。

其次，在整个 20 世纪 80 年代，"重写文学史"的观念是新潮文论努力追寻的学术目标。钱理群、黄子平和陈平原的"20 世纪中国文学"和陈思和的"新文学整体观"把这种重写上升到理论和学理的层面，前者打通了以往那种以政治史为依据的现代和当代的区割，意图使文学史从"政治史"的附庸和注释中解放出来，回到文学本身；后者旨在改变过去那种左翼尤其是"左倾"文学史的片面性，恢复现代文学史的整体性。这种整体观后来扩展到两岸三地文学的整合，在这一学术语境中，刘登翰的两岸三地文学的"分流与整合"说被越来越多的人所认识，成为 20 世纪 90 年代文学史重写工程的一个重要部分。

一些重写的文学史开始把台、港、澳文学纳入了自己的视野，这种整体观有可能使许多诸如自由主义文学、现代主义以及文学与政治的关系等问题得到了更完整的观照。这正是刘登翰先生所说的"台港澳文学的重新'发现'"的含义研究。虽然今天人们已经从政治本位主义中走了出来，但毋庸讳言在世界华文文学研究领域还存在许多干扰文学批评的非学术性因素。因此，刘登翰先生和许多严肃学者对华文文学研究学术化的强调仍然具有重大的意义。在刘登翰先生看来，学术化不仅仅是摆脱政治本位主义，"更重要的还在于内在的研究品格、基本理论和学术规范的建立上"。学术化要求史料的扎实、可靠和充分，立论的客观、公正与严谨，要求理论的自洽和批评的有的放矢以及方法与对象之间的契合。刘先生尤其强调华文文学研究的问题意识和理论意识，强调问题的脉络化和阐释的历史化，始终追求在整体性视域和特殊历史际遇中研究文学问题。这些主张对华文文学研究这门新学科的发展有着重要的启发意义。

刘登翰先生在从事学术之余，还进行诗、散文、歌词和书法创作，体现了独具美学色彩的家国情怀及乡土韵味。他或许不是专业意义上的"诗人""书法家""报告文学家"或"词作者"，但黎湘萍教授强调："正是这些写作及其深深烙上了时代印记的生命经验，使得刘登翰这一个'学者'的研究明显带上了他们这一代人既相似又独特的胎记，使之在八十年代至今的学术生活中，独树一帜，自成风景。"刘登翰教授老而弥坚，持续笔耕不辍。除了深入探究海外华人"过番歌"的丰富历史与文化记忆，他还自由涉足于艺术评论、书法创作等领域，展现出丰沛的艺术才情和多元的审美趣味。他关注台湾当代艺术，他视书法如"游戏"和"墨象"，无不呈现出一股"有血有肉"的文人情怀。这也使得学者刘登翰，在理性的学术外，增加了更多可感可知的趣味和审美经验的丰盈。

有趣的是，激情的刘登翰与学理的刘登翰并不相互干扰，还往往有着"相看两不厌"的相互赞赏状态。抒情的刘登翰并没有干扰学理的刘登翰的学术工作，抒情的介入反而升华了学理的旨趣与意义。在一部理性作品的细枝末节处，诗人刘登翰也会突如其来地登场，展现他酣畅淋漓的激情。在《香港文学史》总论部分的结尾，刘登翰先生诗人的激情也突然显现："这是中国文学大团圆的节日！"刘登翰曾经策划出版了一套名字别致内容有趣的文化丛书：番薯藤文化丛书。刘先生在"书系缘起"里说：闽台文化"恐怕有不少成分是由番薯养育的……看来两岸的这点文化情缘，是怎么也切割不断的"。这里显然饱含了一种深沉的历史感性和学术的情感温度。

在刘登翰先生那里，学理性的追寻并未走向纯粹的学理主义和专业主义。他对研究对象总是带着一种感同身受的理解与共情，这也许与其人生经历有关。在散文作品《魂兮归来》中，刘先生写道："就我们一家，仅我所知，就有祖父三个兄弟，父亲六个兄弟一个妹妹，十几口人埋骨在那方异国的土地。他们身后留下的每个家庭，都有一部长长的小说。"至今，刘登翰没有把这些充满华裔离散悲情的"长长的小说"写出来，却写出了关于这些作品的"长长的文学史"。或许正是这种感同身受的经历使他对世界华文文学产生了一种深切的理解与共情，因此刘先生的学术著作在沉潜冷静的理性分析背后总是透着一种宽厚深沉的情感。这种深切的理解与共情常常体现在对他对台港澳及海外华文文学的特殊历史际遇和特殊心态的强调与尊重上。学术化并不拒绝人性化和文化情怀，正是这种宽厚深沉的情感和感同身受的理解使台港澳及海外华文文学研究的学术化有可能获得人性的深度和广度。

理智与情感的交融，严谨与激情的结合，整体性与特殊性的辩证，让刘登翰先生的精神之旅内蕴丰富、气韵生动。或许，在每一个人生的路口和转角，每个人并不清楚自己的努力和选择意味着什么，这种选择或许是因为生存需求或者是因为机缘巧合。然而，作为一个人的意义所在，就是在于每一个选择是否在依存自我生存需求的同时，又为社会有所贡献。这是人一生追求的生命的"意义"地图，在这个地图的旅行上，刘登翰先生的价值在于他的精神行旅以独特的个体经验铭刻历史、融入时代，绘制成了深具社会价值的文化"地图"。《一个人的学术旅行》以对话的形式还原一个跋涉者的踪迹，用具体的历史细节重绘了一代学人文化与学术的旅行地图，为我们理解一代学人的坚守与担当乃至一个时代转折的精神纹理提供了丰富的线索。

刘登翰先生在《青春是一种生命精神》一文中这么评价老友陆士清先生："莫谓满头须发白，正是青春焕发时！青春无关岁月，青春是一种生活状态，青春是一种生命精神，这正是士清兄生命的精彩！"①我想这明朗劲健的话语也正是刘登翰老师晚近生命情志和心性状态的真实写照。"一年一度秋风劲，不似春光，胜似春光，寥廓江天万里霜。"青春精神充盈的人生自成一种高华从容的大度气派。衷心祝愿刘老师在文字翰墨的艺术天地里精骛八极、心游万仞！学术生命和艺术世界永远年轻！

① 刘登翰：《青春是一种生命精神——序陆士清〈生命的精彩〉》，《解放日报·综合副刊》，2019年4月4日。

闽派批评新锐的出场

南帆先生在"闽派批评新锐丛书"序中说过：如果说，"闽派批评"的称谓曾经贮存了丰盛的文学记忆，那么，许多闽籍批评家即将开始面对另一个新的故事：这个称谓如何内在地织入文学的未来？新生代批评家的加盟，即是这个故事的最新发展。唯有新生力量的持续涌现并且不断发出独特的声音，"闽派批评"才能真正重新出发，发扬光大。新生代批评家大多具有严谨的学术训练，理论视野开阔，他们代表了"闽派批评"的未来。本文选取几位略做评述。

一、颜桂堤：诘问文化研究的本土化实践

"文化研究"的理论旅行与本土化实践，是青年学者颜桂堤持续探究的学术兴趣焦点所在。众所周知，文化研究肇始于20世纪50年代英国，以理查德·霍加特、雷蒙·威廉斯、爱德华·汤普森和斯图亚特·霍尔为首的一批知识分子对战后英国社会文化进行了重新讨论。雷蒙·威廉斯的《文化与社会》和《漫长的革命》、霍加特的《识字的用途》、汤普森的《英国工人阶级的形成》都是英国文化研究的奠基之作。20世纪60年代，霍加特与斯图亚特·霍尔在伯明翰大学成立了"当代文化研究中心"，成为英国文化研究的重要阵地。此后"当代文化研究中心"在霍尔的带领下一路高歌猛进，被打造成为具有国际影响力的"伯明翰学派"。文化研究的最大特点即是跨学科，其意义正在于突破学科边界的限制和专业主义的囿限，达成对社会和文化问题的一种开放性的阐释。文化研究强调对现实的批判性介入，它不仅仅以描述和阐释当代文化与社会实践为目的，而且力图改变西方既存的权力结构。文化研究开掘了崭新的学术空间，它不再局限于静态的文本分析，而是自由无羁地拓展了观照视野，广泛涉及大众文化、种族问题、性别政治、身份政治学、文化政策、数字媒体文化、空间问题、青年亚文化、身体研究、教育学等场域。正如约翰·斯道雷所言，作为"一种学术实践的政治/作为政治的一种学术实践"的文化研究，它的活力和意义正在于其及时、有效地回应急剧变化中的社会文化现实所提出的种种问题和思考。经过半个多世纪的发展，文化研究已经成为备受关注的世界性学术焦点——它既有广泛的拥护者，也不乏立场不同的诋毁者。无论是支持还是反对，都改变不了"文化研究"已然渗透到当代学术话语诸多层面的事实。

20世纪80年代至90年代，随着中国改革开放的深入与市场经济的兴起，"文化研

究"这一跨学科的知识实践和学术思潮经"理论旅行"而逐渐进入中国大陆。"文化研究"在中国的引介与发展，具有独特的历史语境。正如颜桂堤在文中所指出，中国大陆文化研究的兴起不仅仅是出于"学院体制运转的需要"，而是有着更为复杂的诸多因素：一是社会转型与市场经济的崛起带来的意识形态的分歧与冲突，造就了文化研究的接受氛围；二是理论资源更新与研究范式变革的需求；三是大众传媒的兴起；四是文化研究刚好契合了当时知识分子回应、参与、介入新的社会现实的批判性需求。由于文化研究开放的学术视域、批判性的研究方法以及介入现实的强大动能，它很快吸引了为数众多思想活跃的年轻知识分子的注意力。尽管文化研究在中国大陆的兴起与欧美学术思潮的变迁存在着深刻的关联，但是中国大陆的文化研究学者显然并不是把中国的文化研究当作西方理论的又一次旅行的简单注脚，而是将其视为阐释"中国问题"与"中国经验"的一种重要话语实践与知识形态。

时至今日，中国大陆的文化研究已经经历了 30 年的发展历程，从人才队伍建设到学科建制化，从议题的设置到学术论坛的活力，从理论的译介到本土化的接合实践，从文化研究专门刊物的创办出版到频繁深度的国际交流，中国的文化研究进入了一个丰产期，产生了一系列具有影响力的文化研究成果。另一方面，当前文化研究也走到了一个"十字路口"，随着英国伯明翰大学"当代文化研究中心"的关闭和文化研究所面临问题的复杂化，一系列潜藏已久的矛盾也渐次浮现。或许，现在是到了应该对中国的文化研究进行系统"盘点"与反思的时候了。当然，盘点与反思的目的不仅仅是为了回溯往昔总结过去，同时更是为了展望前程拓展未来。颜桂堤的专著《文化研究——理论旅行与本土化实践》立足对"文化研究"在中国的理论旅行与本土化实践进行系统性、建设性与批判性的评估，可谓适逢其时，具有重要意义。颜桂堤所致力的方向是将"文化研究"置于当代中国社会历史的宏阔背景之中，直面"中国问题"，从而力图建构一种能够有效阐释当代"中国经验"的文化研究范式。在这种学术旨趣的驱动下，文化研究的理论谱系、问题场域、中国经验、阐释效能、内在瓶颈及未来趋向等就自然成为其学术研究旅程所备受关注的关键性命题。

在这部学术专著的上编中，颜桂堤以文化研究的"理论旅行"作为聚焦点，详尽勾勒出了文化研究的起源、理论谱系、问题场域、理论面孔、话语范式转换及其在中国大陆的理论旅行状况与本土化实践脉络等等。在颜桂堤看来，"文化研究"概念的多义与复调制造了它的多副面孔，而且它不断与新的问题接合并延展出新的问题场域，使它可以适时而变，顺利登陆不同的文化圈，实现全球理论旅行与落地发展。文化研究的范式持续地进行转换——从文化主义到结构主义，从结构主义到"葛兰西转向"，从后现代主义到后马克思主义，从文化论述到文化行动主义——而对"文化研究"的理论范式转换进行谱系性考察在一定程度上涉及了文化理论内部意味深长的转向。颜桂堤认为，文化研究理论旅行至中国大陆，并非只是简单的跨语境转换与文化翻译问题，重要的还应该关注文化研究如何被译介，在中国学界如何兴起与发展，以及其理论旅行过程之中所产生的理论变异、议题转换以及形成新的理论变体等一系列问题。正是在重新问题化"文化研究"的过程中，颜桂堤展示了其值得称许的理论架构与整合能力，同时，在对文化现象的多维分析中也充分体现了其敏锐的问题意识。

"中国经验"是颜桂堤将文化研究接合中国本土化实践考察的一个关键性概念。他认为，考察与研究中国的"文化研究"，应当具有"中国问题"意识，应当进入"中国经验"的历史纵深，这样才能准确而深切地阐释出"文化研究"对中国历史与社会现实的真正参与，重构出文化研究多层次、立体的发生图景与演变脉络。通过引入"中国经验"概念，颜桂堤力图在"中国问题"脉络中阐释文化研究的历史、现状及未来，从而在"中国经验"的视域中对文化研究的一系列命题与问题展开充分的讨论，进而阐释文化研究如何有效介入当代中国的文化实践。在《接受症候：文化研究在当代中国》一节中，颜桂堤通过对 20 世纪 90 年代以来中国文学研究领域的学者对文化研究的立场与观点的梳理与辩证图绘出中国文化研究的五种代表性观点：积极的肯定性接受、对大众文化的激进批判、居于审美立场的"反文化研究"、作为"寓言"或策略的文化研究以及关注与挖掘阐释"中国问题"复杂性的文化研究。颜桂堤意欲表明的是，在接受与运用文化研究过程中，不能简单化约地加以肯定或者否定，而是应该将其放置到历史脉络与观念现场，批判性地考察其阐释"中国经验"的有效度与复杂性。他认为，种种观点的论辩、交锋与博弈，不仅仅呈现了人文知识分子深度参与、有效介入当下社会的热情与姿态，而且映射出我们这个时代的精神症候与思想活力。

该著的第七、八、九三章分别聚焦于文化研究的"铁三角"——阶级、民族国家、性别，进一步分析了文化研究理论在中国化过程中"中国经验"是如何获得发现并且参与"中国化文化研究"的理论生成的。"阶级"作为文化研究一个无法绕开的主题，颜桂堤将焦点凝聚于中国问题脉络与结构网络之中，考察 20 世纪 90 年代以来在中国社会变迁之中阶层的分化与重构，辨析"中产阶级"与"新意识形态"的关联，揭示底层经验与话语的多重呈现与复杂表述。从文化研究视域考察"民族国家"和"性别"命题，同样打开了新的研究阐释空间，为我们提供了发现被大概念或大理论所遮蔽的复杂维度与经验具体性的可能性，通过与中国具体问题结合来厘析其多重交叠的复杂构型。文化研究在一定程度上确实有效地参与了我们这个时代的经验阐释与意义再生产，并且形成了文化研究独特的中国立场、"中国经验"与中国形态。他认为，中国未来的文化研究必定会朝着深入的、多元的、开放的且具有本土经验的方向发展，能够达成"全球化视野"与"本土化意识"的有机整合。当然，关于文化研究与"中国经验"的讨论是一个相当庞大复杂的知识命题，颜桂堤对这一领域的探索与思考还刚刚开始，但值得肯定的是他在这一议题上所表现出的问题意识及其所进行的不懈理论探索。

辩证的反思与批判性意识同样深深介入了颜桂堤对文化研究带来的挑战与困境的思考。该著的"下编"聚焦于"文化研究的激进与暧昧"，深入地探讨了"文化研究"对文学研究带来的挑战与机遇以及文化研究自身存在的诸种问题，深入剖析文化研究的当前困境。关于文化研究对文学研究的挑战一直以来是一个研究热点，该著辟专章《文化研究：文学研究的危机，抑或契机？》进行论述。在颜桂堤看来，文化研究的介入，为文学理论、文学史以及文学批评带来了持续的震撼，打开了"新的视域"，解放乃至制造了种种文学的意义。更重要的是，文化研究悄悄地重新连接了文学与社会及各种复杂的关系，它同时也促使文学理论话语不断适时而变及进行新的话语体系重构。只有直面文化研究的挑战，在对话中甄别、吸收与重构，才能为中国当代文论话语体系的未来发展打开更多的可能性。这在一定意义上体现了颜桂堤独到的学术眼光和敏锐的学术洞察力。通过对文化研究"九个问题"——"跨学科与建制化的悖论""表达的脱节：法兰克福学派与伯明翰学派""'感召力'的缺失：乐观的平民主义与悲观的精英主义""全球化的诱惑与本土化的陷阱""研究方法：方法缺失或开放性""审美的放逐与庸俗社会学倾向""知与行：过度理论化或文化政策化""激进与暧昧：文化分析与政治经济学""表征之过剩与过剩之表征"——的重审，作者力图回应与阐释"本土化文化研究"面临的种种理论难题。关于文化研究困境的讨论最为突出的当然是他对文化研究的跨学科特性与建制化悖论的省思，他对"文化研究"的反学科特性的深层原因以及其与学术建制之间的矛盾共生关系进行了深入分析探讨。他指出，文化研究的兴起及其跨学科、反学科特性，是对学科建制的坚硬版图与僵化疆界的抵制与反抗，然而其批判性在学术建制的强大磁场之中被极大削弱了。而睿智的人文知识分子逐渐意识到问题的复杂程度，他们致力于寻求超克局限与难题的可能性及其路径，以期更好地介入变化了的现实、更加有效地阐释复杂的文化问题。显然，这在一定意义上体现了知识分子的思想洞察力与文化使命感。

《文化研究——理论旅行与本土化实践》一书致力于从多元化、多维度展开对"文化研究"本土化实践的批判性考察，立体地呈现"文化研究"的理论光谱和中国本土化实践的丰富性与复杂性。在我看来，这部著作问题意识鲜明，视野开阔，作者积极介入当代论争，敏锐回应理论关切，在整体性视域中考辨文化研究的意义与局限，测绘文化研究的场域与悖论，思考文化研究的未来，对于文化研究的空间拓展和文艺理论的学科建设都具有启发价值，对于当前的文化建设也具有借鉴意义。今天，关于文化研究的研究仍然是一项十分重要的学术课题，如何进一步强化文化研究的跨学科性和实践品格？如何将局限于学院的话语生产转化为坚实有力的文化行动主义？如何重构文化研究的认识论基础？如何在文化研究的本土化实践中重启中国传统思想资源？如何将文化研究重新历史化、问题化与理论化？怎样开启文化研究的反身性考察？数字化时代怎样开展文化研究？文化研究如何促进数字人文学科的形成与完善？文化研究如何参与全球的批判性对话？如何介入正在展开的批判社会理论的重建运动？……这一系列问题都还有进一步研究的必要，期盼颜桂堤在这个领域的努力耕耘与勤奋探索取得更大的收获！

二、练暑生：介入、对话与批判性阐释

作为当代文学批评者和文学理论学人，练暑生是敏感、活跃的和善辩的，介入和对话是他的文学批评的一贯立场。十几年来，练暑生结合时代热点，紧跟学术前沿，思考的

问题往往具有比较鲜明的现实针对性。一些在学术界引起广泛关注的话题，从关于纯文学的论争到个人主义之当代意义的论争，再到文学与底层关系的辩证，练暑生都积极参与其中，并且提出了不少有价值的观点或思考路径。如文学与底层的关系问题——这是近十多年来中国文学比较关注的话题，这个问题遂成为练暑生学术思考的焦点之一。从《话语分析与底层问题》《诗经与底层文学的表述问题》到《阶级、个人与底层想象的维度》等系列文章，既有紧跟学术热点的批评论证之作，也有沉稳深潜的学术检讨和理论思辨。

我们知道，该在何种意义上"接合"召唤当代中国底层经验是思考当代文学如何介入历史的过程中不可回避的问题，对此，《阶级、个人与底层想象的维度》一文分别对阶级、个人和底层范畴的当代意义做了比较细密的检讨，在认可工农兵概念及其文学意义的同时，对于阶级概念的当代局限做了犀利的辨析，并且在底层、阶级和国家等观念的结构互动中，指出了个人或个人主义概念在当代的可能意义及其局限。底层问题作为时代的热点问题，引起过众多的关注和讨论，练暑生的思考紧密围绕文学学科自身的特点，思考文学在底层问题上能做什么，不能做什么。从文学学科的学科特点出发，而不是宽泛地讨论文学要不要介入历史，这是练暑生一直坚持的方向，也是其讨论此类问题的主要特色。在《话语分析与底层问题》这篇文章中，练暑生着重强调了文学通过形式的革新，让被固化的种种底层形象获得历史浮现的新机会，从而为底层阶级寻求审美或文化方面的解放的可能性。形式的革新或者感性的重新配置是最能发挥文学的时代意义的领域，其意义已经不是传统现实主义的反映论所能相提并论的。

除了底层问题，消费主义和城市问题也是近十年来当代中国文化研究的重要领域。消费时代的美学与感性、城市与乡村、全球化与地方性，诸如此类的问题跟底层问题一样都是全球化与现代性两大坐标体系交错下的产物。毋庸置疑，这两大坐标系的交错带来的既是一次巨大的文化转型，更是一种政治经济学关系的深刻转换。无论是中国与西方，还是传统与现代，这些我们习惯的种种二元范畴已经难以回应上述问题所隐含的混杂多面的特性。在《如何想象上海——上海怀旧与一九九〇年代的上海叙事》《现代中国文学文化中的城市与颓废》等文章中，练暑生选择上海作为切入点，探讨了追求现代性与全球化过程中，阶级、民族、城乡、传统、西方、欲望等诸多元素之间交互混杂的关系，这里面既有南帆先生式的关系主义理论模式，又结合了马克思主义的空间经济学分析。《如何想象上海》一文批判性地回应了李欧梵的"摩登上海"论述，并与20世纪90年代的上海怀旧思潮相勾连，打开了思想当代都市文化的空间。尤其值得关注的是，练暑生提到了"现代上海"或"摩登上海"的繁华与内地的贫困战乱之间的对应关系，其背后隐含的是殖民主义的经济地理学。而在谈及"上海"城市现代性道路与中国现代性的关系时，练暑生指出，通商口岸的日常生活现代性作为殖民地理学的产物，无法把"中国"作为一个整体带入现代性道路，因为非西方世界的现代性过程不可避免地首先是政治过程，所以，必须存在着超出日常或自发性意义上的整合，国族或阶级的召唤成为历史的必然选择。结构化的文化研究与政治经济学分析相互结合的分析思路，使城乡问题不再是单纯的"城乡"问题，而是一个当代中国文化结构图谱内部形式关系和经济关系共同作用的产物。这是一种回返现代性问题的本土语境与脉络化的思考——用暑生近来常用的语词即"在地化"思考——对流行的海外汉学现代中国论述构成了一种批判性的对话与有力的回应。

在积极参与学术前沿问题、热点问题探讨的同时，练暑生也非常重视基础性的学术研究。其博士论文《民族与八十年代的精神征候》讨论的是二十世纪八十年代"重写文学史"问题，该选题一方面回应了近年来如何思考二十世纪八十年代、重返二十世纪八十年代、如何思考二十世纪八十年代文学观念的当代意义等等现实焦虑，另一方面也讨论了文学史观、文学史解释学等基础理论话题。该论文从结构性的观念学出发，对二十世纪八十年代种种核心文学范畴的困难、局限、可能性及其如何发生相互冲突与调谐，展开了细密而艰深的讨论，其中得出的一系列结论，对于人们理解和认识二十世纪八十年代观念的内在可能与不可能性具有相当的参考意义。关于纯文学和个人主义在二十世纪八十年代的提出语境及其历史意义，《民族与八十年代的精神征候》给出了富有启发意义的阐释：这两个范畴事实上是革命文学话语——这巨大的"历史他者"之外的边缘接合点。这个结论一方面说明了纯文学或个人主义范畴为何在二十世纪八十年代呈现出内涵复杂混乱甚至相互冲突的状况，另一方面也提示着这两个概念生产的内在困难及其在当代意义上的分化——其原因在于观念的结构语境发生了根本性变化。随着市场维度的出现并占据了社会生活和话语体系的要津，国家、个人与市场的结构性互动关系逐渐形成，挑战乃至瓦解了个人或纯文学作为边缘接合点的结构定位。

从具有现实针对性的学术前沿到基础理论研究，练暑生坚持把基础研究与学术热点问题紧密结合，这是其学术研究的一大特色。暑生不仅从西方后现代主义和新左翼理论中获取理论资源，还积极从中国古代文论和当代学者的理论研究中寻找思想灵感，力图形成结合在地经验的研究取向和批判性的知识立场。在方法论上，南帆先生的关系主义理论和日常生活范畴都对练暑生的学术讨论产生了深刻的影响。伴随着全球化的不断深入，当代中国正发生着深刻的变化和巨幅转型，中国经验的重要性也逐渐受到了中外人文学界的广泛关注。为了更好地贯彻在地思考的学术理路，练暑生的学术重心逐渐向当代文学批评靠拢，关注当代的前辈作家，同时也积极参与文学新人的研究讨论。其批评核心关怀与其基础理论研究一脉相承——文学的当代定位或功能。在《技术消费时代的感性》一文中，练暑生分析了技术与消费时代的抒情意象构成，讨论了感性在当代的表达领域。而在《乌托邦的剩余》当中，练暑生则思考了诗性、乌托邦想象在当代文化政治方面的可能性。这些批评的理论谱系很鲜明地体现了其理论路径——从文本形式出发，延伸到更大的历史文化问题，宏观与微观、文学的内与外两种研究路径统一在形式的内部，是结构化思考方式和马克思主义政治经济学分析相结合的批评实践，具有鲜明的学院左派色彩。文学的空间问题是其批评的另一核心关注领域，在《文类与经验的双重解放》等文章中，练暑生通过细致的文本分析，探讨了文学叙述如何想象空间、瓦解空间进而再造空间，从中可以观察到文学在介入历史和现实方面的时代活力。

当代中国是复杂的，经验在多样的维度中交错呈现，其中技术与消费对经验的改造微观而具体、细腻而深刻，其力度却与全球化和现代性一样是全局性的，练暑生的当代批评以发掘技术与消费时代的感性为核心，事实上是在努力寻求一条如何表述当代世界、如何思考感性在塑造当代世界的潜能与可能性的道路。我们相信这条批评路径具有相当多面并且重要的理论意义。当然，技术与消费对经验的改造属于微观文化政治范畴，尤其需要精细的分析技艺和耐心的田野作业，而理解与阐释当代中国经验的复杂性仅有这一维度显然是不够的。期盼暑生学人在这个领域的勤奋耕耘取得更大的收获！

三、林秀琴：历史意识与现代性的重新打开

对现代性文学经验的关注，是青年学者林秀琴学术兴趣的焦点所在。众所周知，现代性是一个宏大的命题，它所跨越的时间如此漫长，空间如此广阔，话语谱系如此丰富，充满了复杂性、矛盾性和对抗性，同时以其迷人的魅力召唤着人们不懈地寻绎求索。林秀琴对现代性的关注有其诸多私人的成长影像投射于其中，特别是从乡土到城市这种生活空间的转换所重构的个体经验世界，对其学术研究有着隐秘而深刻的作用。但若将这种个体经验仅仅视作纯粹的私人领域，则忽略了这一事实：中国当代社会经验的核心，乃是自20世纪80年代改革开放以来中国市场经济社会建设统率下的各项社会变革与创新。城市社会空间逐步覆盖乡土社会空间的运动实践及其精神内涵，构成了中国社会独特而又具有普遍性的现代性经验。尽管从理论形态来说，现代性是源自西方的文化舶来品，但必须明确的是，现代性也是近代以来中国社会历史实践最为重要的内在维度，它已经深刻地楔入了中国社会的个体经验世界。林秀琴所努力的方向是将个体生命经验置入社会历史实践的宏阔背景，从而致力于有效地建构一种本土化的中国当代文学经验的阐释框架。在这种学术旨趣下，传统与现代、乡土与城市、个体经验与公共经验、历史与日常生活，以上种种复杂关系的历史演绎与相互纠葛，自然就成为其学术研究旅途上备受关注的风景。

2012年林秀琴曾出版专著《寻根话语：民族叙事与现代性》，该著的雏形是作者撰于2004—2005年间的博士论文。在这部学术专著中，林秀琴试图以20世纪80年代的文学个案——寻根文学——作为切入点，切入当代文化转型的历史脉动，这应该说是颇富敏锐度的。寻根文学是八十年代中国文学的一个独特文学现象，它曾经引发一场由文学界和文化思想界众多力量参与的激烈论争，这一文化事件的议题范畴和历史意义已经远远超出单纯的文学史和文艺美学范畴。在林秀琴看来，寻根文学固然首先是一种美学实践，但这种美学实践恰恰深刻地联系于二十世纪八十年代中国当代社会与文化转型的时代语境。改革开放大幕徐徐拉起，现代化浪潮长驱直入，宣告了一个真正意义上的中国当代社会的到来：振兴中华，放眼世界，借由世界视野的再一次刷新，中国"现代性"经验进入了一个前所未有的崭新阶段。与此同时，经济社会生活的全面活跃激励着文化思想领域建立更开放的视野和更富于探索性的立场，西方哲学思潮、文化理论和文学艺术作品的大规模引进、译介，深刻地影响了二十世纪八十年代中国文化思想领域的全面重塑。在林秀琴看来，寻根文学毫无疑问的是上述历史语境的产物，寻根思潮对中国当代社会转型的关注表

明了当代文学对时代性和社会性的担当。更为重要的是：寻根文学所树立的文化反思精神和历史前瞻性，对彼时甚嚣尘上的历史虚无主义和文化激进主义构成了一种巨大的抑制与平衡。显而易见，新历史主义研究和话语理论对林秀琴的学术研究有着不容忽视的深刻影响，在这部专著中，林秀琴富于启发性地以"寻根话语"的概念重新激活寻根文学这一观照对象，结合历史资料的挖掘、观念主张的辨析、义理逻辑的梳理，林秀琴有效地为寻根话语建立起"民族"和"现代性反思"两大思想维度，并将其置于全球性的民族国家经验叙事与现代性经验叙事的框架中进行讨论，而历史之轴与共时结构的视角切换，丰富了其论述的面向与内涵。正是在这里，林秀琴展示了其良好的理论架构能力和敏感自觉的问题意识，同时，在文本阅读上也展示出其细腻深入的品质。

"历史"是林秀琴学术研究接入当代文学考察的一个重要端口，这主要表现在两个方面，一是对文学史写作的关注，一是其在文本批评中明确的历史意识。经由新历史主义的解构，历史写作已经摘去其至高无上的桂冠，但历史写作的威力仍然通过另一种形式即话语权力的建构与角逐来显现——在当代文学领域，各种"重写文学史"事件的活跃即是一个重要例证。在《重写文学史观察》和《"民国文学"的历史叙述：开放与封闭》两篇文章中，林秀琴在话语分析视域下探讨了当代文学史写作的脉络与肌理，从八十年代晚期的"重写文学史"事件、九十年代的"再解读"事件、世纪之交的"重评大师座次"事件和"重返八十年代"事件，再到新旧世纪之交"民国文学""汉语新文学"等概念的提出，在在说明现代以降中国文学的历史叙述及文化认同仍然是一个充满歧义的场域，历史叙述与话语权力的纠葛也注定将使文学史写作始终成为富有当代意义的文化议题。林秀琴意欲说明，历史叙述如何具有历史意识并非一个不证自明的问题，历史意识并非自然地内在于历史叙述之中，作为话语的历史叙述总是刻意地隐藏其话语建构的印迹而着力突显其历史性。她认为，文学史写作的动态性、多样性与异质性，并不意味着历史是任何人都可以假手其中任意涂抹的画板，历史叙述的差异与分歧不该止于话语权之争，不该流于个人化历史叙述的随意与率性，而是应当建立更为开阔的历史视野和更大地丰富文学史叙述的观照维度，通过历史叙事的祛魅、解蔽，视域的敞开和富于弹性的对话，重建历史叙述的公共性与权威性："……一种崭新的历史叙述应该表现出重建历史叙述权威性的责任，准确地讲，是如何重建一种有效的历史叙述的权威性。因此，如何在个人化的历史叙述中建立具有公共性的知识与价值意义的历史叙述，才应是现今文学史叙述的重点。"当然，这并不意味着要重返既有的普遍性的历史叙述，也并非承认历史存在着一个本质主义的所谓"真实"本尊，而是强调文学史叙述是一种发生和作用于公共文化场域的话语实践，进而申明重建历史叙述公共性与权威性之必要。当然，关于历史写作的讨论从来都是一个庞大复杂的命题，林秀琴对这一领域的探索还刚刚开始，但值得肯定的是她在这一议题上所流露出来的人文情怀——作为一种知识建构和价值体认的文学史叙事，需要更深刻的历史感与更高远的文化追求。

历史意识同样深深介入了林秀琴对文学文本的阅读与批评。她曾以接受美学的视角解读了包括五四新文学、"工农兵文学"、先锋文学和当代大众消费文化在内的一批文本。文本接受研究理论强调阅读批评活动的历史性与社会性，而显然，作为对象的文本自身也是历史性的和社会性的存在，这意味着文学批评首先必须让文本回到社会场域、回到具体的历史语境中，发现文本内在的历史叙述、社会叙述与其外在的社会历史语境之间的潜在对话关系。这种对话关系可以是情感上的呼应，也可以是某种意识上的诘难，甚至是多声部的。林秀琴对文本内在的历史叙述与社会空间叙述怀有浓厚的兴趣，她所要探寻的是文本如何组织关于时间与空间的经验，并以此实现对现实世界的文化重构和批判性再阐释。无论是以历史为对象的书写，还是对现实日常生活的呈现，文本的经验世界与现实世界之间必然存在着某种隐秘、坚实而且复杂的关系，文学批评即是致力于进入这种关系的核心并将其呈现出来的一种阐释方式。在收入这本书"当代经验"小辑中的几篇文章中，林秀琴努力在文本的经验世界与现实的经验世界之间建立起一种对话关系，揭示出文学经验与历史转型的内在关联。其中，最为突出的当然是她对"现代性"的当代生活情境的省思，也许由于她对当代生活内在的分裂与困窘怀有一种深切的不安和忧虑以及自觉的批判意识，因此她对某些作家作品才会情有独钟：她以不无伤感的笔触叙述海子的诗性乌托邦如何在现实中折翼、在诗人膨胀的自我中沦落；她在林那北的"小人物"系列小说中悉心体察现代社会生活的破碎，以及荒谬对个体精神世界的挤压；而在林耀德笔下灯红酒绿的城市叙述中，她不无犀利地借此直击都市现代性的废墟……

文学的阅读与接受自然并不会止步于"移情"，批评者的经验世界与作品所呈现的经验世界之间形成对话，很大程度上正源于二者置身于同样的文化结构之下。重要的是，如何历史地认识与反省这种文化结构加之于现代社会个体经验世界的各种力量及其关系。从《寻根话语：民族叙事与现代性》到《当代文学与现代性经验》，不难看出，林秀琴显然已经清晰地意识到这一点，她的文本批评富于感性色彩，将这种切身的鲜活的感性经验织入当代社会文化结构和历史脉络的分析之中，正是她已经开始行进的学术方向。

四、陈舒劫：勘探意义的旋涡

如果以入读博士作为专业研究的起始，那么陈舒劫的学术履历恰好满十年。这十年里，舒劫的专业研究兴趣始终没有脱离中国当代文学的范畴，二十世纪九十年代以来中国文学的价值认同叙述更是其关注的核心和焦点。这本《意义的旋涡》，就是他新近研究成果的一个集结。当然，这本书中某些思考的源头，可以追踪到他攻读博士学位期间。从舒劫的博士论文开始，他的三本书反映了他求学和研究的基本旨趣、思路和方法，我的评介也围绕着它们展开。

出版于 2009 年的《价值的焦虑：二十世纪九十年代以来中国小说中的知识分子叙述》是舒劫在其博士论文基础上修订补充而成。这本书的研究包含两个相互关联的部分：当代知识分子的小说叙述和当代小说叙述中的知识分子形象。九十年代以来中国语境中的知识分子深陷于时代转型的价值困惑之中，他们的矛盾感已经越出了"阶级性""批判性"等具体问题的范围，超出了二元对立的结构，显得更为复杂多元。以二十世纪九十年代以来中国小说中的知识分子叙述为例，知识分子在话语体系、价值观念和实践方式上的冲撞与纠缠几乎无法避免。这本书的研究，正是在此背景下对文学中知识分子在各文化场域的观念与实践进行具体考察，聚焦于历史转型期叙事领域知识分子的价值焦虑，几个观察的角度分别是革命、信仰、情爱、道德等。这种结构方式显然受到了所谓的关键词式研究和知识分子研究范式的启发，但是在这本书中，舒劲介入中国当代文学研究的方式已经显现出它的旨趣、轮廓和特点。简要地说，舒劲习惯将文本的意识形态细读与所涉主题的思想史及文化史研究相结合，发掘出研究对象的文本意识形态的丰富性与矛盾性，进而实现对偏离人文价值立场的文学叙述的剖析与批判。就这部书稿本身而言，它的不足在于框架本身不能表现出各章节内在的紧密的逻辑联系。另外，对文本意识形态的批判性分析，不仅仅需要语艺学技术的娴熟运用，还有赖于理论资源的丰富性。在这个意义上，《价值的焦虑》还存在进一步拓展的思想空间。

四年之后，《认同生产及其矛盾：近二十年来的文学叙述与文化现象》在文本审美细读和意识形态分析的基础上，将二十世纪九十年代以来中国文学的价值认同叙述研究，延伸到了价值观念文学表述的分歧、冲突、融汇、转化等生产环节，围绕着文学叙述中的认同问题，这部书聚焦于当代文学与文化叙述中的认同生产及其矛盾，探讨当代文学与文化的认同叙述背后所隐藏的知识谱系、关系转换与价值生产。该书从五个维度剖析了当下的文学叙述和文化现象，较为深入地讨论了当代文学的认同重构及其犹疑、当代文学认同叙述中的自我冲突、当代文学认同叙述的价值歧途、当代文化表征中的认同消费与符号游戏、网络空间与产业视角下的认同建构与意义生产等问题。自文化研究兴起以来，文学中的认同问题在当代文学与理论中的讨论日益升温，有其不可替代的当下价值。认同作为一个跨学科的视角，以其所携带的强烈的问题意识，涉及了文学或文化叙事中的种族、阶层、性别、群落等诸多方面，往往与文化权力的展现与再生产紧密相关。这部书所试图形成的对当代文学认同问题的深化讨论，有益于清理掩藏于当代文学叙述中的价值问题，揭橥美学形式背后特定价值观念的隐蔽性生产。这部书稿既注意到理论本身的路径深入，也给予文本的理论阐释以充分的重视。在文本细读基础上的理论介入，成为这部书稿的主体论述风格。将《认同生产及其矛盾》与《价值的焦虑》相比较，不难看出其中的联系与变化。价值认同"何以如此产生"，是后一部书稿思考的重点，在方法上受到文化研究的启发，力图达成文本分析与社会批评的有效接合。《认同生产及其矛盾》所选择切入的文化现象和具体文本，往往具有一定的典型意义或历史重量。追问特定价值观念的美学表述和形构过程，分析认同生产的脉络与机理，藉此揭示出当代文学价值重构过程中存在的诸种问题和内在矛盾，是这部书稿的主要意图之所在，显示出作者开阔的理论视野、细腻的语艺分析能力与沉稳的批评个性。

闽台文学及其关系研究，是这本《意义的漩涡：当代文学认同叙述研究》中新出现的研究对象。实际上，舒劲在近年的工作中已经涉及了闽台文学、文化产业等领域，这多少是地方社科院研究工作的特性所在。《意义的漩涡》中专辟一章"认同的想象与再认：闽台与海外的文学认同叙述"来讨论闽台文学关系中的认同想象与认同生产，并非仅是将原有的研究路径导入新的研究对象，更多的是对闽台关系及其文学认同表述复杂性的把握尝试。区域文化认同与闽台文学关系研究，复杂而又重要。第一，文化认同视野中的闽台文学，是两岸文学关系的不可分割的一部分，是闽台古典文学和现代文学在当代的重构，是闽台文化认同的不可或缺的基石。第二，区域文化认同与闽台文学关系研究，有助于推动文化与文学关系研究的整合性框架的建设。第三，闽台区域文化认同是中华文化认同的重要部分，通过对闽台文学中情感认同、美学认同、价值认同、身份认同等研究，有益于巩固两岸和平发展的基础，对闽台共同的繁荣发展有重要的现实意义。第四，区域文化认同与闽台文学关系研究，强调了以文学叙述为代表的闽台文化认同再生产的重要性，历史传统影响着当代文化的表现形式与价值取向，而当代文化实践则隐秘地选择并改造既有的文化传统，必须重视文学叙述在两岸文化认同的巩固、深化与融合的过程中的重要作用。这一章的构成包括了思潮、现象、文本多种层次，其中的部分内容如《重层、分歧、犹疑与再认：21 世纪以来小说中的闽台区域文化认同建构》，可以看作是对闽台认同生产机制深度揭示的某种尝试。由于历史的多次断裂以及"冷战—后冷战"的结构性处境，当代台湾文学中的认同问题更显复杂，价值焦虑也更显深刻，舒劼尝试把视野从大陆延伸到台湾，并引入区域文化的研究方法，勾连闽台、两岸乃至海外，进一步拓展了当代中国文学认同叙述研究的空间。

当代中国处在远未完成的历史大转型过程之中，认同叙述中的犹疑、忧郁、矛盾乃至分歧与冲突在所难免。同时，复杂的中国经验也为文学与思想提供了丰富的营养，当代文学的价值叙事与认同生产已经深刻地嵌入这个复杂的经验结构之中，深刻地嵌入我们时代的感知分配和重组的美学体制之中，成为我们这个时代复杂经验的一部分，这或许是舒劼所说的"意义的漩涡"之意义。可以说，价值认同之于中国当代文学始终是个富有学术生命力和无限思想潜力的大课题，也还有许多值得细化和深入的问题可以探讨。《意义的漩涡：当代文学认同叙述研究》可以看成是研究再出发的跳板，也希望舒劼能在他的专业研究道路上不断取得进步。

五、滕翠钦：图绘繁复的话语风景

从读博至今，滕翠钦的学术研究一直围绕着中国当代文论、中国当代文学和文化现象展开。翻开她 2009 年在上海三联出版的《被忽略的繁复——当下"底层文学"讨论的文化研究》和现今这一本《话语的风景》，我们就能发现一条更为细致的学术线索：文化研究是翠钦考察文论形式和文学文化细节的方法论源泉。从最初的西方舶来品到中国的本土实践，中国式的文化研究承载着人文学术从固化的学术体制和专业主义律条中突围并重新获得介入现实能量的思想任务。文化研究在中国的兴起不是简单地复述西方话语的学术复印事件，而是早已深刻地嵌入在当代中国经验的繁复结构之中，因此，任何粗线条的勾勒都无法呈现中国式文化研究的渗透性。翠钦看到了在中国做文化研究的复杂性和多面性，"复数的文化研究"不仅指代文化研究的区域与国别的具体性和多元性，也表明文化研究在面向当代文化实践时对现实细节的丰富性及其意义的重层性的高度关注。翠钦的不同选题都指向文化研究的多面性，尽管研究的系统性还有待完善，不过翠钦的努力探索及取得的成果还是可圈可点。

《被忽略的繁复——当下"底层文学"讨论的文化研究》是翠钦在她博士论文的基础上修改而成的，在这本书里，翠钦的论述路径和特色已见雏形。"底层"现象是发展中的中国在特定历史阶段重新出现的社会分层问题，是当代中国复杂问题的一部分，在全面现代化和物质乐观主义盛行之后，为了社会更良性的发展，人们开始用理智的眼光审视和反思发展主义模式。"底层文学"的出现和文论界介入"底层"问题的讨论意味着人文思想界用独特的方式关注新型的社会文化问题。翠钦的讨论聚焦于"底层"进入文学场域后表现出的系列品格。取书名为"被忽略的繁复"，意在强调"底层现象"只是当下复杂社会的现实一种，此外，"繁复"意味应该拒绝用一言以蔽之的观念统摄社会印象，拒绝化约主义思维。《被忽略的繁复》论述框架的繁复一则表现为"底层文学"在内容与形式两个方面的立体关系："底层文学"在形式上可以是多种多样的，现实主义取向或者"纯文学"概念乃至表现主义风格，等等，但不同的形式会对底层表述构成不同的美学成规，必然深刻地影响着文本意义的生产与传达，诸如如何理解"物质"的意义、底层这个"群体"是如何形成的以及如何认知"日常生活"等方面的内容，都受到美学成规的隐蔽制约。二则强调"底层文学"品质必须在文学史的长河中得到确认，"底层文学"和其他当代思潮中的文学概念不存在绝对的断裂和连续。不同的学术视角勾画出文学现象不同的风景与意义，话语生产必然隐含着某种"意识形态"痕迹。翠钦以"底层话语"生产为讨论中心，在结构网络中辨析了诸种理论要素的内在关系，使它们在新的视角下获得了理论生长点。当然，《被忽略的繁复》有些地方看起来还多少有些青涩，由于学术视野的限制，对于"底层文学"和"底层"某些方面的论述还未能充分展开。此外，该书的语言略显晦涩，这也在一定程度上阻碍了写作意图的更好传达。

比较而言，《话语的风景》的语言节奏较为舒缓，不再刻意寻找新奇的词汇支撑峰回路转的论述思路。这不代表她放弃了语言的雕琢，而恰恰意味着她已经能够较为从容地在自己的词库中寻找恰当的词汇表情达意。《话语的风景》是对文化研究双重角色的个人化诠释，翠钦的学术兴趣已经从底层话语的文化分析转移到文化研究的自反性（Reflexivity）思考，其特色在于以文化研究的方式检讨文化研究的理论与方法中隐藏的种种分歧与矛盾。

首先，作为研究对象的文化研究，这集中体现在"文化研究与意义再生产"部分。这一章对当代文化现象和文本的观察颇为敏锐：时下的文化批评在夸大"80后"怀旧消费主义的一面，可能掩盖了"怀旧"复杂的现代性文化逻辑；《2012》中的危机叙事隐含着"反思现代性"的三种模式，文章的切口虽小，但以小见大的论述方式体现了翠钦较为宽广的学术视野和批评锐气。同样，"'身体'的理论旅行"借由具体的学术个案审视"文化研究"遭遇的理论沉浮。"'文化研究'研究范式中的视觉命运"则更为有趣，图像是文化研究钟爱的研究对象，但文化研究的研究方法却取消了视觉的合法性，文章的张力可见一斑。

其次，作为方法论的文化研究是本书贯穿始终的潜在线索。第一章立足于考察理论的多维展开，目的在于用文化研究的方法论研究文化研究的理论元素，除了挖掘文化研究理论视角的多元性、历史性，其最终的目的在于强调理论自反的重要性。第二章和第四章处理中国当代文学问题，讨论文化研究的两种角色对于阐释文化研究和文学关系的重要性，梳理文学关键词在不同历史时期的不同关系以及关系转变背后的意识形态踪迹。《话语的风景》实际上仍在强调理论的繁复，在一系列的理论思辨和文学图景的勾画之后，对文化研究两种角色的繁复辨析构成了本书一道压轴风景。

文学和文化研究的关系一直是中国当代文论界的争论不休的议题，翠钦有意通过《被忽略的繁复》和《话语的风景》表述她对二者之间关系的理解。文化研究和文学之间的复杂关联不单体现在克服和超越雅俗分界与学科边界带来的论题限制，还表现在文本和理论之间自如的跳转。文本细读和理论阐释的搭配使得文章论述富有节奏，个案将在学术线索中获取更充分的说明，理论的在场感也因为个案的加入更加充分。在学术现象的起承转合中考掘社会意识形态的隐蔽痕迹，从对立的学术观点背后寻找各自的理论优势和短处，翠钦文章的论述层次颇为丰富，意图表述出属于她自己的对当代人文知识状况复杂性的理解。此外，翠钦习惯于寻找论述的爆破点，并喜欢为那些相互关联的论述要点安排一个相对清晰的框架。成熟的学术表达不可能一蹴而就，"慢炖"是学术成长过程的形象表达，我希望她把优点保持下去，在未来的学术历程中，这些长处能够变成她的学术风格。尽管翠钦从事学术研究的时间不算长，但我们还是可以从她不同时期的文章中看到她的进步，并期待她佳作频出。

六、刘桂茹：探析华人的"离散"与认同

刘桂茹从事学术研究工作至今已有十年。如果对刘桂茹十年来的学术成果做一个回顾和评价的话，应当从她已经出版的两本专著谈起。

一部是刚出版不久的《华文文学："离散"与文化认同》。本书收录的是刘桂茹华文文学研究的大部分成果。大概从 2005 年起，刘桂茹从事专业学术研究的起点和兴趣主要集中于华文文学。作为一种跨域的建构，华文文学缠绕着历史的、人文的、政治的等多重向度议题，具有深广的阐释空间。本书以北美、东南亚的华文文学为讨论的中心，试图进入华文文学的多种表达形态（包括小说、散文、诗歌）及其存在的现实语境，围绕华文文学的美学形态和美学价值、华文文学的"离散"叙述与文化认同、华文文学与"承认的政治"等等问题，提出具有实践意义和学理价值的命题，从而勾勒华文文学的发展形态和美学经验，探察华族群体的文学想象及文化认同建构。

　　随着各民族和人群在世界范围内的移动，以及全球化对各个国家和地区的民族文化、经济活动空间的压缩，跨越疆界的移民、放逐和迁徙，形成了 20 世纪以来独特的、全球性的"离散"现象，并且带来了空前突出的包括身份问题在内的文化"认同危机"，从而也使文化身份和文化认同问题在文化研究领域内成为聚集了众多矛盾、论争和复杂性的问题领域。"认同"这一概念在文学研究领域的广泛使用应该是在"文化研究"转向以后。全球化及后现代主义的语境中，后殖民主义、女权主义、解构主义等纷纷把边缘群体的话语权、种族差异、移民问题、性别差异、性偏好等等许多问题纳入自己的研究范畴。面临同一性和差异性这个议题时，"认同"这一概念恰好是处理个体怎样融入群体、获得身份的有效术语。海外华人文学的离散经验，不仅是华人个体可能面对的生存困境与精神困惑，而且是作为"少数者"的华人作家关于身份属性和文化认同的整体性追问。因此，"离散"和文化认同无疑是贯穿于海外华人文学写作与研究的重要课题。无论是《从"认同"到"承认"——海外华人文学的文化政治诉求》《华文文学与中华文化传承》，还是《"少数者"的政治——华裔美国文学的书写策略》等等篇章中，刘桂茹都将海外华人书写的文化传承与文化碰撞作为讨论的中心，反思华人书写的话语方式和文化政治内涵，并指出，"随着全球政治文化语境的嬗变，海外华人作家所孜孜以求的文化身份和认同意识，不仅仅应该是'我从哪里来'的问题，更应是积极建构少数族裔主体性，以一种'差异的美学'寻求文化他者的承认，并以此反抗不平等的压迫。"当然，关于华文文学研究的理论分析部分在整体的篇幅中还太少。如何能够在大量的文本与文学现象分析的基础上，提出该学科更具针对性和理论洞见的议题，仍是刘桂茹学术成长道路上要进一步思考的问题。

　　如果说华文文学研究是一个起点，那么刘桂茹在博士求学阶段将学术兴趣转向网络时代的文学与文化现象研究，这或许可以视为其学术研究的再出发。这体现在她的另一部专著《先锋与暧昧——中国当代"戏仿"文化的美学阐释》当中。对于悠长的文学艺术发展史来说，"戏仿"并不是一个新鲜的艺术概念或文学形式。然而，在中国当代文学语域中，"戏仿"及其相关的文学文化现象却如雨后春笋般涌出，竞相出现于各种传播媒介，使得"戏仿"再次成为引人注意的话题。而与之相关的讨论和研究也陆续出现于各种相应的语境当中。应该说，"戏仿"是中国当代审美文化的重要现象之一，它与现代性话语、后现代语境、网络文化、大众传播、消费文化等话题息息相关，是值得人们关注的重要话题。

　　整部专著在梳理"戏仿"术语及其相关文学现象的基础上，进入具体的文学与文化场域，主要以中国当代文学"先锋"作家的戏仿小说、网络语境中的戏仿文化为讨论对象，阐述"戏仿"作为一种修辞和话语策略，所承载的历史、叙事、意识形态等复杂内涵，并对中国当代"戏仿"文化现象进行美学阐释。专著分为四个篇章，主要观点：第一，戏仿是一种"祛魅"的话语策略。"戏仿"活动从审美维度呈现的反抗姿态，不应仅仅被视为文学艺术内部的形式更迭，实际上这种更迭的背后可能隐藏了"抵抗"和某种意识形态的因素；第二，"戏仿"与后现代美学有复杂关系。这里涉及戏仿与互文本、戏仿与后现代"空间"的关系等等；第三，中国当代先锋作家的"戏仿"写作及其文学诉求。它不仅仅是一种修辞策略，它还是先锋作家的"话语"形式，意欲颠覆成规，并逐渐成为一种重要的审美范型；第四，网络戏仿成为话语狂欢的镜像。网络时代呈现了后现代平面化、娱乐化的文化表征，考察分析无厘头美学流行的深层文化因素及其相关的文化效应，以及网络恶搞与话语暴力的关系。这四个部分的内容大体上把中国当代文学与文化场域中数量繁多的戏仿作品做了勾连与分析。从整体的结构和文章的内容来看，刘桂茹更擅长处理的是文学与文化现象的分析，致力于用话语分析的方法探察事物表象背后所可能潜藏的"真相"。当然，仅从这部专著来看，每个章节的层次和深层结构以及更深厚的理论支撑方面显得有些不足。

网络时代的文学与文化研究是一个多元且富时代意义的话题，数字媒介也已成为诸多人文社科研究的重要课题。21 世纪以来，以互联网为标志的数字媒介在当代文化的生产、传播与消费过程中占据了十分重要的位置，改变了当代文化的表现形式与艺术形态，逐渐形成新的美学风格和审美范式。数字媒介已全方位介入文学成规的转型和技术美学的书写，同时，数字技术也推动了创意产业在播放平台和创作方式的变革。持续关注和研究媒介时代的文化表征与美学嬗变，具有重要的学术价值和现实意义。如果说刘桂茹《先锋与暧昧——中国当代"戏仿"文化的美学阐释》是这方面研究的另一个起跑点，那么，其未来的研究空间及可拓展的领域将是十分广大的。

繁荣发展闽派批评，提升福建文化软实力 ①

中国共产党福建省第十一次代表大会报告回顾总结了五年来在文化建设方面取得的成就："加强思想文化建设，文化强省取得丰硕成果。涌现出廖俊波、杨春、孙丽美、潘东升等一批'时代楷模''道德模范''八闽楷模'；成功举办第四十四届世界遗产大会，鼓浪屿、泉州列入世界文化遗产名录；创作播出《山海情》等一批优秀文艺作品。"在今后五年工作的总体要求中强调指出：要加快精神文明和文化强省建设，巩固壮大主流舆论，提升文化和自然遗产保护利用水平，让更多福建文化走出去。文化强省建设被提到了至关重要的位置。"闽派批评"理应为新时代新福建文化建设作出新的更大贡献，"闽派批评"如何助力文化强省建设，如何促进福建文化软实力的提升？这是一个需要深入调研与探讨的时代课题。

一、持续推动闽派批评繁荣发展，是提升福建文化软实力的重要举措

"文化是民族的血脉，是人民的精神家园。"党的十九届五中全会擘画了 2035 年的文化发展目标——建成文化强国，将其列为实现民族复兴伟大梦想的重要环节。当前，世界百年未有之大变局加速演进，文化越来越成为国际竞争的重要影响因素，文化软实力在国家综合国力中的地位和作用越来越重要。这些都要求我们把文化建设摆在更加突出的位置，下大力气增强文化软实力，为文化强国建设提供强大动力和根基。2020 年 12 月 21 日，中共福建省委十届十一次全会提出了"推动文化繁荣兴盛，加快建设文化强省"的"十四五"时期文化发展主要目标。文化强省是文化强国目标的落实，核心是提升福建文化软实力。《福建省"十四五"文化和旅游改革发展专项规划》就此做出了更为具体的表述：将繁荣发展哲学社会科学，传承弘扬优秀传统文化，构建八闽文化标识体系列为重点任务；把有中国气派、时代特征、海峡特色、八闽特点的文化研究和文艺精品创作更加繁荣列为发展目标。打造福建文化品牌，推动福建文艺繁荣，形成具有八闽特色的学术流派，是当前提升福建文化软实力的内在要求，作为福建学术文化名片的"闽派批评"，必将深度参与当代福建文化软实力建设的进程。

文艺批评是对文学和艺术问题的回应，对文化现实的介入。作为意义再生产的重要

---

① 本文系与郑海婷博士合作完成。

方式，文艺批评在文化生产中占据着重要位置。习近平总书记多次强调要高度重视和切实加强文艺评论工作，他在文艺座谈会上的讲话中指出："文艺批评是文艺创作的一面镜子、一剂良药，是引导创作、多出精品、提高审美、引领风尚的重要力量。"一方面，文艺批评是读者与作家作品之间的中介，可以引导和帮助读者的阅读与鉴赏。批评家本雅明对诗人波德莱尔的阅读和阐释，不仅彻底改变了此后的读者们对波德莱尔的印象，也使其成为巴黎城市景观的著名向导，让世界上无数读者对巴黎的街道魂牵梦萦。另一方面，文艺批评对具体艺术家和作品的分析评价，可以帮助艺术家总结创作经验，提高创作水平。曹雪芹创作《红楼梦》曾"披阅十载，增删五次"，在这个增删修改过程中，脂砚斋褒贬兼有、细致中肯的评点给了他许多启示和帮助。当进步的文艺批评形成巨大合力，当文艺批评通过对具体作品的分析评价而涉及广泛的文艺现象时，甚至能够引领一个时期的文艺风尚。历史已经充分证明，文艺批评发达的时代文艺影响力就可以充分发挥。19世纪的俄国，文学批评家别林斯基、车尔尼雪夫斯基、杜勃罗留波夫的批评事业助推了批判现实主义文学的空前繁荣。他们以敏锐的文学直觉率先肯定了批判现实主义文学作品的思想和艺术价值，极大地鼓舞了果戈理、屠格涅夫、冈察洛夫等一代进步作家的写作，有力促进了俄国批判现实主义文学的发展，带动俄国文学与文化走向世界。20世纪80年代至90年代的中国文坛，创作和批评相互促进，才有了先锋文学的确立和成熟；2012年先锋文学作家莫言获得诺贝尔文学奖，也使其成为中国文化软实力的一张新名片，莫言的书写让世界更加关注当代中国。这些鲜活的例子无不表明，文学批评能够有力促进意义的生产和传播。并且，这种意义的生产和传播是与文化软实力的提升、与地区形象的树立紧密联系在一起的。

所谓区域文化软实力是一个地区建立起独特竞争优势的内在动力，体现的是一个地区强大的文化凝聚力、文化创新力、文化辐射力、文化影响力和文化生产力。文艺是文化软实力的重要组成部分，而文化品牌和文化影响力则是文化软实力的重要表征。习近平总书记指出，体现一个国家综合实力最核心的、最高层的，还是文化软实力，这事关一个民族精气神的凝聚。加快建设文化强省，在推进社会主义文化强国建设中贡献更多福建力量，"闽派批评"是值得重视的积极因素。文艺批评历来就是福建学术文化的一张重要名片。福建是中国文论大省，史上素有"闽人好论"的评价。唐宋以来至近代，闽地文论传统不断，名家辈出，文学批评被评价为"福建文学发展中最为出类拔萃的文体"①；新时期以来，"以开放眼光开拓思维空间，用改革精神革新文艺评论"②的"闽派批评"在当代文坛与"京派""海派"成三足鼎立之势。当前，持续推动"闽派批评"繁荣发展，是提升福建文化软实力的重要举措：其一，要让人能"看见"并"看懂"福建文化，涉及如何提升文化"能见度"的问题，"闽派批评"是"看见"福建文化的一个突破口，有助于提升福建文化影响力和促进区域文化发展；其二，经过20世纪80年代的历史积淀，曾经在全国都产生

---

① 晁成林：《宋前文人入闽研究》，江西人民出版社2015年版，第292页。
② 1985—1987年福建省文联主办刊物《当代文艺探索》的题语、办刊宗旨。

过重要影响的"闽派批评",其实践经验在现今打造福建"文化强省"的进程中深具启发意义。

二、"闽派批评"的发展及现状

现今对于"闽派"的定义,无非是两个标准:一、地域,也就是在福建发生的各类文学批评,参与者涵纳在福建生活工作的本省籍和外省籍的相关人士;二、人,也就是由福建人所作的文学批评,参与者包括所有福建籍的批评家,放宽一些,也可包括祖籍福建的批评家,而不限其所处地域。多数情况下,人们更倾向于取最大范围,"闽派批评"既包括闽地文论也包括闽人文论。

(一)"闽派批评"的历史

纵观唐代以来的中国文学批评史,福建人的身影层出不穷,他们敢为天下先,倡导或参与了绝大多数的文学思潮和活动,几乎在批评史的每个阶段都扮演过重要角色。清代郑方坤的《全闽诗话》写道:"自唐宋至今,千数百年,其间骚人墨客,胜事美谈,不可胜数。"[1] 福建人欧阳詹、杨亿、柳永、严羽、魏庆之、刘克庄、李贽、谢肇淛、梁章钜、谢章铤、陈衍等都是古代文论史上声名赫赫的大家,他们的作品《沧浪诗话》《诗人玉屑》《后村诗话》《楹联丛话》《石遗室诗话》等无不是流传千古的文论杰作。

在旧学与新学地位更替的过程中,更为人津津乐道的是闽籍学者对新学的推动,促使我国文艺学的理论基础发生根本性转换。世纪之交的那个年代,福建文坛群星璀璨,严复、林纾、辜鸿铭、林语堂、郑振铎、林徽因、冰心等一批闽籍学者以其翻译、创作和文论积极参与了救亡图存的思想解放运动,并引领了中国文艺理论与批评的现代性转向。

及至当代,福建仍然延续了在文论上的优势。20 世纪 80 年代,得益于创作、批评与编辑的互相推动和生发,闽派批评家在文坛上群体性出场,对 80 年代的思想解放运动和文学研究方法论的革新都产生了深刻的影响,许多重大命题的确立和深化离不开闽派文论家的思想贡献,作为"文艺研究新思维的张扬者"[2],闽派与京派、海派并称"现代文学评论三大'派'"[3]。

历史地看,"闽派批评"曾经是当代福建文化最具活力和影响力的构成因素,也已经成为福建具有全国性影响力的重要文化品牌。徐杰舜先生在其主编的《雪球——汉民族的人类学分析》一书专列一节讨论"福建文论文化",称"在中国的文学批评史上,福建的

---

① 郑方坤:《全闽诗话》,福建人民出版社 2006 年版,第 4 页。

② 古远清:《中国当代文学理论批评史》,山东文艺出版社 2005 年版,第 414—418 页。

③ 王蒙:《〈思维,在美的领域〉序》,见《王蒙文集》第 7 卷,华艺出版社 1993 年版,第 550 页。

文论具有鼎足的地位"，是"华南汉族文化的一道彩虹"①。

（二）"闽派批评"的重启

"闽派批评"的重启工作自 2014 年开始。福建省委领导多次强调深化改革和福建特色优势的发挥是紧密联系的，具体到文化体制改革，主要工作就是要打响福建文化品牌。2014 年 9 月 27 日，时任省委宣传部部长李书磊在省社科联第七届委员会第一次全体会议上要求把加强福建人文社会科学各学科建设作为重要使命，推动形成有福建特色的学术流派，促进福建哲学社会科学繁荣发展，在新的历史条件下复兴广义的"闽学"。朱子学、近代史上的开眼看世界以及 20 世纪 80 年代声势浩大的闽派批评，都涵纳在"广义闽学"的架构之内，作为打响福建文化品牌的重点工作予以推动，福建文化工程建设的整体性、系统性、规范性得到明显的加强。2014 年以来，"闽派批评"的重装上阵成为福建文化工作的一件大事，取得了良好的宣传效果，受到全国性的广泛关注。中国文联把"闽派批评"列为"文艺及文艺评论领域惹人注目的话题"，称之为"地域性'文艺高地'"②。

（三）"闽派批评"的现状

经过多年的经营，"闽派批评"的声音逐渐壮大，并在中国批评界产生了积极的回响，形成了一股不可忽视的力量，有力地促进了当代福建文化尤其是福建文艺的广泛传播。概而言之，"闽派批评"的现状可以从以下几个方面来认识。

一是初步形成了"闽派批评"政策支持体系。首先是把"闽派批评"建设作为打响福建文化品牌的重要抓手，从观念上确立了"闽派批评"在福建文化整体建设中的重要位置，并纳入文化软实力建设的整体理念。其次，有针对性地推出具体的支持举措，将"闽派批评"列入福建省文艺发展基金和出版基金的专项支持范围，实施"闽版出版物精品工程"，有力地推动了"闽派批评"学术交流活动的开展和"闽派批评"学术成果的出版；深化打造福建省百花文艺奖，将文艺批评列为百花文艺奖的独立奖项，支持和鼓励福建文艺评论工作。

二是逐步构建了"闽派批评"话语平台。2014 年以来举办了一系列高峰论坛和学术活动周，包括 2014 年"文艺批评的变革与创新"闽派文艺理论家批评家高峰论坛，2015年"全媒体时代的文艺与批评"闽派文艺理论家批评家高峰论坛，2017 年"新时代与文艺原创力"闽派文艺理论家批评家高峰论坛，2018"改革开放四十年与中国经验表达"闽派文艺理论家批评家学术活动周，2019"史诗中国与新时代文学"闽派文艺理论家批评家学术活动周，等等，逐步构建了"闽派批评"话语平台。这些活动具有三个方面的意义：第一，对"闽派批评"进行定位，将"闽派批评"打造成为具有一定号召力的话语概念；第二，聚焦当代、呼应现实，起到话语聚焦和力量聚集的作用；第三，通过这些活动的展

---

① 徐杰舜主编：《雪球——汉民族的人类学分析》，上海人民出版社 1999 年版，第 247—249 页。
② 中国文学艺术联合会编：《2014 中国艺术发展报告》，中国文联出版社 2015 年版，第 485 页。

示和宣传将"闽派批评"的声音扩散到全国文艺理论与批评界。

三是推进了"闽派批评"的学术出版。福建省宣传出版部门推进实施"闽派出版物精品工程"，对闽派批评、闽派诗歌、闽派文学创作，以及朱子文化等出版物予以重点扶持，推出了闽派历史文化资源整理的《八闽文库》《福建文献汇编》和"福建思想文化大系丛书"，以及当代闽派批评成果整理的"闽籍学者文丛"和"闽派批评新锐丛书"等。"闽籍学者文丛"和"闽派批评新锐丛书"的出版，检阅并展示了新时期以来福建几代文艺批评工作者的优秀批评理论成果。通过系统学术出版，老中青三代闽派批评家群体实现了另一种意义上的出场和集结。

四是初步完成了"闽派批评"的建制化。其一，建立了闽派批评家的组织机构。2018年，福建省文艺评论家协会在福州成立，通过了协会《章程》，选举产生了福建省文艺评论家协会第一届理事会、常务理事会、监事会和负责人，张应辉当选为会长，赖碧强当选为监事长，王晓戈等人当选为副会长。来自福建省各级文艺家协会、高等院校、科研院所、新闻媒体的专家学者共91人当选为理事，27人当选为常务理事。其二，成立了"闽派批评"研究中心，包括福建师范大学文艺批评研究中心、闽南师范大学闽籍作家学者研究中心等。"闽派批评"的建制化是福建省加强文艺评论人才队伍建设的具体举措，团结和凝聚了福建广大文艺评论工作者。

五是"闽派批评"学术平台的打造。学术刊物是学术流派的重要展示窗口，体现了学术流派的思想旨趣和核心关注。20世纪80年代"闽派批评"的兴起与《当代文艺探索》的成功创办密切相关。现今批评平台的打造同样是推动"闽派批评"繁荣发展不可或缺的环节。《海峡文艺评论》《海峡人文学刊》《学术评论》《厦大中文学刊》《圆桌》《细读》等刊物的创办，面向福建文学创作实际，及时刊载有一定分量的、针对福建作家作品的评论和理论文章，成为"闽派批评"的重要载体。《福建文学》和《台港文学选刊》的批评专栏也加强了对闽台文学现象、文学思潮和作家作品的研究，为文化信息的传递、理论视野的开拓和闽台文学即时性评论提供了有利条件。

六是"闽派批评"空间的拓展。"闽派批评"已经不再局限于文学领域，而是向戏曲、影视、工艺、美术等领域拓展，同时还延伸到新媒体网络文艺，从文学批评发展到文艺评论乃至文化研究，新的批评形态初具雏形。"闽籍学者文丛"和"闽派批评新锐丛书"两套丛书对网络文艺、书法美术、戏剧戏曲、影视等门类批评的吸纳，充实了"闽派批评"的内涵，拓展了"闽派批评"的空间。多学科的对话、跨领域的思考促进了"闽派批评"的多元化发展，对构建当代福建文化软实力起到了积极作用。

七是区域优势与地方特色的彰显。区域优势和地方特色体现在两个方面：一方面，进一步发掘福建文学批评史的传统资源，历史上欧阳詹、杨亿、严羽、魏庆之、李贽、谢肇淛、梁章钜、谢章铤、陈衍、严复、郑振铎等人的文论作品成为闽派批评再出发的重要基础；另一方面，进一步发掘福建的侨台优势和特色，福建省的台港澳暨海外华文文学研究独树一帜，是当代闽派批评的重要组成部分，其批评实践和学术交流扩大了福建文化在台港澳和海外的影响，成为构建福建文化软实力的重要力量。

总体来看，2014年以来我省围绕"闽派批评"重启所做的一系列工作，在当代中国文艺评论的整体格局中凸显了"闽派批评"的声音，"闽派批评"成为推动福建文艺创新发展的重要因素，促进了福建文化软实力的提升。

三、存在问题与对策建议

经过长期的经营，"闽派批评"成功重启并获得发展，在福建文化软实力构建中发挥了有效的作用，但与文化强省建设的时代要求还存在不小的距离。深入调研，查找问题，补齐短板，就成为一项重要的课题。经过调研，我们发现，当前"闽派批评"还存在以下问题。

一是将"闽派批评"放在福建文化软实力建设大格局中的思考不够深入和充分。批评界对"闽派"是否存在以及提出"闽派"是否有意义还存在巨大分歧。不少人没有认识到"闽派批评"概念的话语平台意义和文化建设策略意义，停留在纯粹学院和学术的范畴内，没有将"闽派批评"与福建文化软实力建设联结起来思考，"闽派批评"品牌建设意识有所不足，举措不够有力。分歧的存在导致各自为政，难以形成推动当前"闽派批评"发展的合力，打造"闽派批评"品牌作为提升福建文化软实力的抓手作用发挥不够显著。

二是没有处理好当代"闽派批评"与福建优秀传统文化的历史传承关系。福建具有丰富的优秀传统文化资源，当前"闽派批评"对福建历史文化资源的发掘利用不足，没有展开充分的古今对话，造成"闽派批评"历史内涵的淡薄。古代文论、现代文论和当代文论的专业区隔严重影响了当代"闽派批评"对优秀传统文化的创造性转化与创新性发展。

三是回应当代理论问题与现实问题的意识不够突出。20世纪80年代的"闽派批评"之所以在全国都具有重要的影响力，是因为它们回应了改革开放初期的一系列重大问题，勇立思想潮头，发时代先声，参与或引领了时代思潮的发展。谢冕的《在新的崛起面前》和孙绍振的《新的美学原则在崛起》引领文学美学思潮的变革与转型；《当代文艺探索》直接回应了"文学主体性构建"这一时代课题。比较而言，由于过度专业化造成的片面化和碎片化，当前"闽派批评"在整体把握时代变化、社会变迁、文化转换方面的意识与能力都有所欠缺。尽管每次闽派批评高峰论坛都设置了重大主题，但学者们各说各话，聚焦性不强、建设性意见不多，讨论的效果并不理想。

四是话语生产与传播能力建设存在短板。文艺批评具有不可替代的文化功能，是话语生产的重要力量，健康和有力的批评理应介入话语生产的主战场。当前的"闽派批评"局限于专业化、学院化，没有形成话语生产的批评场域，表述与意义生产的功能未能有效发挥，对文化建设的影响力和贡献都不足。随着传播形态的变化，长篇大论的、学理化的学院批评往往只在小圈子内阅读，自我循环，向社会广大受众传播的能力有限，许多时候，其影响力还不如豆瓣、B站等平台上的短评。批评家们对新媒体的巨大传播力和影响力认识还不够，还没有学会在新媒体上发声的方法。

五是学术平台初创，影响力有限。几本"闽派批评"学术刊物《海峡文艺评论》《海峡人文学刊》《学术评论》《厦大中文学刊》《圆桌》《细读》等，均属初创，还未办出水平，办出特色，影响力有限。受核心期刊评价体系的巨大影响，组稿困难成为常态。刊物的主题策划前沿性、时代感相对欠缺，难以形成聚焦效应和扩散效果。

打响"闽派批评"品牌、促进福建文化软实力提升，仍然任重道远。我们认为，可以从以下几个方面着手，开展工作。

第一，繁荣"闽派批评"，促进福建文化软实力提升，首先要认真学习贯彻习近平总书记关于文化自信的重要论述。深入学习习近平总书记《在文艺工作座谈会上的讲话》《在中国文联十大、中国作协九大开幕式上的讲话》《在全国宣传思想工作会议上的讲话》《看望参加政协会议的文艺界社科界委员的讲话》《给中央美院老教授回信》等重要精神，坚持以习近平新时代中国特色社会主义思想为指导，贯彻落实《关于加强新时代文艺评论工作的指导意见》，坚持以人民为中心的价值导向，以中华美学精神提升"闽派批评"，推动"闽派批评"高质量发展。

第二，确立文化强国、文化强省使命意识。"闽派批评"要回应重大关切，充分认识到文艺批评在文化软实力建设中的重要作用，回到文化现场，介入当代文化生产，立思想之潮头，发时代之先声，重建"闽派批评"的历史感、当代性与现实意识，增强学术自觉，不断提升"闽派批评"回应与介入重大现实和理论问题的能力与水平。

第三，完善政策支持体系。把繁荣"闽派批评"作为文化强省建设和文化软实力提升工程的一项重要任务和重点项目加以推动；完善省社科规划项目、省文化发展基金、省出版基金、省文艺发展基金的配套支持体系，对"闽派批评"学术活动、著作出版、人才培养等方面予以重点支持；省政府百花文艺奖、省政府优秀哲学社会科学奖等重要奖项也要对"闽派批评"予以重点支持。

第四，构建文联、高校、科研院所合作对话机制。发挥好福建省文艺评论家协会、福建师范大学文艺批评研究中心、闽南师范大学闽籍作家学者研究中心等机构的作用，相互支持、彼此呼应，形成合力，聚焦重大主题，拓展批评空间，共同打造"闽派批评"品牌。

第五，打造具有影响力和传播力的批评平台。一是精心办好《海峡文艺评论》《海峡人文学刊》《学术评论》等刊物，强化主题策划和组稿工作，发出"闽派批评"强音。二是继续扶持"闽派批评"著作的出版发行。近年来，福建人民出版社的"闽籍学者文丛"和海峡文艺出版社的"闽派批评新锐丛书"在打造"闽派批评"品牌、培养"闽派批评"人才中发挥了积极作用，有关部门应继续推进，支持后续出版工作。三是持续推动"闽派批评"相关研讨会和高层论坛活动的开展，以省文联、中国作协创研部合作主办的闽派文艺理论家批评家高峰论坛和福建师范大学与中国社科院、福建社科院等联合主办的当代批评高峰论坛为重点，围绕中心、聚焦前沿，办出特色，打响品牌。四是加强与主流媒体和网络新媒体的合作，大力拓展"闽派批评"的话语空间，构建学术机构、传统媒体文化评论、新媒体网络评论交流互动的格局，形成立体交叉的批评矩阵，扩大"闽派批评"的覆盖面和影响力，使之成为福建文化软实力建设的有效抓手。

第六，进一步突出地域优势和侨台特色。福建是文化大省，有着丰富的传统文化资源，闽派批评建设应该与优秀传统文化的发掘传承和创新发展相结合，进一步突出地域优势，尤其要重视发掘福建古代文论资源和近现代文论资源，在传承优秀传统文化中繁荣闽派批评，在繁荣建设闽派批评中实现优秀传统文化的创造性转化和创新性发展。充分利用福建地缘文化优势和学科传统优势，强化台港澳暨海外华文文学特色批评领域和方向的建设，促进闽派批评在两岸文化融合发展中的积极作用，深化华文文学研究，拓展与海外华文学界的交流合作，扩大闽派批评在海外的传播和影响力，提升闽派批评的国际能见度，提升福建文化软实力。

第七，加强交流合作，开创协同创新局面。在福建省主管部门的统筹协调下，文联系统、高校系统和社科研究机构之间要加强交流，形成合作机制；各地市文艺家评论家协会之间也要构建相互支持、协商对话的机制。闽派批评界要加强与兄弟省市批评界的沟通交流和合作，学习借鉴"粤派批评""海派批评""京派批评"等的先进经验，促进"闽派批评"繁荣发展。

中央宣传部等五部门 2021 年 8 月联合印发的《关于加强新时代文艺评论工作的指导意见》要求文艺评论工作"以习近平新时代中国特色社会主义思想为指导，全面贯彻'二为'方向和'双百'方针，坚持创造性转化、创新性发展，弘扬中华美学精神，进行科学的、全面的文艺评论，发挥价值引导、精神引领、审美启迪作用，推动社会主义文艺繁荣发展"。繁荣"闽派批评"，福建省有着充分的基础和条件，也已经开展了卓有成效的工作。然而，仍然应该看到，迈向新时代新征程，进一步打造有生命力和影响力的新时代"闽派批评"品牌，增强新时代福建文艺话语能力、提升福建文化软实力，是一项长期的系统工程，需要凝聚全省文艺评论各方力量，肩负闽派批评使命担当，补齐发展短板，做大量扎实的工作。